“十四五”国家重点出版物出版规划项目

国家社科基金重大项目（21&ZD269）阶段成果

新中国少数民族文学史料整理与研究（1949—1979）

新中国少数民族文学史料整理与研究（1949—1979）

【电影文学卷】

李晓峰　王　丹　杨永勤◎编著

辽宁师范大学出版社
·大连·

国家出版基金项目
NATIONAL PUBLICATION FOUNDATION

图书在版编目(CIP)数据

新中国少数民族文学史料整理与研究：1949—1979. 电影文学卷 / 李晓峰，王丹，杨永勤编著. -- 大连：辽宁师范大学出版社，2024. 11. -- ISBN 978-7-5652-4519-0

Ⅰ. I207.9

中国国家版本馆CIP数据核字第20247WX871号

XINZHONGGUO SHAOSHU MINZU WENXUE SHILIAO ZHENGLI YU YANJIU（1949—1979）· DIANYING WENXUE JUAN

新中国少数民族文学史料整理与研究（1949—1979）· 电影文学卷

策划编辑：王　星
责任编辑：孙国伟　王文燕
责任校对：王　硕
装帧设计：宇雯静

出 版 者：辽宁师范大学出版社
地　　址：大连市黄河路850号
网　　址：http://www.lnnup.net
　　　　　http://www.press.lnnu.edu.cn
邮　　编：116029
营销电话：0411-82159915
印 刷 者：大连图腾彩色印刷有限公司
发 行 者：辽宁师范大学出版社

幅面尺寸：170 mm × 230 mm
印　　张：31.5
字　　数：514千字

出版时间：2024年11月第1版
印刷时间：2024年11月第1次印刷
书　　号：ISBN 978-7-5652-4519-0

定　　价：188.00元

出版说明

本书所收均为少数民族文学研究领域的珍稀史料，其写作时间跨越数十年，不同学者的语言风格不同，不同年代的刊印标准、语法习惯及汉字用法也略有差异，个别文字亦有前后不一、相互抵牾之处，编者在选编过程中，为了尽量展现史料原貌，尊重作者当年发表时的遣词立意，除了明显的误植之外，一般不做改动。对个别民族的旧称、影响阅读的标点符号用法及明显错讹之处进行了勘定。

同时，为了保证本书内容质量，在选编过程中，根据国家出版有关规定，作者和编辑在不影响史料内容价值的前提下，对部分段落或文字做了删除处理，对个别不规范的提法采用“编者注”的方式进行了说明，对于此种方式给读者带来的阅读困扰，敬请谅解。

目录

全书总论

“三交”史料体系中的新中国少数民族文学史料

各民族文学史料是中华民族共同体史料体系的重要组成部分，文学史料的整理和研究，在中华民族共同体研究的话语体系、理论体系建设中，具有不可替代的作用。习近平总书记在2023年10月27日中共中央政治局第九次集体学习时提出“加快形成中国自主的中华民族共同体史料体系、话语体系、理论体系”，这对民族文学史料科学建设具有重大历史意义。

在“三大体系”中，史料体系是基础。犹如一栋大厦，根基的深度、厚度和坚实程度，决定着大厦的高度和质量。而中华民族共同体史料体系的完整性、系统性、科学性，在“三大体系”建设中至关重要。对现代学科而言，完整的史料体系，包括政治、经济、社会、法律、文化各个方面，缺一不可，否则，就难言史料体系的完整性、系统性、科学性。正是从这一意义上，将各民族文学史料纳入中华民族共同体史料体系之中，就显得尤为必要。

一、民族文学史料在“三交”史料体系中的地位和价值

各民族文学交往交流交融史料，在中华民族共同体史料体系中具有举足轻重的地位，在中华民族共同体话语体系、理论体系建设中，具有不可替代的作用。这是由文学自身的特点，以及文学史料在还原中华民族多元一体格局形成的历史，全面总结和评价新中国成立以来，少数民族文学以文学的方式，在宣传党的民族

政策、促进各民族团结、培养各民族国家认同中发挥的不可替代的作用决定的。

首先，文学是人类最广泛、最丰富的活动，是人类情感与精神最多样、最全面、最生动、最直接的表达方式，是人类历史最生动、最形象、最全面、最深刻的呈现形式，所以文学经常被认为是人类的心灵史、民族的命运史、国家的成长史。

文学诞生于人类最早的生产活动和精神活动。《吕氏春秋·古乐》云："昔葛天氏之乐，三人操牛尾，投足以歌八阕：一曰载民，二曰玄鸟，三曰遂草木，四曰奋五谷，五曰敬天常，六曰达帝功，七曰依地德，八曰总万物之极。"在学界，一般认为这是对中国原始诗歌和舞蹈起源的史料记载，对人们了解原始诗、歌、舞三位一体的形态和内容具有重要的史料价值，同时也是文学起源于劳动学说的最好例证。鲁迅先生在《门外文谈》中也说："我们的祖先的原始人，原是连话也不会说的，为了共同劳作，必需发表意见，才渐渐的练出复杂的声音来，假如那时大家抬木头，都觉得吃力了，却想不到发表，其中有一个叫道'杭育杭育'，那么，这就是创作；大家也要佩服，应用的，这就等于出版；倘若用什么记号留存了下来，这就是文学；他当然就是作家，也是文学家，是'杭育杭育派'。"这里谈的也是文学起源、作家与作品的关系、文学流派的产生，其观点与《吕氏春秋·古乐》一脉相承。

从文学发展历史来看，文学是人类对外部客观世界、人类的生产生活实践和人的内在精神世界的直接反映。口头文学是早期人类文学生产、传播的主要形式。口头文学的口头性、集体性、变异性、传承性，一方面使大量的文学经典一直代代相传地活在人们的口头上，同时，在传承中出现了诸多的变异和增殖；另一方面，人类口耳相传的口头文学具有综合性，不仅与劳动生活融为一体，而且和其他艺术门类综合在一起，所谓诗、歌、舞、乐一体即是对其综合性的概括。中国活态史诗《格萨（斯）尔》《江格尔》《玛纳斯》便是经典例证。

文字产生以后，有了书面文学。但口头文学与书面文学并行不悖且同步向前发展，二者之间的关系复杂多样。

从史料的角度来说，文字的产生，使人类早期口头文学得到记录、保存和流传。可以确定的是，文字产生之后相当长的时期，文字一方面成为文学创作的直接手段，即时性地记录了人们的文学创作活动，另一方面也成为口耳相传的口头文学向书面文学转换和固化的唯一媒介和符号。在早期被转化的文学，就包括人类代代相传的关于人类起源、迁徙、战争等重大题材和主题的神话传说。历史学已经证实，人类早期的神话传说包含着丰富的历史信息、文化信号和精神密码。例如，殷商时期的甲骨文，记录了商人的生活情形，使后人约略获取一些商朝历史发展的信息。而后来《尚书》《周礼》中关于夏、商、周及其之前的碎片化的记载，以及后来知识化的"三皇""五帝"的"本纪"，其源头无一不是口头神话传说。

也正是口头文学的口头性、集体性、变异性、传承性，使这些口头神话传说在不同的典籍中有了不同样态，五帝不同的谱系就是一个例证。司马迁在《五帝本纪》中对五帝的记叙，仅仅是其中的一个谱系。即便是目前文献记载最早的中华民族创世神话三皇之一的伏羲也是如此。吕振羽在《史前期中国社会研究》中，认为伏羲神话是对渔猎经济的反映，具有史前社会某一个时期的确定性特征。刘渊临在《甲骨文中的"蚰"字与后世神话中的伏羲女娲》中，骆宾基在《人首龙尾的伏羲氏夏禹考——〈金文新考·外集·神话篇〉之一》中，都将目光投向早期文字记载中的伏羲，是因为，这是最早的关于伏羲的文献史料。有意味的是，芮逸夫在《苗族的洪水故事与伏羲女娲的传说》中，认为伏羲女娲神话的形成可追溯到夏、商；杨和森在《图腾层次论》一书中，又认为伏羲是彝族的虎图腾及葫芦崇拜。他们的依据之一便是这些民族代代相传的神话传说的口头史料和文献史料。这些讨论，一是说明早期文献典籍对人类口头文学的记载，既多样，又模糊；二是说明对中国早期文明形态、文明进程的研究，离不开人类口头文学；三是说明对中国早期文明的研究应该有中华文明起源"满天星斗"的视野；四是说明同一神话传说在不同民族传播的表象下呈现出来的各民族文化交流交融是一个值得从中华民族共同体角度研究的历史现象。

从文献史料征用的角度来说，作为人类口头文学的神话传说，后来被收进了各种典籍，作为历史文献被征用。此后，又被文学史家因其文学的本质属性从历史文献中剥离出来，纳入文学史的知识体系。文学独立门户自班固《汉书》首著《艺文志》始，在无所不包的宏大史学体系中，文学有了独立的归类和身份，但仍在“史”的框架之中。至《四库全书》以“集部”命名文学，将其与经、史、子并列，文学身份地位进一步确定和提升。但子部所收除诸子百家之著述外，艺术、谱录、小说家等无不与文学关涉，这又说明历史与文学的关系是盘根错节、难以分割的。这种特性，也造就了中国古代历史和古代文学史的“文史不分”——没有“文学”的历史与没有“历史”的文学，都是不可想象的，这也充分说明文学史料在整个史料中的地位、价值和意义。文学描写的是人类活动，表达的是人类情感和思想，传递的是人们对美好生活的向往，是人类诗意栖居的共有家园。这是历史学其他分支学科所无法做到的。而人是活在具体的历史之中的，正如“永王之乱”之于李白，《永王东巡歌》作为李白被卷入“永王之乱”的一个文字证据而被使用。因此，历史学的专门史，是文学史的基本定位。如此，文学史料在史料体系中的地位和价值就是不容忽视的存在。

其次，在马克思主义理论中，文学艺术与哲学、政治、法律、道德、宗教一起，构成了马克思主义社会意识形态的主体要素。文学被视为意识形态的原因在于，它是社会意识形态的一种表现形式，并且具有意识形态的属性。

我们知道，意识形态是人对于事物的理解和认知，是人的观点、观念、概念、价值观等的总和。意识形态也是一定的政治共同体或社会共同体主张的精神思想形式，是社会意识诸形式中构成思想上层建筑的组成部分。文学作为人类一种精神活动及其产品，是由人们对人类社会发展的历史和社会现实的认知所决定的。就文学与历史、文学与生活的关系而言，文学以不同的形式，表现或传达人们对历史和现实生活的认知和内心情感。一是“文以载道”“兴观群怨”，说明文学并不是社会生活在人们头脑中的简单重现，而是包含着创作者的世界观、人生观、价值观等意识形态元素，这些元素通过作品的人物塑造、情节安排等方式，向读者传达出来。二是文学是审美的意识形态，它既是一种创造美和欣赏美的社会活动，同时也是一种以美为创造对象和欣赏对象的意识层面的活动，这种活动伴随着什么是美和美是什么的追问，也伴随着人类情感、精神和思想境界的升华。因此，习近平总书记在《在文艺工作座谈会上的讲话》中指出：文艺事业是党和人民的重要事业，文艺战线是党和人民的重要战线。文艺是时代前进的号角，最能代表一个时代的风貌，最能引领一个时代的风气。这说明，党和国家对文学的意识形态属性高度重视。而事实上，在意识形态之中，文学正是以对历史的重构、现实的观照，人类对美的追求的表达，承担着其他意识形态无法替代的社会功能，这也决定了文学史料在整个史料体系中的特殊价值。

再次，文学上的交往交流交融，对推动中华民族从多元走向一体的历史进程，推动中华民族凝聚力的形成和中华文化认同，影响深远而巨大。这是由文学的巨大历史载量、巨大思想力量、巨大情感力量、巨大审美力量所决定的。没有什么是文学所不能承载的，所以文学在各民族交往交流交融中，既是显性的交往（如文化层面的交流互动、文学作品的跨民族、跨文化传播），又是精神、情感和心灵层面的属于文学接受和影响范畴的隐性的深度渗透。作为文化的直接载体和表现符号，文学具有先天优势。正因如此，在中华民族交往交流交融历史上，留下了浩如烟海的文学史料。例如，根据历史文献的记载，文成公主入藏时，所携带的书籍中不仅有佛经、史书、农书、医典、历法，还有大量诗文作品。藏区最早的汉文化传播，就是从先秦儒家经典和《诗经》《楚辞》开始的。再如，辽代契丹人不但实行南面官北面官制，还学汉语习汉俗，更是对《诗经》、《楚辞》、汉赋、唐诗、宋词照单全收。辽圣宗耶律隆绪对白居易崇拜有加，自称“乐天诗集是吾师”。耶律楚材在西域征战中习得契丹语，将寺公大师的契丹文《醉义歌》翻译成汉语，不仅使之成为留存下来的契丹最长诗歌作品，也使我们从中领略到契丹人思想领域中的多元状态——既有陶渊明皈依自然的思想，又有老庄思想与佛教的思想观念。而这种多元的思想是契丹基本的思想格局，它不仅反映了契丹社会的开放性和包容性，更显示了契丹文化与其他民族文化的交融，特别是对汉族文化的吸收。这些生动丰富的文学史料，从生活出发，经由文学，抵达人的思想和精神层面，共鸣并升华为中华民族的向心力和凝聚力，极大地促进了各民族交往交流交融，成为中华民族从多元走向一体的文学记录。

也正因如此，党和国家对各民族文学史料高度重视。早在1958年，党和国家在全国各民族社会历史调查和语言调查取得丰硕成果的基础上，决定由中华人民共和国国家民族事务委员会主持编写《中国少数民族》《中国少数民族简史丛书》《中国少数民族语言简志丛书》《中国少数民族自治地方概况丛书》《中国少数民族社会历史调查资料丛刊》（简称“民族问题五种丛书”），这一系统而浩大的国家历史工程历经艰辛，于2009年修订完成，填补了中国历史研究的空白，成为研究中华民族从多元走向一体的基础文献。

而同年，由中共中央宣传部直接领导，各省区党委负责，中国科学院文学所主持的中国少数民族文学史（概况）编写工程启动。

中国少数民族文学史（概况）编写与“民族问题五种丛书”作为社会主义意识形态重大工程和国家重大历史文化工程的同时启动，说明党和国家对少数民族文学的重视，也说明各民族文学史料之浩繁、历史之悠久、形态之特殊，是“民族问题五种丛书”无法完全容纳的，须独立进行。例如，《蒙古族简史》在“清代蒙古族的文化”一章中，专设“文学作品”一节，但这一节仅介绍了蒙古族部分作家作品，没有全面总结蒙古族文学与汉族、满族等民族文学交流融合的历史进程。其他民族的“简史”存在同样的问题。

事实证明，正是新中国成立后对各民族文学的有组织的全面调查、搜集、整理、研究，使我们掌握了各民族文学的第一手史料，摸清了各民族文学的“家底”，尤其是在搜集、整理过程中发掘出来的各民族文学关系史料，为揭示中华民族从多元走向一体的思想、情感、文化动因，提供了重要的支撑。1983年中国社会科学院毛星主编的三卷本《中国少数民族文学》第一次呈现了中国少数民族文学发展的历史，绘制了中国少数民族文学版图。此后，马学良、梁庭望等也陆续推出通史性质的中国少数民族文学史。而这些通史性的少数民族文学史，正是以各民族文学史料的整理、各民族文学史（概况）的编写为基础的。

特别需要说明的是，20世纪90年代，梁庭望、潘春见的《少数民族文学》，立足于各民族交往交流交融的理念，拓展和深化了少数民族文学研究，也为中国特色的比较文学学科体系、学术体系、话语体系建设做出了积极努力。2005年，郎樱、扎拉嘎等人的国家社科基金重大项目“中国各民族文学关系研究”立足

"关系"研究,通过对始自秦汉,止于近代的各民族关系研究,得出了"你中有我,我中有你"的历史结论,成为中华各民族交往交流交融关系研究最早、最系统、最宏观的成果。而这一成果也是作者们历时数年,对各民族文学交往交流交融史料进行的最全面的梳理和展示。

事实上,自少数民族文学学科建立以来,对各民族文学交往交流交融研究就是重点领域,特别是 20 世纪 90 年代以来,各民族文学关系研究成为少数民族文学研究的分支学科。相应地,对各民族文学交往交流交融的史料整理也自然成为研究的基础。《中国各民族文学关系研究》《20 世纪中华各民族文学关系研究》《元代蒙汉文学关系研究》等都是具有代表性的成果。这些成果,不仅重新梳理、发掘了一大批各民族文学交往交流交融关系的史料,同时也进一步揭示了中国各民族自古以来的交往交流交融的历史发展规律。

因此,在"三交史料"体系中,各民族文学交往交流交融史料的重要地位是不能忽视和不可替代的。剥离了文学史料,各民族交往交流交融史料体系是不完整的。

二、新中国少数民族文学史料的性质和价值

少数民族文学史料,既是少数民族文学发展、学科建设历史的足迹,也是少数民族文学史知识生产的基础材料。

新中国少数民族文学史料是新中国文学史料体系中重要而独特的组成部分,是各少数民族文学史料的集成。这是新中国少数民族文学的性质决定的。

新中国成立后,少数民族文学被纳入社会主义新文学的整体之中,被赋予了社会主义新文学的性质。同时,少数民族文学还被党和国家赋予了宣传党的民族政策,维护国家统一,促进民族团结,促进各民族之间的了解和文化交流,反映各民族人民社会主义新生活、新面貌、新形象、新精神、新情感、新思想的社会功能和政治使命,受到党和国家的高度重视。少数民族文学因此成为国家话语的组成部分,从而与党的民族政策、各民族经济和社会发展保持密切关系。因此,无论从社会主义意识形态角度观之,从统一的多民族国家的角度观之,还

是从新中国社会主义文学的角度观之，少数民族文学的性质、功能、使命和作用都决定了少数民族文学史料国家性的特殊属性。

例如，1949 年 7 月 14 日中国第一次文代会通过的《中华全国文学艺术界联合会章程（草案）》，首次提出在即将成立的中华人民共和国的文学艺术事业中，要“开展国内各少数民族的文学艺术运动，使新民主主义的内容与各少数民族固有的文学艺术形式相结合。各民族间互相交换经验，以促进新中国文学艺术的多方面的发展”。这里的“各少数民族文学艺术”概念以及对少数民族文学的定位和发展规划，虽然与 1934 年《苏联作家协会章程》有一定联系，但重要的是，为什么在规划新中国文学时，就已经充分考虑到各少数民族文学艺术。显然，这与即将建立的新中国是一个不同于苏联的统一的多民族国家的国家性质直接相关。这样，“促进新中国文学艺术的多方面的发展”，显然超越了《苏联作家协会章程》中对各苏维埃联邦共和国中不同民族文学翻译的重视和发展各兄弟民族的文学——《苏联作家协会章程》在第四项任务中称：“实行相互帮助，交换各兄弟共和国作家和批评家的创作经验，有组织地将艺术作品从一个民族的语言翻译成其他民族的语言——借此尽量地发展各兄弟民族的文学。”也就是说，《中华全国文学艺术界联合会章程（草案）》中统一的多民族国家的立场和对少数民族文学发展目标的确定明显不同于《苏联作家协会章程》。这一点在《人民文学》发刊词中得到了更直接的体现。在发刊词中，少数民族文学的国家文学、国家学科、国家学术的国家性被正式确定，各民族文学共同发展的国家意识，也都指向了统一的多民族国家，指向了统一的多民族国家中各民族一律平等，指向了反对大民族主义和地方民族主义的国家意识，指向了在统一的多民族国家的社会主义新文学的整体格局中定位少数民族文学的性质，指向了在国家文学和国家学科中通过推动少数民族文学的发展，落实党和国家的民族政策，指向了党对少数民族文学在统一的多民族国家建设中的作用的重视、规范和期待。

所以，国家在启动“民族问题五种丛书”编写的同时，也启动了少数民族文学史编写以及“三选一史”的国家工程。1979 年，少数民族文学史编写工程再次启动,《光明日报》发表述评《重视少数民族文学》,再一次发出国家声音。故而,在对少数民族文学发展和对少数民族文学史编写的重视方面,只有从建构统一的多民族国家历史知识的角度,从中华民族共同体历史知识生产的角度,才能理解和认识党和国家的良苦用心。而少数民族文学史料所呈现的历史现场也是如此。老舍在《关于兄弟民族文学工作的报告》和《关于少数民族文学工作的报告》中,从统一的多民族国家的高度,提出少数民族作家的文学创作要达到汉族作家的水平,清楚地表明了以平等为核心,共同发展为目标的民族政策在少数民族文学事业上的国家顶层设计。

历史地看,新中国少数民族文学以积极主动的姿态实现了国家对少数民族文学性质、功能、作用的定位和期待。例如,玛拉沁夫的《科尔沁草原上的人们》在《人民日报》的短评中斩获了五个"新",从作家角度说,是因为其对少数民族文学性质、功能、作用的实践;从国家层面说,是因为党和国家对少数民族文学所承担的责任和使命得到了很好践行的充分肯定。再如,冰心的《〈没有织完的统裙〉读后》也是一个典型案例。冰心从"云南边地自然风光和民族风情""新人新事""毛主席伟大民族政策在云南的落地生根"三个观察点进行分析,这三个观察点同样也来自国家赋予少数民族文学的功能和使命。与《科尔沁草原上的人们》不同的是,在冰心这里,少数民族文学在促进各民族之间的了解和文化交流方面的功能得到强调。冰心说,"那些迷人的、西南边疆浓郁绚丽的景色香味的描写,看了那些句子,至少让我们多学些'草木鸟兽之名',至少让我们这些没有到过美丽的西南边疆的人,也走入这醉人的画图里面"。而且,民风民俗同样吸引了冰心,特别是作为民族智慧结晶的民族谚语,更引起她的注意:"还有许多十分生动的民族谚语,如:'树叶当不了烟草','老年人的话,抵得刀子砍下的刻刻','树老心空,人老颠东','盐多了要苦,话多了不甜','树林子里没有鸟,蝉娘子叫也是好听的'……等等,都是我们兄弟民族人民从日常生活中所汲取出来的智慧。"所以,冰心"兴奋得如同看了描写兄弟民族生活的电影一样"①。

---

① 冰心:《〈没有织完的统裙〉读后》,《民族团结》1962年第8期。

冰心的评价既表现了国家对少数民族文学的期待和规范，同时也呈现了少数民族文学在增进各民族了解和文化交流方面的作用和少数民族文学独特的美学特质。正如老舍1960年在《兄弟民族的诗风歌雨》中所说："各民族的文学交流大有助于民族间的互相了解与团结一致。"①

少数民族文学史料的国家性，使之成为新中国文学史料体系中具有独特价值的不可或缺的组成部分。

首先，少数民族文学史料真实客观地记录了党和国家从统一的多民族国家和中华民族共同体建设的高度，发展少数民族文学的国家立场和实际举措。

其次，少数民族文学史料真实客观地呈现了少数民族文学对党和国家赋予的功能、使命的践行，真实客观地反映了各民族社会生活的历史性巨变。

再次，少数民族文学史料忠实记录了少数民族文学自身的发展历程，记录了不同历史时期政治文化语境的变化对少数民族文学创作、文学批评和理论研究的深刻影响。

最后，少数民族文学史料真实客观地反映了少数民族文学对中国文学做出的巨大贡献。各民族民间文学的搜集整理，少数民族古代作家作品的研究，当代各民族文学发展研究，不仅渗透到中国语言文学的各个学科，而且高度体现了中国文学史的多民族共同创造的属性。各民族文学史料对中国文学史料的丰富、完善，不仅为少数民族文学史研究，也为新中国文学史研究提供了基础材料。

所以，少数民族文学史料的性质和政治价值、社会价值、历史价值、文化价值、文学价值都是值得重视和研究的重要课题。

三、新中国少数民族文学史料形态

"形态"一词通常指事物的形式和样态、状态。在这里，笔者更倾向于从研究生物形式的本质的形态学角度来认识新中国少数民族文学史料，借鉴形态学

① 舒舍予：《兄弟民族的诗风歌雨》，《新华半月刊》1960年第9期。

注重把生物形式当作有机的系统来看待的方法，不仅关注部分的微观分析，也注重总体上的联系。

史料基本形态无外乎文献史料、口述史料、实物史料、图片史料、数字（电子）史料五种。专门研究史料形态及其演变规律的史料形态学，关注的重点是史料的形态、结构、特征以及它们在不同历史时期和文化背景下的变化，史料形态与社会、政治、文化等因素的相互关系，以及这些因素如何影响史料的形成、传播和保存等。通过深入研究史料形态学，我们可以更好地理解史料的本质、来源、传播和保存方式，从而更准确地解读历史信息，揭示历史事件的真相。这样，史料形态学的研究就要从史料的形态入手。新中国少数民族文学史料也是如此。

从有机的系统性角度来看，无论是对新中国少数民族文学整体评价的文献史料，还是微观形态的作品评论史料，乃至一则书讯、新闻报道，都指涉着特定历史语境中的意识形态、社会思潮、社会生活、文学创作、文学评价所构成的彼此关联和指涉的有机系统的整体性和内部的丰富性、复杂性。这些要素各有特定的内涵和不同话语形态，但其内在价值取向的指向性却具有一致性和共同性的特点。至于对社会生活反映的话语的不同，对不同问题的阐发的不同，学术观点的争论甚至某一人观点前后的矛盾，也都是一体化的政治文化语境下，不同的文学观念与社会价值观念的对话、冲突、调适，并且受控于国家意识形态规范的结果。因此，对史料系统的有机性的重视，对史料系统完整性程度的评估，对不同史料关系的梳理，对具体史料生成原因的挖掘，直接关系到真实、客观、全面还原少数民族文学的历史现场。

从史料留存的基本情况看，1949—1979 年少数民族文学史料形态涵盖了前述五种形态，但各形态史料的数量、完整性极不平衡。其中，文献史料最多且散佚也最多，口述史料较少且近年来也未系统开展收集工作，图片史料少而分散，故更难寻觅，实物史料则少而又少。因此，以文献史料特别是学术史料为主体的史料形态是本书史料的主要特征和重点内容，这也是由目前所见少数民族文学史料的主体形态和客观情况所决定的。

文献史料在史料形态中的地位自不必言,而文献史料存世之情形对研究的影响一直作为无法破解的问题,存在于史料学和各学科研究之中。孔子在《论语·八佾篇》中言:夏礼,吾能言之,杞不足征也;殷礼,吾能言之,宋不足征也。文献不足故也,足,则吾能征之矣。在这里,孔子十分遗憾地感叹关于杞、宋两国典籍和后人传礼之不足,十分清楚地说明了史料与传承的重要性。孔子尚感复原夏殷之礼受史料不足的局限,后人研究夏殷之礼的难度就可想而知了。正如梁启超所说:"时代愈远,则史料遗失愈多而可征信者愈少,此常识所同认也。"同时,他还说:"虽然,不能谓近代便多史料,不能谓愈近代之史料即愈近真。"①这也是梁启超在研究中国历史时,对晚近史料之不足与史料之真伪情形的有感而发。他的感想,也成为所有治史料之学人的共识。傅斯年所说的"有一分材料说一分话",指出了远古史料、近世史料的基本状况、形态以及使用史料的基本规范和原则,但从中也不难体察出治史者对史料不足的无奈。

少数民族文学史料也是如此。本书搜集整理的是1949年至1979年间的少数民族文学史料。其起点距今不过70多年,终点不过40多年。按理说,这30年间,国家建立了期刊、报纸、图书出版发行体系,建立了国家、省、市、县、乡镇的体系化图书馆。早在20世纪50年代,许多工厂、机关、学校、街道在极其艰难的条件下,陆续建立了图书阅览室。另外,从国家到地方,也有健全的档案体系,文献史料保存的系统是较为完备的。但是,史料的保存现状却极不乐观。以期刊为例,即便国家图书馆,也未存留20世纪50年代出版的少数民族文学的全部期刊。已有的部分期刊,断刊情况也非常严重。特别是20世纪80年代后期,因为种种原因,许多地区和基层图书馆期刊、报纸文献遭到大面积破坏,20世纪50年代至60年代的许多珍贵史料,被当作废纸按"斤"处理掉。对本地区期刊、报纸文献保存最完整的各省级图书馆,也因搬迁、改造、馆藏容积等使馆藏文献被"处理"的情况极为普遍。因此,许多文献已经很难寻找,文献史料的散佚使这一时期文献史料的珍稀性特点十分突出。

① 梁启超:《中国历史研究法》,上海人民出版社,2014年版,第39页。

例如，在公开发行的史料中，《新疆文艺》1951年创刊号上柯仲平、王震撰写的创刊词，我们费尽周折仍无缘得见。再如，关于滕树嵩的《侗家人》的讨论，是以《云南日报》为主要阵地展开的，但是，《边疆文艺》《山花》也参与其中，最终的平反始末的史料集中在《山花》。其中还有《云南日报》的“编者按”以及同版刊发的批判周谷城的文章，其所呈现出来的一体化的时代政治文化语境中，边疆与中心的同频共振给我们深入分析这些史料的价值提供了第一手材料，也还原了特定的历史语境。是不是将这些史料“一网打尽”后，关于《侗家人》发表、争鸣、批判、平反的史料就完整了呢？当然不是。因为，这些仅仅是公开发表的，或者在社会公共空间生产和传播的史料，还有另一类未在社会公共空间公开生产和传播的珍稀史料存世。例如，云南省委宣传部的《思想动态》上刊发的《小说〈侗家人〉讨论情况》《作协昆明分会同志对讨论〈侗家人〉的反映》《部分大学师生对批判〈侗家人〉很抵触》《〈侗家人〉作者滕树嵩的一些情况》，这些未公布于世的内部资料，与公开发表的史料汇集，才能真实地还原《侗家人》由讨论到批判的现场。因此，未正式刊行史料中的这类史料的价值是难以估量的。

未正式刊行的珍稀史料除了内部资料外（如各种资料集），还有各种文件、批示、作家手稿、书信、日记、稿件审读意见、会议记录、发言稿等。这类史料散佚更多，搜集整理更难，珍稀程度更高。

例如，1958年首次启动，至1979年第二次启动，其间有大量史料产生的少数民族文学史史料编撰，目前我们所见的成果仅有中国社会科学院1984年选编的《中国少数民族文学史编写参考资料》这一内部刊行资料。其中收录了中共中央宣传部关于少数民族文学史编写工作座谈会纪要，关于少数民族文学编写原则、分期等讨论稿，以及李维汉、翦伯赞、马学良等人的信件等。事实上，在1961年关于少数民族文学史编写座谈会召开及对已经编写的少数民族文学史进行讨论时，中国科学院文学研究所曾编印了《一九六一年少数民族文学史讨论资料》和少数民族文学史编写、审读、讨论的“简报”等第一手资料，但这些珍贵史料已经不知去向。我们只能从《中国少数民族文学史编写参考资料》的断简残章中去捕捉当时的宝贵信息，还原历史现场。

再如，1955年玛拉沁夫为繁荣和发展多民族国家的少数民族文学“上书”中国作协。中国作协领导班子经过讨论给玛拉沁夫的回复和玛拉沁夫的“上书”，一并发表在中国作家协会的《作家通讯》上。但是，“上书”的手稿，中国作协领导层如何讨论，如何根据反映的情况制定了对少数民族文学发展起到重大影响的“八个措施”的会议纪要等，已湮没在历史之中。

再如，少数民族文学概念的提出是一个“元问题”。目前有人追溯到公开发表的第一次文代会通过的《中华全国文学艺术界联合会章程（草案）》。但是，本来是有记录的《中华全国文学艺术界联合会章程（草案）》的起草过程，各代表团、各小组对大会报告和《中华全国文学艺术界联合会章程（草案）》的讨论情况的第一手材料，已经无处可觅。近年来，王秀涛、斯炎伟、黄发有等人对第一次文代会史料的钩沉虽然有了不小的收获，其艰难程度却渗透在字里行间，仅第一次文代会代表是如何产生的这样重大问题，“目前学界的研究却仍然是笼统和模糊的”[①]。至于是谁建议将少数民族文学艺术纳入《中华全国文学艺术界联合会章程（草案）》，是谁修改了《苏联作家协会章程》中的“各兄弟民族文学”的表述，却没有一点记录留存。因为，从《苏联作家协会章程》中的“实行相互帮助，交换各兄弟共和国作家和批评家的创作经验，有组织地将艺术作品从一个民族的语言翻译成其他民族的语言——借此尽量地发展各兄弟民族的文学”，到《中华全国文学艺术界联合会章程（草案）》中的“使新民主主义的内容与各少数民族固有的文学艺术形式相结合。各民族间互相交换经验，以促进新中国文学艺术的多方面的发展”，显然进行了本土化创造。这种本土化创造的立足点是中国共产党和尚未正式宣布成立的新中国的文学发展的国家构想。那么，是哪些人参与了讨论并提出修改意见？特别是，两个月后《人民文学》发刊词中，才对少数民族文学概念有了真正意义上的命名，而且确定了少数民族文学的社会主义新文学和国家学术、国家学科的性质和地位。在这短短两个月中，少数民族文学发生变化的历史信息，都成为消逝在历史时空中的电波。而消逝在历

① 王秀涛：《第一次文代会代表的产生》，《扬子江评论》2018年第2期。

史时空中的电波，又何止于此。这一时期的作家手稿、书信，作品的编辑出版过程，期刊创办的动意、刊名的确定、批文等，或尘封在某一角落，或早已消失。而这一点，也是我们在寻找一些民族地区期刊创办史料、作品出版史料、作家访谈时得出的结论。

再如，已有的史料整理，也存在着缺失或差错的问题。例如，20 世纪 80 年代初，吴重阳、赵桂芳、陶立璠三位先生编辑整理并用蜡纸刻印过《当代少数民族作家作品研究资料索引》，该索引于 1983 年由中国社会科学院民族文学研究所作为内部资料印刷。这是目前所见最为全面的 1949 年至 20 世纪 80 年代初少数民族文学创作与研究文献目录索引。但是，其中仍有无法避免的诸多疏漏和差错。例如包玉堂的《侗寨情思》(组诗)，该索引仅收录了《广西日报》刊登的第二首，而未收《南宁晚报》刊登的一首，包玉堂发表在《山花》上的《侗寨情思》(五首)不仅对原作进行了修改，而且具体篇目也作了取舍和调整。这些在《当代少数民族作家作品研究资料索引》中都没有呈现。而追寻这一源流，呈现《侗寨情思》从单篇、“二首”到“组诗”的扩大、修改、更换的历史现场，本身就是一件非常有价值和意义的史料甄别和研究工作。

至于少数民族文学的其他史料形态，如图片史料，我们所见更多的是一些文献史料的“插图”，而第一手的图片更难搜寻。第一手的实物史料、数字(电子)史料就更加稀缺。所以，本书的史料形态只能是文献史料以及部分文献史料中的部分图片。从这一意义上说，本书用十年时间从各种渠道搜集整理出来的这些文献史料，虽然不是这一时期少数民族文学史料的全部，但这些史料的珍稀性是确定的，它以这样的方式呈现的这一时期的少数民族文学史料形态上的残缺，提示我们应该加强这方面的工作和研究。

四、少数民族文学史料的结构体系

少数民族文学史料有文学史料的共性特征，也有少数民族文学史料的独特性，这一独特性，主要体现在史料的内容体系、空间结构和学科体系、学术体系、话语体系的特征上。

在内容体系上，少数民族文学史料分宏观性史料、中观性史料、微观性史料三个层次。

宏观性少数民族文学史料是指1949—1979年间少数民族文学宏观性、全局性的史料，包括新中国少数民族文学政策、制度，少数民族文学发展的宏观性、全局性总结，宏观性的文艺评论与理论概括等。如费孝通、马寿康、严立等人的《发展为少数民族服务的文艺工作》《开展少数民族的艺术工作》《论研究少数民族文艺的方向》等关于少数民族文学功能、性质和发展方向的论述，1959年黄秋耕等人对新中国成立十年来少数民族文学发展的整体性评价的《突飞猛进中的兄弟民族文学》，华中师范学院、中国社会科学院、山东大学等高校和科研机构在中国当代文学格局中对少数民族文学发展的宏观总结，老舍关于少数民族文学发展的两个报告，中宣部关于少数民族文学史编写工作座谈会纪要，《光明日报》关于《重视少数民族文学》的述评，还有对民族形式、特点等少数民族文学重大理论问题的讨论等。这类史料的数量不多，但代表着特定历史时期国家对少数民族文学发展的规划、设计，对少数民族文学的社会功能、使命、作用的定位，对少数民族文学发展方向的指导和规范，对少数民族文学发展的总体评价，对少数民族文学发展中存在问题的分析及解决办法和具体措施。

在宏观性史料产生的时间上，1956年老舍《关于兄弟民族文学工作的报告》是第一篇关于少数民族文学全局性、整体性情况介绍、评价和改进措施的报告。1959年至60年代初，是宏观性史料产生最多的时期。其间，三部当代文学史对少数民族文学的宏观评价，标志着少数民族文学第一次进入中国文学史知识生产，意味着中国多民族文学的整体架构初步建立。

中观性少数民族文学史料是指1949—1979年间，以单一民族文学为单位形成的文学史料，包括某一民族文学史的编写、某一民族文学发展的整体评价、某一民族文学期刊创办等史料。

在这三十年中，伴随着党和国家民族政策的落实，中国各民族文学有了较快发展，特别是各民族民间文学资源的系统发掘，为全面评价各民族对中国文化的历史贡献提供了强大支撑，其意义远远超过文学本身。因此，这部分史料的价值不言而喻。

中观性少数民族文学史料有三个基本特征。

其一，各民族民间文学搜集整理、文学史编写、作家培养和作家文学的发展，党的民族政策、文化政策、文学政策的落实情况。

例如，国家对各民族社会历史情况调查和“三选一史”的编写，作为国家历史知识、民族文学谱系的“摸底”工作，覆盖了每一个民族。这种覆盖是有组织、有计划进行的。客观地说，各地方党委、政府的重视程度是高度一致的，这是一体化的意识形态规约和特定的政治文化语境中，国家、地方、个人意志、行动高度契合的生动表现。在民族平等政策的制度设计中，国家把各民族文学的发展纳入各民族经济、社会、文化教育发展的整体格局之中，并将其视为重要标志。这种无差别的顶层设计，具有文学共同体建设的鲜明指向。

其二，各民族民间文学史料多于作家文学史料，且其分布呈现出与该民族人口不对等的不平衡状态，这种不平衡是各民族民间文学发展历史的不平衡、文学积累的不平衡的真实样貌的客观反映。

例如，《纳西族文学史》《白族文学史》最早问世，是由云南各民族民间文学的丰厚积累和大规模的集中搜集整理决定的。云南各民族民间文学宝藏的惊人程度，可以用汪洋大海来形容。1958 年、1962 年、1963 年、1981 年、1983 年云南进行了五次大规模的民族民间文学调查。特别是前三次调查，为云南各民族文学史提供了第一手丰富而珍贵的史料。1956 年云南人民出版社就出版了《云南民族文学资料》。1959—1963 年，中国作家协会昆明分会民间文学工作部以内部资料的形式，编辑出版了《云南民族文学资料》18 集。这还不包括云南大学 1958—1983 年民间文学调查搜集整理的 18 个民族的 2000 多件稀见的作品文本、手稿、油印稿、档案卡片和照片。其文类包括神话、传说、民间故事、歌谣、史诗等。而楚雄对彝族文学史料搜集整理后稍加梳理，就编写出《楚雄彝族文学史》。相比之下，满族、蒙古族、藏族、维吾尔族这些人口较多的民族，民间文学搜集整理的状况就远不及云南各个民族。当然，这些民族一些经典的民间文学作品首先被“打捞”上来。如在科尔沁草原广为流传的《嘎达梅林》，维吾尔族的

《阿凡提故事》等。

此外，各民族民间文学史料的搜集整理也不平衡，以三大史诗为例，青海最早发现和相对系统地整理了《格萨尔》。1962 年，分为五部二十五万行的《玛纳斯》已经完成整理十二万行。1950 年，商务印书馆已经出版了边垣自 1935 年赴新疆后整理的 291 节、1600 多行的《洪古尔》(《江格尔》)，但《江格尔》大规模的整理并未能及时跟进。

其三，各民族民间文学与作家文学发展状况复杂多样。民间文学发达的民族，在新中国成立后，作家文学并不一定发达；书面文学发达的民族，在进入新中国后，民间文学并不一定同步发展。这种复杂多样的文学格局也决定了史料的格局和形态。

以文字与文学发展关系为例。我国现在通行蒙古族、满族、维吾尔族、哈萨克族、朝鲜族、彝族、傣族、纳西族、壮族等 19 种民族文字，不再使用的民族文字有 17 种。有文字的民族书面文学发展相对较早，但新中国成立后，文学发展差异较大。如蒙古族涌现出一大批汉语、双语、母语作家，各文类作家作品保持了较高的水平。同时，民间文学也保持着旺盛的生命力。以玛拉沁夫、纳·赛音朝克图、巴·布林贝赫、安柯钦夫、敖德斯尔、扎拉嘎胡为代表的蒙古族作家群，游走在汉语与母语之间，为把蒙古族文学推向新中国社会主义文学共同体做出了杰出贡献。而傣族虽然有自己的民族文字，且产生过《论傣族诗歌》这样的古代诗歌史、诗歌理论兼备的著作，但是，新中国成立后，作家文学却并不发达，民间歌手"赞哈"仍是创作主体。当然，许多民间歌手在这一时期是具有双重身份的——傣族的康朗英、康朗甩、温玉波，蒙古族的毛依汗、琶杰等，他们创作的口头诗歌被广泛传颂，同时也被翻译成汉语并发表，实现了从口头到书面的转换。

然而，另一种情形是，诞生了伟大史诗《格萨尔》和发达的纪传文学、诗歌、戏剧的藏族，在新中国成立后，除了云南的饶阶巴桑的汉语诗歌创作外，无论藏语创作还是汉语创作都鲜有重要作家和作品产出。而维吾尔族、哈萨克族、朝鲜族，则以母语文学创作为主，民族文字文学史料类别、数量远远超过汉语文学创作及其史料。

微观性少数民族文学史料，是指1949—1979年间少数民族作家作品史料。这部分史料占比较大，既反映了少数民族民间文学、书面文学的发展状况，也反映了少数民族文学批评、研究的基本格局。特别是，我们在介绍少数民族文学史料形态时所强调的有机系统性、宏观史料与微观史料的关联性，在微观性史料中得到了更加具体的体现。例如，前文所列举的《科尔沁草原上的人们》在《人民文学》发表后斩获的"五个新"的高度评价，表明该小说很好地实践了国家赋予少数民族文学的功能、使命、作用。同时，这种评价也对少数民族文学创作方向产生了巨大的引领作用。因此，正如史料显示的那样，这一代少数民族作家的心是与祖国同频共振的，他们的作品成为新中国少数民族翻天覆地的深刻变化的忠实记录，关于这些作品的评论，也规范、引导了各民族作家的创作。

值得一提的是，在微观性史料中，还有一类容易被忽视的简讯、消息或者快讯类的文献史料。这类史料文字不多，信息量却很大。例如，《新疆日报》1963年4月12日发表的《自治区歌舞话剧一团演出维吾尔语话剧〈火焰山的怒吼〉》一则简讯不足300字，但该文却涵盖四个方面的信息：一是《火焰山的怒吼》是维吾尔族作家包尔汉创编的维吾尔族革命历史题材的汉语话剧；二是该话剧由中央实验话剧院在北京演出后，又由新疆歌舞话剧院话剧二团在乌鲁木齐演出；三是包尔汉对汉语剧本进行了修改并转换成维吾尔语；四是新疆歌舞话剧院话剧一团排演了维吾尔语的《火焰山的怒吼》并在新疆各地巡回演出，受到了各族群众的热烈欢迎。那么，这些信息背后的信息又有哪些呢？其一，这部原创汉语话剧反映了辛亥革命后维吾尔族、汉族共同反抗阶级压迫的革命斗争，揭示了"汉族人民同维吾尔族人民自古以来的兄弟般的情谊"，在革命斗争中，新疆各族人民的命运同汉族人民的命运紧密地连接在一起，在今天看来，这里蕴含的正是共同体意识。那么，包尔汉为什么选择这个题材？而中央实验话剧院又为什么选择这部话剧？其二，新疆话剧团是一个多语种的话剧演出团体，这种体制设置和演出机制的背后，传达出什么信息？其三，维吾尔语革命历史题材话剧的演出，对宣传民族团结，增强维吾尔族人民对中国共产党革命历史的认识起到了重要作用。那么，包尔汉的选材，是自我选择还是组织安排？其四，由汉语转译为维吾尔语的《火焰山的怒吼》的排演，说明当时话剧团的领导和创编人员有高度的政治觉悟。那么，这种觉悟在1963年的政治文化语境中，究竟是自觉意识还是体制机制规约？因此，这则微型文献史料让我们回到20世纪60年代的新疆政治文化语境，看到了各民族作家的可贵的国家情怀和共同体意识。

在空间分布上，本时期少数民族文学史料空间广阔性和区域性特征十分鲜明。如《促进云南文学艺术的发展和革新》《云南民族文学资料》《内蒙古文学史》《积极发展内蒙古民族的文化艺术》《关于内蒙古自治区民间音乐、舞蹈、戏剧会演的几个问题》《十五个民族优秀歌手欢聚一堂　昆明举行庆丰收民歌演唱会》《新疆戏剧工作的一些新气象》《西南少数民族艺术有了新发展》《少数民族艺术的新发展——在西南区民族文化工作会议期间观剧有感》等，这些史料，大都是对某一区域性少数民族文学历史、现状和文学艺术发展的评价、分析和总结，在空间上呈现出了中国多民族文学丰富多彩的文学版图，是少数民族文学史料体系最为独特的体系性特征。

在少数民族文学史料的学科体系、学术体系和话语体系上，1949至1979年的少数民族文学史料的体系性特征十分突出。

首先，已有的史料形成了文学理论、民间文学、古代书面（作家文学）、现当代文学、戏剧电影文学的学科体系，尽管各学科的史料数量不等，但学科体系的确立已经被史料证明。

其次，从学术体系而言，少数民族文学在各学科的框架中同样以大量的、丰富的史料为基座，初步形成了各个学科的学术体系。例如，在少数民族当代文学学科中，形成了包含诗歌、小说、散文等文类和相关文类作家作品批评和研究的史料体系。在民间文学学科中，形成了以各民族史诗、叙事诗、神话、传说、故事、谚语搜集、整理、研究为主体的学术体系。而且，因研究对象的不同，各民族文学形成了特色鲜明、丰富多样的学术体系。

最后，从话语体系而言，新中国少数民族文学史料话语体系的国家性、时代性、民族性相融合的特征十分鲜明。

在国家性上,少数民族文学史料是新中国社会主义文学话语体系的重要组成部分,也是最具中国特色的文学话语体系。这表现在,统一的多民族国家、中国共产党的领导、民族平等政策、民族团结是少数民族文学史料最核心、最关键的共同性和标识性的话语。在所有宏观性、全局性的史料中,统一的多民族国家、民族平等、民族团结、社会主义是少数民族文学话语生成和发声的国家语境,少数民族文学总是在这一语境中被强调、阐释和评价。

在时代性上,“兄弟民族文学”“兄弟民族文艺”“新生活”“新人”“新面貌”“新精神”“对党的热爱”“突飞猛进”等话语,无不与“团结友爱互助”“民族大家庭”这一对中华民族的全新定义高度关联,无不与新中国成立后的各民族生活发生的历史性巨变高度关联,因此,各民族之间的关系,各民族文学中的新生活、新气象、新面貌成为具有鲜明时代辨识度的评价少数民族文学的关键词。特别是,在共同性上,社会主义新文学、社会主义新生活、社会主义新人,各民族文化遗产,以及作为国家遗产的各民族民间口头文学、书面文学、文学史的编写原则等,是少数民族文学各学术体系共同的标准和话语形态。

在民族性上,社会主义内容与各民族传统艺术形式的结合,使少数民族民间文学、作家文学的民族形式和民族特点的表现,成为少数民族文学的标志性的合法话语被提倡。各民族丰富多彩的民间文学文类和样式,如蒙古族的祝赞辞、好来宝,哈萨克族的阿肯弹唱,藏族的藏戏、拉鲁,维吾尔族的十二木卡姆,白族的吹吹腔等各民族丰富而独特的艺术形式被发掘并重视。前述冰心在评价杨苏小说《没有织完的统裙》时称赞的边疆风光、民族风情作为少数民族文学的民族文化和地域文化特征,在统一的多民族国家的中华民族文化多样性和国家文化集体性的高度上被认同。如何正确反映民族生活,如何正确评价少数民族文学的民族特点等理论问题,也在新中国社会主义文学的框架下被提出、讨论并得到规范。取其精华,去其糟粕不仅广泛运用于民族民间文学整理,也用于民族风情的描述和展示。可以说,这一时期少数民族文学民族性话语范式和评价标准基本确立。

尤其要说明的是,少数民族文学史料话语的国家性、时代性、民族性是融合在一起的。这一点在各类文学批评史料中都得到充分体现。而且，这些史料也清楚地表明，1949—1979年间，是少数民族文学全面发展的第一个黄金期，因此，这一时期少数民族文学史料的历史价值、社会价值、文化价值、文学价值都弥足珍贵。

五、问题与展望

如前所述，史料是学科大厦的基座。这个基座的广度、厚度、深度，决定学科大厦的高度和生命长度。

应该看到，与中国文学其他学科相比，中国少数民族文学学科的历史并不长，史料学建设还相当薄弱。少数民族文学史料整理从20世纪50年代各地民间文学大规模的搜集整理时就已经起步，“三选一史”和“三套集成”都是标志性成果。1979年中央民族大学整理编辑过《中国少数民族作家作者文学作品目录索引》《中国少数民族民间文学作品目录索引》。20世纪80年代中国社科院民族文学研究所成立后，于1981年、1984年将吴重阳、赵桂芳、陶立璠合作辑录的《当代少数民族文学作家作品研究资料索引》纳入《中国少数民族当代文学研究资料丛书》，还有《中国少数民族文学史编写参考资料》等以内部资料方式刊行的文学史料。全国各地在少数民族文学史料方面也做了大量工作，如云南多种版本、公开与非公开刊行的《民间文学资料》，广西的《广西少数民族当代作家作品目录索引》，玛拉沁夫、吉狄马加主编的《中国少数民族文学经典文库》，中国作家协会编辑的多种少数民族文学作品选（集），以及纳入“中国当代文学研究资料”丛书中的少数民族作家专集，等等，成果是显而易见的。特别是近年来，各民族学者依托各类项目对少数民族文学专题性史料的系统整理，形成了点多面广的清晰格局。

尽管如此，史料学意义上的少数民族文学史料系统整理和研究尚没有真正展开。本文所述的少数民族文学史料形态中，文献史料占据主体地位。这也意味着，除中国社会科学院民族文学研究所积几代学人之功建立的口头文学数字史料库外，其他形态史料整理还尚未起步。

本书选择1949—1979年少数民族文献史料作为整理对象，一是基于文献史料在所有史料形态中的主体地位；二是基于目前文献史料散佚程度日益加剧的现状，本书带有抢救性整理的用意；三是这一时期的史料在少数民族文学发展史上具有重要价值，特别是在少数民族文学学科发展处于转型升级阶段的今天，这些史料不仅还原了这一时期少数民族文学的历史现场，同时对少数民族文学发展也具有重要的历史参考价值；四是在少数民族文学研究中，面向少数民族文学历史的研究，必须以史料为支撑，面向未来的研究，同样要以史料为原点。

本书对文献史料特别是以文学批评和文学研究文献为主体的史料的整理与研究，仅仅是少数民族文学史料学建设的一个开始，本书所选也非这一时期史料之全部。只有当其他形态的史料也受到重视并得到系统发掘、整理和研究，当少数民族文学史料学体系真正建立起来，各形态史料构成的有机系统所蕴含的历史、社会、文化、文学等丰富的思想信息被有效激活时，我们才能在多元史料互证中走进少数民族文学发展的真实的历史空间。在此，笔者想起洪子诚先生在《问题与方法——中国当代文学史研究讲稿》的封面上写的一句话："对50—70年代，我们总有寻找'异端'声音的冲动，来支持我们关于这段文学并不单一，苍白的想象。"那么，这个寻找和支持来自哪里？——史料。

本卷导论

从史料看 1949—1979 年少数民族电影

1949—1979 年间少数民族电影的异军突起，是少数民族文学史上的重要事件，是新中国电影史上的华彩乐章，是新中国文学的全新景观。《草原上的人们》《刘三姐》《阿诗玛》《五朵金花》《冰山上的来客》《赫哲人的婚礼》《五彩路》《阿凡提》《祖国啊，母亲！》《景颇姑娘》《南岛风云》《回民支队》等电影，在全国产生了十分广泛的影响，留存下来的大量史料，真实记录了这一中国电影史和少数民族文学史上珍贵的历史时期，具有重要的学术价值和社会价值。

一、1949—1979 年少数民族电影创作概况

少数民族电影有狭义和广义之分，狭义上的少数民族电影，是指少数民族人民作为编剧、导演等主创人员创作的电影文学，包括已经拍摄和未拍摄的电影文学剧本。广义上的少数民族电影，一般是指少数民族题材电影。

由于电影是一门综合艺术，即便主创人员如编剧、导演是少数民族身份，其他创作人员也未必是少数民族身份，因此，此时期少数民族电影创作的多民族共同创作的特征十分鲜明。从这一意义上说，少数民族题材电影这一概念可能更加符合少数民族电影的实际情况。

据初步统计，1949—1979 年间，少数民族电影一共有 99 部。少数民族影片创作人员包括蒙古族、回族、藏族、维吾尔族、哈萨克族、苗族、彝族、壮族、朝鲜族、侗族、白族、傣族、黎族、拉祜族、景颇族、羌族、布依族、满族、瑶族、土家族、

哈尼族、傈僳族、佤族、畲族、高山族、东乡族、纳西族、达斡尔族、仫佬族、布朗族、阿昌族、塔吉克族、普米族、怒族、鄂温克族、保安族、独龙族、鄂伦春族、赫哲族、门巴族等少数民族人民。

在故事片创作中，从1950年的《内蒙人民的胜利》（原名《草原春光》，后由毛泽东亲自更名），到1979年的《丫丫》《雪青马》《从奴隶到将军》《雪山泪》《向导》，几乎每一部电影的问世都会产生强烈的社会反响。《草原上的人们》《冰山上的来客》《五朵金花》《阿诗玛》等电影的主题歌，如《花儿为什么这样红》《怀念战友》《敖包相会》《草原牧歌》《乌苏里船歌》《一朵鲜花鲜又鲜》《蝴蝶泉边》《马铃儿响来玉鸟儿唱》广为传唱，艺术魅力经久不衰。

在美术片创作中，《孔雀公主》《草原英雄小姐妹》《阿凡提》《金耳环与铁锄头》《金色的大雁》等，以优美的艺术造型、生动的故事情节、积极向上的思想格调，反映了各民族人民的聪明智慧和对美好生活的向往，滋润了一代又一代少年儿童的心灵。

在纪录片创作中，《中国民族大团结》《大西南凯歌》《光明照耀着西藏》《鄂伦春人》《阳光照耀着新疆》《美丽的西双版纳》等电影，真实记录了各族人民解放的历史场景和社会生活发生的历史性巨变。这些电影在今天看来，具有影视人类学、影视民族志和历史人类学的重要价值。

值得一提的是，少数民族电影中，《彩蝶纷飞》《朵朵红花向太阳》《草原儿女》《刘三姐》等舞台艺术片、舞剧，有的是少数民族向中华人民共和国成立十周年献礼的歌舞节目，有的是全国少数民族群众业余艺术观摩演出会精彩节目荟萃，有的是原创舞剧、地方剧，这从侧面呈现出那个年代各族人民多姿多彩的文艺生活以及文艺传统和文艺样式的继承与创新。

从少数民族电影创作素材来源看，原创和改编各占半壁江山。原创电影有《草原人民的胜利》《冰山上的来客》《回民支队》《五朵金花》《农奴》《金银滩》《沙漠的春天》《祖国啊，母亲！》等。改编电影部分改编自作家创作的文学作品，如《草原上的人们》《五彩路》《达吉和她的父亲》，部分改编自各民族民间文学，如《阿诗玛》《刘三姐》《阿凡提》《秦娘美》《蔓萝花》《嘎达梅林》等。

从少数民族电影的题材和内容上看，此时期少数民族电影内容丰富多彩，既有反映少数民族历史生活图景的《农奴》《阿诗玛》《刘三姐》《哈森与加米拉》，也有反映少数民族革命历史生活的《草原人民的胜利》《回民支队》《金玉姬》《金银滩》《红鹰》《羌笛颂》《从奴隶到将军》《傲雷·一兰》《祖国啊，母亲！》等，但更多的是反映在新中国党的民族政策照耀下少数民族人民的新生活、新形象、新精神、新思想，如《草原上的人们》《景颇姑娘》《五朵金花》《草原英雄小姐妹》《达吉和她的父亲》《五彩路》《牧人之子》《草原晨曲》《两代人》《黄沙绿浪》《苗家儿女》《春雷》等。

从少数民族电影的空间分布上看，少数民族电影展示了中国多民族共同创造、共同发展的电影版图。从西双版纳热带雨林的《摩雅傣》《孔雀公主》，到冰山耸立的《冰山上的来客》；从大瑶山《瑶山春》，到天山脚下《天山的红花》；从海南岛《歌声飞出五指山》，到内蒙古草原《草原上的人们》，一个统一的多民族国家的各民族共同创造的电影版图完整地展示在我们面前。在这一版图中，如同彩色舞台纪录片《朵朵红花向太阳》所隐喻的那样，在祖国广阔的空间中，各族人民的目光都望向了同一个方向。

二、少数民族电影史料的类型和价值

电影是以声、光、电为主，兼具文学、音乐、美术、表演品质的综合性视听艺术，这种艺术特征也决定了史料的形态、类型。除了以胶片形式留存的完整的电影资料外，少数民族电影史料形态主要是文字、图片。在类型上，有影片评论、创作谈、剧照等。其中，史料主体是电影评论，涉及《草原上的人们》《嘎达梅林》《祖国啊，母亲！》《牧人之子》《鄂尔多斯风暴》《骑士的荣誉》《远方星火》《两代人》《哈森与加米拉》《回民支队》《冰山上的来客》《刘三姐》《五彩路》《秦娘美》《景颇姑娘》《阿诗玛》等影片。其中的许多史料具有讨论和争鸣性质，反映了当时一体化的政治文化语境下和相同的政治立场下对同一个问题的不同认知、要求以及不同的艺术观念。

例如，1960 年达斡尔族剧作家孟和博彦的电影剧本《嘎达梅林》发表后引起人们重视,《电影文学》开设专栏发表了吴桐祺的《殷切的希望,严格的要求——评电影文学剧本〈嘎达梅林〉》,保音、崔鹏的《读〈嘎达梅林〉》等评论,对《嘎达梅林》剧本进行集中讨论。此外,王志彬的《光辉的蒙古民族英雄形象——介绍孟和博彦的电影文学剧本〈嘎达梅林〉》一文对《嘎达梅林》剧本的介绍也具有代表性。

吴桐祺在肯定剧本"主题的选定,题材的丰富性"的基础上,提出剧本后半部分人物描写不够成功。由此提出了"如何对待历史题材"的重要理论问题,指出文艺家和史学家尊重历史的方式并不相同。作为文学作品,剧本缺乏大胆的虚构,同时也缺乏对草原风貌、景物的描绘渲染。这里所涉及的问题具有普遍性意义。保音、崔鹏以民间叙事诗《嘎达梅林》为参照,从"情节的典型化和提炼中的虚实问题"的理论出发,分别从"是'木已成舟'还是'出自于心"、"哪里会这样一帆风顺"、"是起义军还是乌合之众?"、"同是背水一战"四个方面进行了比较研究,认为剧本创作无论在人物形象、思想、行为、性格,故事情节安排等方面都不成功。具体表现为:第一,由于嘎达的反叛并非完全出自内心,而是形势所逼,那么他以后的行为就成了无本之木,无源之水,缺乏坚实的思想基础,也就缺乏说服力。第二,由于在牢狱两节中没有描写出嘎达头脑中萌生出了反叛的念头,那么也就损害了这个英雄形象。好像他的思想,在反叛这一点上比牡丹还矮了一截。第三,正因为没有写出他的反叛思想,所以在结构上来看,前后也就缺乏有机的联系,没有做到后面的情节是前面情节发展的必然结果。在牡丹形象的塑造上,保音、崔鹏认为剧本最大的弊病在于没有忠实于原著,结果把民间叙事诗中果敢、无畏,但又聪慧、精细的牡丹形象简单化了,"损害了牡丹这个人物。把敌人写得过于懦弱无能,也就显不出我们英雄人物的威猛和聪明了。"由于该文以民间叙事诗《嘎达梅林》作为参照,又依据典型化原则以及现实主义理论艺术真实与生活真实的关系,所以在人物性格塑造、情节结构安排、思想意义提炼等方面的观点和结论,具有很强的学理性和说服力。

此外,玛拉沁夫编剧的《草原上的人们》《沙漠的春天》《祖国啊,母亲!》受到人们喜欢。其中,《祖国啊,母亲!》是"文革"时期为数不多的少数民族优秀电影。无可挑剔的爱国主题和蒙古族人民革命历史题材，使这部电影获得好评。《向节日献礼——访〈祖国啊，母亲〉中的蒙古族、达斡尔族演员》、宝力高的《祖国统一、民族团结的颂歌——评电影〈祖国啊，母亲!〉》、李耀宗的《毛主席民族政策的颂歌——彩色故事影片〈祖国啊，母亲!〉观后》、陶立璠的《为伟大的祖国高唱赞歌——评彩色故事影片〈祖国啊，母亲!〉》等文章高度评价了《祖国啊，母亲》对热爱祖国和民族团结的歌颂，以及对国民党推行大汉族主义的批判。

但是这些文章同样带有鲜明的时代特征，反映了20世纪50年代至70年代特定的政治话语对文学批评的规范。李耀宗从“民族斗争，说到底，是一个阶级斗争问题”的角度，称其是“民族政策”的颂歌。陶立璠概括影片主题时指出：“我国是一个统一、多民族的国家。内蒙古是我国神圣领土不可分割的一部分。《祖国啊，母亲!》这部影片，正是以高昂的无产阶级激情，生动感人的艺术形象，热情歌颂了毛主席的革命路线，歌颂了内蒙古各族人民在中国共产党领导下，为维护祖国统一，加强民族团结而进行的壮丽斗争。”他特别强调“民族斗争，说到底，是一个阶级斗争问题”。宝力高也持同样观点。但是，当宝力高使用了“这对于‘四人帮’搞修正主义、搞分裂、搞阴谋诡计，破坏民族团结、分裂祖国统一的罪行，也是个有力的批判”的话语时，也标志着以拨乱反正为特征的文学研究范式正在旧有的思想基础和话语范式中开始转型。只不过，20世纪70年代末，文学批评的话语范式并未发生根本转型。因此，陶立璠《为伟大的祖国高唱赞歌——评彩色故事影片〈祖国啊，母亲!〉》一文的学术价值在于根据现实主义典型理论对作品中的人物形象以及玛拉沁夫的电影创作进行艺术分析。

此外，敖德斯尔创作的电影《骑士的荣誉》也受到关注。曹硕龙的《性格、冲突和情节——谈〈骑士的荣誉〉中的几个问题》对敖德斯尔的剧本和电影进行了评价。曹硕龙从电影艺术理论出发，对电影中人物形象和性格的塑造、戏剧冲突和情节结构设计进行的艺术分析，较有学术价值。

三、1949—1979年少数民族电影存在的问题

本时期，作为民族文化遗产的少数民族传统戏剧处于转型之中，新编传统

戏剧如藏戏、彩调戏等受到人们的关注，但研究成果不多。个别较早接受话剧、歌剧等戏剧种类的民族如维吾尔族、蒙古族、朝鲜族等集中推出了一批戏剧作品，但同样研究成果不多。而少数民族电影这个概念尚未产生，人们在谈论这些电影时，经常使用的概念是反映少数民族生活或少数民族题材的作品，并未从学科的角度对之进行命名。因此，少数民族戏剧、电影并未作为独立的学科或研究领域受到重视，系统研究无从谈起。

第一辑

蒙古族电影

本辑概述

本辑收录了18篇关于蒙古族电影的史料，有李耀宗、邓全贵、边善基、李赐等撰写的七篇观后感，茂敖海、吴桐祺、陶立璠等人的六篇影评，王志彬、曹硕龙的两篇剧本评论，李玉铭的一篇影片拍摄现场记录，保音、崔鹏的一篇剧本读后感以及《人民电影》记者的一篇访谈。这些文献分别发表在《大众电影》《人民日报》《语言文学》《电影文学》《中央民族学院学报》《人民电影》《北京日报》《解放日报》《内蒙古日报》《草原》《电影创作》等报刊上。涉及五部不同的蒙古族电影，其中，关于电影《草原上的人们》的相关文献一篇，《嘎达梅林》相关文献三篇，《祖国啊，母亲！》相关文献七篇，《牧人之子》相关文献一篇，《鄂尔多斯风暴》相关文献五篇，《骑士的荣誉》相关文献一篇。本辑对本时期具有代表性的蒙古族电影相关史料进行了汇总，通过这些史料可以了解此时期少数民族电影的评价标准，以及电影创作者的创作方式及思路。

1953年《草原上的人们》电影拍摄完毕并上映后，引起全社会广泛关注，从此揭开了蒙古族电影创作的序幕。民间英雄史诗《嘎达梅林》，是近代蒙古族民间文学中的重要作品，在几十年的流传中，蒙古族人民把嘎达梅林起义反抗王公贵族和封建军阀的斗争经历，编成歌曲、长诗、歌剧、话剧、小说，到处传诵，到处歌唱。而《嘎达梅林》正是一部在民间故事的基础上创作的电影剧本，是由达斡尔族作家孟和博彦根据史实和民间故事进行艺术加工、创作而成的。王志彬在文章中对电影《嘎达梅林》改编的成功和存在的不足进行了全面分析，在当时较有影响。保音、崔鹏通过《嘎达梅林》中的四场戏与民间故事中四个对应情节的对比，说明情节的典型化和提炼中的虚实问题，认为应该以辩证唯物主义的观点，把作品的思想意义写得更深、更厚，把作品中的人物写得更活、更高、更美，为此，在作品情节典型化和提炼上，要采用虚实结合的创作手法。吴桐祺则论述了《嘎达梅林》剧本的不足之处，如剧本后半部分对人物的描写不够成功，缺乏个性化的语言，没能把一系列情节有机地联系起来，重点不突出，欠集中欠精练，缺乏大胆的虚构等。

影片《祖国啊，母亲！》是在内蒙古自治区成立三十周年的日子里上映的，在蒙古族电影史上具有独特的地位。陶立璠在文章中从这部影片的片名、情节安排、语言等方面进行评述，认为《祖国啊，母亲！》是一部向我国各族人民进行党的民族政策教育和爱国主义教育的生动教材。北京东城区业余文艺评论组以及李耀宗的观后感，从艺术层面对影片进行了分析。作者们表达了对"四人帮"破坏民族团结罪行的愤怒谴责和有力批判，纵情礼赞党和毛主席对各族人民革命事业的英明领导，具有明显的时代特征。此时期少数民族电影的主流评价体系可见一斑。史料中还有对《祖国啊，母亲！》中的蒙古族、达斡尔族演员的采访，从电影演员的角度出发，丰富了对蒙古族电影研究的视角。

在对影片《鄂尔多斯风暴》的评价方面，边善基和艺军在他们的影评中都从电影艺术特色入手，从创作角度、情节设置、人物形象等方面论述了该电影的优点与不足。李赐、马逵英的评论则是立足于《鄂尔多斯风暴》被林彪、"四人帮"及其在内蒙古的追随者诬蔑为"叛国文学"，作者云照光惨遭迫害的历史事实，抨击了"四人帮"的种种言论。《性格、冲突和情节——谈〈骑士的荣誉〉中的几个问题》一文，分析了《骑士的荣誉》剧本的成就与不足，对剧本存在的几个问题做了梳理和叙述。

本辑主要汇集了关于五部蒙古族电影的相关研究文献，这些文献主要从思想艺术层面对电影进行分析，客观指出电影的优缺点，并结合独特的时代特征，表达了对电影的不同看法。但由于此间中国蒙古族电影乃至少数民族电影还处于发展的起始阶段，对其分析与研究还不够系统化，研究方法和话语范式也较为相似。

千百万内蒙[1]人民的心声

——影片《草原上的人们》观后

茂敖海

史料解读

史料原载《大众电影》1954年第5期。该史料为一篇观后感。1952年,玛拉沁夫在《人民文学》上发表了第一篇小说《科尔沁草原上的人们》。《人民日报》在"文化短评"栏发表文章,用"五个新"来评价这篇小说。东北电影制片厂决定将这篇小说改编成电影。为了更好地把握作品的民族性格、民族特点,导演徐韬经请求领导,特意将玛拉沁夫、达木林请到北京,与剧作家海默一起改写剧本并将题目改为《草原上的人们》,使其更具概括力和典型性。1953年,电影拍摄完毕并上映后,引起社会广泛关注。鲜明的社会主题、鲜活的人物形象、独特的草原风光给人们留下了非常深刻的印象。其中的主题歌《敖包相会》更是家喻户晓,流传至今。文章对电影创作背景进行了全面介绍,对剧情、主题意义进行了深入分析。

原文

《草原上的人们》是一部反映和歌颂内蒙古自治区牧民生活和斗争的故事

① 编者注:"内蒙"应为"内蒙古",后同。

影片，通过对于草原上的人们与特务斗争的描写，表现了毛泽东时代的蒙族[1]青年的新品质，同时也揭露了蒋匪特务在草原上再不能任所欲为的狼狈形象。

内蒙古民族在满清[2]、北洋军阀、日本帝国主义、国民党反动派的历代反动统治之下，所受的剥削、压迫、污辱和屠杀是说不完的，旧中国时代的内蒙古草原并不是像影片所反映的那样富饶美丽，而是一片穷困荒凉的地方。

随着中国共产党领导的中国人民革命的胜利，内蒙古民族早在一九四五年就获得了解放。一九四七年五月一日成立了内蒙古自治区人民政府以后，内蒙古人民的政治、经济、文化各方面都有很大的发展。特别是由于农业区进行了土地改革消灭了封建剥削，牧业区实行了民主改革废除了封建特权，以及随着开展了大生产运动，内蒙古草原的面貌完全改变了。例如：在牧畜业方面，自从一九四九年根本扭转了牲畜下降趋势以后，仅一九五二年内就增殖牲畜一百一十五万一千八百多头，现在全区牲畜已比解放前增加了一倍多。其间自从一九五〇年党和人民政府号召"组织起来"以后，牲畜发展的更快，如锡林郭勒盟是一个互助组织比较发展的地区，现在全盟牲畜数以全盟人口平均计算，每人有四十多头。这样由于各项生产事业的发展，全区蒙族人民的生活大大改善了，一九五一年每人平均购买力比一九四七年增加了百分之三十七点四二，一九五二年和一九五三年更增加了。影片中那达慕大会上，群众购买日用品的富足现象，白依热老牧民一次就买十袋白面、两架打草机的种种新气象，在今天的内蒙古草原上来说，并不是个别例子，而是普遍的现象了。蒙古民族人民在毛泽东伟大民族政策照耀之下，已过着日益幸福的生活了。

但是，美帝国主义走狗蒋介石匪帮还不甘心自己的失败，仍妄想作垂死的挣扎，派遣特务妄想破坏内蒙古草原上人们的幸福生活，进行卑鄙无耻的放毒、放火等勾当。可是，内蒙古人民和它的武装力量，在解放战争中既然配合人民解放军把国民党反动派由内蒙古地区赶出去，在今天生产建设中，当然更有力量粉碎特务的一切阴谋破坏。如影片中，特务宝鲁到白依热老牧民家里，企图

---

① 编者注："蒙族"应为"蒙古族"，后同。

② 编者注："满清"应为"清政府"。

挑拨互助组的群众关系,阴谋破坏互助组时,已知道互助组的好处而组织起来的群众是再不会相信他人的坏话的,白依热老牧民不仅没有听宝鲁的话,而且把他斥责出去了。又在大风暴中,特务宝鲁趁机虽然割断了羊、马圈门,把羊、马群都放了出去,但是,由于牧民群众不论是老年、少年、男的、女的,都能互相帮助,团结合作和大风暴进行英勇斗争的结果,终于保护住了牧群,获得了胜利,敌人是可耻的失败了。这就证明了,在中国共产党领导下已经站起来了的民族是不可战胜的。

影片把这些蒙族人民群众的觉悟,集中到萨仁格娃身上表现出来了。萨仁格娃是勇敢勤劳的劳动模范,在大风暴中,萨仁格娃为了救马群出雪坑,自己几乎被雪埋死,但是她丝毫也不气馁,她和她的爱人桑布骑马归家途中,桑布问她:"大风暴好危险!"时,她答道:"可是我们终于战胜了它!"这是多么豪迈的气概啊!在举行那达慕大会时,萨仁格娃因要饮马到河边遇见宝鲁,发现他是特务之后,她指宝鲁说:"我和你的仇大啦!"她就单人匹马,追赶宝鲁,和特务进行英勇斗争。这里恰好地表现了蒙古新青年的勇敢、机智和爱国主义的英雄行为,和今天蒙古新青年身上的鲜明的爱与憎的情感。

总之,我们蒙古民族人民看了影片《草原上的人们》感到了特别兴奋。在共产党和毛主席的培养教育之下,蒙族青年正在一日千里地成长着(我们的内蒙古草原上有着多少个萨仁格娃和桑布呵!);蒙族人民的生活日益改善着。这里使我们不能不想到毛泽东伟大民族政策的胜利,和我们蒙族人民的感激心情。已享受到物质幸福和文化幸福的蒙族人民永远也不会忘记共产党、毛主席的好处。正如电影结尾时萨仁格娃所表达的:"我们生活在毛泽东时代里,我们的生产建设,不光是为了我们的草原,应当为全国,让各族的人都能穿上我们的羊毛织的毛呢,我们的牛皮做的皮鞋,我们蒙古草原是和祖国分不开的。毛主席给我们好生活,我们只有这样才能对得起共产党、毛主席。"萨仁格娃的话,正反映了内蒙古民族千百万人民的心声。

光辉的蒙古民族英雄形象

——介绍孟和博彦的电影文学剧本《嘎达梅林》

王志彬

史料解读

史料原载《语言文学》1960 年第 2 期。该史料为一篇剧本评论。民间英雄史诗《嘎达梅林》，是近代蒙古族民间文学中的重要作品。达斡尔族作家孟和博彦根据史实和民间故事进行艺术加工，创作了电影文学剧本《嘎达梅林》，真实、形象地再现了蒙古族民族英雄嘎达梅林起义斗争的全过程，深刻、细致地描绘了嘎达梅林英雄性格的成长，使民间文学中固有的思想性和艺术性，得到了进一步提高。该文对电影《嘎达梅林》改编的成功和存在的不足进行了全面分析，在当时较有影响。

原文

嘎达梅林，在丰富多采的蒙古民间文学中，是一个响亮的名字。几十年来，蒙古人民把他起义反抗王公贵族和封建军阀的斗争，编成歌曲、长诗、歌剧、话剧、小说，到处传诵，到处歌唱。

达呼尔族作家孟和博彦同志根据史实和民间故事进行艺术加工，创作的电影文学剧本《嘎达梅林》，真实、形象地再现了蒙古民族英雄嘎达梅林起义斗争的全部过程：深刻、细致地描绘了嘎达梅林英雄性格的成长，使民间文学中固有的思想性和艺术性，得到了进一步的发扬和提高。

（一）

嘎达梅林是个极不寻常的人物。他作为蒙古达尔罕王爷手下的一个“著名武将”，也不外是那个社会统治阶级中的人。他承袭着父祖遗留下来的有功于蒙古王爷的荣誉；享受着具有“一大片家业”和贤妻爱女的富贵生活。然而，这样一个人物，为什么会变成蒙古统治者的逆子贰臣，以致死对头呢？为什么会变成蒙古民族的英雄，而使人缅缅不能忘怀呢？

在这些问题面前，孟和博彦同志以澄清的构思，细致入微的笔触，掀开了嘎达梅林性格的帷幔，使我们对这一复杂矛盾的人物，得到了符合生活逻辑的理解。

嘎达梅林的形象，一进入我们的眼帘，便使人敏感地发觉，在他身上笼罩着层层忧郁痛楚的浓雾。当那个“须发皆白的老人”和那个“蓄着黑胡须的中年人”托他向达尔罕王爷求情，要求不要再出荒时，他“心情烦乱”的“在客厅内徘徊起来”，“陷入痛苦的沉思之中”；当他在那静谧的夜晚，独自一个人在草原上漫步时，“他的内心是处在痛苦的斗争中”；当他站在辽河畔，眼望着流离失所、逃荒的人群时，他“仿佛觉得在面前燃起无边的烈火，他的心被炽热的火焰燃灼着”……

嘎达梅林的忧郁和痛苦，不是因为其他，而是因为他在自己的民族、家乡和人民群众的灾难面前，没有闭上眼睛，而是因为他对人民群众的饥苦寄予了深厚的同情。然而，他做为当时统治阶级中的一员，为什么会对人民群众有所同情，并为他们的灾难而深深地折磨着自己呢？如果说他有着“人之常情”或“恻隐之心”，那么和嘎达梅林处于同一阶级、同一生活环境中的韩舍旺、嘎鲁布和尼玛等人为什么却并没有这种“人之常情”或“恻隐之心”呢？

看来，在嘎达梅林身上还有着自己独特的内在的东西。我们还必须在作者所提供的全部形象中，再做深入地挖掘。

从作品中可以看出，嘎达梅林是有其生活理想和政治思想的。虽然他不曾自觉地提出过什么主张，但从他一系列地活动中，我们却能察觉到他那隐隐闪动着的理想的光亮。举几个例子来看：嘎达梅林对于“柳子”（即所谓“土匪”）是非常贱视的。他明白“柳子”和“做官的人好象有很大仇恨”，但是当他捉住“柳子”巴拉吉之后，却丝毫没给予惩处，只是教训他说：“往后本旗的不许抢本旗的人了，外旗的都回去当黎民百姓……”然后，竟让卫兵把马还给巴拉吉，让他逃走了。当嘎达梅林听说屯垦军（指军阀的队伍）给难民逼要“过路税”时，他十分愤懑地骂道：“混账，过路还要什么税。”继之“他紧紧的锁住双眉，胡须神经质地搐动着，眼睛里燃烧起愤怒的火焰。”当那个“须发皆白的老人”托他给王爷求情时，曾说过这么一番话：“老王爷才够得上是一个英明的君主，那时候百姓都生活在自己的土地上，现在达尔罕王却把一片家业都卖光了，害得百姓们到处颠沛流离”。嘎达梅林听了，“也有些被这老人的情绪所感染”，“深深地嘘了一口气”。我感到，这些情节正是嘎达梅林这一统治阶级中人所具的生活政治理想的折光。从这折光中，我们看到嘎达梅林似乎在朦胧地理想着一个无匪盗为患、统治者宽厚待民、人民安居乐业的世界。看起来，这时候的嘎达梅林应当算个统治阶级中的具有一定程度的开明思想的人物。而正是因为如此，才使得他不能在人民的苦难面前闭上眼睛；才使得他对人民群众寄予了深厚的同情。然而，嘎达梅林的这种开明思想——那怕只是一定程度的——与那些荒淫无耻地出卖民族利益的，沉缅于花天酒地、吃喝玩乐中的统治者的内心却是格格不入的。虽然嘎达梅林是以一片赤诚的心来效忠本阶级及其统治者，但那些昏庸透顶的东西并不卖他的账，这样，在嘎达梅林和达尔罕王爷以及其他的统治者中间便埋伏下了矛盾和裂痕，成了后来嘎达梅林走向起义斗争的内在因素。

（二）

虽然在嘎达梅林的身上，已经有了使他可能成为王公贵族的逆子贰臣的内在因素，但这种因素的发展，却并不是一帆风顺的。嘎达梅林那种开明思想，还正象埋藏在冰冻的土壤中的籽种受着严寒的限制一样，它还受着嘎达梅林出身贵族的阶级偏见的严重束缚。他对父祖遗业的尊崇和珍视；他对封建王爷的畏惧和忠诚使他不能在一个早晨与本阶级完全决裂；而他对“柳子”的轻蔑又使他不能轻易地向“与做官的好象有很大仇恨”的人民群众靠拢。然而，正是这样的一个人物却坚决地与其本阶级决裂了，坚决地站到人民群众这边来了。这究竟是一种什么东西给予嘎达梅林以这般巨大的力量呢？如果说这是因为他与本阶级统治者的矛盾和裂痕激化了，加深了，那么它是怎样激化的？又是怎样加深的呢？

在这个问题上，孟和博彦同志是那样匠心地抓紧了社会环境所给予嘎达梅林的巨大影响，抓紧了人民群众的力量给予他的推动。在作品中，紧密围绕着嘎达梅林的社会环境，宛如一个大似一个的波涛，一次又一次地冲击着他，使他在痛苦的斗争中达到了成长为民族英雄的岸边。而嘎达梅林成长为民族英雄的过程，则是他对人民的同情胜过他的阶级偏见的过程；是他与其本阶级裂痕日深而逐步转向人民群众这边来的过程。

第一个向嘎达梅林冲来的波涛是：当达尔罕王爷“出荒”的布告贴出后，有两个蒙古牧民来请求他向王爷去请愿。那个须发皆白的老人对他说：“您是旗里大家最尊敬的人，王爷也一向器重您，只要您能在王爷面前说句话，劝劝他老人家不卖地，就能保住了我们大家的生命；土地是老百姓的命根子呀！”起初，嘎达梅林是深深被这老人的话语和情绪所感染，他“心情烦乱”地“陷入痛苦的沉思之中”。然而，当他看到他的祖父的光荣遗物（达尔罕王爷为了赏功送给他祖父的战刀）时，他却骤然转过头来锁紧双眉毅然决然地说道：“我不能去见王爷。”

这次波涛的冲击，虽没能（事实上也不可能）一下子冲垮他的阶级偏见，但通过这次冲击却使他看到了“出荒”的严重性，使他知道了人民群众在即将来临的灾难中的愿望和要求。

第二个向嘎达梅林冲来的波涛是：他在那静谧的夜晚，听到了须发皆白老人那支“苦歌”和山东难民马云龙被入白达尔罕旗的封建军阀张作霖的屯垦军杀掠迫害的不幸遭遇。这时，“嘎达半晌无语；他紧紧的锁住双眉，胡须神经质地搐动着眼睛里燃烧起愤怒的火焰”。接着他便自动地向达尔罕王爷请愿去了。在这里，我们看到嘎达梅林已经向前跨跃了一步。然而这仍然并不意味着他已经完全靠拢了人民群众。这不仅是因为他把解救人民苦难的希望寄托在昏庸无能的达尔罕王爷身上，表现了他对王爷的忠诚和信赖。而且还因为当王爷“虎视眈眈地”拒绝了他的请求之后，他便顺从地妥协了。他说：“王爷是有权做出任何决定的。”可见这时的嘎达梅林还是把对王爷的忠诚凌驾于对人民的同情之上的。这时在他看来，王爷的统治及其所具有的权威还是合情合理的。

第三个波涛是个具有巨大冲击的浪头。当嘎达梅林在辽河畔亲眼看到逃荒的人流那种离乡背井的惨状和听到蒙古牧民那种雷鸣般的“我们决不离开达尔罕旗！”的呼喊时，他又向前跨进了一大步。这不仅表现为他又一次地向王爷去请愿，而更重要的是当他被王爷撤职之后，他不再象过去那样的顺从、妥协了。他要直接到沈阳去找张作霖。这种办法虽然仍受阶级偏见的制约，但这却标志着他与达尔罕王爷的矛盾和裂痕已经加剧了、深化了，也标志着他对人民的同情较前更为深厚了。

第四个波涛对嘎达梅林成长为民族英雄具有决定性的意义。

嘎达梅林到了沈阳之后，反动军阀们的花天酒地、荒淫无耻与达尔罕旗人民群众流离失所的惨象在他脑海里形成了鲜明、强烈地对比。于是，积压在他心头的忧郁、痛苦、烦乱、愤怒便象潮水似地喷涌出来：“这酒杯里的酒放着香气，喝下去会使人心舒意畅快。可是这酒杯里盛的不是酒，这是多少个百姓们的眼泪啊！……”“先生们！求求你们，放下别人的土地吧！这里没有您们兴酒作乐的地方吗？”但那些冷酷黑心的封建军阀对人民、对嘎达梅林却是毫无情面的。嘎达梅林被关进了监牢，随之又被判处了死刑。这个险恶的波涛是嘎达梅林所意想不到的，他的一切幻想和希望都破灭了。于是在这生死存亡的关头，嘎达梅林终于最终地、坚决地走上了反抗斗争的途程。

在上述的描写中，孟和博彦同志不仅合情合理、令人信服的看到嘎达梅林英雄性格的成长，而且使人在嘎达梅林的生活经历中，深深地体会了这样一个道理：人民群众是历史的主人，要想依靠反动统治者去解脱人民苦难的改良主义道路是根本行不通的。

孟和博彦同志的电影文学剧本，《嘎达梅林》不仅在描写嘎达梅林英雄性格的成长方面，较之一般民间文学有了更强的说服力和真实性，而且在对嘎达梅林品格的刻画方面也有着更为深刻感人的艺术魅力。

应当看到，在嘎达梅林身上有着许多“糟粕”，但是在这个历史上的蒙古民族英雄身上也闪烁着不少宝贵的“精华”的光辉。他不畏王爷的愤怒，三番二次地去为民请愿，他冒着生命的危险，远赴沈阳；王爷用享乐劝诱，他不动摇；在监牢里，他承受着精神和肉体的折磨，也绝不妥协；而在起义后，无论是王爷的胁迫和劝降，也无论是敌人的疯狂围剿和进攻，他始终是那样的坚决和顽强。从作品中所提供的这些情节中，可以看出：嘎达梅林是那个时代环境中为了民族、为了家乡、为了人民不惜抛弃自己生命财产的人；是个富贵不移、威武不屈的人；是个不达目的誓不罢休的坚强的人！而正是因为如此，蒙古人民才年复一年的唱着：

从南飞来的小鸿雁，
不落长江不起飞；
要问起义的嘎达梅林，
是为了蒙古人民的土地。

（三）

嘎达梅林起义斗争的故事是个悲剧性的结局。当起义的队伍发展、壮大之后，这就特别需要有严格的组织性和纪律性，需要有明确的斗争方向和明智的斗争策略。但是嘎达梅林由于阶级出身和民族意识的限制不能做到这些，加之敌人联合起来，以压倒的优势，向他们进攻，嘎达梅林所掀起的反抗封建军阀和王公贵族的起义斗争终于不幸的失败了。在作品中，孟和博彦同志对这个结局的描写，似乎显得过于概括了些。虽然我们可从起义部队的战士调戏妇女；打了胜仗之后，有些战士想念起家乡等情节中把握到对起义斗争失败原因的一些反映。但我们却不曾看到这些因素对嘎达梅林起义失败的直接和必然的作用。因此，使人感到，嘎达梅林起义部队在辽河畔那一场战斗中全军覆灭，似乎有些偶然。

嘎达梅林起义后的斗争事迹是很多的。据参加嘎达梅林队伍的百顺谈："当时嘎达梅林的队伍曾发展到三四千人，在达尔罕旗打过许多胜仗，后来汤二虎（指当时国民党热河省省长汤玉麟）的队伍增援达尔罕旗打嘎达梅林，嘎达梅林等才被迫撤出达旗。"蒙族老说书民间艺人铁钢也曾说："反出去以后的事情可老鼻子啦！我都记不得了。"（见《人民文学》总第三期《关于嘎达梅林》）孟和博彦同志在电影文学剧本中，对这方面虽比一般民间文学作品中，做了更多地描写，但仍嫌简略和单薄。使嘎达梅林的英雄性格在起义后未能得到更完满、更突出地表现。

孟和博彦同志在电影文学剧本《嘎达梅林》中所做的许多艺术加工，都是很好的。象在作品中增加了马云龙这个从山东逃来的难民；象对嘎达梅林的女儿天吉良的处理等情节虽与史实和民间文学作品有出入，但这却从生活的本质意义上反映了生活的真实，由此我想到，作者还可以对嘎达梅林起义后直到起义失败这一历史过程，再做些艺术加工，以使这段历史生活得到更集中、更典型、更理想地表现。

电影文学剧本《嘎达梅林》所描写的虽然是几千年前的历史人物和历史事件，但它对我们仍有着积极的现实意义。让我们从嘎达梅林的痛苦历程中吸取经验和教训；让我们通过嘎达梅林的遭遇懂得蒙古民族的过去，更懂得蒙古民族的今天和未来。

读《嘎达梅林》

保音　崔鹏

史料解读

史料原载《电影文学》1962年第2期。该史料为电影剧本《嘎达梅林》的读后感。《嘎达梅林》是一部在民间叙事诗的基础上创作的剧本，通过《嘎达梅林》中的四场戏与民间叙事诗中四个相应情节的对比，说明情节的典型化和提炼中的虚实问题。第一，剧本只是写身陷囹圄的嘎达梅林最终选择反叛之路是迫于大势，既没有发自内心的反叛观念，也没有前期反叛思想萌发的铺垫。第二，在剧本与民间叙事诗里牡丹炸狱这一情节的对比中，剧本把本来复杂的故事情节简单化了，由此造成不合情理的漏洞和人物形象刻画的不足。第三，剧本缺少贯穿始终的阐明嘎达梅林起义目的的红线，与民间故事相比，没有使这位英雄人物"站起来"，对民间叙事诗的思想意义也没有太大的提升。第四，同是嘎达梅林牺牲前陷于敌军包围之下的背水一战，民间叙事诗以他为救同伴而死结尾，意蕴比剧本高出一截。因此，为把艺术作品的思想意义，写得更深、更厚，把艺术作品中的人物写得更活、更高、更美，应该以辩证唯物主义的观点来对待艺术作品情节的典型化和提炼上的虚实关系。

原文

一、是“木已成舟”还是“出自于心”?

英雄的嘎达梅林，为了保卫住科尔沁人民的土地，在军阀与王爷面前挺身而出，置荣辱生命于不顾，为民请命。但是，顽固、腐败的达尔罕王和军阀张作霖反而狼狈为奸地将他投入监牢，企图阴谋杀害，除去他们的这颗眼中钉，以便为所欲为地干他们那伤天害理的勾当。

身在囹圄之中的嘎达梅林，在走过一段毫无结果的弯路之后，是应该对军阀和王爷的嘴脸有所认识了。这样，在请愿不成，反而陷身牢笼之后，作为一个顶天立地的英雄，对于百姓们的疾苦，对于自己的身后之事，是应该加以考虑的！那么，他又将怎样考虑呢？我们可以从嘎达以前的所为和以后的所作，再根据他的出身、性格、思想发展，为他设想一下。这是合理的想象，而不是毫无来由的主观臆测。

第一，请愿的路，在沈阳一告不成之后，是堵死了的。第二，企望张作霖和达尔罕王动恻隐之心，是没有可能的。在这种情况下，作为嘎达梅林这个人来说，他一定会想到反叛这条道路上去。但是遗憾的是，剧本并没有这样写。只是通过他同嘎鲁布和尼玛的对话中，一般地写了他的悔恨的心情和他那宁死不屈的性格和决心，根本没有透露一点他朝更积极的方向去想。直到牡丹突然的炸狱，他才迫于大势，看到“木已成舟”，才顺水推舟地反了出去！我们认为，这样写，对于嘎达梅林这个人来说，是有损无益的。第一，由于嘎达的反叛并非完全出自内心，而是为形势所逼，那么，他以后的行为就成了无本之木，无源之水，缺乏坚实的思想基础。所以也就缺乏说服力。第二，由于在牢狱两节中没有描写出嘎达头脑中萌生出反叛的念头(不管这一想法是否能够实现)，那么也就损害了这个英雄形象。好象他的思想，在反叛这一点上比牡丹还矮了一截。我们认为，只在写出嘎达在狱中反叛的想法业已成熟，然后把牡丹的炸狱作为促成他这一理想能够实现的因素，才能表现出嘎达的高大。第三，正因为在嘎达梅林牢门脱险与转战辽北之前，没有写出他的反叛思想，所以从结构上看来，前后也就缺乏有机的联系，没有作到后面的情节是前面情节发展的必然结果。

二、哪里会这样一帆风顺

抛下嘎达梅林，我们再来看牡丹的炸狱。剧本中是这样描写的：牡丹得知翌日王爷要处决嘎达的消息后，马上就同巴图商量。当征得了巴图对炸狱这一作法的赞许后，当晚，她站在石阶上振臂一呼，立即组织了几十名群众，朝监狱蜂拥而去。到牢狱后，又没费什么周折就打开了牢门，救出了嘎达，反了出去。

我们认为，这样一写，把一个本来复杂的事物就简单化了。我们姑且不谈在几小时之内是否能够组织起那么一班人马，也不谈被突然召集来的群众，是不是有什么顾虑和迟疑。我们只谈，即使把人马组织起来了，狱是不是那么好炸呢？这却是值得商榷的。第一，监狱重地，王爷怎能不派重兵把守，何况里边还关着个第二天就要问斩的，又是为众目所视的"要犯"呢？第二，凭着一般常识，我们也懂得，监狱的所在，平时不但不让常人出入，就是接近墙根恐怕也难！那么，监狱的地理、岗哨的分布、火力的配置，牡丹他们一没有调查，二没有内应，对于上述那些情况，又是怎样摸清的呢？如果说迫于时间来不及作这些细致的工作，那么他们的炸狱又是凭什么干得这样干净利索呢？这样看来，并非我们吹毛求疵，而是剧本中明摆着的漏洞。第三，这样写来，最大的弊病还是损害了牡丹这个人物。把敌人写得过于懦弱无能，也就显不出我们英雄人物的威猛和聪明了。我们的古典作品在这一点上给我们作出了良好的榜样。《水浒》中的"武松打虎"和"狮子楼"两节，就是个很好的例子。那吊睛白额的大虫，如果没有那行走挂风，惯吃行人，吓退了多少猎户的威势，如果没有那一扑、一掀、一剪的本领，又怎能显出武二郎的胆气和神力？在"狮子楼"独斗西门庆的交手当中，如果不让西门大官人一脚踢飞手中的朴刀，又怎能显出武松的报仇心切和手段的高强？因此，那种为了褒一方就极力贬一方的作法，实在是不高明的，因而才为历来的文艺家所忌。

在科尔沁地区人民口头流传的嘎达梅林的故事中，却没有一个把牡丹的炸狱讲得如此简单！民间口头传说中牡丹的炸狱是选在王爷的寿诞之日。当王爷与屯垦军的官兵饮酒作乐,喝得酩酊大醉,疏于防范之后,偷袭了的。我们想,就按民间故事的原来面貌不加改动的去写也比现在好!因为这样不但免去了不合情理的漏洞,反而表明了牡丹他们的炸狱是在精心安排下干出来的,无形中就把牡丹这个英雄人物的果敢、无畏,但又聪慧、精细的性格活画了出来。

三、是起义军还是乌合之众?

"……要说起义的嘎达梅林,是为了蒙古人民的土地。"这是嘎达梅林及其伙伴不惜抛头颅、洒鲜血,历尽千辛万苦,同军阀和王爷针锋相对,以至于杀身成仁的崇高目的!因而,这一点就应该成为从头至尾贯穿整个剧本的一条红线。孟和博彦同志对于这一点是清楚的,同时,也竭尽全力在剧本中这样作了。但是遗憾的是,剧本的客观意义同作家的主观愿望,是有很大距离的。

嘎达梅林从起事到失败,将近两年时间。在这不短的两年中间,他的队伍曾扩展到两、三千人;他的足迹几乎遍及东科尔沁各地。这一段时间是嘎达梅林一生中最光辉的时期;是他给人民的影响和感受最大最深的时期;也是他那为了蒙古人民的利益,"富贵不能淫,贫贱不能移,威武不能屈"的思想和行为,表现得最鲜明,最成熟的时期。我们认为,如果想要把嘎达梅林及其伙伴们写得好,那就势必要把他这一时期的活动写好!否则,即使把他起义前的行径写得再好,这个英雄人物还是站不起来。

我们看看剧本是怎样写的吧!在这一时期中,作者写了他的严肃军纪;写了他的拒绝招安;写了他的战斗的胜利和失败;写了他对于美好生活的憧憬……总起来说,给人的印象那就是:敌人来之,我则拒之;敌人不来,我则休整。一切处之于被动,很少积极的作为。在民间故事中却不是这样讲的。尽管众多的民间传说在故事的具体情节上众说纷纷,但是有一点他们是一致的。那就是嘎达梅林在起义后,曾经严厉地惩治了那些军阀派来的大量土地官吏。当然,由于嘎达梅林的斗争本来就是一个自发的农、牧民的起义,因而在惩处这些官吏的时候,不免施之以酷刑。然后,或是处决,或是释放。如果我们能舍其野蛮的行为,而取其有益的精华。那就是写出他们起义后同大量土地的官员所作的斗争。这对于突出嘎达梅林这一人物,对于加深剧本的思想意义,是有百利而无一害的!

四、同是背水一战

在杨司令与达尔罕王苦心设计,企图用天吉良作为钓饵,派嘎鲁布去诱降嘎达梅林。那知嘎达梅林心坚如铁,嘎鲁布反遭他部下杀害。于是军阀和王爷在硬拼失利、软化无效之后,恼羞成怒,下了更大的决心在短时间内消灭这支起义的队伍。因此,他们不但充实了自己的军队,又联合了开鲁胡宝山的部队,悄悄的对嘎达梅林来了个铁壁合围。由于敌众我寡,力战不胜,陷于敌军的包围之下。再加上从开鲁运来的子弹又是沾湿失效的废物,因而弹尽粮绝,伤亡惨重,濒于绝境。在这千钧一发的关头,敌方胡宝山的黑马队又投入了战斗。起义军更支持不住,就只好突围了!在突围的战斗中,跑出去一些人,但是大部分英勇的牺牲了。嘎达梅林同几个战士且战且走,当来到西喇木伦河边的时候,就剩下他一个人了。前有追兵,后有河水,英雄的嘎达梅林当敌人挥舞着军刀逼近了的时候,就抱着誓死如归的决心和勇敢,纵马跃入滚滚的洪水,结束了自己光辉的一生。

民间故事是怎样讲述的呢?民间故事在讲到嘎达梅林牺牲一节时,却说他在力战不胜之后,带着几十个伙伴退至西喇木伦河北岸。牡丹和一些战士在一阵血战之后,冲了出去。以嘎达梅林的经验,以嘎达梅林的英武,以嘎达梅林的枪法和马术,他是完全可以脱险的。但是他为什么能够脱险又没有脱险呢?那是在他已经突出重围后,回头一看,有几个伙伴还陷在敌军的包围圈里。于是他又拨转马头,挥刀突入重围。结果,那几个伙伴阵亡了,敌人也逼紧了,他看到突围无望,于是在敌军贴近之时才跃入泛着春水的西喇木伦河。

以剧本中的情节同民间故事的讲述相比,看来大同小异,无甚出入。分歧也只在救伙伴与不救伙伴上。但是这个情节却恰好在嘎达梅林即将牺牲的时候。从剧作家的角度上看来,也正是剧作家对这一英雄人物的塑造即将完成的时候。也就是说,这正是画龙点睛的地方。我们都有这样的经验和感受,那就是:当一个值得人们眷恋的人物离开我们的最后一瞬,所留下的印象是最深刻不过的。这样看来,虽然同是背水一战,但是民间故事却又比剧本高出一截。退一步说,即使不写嘎达梅林为救同伴而死,当然也能够表现嘎达梅林的坚强不屈,临危不惧的英雄本色。但是却不如写他为救伙伴而死来得更好。因为这样写来,不仅可以表现出他那坚强不屈,临危不惧的精神,还能表现出他那舍己为人,临难忘我的光辉品格。那样,嘎达梅林这一形象,就会因为这一小小的细节上的改动,而更高大起来。

从以上四点看来,这里又牵涉到这样一个问题:那就是情节的典型化和提炼中的虚实问题。艺术作品中的虚,确实往往比现实生活中的实更集中,更理想,更典型,因而也就更有普遍性。正因为如此,所以艺术作品中的人物和情节,才比现实中的人物和故事更高,更美;才获得了百代不衰,百读不厌的生命力!也正因为如此,我们才提倡艺术上的虚构,认为它是典型化的一个好方法(当然必须在真实的基础上)。

但是我们也应该看到,不管是虚构也罢,崇实也罢,其目的不外是把艺术作品的思想意义,写的更深,更厚;把艺术作品中的人物写的更活,更高,更美!因而它们都不是目的,而只是手段!

这样说来,艺术作品的情节,是否一定要虚构才好呢?也不尽然。那要看其客观效果怎样。如果现实生活中的情节或民间故事中的情节有着很大的缺陷,那么在典型化的过程中,虚构就比写实好!反之,如果现实生活中的情节或民间故事中的情节确实是很完美的,那么在典型化的过程中,写实(或稍稍作一点改动),就可能比虚构来得更好,通过《嘎达梅林》中的四场戏与民间故事中的四个相应情节的对比,不是很好地说明这一问题了吗?因此,对于情节的典型化和提炼上的虚、实问题,也应该以辩证唯物主义的观点来对待,才是最正确的。

殷切的希望,严格的要求

——评电影文学剧本《嘎达梅林》

吴桐祺

史料解读

史料原载《电影文学》1962 年第 2 期。该史料为一篇对电影剧本《嘎达梅林》的评论。文中认为剧本的前半部分,写出了嘎达梅林含蓄、深沉、淳厚的性格特点,加之主题的选定以及题材的丰富性,可以看到剧本成为优秀影片的潜力。但剧本后半部分对人物的描写不够成功,缺乏个性化的语言,没能把一系列情节有机地联系起来,为刻画人物性格服务。文中也提出了关于如何对待历史题材的问题,认为文艺家要在深刻理解历史的基础上,用形象去表现历史的主要方面,需要在史料面前有所选择,有所加工,《嘎达梅林》在这方面有不足之处。文中还认为剧本中嘎达梅林起义前后的篇幅几乎各占一半,重点不突出,欠集中欠精练,还缺乏大胆的虚构。作者提出两点建议:一是将嘎达梅林起义的真实历史与许多传说、歌谣等结合起来,从史实出发,吸收传说中的精华,将二者融为一体。二是剧本里缺乏对草原风貌、景物的描绘渲染,忽视了景物对人物、气氛的烘托作用,应该提供必要的景物,刻画人物,传达作者的激情和思想。

原文

孟和博彦同志的电影文学剧本《嘎达梅林》,是根据这样的史实写成的:

二十年代初,军阀张作霖、汤王麟(伪热河省省长,外号汤二虎)执行国民党的大汉族主义,对内蒙实行了政治、经济、文化、军事各方面的统治;内蒙封建上层,以为蒙民做借口,出卖民族利益,认贼作父,与军阀勾勾搭搭。他们荒淫无耻,挥霍无度,把牧场出卖给军阀屯垦;老百姓几无立锥之地,牛羊、草场俱被抢光,屯垦军鞭打枪逼,人民流离失所,伸冤无告。此时,蒙族出现了不少反抗王爷、聚众而起的英雄;田和、托克托琥、嘎达……他们的起义虽然失败,但反抗精神永远流传下来,为人民所追记。在寂静的傍晚,在篝火旁,在香飘千里的大草原上,马头琴伴着低沉的歌声,把人们又带回那苦难和斗争的年代。在人们那闪光的泪花里,饱蕴着对英雄们的悼念。

流传最广,传说最多(尤其是在东蒙)的是嘎达的起义。嘎达是达尔罕王手下的武官,见于人民的苦难,出于对故土的热爱,他苦谏出卖土地的王爷,反遭痛骂;他到奉天去告状,反因"得罪王爷"而下狱,死在旦夕,其妻聚众劫狱,于是他在内蒙草原上,举起了反抗的火把,沉重地打击了王爷和屯垦军。由于时代的局限,敌人的强大,他在辽河一战,失败了。

乌兰夫同志说过:"内蒙古历来都存在着两条道路的斗争,一条是广大人民争取解放的道路,一条是上层封建统治集团对内压迫,对外投降的道路。"嘎达与王爷就是这两条道路的代表。从作者对题材的选定来看,是忠实地反映了这两条道路的斗争的。嘎达在黑暗统治下高举反抗的火把,照亮了蒙民善良、坚定的心灵,让我们看到了蒙民那股荡着传统反抗血液的心扉。这火把,后来在党的领导下,燃起了燎原大火,烧尽了蒙族的封建势力,燃尽了蒙族的落后和贫困,使那辽阔肥美的大草原,永远充满了阳光和幸福。

剧本的前半部分,写出了嘎达含蓄、深沉、淳厚的性格特点。作者写嘎达的心理活动很细致,写他走上反抗的必然性,很真实,符合在王爷手下做梅林的那种曲折、复杂的内心活动。他同情人民的遭遇。不满王府的腐败,却又身为梅林,从祖父辈就是旗里出名的武将,这二者在他心里交织成巨大的内心矛盾与苦闷,使他沉默寡言。他知道“柳子一天比一天多了”,也接见那些要见他的难民,经过一番思想斗争,还是拒绝了群众的请求。越来越多的沉痛的事实刺激着他:逃难的人流,怨声载道,屯垦军白昼抢劫,敲诈勒索。他开始用行动帮助人民了,可这些行动都是建筑在对王爷、军阀抱有幻想的思想上,是软弱无力的。只要王爷、军阀稍施手段,他的行动就破了产,甚至自身难保。他两次劝谏王爷,被撤了职,赴奉天告状险些丧命,这一连串教训也仍未使他彻底觉醒。此时他还只是同情、怜悯群众,看不到人民的力量。在监狱里,他没有明确要反抗,但是他对宋景诗的赞慕,却表露了他有反抗之心。当妻子劫牢后,他早已积蓄下的反抗火苗被聚集起来,毫不犹豫地拿过妻子的枪起义了。这时候我们已经看到了这个“为了蒙族人民的利益”的英雄形象。

从主题的选定,题材的丰富性,从剧本前半部分对人物的刻划和已有的成绩里,我们可以看到剧本成为优秀影片的潜力。因此,我们欢迎剧本的同时,也提出我们严格的要求与殷切的希望。

剧本前半部分,为嘎达的性格发展、个性刻划打下了很好的基础。可惜,剧本后半部分对人物的描写,不够成功。个性的语言没有了,个性的火花被一般化的情节淹没了。象嘎达起义后跟马云龙关于打铁、徒弟听话与否的谈话,象呵斥那个有猥亵行为的战士的语言,象部署战斗等,都看不出嘎达对待这类事件的特殊的态度和方法,只是一般官兵关系的交代,没有个性特征,也谈不上表现时代特色。嘎达起义之后,他的行动是什么呢?作者把场次分得很零散,一会敌方,一会我方,整齐地交替着,似乎都成了过场戏:敌人来犯,我部署,打仗,胜利,欢乐,纪律松懈,敌人布置奸计,奸计不成,再次组织反动大联合,我方警惕不够,激战、失败。就这样两次战斗,先胜后败,完成了史实的叙述。作者没能把一系列情节有机地联系起来,为刻划人物性格服务。人物形象不在情节发展中起主导作用,就让我们感到没有“戏”,更感到形象没有发展。这样,作者通过一些事件主要要告诉我们些什么,就难以捉摸了。

由此我们联想到如何对待历史题材的问题。文艺家和史学家都要尊重历史。但二者尊重的方式不同。后者要绝对真实地记载和总结历史及其经验。前者则不然，他要在深刻理解历史的基础上，用形象去表现历史的主要方面如历史发展动力、动向等。形象即指作品中活生生的人。历史是过去了的人民生活（今天的生活，若干年后也是历史），它同样是文艺创作的源泉，人民不满足于历史家的总结，尽管它们也是美，而还要求通过文艺家的眼光再去看过去的历史。因为史学家和文学家所讲的历史虽然都是美，但后者比前者更集中，更典型，更理想，更有普遍性。文艺家要在浩如烟海的史料中，找出富有形象性和表现力的东西，集中起来，概括到一个形象身上。这就需要在史料面前，有所选择，有所加工，甚至在不违反历史真实的原则下虚构。根据主题，要突出什么，不同的作家各有不同，但必须有加工过程则是共同的。我们感到《嘎达梅林》在这方面，有些不足之处。

嘎达起义前后的篇幅几乎各占一半（共 51 节，起义前占 27 节），重点不突出。前 27 节还不能说人物已经完成，但说这还是交代的部分，肯定是不合适的。表现起义的英雄，可以集中力量写起义前后。我们不强求作者一定怎么写，但象现在这样，就欠集中欠精炼，完全被史实所拘束。《宋景诗》把笔墨集中在起义之后，《林则徐》则围绕禁烟事件做一番集中描写，《吉鸿昌》作者也主要写他在党的教育下，怎样从国民党军官成为坚定的无产阶级战士。历史是个长河，写一个人物，如果不截一或几个断面，想全面描写是不可能的，嘎达从现在文学剧本来看，有可能在起义之前完成。最后可以概括地表现一下他的战斗和失败（或不表现），不用象现在这样“平分秋色”。从在东蒙流行的诗里看，嘎达在起义之前的斗争和成长过程是曲折艰难的。但在人民影响下，终于走上了反抗的道路。此外，就是在起义前后的描写中，作者也同样没有重场戏，尤其是起义后更显著。

剧本还缺乏大胆的虚构。优秀的历史题材的影片里，我们可以找出许多虚构的、精彩的情节。象《宋景诗》里，宋与杨殿乙闯胜保的“刀阵”，夏七下战表，《林则徐》中林夜请钦差，制怒等，都是惊心动魄、出人意料而又合情合理。它们完全出于虚构，又是经过作者对历史深刻了解之后，再从整个情节、形象结构中合乎逻辑地产生出来的。这些情节，突出了故事的思想，表现了作者的激情爱憎，突出了人物性格。夏七临危不惧，大义凛然，正是作者对农民英雄的崇高赞美，林则徐打碎茶杯，举目看到“制怒”，生动地体现了林的个性。虚构情节可能会造成一定的误解或争论，但正是在这样的处理中，包含着能使历史真实变为艺术真实的最基本的创造性因素，是多方面展示出历史人物性格的主要手段。《嘎达梅林》里也有虚构的情节，但不甚成功，如嘎达在张参谋宴会上的举动，只表现了他在军官们咒骂声中的软弱无力，冲淡了他不达目的不甘心的性格。起义之后，嘎鲁布劝降不成，喊出天吉良在王爷那里时，剧本也草率的以帐外两枪做了结束。这两个情节有可能较鲜明的撞击出嘎达个性的火花，可惜剧本没处理好。嘎达与王爷是蒙族两条道路的代表，但嘎达在剧中只与王爷见一次面（第二次见是暗场），那时二者的矛盾因嘎达的屈从减弱不少，以后他们没有交过锋。我们不是说非得这样写，而是这种面对面的斗争，将使剧本的气氛更紧张，对人物刻划更有利。因为作者较少地写与王爷针锋相对的斗争，于是过多地写了人民向他求救、呼吁，群众显得十分软弱无力（但苏荣嘎喊着要砍去韩舍旺的手，逃难人群高喊“我们坚决不离开达尔罕旗”的举动，又是另一极端），这样写法，也是不够恰当的。

《嘎达梅林》题材本身是可以提供出悲壮慷慨的气氛和激动人心的力量的，如果能深刻地了解并抓住这一史实所包含的丰富内容和特点，剧本将会取得更大的成就。为此，我们再提出以下两点。

一、嘎达的起义，发生在近代，有史可查，这是一面。还有许多传说、歌谣等，从这些民间传说里，可以看到蒙族人民赋予嘎达的事迹以理想，甚至幻想的一面。传说等民间作品的特点就在于真实的生活和美丽的幻想巧妙的结合。传说人物，大多是经过幻想的性格特征，但他们首先是活生生的人。如果把这样有现实又有理想的历史题材写成文艺作品时，这两面都不应该忽视。不能刻板的照象，也不能想入非非。从史实出发，吸收传说中的精华，将二者溶为一体才是正确的方法。

二、剧本里缺乏对草原风貌、景物的描绘渲染。忽视了景物对人物，对气氛的烘托作用。借景抒情，以物喻人，是我国传统诗和民间文学的最大特色之一。恰切的景物描写，可以给形象以其他方法不可能达到的特殊光采。当我们听到“远方飞来的大鸿雁，不到长江不起飞……”这激昂慷慨的歌声时，谁不会为悲壮的气氛所感染，谁不会自然的想到草原、蓝天、大雁、滚滚的长江？电影文学剧本本身应是完整的艺术作品。它也应该提供必要的景物，刻划人物，传达作者的激情。

为伟大的祖国高唱赞歌

——评彩色故事影片《祖国啊，母亲！》

陶立璠

史料解读

史料原载《中央民族学院学报》1977 年第 3 期。该史料为一篇电影评论。文章从《祖国啊，母亲！》这部影片的片名、情节安排、语言等方面进行评述，认为该影片充分表达了蒙古族人民对伟大祖国的深挚热爱和加强民族团结、维护祖国统一的坚强信念。电影以解放全中国，建立一个独立、自由、民主、统一和富强的新中国为背景，塑造了巴特尔、洪格尔、热西、珊丹等蒙古族儿女的英雄群像，具有典型的意义，深刻地揭示了影片的主题：只有在中国共产党的领导下，团结起来，共同斗争，才能实现本民族的彻底解放。文章认为《祖国啊，母亲！》是一部向我国各族人民进行党的民族政策教育和爱国主义教育的生动教材。同时认为影片在艺术上很有特色，编剧玛拉沁夫熟悉本民族的革命斗争历史，而且善于运用抒情的笔调表达影片深沉的爱国主题。影片的主要角色都是由蒙古族演员担任的，他们熟悉本民族人民的思想、生活和习惯，演得生动、逼真、亲切、感人；影片在矛盾设置和情节安排上，跌宕起伏，引人入胜；在人物形象的塑造上，影片着重在矛盾冲突中刻画人物，而且努力表现广大人民群众的力量。这些都说明蒙古族新兴的电影事业，正在健康地茁壮成长。

原文

在毛主席民族政策的光辉照耀下，内蒙古自治区成立已经三十周年了。三十年来，内蒙古自治区的文艺事业，经历了两个阶级、两条路线的激烈斗争，沿着毛主席指引的文艺为工农兵的方向，蓬勃发展。特别是蒙古族新兴的电影艺术，更是取得了可喜的成就。蒙古族文艺工作者编剧和演出了《沙漠的春天》、《祖国啊，母亲！》等优秀影片，这些影片的拍摄成功，为祖国多民族文学艺术的百花园地，增添了草原绚丽花朵的芳香，使我们感到由衷的高兴。

我国是一个统一、多民族的国家。内蒙古是我国神圣领土不可分割的一部分。《祖国啊，母亲！》这部影片，正是以高昂的无产阶级激情，生动感人的艺术形象，热情歌颂了毛主席的革命路线，歌颂了内蒙古各族人民在中国共产党领导下，为维护祖国统一，加强民族团结而进行的壮丽斗争。

《祖国啊，母亲！》这饱含诗情的片名，表达了影片深沉的爱国主题，也是发自战斗的蒙古族人民肺腑的声音。在影片结束时，我们看到巴特尔接受上级的命令，率领草原骑兵团南下配合兄弟野战军，参加打倒蒋介石，解放全中国，完成统一祖国的神圣事业的胜利进军。当这支由蒙古族优秀儿女组成的人民军队来到巍峨的长城脚下，英雄们登上长城，收览那雄伟壮丽的祖国大好河山时，一种民族自豪感激励着每个战士。巴特尔满怀深情地说："祖国就是我们亲爱的母亲！不论过去、现在或者将来，如果有什么人搞分裂，妄图叫我们内蒙古人民脱离中国共产党的领导，从祖国的大家庭中分离出去，那么他绝不是我们的朋友，而是我们不共戴天的死敌！"影片这一独具匠心的情节安排和掷地有声的铮铮语言，充分表达了蒙古族人民对伟大祖国的深挚的热爱和加强民族团结、维护祖国统一的坚强信念，给观众留下了深刻的印象。今天，在全国各族人民高举毛主席的伟大旗帜，全面落实党的十一大提出的各项战斗任务，掀起抓纲治国新高潮的大好形势下，《祖国啊，母亲！》不仅为伟大的社会主义祖国高唱赞歌，而且也是对王、张、江、姚"四人帮"反党集团大搞民族分裂，破坏祖国统一罪行的有力批判。

马克思主义认为,在革命斗争中,民族问题的提出和解决,必须服从于无产阶级的总任务和总路线。一九四五年,经过八年的艰苦奋战,中国人民在中国共产党的领导下,打败了日本帝国主义,取得了抗日战争的胜利。抗日战争胜利后,中国向何处去?当时由于以蒋介石为代表的国民党反动派,坚持反共反人民的反革命方针,加紧进行反革命内战,中国人民面临着两种命运、两个前途的决战:或者打败蒋介石,解放全中国,建立一个独立、自由、民主、统一和富强的新中国;或者继续保持帝国主义、封建主义和官僚资本主义反动统治的黑暗的旧中国。二者必居其一。影片正是紧紧抓住了这一主要矛盾,展开故事情节,将内蒙古白音郭勒草原错综复杂的阶级斗争和祖国的命运、前途紧紧地联系在一起。

毛主席教导我们:“民族斗争,说到底,是一个阶级斗争问题。”《祖国啊,母亲!》所展现的白音郭勒草原的阶级斗争,始终扣紧分裂与反分裂这条主线。以反动王爷萨木腾为代表的封建贵族阶级,出于他们反动的阶级本性,在抗日战争胜利后,和国民党反动派加紧勾结,极力挑拨民族关系,制造民族分裂,破坏民族团结,策划所谓独立运动,破坏祖国的统一,妄图继续维护阶级压迫和民族压迫,从而巩固王公贵族世袭的反动统治。在这内蒙古各族人民生死存亡的关键时刻,党从革命圣地延安派巴特尔和赵志民到白音郭勒开辟工作,他们一到草原就坚决贯彻党的“七大”路线,放手发动群众,壮大人民力量,团结一切可以团结的力量,在中国共产党的领导下,与萨木腾的民族分裂活动展开了针锋相对的斗争。

萨木腾是一个极端阴险狡猾的阶级敌人,他打着保护本民族利益的旗号,欺骗蒙古族人民;他还拥有一支反动的贵族武装,借此又可以与人民革命力量相抗衡,妄想让草原牧民继续生活在他的血腥统治之下。为了对付这一凶恶的敌人,巴特尔根据上级党组织的指示,及时揭露萨木腾的分裂阴谋。“王公会议”一场戏,表现了巴特尔牢记党的总路线、总任务和民族政策,敢于斗争、善于斗争的大无畏英雄气概。这是巴特尔与萨木腾的第一次正面交锋。在这次斗争中,巴特尔只身入虎穴,舌战萨木腾,宣传党的民族政策,粉碎了萨木腾的“独立”阴谋。巴特尔严正指出,历史上“所有那些打着独立自决招牌的叛徒们,终将都被历史的车轮辗得粉身碎骨!”历史证明阶级敌人并不会自行退出历史舞台,萨木腾的“独立”阴谋被戳穿后,他又和国民党特务相勾结,阴谋策划组织“蒙民脱离内战委员会”,以挽救他们必然灭亡的命运。这是革命力量与反革命力量的一场决战,也是矛盾冲突的高潮。在这场斗争中,以巴特尔为代表的革命力量完全掌握了斗争的主动权,他们不仅戳穿了萨木腾继续与人民为敌,大搞民族分裂,妄图成立所谓“蒙民脱离内战委员会”的反革命嘴脸,而且揪出了导演这幕政治丑剧的国民党特务白冰,使这个阻碍白音郭勒革命的顽固堡垒土崩瓦解。另一方面,巴特尔牢记“枪杆子里面出政权”的教导,在白音郭勒草原放手发动群众,建立白音郭勒草原牧民会和迅速建立起一支党领导下的人民军队——草原骑兵团,用武装的革命反对武装的反革命。如果说以巴特尔为代表的革命力量对以萨木腾为代表的封建顽固势力的斗争能作到有理、有利、有节,寸权必夺,寸利必得,针锋相对,克敌制胜,革命武装的作用是必不可少的,这也说明只有在中国共产党领导下,蒙古族人民才找到了一条解放自己的光明大道。

《祖国啊,母亲!》还告诉我们:要彻底解决民族问题,完全孤立民族反动派,必须培养大批的少数民族出身的共产主义干部。影片塑造了巴特尔、洪格尔、热西、珊丹等蒙古族儿女的英雄群象,这些干部和战士,都是苦大仇深的,与本民族人民血肉相连,能够用本民族的语言宣传群众、组织群众,把党的路线、方针、政策很快地贯彻到群众中去。在他们身上放射着共产主义干部的光彩,特别是巴特尔、洪格尔形象的塑造,更具有典型的意义。

巴特尔出身于贫苦牧民家庭,几年前为反抗萨木腾的残酷压迫,和洪格尔的丈夫青格勒一起造反。但这次斗争被萨木腾勾结国民党匪军镇压下去。青格勒壮烈牺牲,巴特尔怀着深仇大恨奔赴革命圣地延安。在延安的三年生活中,巴特尔通过学习马列主义、毛泽东思想和党的民族政策,阶级觉悟和路线觉悟有了很大提高,他参加了中国共产党,成为无产阶级先锋队的一名光荣战士。如今,他以新的战斗姿态出现在过去战斗过的地方,迎接新的斗争。巴特尔在斗争中处处注意用党的政策宣传群众,组织群众。长期以来,由于国民党反动派对少数民族人民实行大汉族主义的残酷迫害,在蒙汉民族间造成很深的隔阂，许多牧民对汉族干部不信任，这给革命事业带来了很大的困难。为了消除这种隔阂，团结对敌，巴特尔自觉地运用马克思主义的阶级分析方法，观察和处理这一历史遗留下来的民族问题。夜访贺希格一场戏是生动感人的。贺希格大叔是一位在群众中有威望的穷苦老人，但由于他的大儿子被国民党白司令杀害，所以他对一切汉人，包括党派到草原的赵志民同志都抱着敌视心理。巴特尔来到贺希格大叔的蒙古包，循循善诱，耐心启发贺希格的阶级觉悟。这里巴特尔不是用空洞的说教，而是用汉族穷孩子铁柱被萨木腾杀害的血的事实来教育贺希格，终于使贺希格大叔明白了萨木腾与白司令是一个狼胎里养的崽子，而贺希格和赵志民则是一个阶级的亲兄弟这一革命真理。

用毛泽东思想武装起来的巴特尔，对白音郭勒草原的阶级斗争形势看得很清楚。他的高度的政治觉悟还表现在他对萨木腾的分裂阴谋，对萨木腾与国民党反动派之间的勾结，保持了高度警惕，并紧紧依靠上级党的领导和草原上广大的牧民群众对萨木腾展开斗争。

洪格尔的形象具有另一种典型意义。洪格尔和巴特尔是同辈人，但在接受党的领导之前她却只能是一个“草莽”英雄。她的队伍只能是一支自发的革命武装。洪格尔有杀夫之仇，与萨木腾势不两立。她曾多次攻打王府，但萨木腾视她无足轻重。而巴特尔来到草原虽然没带一兵一卒，却使萨木腾万分惊恐，原因何在呢？就因为巴特尔是一个自觉的共产主义战士。他掌握了革命的真理，用毛泽东思想指挥战斗。几年来，洪格尔没有上级，没有友军，只是领着跟自己一起造反的穷人和奴隶，怀着对日本鬼子、国民党和王公牧主的仇和恨，拼来拼去。她的起义队伍中混进了象力格登一样的阶级异己分子，士气又在逐渐低落。洪格尔也曾为这支队伍的前途担忧，但由于她缺乏阶级觉悟，义气用事，所以不能识别和制止力格登的分裂活动。而当巴特尔代表党组织来到黑云岭，团结教育洪格尔，希望她走出山寨，跟广大牧民群众汇合在一起，在毛主席和中国共产党的统一领导下进行战斗时，洪格尔才真正找到了解放自己的正确道路，由“草莽”英雄变为一个光荣的人民战士。

总之，巴特尔、洪格尔等艺术形象的塑造，深刻地揭示了影片的主题，同时生动、形象地告诉我们，蒙古族人民只有在中国共产党的领导下，团结起来，共同斗争，才能实现本民族的彻底解放。

蒙古族人民历来具有光荣的革命传统。在我国新民主主义革命时期，曾涌现出千千万万个巴特尔、青格勒、热西式的优秀儿女，他们在伟大领袖毛主席和共产党的领导下，前赴后继，浴血奋战，推翻了帝国主义、封建主义和官僚资本主义的反动统治，废除了民族压迫，与汉族和其他各族人民一起共同缔造了我们伟大的中华人民共和国。在社会主义革命时期，他们坚持无产阶级专政下的继续革命，在社会主义革命和社会主义建设中，在反对苏联现代修正主义和巩固祖国边防的斗争中，做出了巨大的贡献。在这种意义上讲，《祖国啊，母亲！》是一部向我国各族人民进行党的民族政策教育和爱国主义教育的生动教材。

《祖国啊，母亲！》在艺术上很有特色，作者玛拉沁夫同志熟悉本民族的革命斗争历史，而且善于运用抒情的笔调表达影片深沉的爱国主题。影片的主要角色都是由蒙古族演员担任的，他们熟悉本民族人民的思想、生活和习惯，演得生动、逼真、亲切、感人；影片在矛盾设置和情节安排上，跌宕起伏，引人入胜；在人物形象的塑造上，作者着重在矛盾冲突中刻划人物，而且努力表现广大人民群众的力量，塑造了巴特尔等英雄群象。这些都说明蒙古族新兴的电影事业，正在健康地茁壮成长，令人欢欣鼓舞。

华主席最近指出："中国的少数民族多，而且多居住在边疆，做好少数民族的工作极为重要，应该把少数民族地区的各项工作都搞好。"这其中也包括了少数民族的文艺事业。内蒙古地处反修前哨，是祖国的北大门。文艺是团结人民、教育人民、打击敌人、消灭敌人的有力的武器，因此，大力发展蒙古族文艺事业是巩固无产阶级专政和反修防修的需要。我们相信有了英明领袖华主席的领导，有党的十一大路线的光辉照耀，蒙古族革命的文艺战士，一定会更高地举起毛主席的伟大旗帜，永远沿着毛主席《在延安文艺座谈会上的讲话》指引的道路，创作出更多更好的文艺作品，为在本世纪内全面实现四个现代化，建成社会主义强国的宏伟目标，为使我们的祖国——母亲更加繁荣、昌盛，作出自己的贡献！

向节日献礼

——访《祖国啊，母亲》中的蒙古族、达斡尔族演员

本刊记者

史料解读

史料原载《人民电影》1977年第5期。该史料为一篇采访实录，内容是对《祖国啊，母亲！》中的蒙古族、达斡尔族演员的采访。文中先后报道了对演员组负责人、蒙古族演员东来，扮演巴特尔的演员尼格木图，扮演洪戈尔的演员塔娜，扮演老妈妈娜布琪的演员依若呼，以及扮演反面人物萨木腾的蒙古族演员陈达、扮演力格登的蒙古族青年演员东涛的采访。采访中演员们讲述了自己对角色塑造的理解、个人的经历以及拍摄过程中遇到的困难。文章认为从生活出发，从塑造典型环境中的典型人物出发去理解角色，体现角色，创造出个性鲜明的银幕形象，是参加拍摄这部影片的蒙古族、达斡尔族演员在艺术上的一致追求，也是他们的表演朴实、自然，塑造出来的形象比较真实、可信的原因之一。并认为影片打破了“三突出”的枷锁，在艺术处理上注意对王爷萨木腾、王府总管嘎拉桑、叛徒力格登等反面人物的刻画，着力于挖掘这些反面人物的内心世界，塑造出了活生生的坏人，而不是戴着面具的坏人。在这次采访中，记者看到在电影战线上，一支由多民族组成的演员队伍正在发展壮大起来。

原文

影片《祖国啊，母亲》在今年五月一日内蒙古自治区成立三十周年的喜庆日子里上映了。呼唤着影片的名字：祖国啊，母亲！我们心中象燃起一团火。中华民族的儿女，生活在伟大的社会主义祖国，谁不感到幸福、自豪！节日前夕，本刊记者访问了这部影片的十六位蒙古族演员和两位达斡尔族演员，他们满怀深情地畅谈了参加拍摄这部影片的体会。

演员组负责人、蒙族演员东来同志激动地说：内蒙古自治区的成立，是党的民族政策的伟大胜利，是祖国统一、民族团结的象征。我们在座的许多老同志就是在这个时期参加革命的，剧本所描写的斗争生活，激起了我们的珍贵回忆，一股强大的力量促使我们要把这难忘的岁月再现在银幕上，我们怀着对党、对毛主席、对伟大祖国的崇高感情，积极投入了影片的拍摄。可是，万恶的“四人帮”为了篡党夺权，竟蓄意破坏民族团结，妄图分裂祖国，他们及其在上海的余党对这部影片的摄制进行了种种破坏和干扰。英明领袖华主席一举粉碎了“四人帮”，代表了各族人民的共同愿望。当喜讯传到草原上，我们从心里欢呼啊！大家满怀着胜利的喜悦，冒着零下一、二十度的严寒，抢季节、争时间，力争尽快地把外景戏拍下来。

巴特尔

洪戈尔

娜布琪

许多演员兴奋地叙述了在外景地的拍摄情景：那时，天已经下雪了，可是又要拍夏天的镜头，怎么办呢？大家毫不犹豫地将地上的积雪清除干净，穿上薄薄的服装赶拍起来。拍蒙古包里的戏，外面寒风呼呼地刮，同志们就用毡子挡住风，硬是把戏抢拍下来。大家豪迈地说：华主席驱散了天上的乌云，草原上升起了金色的太阳，我们象回到了温暖的春天，尽管天寒地冻，可是大家心里热着哪，浑身有使不完的劲！这正是参加这部影片创作的全体蒙古族、达斡尔族演员创作激情的源泉，是他们演好各种不同角色的共同保证。

看了《祖国啊，母亲》，大家都很喜欢巴特尔这个人物，演员气质很好，表演上也是胜任的。尼格木图同志一九六六年参加解放军，当了五年兵，复员后在印刷厂当工人，演电影是从《沙漠的春天》开始的，演一个群众角色。他谦逊地说：这次演巴特尔觉得任务很重，开始时，有点不知所措。影片里所创造的这个角色，首先是剧本提供的基础，导演和摄制组的同志，也给了我许多帮助，配音演员孙道临同志更是出了不少力。

记者对尼格木图同志说，大家看了片子，都反映你的马上动作、战斗场面的动作准确、洗练、洒脱，追击敌骑时马上那三枪打得很漂亮。他笑笑说：我参军以后，先当了一段骑兵，这方面生活比较熟悉。巴特尔是个蒙古族干部，后来又是草原骑兵团团长，在战场上应该是一只虎。那三枪原来设计时，只有两枪，前方一枪，右面一枪，这时马惊了，我兜着马转了一圈又甩出一枪，摄影师都把它拍下来了。熟悉生活确实很重要，只有这样表演上才能运用自如。为了演好巴特尔这个角色，我读了许多反映内蒙古革命斗争回忆录和其他一些文艺作品，用以帮助我理解角色。巴特尔是个成熟的党的少数民族干部，他不但善于打仗，善于指挥作战，而且善于做群众工作，他来到草原，象一颗火种把贫苦牧民的革命怒火点燃起来。在萨木腾等敌人面前，他是智勇双全的战士，但对于政治态度不同的少数民族上层分子和他们下面的人，又要按照党的民族政策，加以区别对待。尼格木图同志举出"闯王府"一场戏为例来说明他的体会。

这场戏人物关系复杂，表演上分寸感的掌握很重要。尼格木图同志抓住一个总的基调：泰然自若。虽然是"单刀赴会"，但精神上压倒敌人。从这点出发，当巴特尔进王府要拆散萨木腾策划"独立"的黑会时，面对不同的对象十分讲究斗争艺术。根据这场戏的特定情景，形体动作的设计不是很大，但是因为人物的内心活动丰富而多变化，这就要充分运用眼神等细微的表情动作来体现角色的内心情绪。例如：当巴特尔针锋相对地回击萨木腾的恶意挑衅时，他的愤怒的目光象两把利剑射向萨木腾。而对待其他那些王公贵族和王府的士兵，演员的目光则是严肃与和悦的。这些不同的眼神的设计和运用不仅向观众展现了巴特尔的内心世界，对于推动剧情的发展也起了较好的配合作用。

在电影文学剧本中，洪戈尔是一个富有传奇色彩的人物。当记者访问扮演这一角色的蒙族演员塔娜同志时，她说：读到剧本后，我挺喜欢洪戈尔这个人物，演员应该能演和自己的性格、经历不同的角色，我决定试一试。现在演的虽然不很满意，但我对这个角色还是有一些想法的。我过去作过妇女工作，根据我的了解，蒙族妇女一上马象个小伙子，策马驰骋，飞高越险，“帅”着呢，但因为传统习惯的影响，她们的性格一般比较温顺。我演洪戈尔这个角色，就是根据这样一种想法去处理的。开始，洪戈尔淳朴的一面基本上体现出来了，但剧本所要求的粗犷、豪爽的一面则不足。在同志们的帮助下，拍黑云岭的外景戏时，我作了一些努力，设计了一些幅度大一点，棱角多一点，有点男性化的动作。巴特尔上黑云岭说服洪戈尔将两支队伍合并在一起这场戏，是展现洪戈尔思想性格的重场戏。巴特尔指出洪戈尔的队伍因为没有党的领导而困难重重，这些话说到洪戈尔心里去了。这时我再也坐不住了，站起来在屋里烦躁地转着，心潮澎湃，似乎这小小的木房装不下满腔的激情，我一扭身，几步走到窗前，“梆”地一声推开窗户，两手扶在窗台上，深深喘了一口气，然后激动地向巴特尔诉说了多年来内心的苦闷。巴特尔告诉洪戈尔，党决定建立一支草原骑兵部队。洪戈尔立即爽快地说：“我头一个报名——不，你现在就把我的名字记上！”这场戏把洪戈尔淳朴的内心世界和刚强的性格统一起来了，我在表演上也力求把洪戈尔的形象体现得丰满一些。

萨木腾

嘎拉桑

力格登

记者听摄制组的同志介绍，五十二岁的蒙族老演员、扮演老妈妈娜布琪的依若呼同志，为了使自己能够适应角色的需要，在牧区拍摄外景时，经常少吃少睡，每天上山跑步，刻苦进行形体锻炼。我们请依若呼同志谈谈她创造娜布琪这一角色的体会。依若呼同志说：我参加革命以后，多年下乡，牧区、农区都去过，接触了很多蒙族贫下中牧、贫下中农老太太，生活比较熟悉，对娜布琪这个角色比较容易理解。娜布琪和巴特尔见面一场戏，娜布琪站在山岗上，对着羊肠小道翘首盼望巴特尔，当她骤然见到久别归来的孩子时，呆滞的眼睛痴痴望着他，口里喃喃念道："你是……"等到巴特尔呼喊着"额吉！"扑到她的怀里，她似信，又不敢相信，用颤巍巍的双手扶着孩子的肩头，慈爱地亲了亲他的额头，激动的眼泪潸然流下。依若呼同志说，这些迟缓的眼神和动作，是从人物性格和她特殊的经历出发去设计的，是生活给予我的启示。

从生活出发，从塑造典型环境中的典型人物出发去理解角色，体现角色，创造出个性鲜明的银幕形象，这是参加拍摄这部影片的蒙族、达斡尔族演员在艺术上的一致追求，也是他们的表演朴实、自然，塑造出来的形象比较真实、可信的原因之一。

影片《祖国啊，母亲》打破了"三突出"的枷锁，在艺术处理上注意对于王爷萨木腾、王府总管嘎拉桑、叛徒力格登等反面人物的刻画，着力于挖掘这些家伙肮脏的内心世界，把这些野心家、阴谋家的丑恶灵魂暴露出来，使银幕上的反面人物成为性格化的坏人，而不是类型化的坏人，是活生生的坏人，而不是戴着面具的坏人。

扮演萨木腾的蒙族演员陈达同志一直是演正面人物的，在银幕上演反面人物这是第一次。陈达同志谈到他扮演这个人物的体会时说，萨木腾是一个内蒙的反动政客，他不是一般的王公贵族，他的一切行动都是为了分裂祖国、称霸草原的罪恶目的。他的身份和他政治上的野心决定了他在表现上不是那么外露的，他的性格特征应该是面善心黑，笑里藏刀。在表演上分寸要掌握得适度，太张牙舞爪不符合这个人物，但又要把他内心的狠毒揭露出来。达斡尔族演员鄂长林同志在谈到他所扮演的嘎拉桑这一角色时说，蒙族的王府总管虽然不是贵族，但他掌握兵权，可以代替王爷发号施令，而且往往集王府的内政外交大权于一身。嘎拉桑又有他的特点，他以善于玩弄权术和巧言令色而博得萨木腾的信任，他为萨木腾出谋划策，是萨的高参。所以不能把他演成贼眉鼠眼的简单的小丑，而要把他上述特点体现出来。

导演和摄制组的同志都很称赞扮演力格登的蒙族青年演员东涛同志的表演，他自如，有戏，而又不肤浅。当记者访问东涛同志时，他说：我没演过反面角色，过去看戏，有一个想法，觉得反面人物的刻画太表面化了并不真实，现实生活中的坏人并不是一眼就可以看穿的。这次我演力格登，想在这方面作些努力。这个角色戏不算多，但人物关系比较复杂，要在他对待不同人物所持的态度中把这个人物的肮脏的灵魂揭露出来。我在表演上不从外形上去丑化他，他总是衣冠楚楚，即使喝酒时，我也不把他处理成歪戴帽子，敞襟露怀，主要还是从戏上下功夫，使观众感到这是一个衣冠禽兽。东涛同志还诚挚地说，我在表演上没有经验，在拍戏过程中，导演、演员组的老同志给了我许多具体的帮助，包括搞灯光、摄影的同志也给我出了许多主意，充分反映了我们各民族的团结友爱。

在这次访问中，记者兴奋地看到，在电影战线上，一支由各民族组成的演员队伍正在发展壮大起来。我们衷心地预祝他们在今后的艺术实践中，获得更大的成就。

插图：尹国光

祖国统一、民族团结的颂歌

——评电影《祖国啊，母亲！》

宝力高

史料解读

史料原载1977年6月26日《内蒙古日报》。该史料是一篇评论。电影《祖国啊，母亲！》反映了一九四五年秋，在乌云翻滚的白音郭勒草原上开展的一场惊心动魄的阶级斗争。电影紧紧抓住走向光明还是走向黑暗这一主题，以历史唯物主义的观点，观察、分析一切阶级，一切群众，一切生动的生活形式和斗争形式，努力从生活的深度和广度上揭示这一主题。

电影在复杂而尖锐的斗争中，塑造了巴特尔这个英雄形象。他是一个少数民族出身的革命战士。在斗争中，巴特尔以无产阶级的英雄气概和大无畏的彻底革命精神，叱咤风云，把握斗争的主动权。作者宝力高认为电影开头的宝塔山，象征着白音郭勒草原的这场斗争，是在中国共产党的领导下进行的。一个宝塔山，一个雄伟的长城，不仅是一个艺术上的前后呼应，更重要的是告诉我们："不论是过去、现在或将来，如果有什么人搞分裂，妄图叫我们内蒙古人民脱离中国共产党的领导，从祖国大家庭中分离出去，那么他绝不是我们的朋友，而是我们不共戴天的死敌！"电影语言具有较强的时代特点，反映了玛拉沁夫高远的创作立意。

原文

毛主席指出："国家的统一，人民的团结，国内各民族的团结，这是我们的事业必定要胜利的基本保证。"最近上映的玛拉沁夫同志的新作、彩色故事影片《祖国啊，母亲！》，在这方面取得了较好的成绩。

电影《祖国啊，母亲！》反映了一九四五年秋，在乌云翻滚的白音郭勒草原上开展的一场惊心动魄的阶级斗争。当时，日本帝国主义刚刚投降，国民党反动派正在酝酿内战。中国共产党派自己的优秀干部巴特尔、赵志民来白音郭勒草原，宣传群众，发动群众，组织群众，武装群众。在"内蒙古向何处去，白音郭勒向何处去"的问题上，同国民党反动派和反动王爷萨木腾进行了尖锐复杂的斗争。影片通过白音郭勒人民在党的领导下同白冰和萨木腾之间的斗争，无情地揭露了国民党反动派对少数民族人民推行大汉族主义的罪行，揭露了萨木腾打着民族的旗号，搞民族分裂的阴谋，从而热情地歌颂了祖国的统一、歌颂了民族团结。这对于"四人帮"搞修正主义、搞分裂、搞阴谋诡计，破坏民族团结、分裂祖国统一的罪行，也是个有力的批判。

"民族斗争，说到底，是一个阶级斗争问题。"作者紧紧抓住走向光明还是走向黑暗这一主线，以历史唯物主义的观点，观察、分析一切阶级，一切群众，一切生动的生活形式和斗争形式，努力从生活的深度和广度上揭示这一主题。象围绕巴特尔这个英雄典型塑造的洪戈尔、热西、娜布琪、达瓦、珊丹、和希格等人物形象，他们既有阶级和民族压迫的共同遭遇，又有不同的经历和鲜明的个性。尽管他们接受革命的道理、走向革命道路的情况各不相同，但是，在党的领导下，最后汇成了一支浩浩荡荡的草原革命队伍。白冰是国民党的政客，是镇压白音郭勒草原革命烈火的老反革命，是屠杀草原人民的刽子手。萨木腾是个非常阴险狡猾、野心勃勃的反动王爷。过去，他出卖民族的利益，勾结日本帝国主义，双手沾满了蒙古族人民的鲜血；现在，又勾结国民党反动派，在两种命运决战之际，在民族存亡的紧要关头，打出民族的旗号，进行分裂活动。尽管白冰和萨木腾的反革命历史不同，但是，共同的反动阶级本性把他们紧紧地连在一起。

所以说，在白音郭勒草原上进行的这场斗争，是中国共产党同国民党反动派之间你死我活的阶级斗争。

电影《祖国啊，母亲！》就是在如此复杂而尖锐的斗争中，塑造了巴特尔这个英雄典型。他是一个少数民族出身的共产主义战士。他从草原到延安，又从延安回到草原，和赵志民一起，带领白音郭勒人民，同白冰和萨木腾进行了艰苦卓绝的斗争。在中国共产党的领导下，他代表了进步和光明，代表了广大人民群众的根本利益，在斗争中必将取得最后胜利，这是毫无疑义的。萨木腾虽然表面上穷凶极恶，气势汹汹，貌似强大，但从本质上说，由于他代表了黑暗和倒退，所以，是垂死的、腐朽的，必定要灭亡。在斗争中，巴特尔以无产阶级的英雄气概和大无畏的彻底革命精神，叱咤风云，把握斗争的主动权，导演了很多有声有色、威武雄壮的话剧。

巴特尔深入虎穴，进入王爷府，是影片的精采一幕。萨木腾请来各旗的民族上层分子，正在策划所谓的"独立运动"。巴特尔出其不意闯进王爷府，当众进行了针锋相对的斗争，戳穿了萨木腾的反革命阴谋。同时，为了利用矛盾，争取多数，团结一切可能团结的力量。他向那些从各旗来的民族上层分子宣传党的政策，叫他们"认清形势，跟上形势，跟国民党反动派划清界限，向人民靠拢"。通过这场主动攻击，表现了巴特尔大无畏的英雄气概和献身革命的崇高的共产主义精神；同时，也说明了祖国的统一，民族的团结是人心所向，大势所趋。萨木腾搞分裂不得人心，有力地证明了党的政策的正确和威力。这场斗争从政治上给了萨木腾有力的打击。

巴特尔对敌人象一把利剑；可是对人民，则犹如和风春雨。和希格是"在群众中有威望的穷苦老人"。他执拗、直朴、善良。他的儿子被国民党白司令所杀害，深受国民党反动派大汉族主义的迫害，所以产生了一种狭隘的民族偏见。他不仅对从延安派来的党的干部赵志民同志表示怀疑，而且对巴特尔也抱冷淡态度。巴特尔为了解开和希格老人的这一疙瘩，不怕吃"闭门羹"，以普通牧民的身份，两次登门拜访，以牧民最熟悉的动作、最普通的语言，对他进行启发、引导，进行阶级教育，终于使他醒悟过来。"两顾蒙古包"，充分体现了党的优良作风，表现了巴特尔对贫苦牧民的深厚的无产阶级感情和对革命事业的无限忠诚。

电影《祖国啊，母亲！》，开头是宝塔山，它象征着白音郭勒草原的这场斗争，是在中国共产党的领导下进行的。草原人民取得的伟大胜利是毛主席革命路线的伟大胜利。只有"永远跟着毛主席，永远跟着共产党"，内蒙古草原才能从胜利走向胜利。影片最后出现雄伟的长城，草原骑兵团随着解放战争的胜利发展在长城下连绵起伏的山路上挺进。他们望着祖国壮丽的山河，以无比的深情高呼："祖国啊，我们亲爱的母亲！"

一个宝塔山，一个雄伟的长城，它不仅仅是一个艺术上的前后呼应，更重要的是告诉我们："不论是过去、现在或将来，如果有什么人搞分裂，妄图叫我们内蒙古人民脱离中国共产党的领导，从祖国大家庭中分离出去，那么他绝不是我们的朋友，而是我们不共戴天的死敌！"国民党蒋介石是这样的人，萨木腾、白冰是这样的人，"四人帮"践踏党的民族政策，破坏民族关系，也是这样的人。这样的人是绝没有好下场的。

在革命的征途上，我国各族人民还会经受无数次阶级斗争的狂涛激浪。但是，只要我们永远高举毛主席的伟大旗帜，紧密地团结在以华主席为首的党中央周围，永远维护和加强伟大祖国的统一和各族人民之间的团结，我们就一定能够战胜国内外一切敌人，从胜利走向更大的胜利。

统一和团结的颂歌

——彩色故事影片《祖国啊,母亲!》观后

北京东城区业余文艺评论组

史料解读

史料原载《人民日报》1977年6月18日第6版。该史料为一篇观后感。文中认为影片在人物形象的塑造上,从生活实际出发,着力表现了广大人民群众的力量,塑造了以巴特尔为首的英雄群像,反面人物萨木腾、嘎拉桑、力格登等人也给我们留下较深的印象。但是,共产党员赵志民的形象却写得较为单薄,在草原的这场斗争中没有充分发挥出应有的作用。这部影片创作的时候,正是"四人帮"利用评法批儒大肆破坏民族团结的时候。影片结尾处的台词对"四人帮"破坏民族团结的罪行进行了愤怒谴责和有力批判。文章认为这部影片对于更好地理解毛主席关于民族问题的有关指示和党的民族政策很有意义。

原文

为纪念内蒙古自治区成立三十周年,由蒙古族作家玛拉沁夫编剧、上海电影制片厂摄制的彩色故事影片《祖国啊,母亲!》上映了。影片通过抗日战争胜利后内蒙古白音郭勒草原上的一场斗争,生动地揭示了"民族斗争,说到底,是一个阶级斗争问题"这一伟大真理。它启示我们,只有在毛主席、共产党领导下，蒙古民族才能彻底解放。

抗日战争胜利后，内蒙古地区和全国其他地区一样，面临着一场两种命运、两个前途的决战。这场斗争的实质是，建立一个独立、自由、民主、统一和富强的新中国，还是继续保持帝国主义、封建主义、官僚资本主义反动统治的黑暗的旧中国？影片通过党的民族干部巴特尔、赵志民以及白音郭勒草原上广大贫下中牧同以萨木腾为首的反动王公贵族的斗争，相当深刻地提示了这一主题。

反动"王爷"萨木腾曾经勾结国民党反动派，残酷地镇压了以青格勒和巴特尔为首的牧民起义，欠下了人民的血债。抗日战争胜利后，他又投靠国民党反动派，打着"为民族"的招牌，耍尽种种阴谋诡计，妄图蒙蔽蒙古族人民，拼死反对无产阶级革命。影片通过曲折紧张的故事情节，把这场斗争描述得跌宕起伏，扣人心弦，充分显示了共产党员巴特尔坚定地执行党的民族政策的高度觉悟和敢于斗争、善于斗争的聪明才干。"王公会议"一场戏定得有声有色。萨木腾借召开各旗王公会议之机制造反革命舆论，妄图煽动各旗王公联成一气，摆脱共产党的领导，制造民族分裂。为了揭穿敌人的阴谋，争取和教育那些不愿搞民族分裂的王公，在党的周密安排和同志们的有力配合下，巴特尔只身闯进王府，宣传党的民族政策和统一战线政策，同敌人展开面对面的交锋。巴特尔戳穿了萨木腾所谓的"独立"是投靠国民党反动派的骗局。萨木腾口口声声为"民族"，实际却是一个双手沾满广大蒙古族人民鲜血的刽子手。巴特尔同萨木腾的斗争，就是共产党领导的蒙汉革命人民同国民党反动派在内蒙古地区的一场你死我活的斗争。

在同萨木腾的斗争中，巴特尔坚定地执行党的民族政策，他紧紧地依靠热西、娜布琪和姗丹这些贫苦牧民的优秀代表，善于广泛和深入地发动群众，团结一切可以团结的人，使革命力量不断壮大。

和希格大叔由于一时分不清共产党和国民党的区别，把赵志民这样的汉族兄弟也视为仇敌。这种民族隔阂，是国民党反动派对少数民族人民长期实行大汉族主义残酷迫害所造成的。当他在巴特尔耐心启发下提高了阶级觉悟，认识到自己同赵志民是同一个阶级的亲兄弟之后，马上醒悟过来，积极投身到反对蒙汉族人民共同敌人的斗争中。

洪戈尔这个人物，在影片里带有草原英雄的传奇色彩。她是一个苦大仇深的牧民。耿直干练，嫉恶如仇，有着强烈的反抗精神。但她毕竟还是个缺乏无产阶级觉悟的草莽英雄。团结教育洪戈尔，改造由她率领的黑云岭上那支牧民自发的起义队伍，不仅要求洪戈尔的觉悟和进步，草原骑兵团的成立，使白音郭勒草原上敌我力量的对比发生了急剧变化，人民的力量更加强大，充分显示了党的民族政策的巨大威力；同时也生动地告诉我们，蒙古族人民只有在中国共产党的领导下，团结起来，共同斗争，才能实现民族的长久解放。

巴特尔和赵志民正是遵循着党和毛主席的一贯教导，坚定地执行党的民族政策，不断地发展白音郭勒草原革命的大好形势，战胜了反动“王爷”萨木腾和国民党特派员白冰的种种阴谋，取得了重大的胜利。

影片在艺术上很有特点。在人物形象的塑造上，也是从生活实际出发，着力表现了广大人民群众的力量，塑造了以巴特尔为首的一系列英雄群像。影片中不仅巴特尔的形象塑造得个性鲜明，亲切感人；其他人物，像洪戈尔、娜布琪以及反面人物萨木腾、嘎拉桑、力格登等人，也给我们留下较深的印象，对提示主题思想起了应有的作用。但是，赵志民这个共产党员的形象却写得较为单薄，就他的身分来讲，在草原的这场斗争中没有充分发挥出应有的作用。

这部影片创作的时候，正是“四人帮”利用评法批儒大肆破坏民族团结的时候。影片结尾有个镜头：这支草原人民武装跃马长城脚下，巴特尔无限深情地说：“不论是过去，现在或者将来，如果有什么人搞分裂，妄图叫我们蒙古人民脱离中国共产党的领导，从祖国大家庭中分离出去，那么他绝不是我们的朋友，而是我们不共戴天的死敌！”这是对“四人帮”破坏民族团结的罪行的愤怒谴责和有力批判。这部影片对于我们更好地理解毛主席关于民族问题的有关教导，也很有意义。让我们更加紧密地团结在华主席为首的党中央周围，为实现“抓纲治国”的伟大战略决策，为把我国建设成一个更加繁荣、昌盛的社会主义现代化强国而携手前进！

毛主席民族政策的颂歌

——彩色故事影片《祖国啊，母亲！》观后

李耀宗

史料解读

史料原载《北京日报》1977 年 7 月 5 日第 3 版。该史料为一篇观后感。文章首先指出影片的主题："国家的统一，人民的团结，国内各民族的团结，这是我们的事业必定要胜利的基本保证。"该文认为影片纵情礼赞了党和毛主席对各族人民革命事业的英明领导；赞扬影片艺术地体现了毛主席关于"民族斗争，说到底，是一个阶级斗争问题"的伟大真理；评价影片形象地道出了培养少数民族干部的重要意义。作者认为"四人帮"仇视民族干部，肆意造谣中伤，同萨木腾一样，都是企图分离祖国大家庭的中华民族的可耻败类，各族人民的共同死敌。该文评价的角度与其他文章不同，对主题的强调和生发出的感想占据了主体地位。

原文

彩色故事影片《祖国啊，母亲》，通过蒙古族人民在党和毛主席领导下，围绕维护祖国统一和民族团结所进行的人民解放的斗争，以强烈的革命激情，展示了这样一个伟大的主题："国家的统一，人民的团结，国内各民族的团结，这是我们的事业必定要胜利的基本保证。"

影片纵情礼赞了党和毛主席对各族人民革命事业的英明领导。

影片告诉我们，党对草原牧民的具体领导，是立足于党的“七大”路线——放手发动群众，壮大人民力量……通过党的建设、武装斗争和统一战线这三大法宝来实现的。巴特尔、赵志民来到草原，立即在山南地区党委领导下，建立了党的组织，形成了对敌斗争的坚强堡垒。同时，他们又以党为核心，组织牧民会，向牧民广泛宣传毛主席的民族政策和“枪杆子里面出政权”的真理，搜集枪枝，建立人民武装。此外，他们还充分发挥党的政策和策略的威力，对民族上层人物开展统战工作，争取多数，孤立少数。这一系列复杂而艰巨的工作，是那样井井有条，环环相扣，使阴沉沉的白音郭勒草原，蓦然卷起了如火如荼的革命风暴，使老奸巨滑的反动王爷萨木腾，顿时淹没在人民革命的暴风骤雨之中。影片中贫苦女牧民洪戈尔率众大造王爷萨木腾的反。可是，她独聚山林，远离群众，既无远大目标，更无革命向导，只凭孤胆报仇雪恨，拼来拼去，总是一事无成。当她徘徊歧路之际，党中央、毛主席从延安派来了八路军干部巴特尔和赵志民。巴特尔语重心长地告诉她：“没有毛主席和中国共产党的领导，中国革命是不可能成功的。”鼓励她“在党的统一领导下进行战斗”。沐浴着毛泽东思想的灿烂阳光，洪戈尔由闭目塞听的草莽英雄，变成了心红眼亮的革命干部。洪戈尔实现革命飞跃，是草原人民走向解放的生动缩影。

影片艺术地体现了毛主席关于“民族斗争，说到底，是一个阶级斗争问题”的伟大真理。

影片选择的典型环境，是民族问题复杂、阶级矛盾尖锐的风云变幻的白音郭勒草原。当时，抗日战争刚胜利，反动王爷萨木腾就勾结国民党反动派，策划所谓“独立”运动，妄图破坏祖国统一，分裂民族团结，阻挠蓬勃发展的人民解放事业，以维护其摇摇欲坠的阶级压迫的宝座。同一切民族反动派一样，萨木腾打着保护本民族利益的旗号，抹杀阶级矛盾，鼓吹地方民族主义，造谣生事，蛊惑人心。部分牧民，存在不同程度的思想混乱；一些上层人物，何去何从，也正举棋不定。萨木腾策划“独立”的反动气焰，一时甚嚣尘上。

面对这种情况，巴特尔、赵志民同志牢记毛主席的一贯教导，运用马克思主义的阶级论和民族观，向牧民耐心地揭示民族问题的阶级实质，同时也向民族上层宣讲党的以阶级路线为基础的民族、统战政策，主动积极地开展争取人心的特殊战斗。

首先，他们把工作的重点放在争取群众上。为了做好有影响的老牧民和希格的工作，巴特尔热切地去走访老人，既推心置腹，动之以情，又循循善诱，晓之以理，使老人懂得“任何一个民族，都分有不同的阶级”，“民族问题实质上是阶级问题”。和希格的思想疙瘩解开了，群众工作的局面也随之很快打开了。

巴特尔只身搅翻王府会，是一局扣人心弦的阶级争夺战。巴特尔气宇轩昂地迈进会场，一针见血地当众揭露萨木腾策划“独立”的反动骗局，宣讲党的政策，畅谈革命形势，伸张民族大义，从阶级斗争的高度，说穿民族问题的要害，给民族上层人物指明向人民靠拢的唯一出路。与会的上层人物，纷纷离席而去；萨木腾苦心经营的“独立大计”，倾刻化为泡影。

萨木腾不甘失败，继续捣乱。然而，巴特尔高屋建瓴，因势利导，乘萨木腾召开旗民大会之机，当场揭穿其秘密勾结国民党特务，假脱离内战之名、行帮助蒋匪打内战之实的凶恶嘴脸。于是，广大牧民完全看清：萨木腾和国民党反动派本是一个狼胎的崽子，不少民族上层也幡然省悟：侈谈民族和解的萨木腾，正是民族分裂的罪魁祸首。

影片形象地道出了培养少数民族干部的重要意义。

毛主席说：“要彻底解决民族问题，完全孤立民族反动派，没有大批从少数民族出身的共产主义干部，是不可能的。”注意培养和信用民族干部，是毛主席民族政策的重要内容，也是全面贯彻民族政策的组织保证。

我们看到，从草原奔赴革命圣地延安的巴特尔，经过三年的学习和锻炼，已成长为坚强的无产阶级先锋战士。他德才兼备，智勇双全。他回到草原，在党的领导下，和汉族干部协力并肩，以毛泽东思想为武器，稳操胜券，所向无敌：千百年来反动统治阶级造成的民族鸿沟，被他很快填平了；无缰骏马般的散群牧民，围绕着他团结成一个人了；世世代代横行草原、鱼肉牧民的赫赫王爷，在他面前彻底孤立了……在草原，他享有崇高的威望，有着特殊的影响。我们高兴地叹服,没有党培养出来的巴特尔这样的民族干部,白音郭勒草原要如此迅猛地改天换地,是不可想象的。

但是,祸国殃民的"四人帮",诬蔑民族干部"不可靠",竭力排斥和打击民族干部。对比巴特尔等民族干部的英雄形象,我们看到"四人帮"仇视民族干部,肆意造谣中伤,原来同萨木腾一样,都是妄图分离祖国大家庭的中华民族的可耻败类,各族人民的共同死敌。

打倒"四人帮",祖国有希望。我们坚信,毛主席的伟大旗帜是不可战胜的。有华主席举旗掌舵,伟大祖国的革命巨轮,必将继续沿着毛主席开辟的胜利航道,前进,永远前进!

一曲毛主席革命路线的胜利颂歌

——喜看彩色故事片《祖国啊，母亲》

邓全贵

史料解读

史料原载1977年9月25日《重庆日报》。该史料为一篇观后感。《祖国啊，母亲！》运用较高的艺术概括手段，通过1946年前后内蒙古白音郭勒草原的革命斗争故事，为我们真实而深刻地再现了蒙古族人民进行解放斗争的生活，歌颂了党制定的民族政策和革命路线的功绩。影片开始，我党派出八路军干部巴特尔、赵志民进入白音郭勒草原，领导内蒙古人民的革命斗争。巴特尔、赵志民坚持毛主席的无产阶级革命路线和民族政策，坚决用革命的两手对付反革命的两手，不断揭穿和挫败敌人一个又一个的阴谋诡计，教育各阶层的群众，分化瓦解敌人，直至消灭了这股反动势力。从影片中我们看到，毛主席的民族政策和阶级斗争思想唤醒了穷苦牧民，帮助他们分清敌友，同心协力打击敌人。在影片中，巴特尔和赵志民认真贯彻党的“七大”路线，坚持尽可能多地发展革命武装力量，这从根本上保证了草原革命斗争一个回合又一个回合的胜利，最后解放了白音郭勒草原，为在统一的祖国大家庭内实行民族区域自治政策扫清了道路。

原文

我怀着激动的心情观看了最近在山城上映的彩色故事影片《祖国啊，母亲》。这部影片运用较高的艺术概括手段，通过一九四六年前后内蒙白音郭勒草原的革命斗争故事，为我们真实而深刻地再现了蒙古族人民在伟大领袖毛主席、中国共产党领导下，进行解放斗争的生活，歌颂了毛主席为我党制定的民族政策的强大威力，生动地体现了中华民族团结统一的强烈愿望，是一曲激情横溢的毛主席革命路线的胜利颂歌！

抗日战争胜利后，全国人民面临着两种命运的斗争：是建立一个独立、自由、民主、统一和富强的新中国呢，还是继续保持大地主、大资产阶级专政的黑暗旧中国。这场斗争反映在当时的内蒙古地区，就是要么在毛主席、共产党的领导下，在祖国的大家庭内，实行民族区域自治，同全国各族人民一道打垮蒋介石，走共同解放的道路，要么同美蒋反动派相勾结，脱离祖国大家庭，搞什么"独立"。这是关系到内蒙古人民两种前途的重大问题。影片正是紧扣这个问题，围绕白音郭勒草原向何处去的主线，展开了激烈的斗争画面。

影片开始，我党派出八路军干部巴特尔、赵志民进入白音郭勒草原，领导内蒙人民进行斗争。当时，以萨木腾为代表的一小撮反动王公、贵族、官僚、牧主，正在策划所谓的内蒙"独立"。巴特尔回到自己家乡的消息象炸弹一样，震掉了在宴席上的王爷萨木腾手中的酒杯，在场的王公、贵族、官僚和牧主，也预感到末日即将来临，妄图作灭亡前的猖狂一跳。但慑于正在整个席卷内蒙古草原的革命大风暴，又不敢公开跳出来和共产党作军事上的对抗。于是，他们蛊惑人心地打出"维护民族利益"的幌子，演出一场"蒙民脱离内战委员会"的丑剧，并勾引国民党匪军冒充八路军进行烧杀抢劫，企图欺骗群众，达到阻止我党我军解放白音郭勒草原的目的。"民族斗争，说到底，是一个阶级斗争问题。"在山南军分区党委的领导下，巴特尔、赵志民坚持毛主席的无产阶级革命路线和民族政策，坚决用革命的两手对付反革命的两手，一面同以萨木腾、白冰为代表的国民党反动派和封建王公势力展开针锋相对的斗争；一面紧紧依靠群众，放手发动群众，团结一切可能团结的力量，采取政治斗争与军事斗争相结合的斗争策略，不断地揭穿和挫败敌人一个又一个的阴谋诡计，教育各阶层的群众，分化瓦解敌人，直至消灭了这股反动势力。

从影片中我们看到，是毛主席的民族政策和阶级斗争的思想唤醒了穷苦牧民，帮助他们分清敌友，同心协力打击敌人。由于国民党反动派和历史上的反动统治者对少数民族长期的残酷剥削压迫和反动宣传，在我国各民族中间制造了种种隔阂和民族偏见。斗争的开始，一部分群众还有着很强的，但带有狭隘思想的"民族热"，还不能把共产党和国民党区别开来，不能把汉族人中的反动统治者和劳动人民区别开来，误以为汉人就不是好人。在群众中威望很高的和希格老人就是这种典型代表。他不仅拒绝接触赵志民同志，甚至对曾经跟萨木腾王爷作过殊死斗争、如今当了八路军的巴特尔也持怀疑态度，因而不愿同巴特尔合作。在这种情况下，巴特尔两次拜访了和希格老人，宣传了我党我军尊重少数民族风俗习惯的政策，证明了阶级兄弟永远是亲人，身为八路军一员的巴特尔同样也是穷苦牧民的巴特尔，打消了和希格老人的疑虑。并以循循善诱的方式，对和希格老人进行无产阶级教育和毛主席的民族政策的教育，引导他认识到"蒙古王爷萨木腾和国民党白司令是一个狼胎里养的崽子，而和希格和赵志民却是一个阶级的亲兄弟"这一道理。从而启发了他和许多穷苦牧民的阶级觉悟，使白音郭勒草原的解放斗争赢得了最广泛的群众支持。

在影片中，我们看到巴特尔和赵志民认真贯彻党的七大路线，坚持尽可能多地发展革命武装力量，在斗争中争取了民族女英雄洪戈尔所领导的黑云岭群众自发武装；坚持以革命的武装力量反对乃至最后消灭反革命的武装力量，从根本上保证了草原革命斗争一个回合又一个回合的胜利，最后解放了白音郭勒草原，为在统一的祖国大家庭内实行区域自治扫清了道路。

影片的结尾是寓意深长的。白音郭勒草原骑兵团响应毛主席发出的"打倒蒋介石，解放全中国"的伟大号召，挥戈南下，途经象征中华民族意志的宏伟长城，他们无比深情地向长城内外欢呼："祖国啊，母亲！"使观众自然地想到：任何妄想破坏中华民族统一的企图都是注定要失败的，在毛主席、共产党的领导下，我们一定能够战胜国内外一切阶级敌人,使中华民族更加繁荣、富强!

在认真学习、宣传、贯彻十一大精神,迎接建国二十八周年的日子里,看了这部电影,深刻感受了一次生动的毛主席革命路线和民族政策的教育,再一次体会到,毛主席的旗帜,是中国革命的胜利旗帜。在当前抓纲治国的斗争中,我们一定要高举和捍卫毛主席的伟大旗帜,加强各兄弟民族之间的团结,为把我国建成一个社会主义的现代化强国而努力奋斗!

团结统一的模范

——彩色故事片《祖国啊，母亲》观后

东方红电影院业余影评组

史料解读

史料原载1977年9月25日《重庆日报》。该史料为一篇观后感，认为影片通过党的民族干部巴特尔、赵志民以及白音郭勒草原上广大贫苦牧民同以萨木腾为首的反动王公贵族的斗争，极其深刻地揭示了“民族斗争，说到底，是一个阶级斗争问题”这一伟大真理。斗争的实质是建立一个独立、自由、民主、统一和富强的新中国，还是继续保持帝国主义、封建主义、官僚资本主义的黑暗统治的旧中国的根本问题。影片正是围绕这一主题思想，成功地塑造了机智勇敢的共产党员巴特尔这一英雄形象。

原文

正当我们高举毛主席的伟大旗帜，在华主席为首的党中央领导下，贯彻党的十一大路线，抓纲治国，继续革命，团结战斗的时候，欣喜地从银幕上观看了彩色故事影片《祖国啊，母亲》。影片通过描写抗日战争胜利后，发生在内蒙古白音郭勒草原上的一场激烈斗争，成功地塑造了共产党员巴特尔为代表的“团结统一的模范”的英雄形象，深刻地揭露了国民党蒋介石破坏民族团结的罪行，生动地谱写了一曲统一和团结的赞歌。

影片通过党的民族干部巴特尔、赵志民以及白音郭勒草原上广大贫苦牧民同以萨木腾为头子的反动王公贵族的斗争，极其深刻地揭示了“民族斗争，说到底，是一个阶级斗争问题”这一伟大真理。影片中的反动王爷萨木腾，本来就是一个曾经勾结国民党反动派，残酷镇压过以清格勒和巴特尔为首的牧民起义，双手沾满鲜血的刽子手。在抗日战争胜利后，他又投靠国民党反动派，打着“为民族”的招牌，玩弄种种阴谋诡计，妄图蒙蔽蒙古族人民，拼命反对无产阶级领导的人民民主革命。斗争的实质是：建立一个独立、自由、民主、统一和富强的新中国，还是继续保持帝国主义、封建主义、官僚资本主义的黑暗统治的旧中国的根本问题。

影片正是围绕这一主题思想，通过一系列扣人心弦、曲折紧张的故事情节，成功地塑造了机智勇敢的共产党员巴特尔坚定地执行党的民族政策，团结蒙古族广大贫苦牧民，敢于斗争，善于斗争，因势利导地去夺取胜利这一“团结统一的模范”的英雄形象。

为了揭穿敌人的阴谋，争取、教育那些不愿意搞民族分裂的王公、贵族。在党的周密安排和同志们的有力配合下，巴特尔以大无畏的英雄气概，只身闯入王府，宣传党的民族政策和统一战线政策，同敌人开展了面对面的斗争，使正在召开各旗王公会议，煽动民族分裂的萨木腾手忙脚乱，狼狈不堪。巴特尔当场戳穿了萨木腾的所谓“独立”，实质是投靠国民党反动派的骗局，说明了萨木腾口口声声叫喊“为民族”，实际上却是双手沾满蒙古族人民鲜血的刽子手。通过巴特尔同萨木腾的斗争，表现了共产党领导的蒙汉革命人民同国民党反动派在内蒙古地区的一场你死我活的阶级斗争。

为了团结蒙古族人民共同对敌，巴特尔坚定地执行党的民族政策，紧紧依靠热西、娜布琪和珊丹这些贫下中牧的优秀代表。同时，深入发动群众，团结一切可以团结的人。和希格大叔由于深受国民党反动派大汉族主义的毒害，加之一时认识不清共产党和国民党的区别，误把赵志民这样的汉族兄弟视为仇敌。巴特尔坚持对他进行耐心细致的思想工作，终于启发帮助他提高了阶级觉悟，立即猛醒过来，积极投入反对蒙汉族人民共同敌人的斗争。巴特尔还根据斗争的需要，深入山区对苦大仇深、有强烈反抗精神的洪戈尔进行耐心细致的工作，认真启发教育她，彻底改造由她率领的牧民的自发起义队伍，从而壮大了白音郭勒草原上的革命力量，成立了草原骑兵团，使敌我力量的对比发生了急剧变化，充分显示了党的民族政策的巨大威力。影片生动地告诉我们：蒙古族人民同其他各族人民一样，只有在毛主席、共产党的领导下，团结起来，共同斗争，才能实现民族的彻底解放。

伟大领袖和导师毛主席指出："国家的统一，人民的团结，国内各民族的团结，这是我们的事业必定要胜利的基本保证。""四人帮"搞修正主义、搞分裂，搞阴谋诡计，破坏民族团结阴谋篡党夺权，说明他们是我国各民族的共同敌人。我们要很好学习巴特尔，加强各兄弟民族的团结，坚决贯彻执行华主席抓纲治国战略决策，深揭狠批"四人帮"，为把我国建设成为四个现代化的社会主义强国而努力奋斗！

影片《牧人之子》观后

《蒙古族》刊载，富文华（译）

史料解读

史料原载1958年3月27日《新疆日报》，是一篇观后感。文章以内蒙古草原上的银河村需要将银河河水引向故道为切入点，从先进与落后、善与恶的角度分析了影片《牧人之子》。梳理了影片中复员军人、银河村村长德力格尔、党支部书记特戈希、德力格尔的恋人格根涛娅以及渴望修河道的牧民一组先进人物，仇视合作化和集体事业的阿尔斯郎和吉尔嘎拉、品德不端的副村长阿木嘎一组落后人物，剖析了两组人物修河道、反对修河道的矛盾斗争以及村长德力格尔在集体事业、坏人破坏与爱情矛盾中的性格发展、斗争胜利、事业成功及爱情收获。并在此基础上剖析了影片中的主要角色的社会意义。

原文

最近我看了影片《牧人之子》，感到特别亲切。

在广阔的内蒙古草原上有个银河村。这个村的牧民居住在肥沃的银河两旁。因过去山洪暴发银河改了道，银河东边牧场上的水草茂盛，西边水缺草劣。解放后，草原上的牧民获得了“人畜两旺”的好日子。他们想开辟水源，扩大牧场，所以把银河引向故道是迫切需要的。但是，官僚主义者区长卜仁漠不关心的对待群众的疾苦。就在这个时候复员军人德力格尔被任命为银河村的村长。银河是他的故乡，他看见了由于缺水而受折腾的人和牲畜，觉得很难忍。他根据群众的意见和在民间艺人——党支部书记特戈希的帮助下拟定了把银河水引向故道的计划。于是，在这个村里展开了新兴的事业——向自然界的斗争。

正如蒙族人的俗语："坏人讨厌好事，贼人讨厌月亮"一样，仇视合作化和集体事业的阿尔斯郎和吉尔嘎拉，却用卑鄙的手段来反对这项新兴事业。于是开始了先进和落后之间的激烈斗争。副村长阿木嘎是个自私自利而又品质恶劣的人，他无耻的追求格根涛娅，但是她却爱上了德力格尔。就在这个时候富裕户阿尔斯郎抓着了阿木嘎在爱情上的缺点，利用各种手段使副村长阿木嘎来反对德力格尔，终于使他变成了反对修河工程的先锋。他们一方面利用所有空隙来挑拨官僚主义者卜仁和德力格尔的关系，另方面企图破坏德力格尔和格根涛娅的爱情。官僚主义者卜仁首先就落到坏人们的圈套里，企图用简单粗暴的态度来阻止修河工程，并打算撤换德力格尔的村长职务。后来德力格尔也受了坏人的蒙哄，他在爱情问题上发生误会。一时精神上疲蹋，抬不起头来了。格根涛娅是纯洁的姑娘，她一心一意的爱慕着德力格尔，热爱他的事业，她走到修河工地上去工作。党支部书记特戈希也劝解和批评德力格尔。他拉起二胡子，唱开了《嘎达梅仁》这一首英雄的史诗。德力格尔听了特戈希的歌，被感动了。他认识了自己的错误，重新积极地参加了修河工程，起了带头作用。他在工作中虽然遇到了种种挫折和意外的困难，但在党的鼓励、关怀和群众的支持下终于完成了把银河引向故道的工程，满足了牧民们的渴望。

影片中的主角德力格尔的形象教育人们做任何有益的事业要不怕困难，艰苦奋斗，不要被意外的困难所吓倒，才能得到成功。特戈希是党的组织者和鼓动者的良好榜样，他教育人们只要发动群众，依靠群众，发挥群众的智慧就能使新兴的事业得到顺利的开展，同时教育人们只要依靠党和取得党的支持，任何先进倡议也会实现。纯洁的姑娘格根涛娅的形象教育青年们必须把爱情建立在真正的、正义的事业基础上。这样的爱情才是不可动摇的。

“铁狮子胡同”一号门前的“风暴”

——记拍摄《鄂尔多斯风暴》的几个镜头

李玉铭

史料解读

史料原载《北京日报》1962年4月21日第2版。该史料是一篇影片拍摄现场记录。作者记录了八一电影制片厂摄制的故事片《鄂尔多斯风暴》中几个镜头的拍摄过程，包括乌力吉到总执政府、告状、学生示威游行等八个镜头。经过导演、摄影师和中国人民大学同学的辛勤劳动，在两天里终于完成了《鄂尔多斯风暴》在铁狮子胡同一号门前的八个镜头。

原文

四月十五日，铁狮子胡同忽然换了一付装束：胡同口安上了铁栅门，柏油路上撒了一层黄土；中国人民大学门口交插着两面“红黄蓝白黑”的五色旗，“中国人民大学”的校牌换成了“临时总执政府”的牌子；更引人注目的是，门口还站着两队荷枪实弹、横眉怒目的警察和卫兵。“老北京”也许记得，三十六年前段祺瑞执政时期的铁狮子胡同就是这个样子，可是今天为什么又这样装扮起来呢？原来，一九二六年三月十八日，这里还发生过一场“风暴”！

《鄂尔多斯风暴》(暂名)是八一电影制片厂正在摄制的一部故事片。影片描写一九二七年前后，内蒙古西部鄂尔多斯人民，在民族英雄乌力吉(温锡莹饰）领导下掀起的抗暴斗争。年轻的蒙族领袖乌力吉，因为不满王爷的暴行，跑到北京“临时总执政府”告王爷的“状”来了。当时是封建军阀段祺瑞执政，“告状”告错了门，被警察和卫兵给撵了出来。乌力吉走出“总执政府”的大门，正遇上北京学生示威游行，反对段祺瑞签定不平等条约。乌力吉亲眼看到了这场声势浩大的爱国活动，并结识了共产党的领导人刘洪太（杨威饰）。

这一天要拍的戏是，乌力吉到“总执政府”“告状”、学生示威游行等八个镜头。

导演郝光一声令下：“预备——开始！”乌力吉牵着一匹骆驼朝镜头走来，走走停停，看着这半封建半殖民地化的街道：洋车上高跷着腿的官太太，穿西服的油头粉面的青年……乌力吉皱着眉头。他把骆驼拴在电线杆上，从怀里掏出一个纸袋，向警戒森严的“临时总执政府”的大门走去。

接下来拍学生示威游行的戏。这是影片里一个比较大的群众场面，担任群众演员的大部分是中国人民大学的学生。男同学穿长袍戴礼帽，不戴帽子的头发从中间分开；女同学穿旗袍，上身罩一件很小的羊毛衫，有两条小辫子的也统成一根了。

同学们打起“中国大学”、“国立北京大学”、“清华大学”、“国立女子师范大学”、“蒙藏学校”的校旗，和“驱逐外国公使出境”、“推倒段执政”、“打倒帝国主义”的横幅标语，喊着口号，拥向“总执政府”的大门。一连排演了两次都不符合要求，不是位置不对，就是气氛不够。有的同学说：“过去我只知道看电影的愉快，今天才尝到了拍电影的辛苦。”

导演又指挥大家站好位置，做上记号。为了引起示威群众更大的愤怒，“八一”厂的一位演员站在“总执政府”门口的一个摄影机拍不到的地方，向同学们说：“对着我喊口号，我就是‘段祺瑞’！”这次导演下过“开拍”的口令以后，示威群众看到“段祺瑞”那付“凶相”，立时情绪激愤，斗志昂扬，走在最前面的同学和警察厮打起来了，连导演喊：“停——”也没有听到，仍然高呼口号。经过导演、摄影师和人大同学的辛勤劳动，在两天里终于完成了《鄂尔多斯风暴》在铁狮子胡同一号门前的八个镜头。

草原上的革命风暴

——看电影《鄂尔多斯风暴》

边善基

史料解读

史料原载《解放日报》1963 年 8 月 20 日第 4 版。该史料是一篇观后感。作者认为《鄂尔多斯风暴》选择了一个很好的创作角度，始终把人物放在激烈的阶级斗争的焦点上，塑造了令人难忘的艺术形象，又在相当大的程度上，反映一个历史时期的尖锐的阶级矛盾。该影片具有人物思想发展脉络清晰和艺术形象鲜明突出的艺术特色。情节富有浓烈的戏剧色彩，既有民族特点，又引人深思。其中，影片的序幕震撼人心；影片的主题，在“夺印”特定的戏剧情境中，得到了很好的展现。影片告诉人们：反动统治阶级决不会自动退出历史舞台，不会心甘情愿地交出印把子，人民要解放自己，就必须团结起来，通过武装斗争夺取政权。

然而影片也有不足之处，比如作为党的领导出现的刘洪泰，作者没有把他从性格上与乌力记区分开来，一定程度上影响了这个人物应该具有的性格光彩。再如，影片对乌云花这条线索挖掘不深。该文认为如果影片在这方面能再细致些，整个戏的情节一定会更感人。

原文

在银幕上刚看过《怒潮》不久，接着又看了同样以歌颂武装斗争为主题的影片《鄂尔多斯风暴》，心里波涛起伏，久久不能平静。

《鄂尔多斯风暴》选择了一个很好的创作角度。尽管这部作品是写三十多年前蒙族人民不堪阶级压迫，起而反抗的斗争故事，但由于作者始终把人物放在剧烈的阶级斗争的焦点上，这就使影片创作既集中笔力塑造了令人难忘的艺术形象，又能在相当大的幅度上，比较概括地反映了蒙族一个历史时期的尖锐的阶级矛盾。哪里有压迫，哪里就有反抗；哪里的压迫愈残暴，哪里的反抗就愈猛烈。在主人公乌力记走向斗争生活的历程里，生动而又具体地阐述了这个真理。

乌力记的命运，在某种意义上，可以说是蒙族牧民共同的命运。就在他幼年时，父亲敖其尔由于参加了蒙族人民自发的革命团体"独贵龙"，结果在"替王爷升天"的幌子下，被砍去了脑袋。十年后，乌力记长大成人了。这个人物的出场，就以其锋利的性格惹人注目。当陕北军阀派陈大权来到草原，意欲收买旗王爷、强迫牧民迁出蒙古包时，乌力记闻讯赶到。他一面目睹自己的未婚妻乌云花被劫进王府，一面又见草原上的牧民游离失所；于是毅然单骑策马，独闯王府评理。结果，一顿毒打，被逐出王府。乌力记痛定思痛，决心奔走远方，寻找说理的地方。影片对人物出场作如此设计，是很精彩的。它随着主题的展开，迅速地把主人公推入急骤的阶级斗争的漩涡里，使戏的焦点凝聚在最能显示人物性格的部分，从而层层深入揭示了人物的精神面貌。乌力记的出场，从评理、被逐到寻找公理，三个片断，写出了人物在继承上一辈苦难中所显示出来的敢于反抗的粗犷而又勇猛的性格特色。

生活的波浪一次又一次向乌力记袭来。天涯茫茫，公理何在？乌力记到北京告状受阻，对提高他的觉悟来说，是重要的一环。本来，在暗无天日的旧社会里，把希望寄托在反动军阀身上，这犹如与虎谋皮。正象共产党员刘洪泰对他说的：向老虎告狼的状，是行不通的。要想草原平安，就要把狼打死；牧民要过好日子，就一定要夺取王爷的印把子。乌力记在老刘的开导下，心里亮堂了。他终于回乡重新组织“独贵龙”，和王爷展开了“夺印”的斗争。影片对乌力记这段思想发展过程，是描绘得比较细致、深刻的。作者没有把这位草原英雄“理想化”，而是依据生活的真实，始终将他植根在现实斗争的土壤上。正由于此，乌力记在后面的性格发展，才有扎实的生活基础。接下来，“夺印”失败，血的教训使他懂得，要把印夺回来，并把它掌管住，就必须依靠革命武装。从此，鄂尔多斯的革命，走上了武装斗争的道路，在草原上，卷起了雷霆万钧的革命风暴。乌力记经历了这场风暴，在性格上显得更为坚定，在政治上也更趋成熟了。人物思想发展的脉络清晰和艺术形象的鲜明突出，是影片创作的一个特色。

影片在艺术上引人注目的另一特色，是它的情节富有浓烈的戏剧色彩。既有民族特点，又引人深思。例如影片序幕，在凄厉的牛腿号声中，王府的送葬行列，在积雪的旷野里缓慢地进行着。瞬时，马上坐着的王爷装束的敖其尔，仰天长叹后“替王爷升天”。这个戏剧场景是很有概括性的，既集中地揭露了封建王公们利用宗教迷信，统治牧民的残暴和蛮横；也由此反映了当时反动统治对草原人民日益觉醒起来的恐惧。戏剧情节尚未正式推开，而戏的矛盾冲突已经呈现。无疑，这样的开头，是震撼人心的。又如“夺印”那场情节处理，也是引人入胜的。这场戏，主要写两个对立阶级的矛盾斗争。作者抓住这个复杂的斗争转化过程，突出了敌我双方人物的性格特征。乌力记敢于“夺印”，是他思想上的一个飞跃。但他在有着长期统治经验的敌人面前，毕竟还缺少斗争经验。所以当敌人玩弄一套政治阴谋的时候，他便中计被捕，再次落入王府刑房。在这里，作为反面人物出现的王爷夫人福晋，是写得出色的。她阴险毒辣，工于心计。当群众围困王府时，她故作镇静，随机应变；待对方中了圈套，她即翻云覆雨，调兵遣将，欲置群众于死地。这场戏的情节，通过人物性格的揭示和人物关系的发展变化，写来波澜叠起。更可贵的，是影片的主题，在“夺印”的特定的戏剧情境中，得到了很好的展现。它告诉人们：反动统治阶级决不会自动退出历史舞台，不会心甘情愿地交出印把子，革命的人民要解放自己，就必须团结起来，通过武装斗争夺取政权。

当然,影片也还有些不足之处。比如对作为党的领导出现的刘洪泰来说,作者还没有把他从性格上与乌力记纠结起来。这样,也就一定程度地影响了这个人物应该具有的性格光彩。其次,影片对乌云花这条线索,还嫌挖掘不深。现在看来,这个人物的出场,似乎只是为某些情节作点缀,而没有从人物性格冲突上去开拓。如她离开王府与乌力记相遇的那场戏,照理乌力记劝说乌云花重返王府,这里包含着极其复杂的内心冲突和性格冲突,很可以借此揭示这对伴侣所具有的高尚的革命情操。可是现在把这两个人物的内心变化给简单地带过了,这是很可惜的。我认为,如果影片在这方面能再细致些,讲究些,那么整个戏的情节一定会更感人。

鄂尔多斯草原上的革命风暴

艺　军

史料解读

史料原载《大众电影》1963年第3期，该史料为一篇评论。影片《鄂尔多斯风暴》是三四十年前蒙古族人民英勇斗争的一个真实写照，具有时代和民族特色，体现了一般革命斗争的共同规律和经验：反动统治阶级决不会自动退出历史舞台，人民要解放自己，不得不通过武装斗争夺取政权。文章作者首先从情节设置的角度，对《鄂尔多斯风暴》的剧情进行分析，认为影片开场新颖的构思、浓烈的色彩令人震撼。也认为影片中人物的思想发展的脉络基本上是清晰的，其中的反面人物——福晋（王爷夫人）的刻画较好，她的阶级本质和个性特征比较鲜明。在人物关系上，影片也有一些好的安排。但作者也同样认为影片中有未能充分体现的部分。首先，乌力记这一人物的“夺印”斗争是突出人物性格的良好时机，可惜影片在这场戏的处理上，没有能紧紧把握住人物，欠缺对人物内心的发掘。其次，影片在某些情节安排上，对于真实性的问题没有给予足够的重视。再次，在某些场景的气氛渲染、人物心情描绘上略显粗糙。如果影片在细节的真实上做更周密的思考，在艺术处理上能够细致一些，可以成为一部更优秀的影片。显然，该文的分析符合影片的实际，具有学理性和可操性。

原文

那里有压迫，那里就有反抗，那里的压迫愈残暴，那里的反抗就愈猛烈。

《鄂尔多斯风暴》是这样开场的：牛腿号呜呜，旗幡飘扬，在积雪的原野里行进着长长的送葬的行列。这个送葬行列最奇特的一点，是没有葬仪中最主要的东西——灵柩。原来这不是一次真正的葬礼，而是一个卑鄙的政治阴谋：砍掉牧民敖其尔的脑袋"替王爷升天"。敖其尔是蒙族人民的一个自发革命团体"独贵龙"的成员，他曾经领导群众迫使王爷免去"乌拉"和减了税，这也就是敖其尔被选中为王爷"替身"而"升天"的原因。"替王爷升天"，这是个很有概括性的场面，它集中反映了蒙族历史上一个时期的尖锐阶级矛盾，反映了当时的封建王公们特别暴戾、野蛮的带着宗教迷信色彩的统治方式；它也反映了反动统治者对革命的恐惧和预示革命风暴的来临。这场戏以其新颖的构思、浓烈的色彩令人震撼。

敖其尔的儿子乌力记，继承了上一辈的苦难，也继承了上一辈的革命精神。当汉族军阀用金钱收买鄂尔多斯旗王爷，强迫牧民让出他们赖以活命的牧场，给灾难深重的蒙族人民身上加上新的灾难时，乌力记，作为王爷的奴隶居然挺身而起，当众与王爷论理。这种赤膊上阵式的个人反抗，除了挨上一顿毒打之外，是不会有什么好结果的。乌力记又把希望寄托在当时的反动统治者封建军阀的身上，千里迢迢跑到北平来，要同王爷打官司。军阀的衙门不是为受压迫的人民开的，他在衙门给赶了出来。不过乌力记的北平之行并没有徒劳，他毕竟在北平找到了真理，不过真理不是在衙门里而是在监狱里找到的。共产党员刘洪泰，让他第一次听到了无产阶级革命的真理。

革命的真理一经被人民掌握，那怕是极初步地掌握，就变成了巨大的物质力量。乌力记回到鄂尔多斯旗之后，革命的种子在苦难的草原上很快就生根发芽了。新的"独贵龙"组织起来了，群众被发动起来了，并且提出了一个鲜明的革命的斗争口号：从王爷手上把大印夺过来。"夺印"，不只是标志着乌力记思想的飞跃——从与反动统治者讲理到发动和组织群众进行斗争，而且也标志着鄂尔多斯旗人民的革命斗争在党的思想影响下的一个飞跃——从老“独贵龙”的争取免“乌拉”减税的斗争，发展到夺取象征着政权的印。印，王爷祖祖辈辈相传的有着无上权威的标志，似乎具有某种神秘的超自然的力量。斗争的焦点集中在印上，是很有典型的意义的。

然而，无论鄂尔多斯的群众还是他们的领袖乌力记，毕竟还缺少阶级斗争的经验。有着长期统治经验的敌人。利用了乌力记他们的这个弱点，玩弄了一套进行欺骗的政治阴谋，挫败了这场轰轰烈烈的“夺印”斗争。如果透过这些现象，追寻这场斗争失败的教训，那就在于起义的群众还没有认识到这一条重要的道理：印，毕竟只是政权的象征，还不是政权本身。要把印夺到手，并把印掌管住，必须要有一套有效的专政机器，其中最主要的是革命武装。“夺印”的生动的教训，特别是刘洪泰的到来，使乌力记和鄂尔多斯人民认识到了这一点。于是，革命走上了武装斗争的道路，星星之火燃成燎原之势，在鄂尔多斯草原上，卷起了雷霆万钧的革命的风暴……

《鄂尔多斯风暴》是三四十年前蒙族人民英勇斗争的一个真实写照。这个写照不可能不带有时代的和民族的特色，这种特色把这部影片和反映其它时代、其它民族、其它地区的革命斗争的影片区别开来。但是这部影片反映的革命斗争，又具有一般革命斗争的共同规律和经验。其中最主要的一条是：反动统治阶级决不会自动退出历史舞台，不会甘心情愿地交出印把子，革命的人民要解放自己，不得不通过武装斗争夺取政权。《鄂尔多斯风暴》再一次以生动的事实证实了这条用无数鲜血凝聚的真理，这条真理是中国各族人民丰富的革命斗争史实所一再证实了的。我们的许多影片都反映了这样的历史事实，我们还需要更多的影片来反映它。

乌力记这一人物思想发展的脉络，基本上是清晰的。他与王爷理论，到北平告状，满怀希望地回到家了，这些带有关键性的地方，设计得是比较好的。“夺印”斗争对乌力记说来是一个更重要的关键，这个斗争的规模和复杂的转化过程，是突出人物性格的良好时机。可惜影片在这场戏的处理上，没有能紧紧把握住人物，让过多的事件过程和群众场面代替了对人物内心的发掘。在人物关系上,影片也有一些好的安排。老"独贵龙"硕果仅有的成员巴彦尔给乌力记留下了蒙族人民革命传统的火种,共产党员刘洪泰给他带来了汉族人民革命的经验。不足的是,刘洪泰和巴彦尔没有在性格上与乌力记很好纠葛起来,只是担负了用语言传授革命经验的任务。刘洪泰在鄂尔多斯旗出现之后,乌力记的形象未能相得益彰,倒有些显得暗淡了。乌力记和乌云花的关系,也设计得不错,有些场面的构思还是相当精采的。例如,乌云花从王府出来后,兴高采烈地与乌力记聚会了,充满了幸福的憧憬。可是,乌力记为了革命利益,劝说乌云花回到她刚刚走出的狼窝。这里包含着其复杂的内心冲突和性格冲突,提供了显示这一对有着高尚革命理想和纯洁爱情的伴侣的戏剧情景。可惜影片把两个人物的内心变化过程都表现得比较简单,背景又放在一个不适合说出最知心的话的有好几个人在场的蒙古包里;因而本来是很好的意图,未能得到充分体现。

在影片的反面人物里,福晋(王爷夫人)的刻画是较好的。这个用奴隶的血汗喂养的女王,的确承袭了一套反动统治的经验。她狠毒、阴险,而且颇有权术。当群众围困王府要王爷交印时,她虽处于不利地位,仍能故作镇静,见风转舵,应付了这个为难场面;然后翻云覆雨,调集军队屠杀群众。对于军阀参谋长,她是既要依靠又要防范;从开始阻挠后来又同意军阀出兵,她是步步为营,紧紧地抓住既得的利益。这个垂死阶级的代表人物,她的阶级,她的阶级本质和个性特征是比较鲜明的。

影片在某些情节安排上,对于真实性的问题没有给予足够的重视。革命群众打下王爷府是影片的高潮。这场斗争胜利的重要原因,是刘洪泰、乌力记发现孟克是叛徒,于是将计就计,临时改变了原订军事计划。这个重要情节的真实性,是不大经得起推敲的,起义的消息被王爷知道,并不说明一定是叛徒告密的。也更难肯定这个叛徒就是孟克。由于在这个关键性的问题上缺乏有力的依据,因而不能让观众信服。

一般说来,影片的外景拍摄得比较出色,广阔的草原,奔驰的骑士,激烈的战斗场面,颇有地方色彩。但在某些场景的气氛的渲染,人物心情描绘上就显得粗糙。比如开场的送葬行列,只用了几个远景草草交代过去,没有强调出这个行列本身所蕴藏的巨大的内在矛盾和悲剧气氛，艺术感染力就不那么强烈。再如乌力记在段祺瑞衙门口被推出来，骆驼又被人偷走时，应该在人物情绪低沉上，用一点细腻的笔触，然后再碰到游行队伍，逐渐昂扬起来就会显得更有力。

《鄂尔多斯风暴》如果在细节的真实上做更周密的思考，在艺术处理上能够细致一些，考究一些，是可以拍成一部更出色的影片的。

喜看风暴重又起

——重评影片《鄂尔多斯风暴》

马逵英

史料解读

史料原载《草原》1978 年第 7 期。该史料是一篇评论。“四人帮”炮制的“文艺黑线专政”以及编造的“叛国文学”论，使诸多优秀文艺作品遭受了一场空前的洗劫。影片《鄂尔多斯风暴》也难逃厄运，被强加上无数莫须有的罪名。作者认为《鄂尔多斯风暴》在运用典型化的原则上，对撷取题材的历史内容和时代意义做了深入的开掘，从而在表现深刻思想内容的基础上，有力地刻画了乌力记这个年轻的贫苦牧民的英雄形象，这也是《鄂尔多斯风暴》能产生艺术力量的原因。除乌力记外，《鄂尔多斯风暴》所塑造的其他人物，也各具特征。但在“叛国文学”论的大棒下，《鄂尔多斯风暴》所歌颂的党，被诬蔑成“反革命的内蒙古人民革命党”，武装斗争被诬蔑成“内人党领导的武装斗争，是乌兰夫导演的冒牌的武装斗争”，蒙古族和汉族人民的团结被诬蔑成“鼓吹整个祖国的分裂”，并批判影片中的刘洪泰“是陈独秀右倾机会主义者与反党阴谋家高岗的集合形象”。作者言辞激烈地抨击了“四人帮”时期的种种言论，认为影片虽然还存在一些缺点，但作为歌颂党的领导、歌颂蒙汉各族人民的团结、歌颂党领导下的人民武装斗争画卷中的一部分，将永存光辉。文章的历史价值、文学价值值得重视。

原文

老一代自发的革命运动“独贵龙”的领袖敖其尔，因为领导群众造反，迫使封建王爷免去“乌拉”减了税，封建王爷就假托有病，以“升天”为借口，杀害了他。老一代“独贵龙”运动被扑灭了。这是因为什么？

乌力记跋山涉水到北京告状，揭露封建王爷“杀好人、卖草滩、抢女人”的罪恶，不但没告成状，自己挨打被推倒在大理院的台阶下。这是因为什么？

新“独贵龙”的革命大旗举起来了，他们“不光是叫王爷免租免税，还要叫他把大印交出来”。但他们却上当受骗，王爷勾结反动军阀又血染草原，乌力记也落入王爷的刑房。这是因为什么？

组织起了革命人民武装的鄂尔多斯草原上，王爷府被捣毁了，胜利的贫苦牧民发出“咱们要把所有的王爷都打倒，从今以后，再也不要了”的欢呼。起义的烈火，在草原上到处燃烧起来，鄂尔多斯掀起了更猛烈的革命风暴。这又是因为什么？

……

这一切，就是影片《鄂尔多斯风暴》所告诉人们的观点。在“四人帮”独霸文坛的一段时间里，与他们炮制的“文艺黑线专政”论相呼应，他们在内蒙古的追随者编造出“叛国文学”论的怪胎，使我区的文艺园地遭受了一场空前罪恶的洗劫。《鄂尔多斯风暴》也难免厄运，被强加上无数莫须有的罪名，受到围剿，被打入“叛国文学”的黑牢。时间的筛选法，把很多东西从人们的记忆中淘汰掉了，然而《鄂尔多斯风暴》所塑造的生动的英雄形象，所揭示的深邃的思想内容，却总是使人们深深印在脑海中，不断受到教育和鼓舞。今天，“四人帮”垮台了，鄂尔多斯贫苦牧民在党的坚强领导下，烧向封建王公贵族，烧向反动军阀统治，烧向罪恶的旧世界的熊熊大火又在银幕上重燃起来，重看这部影片，我们怎能不思绪万千呢？

鄂尔多斯草原上一片阴霾，贫苦牧民有说不尽的苦难。但是，“独贵龙”这种革命斗争的新形式，在自发的反抗中使人们联合起来了。他们反对王公官吏的封建暴政，反对层层加码的苛捐摊派和兵差徭役；他们反对官吏贪污自肥，抢占耕地，反对向边商立文借债，却逼迫牧民群众分担……这种反抗斗争，打破了封建王公贵族的享乐迷梦，他们终于公开向反抗群众伸出了毒手。影片一开始就再现了这段历史，把我们带进了悲壮深沉的气氛中。石在，火种是不会灭的。复仇的火种，在敖其尔的儿子乌力记的心中升腾，并且一有机会就要爆发。然而他的几次反抗却都以失败告终。王爷把牧民们赖以活命的牧场卖给了反动军阀。他们打死了乌力记未婚妻的妈妈，把乌云花抢进了王爷府。旧恨新仇，迫使他挺身与王爷据理争辩，却遭到了毒打。刚直不阿的乌力记把希望又寄在告状上，然而大理院不是为受剥削、受压迫的人开的，在这里他又一次碰了壁。复仇的火焰虽然时时燃起，反抗的战鼓虽然不断敲响，但没有指路的明灯，即使他有敢于造反、英勇顽强、百折不挠的精神，也还是一次又一次地归于失败。只有当他被抓进监狱，结识了我们党的地下工作者刘洪泰，革命的道理象春雨，洒落在他心头，乌力记的心头才点起了一盏明亮的灯。他从过去“草地里蛇多，沙窝里狼多，到处都是不讲理的”模糊认识，开始知道了“不论是北京，还是草地，天下的穷人到处都一样，吃不饱，穿不暖。”“阶级”的概念在他心头扎根了。他过去“能把王爷换一换就好了”的反抗目的，也开始变为“只要牧民一条心，王爷就得听咱们的，这就叫革命。”他懂得了只有靠共产党的领导，团结广大牧民起来革命，才能真正翻身的道理。他带着新的希望，和乡亲们一起举起了“新独贵龙”的革命红旗，肩挑起草原的命运。他们发出“打倒王公贵族，建立公道社会，为了贫苦牧民，要牛羊，要土地，要平等，对兄弟亲如手足，对王爷决不退让，革命事业，重如泰山”的战斗誓言，这无疑是革命的行动。但是在夺印的斗争中，由于缺乏阶级斗争的经验，由于当时生活的特定环境，他们还不能摆脱封建传统观念和旧思想意识的羁绊，他们的斗争形式虽已是面对面的，但还是赤手空拳的，所以反动王爷抓住了一些人想“讲个排场”、“讨个吉利”的错误想法，利用了他们经验不足的弱点，设下了圈套。这说明接受了正确理论的指引但如果还没有党的具体领导，不把人们的精神境界从狭小的天地里解放出来，光凭朴素的感情和单纯的热情，斗争中仍会遇到挫折甚至失败。而当党派刘洪泰同志来到鄂尔多斯开展工作，带领牧民巧劫囚车，救出乌力记，并且以“使唤什么马，就得用什么鞭子”，帮助他们吸取夺印斗争的失败教训，终于使他们懂得了“敌人怎么对付咱们，咱们就怎么对付敌人”，要把“印”掌握住，更重要的是要进行武装斗争。这样，有了党的领导，他们又掌握了革命真理，明确了革命的方向，他们从敌人手里夺下武器，武装自己，走上了武装斗争的道路，从单纯地要王爷交“印”，到夺过武器，开展武装斗争，以革命的力量换取自己的彻底解放，这又是乌力记和贫苦牧民们思想上的一次飞跃。《鄂尔多斯风暴》以“独贵龙”运动的风风雨雨，以乌力记等觉醒了的牧民成长过程中所遇到的困难和取得的经验教训，生动地告诉人们：牧民的翻身解放靠的是共产党，只有共产党领导下的武装斗争，才能打败王爷和军阀的反动统治，真正“永远再不要王爷”。“奴隶是草原的主人，独贵龙啊独贵龙，牧民心连心……”这歌声才能永远地唱下去。

恩格斯曾指出：“主要人物是一定的阶级和倾向的代表，因而也是他们时代的一定思想的代表。”《鄂尔多斯风暴》在运用典型化的原则上，对撷取题材的历史内容和时代意义作了深入的开掘，从而在表现深刻思想内容的基础上，有力地刻划了乌力记这个年轻的贫苦牧民的英雄形象。从少时起，杀父的仇恨种子就埋在他心头。未婚妻被抢去当奴隶，王府的皮鞭又在他脸上留下永不磨灭的伤痕，正是有这样深刻的阶级仇恨，当他身陷囹圄时，一经党的指点，就能很快领悟革命的道理。正是由于思想觉悟的提高，当革命斗争需要时，他能置自己唯一的亲人的安危于不顾，毅然要刚刚逃出来的未婚妻“再回到狼窝里去”。正是由于对自己所奋斗的事业抱有不可动摇的信念，当他被抓进王府，面对死亡他仍忠贞不屈，坚定地怒斥王爷，告诉他“独贵龙”到处有，“全旗、全鄂尔多斯的牧民都是！”作者刻划的乌力记的形象是具体的，生动的，他并没有把所要表达的思想内容直截了当地披露给观众，而是寓思想于形象，让形象来说话。乌力记这个形象不是象“三突出”的鼓吹者所要的那样，一出场就“高、大、全”，“光彩照人”，而他的思想发展是有过程的，他的勇敢行为是有基础的，他的革命热情是有来源的。这就使人觉得真实可信，合情合理。作者赋予乌力记这个形象以有血有肉的动作和真挚细腻的感情，因此，他有着感人的艺术力量。这是作者坚持从实际生活中概括时代历史潮流的本质的真实,在当年领导"独贵龙"运动,并掀起高潮的席尼喇嘛等等无数反抗封建王公贵族斗争的英雄人物事迹基础上,熔铸进这类人物的本质特征,概括了许多历史事实,进行了集中、提炼和加工,使之在乌力记的身上典型化的结果。这就真实地再现了当时斗争的典型环境,并在这环境的规定下写好了乌力记等人物的典型性格,把深刻的思想内容寄托在了对这些人物的刻划之中。这是《鄂尔多斯风暴》能产生艺术力量的原因。

除乌力记外,《鄂尔多斯风暴》所塑造的另外一些人物,也是各具特征的。党的地下工作者刘洪泰出场时在群众游行集会上慷慨激昂的演讲,狱中他耐心细致地启发、教育乌力记和他不辞辛苦,千里迢迢赶到鄂尔多斯开展斗争,与蒙古族人民共生死、同命运的情景;老一代"独贵龙"主要人物,化名特古斯长期坚持斗争,直至最后领着王府里奴隶们里应外合,在搏斗中英勇牺牲的巴彦尔大叔;从一个只消极地盼望王爷能早日"开恩",放出乌力记和她团聚的软弱少女,到断然决定再回"狼窝里"为"独贵龙"做工作,直至最后打死福晋,成为坚强的革命战士的乌云花,等等,都给观众留下了深刻的印象。而在处理对立面人物中,作者也是按照他们性格发展的逻辑去刻划的。你看那个狡猾奸诈的福晋,当昏庸无能的王爷认为除了敖其尔这"一害",就可以杀鸡给猴看,往后谁也不敢再领头"闹事"时,福晋马上提醒:敖其尔还有儿子,王府内还有"特古斯"这样的"领头羊"。当乌力记等起义群众要王爷交出大印时,她又一会儿软一会儿硬,更以"黄道吉日"欺骗群众,却借机设下了埋伏。那个反动军阀井岳秀虽未出场,但他派来的爪牙和王爷一伙狼狈为奸,对群众的反抗他要协助镇压,新"独贵龙"运动兴起,他们又马上去警告王爷:"独贵龙和共产党有了勾结,麻烦可就大了。"作者描写这些家伙,同样抓住了能表现他们基本性格的情节和语言,写他们也不是干巴巴写他们的凶残或贪恶,而是从他们各自不同的性格入手,也给他们以细节和镜头,而把他们的反动性、虚伪性表现得淋漓尽致,因此这样的人物在观众的眼里同样是生动的。如果不这样,怎么能引起观众对这些反动家伙的仇恨、鄙视呢?

《鄂尔多斯风暴》从思想内容到艺术手法，都有一定的特点，是内蒙古自治区成立十九年中电影创作上的一个重要收获。然而这部影片却在“叛国文学”论的大棒下，遭到围剿。作者对他们“生拉硬扯，无限上纲，连一点事实也不顾”的卑劣作法提出了抗议，并申明这部影片的“主题是歌颂党的领导，蒙汉团结，武装斗争”。我们认真地看看影片，仔细地想想它表现的深刻内容，详细地了解了解影片所反映的事件的典型环境，影片的主题难道不正是清清楚楚地如作者所指吗？

在“叛国文学”论的大棒下，《鄂尔多斯风暴》所歌颂的党，被诬蔑成是“反革命的内蒙古人民革命党”，武装斗争被诬蔑成是“内人党领导的武装斗争，是乌兰夫导演的冒牌的武装斗争”，蒙汉人民的团结被诬蔑成是“鼓吹整个祖国的分裂”。剧本写了一段刘洪泰帮助乌力记把鄂尔多斯革命的旗帜打出来，这本来是个合情合理的情节，他们却偏偏说，这就是“一句话，鄂尔多斯的革命大旗，应该由内人党来扛，这不是明明白白为内人党唱颂歌吗？”他们把新“独贵龙”运动说成是“不折不扣的民族分裂为基础的”，是为“内人党”所领导和利用的民族主义武装暴动，叫嚷电影“把一个封建牧主的保皇派、内人党的党魁席尼喇嘛，美化成了‘蒙古革命英雄’，把乌兰夫扶植的反动组织内人党的军事活动，篡改成‘由党领导下的革命骑兵武装斗争’”，等等。我们倒要问他们一句：今天，在所谓的“新内人党”大错案、大假案真相大白于天下后，在林彪、“四人帮”及其在内蒙古的追随者强加在内蒙古广大干部头上的种种诬陷不实之词被统统推倒之后，他们的这些攻击又该如何说？对《鄂尔多斯风暴》的“歌颂党的领导、蒙汉团结、武装斗争”的主题，对这里所说的党、武装斗争和民族团结，他们又该如何解释？

在对《鄂尔多斯风暴》的“批判”中，他们最拿手的王牌，就是影片中的刘洪泰“是陈独秀右倾机会主义者与反党阴谋家高岗的集合形象”。据他们的推理，“老人民革命党曾得到列宁所唾弃的第二国际和毛主席所唾弃的陈独秀右倾机会主义路线的支持，而席尼喇嘛的内蒙古人民革命军十二军团也正是在陈独秀右倾机会主义路线的支持下活动于乌审、鄂托克地区的，所以，刘洪泰首先是陈独秀右倾机会主义者的集合形象。”他们同时又说，《鄂尔多斯风暴》的初稿中，“刘洪泰先称高洪泰”，高岗的“黑手曾延伸于伊盟”，刘洪泰就又是“为反党野心家高岗树碑立传”的“集合形象”。我们不用去管他们的这些推论是多么可笑，而从未见过一部文艺作品竟会有这么大的本事，既可以为乌兰夫同志“树碑立传”，又为陈独秀“歌功颂德”，还为高岗“翻案”……简直成了一个万能的钥匙了。这不正是那些人对文艺为“我”所用，唯心主义、形而上学世界观的大暴露吗！

至于那些“影片通过王爷放垦情节的渲染，表现出一片妻离子散、民不聊生的悲惨景象”就是“将矛头指向党中央及党的内蒙古发展农业的方针政策”等等的论点，更是牵强附会，生拉硬扯，不值得一驳。

《鄂尔多斯风暴》的作者云照光同志曾明确强调：“不是毒草，这是前提”，这是十分准确的。“叛国文学”论的大棒竭力把这部影片打成毒草的阴谋是徒劳的。虽然它还有这样那样的缺点，但作为歌颂党的领导，歌颂蒙汉各族人民的团结，歌颂党领导下的人民武装斗争画卷中的一部分，它将永存光辉。打倒“四人帮”，革命“风暴”又重起，让它卷起那些污泥秽物，把它们抛向不齿于人类的垃圾堆中去吧！

革命的风暴

——重看《鄂尔多斯风暴》

李 赐

史料解读

史料原载1979年3月9日《内蒙古日报》。该史料为一篇观后感。作者认为影片《鄂尔多斯风暴》描写内蒙古人民的革命斗争，是一部好影片，却被林彪、"四人帮"及其在内蒙古的追随者，诬蔑为"叛国文学"，作者云照光同志惨遭迫害。甚至晋剧《席尼喇嘛》、《嘎达梅林》以及有关嘎达梅林的其他著作和作者都遭到诬陷与迫害。"四人帮"信口雌黄，罗织了种种莫须有的罪名，声称影片是"为内人党张目"，把内人党的军事活动"篡改成"由党领导的武装斗争。作者批判了"叛国文学"论者煞有介事地评价影片中的另一重要人物刘洪泰"首先是陈独秀右倾机会主义者的集合形象"等荒谬言论。同样，该文透露出的历史信息值得深思。

原文

影片《鄂尔多斯风暴》写内蒙古人民的革命斗争，写得有声有色，合情合理。

一九一六年的伊克昭盟，王公与军阀相勾结，残酷压迫剥削蒙古族人民，苛捐杂税、兵差徭役、放荒垦地……使得贫苦牧民无以为生，挣扎在死亡线上。乌审旗群众自发的革命运动"独贵龙"，起来抗捐抗税，迫使王爷免了"乌拉"、减了税。但是，它的领袖敖其尔为此遭到杀害，老一代的“独贵龙”运动，被扑灭了。十年之后，敖其尔的儿子乌力吉，又走上他父亲一代的道路，领头成立新“独贵龙”运动。几经失败，最后由于得到中国共产党的领导，拿起枪杆子，武装起人民，才捣毁了王爷府，使起义的烈火在鄂尔多斯草原到处燃烧，革命风暴，更加猛烈。影片真实地再现了伊盟人民的革命斗争。这一斗争，由自发的群众革命运动的星星之火，在党的领导下，愈烧愈旺，终于酿成了燎原之势。影片鲜明地表达了这样一个颠扑不破的真理：新生事物，必然要代替陈旧的东西。以乌审旗王和军阀井岳秀为代表的封建旧势力，必然衰亡；以贫苦牧民乌力吉、共产党员刘洪泰为代表的新生力量，必然胜利。

可是，就是这样一个好影片，却被林彪、“四人帮”及其在内蒙古的追随者，诬蔑为“特大毒草”，打入他们发明的“叛国文学”内，作者云照光同志，惨遭迫害。他们对影片信口雌黄，罗织了种种莫须有的罪名，说影片的主人翁乌力吉就是席尼喇嘛，而席尼喇嘛是内人党，因此影片是“为内人党张目”，把内人党的军事活动，“篡改成”由党领导下的武装斗争。且不说《鄂尔多斯风暴》不是席尼喇嘛的传记片，即使是写席尼喇嘛的传记片，席尼喇嘛曾是一九二五年成立的内人党的执委，席尼喇嘛的新“独贵龙”运动，后期变成党领导下的武装斗争；席尼喇嘛的内蒙古人民革命军第十二团，成为党领导下的一支武装力量；席尼喇嘛也由一个自发的革命者变成一个自觉的革命者。在一九二七年大革命失败后的不利条件下，他仍然坚持斗争，直至被叛徒刺杀牺牲。即使写这样一位英雄人物，又何罪之有？“四人帮”及其在内蒙古的追随者之所以生拉硬扯，硬要把影片说成是写席尼喇嘛，而把席尼喇嘛所领导的新“独贵龙”运动，硬要说成是“已经由自发的贫牧民运动变为反动‘内人党’所利用和领导的民族民主武装暴动”，其目的只不过是要为他们制造“新内人党”这一冤案寻找历史根据，为把作者打成“新内人党”党徒罗织罪名罢了。他们说“影片通过王爷放垦情节的渲染，表现出一片妻离子散、民不聊生的悲惨景象”，就是“将矛头指向党中央及党在内蒙古发展农业的方针政策”。在内蒙古，不论是写席尼喇嘛的新“独贵龙”运动，反对乌审旗王与军阀井岳秀勾结放垦出荒也好，还是写嘎达梅林起义，反对达尔罕王与军阀张作霖勾结放垦出荒也好，都被诬为“矛头指向党中央及党在内蒙古发展农业的方针”。影片《鄂尔多斯风暴》和晋剧《席尼喇嘛》、《嘎达梅林》以及有关嘎达梅林的其他著作和作者，就是这样遭了殃、倒了霉，被诬陷与迫害的。对于这些作品的扼杀、禁锢，就是：《鄂尔多斯风暴》“反对开荒，反对谁开荒？就是反对共产党开荒！”岂非荒谬绝伦！

“叛国文学”论者，还煞有介事地大喊大叫影片中的另一重要人物刘洪泰“首先是陈独秀右倾机会主义者的集合形象”，又是什么“为反党野心家高岗树碑立传”的“集合形象”。种种牵强附会，不知所云的“批判”，就更不值一驳了。

（本文有删节）

性格、冲突和情节

——谈《骑士的荣誉》中的几个问题

曹硕龙

史料解读

史料原载《电影创作》1962 年第 5 期，该史料是一篇评论。敖德斯尔的剧本《骑士的荣誉》以日本帝国主义投降后，蒋匪帮企图掠夺胜利果实，派遣"中央军"进犯内蒙古的特定时期为背景，通过团长义德尔的成长，反映了内蒙古民族武装由旧到新的过程，描绘了广阔的斗争图景。剧本在塑造人物形象上下了苦心，所反映的生活深度和广度，可以看出敖德斯尔的生活基础比较丰厚。剧本写成后，经过修改，曾发表于《电影文学》1959 年 1 月号(以下简称二稿)。其后，敖德斯尔听取了各种意见，再度修改，将剧本重新发表于《电影创作》1962 年第 4 期(以下简称三稿)。从初稿到三稿，敖德斯尔在塑造人物上曾进行了一番探索，曹硕龙比较了二稿、三稿的变化和进展，从而分析了敖德斯尔探索过程中的得失。曹硕龙认为《骑士的荣誉》是一部优秀剧本，它为拍摄影片提供了丰厚的基础。曹硕龙从性格、矛盾冲突和情节设计三个方面，分析了剧本的成就与不足，对剧本存在的几个问题做了梳理并提出了建议。

原文

几年来，我因为工作的关系，曾与敖德斯尔同志多次接触，较为了解他的剧本《骑士的荣誉》的修改过程。其中，一些创作上的问题是费了作者的苦心的，这突出表现在如何塑造人物形象的问题上面。因有所感，故写了这篇文章。

我们党领导全国人民坚持八年抗战，使日本帝国主义的侵华势力遭到了沉重打击。1945年苏联红军出兵东北，进而迫使日寇投降，从此，中国的时局发展到了一个新时期。在这种形势下，党为了内蒙古人民求得彻底的民族解放，提出了各项符合蒙族人民利益的政策和号召，党团结、争取了蒙族不同阶层、不同政治态度的人。当时，他们之中的部分人是在民族解放等民族主义的愿望下统一起来的。尤其是知识青年，他们虽然没有认识到民族解放的真正出路何在，但是，反对民族歧视，仇恨日寇，反对国民党的压迫，要求民族解放，要求民主与平等待人则是一致的。他们对共产党没有成见，很多人并且相信共产党，对共产主义还有朦朦胧胧的憧憬，这样，就为党在内蒙深入广泛地开展工作，提供了有利的条件。譬如，党与当地的上层团结合作，组成了蒙汉联军司令部，统一指挥八路军和内蒙人民自卫军，并派政委到自卫军的师或少数的团进行工作，从而根本改变了部队的面貌。当然，在当时动荡的年月里，情况是复杂多变的，虽然大部分人愿跟着党走，但也有的人坐观事态的发展，甚至有的人心怀鬼胎，暗通蒋匪，当蒋匪帮“中央军”进犯时，就与联军司令部闹分裂，叛变投敌。《骑士的荣誉》便是以日本帝国主义投降后，蒋匪帮企图掠夺胜利果实，派遣“中央军”进犯内蒙的特定时期为背景，通过团长义德尔的成长，反映了内蒙民族武装由旧到新的过程，描绘了广阔的斗争图景。

从剧本反映的生活深度和广度，可以看出作家的生活基础是比较丰厚的，这和作者长期生活在内蒙古草原，熟悉草原的荣衰，理解草原人民的苦难、愿望和斗争是分不开的；和作者熟悉部队的生活，了解团的指战员，并为许多人的命运激动过是分不开的。由于这样，作家想象的翅膀才能飞腾，从而进入广阔的艺术创作天地。作者在进行创作时，首先想到的是人——那些并肩驰骋于烟硝风雪中的人，并从此出发，把人物形象的塑造作为创作的中心任务，刻意描绘人物多样的性格，展现人物的内心世界，雕塑出了丰满的艺术形象。如主人公义德尔的形象就很鲜明，很有棱角，很有光泽。其他人物如赛音、老阿迪雅、铁木尔、陈勇，以及反面人物宝音图和陶格陶也各有神采。

许多曾在内蒙战斗过的同志看了这个剧本后，都有一个共同的评语："写的很象，看了它好象回到了当年。"一位当年参加领导内蒙人民斗争的负责同志读后，曾说："内蒙的同志看了它是亲切的，他们许多人都能在义德尔的身上找到自己，不完全象，又有点象，这个人物是典型的。"从这些评语里，可以帮助我们了解义德尔形象的意义，以及剧本所具有的社会内容和现实意义。另外，剧本富有浓郁的草原风味和民族生活气息，在严峻的斗争之中仍不失风趣和幽默，剑拔弩张之后常继以适当的抒情。

剧本写成后，经过修改，曾发表于《电影文学》1959 年 1 月号（以下简称二稿）。其后，作者听取了各种意见，再度修改，重新发表于《电影创作》1962 年第 4 期（以下简称三稿）。从初稿到三稿，作者在塑造人物上曾进行了一番探索，现在比较一下二、三两稿的变化和进展，从而了解作者探索过程中的得失，也许不无好处。旧事重提，其目的也在于此。

事情还得从头谈起。

初稿出来以后，各方面的同志一致认为剧本的基础较厚，并提出了许多中肯的意见和积极的建议，同时，也出现了一些分歧。意见主要集中在义德尔的形象塑造上。有人说：义德尔的民族主义情绪在剧本中表现得太浓烈了，这在当时具体的历史条件下，是完全可以理解的，在社会主义革命的阶段则是反动的东西，因此，希望改写时表现得既不违反历史真实，又有利于认识当前的地方民族主义，等等。换句话说，即要求它加上批判地方民族主义的内容。这种要求完全出于好心，但是很难在这个剧本里得到解决。首先，当前的问题和过去的问题不能加以混淆。当前某些人的地方民族主义和过去的民族主义并不相同，前者与党的利益相左，后者由于反对国民党，要求民族解放，有其积极的因素。把两者混同起来，既不能有助于解决社会主义革命阶段出现的问题，又不能正确地反映历史,结果,处理不当很可能歪曲历史,歪曲生活。

其次,这种要求已经离开了人物性格的发展,成了外加上去的东西。义德尔有浓烈的民族主义情绪是不奇怪的,这种现象的产生有其历史的、民族的复杂根源。正因为如此,需要党进行一系列细致艰苦的工作,来消除这种现象中消极的因素。这一切表现在电影剧本中,只能通过人物的性格冲突、性格发展来展示,因此,义德尔和政委陈勇的言行与冲突,从思想的角度看是党的思想如何战胜民族主义消极情绪的问题,也是作品主题的问题。从艺术的角度看,是性格的冲突是否真实,性格的发展是否合理,性格的刻划是否完整的问题,在这方面完全可以对作者提出各种要求。作者之所以选择这样的人物,刻划这样的性格,安排这样的人物关系,展开这样的矛盾冲突,正好表明作者对它们的理解,从而阐明作者的看法,表达作者的爱憎。同时,观众也只能通过事实——人物的言行、命运等,去认识生活,感染之余,得出对这段生活的结论。反之,脱离人物的外加的东西,乍一看去似乎加强了思想意义,结果很容易磨平人物的棱角,削弱性格冲突,把创作的路子弄的极其狭窄,最终削弱了艺术感染力,也削弱了思想意义。

作者描写一个受过民族压迫,有一定觉悟,同时又有浓烈的民族主义情绪的人,如何在党的教育之下,从怀疑内蒙民族只有在党的领导下才能解放,到认识这个真理,从界线模糊,一次一次地对敌抱有幻想,又一次一次地打破幻想,直到分清敌我,最后成为一个革命的战士,这样写,创作的路子要宽得多,塑造人物有更多的回旋余地,有助于更深广地表现主题。三稿比二稿有了很大进展,原因也在这里。

由此看来,剧本思想意义怎样,在于作者通过"典型环境中的典型性格"表现得怎样。我认为《骑士的荣誉》的三稿是符合这一要求的。剧本的人物关系有其独特的地方,义德尔是这种关系的中心。他和以民族独立为幌子、暗地扩大个人势力的未来丈人宝音图有千丝万缕的联系,又和党的代表陈勇同袍共事,朝夕相处;他有陶格陶那样要两面手法,投靠国民党的好朋友,又有热情向往共产主义的爱弟赛音。诸如此类,形成了复杂的人与人之间的关系和矛盾。

这种关系和矛盾实际上是当时当地复杂的政治斗争的缩影，因而，它赋予了人物性格冲突以普通的意义，并为性格冲突提供了广阔的可能性。剧本以义德尔为中心，展开了一场争夺战。在这场争夺战中，宝音图的思想在义德尔身上发生哪些影响和作用，政委的思想又在他的身上发生哪些影响和作用，最后，政委是怎样争取了他的，义德尔这个性格复杂的人物又是怎样跟着党走的，这一切，很能引起观众的关心和兴趣，有可能把观众带进艺术境界，和主人公同呼吸，共脉搏。

有了复杂的人物关系，有了冲突的广阔可能性还是不够的，还得把可能变成现实，即通过冲突揭示性格，根据性格展开冲突，这种冲突和性格又不是一般的，而是典型的。这个问题在修改的过程中出现过歧义和漏洞，并在三稿中得到了克服。下面就从戏的开头和结尾来加以比较和说明。

关于戏的开头。三稿的开头描写义德尔带领部队赶走国民党匪帮，抓了一批俘虏，其中有蒙族的，也有汉族的。作者这样描写义德尔处理俘虏的独特做法：

义德尔走到俘虏面前，厉声喊道："蒙古人都到前面来。"

俘虏们不知发生了什么事情，恐怖地注视着义德尔。有一个人带头一共走出来七八个蒙古人。

义德尔向蒙古俘虏走过来，用可怕的眼睛狠狠地瞧着每个人的脸。

"你们都是蒙古人吗？"他突然大声问了一句。

"蒙古人。"俘虏惶惶然畏缩着回答。

"蒙古人！"义德尔咆哮道，"蒙古人嘛！为什么勾结国民党当土匪？为什么来害蒙古人？抢蒙古人的牲口？啊？"

他气愤地走过来，在每个俘虏的身上狠狠地抽了一鞭子。

俘虏们低下了头，直发抖。

义德尔忽然发现了什么，向站在中间的一个俘虏冲去，一巴掌打掉了俘虏头上钉着国民党帽徽的破皮帽子，接着狠狠地踩了一脚。当他抬起脚的时候，皮帽子上的青天白日帽徽已经稀烂了。

“把他们带走!”义德尔指着站在一边的蒙古族俘虏,向旁边的士兵下命令,然后,猛一转身,指着汉族俘虏命令道:“马上给我枪毙。”

这一段描写真是绘声绘色,历历可见,读者似乎听到了义德尔的声音和鼻息。它有力地表现了义德尔此时的思想情绪。义德尔的民族主义情绪多深多浅,也就是他在剧中的起点,顿时被点得清清楚楚。读者可以从这段描写具体地了解他的思想、情感、意志和愿望,了解他的民族主义中的积极因素,有一定的觉悟,同时又有和党的思想不相容的东西;一方面相信他有转变的基础,一方面又感到他的转变不会一蹴而就,而要经过相当曲折的过程。这样的性格是典型的,它所引起的冲突也是典型的。

初稿和三稿的处理基本相同,二稿则删去了枪毙汉族俘虏的情节,改成义德尔给蒙古俘虏每人一鞭子,对于汉族俘虏不作任何表示,便下令把全部俘虏带走了。这样一来,使人不明白义德尔为什么这样优待汉族俘虏,人物的思想性格模糊了,性格冲突及其演变也随之而简单化了。表面看来,这段情节的改动似乎删去了消极因素,加强了它的思想意义,其实不然。义德尔的性格一旦在作者头脑里形成,他的民族主义的消极因素只能通过他和陈勇等人的冲突得到克服,而不能听由作者下笔删去。何况,衡量一部作品是否合乎政策,思想意义多高,主要要看性格发展、性格冲突的全部结果如何,不能从一次,尤其是开头一次的冲突来加以断定。

关于戏的结尾。三稿的结尾描写义德尔团和陶格陶遭遇上了,义德尔答应陶格陶的请求,准备到他那里谈判,并打算用“蒙古人不打蒙古人”的道理说服他。政委不同意义德尔前去冒险,以理服之,同时以情动之。义德尔没有去成,但仍对陶格陶存在幻想,于是,瞒着政委派他的弟弟赛音前去谈判。结果正如政委所料,陶格陶早已叛变,赛音被杀害了。义德尔看着弟弟的尸体,抱着政委失声痛哭。

这一段描写也是生动的、传神的,颇有叩动读者心弦的力量。它解决了戏的开头所提出的问题:义德尔终于清除了民族主义中消极的因素,开始从阶级观点来看问题,抛弃幻想,分清敌我,坚决跟着党走。这样的冲突是真实的、典型的,只有这样,才能展示义德尔真正的丰满的性格。

三稿的处理基本上和二稿一样。但在修改过程中却出现过激烈的争论。有一种意见认为:义德尔的毛病太多了,紧要关头他都在动摇,最后的转变并不是由于党的力量,主要是由于赛音的死受到刺激。还有人认为:为什么不能使义德尔自觉地接受党对他的教育,慢慢地提高阶级觉悟?这不是更能说明党的力量吗?

从这些意见看来,它不单是要求怎么安排结尾的问题,而成了怎么揭示义德尔的全部性格的问题了。照这个意见修改也很难。一部放映一百分钟左右的影片,抛开真正的戏剧冲突,怎么表现主人公"慢慢地提高觉悟"呢?假如义德尔毛病少,觉悟高,紧要关头从不动摇,他就不是"这一个"而是"那一个"了。

义德尔有其本身的发展历史,我们很难硬要求人物如此这般,在他成长的过程中,新旧思想在他的身上是交错发生,反反复复,极其错综复杂的。他不但要在理论上分清是非,更要在实践中辨明敌我,包括吸取赛音牺牲的血的教训在内。所以,问题不在于义德尔毛病多不多,紧要关头动不动摇,而在于如何解决这种矛盾。因为,实际生活存在的矛盾冲突是激烈的、尖锐的,是不能避免的。我认为解决的关键还在于加强政委的戏,加强他的性格刻划,在矛盾冲突之中表现他如何从被动转到主动,引导义德尔分清是非,走上革命的大道。假如这样,双方的性格愈鲜明,性格冲突愈剧烈深广,冲突的解决愈合理生动,那么,剧本的思想性便愈高,党的思想威力必然表现得愈加充分。三稿正是从这里出发进行修改的。

三稿吸取了前稿的长处,为义德尔和陈勇安排了几次冲突:一是发枪发马,二是处理铁木尔的马,三是部队转移,四是是否跟陶格陶谈判。其中二、三两次冲突跟前稿出入很大,第二次冲突并重新作了安排。通过四次冲突,步步深入,层层解开,义德尔的思想脉络是理得相当清楚的。他那胸无城府,嫉恶如仇,固执天真,奔放不羁的性格写得很为完整,性格发展显得具体而又真实。政委陈勇的形象也比前几稿有了很大的加强,特别是由处理铁木尔的马所引起的冲突,使得他那胸襟宽广,克己谦让,平易近人,坚持原则的特点得到了较为鲜明的表现。

比较起来，政委的形象仍比义德尔的形象显得贫弱。所以如此，有各种原因，譬如义德尔处于争夺战的中心，与敌我双方都有密切的关系，因此，能找到更多机会从更多方面去揭示他的性格，而政委的处境则不相同。再如义德尔是在成长阶段，容易找到相应的动作来显露他的性格，而政委的情况也不一样。此外，也许作者熟悉义德尔的思想、情感、意志、愿望等等胜于熟悉政委，所以描绘义德尔的时候，能够左右逢源，得心应手，描绘政委的时候，则要遇到不少难关。这并不是说，已经很难加强政委的形象了。从三稿看来，仍然是有办法的。三稿中政委因铁木尔的马而挨打一事，很有表现力，很能敞开政委的心灵，而且还有充分展开、渲染的余地。假如能在部队转移和同陶格陶谈判前后等章节中也能找到如此有力的动作，政委的形象完全可能塑造得神采焕发，器宇轩昂。

情节是人物性格的历史，有什么样的性格，有什么样的冲突，是产生什么样的情节的依据。性格真实，冲突真实，情节也必然真实；性格芜杂，冲突繁乱，情节也必然芜杂繁乱。但是，情节并不是完全被动的，由于生活素材零碎、不典型，因此，人物性格和冲突，往往找不到相应的情节来展现，迸发不出性格的火花。这时，假如能根据生活的逻辑和性格发展的逻辑去提炼、虚构出适当的情节，这个问题往往迎刃而解。所以，应当说情节为英雄提供了用武之地。作者修改剧本时曾经出现过这些问题。

由于作者熟悉剧本中描写的生活和人物，并拥有不少的素材，这些素材大都十分生动，令人难以割爱，因此，作者笔下的义德尔的性格虽丰满不免有驳杂的感觉。加上在剧本中存在着某种程度的离开人物性格发展的逻辑去拔高思想的情况，就使得义德尔的性格产生前后矛盾的现象。这样一来，情节必然芜杂，情节的发展也随之前后不相连贯，甚至出现不少疙瘩，不少枝蔓。如二稿中，义德尔在整训阶段初步相信了政委，他还是不理解革命的，宝音图那套民族独立的口号对他仍有很大的迷惑力。但是，他听了宝音图提出脱离内战、民族独立的话后，竟然对丁森玛说出“我要永远跟这个家庭决裂”、“我要跟共产党走”这些话，他的认识一会儿很清楚，一会儿又很不清楚，这不仅使性格和冲突不够真实，随之情节的发展也不合逻辑，而显得虚假了。三稿基本上解决了这个问题。由于作者理清了人物思想发展的脉络，舍弃了人物性格中驳杂的成分，性格典型化了，情节也相应的典型化了；性格的发展自然真实了，情节的发展也就如水之就下，奔流浩荡。义德尔从杀汉族俘虏开始，经过几个回合的争斗，直到赛音牺牲彻底转变，作者写来几乎是环环相扣，一气呵成。一位艺术大师曾用“少—多—少”三字概括艺术创作的必经过程，是很值得体味的，这是简单—芜杂—简洁的过程，是以一当一、以十当一和以一当十的过程。性格的典型化和情节的典型化也不例外。从几次稿件看来，作家正踏上由多到少的阶梯。

许多作者在结构一篇东西时都拥有许多素材，但在创作的时候，就需要作家在纷纭的素材之中，下一番去芜存精，去伪存真的制作改造的功夫。有些素材那怕再生动，再有情趣，假如它不能为人物性格服务，与剧情进展无关，那也只好忍痛割舍，并刻意挑选、提炼、虚构典型的情节。在《骑士的荣誉》中作者在这方面进行了一番探索，功夫下的最多的要算整训那一章。这一章，三稿较二稿作了完全不同的处理，其艺术效果是不同的。

二稿是这样描写的：区里的汉族干部派人到部队来抓民达斯，因为他当过伪警察，活埋过一个老百姓。政委同意把民达斯抓走，义德尔勃然大怒，坚决反对，经政委和赛音的劝说，义德尔才勉强把民达斯交给群众。后来，在斗争诉苦会上，义德尔认清了民达斯的真面目，猛然给他一拳，要求绞死他。

尽管生活中有过近似的事情，但把它安排在这里却值得推敲。因为，这是在兄弟民族地区，政委处理问题不可能如此简单。当时，义德尔接触政委不久，全团的政治思想工作刚刚开始，还没有建立起坚强的党组织。而且，象民达斯那样的事在当时的历史情况下并不稀奇，支持区干部把民达斯抓走，是非常危险的，搞不好很可能弄得部队哗变。义德尔更不会把民达斯交出去，尤其是交给区里的汉族干部。民达斯当过伪警察也来抓，那义德尔当过伪军官，官更大，不是更为岌岌可危吗？因此，这些情节是欠真实的，不典型的，离开了特定的环境和特定人物的。同时，选取这样的情节，很难展现义德尔和陈勇的冲突和性格，解决他们之间的矛盾。

三稿是另一种写法：经过一个时期的整训之后，部队出现了新的气氛。官兵们为老乡挑水扫院子，义德尔见了很不以为然，但对于官兵热情投入练兵活动却大为赞赏。他喜欢勇敢强悍的战士铁木尔和他的青马。恰好铁木尔的青马是强迫汉族老乡“换”来的。这位老乡知道义德尔团来了老八路，并且一切按八路的规矩办事，便前来索回青马，赛音把马交还给他了。民达斯趁机进行挑拨。义德尔以为是政委把马交还老乡的，于是大发雷霆，铁木尔则在酒后打了政委。这时义德尔已明白真相，把铁木尔抓起来准备重办。政委把铁木尔放了，铁木尔深受感动。义德尔更为政委的行为所感动，开始从内心深处贴近政委。

这样安排，比起二稿来有了很大进展。它把整训的某些过程推在幕后，只用战士热情练兵、为老乡挑水和汉族老乡来索回青马等几个片断，点出部队的面貌开始有了变化——军民关系和民族关系得到改善，战士的觉悟有所提高。作者着意在处理青马、政委挨打的过程中，展开人物性格的冲突，让义德尔不只在理论上受得政委的启发，主要在感情上认识了政委是个胸襟坦荡，不存私心的好汉，并为政委这种光明磊落的行为所感动，因而感情开始变化了，立场也随着变化了。这种变化真实可信，很有艺术感染力。由此看来，这些情节的提炼安排，有助于突出人物性格，有助于冲突的展开和矛盾的解决。此外，由大青马引起纠葛比抓民达斯引起纠葛，更富有蒙族骑兵团队的特色。当然，这不是说这段描写已经完善无缺了，它还有充分展开的余地。

以上概述了三稿中许多成功之处，但剧中仍有个别情节与主人公的性格发展过分游离（如丁森玛逃走），个别情节纯属交代性质。个别情节与剧情的进展有所悖逆，仍可考虑适当地压缩删减。结尾时，义德尔与陶格陶的冲突似乎还可适当渲染，即阿尧喜抓到陶格陶，义德尔是怎么处理的？是不是象开头处理汉族俘虏那样地处理他？假如这样，也许更好一些，它不单起到前后呼应的作用，更能具体点明义德尔怎样和他的好朋友决裂，也是怎样和昨日的义德尔告别的。

总之，《骑士的荣誉》可以说是一部优秀剧本，它为拍摄影片提供了丰厚的基础。这里并非全面分析剧本的成就与不足。只是对几个问题作了粗略的梳理和叙述，不对的地方，希望得到读者和作者的指正。

第二辑

维吾尔族、哈萨克族电影

本辑概述

本辑收录了10篇关于维吾尔族、哈萨克族电影的史料，有包尔汉、高玉蓉、陈冀德、戴厚英、何士雄等人的两篇观后感，谢逢松、林艺、潘光荪、边善基、李亚纳的四篇影评，以及一篇新闻报道和三篇介绍文章。这些文献分别发表在《吉林日报》《光明日报》《人民日报》《大众电影》《上海电影》《文汇报》《解放日报》《文艺报》上，涉及维吾尔族电影《远方星火》《两代人》和哈萨克族电影《哈森与加米拉》。

本辑对1949—1979年间具有代表性的维吾尔族、哈萨克族电影相关史料进行了汇总，通过这些史料可以了解此时期维吾尔族、哈萨克族电影的创作过程、独特艺术特色和社会反响。

本辑收录的10篇史料中，5篇都是关于电影《两代人》的，由此可见该电影在当时的影响力和关注度是极高的。包尔汉、谢逢松、高玉蓉、陈冀德、戴厚英、何士雄都在他们的文章中表达了观看该片之后的感受，认为《两代人》通过动人的故事，反映了两代革命者对党的事业赤胆忠心、不屈不挠地为之奋斗的精神，以及汉族、维吾尔族两个兄弟民族用鲜血凝成的友谊。他们评价了电影中令人印象最深的几个情节或细节，表达了对新疆电影制片厂的第一部电影艺术作品《两代人》的创作的肯定。同时，也指出《两代人》还有不足之处，如结构上还不够完整、“针线”还不够细密等问题。潘光荪、边善基、李亚纳在文章中从电影主题思想、艺术构思等角度对《两代人》进行了分析，认为《两代人》的题材是十分真实、动人的，民族团结的重大主题对新疆各族人民来说，都具有深刻的教育意义。影片用十分鲜明的阶级观点，着重反映了维吾尔族、汉族两族人民的新生活、新关系，通过艺术形象生动地展现了各族人民牢固团结的深厚的阶级基础，展示了党对各族人民共同的解放事业的无比坚强的正确领导。在艺术构思和英雄人物的塑造上，影片达到了相当高的层次，思想性和艺术性也都达到了一定水平。

有关电影《哈森与加米拉》的四篇史料中，王震之从故事情节及演员的选用等方面，介绍了这部反映哈萨克族人民斗争生活的影片。《新疆日报》的记者固球采访了《哈森与加米拉》电影中人物的原型——阿合买提和帕格牙，他们的遭遇被编写成电影剧本，摄制成影片，从此阿合买提和帕格牙的名字在新疆人民的心中便与“哈森”和“加米拉”联系到一起。记者固球来到阿尔泰山区，通过采访了解到他们这些年来真实的经历，以及在新的生活里美满的爱情和愉快的劳动。除此之外，关于影片《远方星火》的一篇史料则着重介绍了影片《远方星火》的主人公鲁特夫拉·木塔里甫的生平事迹以及他写下的诗歌。

通过本辑收录的维吾尔族和哈萨克族电影史料，可以发现该时期电影研究的侧重点与蒙古族电影研究大同小异，几乎都是从主题思想和艺术构思等方面对电影进行分析研究。但通过本辑中体裁多样的史料，也能发现当时的学者们试图从更多方面了解这几部电影创作的客观历程，从剧本创作、拍摄过程、电影原型人物及他们的生平和创作等方面，对电影进行更全面的分析。

战斗的歌手

——影片《远方星火》的主人公鲁特夫拉·木塔里甫

史料解读

史料原载《吉林日报》1962年11月14日第3版。该文为一篇对电影《远方星火》的介绍文章。电影《远方星火》描写的是一个真实的故事,维吾尔族青年诗人黎·木特里夫原名叫鲁特夫拉·木塔里甫。1945年国民党反动派用血腥残暴的手段,在阿克苏惨杀了二十一位为新疆各族人民解放事业而斗争的革命战士,鲁特夫拉·木塔里甫就是其中的一个。文章的主要内容是介绍影片《远方星火》的主人公鲁特夫拉·木塔里甫的生平事迹以及他所写下的诗歌,对电影剧本、电影艺术特色的介绍和评价较少。

原文

影片《远方星火》描写的是一个真实的故事。影片中的主人公,维吾尔族青年诗人黎·木特里夫原名叫鲁特夫拉·木塔里甫。一九四五年国民党反动派用血腥残暴的手段,在阿克苏惨杀了二十一位为新疆各族人民解放事业而斗争的革命战士,鲁特夫拉·木塔里甫就是其中的一个。

鲁特夫拉·木塔里甫生于一九二二年,他的童年时代是在伊犁尼勒克县和伊犁市渡过的。他家很穷,父亲子女又多,依靠亲友的帮助他才进了学校。他在学校里就非常爱好文学,经常在课余阅读普希金、涅克拉索夫、高尔基以及塔塔尔族诗人、乌兹别克诗人、维吾尔族诗人的作品，并从事创作，刚刚十五岁，他的诗就开始在《伊犁日报》上发表了。

一九三九年，他进入乌鲁木齐的省立师范学校，后来又到《新疆日报社》工作。在这一个时期，他接触了在新疆从事革命工作的一批共产党员，受到了革命的教育和影响，使他在思想上、文学上有了很大的进步，当他的《五月——战斗之月》一诗在报纸上发表后，马上就引起了人们的注意和热爱。他在乌鲁木齐的四年间，写了许多具有鲜明战斗色彩的诗歌、剧本和杂文，并热情地帮助剧团工作，就象我们在影片里看到的那样。

皖南事变后，新疆的统治者盛世才脱去了进步的伪装，露出了狰狞的面目。一九四三年国民党反动派又在新疆建立了政权，使局势严重恶化。他们开始监视、逮捕和屠杀具有亲苏亲共思想的人，对鲁特夫拉·木塔里甫也发生了怀疑，把他调到阿克苏去，开始加以监视。

鲁特夫拉·木塔里甫到阿克苏以后，仍从事新闻、文学、戏剧工作，培养了许多文艺爱好者。一九四五年初，阿克苏秘密建立了反对国民党的革命组织“火星同盟”。鲁特夫拉·木塔里甫成为这个组织的领导者之一，这个组织把阿克苏等地的先进青年吸引在自己周围，和国民党反动派进行了坚决的斗争。他在进行革命活动同时，仍不断从事创作，号召人民坚持斗争，他当时写的《幻想的追求》一诗，向人民指出胜利的曙光已经冉冉升起，这首诗成了当时“火星同盟”的战斗进行曲。正当这一革命组织准备武装起义的前夕，不幸被叛徒出卖，使得这个组织的主要成员全被国民党反动派杀害了。但是，死，吓不倒坚强的战士，鲁特夫拉·木塔里甫在狱中曾写下这样的诗句：

任凭黑暗的势力压得我驼背弯腰，
任凭魔爪掐住了我的咽喉；
但是，我决不屈服——决不！
决不用哀求的声音要求还给我——
属于我的——
一生只有一次的——生命……

鲁特夫拉·木塔里甫仅仅生活了二十三个年头，但他短短的一生，却为人民建树了不可磨灭的功绩，他的诗歌永远响在人们心里。

回忆党在新疆的革命活动

——看影片《两代人》后

包尔汉

史料解读

史料原载《光明日报》1960年12月28日第3版。该史料为一篇观后感。《两代人》是一部有深刻教育意义的影片。影片成功地塑造了共产党员孟英母子两代人的光辉形象，真实地反映了革命历史，揭示了党和各族人民不可分割的血肉关系，正确地反映了阶级关系和民族关系。1942年9月，盛世才以预谋已久的所谓“阴谋暴动案”为借口，逮捕了以陈潭秋同志为首的全部在新疆工作的中国共产党党员，施以最野蛮的严刑拷打。同时，许多新疆各族的进步人士和青年以及无辜民众也遭到了逮捕和惨杀。作者包尔汉也同样经历了此番遭遇，并对此进行了回忆。在电影创作方面，作者认为电影开始的镜头，展现了新中国成立以来，在党的领导下，在汉族人民的大力帮助下，新疆已发生了翻天覆地的变化。尽管影片还有些小的缺点，但仍然是一部好影片。特别可喜的是，它是边疆民族地区电影制片厂的作品，演员中有很大部分是少数民族演员，他们体现了党对少数民族地区文化艺术事业的领导和关怀。从电影史的角度来看，该影片与其他少数民族电影一样，标志着少数民族文艺事业进入历史发展的全新时代。

原文

《两代人》是一篇有深刻教育意义的影片，故事情节感人很深。影片成功地塑造了共产党员孟英母子两代人的光辉形象，真实地反映了党在领导新疆各族人民的解放事业中，所进行的艰苦的英勇的革命斗争历史；也反映了解放后，又是这些老的共产党员和在党培养下的新的一代在社会主义建设中所表现的英雄气概。影片极为生动和成功地揭示了在抗击共同阶级敌人的斗争中，党和各族人民不可分割的血肉关系，正确地反映了阶级关系和民族关系。

党对新疆各族人民的解放事业，是极为关怀的。远在1933年，正当新疆各族人民面临着帝国主义及其走狗严重威胁的时刻，党派了自己的优秀党员前来新疆工作。抗日战争时期，正是党处在最艰苦的年代，党又继续派了一大批优秀的党员来到新疆，并于1937年在新疆的省会乌鲁木齐市设立了八路军办事处。这就是剧中孟英同志所说的："正是抗日战争最艰苦的年代，我们党为了团结各民族人民共同抗日，派来了一批共产党员到新疆工作……"前后来新疆担任领导工作的，有当时中共中央政治局委员邓发同志、中央委员陈潭秋同志和许多党的优秀的领导干部，如毛泽民同志、林基路同志等。那时进入新疆的共产党员，依照党中央的指示，在极其艰苦复杂的局面下，积极地开展了工作。党通过报刊（如当时的《新疆日报》等）和书籍向各族人民传播了马克思列宁主义，传播了毛主席的著作和党的方针政策，如毛主席的《论持久战》《新民主主义论》等在新疆的传播，使新疆各族人民受到了无产阶级革命思想的启蒙教育。为新疆各族人民播下了革命思想的种子。由于共产党员的艰苦工作和苏联的帮助，新疆各族人民的政治、经济和文化教育事业，迅速出现了一个崭新的局面。如毛泽民同志（毛主席之弟，当时化名马彬）在担任新疆财政厅长任内，日以继夜地工作，在短短时间内，对整顿新疆财政、发展生产、改善人民生活方面，作出了卓越的贡献；林基路同志在担任当时新疆唯一高等学府新疆学院教务长任内，大力宣传马克思列宁主义，宣传毛主席著作，提倡"教用合一"的理论联系实际的教学方针，使新疆学院成为当时进步青年向往的革命文化摇篮。新疆的第一个电影公司和广播电台也是党所创办的。

1941年以后，当全世界人民正处于反法西斯战争艰苦的年代里，天空暂时出现了一片乌云的时候，盛世才撕下了伪装进步的面纱，投降了国民党反动派，从此，新疆各族人民又陷入了灾难深重的黑暗统治。1942年9月，盛世才以预谋已久的所谓“阴谋暴动案”为借口，逮捕了以陈潭秋同志为首的全部在新疆工作的中国共产党党员（这就是剧中孟英同志所说的捏造什么“四一二暴乱”），施以最野蛮的严刑拷打。同时，许多新疆各族的进步人士和青年以及无辜人民也遭到了逮捕和惨杀。

这个期间，我曾和一些党的同志被关在一个监狱里。尽管敌人用尽了各种酷刑和施展了各种诱骗手段，同志们表现了坚定的革命立场，表现了临危不惧、坚贞不屈的革命英雄气概，有名的《囚徒歌》，就是林基路同志在狱中写的。歌中最后一段是：

囚徒，新的囚徒，坚定信念，贞守立场。

用我们头颅，奠筑自由的金字塔，

洒我们的鲜血，染成红旗，万载飘扬！

这首歌表达了当时在狱中同志们的坚贞不屈的立场，这首歌也大大地鼓舞了被捕同志们的革命斗争意志。被押在一起的各民族革命进步人士和青年，受到了深刻的革命洗礼并结成了亲密的战友。至今我还记得，和我押在一个牢房的一个姓王的同志，年纪只有二十七岁，是来新疆航校学飞行的，他为人非常坚定和乐观。一天当他受完酷刑被拖回来之后，遍体鳞伤，几乎是奄奄待毙了。正当大家照料他的时候，他睁开了眼睛，极端吃力地站了起来，用牙咬破了食指，用鲜血在狱墙上写下了“打倒盛世才”。当他还要继续写下去的时候，他又昏倒了。当天这个同志被拖了出去，就一直没有再回来，他英勇的牺牲了。剧中的共产党员赵彬就真实地塑造了这些同志从容就义的革命形象。陈潭秋、毛泽民、林基路等同志和有名的民主进步人士杜重远同志等，都于1943年先后被害。其他同志在党中央的营救下，于1946年到了延安，其中好多同志现在在党中央和国家机关中担任领导工作。烈士们的鲜血没有白流，他们播下的共产主义种子,今天已经开花结果。他们光辉的形象,将永远活在人们的心里。

通过电影开始的镜头,我们看到乌鲁木齐市高大的建筑群、整齐的街道、繁荣的工矿区,特别是新疆人民日夜盼望的和祖国内地联通的铁路,就要修到乌鲁木齐了。解放以来,在党的领导下,在汉族人民的大力帮助下,新疆已发生了翻天覆地的变化。乌鲁木齐市由刚解放时八万人口的城市已变成六十多万人口的工业、文化城市了。无怪乎剧中孟英连连说:“变了!我简直认不出来了。”看到这一些变化,更使我们想起了那些在艰苦时代里从事革命斗争英勇牺牲的先烈们,以及正在领导我们进行社会主义革命和社会主义建设的革命先辈们,他们的革命精神,将永远成为我们学习的榜样,并将永远鼓舞着我们各族人民紧密地团结在党中央和毛主席的周围,克服各种困难,为社会主义建设作出更大的努力。如果谁忘记了这些,正像列宁所说的,那就意味着背叛。

影片中演员的演技,有的还不够精炼。演艾星的演员如能换个汉族演员,也许会表现的更逼真些。尽管影片还有些小的缺点,但仍然是一部好的影片。特别令人可喜的是,它是边疆民族地区电影制片厂的作品,演员中有很大一部分是少数民族演员,他们体现了党对少数民族地区文化艺术事业的领导和关怀。

赤胆忠心两代人

——谈新疆电影制片厂拍摄的《两代人》

谢逢松

史料解读

史料原载《人民日报》1960年12月10日第8版。该史料为一篇评论。作者首先介绍了影片的主要内容,认为《两代人》通过一个动人的故事,反映了两个完全不同的时代,两代革命者对党的事业赤胆忠心、不屈不挠地为之奋斗的精神,汉族、维吾尔族两个兄弟民族用鲜血凝成了牢不可破的友谊。影片通过几个具体人物的命运,把汉族、维吾尔族两个兄弟民族的命运巧妙地、真实地联结起来。而这种命运相连的基础,正是无产阶级的革命事业。同时,文中也指出《两代人》还有不足之处,结构上还不够完整,针线还不够细密。部分情节中的矛盾冲突开展得不够,相应地影响了对艾里等正面人物的刻画。但还是瑕不掩瑜,像《两代人》这样热情宣传革命传统精神,反映社会主义伟大建设,歌颂民族友谊和团结的影片,是应该鼓掌欢迎、拍手祝贺的。

原文

新疆电影制片厂拍摄的故事影片《两代人》,是一部好影片,它的成功是值得祝贺的。特别是作为兄弟民族地区一个年轻的电影制片厂的产儿,更值得为它的降生而欢呼。

影片描写的是这样曲折动人的故事：一个名叫孟英的女共产党员，由北京调回到新疆兰新铁路的筑路工地上担任党委书记。她乘搭年轻的推土机手艾里驾驶的推土机前往工地时，看到沿途是一片热火朝天的建设景象，感慨万端；与此同时，她看见山丘上一个破碉楼，勾起了一段辛酸而沉痛的回忆：十八年前，她和她的爱人赵彬一起在新疆从事革命工作，一起被反动派盛世才逮捕入狱。他们的一个还不满周岁的孩子，也一同关在监牢里。不久，反动派杀害了她的丈夫赵彬，又想杀害她的孩子。在万分危急中，一个前来探监的维族[①]老爷爷把孩子救了出去。十八年来，孟英为革命艰苦地战斗着，工作着，但一直不知道自己孩子的生死存亡。现在，她来到工地，又和前进道路上的新困难、新障碍斗争着，为党培养着像艾里这样的年轻一代。新事业在发展，新的人在成长，而她最后得知那个朝气蓬勃、敢想敢干的推土机手艾里，正是她失去了十八年的孩子；于是，母子重获团圆。

一部艺术作品要想打动广大观众和读者的心弦，有一个曲折生动的故事是很重要的。但是，任何生动的故事、曲折的情节，只能是为它的主题思想服务的。《两代人》就是通过一个动人的故事，反映了两个完全不同的时代，两代革命者对党的事业赤胆忠心、不屈不挠地为之奋斗的精神，以及汉、维两个兄弟民族用鲜血凝成的友谊。

赵彬和孟英，是一对革命夫妻，也是两个革命英雄。在他们身上，体现了作为一个革命战士、一个共产党员的高贵品质。赵彬在影片里着墨不多，但给人的印象是很深刻的。他嘱别孟英、绑赴刑场的那组镜头，会使人永久不能忘记。在这场戏里，从演员的外形到内在感情的表露，都是很有特色的，很细腻的。看到赵彬那又黑又粗又长的胡子，高高的颧骨，炯炯有光的眼睛，立刻给人一种坚强、刚毅、不屈不挠、顶天立地的感觉。他压制着内心的感情，扶着铁栏杆对孟英说："小英，我的时候到了！"多么从容不迫！ 孟英高叫了一声"彬！"之后，眼泪

① 编者注："维族"应为"维吾尔族"，后同。

夺眶而出。赵彬用手擦去孟英脸上的泪水，深沉地说："小英，不要这样，死并不可怕，可怕的是我们的软弱！"写得好，演得也好！看，寥寥数句，一种"杀头不要紧，只要主义真"、"富贵不能淫、威武不能屈"的精神扑向每一个观众的面前来了。

孟英作为一个妇女，作为一个年轻的革命者，在和自己的爱人永别的时候，抑制不住悲痛，泪如泉涌，那是很自然的，同时，她对敌人是横眉冷对的，坚决的。伪警官要拉同牢的维族姑娘阿拉木汗去活埋，她坚决反对，大声喝阻："住手！"这时，她似乎一身都是胆，都是力量。特别是十八年以后，经过革命斗争更多的冶炼的孟英，就更坚强、更成熟得多了。她对待问题，处理问题，待人接物，都有一种鲜明的阶级立场。她对人都是按照党的原则来要求的，按照一个高尚的革命者的品德来要求的。她对自己呢？也是一样。艾里驾驶推土机爬莫顶山时，她才知道艾里是自己失去十八年的亲生儿子。作为一个母亲，她多么想立刻扑过去把这亲骨肉紧紧地搂在怀里啊！但是，她当时为了革命工作的需要，压制了自己的感情，没有这样做。她知道爬山是有危险的，很可能使这个失去十八年才重见的孩子没有同母亲说上一句话而牺牲在这场战斗里；但是，她没有接受大家的要求不让艾里去爬山，而是毅然关上自己感情的闸门，下令道："同志们，爬坡的任务，还是交给艾里执行！"这里充分体现了一个革命者先公后私、公而忘私的高尚情操。最后，她自己也爬上推土机跟着艾里一起爬坡去了。这里，是出于一个母亲对儿子的关切，也是出于一个首长对年轻战士的关切，更是表现了一个共产党指挥员"身先士卒"的本色。这样的戏，这样的情节，这样的人物，使人觉得多么亲切，多么感人，多么可爱啊！

塑造赵彬、孟英这样的艺术形象，表现赵彬、孟英这样的精神品质，正是对我们年轻一代进行共产主义教育所迫切需要的。我们需要像艾里那样的接班人，也只有不断地进行革命传统的教育，才能出现千千万万像艾里那样的接班人。我们的年轻人是会很熟悉艾里的，因为从他身上可以看到自己的影子。他真是一条"小马驹子"，尽管他身上还存在一些缺点，但是，只要是为了革命，为了党，他是天不怕地不怕的。他年轻纯洁，很容易受老一辈的革命精神的感染和教育。他听了孟英讲的在监牢里斗争的故事，就总是记在心里，逢人就说："人家那时候多么危险，多么困难，还拼着性命干革命。"可是，一想到眼前，就气来了："可我们在这里干什么？挖呀挖，就连这个莫顶山都过不去！"正是革命先辈们那种不计生死、不畏艰苦的精神，给了他鼓舞和力量。于是，他为了找路，大雪天上了莫顶山，并掉进雪坑里；为了打通莫顶山，他第一个要求驾驶推土机爬坡，不避艰险。

影片通过几个具体人物的命运，把汉、维两个兄弟民族的命运巧妙地、真切地联结了起来。而这种命运相联的基础，不是别的，正是无产阶级的革命事业。过去，共同反对反动统治；现在，共同建设社会主义。在影片里，像孟英和阿拉木汗在监狱里相依为命，阿西姆老爷爷搭救艾里、抚育艾里、不让艾里爬坡等情节，都是很动人的。作为民族自治区的电影制片厂，表现民族友谊，宣传民族团结，应该是艺术创作的一大任务。

当然，《两代人》也还有不足之处，结构上还不够完整，针线还不够细密。像王冬的反革命活动，买买提的右倾保守思想，都还未能更有分别地、更深刻地加以表现，因此，在这条线上的矛盾冲突就开展得不够，相应地影响了对艾里这样一些正面人物的刻划。但是，尽管是这样，还是瑕不掩瑜，像《两代人》这样热情地宣扬革命传统精神，反映社会主义伟大建设，歌颂民族友谊和团结的影片，是应该热烈地向它鼓掌欢迎，向它拍手祝贺的。

革命的两代　英雄的两代

——电影《两代人》观后

高玉蓉　陈冀德　戴厚英　何士雄

史料解读

史料原载《上海电影》1961年第1期。该史料是一篇观后感。文章首先从电影的内容和情节出发，讲述两代人的奋斗历程，介绍这部影片的故事情节。文章认为电影《两代人》告诉我们两个不同时代有着不同形式的艰苦斗争，而年轻一代也需要像革命前辈那样用共产主义理想武装自己的头脑，用智慧和双手把人类千年梦想变成现实。《两代人》是一部富有深刻思想意义和重大教育作用的好影片。该影评的思想深度值得重视。

原文

阴森森的监牢里，发出镣铐击撞的声响，又一批党的优秀儿女被国民党反动派押赴刑场，年青的共产党员赵彬，在生命的最后时刻里对着被囚禁的妻子孟英说："死并不可怕，可怕的是我们的软弱！"他把一件绣有五角红星的毛衣留给不满周岁的孩子，坚定有力的嘱别道："一定要把孩子抚养长大！"他眼睛里闪耀着希望的光辉，就这样整整衣裳，从容不迫，高呼着"中国共产党万岁"的口号慷慨就义了。这是电影《两代人》描写的十八年前新疆盛世才监狱中的一个故事，它把我们的思想带到了革命斗争的艰难岁月里。

是的，为了搬掉压在中国人民头上的三座大山，多少党的优秀儿女，不畏艰险，流血牺牲，表现了坚韧不拔的斗争精神，赵彬就是这成千上万个可歌可泣革命先烈的典型。我们必须时刻记住那些为子孙万代幸福开路的英雄，“忘记就意味着背叛”，这句话在这里也是完全适用的。

也象千千万万革命者一样，孟英踏着先烈的血迹，亲人的血迹，继续战斗。丈夫的死给她带来的不是恐惧，而是坚强和力量。经过十八年革命斗争的冶炼，她变得越来越坚强，正如她自己所说：“苦是苦，可把人锻炼得更坚强了。”黑暗的昨天她为革命流过血，在社会主义的今天她又投入了建设社会主义的新的战斗。她担任了兰新铁路筑路工地党委书记，一切行动都按照着党的原则，依据着人民的利益。她对新生事物满腔热情，同意艾里劈开莫顶山的主张；支持他与右倾思想的斗争；赞扬他上山探路的精神，最后把第一个爬坡的危险任务交给他，当她知道艾里就是自己离别十八年的儿子时，内心激动的象翻滚的波涛，可她控制住自己的感情，毅然的宣布：“爬坡任务，还是交给艾里执行！”她不仅不为儿子生命的安危担忧，且为儿子能担任这样光荣艰险的任务而自豪。她爱儿子，但她更爱共产主义事业。她深知孩子的长大是党和人民抚养教育的结果，因此她说：“孩子不是我一个人的，我要把他交给党、交给人民！”这里充分展示了一个革命者公而忘私的美丽的高尚的情操；一个象海天一样宽阔的宏大胸怀，这是一个怎样的母亲呀！

革命的第二代艾里真正地承继了前辈的斗争精神。当她听了孟英在监狱里斗争的故事，就想到“人家那时候多么危险，多么困难，还拼着性命干革命。”并以此鞭策自己前进；为了赢得建设时间，他坚决要劈开莫顶山，让铁轨飞过那高耸入云、白雪皑皑的大山，当遭到右倾保守思想者反对的时候，他又冒着狂风大雪，奋不顾身地上山探路，甚至掉进雪坑，神志昏迷后稍一苏醒，还忙着画起上山探路的途径，他的心完全和社会主义的建设溶化为一体了，象他的殉难的父亲一样，他把个人的一切全部献给了革命事业。最后在莫顶山脚下他第一个接受了爬坡任务，面临这天大的困难，他却显得是那样勇敢而沉着，当他穿着父亲那件毛衣，迈着坚定的步伐上山时，我们亲切地感到这绣在毛衣上的五角红星象他父亲的心在跳动,象他父亲的战斗精神在闪光。自幼艰苦的生活,风里雨里的劳动,不屈不挠的斗争,把他培养成一个有钢铁般的性格,有松柏般的意志,朝气蓬勃的新型青年。是的,在烈火中才能炼出优质的钢铁,在温室里绝对生长不成耐寒的松柏。艾里应该是我们青年一代的光辉榜样,象他这样的人才是革命前辈所期望的,党和人民所需要的共产主义接班人。今天的时代需要有这样移山填海的创世英雄。在党的领导下,我们正在做着前人所从未做过的建设新社会的工作,这就需要我们有勇往直前,不畏艰险,不怕困难的精神,正如毛主席所说:"中国的革命是伟大的,但革命以后的路程更长,工作更伟大,更艰苦。"我们要搬掉"穷"和"白"这两座大山,必须继承和发扬革命前辈刻苦耐劳艰苦奋斗的高贵品质,青年则要勇于承担那些最困难的工作,越是艰苦,就越感到光荣;越是困难,就越斗志昂扬,这才是革命青年的英雄本色,我们必须清楚地懂得:昨天的艰苦是为了幸福的今天,今天的艰苦,是为了幸福的明天,明天的艰苦,则是为了更幸福的后天,这样,每一代都享受到上一代艰苦斗争的结果,每一代都为下一代而继续艰苦斗争,如此,高举着革命的红旗,胜利的红旗,不断斗争,不断前进,直至共产主义红旗招展在世界的天空。

电影《两代人》雄辩地告诉我们两个不同时代有着不同形式的艰苦斗争,而我们年青一代更需象革命前辈那样用共产主义理想武装自己的头脑;用我们的智慧和双手把人类千年梦想的社会变成现实。《两代人》就是这样一部富有深刻思想意义和重大教育作用的好影片。

影片《两代人》的艺术构思

潘光荪　边善基

史料解读

史料原载《文汇报》1961年1月19日第3版。该史料是一篇评论。文中认为影片《两代人》无论从思想性还是从艺术性来说，都达到了一定的水平。影片一方面采用了我国人民喜闻乐见的、有生动曲折情节的传奇性题材，而同时又赋予这一传统形式以思想性，给人以全新的感受。影片构思清新独特，情节跌宕多姿，具有强烈的战斗气息。《两代人》的主人公形象，称得上是两代革命者的光辉典型。影片对两代人的革命斗争的表现既兼收并蓄，又浑成一体，使戏的矛盾冲突更加集中，主题思想也格外清晰。这正是《两代人》具有强烈艺术感染力的重要原因。此外，影片细节处理也很成功。当然，影片在整个艺术构思上也有一些不足，尽管如此，《两代人》也是一部成功的电影作品。

原文

新疆电影制片厂拍摄的第一部故事片《两代人》，无论就思想性和艺术性来说，都达到了一定的水平。

《两代人》写的似乎是颇为常见的悲欢离合故事。但，它却有着战斗的内容，给人以崭新的感受。戏的构思，清新挺逸，跌宕多姿，作者一方面采用了我国人民所喜闻乐见的、有着生动曲折情节的传奇性题材，而同时又赋予这一传统形式以革命的思想性。影片里这一双离别十八年而又重逢的母子——孟英和艾里，一个是坚如钢、贞似玉的革命母亲，一个是斗志昂扬、无愧于我们时代的革命接班人；他们的悲欢离合，并不只是家庭小天地里的微波弱澜，而是与汹涌澎湃的革命激流息息相通的。影片具有强烈的战斗气息。因此尽管这对母子在反动统治下备受迫害，但观众感到的决不是哀怨凄恻的情调，而是坚强无畏、乐观向上的革命精神。

《两代人》的主人公形象，称得上是我们两代革命者的光辉典型。请看，孟英为了革命，被国民党反动派拘捕，锒铛入狱。敌人杀害了她的丈夫——烈士赵彬，还迫使她不得不忍痛和襁褓之中的亲子别离。但是这一切并没有吓倒这个具有高度无产阶级觉悟的革命母亲。当我们看到她在监狱里，敢于严斥残酷的国民党特务，救下同狱的维族姑娘阿拉木汗时，一个威武不能屈，浑身是胆的革命战士形象就赫然矗立起来了。同样，作为革命第二代的艾里，尽管自幼失去父母，却并没有被阶级压迫的桎梏压弯了腰。那位冒着生命危险，把他从虎口里救出来的维族老大爷阿西姆，更用缅怀革命烈士的崇高的阶级之爱哺育了他。应该说幼年时代挨饿受冻的被压迫的生活，犹如严冬寒雪锻炼了艾里松柏般的坚强性格，使他对解放后的新社会产生了无限热爱的真挚感情。他为了社会主义建设的利益，在筑路时，就甘冒生死上莫顶山探路开道，同时更敢于向右倾保守思想展开不挠的斗争。我们从这个小伙子身上，看到了革命先辈的艰苦斗争精神的光芒。这里作者把坚强的革命斗争精神，熔铸于这双母子的形象之中。于是在他们身上集中地表现了两个完全不同时代、两代革命者对党的事业无限忠诚的革命意志，表现了历史上汉、维两族人民在共同斗争中形成的血肉深情，以及他们的英雄气概。

从影片的效果来看，作者在剧情的结构和艺术处理上，相当成功地完成了上述意图。作者一方面选择兰新铁路建设工程，战胜自然困难作为全片的贯串线，透过今天沸腾的社会主义建设，正面地写出当代革命者的英雄志气；另一方面，又运用电影艺术不受时间、空间限制的特性，通过“回忆”的手法，追溯了老一代艰苦的斗争，这是十分恰当的。这样就使不同时代的不同斗争，紧密地交织起来，从而展开了戏的广阔的时代图景。正由于作者对两代人的革命斗争的表现，既兼顾并蓄，又浑成一气，于是就使戏的矛盾冲突更见集中，主题思想也格外清晰。剧情几乎自始至终是在不断的悬念和剧烈的戏剧冲突中展开的，洋溢着浓郁的革命传奇色彩：戏一开始就是孟英与艾里在去铁路建筑工地的公路上偶然邂逅，从公路旁那座破碉楼引出了孟英十八年在狱中的英勇斗争，丈夫的牺牲和亲儿的离别等等的回忆。这段情节的倒叙，不但简练地交代了孟英的斗争历史，刻划了这位革命母亲的英雄性格，并且一下子就牵出了母子分离的线索，为戏的下一步展开构成了悬念，观众的心就被对孩子命运的关切所紧紧扣住了。一直到艾里和保守思想的队长冲突、上山探路受伤时，影片才以阿西姆的沉思回忆，豁然点明艾里就是孟英的儿子，是阿西姆把他救走并抚养长大的。这一插笔和孟英在狱中救阿拉木汗的情景，巧妙地前后映辉，生动地展示了汉、维兄弟民族在共同的斗争中生死相共的血肉深情。艾里开推土机爬坡开路，母子大团圆的高潮，处理得尤为出色。这场戏的成就，不只是在于水到渠成地解决了母子不相认等等的戏剧矛盾和悬念，更重要的是它在尖锐的戏剧冲突里，把人物的英雄性格进一步深化了。这里，阿西姆不愿艾里冒险登山开道，是出于对汉族革命先烈的深挚感情，而孟英知道艾里是自己失去十八年的亲子时，便欢欣地让艾里担当艰险任务的决定，以及艾里以接受最艰险的任务为荣，并坚决地胜利完成任务的行动，更使这一双母子勇敢无畏、忠于革命的精神风貌，大放光彩。《两代人》高潮叠出、悬念不断的曲折情节和它的思想内容是有机的统一体。许多看来饶有戏剧“巧合”因素的情节，却正体现了民族友爱团结和两代人无限忠诚向革命的主题思想。这正是《两代人》所以具有强烈艺术感染力的重要因素。

此外，细节处理也很成功。赵彬烈士遗留给孩子的那件毛线衣的红五角星隐含着烈士的精神永远不朽的寓意，而毛线衣在影片中的三次易手、四次出现，也都成为串连戏剧悬念和人物关系的引物，从而加强了戏的传奇气氛。

当然，影片在整个艺术构思上也还不是完美无缺的。影片在兰新铁路建设的这条线中插入了与反革命分子斗争的一节戏,就情节的起伏来说,固然并非不当。但从戏的整个结构来看,却还嫌与主线结合得不够紧密,特别在艺术处理上更显得有些草率。如反革命分子王冬的面目已被发现以后,银幕上却还出现反革命破坏活动和悬崖搏斗的惊险场面,这就显得缺乏逻辑上的依据。其次,对艾里的创造,我们认为还可以更高些,如对他打人的这个细节就完全可以删去,否则总使人感到有些别扭,并也有损于这个英雄形象的性格统一的。但是尽管这样,这些细枝末节的缺陷与整部影片的成就相比,还是瑕不掩瑜的。

赞影片《两代人》

李亚纳

史料解读

史料原载《解放日报》1961年1月3日第6版。该史料是一篇评论。该文作者从主题和剧情的角度，称赞了电影《两代人》。认为影片描述了一个曲折动人的故事，没有把剧情纠缠在儿女情长的狭小圈子里，而是反映了两代人在不同的时代中不同的艰苦斗争，并且歌颂了汉族、维吾尔族两个兄弟民族用鲜血凝结成的深厚友谊。影片所阐明的主题，具有震撼人心的力量。影片巧妙地运用了回忆手法，以一种质朴的艺术魅力，把观众引进了充满革命激情的年代里。影片对生活环境、生活细节的真实描绘，给观众带来强烈的感染力。影片在孟英和艾里的母子团圆情节，做了出色而动人的处理，进一步交代了汉族、维吾尔族两个兄弟民族生死与共的紧密关系，同时也深层表现了孟英公而忘私、忠于革命的崇高品质。看了影片《两代人》以后，观众又获得了一次生动的共产主义教育。

原文

新疆电影制片厂拍摄的第一部影片《两代人》，描述了一个悲欢离合而曲折动人的故事，可是作者没有把剧情纠缠在儿女情长的狭小圈子里，而是赋予了崭新的思想内容，反映了两代人在不同的时代中的不同的艰苦斗争，并且热情地歌颂了汉、维两个兄弟民族用鲜血凝结成的深厚友谊。影片所阐明的主题，具有震撼人心的力量。

影片巧妙地运用了回忆手法，以一种质朴的艺术上的魅力，把我们引进一个充满了尖锐斗争、同时也充满了革命激情的年代里。女主人公孟英在建筑兰新铁路的工地上，碰上了一个年轻的推土机手艾里，对他讲述了在十八年前新疆反动派盛世才统治之下的英勇斗争的故事。在那黑暗的残酷的岁月里，许多党的优秀儿女遭到迫害和牺牲；孟英和她的丈夫赵彬也被逮捕，不久赵彬被杀害了。孟英在监牢里挽救了一个垂死的维族姑娘阿拉木汗，而阿拉木汗的父亲阿西姆老爷爷前往探监时，又乘机救出了孟英的不满周岁的孩子……这时，虽然我们也能意识到孟英和艾里是存在着母子的关系，但是影片不是“一竿子到底”地作平铺直叙的交代，而是随着有节奏的剧情发展，让我们看到孟英怎样战斗过来的，艾里怎样成长起来的。我们的心越来越紧张地被人物命运牵引着，多么希望孟英和艾里母子早日获得团聚啊！

很显然的，影片有些对生活环境、生活细节的真实描绘，给我们带来强烈的感染力，引起我们无限的深思。例如在影片里多次出现了一件绣着一颗五角星的毛衣，展示了赵彬、孟英夫妇和儿子艾里之间的紧密联系，当赵彬被反动派绑赴刑场时，他表现了视死如归的英雄气概，把自己绣着五角星的毛衣留给在孟英怀里的孩子，并且激昂而镇定地嘱咐：“把毛衣留给孩子，好好抚养他！”后来，这件毛衣就包在孩子身上，把孩子放在阿西姆老爷爷的褡裢里被救出来。在老爷爷艰难的抚育之下，孩子才长大成人了，老爷爷的女儿阿拉木汗觉得应该把这件毛衣的来历告诉艾里，但老爷爷为怕伤艾里的心，继续把这件事情隐瞒下来；直到艾里接受了第一个爬坡任务时，才从褡裢里拿出这件毛衣，……这时，我们看到艾里毛衣背后的一颗五角星，如同早晨的太阳映照在雪地上，闪亮亮地发出光辉来。我们就更深切地感到赵彬的精神是不死的，他那种忠于党、忠于革命的不屈不挠的斗争精神，就象一粒种子在艾里的身上茁壮地生长起来了。这些跌宕的剧情，不但让我们具体地感受到战斗的艰苦性，而且为汉、维兄弟民族的友谊以及母子的团圆而感到欢欣。

孟英和艾里的母子团圆把剧情推向了高潮，影片在这里作了出色而动人的处理。在艾里驾驶推土机出发的前夕，老爷爷作为人民公社社长前来祝贺时，发现艾里担任了爬坡的艰巨而危险的任务，就坚持要留下艾里换别人去，艾里竟责怪老爷爷"你不能有私心哪!"这时，老爷爷才拿出绣着五角星的毛衣，道出艾里是烈士的骨肉。孟英立刻认出了站在面前的艾里，就是十八年前失去的不满周岁的孩子，她多么想扑上去抱住艾里啊！但是她此时此刻从革命工作需要出发，还是斩钉截铁地作了决定："爬坡任务，还是交给艾里执行!"她自己也跳上推土机与艾里一起胜利地登到了山顶，完成了任务。从她的声音和行动里，表现了巨大的自制力量，显出她由于爱子之心而产生的焦灼，但她却把集体利益放在私情之上，同时也让我们看得出孟英爱子之心与热爱社会主义建设事业，是多么自然地融合在一起了。影片这样巧妙的构思，不仅使人觉得合情合理，而且是适合于展示人物的精神面貌和思想灵魂的。影片把母子团圆放在这样广阔的工地里，进一步交代了汉、维兄弟民族生死与共的紧密关系，同时也深一层表现了孟英公而忘私、忠于革命的崇高品质。

看了影片《两代人》以后，又使我们获得一次生动的共产主义教育。在两个时代里，是有两种不同的斗争，过去为推翻"三座大山"作斗争，今天与"一穷二白"作斗争，我们应继承象赵彬和孟英那种无畏的艰苦的斗争传统，做一个象艾里那样的接班人，为祖国社会主义建设勇敢地投身到火热的斗争中去。

为自由而斗争的诗篇

——介绍影片《哈森与加米拉》

王震之

史料解读

史料原载《文艺报》1955年总第137期。该史料为一篇影片介绍。文章从故事情节及演员的选用等方面，介绍了反映哈萨克族人民斗争生活的影片《哈森与加米拉》。影片通过讲述一对青年男女争取自由幸福的爱情的过程，歌颂了哈萨克族人民的勇敢、善良、忠贞、刚毅和奔放，大大增进了观众对这个英雄民族的了解，并进一步加深了兄弟民族间的深厚友谊。剧本的情节没有局限在这一对青年男女的恋爱上，而是透过他们的爱情所遭受的不幸，有力控诉了各民族人民的公敌——国民党反动统治对兄弟民族的残酷压迫。该文指出，主人公们虽然经历了许多艰苦斗争，但是他们思想性格的成长和政治觉悟的提高却被描写得不很明确，影片的创作者没有着力刻画出主人公思想发展的重要过程，人物性格没有鲜明的成长和变化，这不能说不是电影的一个很大缺点。

原文

广大观众怀着极大的兴趣，欢迎反映哈萨克[1]人民斗争生活的影片《哈森与加米拉》的放映。影片透过一对青年男女为了争取自由幸福的爱情所经历的苦难煎熬的岁月，和他们的不屈不挠的搏斗，揭开了兄弟民族——哈萨克人民生活的帏幕，使观众深深感受到哈萨克人民纯金一般的对于爱情的坚贞，烈火一般的对于自由幸福生活的向往，风暴一样的对于国民党反动派和封建势力压迫的顽强的斗争。影片充满着对哈萨克人民的勇敢、善良、忠贞、刚毅和奔放的热情的歌颂，它大大地帮助了观众对这个英雄民族的了解，并进一步增进了兄弟民族间的深厚友谊。

这是一首优美的诗篇，一支动人心弦的牧歌，在某些情节上，它有些像《白毛女》和《王贵与李香香》，但故事是发生在西北边陲的草原上，它有着哈萨克民族自己特有的浓厚的民族色彩。主人公哈森与加米拉是一对豪迈、刚毅的哈萨克青年男女，在解放前，他们身受着十分残酷、暴虐的压迫，他们为争取他们的自由幸福生活的斗争，是曲折、艰险和动人心魄的。

影片的作者并没有把剧本的情节仅仅局限在这一对青年男女的恋爱上，而是透过他们的爱情所遭受的不幸，有力地控诉了各民族人民的公敌——国民党反动统治对兄弟民族人民的残酷的压迫。国民党匪帮在兄弟民族中间使用恶毒的所谓“以夷制夷”的政策。他们那样疯狂地追捕哈森和加米拉，是为了想讨好居奴斯，利用他作为压迫兄弟民族人民的工具。哈森与加米拉的遭遇，决不是偶然的，他们所经受的迫害，正是解放前兄弟民族人民所共同遭遇的命运。和沙皇俄国一样，国民党反动派的统治，使得当时中国成为一个民族的大监狱。哈森被关在国民党匪军监狱里的一场戏充分反映了这一点；被关在监狱里的，有汉族、回族、哈萨克族、维吾尔族……的劳动人民，只有在中国共产党领导的人民军队解放了这个地区以后，他们才获得了民主自由的生活。影片中写到的

[1] 编者注：“哈萨克”应为“哈萨克族”，后同。

三区人民的斗争,也显示了各族人民只有在共产党的领导下团结起来,推翻各族人民的共同敌人——国民党反动派的罪恶统治,才能使自己得到解放。这是兄弟民族人民从痛苦走向幸福的共同的道路。剧作者的这些描写,使得影片的主题深化了,虽然它在这方面的成就还不是非常显著的。

影片的故事情节,在某些地方和我们见过的恋爱的悲喜剧大致相似:哈森是一个贫苦的牧民,他所爱的姑娘加米拉却有着一个贪图财物、利欲熏心的父亲,他们之间的爱情为豪门的恶少所倚势破坏,从而激起了这对青年男女的反抗和斗争。但影片有自己的鲜明的特点。这对主人公生活在游牧地区,他们热爱自由,有着英勇不屈的斗争传统,他们采取的斗争方式是离家远逃,隐居深山,在最原始的生活条件下过着非人的艰苦生活,他们用机智勇敢的行动逃出了敌人的搜捕,最后终于坚持到他们所在地区的解放,赶走了国民党反动派,获得了民主、自由的生活。影片不只是能够用曲折有趣的故事情节吸引观众,给他们以全然新鲜、迥然不同的感受;更主要的在于影片作者掌握了草原生活的特色和哈萨克人民的丰富的内心感情。影片在我们面前展开如诗如画的爱情的描写,是感人至深的。

在雾气迷蒙的晨曦里,哈森遥对着他心爱的姑娘高唱着情歌:

手里的柳枝细软又鲜嫩,

白手巾绣着你美丽的容貌,

姑娘呵!你的丝线拴住了我的心。

在额尔齐斯河对岸看见了你,

快把耳环做成船把我载过去,

假如你不高兴,你不情愿,

就是天上的仙女我也不再理你!

影片所穿插的游牧歌者阿肯的歌唱,传达出善良的哈萨克人民对于纯洁美丽的爱情的讴歌,给影片增添了诗的光彩:

伯尔德你来看,

我们青年的影子又回到眼前,

找到了心灵的锁匙，
才有幸福的青春，
心灵的钥匙在河边，
心灵的钥匙在树林，
我们也有过这样的青春。

在哈萨克人民当中，正有着无数这样绚烂美丽的歌曲，它们是哈萨克人民智慧的结晶。

哈森和加米拉的爱情遭到摧残，他们不得不分离了，当我们看到加米拉毅然割断自己的头发把它交给哈森并向他发出了坚决的誓言："带上吧！要是万一逃不脱，我是不会给你丢人的！"的时候，她的忠贞的爱深深地感动了我们。

哈森与加米拉的斗争，决不是孤立的，他们的反抗行动，代表了所有哈族①人民的正义要求，因此深得他们的同情。当他们在困难、危险的时候，我们看到了无数热忱友谊的手一齐伸向他们，援助他们。他们的朋友色力克甚至不顾自己生命的危险，挺身帮助哈森把加米拉从虎口中救了出来。而正是在这当儿，人们听不到那位饶有风趣的阿肯老人优美的歌唱了，听到的却是"东不拉"弹奏出万马奔腾般的激愤的音调和阿肯的愤怒的控诉：

"看吧！不幸的事情终于要发生的！东不拉，东不拉！难道你永远是伤心和眼泪吗？"

我们的主人公尽管被迫逃入深山草原，过着那种和人间隔的"人不是人，鬼不是鬼"的生活，但是他们间的爱情和对敌人的仇恨，丝毫也没有因此而稍稍减弱。他们是多么想念自己的亲人朋友，他们当时的这种孤寂的心情被作者在为孩子祝贺满月那场戏中很细致地刻划了出来。他们一方面因得到儿子而高兴，一方面又因与人们隔离而感到痛苦，他们是多么盼望着客人和他们的祝贺，那怕是几只乌鸦飞过，也给他们增加了难得的欢快。他们给孩子取名"玛合拜特"，这象征着他们爱情的坚贞和牢不可破。

① 编者注："哈族"应为"哈萨克族"，后同。

当主人公被敌人捉住而又从敌人手里逃出之后，他们在哈萨克人民心中成为两颗晶亮的宝石，他们的无畏的气概和大胆神奇的行为，在草原上到处被传颂着、被歌唱着：

你们青春的热力在我们心中燃起火花，

我们用歌声来说心里话，

假如你们能像加米拉那样坚贞，

我们就对天盟誓做勇敢的哈森。

哈森和加米拉并没有逃出敌人的魔掌，他们终于再一次双双被捕了；连他们在苦难中生育下来的爱情的珍珠——幼小的“玛合拜特”也惨遭毒手。这场戏给观众的印象是强烈的。

但是，这一对主人公虽然经历了不少的艰苦斗争，他们思想性格的成长和政治觉悟的提高却是被描写得不很明确的，因此哈森从狱中逃走，投奔到民族军的行列里的行动，使观众感到是偶然的际遇、而不是思想性格的发展的必然结果。这样，当中国人民解放军进入新疆，哈萨克民族获得了彻底解放之后，哈森与加米拉只有在中国共产党的领导下，在民族解放的斗争胜利中才会获得重逢，争取到幸福的生活，个人斗争必须参加到为集体的为全民族的利益而斗争的洪流里去才会取得胜利的主题，就不能突出地显示出来。作者没有着力地刻划出主人公思想发展的这一重要的阶梯，形成了人物的性格没有鲜明的成长和变化，这不能说不是电影的一个很大缺点。

导演在大胆使用和培养兄弟民族的演员工作上，是花费了心血，取得了良好的成绩的，特别是扮演加米拉的范丽连同志在初次参加演出中，能够细致深刻地表演出哈萨克姑娘温顺而又矫劲、奔放而又深情的性格，为今后兄弟民族的电影艺术的发展树立了很大的信心，我们确信在兄弟民族中还蕴藏着无数的艺术天才，尚待我们去发掘和培养。

剧作者王玉胡十分熟悉哈萨克的游牧生活，他在创作中与哈萨克民族的青年诗人布哈拉的合作，更保证了剧作的成功。

《哈森与加米拉》影片的摄制与放映，是汉、哈民族文化交流、合作的一件大喜事，影片本身便是汉、哈兄弟共同完成的一颗亮晶的明珠，汉、哈民族之间的“玛合拜特”。我们欢欣地庆贺它在促进民族团结和文化交流中所发生的重要的作用！

《哈森与加米拉》写作经过

王玉胡

史料解读

史料原载《大众电影》1955年总第108期，该文是编剧王玉胡对剧本《哈森与加米拉》的写作经过的介绍文章。王玉胡以部队政治工作人员的身份，参加了剿匪前线指挥部的工作，发现一些敌人有意造谣诬蔑，造成民族隔阂。为了拆穿反革命分子的造谣污蔑和消除历史造成的民族隔阂，王玉胡于1950年七八月间，写成了名为《哈萨克人》的多幕话剧。由于对生活的感受不够深，这个剧本没有成功。此后，王玉胡开始比较系统地研究哈萨克族人民的生活，他发现了阿合买提与巴格牙的故事，撰写了《阿合买提与巴格牙》，由《新疆日报》发表并被《新观察》转载。不久，故事被要求改编成电影剧本，王玉胡便开始寻访剧中的主人公，想尽各种办法打听阿合买提与巴格牙的下落。最终，与阿合买提相见，从而给剧本奠定了一个比较深厚和坚实的生活基础，对剧中人物和环境的描写也生动了起来。王玉胡回到乌鲁木齐后，只用了一个多月的时间便完成了剧本的初稿。之后，虽有多次修改，但初稿的基本情节大部分被保留了下来。在文学史料中，类似的史料散轶较多，因而该文十分珍贵。

原文

哈萨克人给我的激动

新疆和平解放不久，哈萨克民族的叛逆、美帝国主义和蒋介石匪帮的间谍乌斯满，在美国驻乌鲁木齐领事馆副领事马克南的直接策动下叛乱起来了。广大的哈萨克人民在乌斯满的威胁欺骗下，陷入水深火热之中。全疆各族人民也同样受到这些匪徒们的严重威胁和迫害。为了解放灾难的哈萨克人民，为了保护全疆各族人民的安全，我人民解放军和当地民族部队进入荒僻的深山和缈无人烟的草原地带，与乌斯满匪徒们进行了英勇的斗争。当时我以部队政治工作人员的身份，参加了剿匪前线指挥部的工作。这样，我便有机会和相继回到政府怀抱中来的广大哈萨克人民有了广泛的接触。记得，在部队出发之前，曾有一些流言传到部队中来，说什么哈萨克民族从来就喜欢动乱生事，说什么哈萨克人如何的野蛮刁恶、如何的闲散懒惰等等。可是事实却恰恰相反，千万的哈萨克人民几乎没有一个不是受了威胁和欺骗才跟乌斯满走的，他们很快就把人民解放军看成了自己的军队，并协同剿匪部队与自己民族的叛徒们进行了无情的斗争。他们豪放、好客、单纯、善良的性格，给我们留下了不可磨灭的印象。历代外来民族和本民族统治阶级给予他们的双重迫害和苦难，激起我们强烈的阶级的同情心；他们在这种境遇下的反抗和勤苦的精神，也使我们深深地感动。这一切在当时都成为一种战斗的力量，使我们很快地把震动全疆的叛乱平息了。那些流言除了因为历史造成的民族隔阂而引起一些人的误解以外，显然是一些反革命分子在有意的造谣诬蔑。

为了拆穿反革命分子的造谣诬蔑，为了消除历史造成的民族隔阂，为了歌颂哈萨[1]人民在剿匪斗争中的功绩，我于一九五〇年七、八月间，写成了题名《哈萨克人》的多幕话剧。由于生活的感受不够深，这个剧本没有成功。但是哈萨

---

① 编者注："哈萨"应为"哈萨克族"，后同。

克人民留给我的印象，却使我无法安静下来，总觉得要写一点什么才能了却这桩心愿。从这时候起，我开始比较系统的搜集和研究哈萨克人民的生活。材料搜集了不少，但仍感到无从下笔。可是当我发现了《阿合买提与巴格牙》的故事，这种无从下笔的感觉顿时消失了，这两个人物竟像两条红线似的把我的许多材料和感受串连了起来。一九五二年初，我只用了两个夜晚的时间，匆匆地写出了这个故事的轮廓，这就是新疆日报发表和《新观察》转载的《阿合买提与巴格牙》。因为当时我已脱离文艺工作岗位做着其他的工作，写作时间很少，心想：先把故事粗略地介绍给读者，然后再慢慢写吧。谁知这个粗略的介绍，竟在读者中引起了很大的反应，我又不由责备起自己来，认为自己太草率了。不久，上级让我把这个故事改编成电影剧本。我当时很愉快地接受了这个任务，我想这不但可以补偿一下我那篇小说的过失，同时也可以用较充裕的时间来实现我那桩描写哈萨克人民生活的心愿了。为了能创造出真正符合哈萨克人民的生活真实并且具有民族特点的形象和场景，我便邀请了哈萨克诗人布哈拉同志一起合作。

寻访剧中的主人公

当我们大体上确定了剧本的主题、几个主要人物、以及一些主要的故事情节以后，我们便根据这些初步的想法，着手有重点的搜集补充材料，特别是找了一些熟悉阿合买提与巴格牙的人进行了详细的访问。但是，材料毕竟还是材料，它给我们的感受仍然不是最直接的，于是，我们便想尽各种办法打听阿合买提与巴格牙的下落，想找到他们本人去进行详细的了解。由于交通闭塞、地区辽阔、各部落人民又经常流动迁移，我们不但没有找到他们居住的地点，就连他们行动的一点线索也没找出来。这时我们便决定到他们的故乡阿尔泰山去，即使我们在那里找不到他们，我们总可以从他们故乡的环境和人民的生活里得到一些新的感受；同时阿尔泰山是最典型的哈萨克地区，俗称“哈萨克民族的摇篮”，哈萨克民族生活的传统和特征在这里表现的最为明显。

一九五二年十月，我们到了阿尔泰山的柯克托海。这是阿尔泰山东部的中心，这里经常有一些来自各个部落的人。一天，我们忽然碰到了一个来自莫勒合部落（即阿合买提的部落）的人，当我们问起阿合买提与巴格牙时，他便告诉我们他们是去年才从巴里坤回到部落来的。我们听了该多么高兴啊！我们终于找到了他们的下落！可是天气又给我们为难了，一夜之间，大雪便封锁了道路。这时我们只好暂时缠住那个莫勒合部落的人先进行一些访问了，他见我们问的那么详细，不由奇怪起来，我们只好向他说明了我们的来意。他听了非常高兴，说："既然这样，叫阿合买提来一趟好了。""道路不是被大雪封了吗？""不，再大的雪也不会挡住阿合买提的。"那个人有些夸耀地回答着我们。原来他是莫勒合部落的头目人之一，他当天便派了一个骑术最好的小伙子回部落去了。

过了三天，阿合买提来了。在我们想像里他是多么神奇的人物，可是当他站在我们面前时，他那短小的身材、瘦弱腼腆的面孔、以及看来都很平凡的一举一动，简直使我们不能相信就是他创造了那些惊天动地的事绩。可是当他给我们畅谈起他和巴格牙的经历时，我们的这种感觉逐渐消失了，站在我们面前的依然是一个神奇的顶天立地的英雄。他和我们整整谈了三天，这中间我们很少插话，我们好像真的被他带到他们所经过的那些深山荒漠，和他们一起经历了将近六年的种种折磨和苦难。他简直不是在讲述自己的经历，而是在控诉！他的感情一直是很激动，当他谈到那些迫害他们的人，他充满了仇恨；当他谈到那些帮助和同情他们的人，他流露着无限的感激；当他谈到他们最危难的时候，他的声音忧郁而低沉，尤其是谈到他们第一个孩子的死（电影剧本已有所表现），他不禁流下了眼泪；直到他谈到新疆的解放和带给他们的幸福，他才慢慢地平静下来。尽管他们经历了无数的苦难、无数的死亡的边沿，但他们一次也没有屈服过，好像他们生下来就是专门和那个罪恶的社会搏斗似的，大概这也正是人们为什么把他们传成了神奇的人物。我们面对着他所讲的一桩桩的事情，觉得我们原来知道的真是太少了，而且这一桩桩的事情差不多都是充满着诗意和戏剧性的，我们简直用不着创作，只要集中或者是剪裁一下就行了。的确也是这样，我们后来所写的剧本，其中大部分情节都是采用了他们原来的事件。比如：他们如何给第一个孩子命名为"玛合拜特"（哈语意为爱情），又如何把喜鹊和鹰当成给孩子过满月的客人、把肉和骨头抛向天空等等，这是很容易被认为是作者创作出来的，可是这却是他们的事实。

他们的第二个孩子

在我们和阿合买提相处的那些日子里，他最感到遗憾的，是他没有把巴格牙带来。因为她已经生了第二个孩子，孩子还不满周岁，又赶上下了这场大雪，她只好留在家里了。记得，当电影剧本发表以后，会有不少读者深深地为他们第一个孩子抱屈，并建议作者最好还是让那个孩子活下来。读者的这种心情是完全可以理解的，可是我们还是没能救活她，因为她确实是死了。让我们记住那个野蛮的时代吧！如果不是新疆很快的获得解放，阿合买提和巴格牙也会遭到和孩子一样的命运！我想当读者知道了他们已经有了第二个孩子，总可以得到一点安慰吧。同时我也顺便告诉读者，他们又给第二个孩子举行了一次命名典礼，这一次的客人不是荒野的喜鹊和天空的飞鹰，而是驻守在阿尔泰山的人民解放军。而且他们又给孩子起了一个奇怪的名字"艾里米亚"(人民解放军的简称)，这倒不是因为人民解放军来做客的原故，而是在哈萨克人民的传统风俗中，总是喜欢把他们最尊敬的人物和最向往的东西做为孩子的名字。阿合买提对中国共产党和人民解放军的无限热爱，不仅仅表现在给孩子的命名上，他曾两次用数月的时间随同人民解放军参加了剿匪斗争，并在斗争中表现了无比的英勇和机智。他的这种热爱也表现在我们临别的时候，他非常庄重地举起了拳头，说："让我呼几个口号吧，我的救星共产党万岁！我的父亲毛主席万岁！我的保护者解放军万岁！"当他呼完这些口号，他不由看了看我，又好像想起什么来，于是又举起拳头，说："全中国各部落的人民大团结万岁！"我们听了不由暗暗地笑了，他显然是把"全中国各民族"说成"全中国各部落"了。可是这并不影响他这句口号的真意，特别当他呼完这句口号，又不禁真挚地看着我这个汉族朋友时，我们完全可以断定，他是想说"民族"的，只不过他还没有学会这个名词儿罢了。

和阿合买提的会见、以及阿尔泰山各部落人民给予我们的种种感受，给我们奠定了一个比较深厚和坚实的生活基础，剧中人物和环境也在我们脑子里活了起来。因此当我们回到乌鲁木齐，只用了一个多月的时间便完成了文学剧本的第一遍稿。之后，虽有多次的反复修改，但第一遍稿的基本情节均大部份保留了下来。所以我说如果这个故事对读者和观众还有一点感染和鼓舞的话，首先应该归功于作品的主人公，是他们创造了那些动人的事绩；如果我还有一点缘分成为这个真实故事的记录者，也应该首先归功于哈萨克人民，是他们吸引了我对这个民族的热爱。因此，如果作品中还存在着很多缺点，也只能怨我们的笔太笨拙，再不会有什么别的理由。

一九五五、六、二十七，于北京。

哈萨克人民的两颗星

——推荐影片《哈森与加米拉》

林 艺

史料解读

史料原载《大众电影》1955年总第108期。该史料为一篇影评。哈森和加米拉勇敢、坚贞的斗志，像两颗星似的闪耀在哈萨克族人民的心里，充分表现了哈萨克族人民的民族性格。文中分析了两个人物的性格，并明确指出：哈萨克族人民得到解放，是和中国共产党的领导分不开的；哈萨克族人民的前途和幸福，也是和汉族人民的帮助分不开的。该文作者认为这是一部值得推荐的影片，但影片本身还存在不足：主要是对两个主人翁的思想意志的成长没有给予充分的表现。但是，总的说起来，这部影片还不失为一部思想性艺术性较佳的影片。尤其难能可贵的是，这部影片里的角色（除了汉族角色），全部由哈萨克族演员扮演，拍摄时也用哈萨克语对话，而副导演即剧作者之一是哈萨克族的布哈拉。仅从这一点上，我们也可以体会到祖国在共产党的领导下，在怎样进行着各个民族互相帮助、亲密团结、共同向前迈进的工作的。这些表述在今天看来，仍然弥足珍贵。

原文

这是一首幽美的抒情诗，也是一页哈萨克人民反封建斗争的史话。影片虽然只描写了一对男女青年——哈森和加米拉——的曲折动人的恋爱故事，我们却很清晰的从他们两个人的身上，亲切的看到了所有哈萨克的青年们以及整个哈族的劳动人民勤劳勇敢的性格和追求自由幸福的愿望。因为，哈森和加米拉所受的痛苦和被压迫的遭遇，也正是当时（未解放前）哈族人民的共同遭遇，而哈森和加米拉的那种勇敢、坚贞的斗志，也正像两颗星星似的闪耀在哈萨克人民的心里。它是充分的代表了哈萨克人民的民族性格的。当我看了影片后，不仅仅是使我深深的热爱着这两个主人翁——哈森和加米拉——也更使我增进了对整个哈族人民的深挚的民族友谊。

影片里的加米拉，是一个穷苦的牧羊姑娘，但她却真正的懂得爱和憎。她面对着一个比哈森富贵煊赫百倍的牧主的儿子——帕的夏伯克的引诱，却无动于衷的拒绝了。因为，她忠实于自己那已找到了的心灵上的钥匙——爱情。她热爱着穷苦的哈森，一直到她被牧主的儿子强娶过去，她也没有屈服，而拼死的打了帕的夏伯克。这种对爱情的坚贞不屈的美德，得到了人民的支持。青年男女们拿她作为自己的榜样，到处传奇似的歌颂着：

“你们青春的热力在我们心中烧起火花，
我们用歌声来说心里话：
假若你们能像加米拉那样的坚贞，
我们就对天盟誓做勇敢的哈森。”

而哈森呢，确不愧被称为是勇敢的哈森，他深夜从虎嘴里救出了加米拉。为了反抗这种封建的压迫、争取他们的婚姻自由，他是那样勇敢的迎向困难。哪怕严冬的侵袭，饥饿的啃啮，他都搏斗了过来。甚至和强敌作殊死的斗争……最后，他终于战胜了敌人，在人民解放军的帮助下，他亲手活抓了敌人——也是哈萨克人民的公敌、国民党匪军。哈森不仅勇敢，他还具备着一种惊人的机智。当他和加米拉被国民党匪军抓住，解送给封建牧主的时候，谁都为他们两个人的命运担心啊！可是，哈森却是那样巧妙的挣脱了束缚，夺过了敌人的武器，而又那样嘲笑似的制服了敌人。我们看到这里，不能不鼓掌，不能不从内心里喜爱和赞叹着哈森这样敏捷的机智。无怪乎，草原上的青年们是那样衷心的赞扬着哈森，并且蔑视着追捕哈森与加米拉的敌人说：

“这是什么声音？什么喊叫？

老兄的脾气真不小。

脾气再大算不得本领，

捉到手的哈森和加米拉还是跑了。”

同样的，我们也被哈森和加米拉那种善良的性格和美好的愿望感动着，当他们的孩子满月的时候，这一对患难爱人，把自己那个美好的愿望，全部寄托给孩子身上了。加米拉说：“跑来跑去的是我们，我再不愿叫孩子东奔西跑啦！”所以，他们给孩子隆重的起了一个名字叫“玛合拜特”——就是爱情。他们也热爱生活，热爱友情，当他们被逼得见不到一个人的时候，他们还热情地邀请了喜鹊、老鹰作他们孩子玛合拜特命名日的客人……影片的作者，就是通过了哈森和加米拉这两颗明星，把他对于哈族人民的深厚感情，传达给每一个观众了。

另外，影片里也明确的告诉了我们：哈萨克人民的得到解放，是和中国共产党的领导分不开的；哈萨克人民的前途的幸福，也是和汉族人民的帮助分不开的。就拿哈森和加米拉在监狱里的生活和哈森的逃出监狱，都是和各个兄弟民族的团结，尤其是汉族人民的帮助是血肉相连的。

最后，影片里所表现的那些哈族人民的丰富多采的风俗习惯，和那热情奔放的歌唱，以及那幽美而又动人心弦的东布拉的乐曲……都深深的吸引着我。把我也带进了草原，和这些能歌善舞的却又勇敢坚贞的人民在一起同呼吸、共患难、同斗争着。

因此，这是一部值得推荐的影片。虽然，影片本身还存在着某些不足的缺点。我以为，这部影片的不足之处，主要是对于两个主人翁的思想意志的成长没有给予充分的表现和发挥。例如哈森对于敌人的反抗意志和斗争行动，从消极的逃亡躲避，转向积极的武装战斗，是经过了多少次的事实教训才逐渐成长起来的。而这些主要关键的地方，却被一些不必要的、也就是和人物思想没有多大联系的猎奇似的风俗细节，以及一些静止的风景山色代替了。这就使得两个主人翁的形象减色，感染的力量也就不够深刻了。但是，总的说起来，这部影片还不失为一部思想性艺术性较完整的影片。尤其难得的可贵的是：这部影片里的角色（除了汉族角色），全部是由哈族演员担任的。拍摄时也是用哈语对话的。而副导演之一也就是作者之一是由哈族的布哈拉同志担任的。仅从这一点上，我们也可以体会到我们今天的祖国，在共产党的领导下，是在怎样的进行着各个民族的互相帮助、亲密团结、共同向前迈进的工作的。

幸福的十年

——访"哈森"与"加米拉"

本报记者 固球

史料解读

史料原载《新疆日报》1962年6月14日第4版。该史料为一篇新闻报道。报道中说阿合买提和帕格牙的遭遇被编写成电影剧本,摄制成影片,这就是《哈森与加米拉》,从此阿合买提和帕格牙的名字在新疆人民的心中便与"哈森"和"加米拉"联系到一起。记者固球来到阿尔泰山区,在"冉格达"(哈语:火箭)人民公社的恰西深山牧场上,采访了哈森和加米拉。记者在采访中了解到他们这些年来真实的生活经历,他们在新生活里美满的爱情和愉快的劳动让人感动。

原文

一

几年以前,新疆日报发表过一篇题为《阿合买提与帕格牙》的通讯,后来,阿合买提和帕格牙的遭遇又被编写为电影剧本,摄制成影片;这就是《哈森与加米拉》,从此阿合买提和帕格牙的名字在新疆人民的心中便与"哈森"和"加米拉"联系到一起了。通讯和影片中的那一对倔强的、向反动的封建统治者进行勇敢斗争的哈萨克青年,深深地激动着每个读者和观众的心。这些年来,在党的领导下这一对扭断了旧社会重重枷锁的恋人,开拓了一种怎样新的、幸福美满的生活了呢?

9月,是阿尔泰山区草长羊肥、阳光灿烂的黄金季节。我们从深山的牧区城镇——青河骑马出发,沿着在山间盘旋的静静的青格尔河西上。翻译员小杜同志沿路每经过一顶毡房时,总要打听下"哈森"与"加米拉"的毡房。我对小杜说:"不问阿合买提与帕格牙,群众会知道吗?"小杜笑着告诉我:"草原上的哈萨克人看过影片《哈森与加米拉》,都知道这就是阿合买提与帕格牙真实的斗争经历,人们带着敛敬和自豪的心情,早就把阿合买提叫做'我们的哈森',把帕格牙叫'我们的加米拉'了。"一天半以后,我们在"冉格达"(哈语:火箭)人民公社的恰西深山牧场上,会晤了哈森和加米拉。

好客的主人在新置的毡房里,热情地接待着我们。我端坐在厚厚的毡毯上,打量着这毡房里的一切。哈森,已经是个中年人了。一副结实粗壮的身躯,红润、圆胖的脸庞满堆着笑容,说话的音韵铿锵,充满了无限的活力,在他身上不难看出当年与反动统治阶级进行斗争时的机智、勇敢和不屈的气概。加米拉的身材匀称,身穿一件红花艳丽的长裙,头上围着紫红翎花绸巾,黑坎肩上缀满了闪光耀眼的银饰;由于过去流散、逃奔和长期监狱生活的折磨,在她那清秀的面庞上已经在眉梢间露出了几丝皱纹。加米拉和她的老妈妈库尔加姆今天显得格外忙碌,挂起三脚吊架,燃着大火烧沏奶茶;接着在毡毯上铺上洁白的花布单,花布单上摆满了酸奶疙瘩、酥油、奶豆腐、手抓肉和"包尔散克"(哈语:一种用羊油炸的面片)等丰盛的食品。这时候,加米拉的老爸爸阿布阿尼也吆赶着羊群放牧归来了。老爷爷的身体也非常粗壮和结实。我们按照哈萨克人的习惯,围坐在毡房里丰盛的奶制食品的周围,狂饮大嚼起来,只有四岁的色尔克小姑娘,头上顶着两根羊角辫,偎在哈森爸爸的怀里,瞪着大眼睛直盯着我们这些陌生的客人;一岁多的小男孩克姆拉,象匹撒娇的小马驹围着加米拉妈妈和库尔加姆老奶奶欢蹦嬉笑地乱转。

毡房外面淌着一渠清澈的潺潺的流水,深辽的草原象一幅无边的碧绿的织锦,深山远处散布的羊群象天边浮动的朵朵白云。我们欢快地畅谈着,哈森与加米拉显然是因为叙述起今天新的生活和美满的爱情而激动，兴奋极了。毡房里的欢笑声一阵接着一阵。

二

哈森与加米拉被人民解放军从反动统治者的监狱里抢救出来以后，新的生活和幸福的爱情才开始属于他们。1950 年 9 月，一个小男孩诞生了。哈森与加米拉的长久破碎了的心，得到了新的又一次的温暖。多少个夜晚，他们反复地思量着，是国民党匪徒惨无人性地杀害了他们的“玛合拜特”(哈语：爱情，第一个孩子的名字)，而今，共产党领导的人民解放军却爱抚地赐给了他们可爱的小男孩。用什么样的深情厚礼来答谢这千秋万代也不能忘怀的救命恩人呢？他们决定了给孩子取名叫“艾里米亚”(哈语：解放军)，把自己心痛的宝贝和解放军这个恩爱崇敬的名字紧密地联系在一起，作为永远铭刻在内心里的纪念。

是 1952 年春末夏初的季节，哈森与加米拉带着艾里米亚回到了曾经哺育过他们而被迫久别的故乡青河。当时，乌斯满匪帮的残余匪徒在青河、北塔山一带流窜，青河草原的社会改革还没有来得及进行，反动的土建制度还没有从根子上拔掉；哈森与加米拉立即得到了当地党委的保护，安居下来。县人民政府还在机关的院落内为他们安置了住房，救济了他们小麦作为口粮和籽种。于是，哈森和加米拉开始了新的劳动和生活。他们辛勤地耕耘着土地。哈森和加米拉憧憬着的爱情、劳动的理想实现了。这年秋收季节，他们收获了丰硕的粮食。他们用粮食换得了一头肥壮的奶牛、五头牛犊和五只大山羊。为贫穷逼迫而长期流散在奇台、木桑一带草原上过着乞讨生活的加米拉的爸爸和妈妈，这时也兴高采烈无忧无虑地回到了青河草原。哈森与加米拉呵！第一次有了新的美满的生活；第一次有了团圆欢乐的家庭；第一次有了自己的牲畜、土地和粮食。哈森和老爸爸种地，能干的加米拉牧放畜群，老妈妈照护外孙小宝贝。草原呵！在哈森与加米拉的生活中，第一次地放出了奇光异彩。

草原上，前进的洪流滚滚滔滔。1954 年夏天，党在农村牧区开展互助合作运动的号召传遍了青格尔河两岸。这时，哈森象羊群里的头羊一样，立即联系和带动着他当时居住的布洛克草原上的八户哈萨克族牧民，首先响应了党的号召，在青河县建立起第一个牧业互助组。这些在草原上从祖祖辈辈起就一无所有的穷苦的牧夫，一走上党指引的道路，就创造了奇迹。这一年，哈森和互助组员们的牲畜从七十头发展到一百七十多头，第一次在草原上用集体力量垦出的百多亩荒地，收获的粮食足足堆满了一顶小毡房。互助组的生产丰收象新奇的神话，从一个草原传到另一个草原，牧民称颂党的领导好，称颂互助合作发展生产的威力大，也盛赞哈森这个草原上的带头人。

在草原上发展生产、互助合作、巩固社会治安的每一项群众运动中，哈森一直是走在群众行列的前面。哈森为了肃清乌斯满的残匪，他一连几天几夜地坚守在警戒岗位上；为了让哈萨克牧民懂得互助合作发展生产的政策，他走遍了布洛克草原和邻近地带的所有的毡房去宣传。这时候，哈森常在脑子里萦绕着这样一个念头，自己要能在党的直接教育下，参加草原的开发和建设，那该多么好呵！他不止一次地把这个心愿告诉了县党委负责同志，也从党委负责同志那里得到了启示和支持。1955 年，当迎春花儿开遍草原的时候，哈森成了青河草原上第一批入党的共产党员。草原上的牧民更加信任他，爱戴他了。在全民普选的日子里，牧民们选举了哈森为县人民代表大会的代表。

哈森入党以后，对党的事业竭尽忠诚。1956 年春天，哈森得到县委的指示，又带动二十户牧民在布洛克草原上建立起青河县第一个牧业社——青锋牧业社。牧业社里组织了成百只牲畜集体放牧的畜群，大片大片的垦出荒地，草原上发出了金灿灿的社会主义的曙光。可是，牧业社前进道路上遇到了波澜和险阻，富裕牧户卡克太吉、乃比莫拉敌视着草原上这株社会主义幼芽的成长，他们说：“山羊角顶着天，骆驼尾巴扫着地，哈森他们也搞不成社会主义。”哈森带领着社员，依靠着社员，坚决地给以回击，稳稳地扶持住了“青锋牧业合作社”这面青河草原上的红旗。青锋社在社会主义的大道上，象骏马一样地飞奔，连年增产，人畜两旺。布洛克草原建起了新村，人们穿起了新衣新裙，粮食堆满了仓房。当去年年底人民公社化的浪潮在草原掀起的时候，哈森和社员们又最早地要求加入了冉格达人民公社。

草原牧民都夸耀勇敢坚定、勤勤恳恳的哈森。哈萨克老人捻着白色的长须，连声称赞今天草原上有了“羊身上都有雀儿抱蛋”的生活（哈萨克谚语：比誉草原的安宁和富有），多亏共产党的好儿子哈森。社员们选举他为公社管理委员会委员，公社党代表大会选举他为公社党委委员。哈森今年领导的农业大队，更得到了一次特大的丰收，连年老的社员都不再叙述神话里传说的草原丰收年景，因为那神话里的草原也没有象现在草原这样的富有和美丽。

三

加米拉，在新的爱情和劳动生活里，伴随着心爱的哈森度着幸福的岁月。正是哈森带动群众建立互助组的时候，她生下了一个美丽的小女孩。去年，正当人民公社刚刚诞生，她又抚育了一个白胖的小男孩。每当这样的喜事在这新的家庭里一次又一次地到来的时候，哈森与加米拉他们商定要把生活中最值得庆贺的事件和自己的孩子紧紧地连在一起。于是，第二个女孩的名字加米拉把她叫色尔克（哈语：互助社），第三个男孩的名字哈森把他叫克姆拉（哈语：人民公社）。很多这样幸福的傍晚，红霞燃遍了草原，哈森与加米拉带着心爱的孩子，唱着、笑着、跳着，都觉得自己就是草原上最幸福生活的主人。

能干的加米拉，懂得爱情，也更懂得劳动，几年来一直是互助合作运动中的积极分子，现在成了公社的优秀社员。她放牧过马群和羊群，挤过马乳和牛奶，千百只羊群的羊毛在她手里剪下来，千百只羊羔、牛犊和马驹在她手里抚育成长。她和哈森一样，把全身的精力都贯注在集体的事业中。现在，她仍然在牧放羊群，那羊群的膘体圆滚滚的。夜晚，深山牧场上的野兽出没无常，加米拉不管风雨和泥泞，通夜地守护着畜群。四年了，加米拉牧放的畜群，一直保持着全社的先进畜群的光荣称号。

四

哈森与加米拉的爱情，象草原上燃起的篝火一样炽烈通红。他们互敬互爱，牧人都说他们如同刚刚结合的新婚夫妇。哈森在深山外面的农业生产队担负领导工作，加米拉隔不几天，就把香醇的酥油、酸甜的马奶或是一包洗净的衣裳，捎给心爱的哈森。哈森时常买上茶叶、块糖或是花衣花裙和银饰，捎给自己的爱人。

草原上的牧民，都为哈森与加米拉抱着爱慕和尊敬的心情。阿肯（即哈萨克民间诗人）常热情地歌唱这对幸福的爱人。年轻的男女更爱聚集到哈森与加米拉的毡房，弹起"东布拉"，对唱着草原上美满的爱情和愉快的劳动。

他们唱道：

阿尔泰山矫健的鹰群，
在宽阔的穹苍舒展翅膀，
草原上的哈森与加米拉，
在幸福的天地里飞翔。
我们自由欢乐的心境，
象穹苍一样深矗宽广，
我们草原灿烂的生活，
请哈森与加米拉来叙说。
……

第三辑

回族电影

本辑概述

本辑收录了8篇关于回族电影《回民支队》的史料，有萧颖的一篇回忆文章，陈西禾、魏传统、艾克恩、陆柱国、赵松、马惠平的六篇影评，舒路的一篇读后感。这些文献分别发表在《民族团结》《中国电影》《电影艺术》《大众电影》《北京日报》等报刊上，只涉及一部回族电影——《回民支队》。从收录的史料可以发现，此时期无论是关于回族电影的史料还是研究回族电影的史料，相较于前两辑蒙古族、维吾尔族、哈萨克族来说都相对较少，研究内容也较为集中。

本辑首先收录了一篇萧颖的文章，文中作者回忆了冀中回民支队的真实战斗经历：1946年初，青县、沧县、泊头镇一带的国民党匪军，拒绝向我军投降，常常在我解放区边沿村庄骚扰抢掠，破坏我革命政权。5月初，泊头锁的伪军一千余人，袭击了我军根据协议在泊头镇近郊驻防的一个公安中队，对俘去的公安战士进行残酷的虐待，并向泊头镇附近的回民、汉民村庄进行抢掠和烧杀，这一地区刚获解放的农民，重又陷入了黑暗。应当地人民的请求，我军先后与敌人在泊头镇、沧县城展开激烈的战斗。最终，除了少数化装逃窜的敌人之外，全部匪徒被歼灭在沧县城郊。通过这篇文章可以更好地了解电影《回民支队》故事发生的背景，设身处地地体会回族人民当时的生存困境，起到了扩充该电影的研究视角的作用——回民支队是一个革命历史的客观存在，不单单存在于抗日战争时期。舒路则是从电影剧本的角度出发，对《回民支队》这部影片提出了自己的见解，认为《回民支队》是一部优秀的电影剧本，因为大胆地面对真实，在真人真事的基础上进行了很好的艺术构思，因而无论是情节的演变，或者是人物的塑造，都很令人信服，剧本的艺术结构也非常精练，既抓住主要矛盾，又展开对人的内心世界的刻画，同时提出了剧本中几处值得商榷的地方。

在几篇电影评论中，陈西禾谈论了有关《回民支队》创作上的问题，认为《回民支队》的好处之一就在于主题思想的鲜明性。在刻画人物方面也值得一提，在塑造人物的方法上，有两点较为突出，一是从人与人的关系和这些关系的演变来刻画性格，二是从矛盾冲突来刻画性格。同时提出导演对于镜头和音响的运用以及演员的表演还存在着一些值得商榷的地方，剧情的发展也还存在着一些不够饱满或交代不够清楚的地方。魏传统认为影片《回民支队》的题材是很有意义的，并从影片中的主要人物出发，对影片的情节以及人物刻画进行了分析。文章中也指出，影片有两个方面的不足：一是历史背景表现得不够鲜明，二是对马本斋复杂的内心活动表现得还不够深刻。艾克恩的文章侧重于对"四人帮"禁锢该影片的批判，认为用真人真事作基础，加以集中、概括、提炼，是革命文艺创作不可忽视的一种创作方式，并严厉地抨击了"四人帮"故意歪曲否定写一切真人真事的言论。陆柱国认为不论在政治意义上或艺术价值上，《回民支队》都是一部比较成功的影片，并特别指出了影片的优秀之处。赵松从电影《回民支队》的情节和人物形象塑造入手，分析了影片的主要艺术特色。马惠平从民族关系的角度指出了影片《回民支队》的不足，值得重视。

本辑由于史料较少，涉及的回族电影比较单一，在研究内容上也未能展现与前两辑相比更为丰富的内容。由此观之，此时期我国有关回族电影的创作和研究都较为单薄，还需要更多的电影创作者和研究者给予关注。

解放泊头镇

——冀中回民支队片断回忆

萧　颖

史料解读

史料原载《民族团结》1958 年第 10 期。该史料是一篇回忆文章，作者回忆了冀中回民支队的战斗经历。1946 年初，青县、沧县、泊头镇一带的国民党匪军，拒绝向我军投降，常常在我解放区边沿村庄骚扰抢掠，破坏我革命政权。5 月初，泊头锁的伪军一千余人，突然袭击了我军根据协议在泊头镇近郊驻防的一个公安中队，俘去了二十多个公安战士进行残酷的虐待，并向泊头镇附近的回民、汉民村庄进行抢掠和烧杀，这一地区刚获解放的农民，重又陷入了黑暗。应当地人民的请求，我军先后与敌人在泊头镇、沧县城展开激烈的战斗。最终，除了少数化装逃窜的敌人之外，全部匪徒被歼灭在沧县城郊。泊头镇一带的人民，欢天喜地地庆祝着自己的解放，开始了恢复战争创伤的生活，更加紧了支援前线的斗争。该文中的“回民支队”与电影中的回民支队显然不同，但是，正如前文所言，回民支队客观历史存在，并在不同的革命历史时期发挥着不同作用。该文同样可以为研究者拓宽历史视野。

原文

复仇的怒火

1946 年初，我们支队奉命活动在津浦线的青县、沧县、泊头镇一带。日寇撤走后，这一铁路线上各城镇的伪军一变而为国民党匪军，拒绝向我军投降，常常向我解放区边沿村庄骚扰抢掠，破坏我革命政权。支队配合兄弟部队，不断打击出扰的敌人，终于将这些敌人逼困在铁路线上的城镇据点里。

5 月初，泊头锁的伪军一千余人，借着卖国贼蒋介石和美帝国主义在“调处执行”小组里的代表和我军代表进行谈判的机会，突然袭击了我军根据协议在泊头镇近郊驻防的一个公安中队，俘去了二十多个公安战士。敌人在我们丧失了抵抗能力的战士们身上，发泄着惨绝人寰的兽性。除了一个小司号员逃出来以外，我军被俘的战士，统通被这些匪徒们用火烧、开水烫、剥皮、截肢等酷刑残杀了。紧接着，敌人又疯狂地向泊头镇附近的回、汉民村庄进行抢掠和烧杀。这一地区刚获解放的农民，重又陷入了黑暗。

应当地人民的请求，我八分区六十三团配合冀鲁边区的兄弟部队，包围了泊头镇，决定解放这个被日伪军血腥统治了九年的小城市，给蒋美破坏停战协议，准备发动内战的阴谋以坚决的打击。敌人害怕被我军分割各个歼灭，连夜将运河东岸的伪军收缩在运河西岸的大据点里，进行顽强的抵抗。

这时，沧县城的伪军也出来骚扰了。5 月 9 日的中午，支队主力击溃了到沧县城西鸾庄袭击我县大队的伪军，把敌人赶回沧县城去。部队刚撤回到鸾庄休息，还没有吃饭，分区前方指挥部符司令员派骑兵通讯员送来了紧急命令：“立即率所部出发，在黄昏前赶到泊头镇附近的某村，受领新的任务。”这就是说，部队必须在六小时内，急行军八十多华里，才能按时赶到指定的地点。

我们马上作了布置，带领队伍出发。战士们虽然刚刚打仗下来，空着肚子，但仍然精神抖擞，以每小时十五里的速度急行前进。

部队刚到中途小休息时，侦察小队派的侦察员就回来了。侦察员报告了他们在运河里发现的令人不忍听闻的情况。他们在运河里捞起了好几具被敌人残杀的公安战士的尸体,这些尸体没有一具五官和四肢是完整的。目击者的这一控诉,激起了战士们更大的仇恨。战士们咬牙切齿,眼睛里迸射出复仇的怒火,不约而同地振臂高呼:“一定要为回汉民兄弟报仇!”

敌人突围了

部队到达指定地点,我们命令各中队让战士们睡上几个小时,以便迅速恢复体力,集蓄突击力量。天黑时,天气突然骤变,浓密的乌云笼罩了天空,伸手不见五指。不一会,暴雨铺天盖地的倾泻下来。

暴风雨给我们带来了夜间攻击的更有利的条件,战士们更加兴奋了。支队指挥所的干部们正预计着可能发生的情况,电话铃响了。这是前指符司令员的声音:“根据敌据点征候的判断,敌人很可能趁暴风雨突围逃窜,要注意加强侦察,暂缓发起攻击,准备在据点以外歼灭敌人。”哨兵们也连续地报告:随着风雨的时紧时松,不断地听到从敌据点附近传来人马集结的声音。拂晓三点钟,我们接到前指的命令,敌人已经突围。根据命令,六十三团沿运河向西展开,向东北急进,追击搜索敌人。我们支队向西北直插黑龙港河,拦击敌人,把敌兜剿在运河和黑龙港河之间的地区。一个天罗地网撒开了。

我们估计敌人逃出不远,就带着部队直插泊头镇正北偏西方向的文家庙。天渐渐亮了,暴风雨也停下来,道路非常难走。战士们尽管全身淋透,行动很不方便,速度反而越走越快。刚追到黑龙港河东岸,就发现敌人凭借着河西岸大堤的荫蔽,正向东北方向狼狈地逃窜。我们抓住敌人了,任凭敌人怎样狡猾,也逃不脱我军的巨掌了。

横扫五十里战场

清晨四点半钟,战斗在文家庙打响了。

我们马上向前指报告了情况。黑龙港下游河水较深,杜林镇一带经常有我军驻守,敌人唯一的退路只有从山呼庄桥过河,才能逃往沧县城。前指马上派六十三团一个营抢占山呼庄,截住敌人的退路,准备在山呼庄一带歼灭敌人。

垂死的敌人被我们切为两股,疯狂地作着最后的挣扎。支队战士们不顾一切地追击敌人。敌人一次次地反扑，一次次都被打下去。先头一股约百六七伪军拼命地向东北逃窜，后面一股敌人轮番地节节抵抗，在几十里长堤两侧，边打边退。敌人扔掉了辎重，很多匪徒把身上的伪军装脱下来甩掉，也许这样便于逃跑吧。

在河堤向东转弯的一个弓形地带，东面是笔直的长堤，北面是一片开阔的麦田，向东北四、五里一直伸延到山呼庄。已经可以望见先头一股匪徒们正向山呼庄麇集。这是敌人梦想的最后时刻，匪徒们以为突过山呼庄，就可以得到沧县敌人的接应，再有二十里地就可以逃出我军的巨掌了。被支队追击的敌人，退到了河堤的弓部，再没有退路了，就拼死命利用有利地形、集中机枪、步枪火力进行挣扎。战士们一阵猛烈的步枪排射和机枪火力压制住了敌人，一中队长手枪一举，跳过大堤，发动了向敌人冲锋。一排排手榴弹在敌人群里开了花，匪徒们倒下去，嚎叫着。敌人的机枪阵地夺过来了。战士们的喊杀声震撼四野，顺着河水传到山呼庄去。被追击的敌人彻底瓦解了，溃散了。这时正是下午两点钟。

六十三团的一个先头连，已经抢先控制了山呼庄桥，把几倍于己的敌人封锁在桥西的大街上，匪徒们几次蜂拥冲击，都被迎头打回去。团主力赶到了，敌人向村北溃散下去，拼命地徒涉过河。枪声、手榴弹声，匪徒们的嚎叫声混杂在一起，成群的匪徒们被打倒在河里。

一过山呼庄桥，支队和六十三团主力会师了。在沿黑龙港河以东，沧石公路以北，纵横十多里的开阔地里，我军展开了捕捉俘虏的竞赛。从青县地区赶到杜林镇的支队另一部，沧县地区的县区武装和各村的民兵们，也从东北面、北面兜剿着敌人。逃窜九十多里，连饥带渴，丧魂落魄的匪徒们，直瞪着两眼乱窜着。在缴掉了武器以后，他们仍然直挺着两腿，伸着舌头，上气不接下气地在我军战士们后面乱跑。匪徒们完全吓昏了。

一群群的俘虏被收拢起来。逃到沧县城下的一小股匪徒，被我渡过运河的冀鲁边区兄弟部队迎头截住。除了少数化装逃窜的敌人之外，全部匪徒被歼灭在沧县城郊。

泊头镇一带的人民，欢天喜地的庆祝着自己的解放，开始了恢复战争创伤的生活，更加紧了支援前线的斗争。各村镇里到处传颂着自己子弟兵的胜利。

电影剧作的一个新收获

——电影文学剧本《回民支队》读后

舒　路

史料解读

史料原载《中国电影》1958 年第 7 期。该史料是一篇读后感。《回民支队》是一部优秀的电影剧本，描写了抗日战争时期一支回民武装在冀中平原上战斗成长的故事。作者舒路认为，这个剧本之所以令人激动和振奋，是因为大胆地面对真实，在真人真事的基础上进行了很好的艺术构思，因而不管是情节的演变，或者是人物的塑造，都很令人信服。剧本的艺术结构也非常精练，紧紧地抓住了三个时期：第一，是回民抗日义勇队的组建；第二，是“回民支队”成为真正的人民军队的时期；第三，是回民支队保卫秋收、粉碎敌人的秋收扫荡。剧作者既抓住主要矛盾贯串全篇，又展开对人的内心世界的刻画。但剧本中还有几处值得商榷的地方：第一，描写抗战初期，冀中平原群众抗日风起云涌，各种野心家、惯匪、地主、“司令”多于牛毛，但冀中八路军力量相当强大的影响力表现得不够充分。第二，马本斋率部加入八路军，这一情节太简单。《回民支队》这部电影文学剧本的主题意义是很积极的，它不仅在电影方面描写少数民族斗争生活，打开了新的局面，并且生动地描写了党的民族政策成功地引导了一支抗日民族武装，最终成为人民的武装，成为中国共产党的铁军。

原文

《回民支队》是一部较好的电影文学剧本，这个剧本是描写在抗日战争时期，一支回民武装在冀中平原上战斗成长的故事。这个剧本突出地描写了党的抗日民族统一战线政策、民族政策，和发动群众进行减租减息支援抗战的政策，使一支成份较为复杂的回民抗日义勇队在复杂的敌人后方的斗争环境里，在党的团结教育下，成为真正的抗日人民武装。这个剧本描写的是曾经轰动过华北敌后抗日战争的激动人心的一件真人真事：回民支队司令员马本斋的母亲，拒绝日寇威逼利诱，捐躯救国，马本斋坚决抗日，大义灭亲，逮捕了前来劝降的表弟哈少福。剧本较为生动地描写了马本斋的进步、成长，描写了他对共产党的认识过程，描写了党如何帮助他认识了真理，直到他自觉地成为了一名光荣的共产党员。剧本在我们眼前展开了二十年前复杂的斗争环境，也描写了当时农村中各种不同的阶级，各种不同的人，在抗战中的心理状态和他们的分化。残酷的战争像一座大熔炉一样，使一些人变为渣滓被淘汰了，而有一批人，在党的领导下却锻炼成为抗日的、也是无产阶级的钢铁般的革命骨干。因之，当我读完了这部电影文学剧本之后，许多感人的情节，激动人心的场面，深深地打动了我。我有理由说：这是一部人民军队战斗成长的史诗。

这个剧本之所以令人激动和振奋，我以为作者在这个剧本中，是大胆地面对真实，在真人真事的基础上进行了很好的艺术构思，因而不管是情节的演变也好，或者是人物的塑造也好，都很令人信服，引人入胜，紧紧地吸引着读者，深深地影响着读者的心灵。我相信：那些动人的情节和场面，如果更加形象地出现在银幕上，那将更会感染更多的观众，教育更多观众。

这个剧本的艺术结构，非常精练，可以说是没有什么废话的。电影文学剧本，既不同于小说，可以泛泛地进行细节和心理描写，也和话剧剧本完全把内容集中在一幕和数幕的舞台框子里，有显著的区别，但它一定要有小说和话剧剧本共有的特色，那就是它必须有各种场景和心理的描写，甚至微妙的生活细节的描写；不过它要求有强烈的戏剧冲突的演变。这个剧本较充分地显示了这些特点。例如：剧本一开头的描写：

横贯在冀中平原上的子牙河，渐渐的蜿蜒东去。

河边芦苇满地……

时当夏末秋初，路无行人。

远处，芦苇地突然出来两个人，在公路上紧张了望，一会闪在树后，一会跳进苇丛。

一辆插着太阳旗的日本军用卡车，从这里驶过。躲在芦苇地里的马本斋，掏出怀表一看，指针正在四点半上，看完，他把表往怀里一揣，一推马大壮，便离开了公路。

一个被日寇洗劫过的村庄。

……

这是一个非常集中而简练的开头，它迅速向读者和观众提出了戏剧冲突的悬念，同时，它不是重复过去电影开头对日寇烧杀抢掠的一般描写，而是描写“一个被日寇洗劫过的村庄”，使影片在沉闷的空气中，迅速展开戏剧的主要情节。

这个剧本描写“回民支队”的成长，紧紧地抓住了三个时期：

第一，是回民抗日义勇队时代。这时它还只是一个成份复杂的抗日义勇队，群众是在复仇的怒火中组织起来的，又经过有军事常识的马本斋预先的侦察和布置，所以一开始就打了一个漂亮的伏击战。这个仗，很有点像水浒传吴用智取生辰纲的场面，它深刻地表现了第一次战斗中各种各样的人：韩福顺故意用大车埋伏阻挡敌人的汽车，在敌汽车逃脱伏击圈之后，马本斋刀劈车辕，驱马身先士卒追击敌汽车。作者又非常巧妙地描写了这个战斗之后，这个部队的内部矛盾，地主出身的白守仁，是带着个人野心目的来参加这个部队的。他的佃户李茂才在战斗中缴获了枪，他就夺了去，使得李茂才这样一个真正决心为死难母亲复仇的抗日战士，不得不愤然回家了；在这个战斗中，作者还描写了马本斋的表弟哈少福得了汉奸金副官的贿赂，而放走了金副官；在这个阶段，作者还描写了马本斋旧军人带兵的方法，暴露了他对当时人民的战争无法理解的矛盾。这个时期剧本描写了另一次战斗，马本斋的抗日义勇队被敌人包围，敌人下最后通牒令其投降。在这个战斗中，一方面描写了马本斋的坚定，另一方面暴露他不懂得游击战术，困守阵地，终于无法挽救被歼的命运。作者还利用这次战斗，揭露出地主白守仁和流氓成性的哈少福的原形。为他们二人又作了一次重要伏笔。在这个战斗紧急关头中，在敌人正要举行围歼的时候，突然出现了一队八路军，从敌人屁股后打起来，迫使敌人败退了，挽救了马本斋的回民抗日义勇队的命运。八路军的郭团长在这次战斗中负伤了。这又是一非常有意义的伏笔。因为这个郭团长，正好是后来派到回民支队的政治委员，就是因为有了这样一个模范的共产党员，这个部队在这个党员的帮助下，贯彻了党的政策，帮助了马本斋认识了真理，使这个部队在党的领导下，战斗成长起来。这个剧本描写这个部队成长的第一个时期的结束，是在风雪交加的冬天，部队因得不到补给，没有吃的穿的，在这个部队面前摆着两条道路，一是坚决抗日，参加八路军；一是投降日寇。经过了一番激烈的争论，由于马本斋坚决不愿投降日寇，终于决定参加共产党所领导的八路军。结束了这个部队第一个时期。

第二，“回民支队”成为真正的人民军队的时期，在这个时期集中描写了马本斋在思想上的保守，不能够立即从思想上接受人民的战争中一系列政治、军事、经济、发动群众等革新的问题，而抱残守缺固步自封地自以为是。尽管是有了郭政委真诚的帮助，他也是怀疑的。在这里，剧本出色地描写着：在党和政府的减租减息运动中，这个部队原来的领导骨干中如地主白守仁是怎样暴露了他的地主阶级本性，顽强地反对减租减息，从而激起了这个部队中阶级斗争的尖锐化：许多贫雇佃农出身的战士逃回去了，而地主白守仁却利用自己手上握有枪杆，竟毒打他的佃农李老汉。竟要求马本斋出面干涉和镇压农民合理的要求。这时，虽然马本斋正处在新旧斗争、自我思想矛盾状态中，但后来没有正面同意这种无理要求。白守仁竟发展到拉起部队脱离八路军，以便去达到镇压农民减租减息运动的目的，马本斋之所以可贵，在于他当机立断，处决了叛徒。可是，这仍然不能使这个部队振奋起来，作者在这里进一步巧妙地揭露了马本斋的内心世界，马本斋回到故乡，在减租会上要求农民赶快回到部队中去。他还梦想像这支部队创立时的情景一样，只要他振臂一呼，千百健儿就会同声响应，可是，现在完全出他意外，农民关心的是减租减息，而他没有表示支持，因而农民都悄悄地走散了。他痛苦万分，尽管有慈母的关怀和安慰，谆谆的教诲，也解决不了他内心的痛苦和矛盾。而这个问题，只有郭政委预言实现了，当农民减租减息胜利之后，当农民觉悟提高了之后，战士就自动来归队，而且还来了新参军的农民。部队从新振奋起来，如虎生翼。马本斋很快觉悟到人民战争中军队和人民的关系，他和政委下令支持农民减租减息运动。就在这时，他以大义灭亲的精神把日寇派来劝降的表弟哈少福，逮捕送军区法办了。在这个时期，剧本还穿插了一件重要的事件，敌人逮捕了马本斋的母亲，要马母劝降马本斋。而马母却表现了中华民族崇高的气节和伟大的母性，绝食捐躯了。在这个重要的情节里，作为一个劳动人民的母亲，马母的那种纯朴慈祥的性格，那种坚定不屈的意志，对马本斋坚定抗日意志的感染，对马本斋关心群众的教诲，不仅深深影响着马本斋，也深深地激动着读者和观众的心。

第三，作者是以急转直下的笔法，描写了回民支队保卫秋收，粉碎敌人的秋收扫荡。而在这个战斗里，又突出表现了郭政委在阵地上负重伤牺牲。在郭政委负伤以前，由李茂才这个历史的见证人，告诉了马本斋：郭政委正是当年的郭团长，正是马本斋长久以来要寻找的恩人，而现在的郭政委，却说，那是党的决定，并不是他个人的功劳，所以一直未告诉马本斋。并且，他从怀中掏出军区党委批准马本斋入党的申请书，就与世长辞了。这是多么令人感动的场面呵！作者在这里以自己最忠实的激情完成这个剧本的主题，同时也完成了两个人物的性格塑造。

我们从作者掌握的这个复杂的题材，又有机的展开这支部队成长的演变，紧紧抓住历史重要关键，去揭露各种不同阶级不同思想的人底精神世界，去显示他们在人民战斗的新时代中，各种不同的面貌。作者既抓住主要的矛盾贯串线索，抗日军队两条道路的斗争，人民军队在斗争中胜利成长；同时，又在重要关键展开人的内心世界的刻划，例如：马本斋这个主要人物，作者不仅在重大情节上去安排展示这个人物的思想的矛盾，性格的成长，而且以许多细节去描画他的思想面貌的进步变化。马本斋第一次出场，只有一个动作，看了一下怀表，又揣到怀中，这就给读者留下第一个较深的印象。第二个动作是他沿着被日寇洗劫的村庄走过，他在残壁上扯下弹痕血迹的日寇的布告，这又加深了我们对马本斋的认识。我们再看他以后的动作，他向人们宣布："不要看今天有个八路军能打日本，说不定明天咱回回还有个九路军打日本！"这是多么自信又暴露了个人野心的演说。正因为作者爱他，要描写他的思想成长，所以就忠实地描写他的思想实质，因为只有这样，才能看出如何在矛盾中成长的可贵。在决定参加不参加八路军的一场激烈的争论中，马本斋又在说他心里的话："不投八路军我赞成，可是你们看，当兵的有病没有人看，挂了彩找不到地方治，冬天没有棉衣，吃饭没有粮食，……"当郭政委劝他多读一些毛主席的军事著作时，他又是怎样自豪的说："……光过去背枪杆，我背了二十年，怎样带兵我懂得！""我不行，愿意甘拜下风，你来，看看你的吧！"而久经考验的郭政委回答得很巧妙："我一个人也不行，我们需要合作。"这一场不愉快的争论，却引起他暗自注意，他用怀疑的心情，命令管理员去买《论持久战》，"只要是八路军的书有多少要多少！"这是多么生动地揭露了马本斋的内心世界呵！当他从家乡亲自动员士兵归队失败回来之后，他完全失望了，他向刚从医院回来的政委说："垮了！"而郭政委却是坚定的回答："不会垮，这些人会回来的！"而马本斋却痛苦地说："不容易，我像三顾茅庐一样去请都没有请来！"郭政委却非常乐观而又风趣地回答："到时候不请，他们就会来的。"作者在这简短对话中，刻划了两个不同政治修养的人，两种不同的性格，两种不同的世界观。当政委的预言实现了，马本斋理解了毛主席的话："兵民是胜利之本"，这是人民的战争底真理，因之，他爽朗地向大家宣布："……从今天起，回民支队一定要爱护老百姓，一定要官兵平等，不准打人骂人，……"作者描写马本斋的思想转折，并不是郭政委的劝说，而是安排了党的政策的成功收获，产生了实际效果，证实了郭政委的预言，才产生了巨大的说服力，才使马本斋在内心痛苦矛盾中解脱出来，使他思想提高了，产生了觉悟，产生了新的立场新的行动。这就是作者在刻划马本斋这个人物思想成长，不是枯燥的概念，而是有血有肉的活生生的活跃在我们眼前。

作者对郭政委这个人物的塑造，也有许多妙笔是值得学习的。我们从剧本中，不仅看到他第一次出现营救马本斋脱险而负伤，他来到“回民支队”作政委尽管在工作上有很多困难，他本可以向马本斋说明自己就是郭团长，这样可能对开展工作有利，但他一直没有说，而他却自觉地把这件对马本斋的恩情归于党，这是多么崇高的共产主义者的品质。他为维护群众利益和白守仁展开斗争，他为了执行民族政策，尊重民族习惯，严肃处理他底警卫员小刘违反纪律行为。他和战士们一起吃饭，发现不能按民族习惯请阿訇宰牛羊，而迅速解决了这个问题，有力地揭穿日寇的挑拨和中伤。他耐心的帮助马本斋，尽管马本斋还未认识到他的好意，甚至看不起他，不尊重他，他没有个人的恩怨和个人的得失，他信心百倍地工作，甚至自己负伤的胳膊因长期坚持工作，而未及时治疗又发炎了，最后被切除了，当马本斋问起他的胳膊，他却爽朗的回答：“轻装了，要不，还回不来这样快哩！”这是多么伟大的气魄，多么动人肺腑的语言啊！当马本斋发现政委就是当年救他的郭团长时，不禁问道：“政委，是你，为什么不早说？”回答的是：“共产党员，执行党的任务，有什么值得告诉人的！”作者所刻划郭政委的形象，是共产党的化身，是无数的舍身忘我的共产主义战士集中的表现。当我们一看到他将要牺牲时的最后遗言：“共产党员，执行党的任务，有什么值得告诉人的！”在我们面前矗立的是一个伟大的巨人，他的声音好像在震动着宇宙，他唤起我们摆脱患得患失的个人主义泥潭；给我们以共产主义的伟大力量，激励我们前进！

这个剧本没有年轻的姑娘，也没有多情的少妇，更没有情意绵绵地恋爱插曲，这里所描写的是一个伟大的妇女形象，是劳动人民的母性典范。作者在这个剧本里虽然没有对这个人物拿出更多的篇幅去展开描画，但是，由于作者巧妙的安排和生动地刻划，马母慈祥可亲，对敌英勇坚决，还是给人留下难忘的印象。马母第一次出场，是在被烧得破烂的清真寺前，当众人同心合力要组织回民义勇队时，她向马本斋说：“你看大伙这样看重你，你可得好好给大伙办事，人家待咱一分，咱就得敬人一寸！”第二次出现是马本斋正在生气，拿着鞭子要抽打一个士兵，而正好马母来了，她命令马本斋将鞭子交给她，并且严厉地指责道："整天只懂玩枪使棒，连个人情也不懂，人家孩子不对，你长个嘴不会说，为啥动不动就打？"作者还集中安排了一个重要场面，当马本斋回到故乡企图劝说士兵重新回到部队时，由于农民看不出马本斋对待减租运动的支持，因此，尽管马本斋振臂高呼，却无人响应，而是一个个走了，马母在这时又出现了，为马本斋解围，并且嘱咐着："以后你可懂得爱兄弟，爱护老百姓，要不，你看看……"这是多么诚挚的教诲。另一个重要场面：马母在绝食牺牲以前，一个伪军哀求地说：

"你行行好吧！你不吃饭，我们天天挨打，鬼子还说要杀我们哩！"

马母把眼一睁："连我这一个老太太都不敢打，还敢打你这五尺汉子？"

作者在这里还刻划了一个细节，就是当马母绝食饿死以后，手从床上滑下来，马母在第一次出现时就介绍过她手上的玉镯，这时它一下落在地上碎为两半，使我们马上想到马母舍身成仁，"宁为玉碎不为瓦全"的电影语言。

这个剧本，在描写人物的性格、刻划人物的心理方面还有许多成功的手笔，如对流氓成性的哈少福，"三句话不离本行"显示了他的性格特点；地主白守仁，作者安排了许多情节和动作，勾画出一个剥削阶级丑恶的灵魂。其他如贫农李茂才、韩福顺、李老汉等人，也是用了不多几笔，恰当的描画出他们的生动面貌，描写他们在斗争中逐渐成长，这里就不一一枚举了。

我以为这个剧本目前还有几处值得商榷的地方，还希望有所加强：第一，描写冀中平原在抗战初期，风起云涌的群众抗日形势，其中也夹杂着各种野心家、惯匪、地主保家的地方武装，所谓司令多于牛毛的形势，以及冀中八路军力量相当强大的影响还表现得不够充分，这也就相应的减弱了对当时历史的后景描写。第二，马本斋率部加入八路军，这一节太简单，由回民抗日义勇队，成为八路军"回民支队"，这是一个历史转折的关键，在银幕形象上应有鲜明的感觉。例如，原来是破破烂烂的便衣，现在是整齐的棉军服，有正规的装备，最好是通过一个授旗和检阅式，以表示这个部队新生命的开始。第三，郭政委接到群众的控告，马上到地里制止白守仁打野外破坏庄稼的行为，这是对的，但郭政委决不会用那样简单的方式，如果是郭政委把白守仁叫出来先进行个别劝告制止，而白守仁则是公开反抗，这样更显得白守仁的丑恶。第四，减租减息胜利之后，许多老战士自动归队，又参加了许多新战士，这是军威大震的时候，也是这支人民武装进一步成长的新阶段，可惜没有从银幕形象上显示一下这个部队的军民一致官兵一致的新的生活。第五，希望在打击敌人的写意场景和减租胜利后部队新的气势下都有战歌或进行曲的伴奏，这会增加电影的形象感染力。

最后，让我再说一下，《回民支队》这部电影文学剧本的主题意义是很积极的，它不仅在电影方面描写少数民族斗争生活，打开了新的局面，并且生动地描写了党的民族政策，成功地引导了一支抗日民族武装，成为人民的武装，成为无产阶级党的铁军。我们为这个剧本在艺术创作上获得了新的成就而感到兴奋，我们更希望在拍摄影片中，作者和导演再作进一步创作，更加丰富这个剧本的艺术形象，继续提高这个剧本的思想水平。我们欢迎这部影片早日和观众们见面。

1958 年 6 月 23 日灯下

我爱《回民支队》

魏传统

史料解读

史料原载《大众电影》1959年第14期。该史料是一篇电影评论。该文认为《回民支队》影片的题材是很有意义的,它紧紧地抓住革命战争与革命情感,艺术表现也真实动人。该文从影片中的马本斋、郭政委、马本斋母亲等人物塑造出发,对影片的情节以及人物形象刻画进行了分析。同时,文章也指出,影片有两个方面的不足:第一,历史背景表现得不够鲜明;第二,艺术处理上,有些地方还不够生动,对马本斋复杂的内心活动,表现得还不够深刻。但影片传达出的爱、鲜活的人物形象及给我们带来的启示和影响,却是十分深刻的。

原文

《回民支队》是一部好影片。它反映了中国人民解放军在抗日战争的伟大历史时期,在冀中平原进行的抗日战争;反映了中国共产党如何贯彻抗日民族统一战线政策,团结、改造和领导回民武装部队共同抗日;歌颂了党的建军思想在改造兄弟民族抗日义勇队成为正规部队所取得的胜利。影片的题材是很有意义的,它紧紧地抓住革命战争与革命感情,艺术的表现也真实动人,我认为影片所反映的,无愧为抗日战争史诗中的一页。

马本斋，原是个旧军人，有一套带兵的经验，在民族危机深重时，他领导一支回民义勇队起而抗战。在弹尽粮绝、伤亡惨重，遇到重重困难的时候，他找到了正确的道路：投奔共产党八路军，他没有因白守仁等人的阻挠，改变自己的主意。

相信共产党、参加八路军是马本斋生活道路中的一个重要关键，这样，他就有可能从自己的生活实践中，在党的指引下找寻到真理。说他有可能，是因为有些人如白守仁之流，虽然也参加了革命的队伍，但当革命的利益触犯了他个人利益时，他的封建地主阶级的本性就疯狂地发作，而最后还是叛变、以至被消灭了。马本斋的革命道路也并不是一帆风顺的，这里面有风浪，有自我斗争。从一个旧军人，走向革命到光荣入党，经过了一个曲折复杂的改造过程。

党对马本斋、对回民支队的正确领导，是通过郭政委体现出来的。这是个朴实无华的、对党无限忠诚的共产党员：正是他对马本斋的团结、教育，才使马本斋成长为一个回民的抗日英雄，无产阶级的战士。

开始参加八路军时，马本斋不懂得共产党的建军思想，又多少受了白守仁、哈少福对党的对抗情绪的影响，同时他自以为有一套，因此对郭政委的领导并不是口服心服的。他曾这样质问过郭政委："我们都是把朋友往头上顶，可是有人想把我们回回往脚底下踩，恐怕也不对吧，"并且还不以为然地反问郭政委："我没有为人民服务的思想，你去问问，打听我含糊过没有？参加八路军是我连盘端来的。"为了显示他的带兵本领，有一次还自信地在政委面前把队伍作了一次操练，队伍在行进中碰到一口水池，没有喊"立定"的口令，都走进水池中去了。这时，马本斋得意地向政委说："你看怎么样，军人就得以服从命令为天职，指到那里，走到那里。"政委回答得很好："军人是要服从命令，三大纪律八项注意头一条就是，不过还要叫他们懂得为什么服从，成为自觉的就好了。好好看看毛主席的《论持久战》可以给我们解决很大问题。"

郭政委以极大的耐心团结、教育、帮助着马本斋，使他逐渐摆脱旧的影响，不断地提高思想认识，最后，政委牺牲，马本斋率领着回民支队宣誓："不把敌人消灭，决不罢休！"对马本斋的思想成长作了很好的刻划。

也就在这个时候，在政委牺牲前，马本斋才知道在张庄为自己解围的郭团长，就是朝夕相处的郭政委。郭政委把一切成就归功于党，毫不计较个人得失的共产主义的高贵品质，必然也教育了马本斋。

影片中，有一段表现郭政委坚决贯彻党的民族政策的情节，处理得很好。警卫员小刘看到政委带伤坚持工作，又不住院，伤口一天比一天严重，小刘为了给政委增加营养，一片至诚地买回来一包猪肉，政委及时地指出了他的错误和不好的后果，便采取了措施：叫小刘把东西送回去并向老乡解释清楚，一面让小刘回军区，临行时送给小刘一支钢笔，嘱咐他以后好好学习。从这一个片段里，生动地表现了我们部队的亲如父兄的官兵关系。

马本斋的母亲是劳动人民母亲的典型。应该说马本斋的正直、勇敢，容易接受真理，母亲对他的教诲产生了不小的影响。影片中马母出现的次数不多，但给人印象深刻，在马母被敌人囚禁，绝食时，一个伪军向马母哀求说："你不吃饭，我们天天挨打，鬼子还说要杀我们呢！"马母把眼一睁，意味深长地回答："连我这个老太太他都不敢打，还敢打你这五尺多高的汉子！"寥寥数语，显示了可贵的民族气节。马母殉身时，手从床上滑下，玉镯落地，碎成三段，这个细节描写得很深刻动人，正是"宁为玉碎，不为瓦全"的真实写照。最后，马本斋把碎了的玉镯放在政委的遗体上一同入葬也处理得很动人。有人说"忠孝不能两全"，我觉得马本斋是做到"两全"了。

其他人物如李老汉也刻划得很成功，他积极拥护抗日，送子参军；坚决贯彻党的减租减息政策，因此遭到白守仁的毒打，但他始终不屈，毫不动摇。开始时马本斋对减租减息运动不太支持，因为他还不理解减租减息对发动群众进行抗日战争的重要意义。马本斋满以为枪决了白守仁，开小差的问题就会解决，其实不然，在他最苦恼的时候，政委很自信地说："到时候，不请他们就会回来的，"马本斋还有些不解，事后，政委的话应验了，他激动地对着李老汉和归队的群众说："毛主席说'兵民是胜利之本'从今以后，回民支队一定要爱护老百姓，一定要官兵平等，不准打人骂人……"马本斋在群众面前承认自己的错误，这是他思想比以前进步、改变了人生观的一个标志，也是党的思想建设工作的胜利。

影片的不足，主要有以下两个方面：

一、历史背景表现得不够鲜明。在金副官来拉拢马本斋时，群众纷纷议论，有人说："这阵司令比牛毛还多，谁知道他是谁的。"如果能对当时冀中这种各种势力多如牛毛的混乱情况，一些反动人物借抗日为名，横征暴敛，投机取巧的历史背景，表现得更好些，则我党团结改造旧军队的作用和意义就更突出了。

其次，艺术处理上，有些地方还不够生动，对马本斋的复杂的内心活动，表现得还不够深刻，按说，影片是可以更形象、动人地去表现的。

虽然如此，《回民支队》确给予我们深深的爱。马本斋及其母亲，郭政委和警卫员小刘等人都长久留在我们的记忆中，这就是它的最成功之处。最后还须补说一句：马本斋的誓言是有其深远的影响的，所以不能忘掉它。

欢迎《回民支队》

陆柱国

史料解读

史料原载《北京日报》1959 年 9 月 24 日第 6 版。该史料是一篇电影评论。文章作者认为《回民支队》是一部比较成功的影片，不论在政治意义上还是艺术价值上，都是值得肯定的，并指出了影片的优秀之处：首先，影片以回民支队的领袖马本斋的成长，来体现回民支队的成长；其次，影片比较鲜明地塑造了一个共产党员的形象——回民支队的郭政委；再次，《回民支队》最突出的优点，是大部分对话都通俗精练，含蓄亲切，影片充分地运用出色的语言、对话来表达人物的性格；最后，影片对小道具的运用，也颇具匠心，例如，马本斋母亲的玉镯。总之，《回民支队》从主题思想到故事结构，从人物塑造到语言运用甚至道具选择，都有它的独到之处。

原文

由回族人民的优秀儿女组成的抗日武装——回民支队的英勇事迹，早已流传于冀中地区。现在，电影制作者们通过银幕，向全国广大观众生动地描述了这支部队在中国共产党领导下改造与成长的艰巨过程，并且具体地展示了这支部队里的英雄人物的动人形象。我认为《回民支队》是一部比较成功的影片。不论在政治意义上或艺术价值上，都是应该肯定的。

回民支队的成长，作者是以它的领袖人马本斋的成长来体现的。马本斋是一个具有民族自豪感的旧式军人。在回民支队的前身——回民抗日义勇队的成立大会上，马本斋一句话就道破了自己的全部思想："别看今天有个八路军能打日本，说不定我们回回有个九路军也能打日本！"他的唯一目的就是打日本，而他唯一信赖的则只有回回。他只有民族观点（甚至是狭隘的民族观点）而没有阶级观点。他只看见了民族矛盾，而看不见阶级矛盾。因此，他才把回族的败类白守仁、哈少福之流视为自己的股肱和助手。因此，尽管他为了"打日本"而废寝忘食、奋不顾身，可是，回民抗日义勇队却因为内部存在着不可调和的阶级矛盾而军心涣散、斗志衰退。加上他本人只知死打硬拼而不懂得灵活运用战术，使得张庄一战，遭受惨败，假如不是八路军及时救援，这支回族人民的武装，能有全军复灭的危险。后来，按照马本斋的说法，回民抗日义勇队到了"再拖下去，只有散伙"的程度，他才迫不得已"投"了八路。但是，马本斋虽然换了军衣，却没有改变自己的思想。他仍然迷信自己的带兵经验，仍然重用心怀叵测的坏分子白守仁。他对于党的领导戒心重重，他对于减租减息的阶级斗争则袖手旁观、漠不关心。由此，酿成了士兵们大批逃亡，白守仁率部叛变。在这千钧一发的时刻，马本斋才又迫不得已枪毙了他过去的老部下、老朋友，现在的叛徒白守仁。从此，他在党的帮助和培养下，成为一个真正的无产阶级的战士，而回民支队也从此成为一支坚强的、战无不胜的人民军队。

影片比较鲜明地塑造了一个共产党员的形象。这就是在回民支队工作的郭政委。郭政委原来是八路军的一个团长，而马本斋和他的抗日义勇队在张庄战斗中弹药用尽、阵地被突破的危急关头，郭因为救援他们而身负重伤。当时，一个由于忍受不了白守仁的压迫而从义勇队开小差的回族青年要求参军，郭在担架上劝阻道："马本斋、义勇队的人，八路军不收！""他们这回损失太大，正是缺人的时候！"这几句话，多么有力地体现了共产党人的光明磊落，大公无私的精神！后来，他被派到回民义勇队里。但是，马本斋却丝毫不知常在自己身边的政委就是自己四处寻找的救命恩人。作者这样处理，并不是为了单纯追求戏剧情节，重要的是揭示郭政委的性格。郭也知道向马本斋讲明以后，自己的工作就容易做了。但他更知道，这样只能在马本斋的面前建立自己的威信，而不能建立党的威信，只能让马本斋感谢自己，而不能让马本斋感谢党。所以他宁愿自己的工作多几分困难，却始终不肯暴露自己的过去。只知有党而不知有自己，这正是一个共产党员的最高贵之处。为了党的事业，为了回民支队的成长与发展，他始而丧失了自己的一条臂膀，终于献出了自己的整个生命。在他临死的时候，马本斋才从别人的口中，知道了他就是过去的郭团长。但是，他却回答马本斋："共产党员执行党的任务，有什么值得告诉人的！"最后，他从自己将要停止跳动的胸前，取出了马本斋的入党申请书："你的入党申请批准了！"看到这里，观众是很难控制自己的眼泪的！

《回民支队》还有个最突出的优点，就是绝大部分对话，都那么通俗而精练，含蓄而亲切。作者充分地运用出色的语言来表达人物的性格。譬如反动地主白守仁，他出场的第一句话就是："乡亲们，我这副大队长不能白干，只要打日本，给乡亲们报仇，缺啥找我。顶多卖二百亩地，啥也有了！"又如赌棍哈少福，不知什么事情，他都拿赌博来打比："你们不要成了'庄家'就瞧不起'小胡'"，"这和打牌一样，手要是臭了就胡不了"，像这样的例子，在《回民支队》中是很多的。

影片的编导对于小道具的运用，也是颇具匠心的。马本斋的母亲有一只戴了几十年的玉镯。哈少福（马母的嫡亲侄儿）口口声声说等将来有钱了，要给她换一付金的，可是到他有钱的时候，即给日本人当了便衣队长的时候，却把马母当作人质捉去了。马母被俘后，绝食殉难。这只玉镯，在她临终之际，落地粉碎。后来，碎玉镯传入马本斋之手。马本斋这个出名的孝子，反而又将母亲的遗物放在牺牲了的政委的胸前，给政委陪葬。对这只玉镯的处理，不仅象征着"宁为玉碎，不为瓦全"的马母的高贵品质，而且还表现了马本斋对政委衷心爱戴的心情。这只玉镯，给作者省却了好多笔墨，同时又给影片增添了好多色彩！又如，在回民抗日义勇队成立的时候，白守仁把自己的手枪送给马本斋："……以后谁要不服从命令，你就当点心喂给他！"后来，白守仁叛变了，马本斋就用这支手枪结果了这个叛徒的性命！

总之，《回民支队》从主题思想到故事结构，从人物的刻划到语言的运用甚至到道具的处理，都有它的独到之处。特别是作为第一部反映兄弟民族的革命武装斗争的影片，更值得我们举起手来欢迎它。

《回民支队》是部好影片

赵 松

史料解读

史料原载于《光明日报》1959年10月11日第5版。该文是一篇电影评论。文章首先从电影《回民支队》的情节入手，认为影片的创作者以饱满的政治激情和高度的艺术概括，真实地表现了回民支队从自发的人民抗日武装成长为自觉的人民队伍的战斗过程，深刻而动人地歌颂了党的抗日民族统一战线和民族政策的胜利，为我们塑造了马本斋、郭政委、马母等英雄形象。马本斋成长为共产党员的过程，就是回民支队的成长过程，也是党的政策的胜利过程。郭政委的形象也塑造得好。马母在影片中虽镜头不多，然而一个伟大母亲的形象却鲜明而生动地呈现在观众面前，感人至深。影片中没有冗长的对话，也没有去追求简单的外在的热情奔放的场面，而是通过深刻的形象去寻找真正的内在激情，从而展示人物多彩的性格冲突，这是影片《回民支队》的主要特色。

原文

影片《回民支队》以其雄健质朴的姿态出现在银幕上，使我们回味了那艰苦的抗日战争年代，回忆起先辈的勇敢顽强的斗争生活……

影片一开始就以浓烈的色彩把我们带到二十年前的战斗年代，冀中平原一个被日寇洗劫后的村庄，清真寺里马本斋在群情激愤之下振臂高呼，组织了回民抗日义勇队。紧接着我们看到马本斋和他的战士们燃烧着炽烈的民族仇恨进行斗争；我们看到马本斋在两次战斗中身先士卒的英雄行为；同时我们也看到马本斋的思想局限性，回民义勇队的成份复杂，领导干部中思想分歧……总之，我们热爱这支队伍，同时也替它担心！因为在这支少数民族自发组织的抗日武装中，缺少了英明的共产党的领导。它的生存和发展经受着严酷的考验。经过领导干部之间的激烈争论之后，他们决定接受党的领导，改编为八路军的"回民支队"。自此之后，这支"回民义勇队"进入了新的历史时期。戏剧冲突在这里向纵深发展着。我们看到郭政委模范的执行党的政策，进行团结、改造回民支队的复杂斗争；我们又看到干部中开始分化，马本斋在经历了激烈的、反复的思想斗争之后逐渐地从一个旧军人成长为共产党员；白守仁和哈少福等地主阶级流氓分子进一步堕落成为可耻的民族叛徒……在这一系列的情节中，影片作者以饱满的政治激情，和质朴的艺术概括，真实地表现了回民支队从自发的人民抗日武装成长为自觉的阶级的人民队伍的战斗过程。他深刻而动人地歌颂了党的抗日民族统一战线和民族政策的光辉胜利，并为我们塑造了马本斋、郭政委、马母等英雄形象。

影片中没有冗长的喋喋不休的对话，也没有去追求那简单的外在的热情奔放；而是通过深刻的形象去寻找那真正的内在激情，从而展示人物多彩的性格冲突。这是影片《回民支队》的主要特色。

马本斋一出场就给人以强烈的印象：他用一只大手愤怒地撕下日寇洗劫后张贴的布告。在清真寺里振臂高呼组织回民抗日义勇队；怒斥并驱逐了全副官的利诱；身先士卒追歼敌人汽车；责备白富贵的工事不坚固；大口大口地啃窝窝头与士兵共甘苦；勇敢顽强的指挥张庄战斗等一系列的镜头。在我们面前树立了一个坚定、勇敢、有军事素养而又富有正义感的军人形象。与此同时，作者也表现了他的思想局限性：成立回民义勇队时他喊着："别看他今天有个八路军打日本，说不定明天咱们回回成立个九路军也打日本。"这里暴露了他狭隘的民族观念和个人野心。他在张庄战斗时,在优势敌人面前打阵地战负隅顽抗,要不是郭团长率八路军来解围,险些全军覆没,显然,他不懂得在敌强我弱的情况下的抗日持久战和游击战术,指挥艺术远远落后于客观实际。随着戏剧动作的发展深化,马本斋的形象就越加突出和丰富。改编成八路军之后,在一次军事训练中,他夸耀自己的训练有方,一声令下战士们就去下水塘。政委却不以为然地指出重要的在于培养战士们自觉的纪律性,并介绍他看毛主席的《论持久战》,这在他是崭新的问题,他疑信参半,自尊心使他命令警卫员偷偷地找《论持久战》来看。毛主席的军事科学打开了他的眼帘,澄清了他的思想,他前进了,打了几个漂亮的游击战。开始时他不懂得人民军队的人民性的重要意义,因而对人民切身利益如减租减息斗争漠不关心,既不反对也不支持。叛徒白守仁钻了他的空子,捕打了李老汉,人民的利益受到伤害,农民战士纷纷离队,他险些成了"光杆司令",回民支队又面临即将瓦解的考验。他在枪毙白守仁之后满以为凭他马本斋的个人威信,可以再号召战士们归队,却没有料到不能成功,他苦闷、彷徨失措,他不能理解这一切。当休养回来的郭政委告诉他:"不用请,只要我们支持人民减租减息斗争,战士会自动归队。"他才按政委的话做了。事实证明了政委的预言是正确的,不仅开小差的回来了,而且又来了许多新战士。生动的事实告诉他党的政策的英明,他懂得了军队离开人民就会像鱼离开了水一样。他也表现了大义灭亲的精神,把以马母生命为要挟来劝降的表弟哈少福逮捕送军区法办。第一次在群众面前检讨了自己,并激动地从心底深处喊出:"回民支队永远要保护人民利益。"马本斋成长为共产党员的过程,实际上就是回民支队的成长过程。也是党的政策的胜利过程。

郭政委的形象也是塑得好的。他看起来其貌不扬,瘦瘦的、矮矮的,然而,他却是个蕴藏着丰富精神力量和智慧的党的优秀干部。马本斋和回民支队之所以迅速成长,是郭政委模范的执行党的政策的结果。他刚来回民支队时是不被欢迎的,甚至是被以白守仁为代表的地主阶级分子排斥的。唯一的一个共产党员要完成改造一支部队的繁重任务,真是困难重重。他表现了一个共产党员的无比坚定,拖着个受伤的身体顽强地战斗着。他提议给回民支队请阿訇,处分了小刘违反民族生活习惯的行为。他不仅在回民战士中提高了党的威信，而且堵塞了白守仁等乘机寻隙的可能，掌握了斗争的主动权。他谆谆善诱地教诲着马本斋和战士们。当他把溃烂的左臂切除之后，只是平静地说："轻装了……"好像随便丢掉一件无足轻重的东西一样，这是多么充满着革命乐观主义精神啊！他处处把党的利益放得高于一切。马本斋写信感谢他张庄战斗解围之恩，他自觉地把这归功于党，而不向马本斋说明自己就是郭团长，尽管这样做会减少他工作的阻力，但他宁愿挺起身来迎接困难。在他牺牲之前，马本斋问他为什么不早说？他只平静地回答："共产党员执行党的任务，有什么可以告诉人的。"朴素的语言听起来铿锵有声，这是多么伟大的胸怀和气魄！我们党就是依靠千千万万像郭政委这样的党员才无往而不胜利。

马母在全部影片中镜头不多，然而一位伟大母亲的形象却鲜明而生动地呈现在观众面前，感人至深。

《回民支队》是部好影片，相信广大的观众在欣赏这朵鲜花之后，会给以公正的评价。

从《回民支队》说起

陈西禾

史料解读

史料原载《电影艺术》1960 年第 2 期。该史料是一篇电影评论，从创作的角度评论了影片《回民支队》。作者认为剧本的主题思想一定要鲜明，在这方面，《回民支队》做得就比较具体，它是通过人物的行动、人与人的关系及矛盾冲突体现主题思想，用生动的生活图景和生活道理，从内心来打动观众。还有值得一提的是在塑造人物的方法上，该影片有两点较为突出，一是通过人与人的关系和这些关系的演变来刻画性格，二是在矛盾冲突中刻画性格，影片的风格是朴素的，是老老实实的，剧本情节结构很紧凑，场子也干干净净，没有拖泥带水的毛病，这就见出功力。当然，也不能因此就说艺术处理上没有一点问题。有时导演对镜头和音响的运用还存在一些值得商榷的地方，戏的发展也还存在着一些不够饱满或交代不够清楚的地方。演员的表演也很朴素，几个人物都刻画得很真实但有的演员动作上还带有棱角，有的演员的台词技术还待讲究。

原文

在新片展览中观摩了《回民支队》，觉得这部片子不错，而且它给了我不少的启发。所谓启发，是使我除了欣赏它的成绩之外，还联想到一些有关创作上的问题。因为没有和人讨论过，看法不一定对，这里姑且把想到的提出来和同志们谈谈，算是纠正和商榷的意思。题目叫“从一部影片说起”，就是说我说话的范围不以本片为限，而且也不企图对这影片作全面的分析与评价，所以只能说是杂感，而不能算是电影批评。

首先值得一提的，是听说这部片子的编导同志从事电影工作却还不久，业务经验积累得不怎么丰富，可是从银幕上看来，尽管还不无缺点，整个作品却是清新健康，有意思，有绳墨，一直吸引着感染着人。一部影片的成就当然该归功于创作集体，可是编导者的劳动也不可泯没，这些成绩，我以为和八一厂大力培养新生力量的方针是分不开的。

同志们都已看到，这部影片描写的是抗日战争时期兄弟民族的斗争。它刻划了马本斋这个英雄人物的成长过程，也反映出党的抗日民族统一战线政策和建军思想，在曲折的故事里，我们看见一支单纯以复仇为目的的自发的回民义勇队，经过了党的教育、团结、内部斗争，逐渐改造成一支强有力的真正的人民武装。故事是以真人真事作基础的，显然经过繁复的艺术加工，并不拘泥于自然主义的纪录。有人说当年马本斋和马母还有许多可歌可泣的事迹流传人口，可惜片子里没有选择进去。可能有沧海遗珠的缺憾吧，我不知其详，不能妄下断语，单就片子里所表现的事件看来，作者在取材方面倒是遵循着一定的轨迹，使剧情和主题思想密切结合着的。

的确，《回民支队》的好处之一就在于它主题思想的鲜明性。看完片子，完全知道艺术家描写的是一些什么生活现象，而且通过这些生活现象表达出什么样的思想见解。非常清楚，不模糊，不虚玄，不是扯了半天而不知所云，观众从片子上自然得到的结论，也正是创作者所企图引导的结论。单凭这一点就值得我们深思。拿我们看过的电影剧本来说，主题思想鲜明的当然也不在少数了，可是除此之外,也还可见到另一种剧本,作者也想通过剧情来说些什么,可是那点东西总是若有若无,似是而非,他象是要说这个,又象是要说那个,读者或观众也摸不出他们主旨所在。或者是执笔的时候只从情节出发,思想并不十分明确,后来想起,才加上一些说明思想的对话,可是这些加上去的话和所描写的生活现象不一定血肉相连。用找补的思想来打扮剧情,其结果很可能不是丰富了而是损伤了情境,不是丰富了而是损伤了人物性格,从而使思想本身也没有发挥出应有的力量。既然存在着——即使不太多——这样的毛病,那么我们再来强调一下作品主题思想鲜明性的重要,恐怕还不是太多余的。

剧本的主题思想一定要鲜明,但也不需要象以前人们所说的那样让角色"说思想性"。这并不是说要避免说理,而是说这一类的话最好能揉在戏里,符合着人物的口吻和心境,说出来不但有理,而且具备着情绪色彩和戏剧感染力,然后这思想入人才深。此外,电影是一种偏重视觉的艺术,画面上生动的形象往往能起很大的说明与鼓动作用,不一定什么都非靠对话来表现不可。有时我们从剧本里可以看到这样一种情况:人物从自己规定情境中跳出来,站在客观地位来给戏下结论。或是为进行中的剧情来几句评语,或是为戏里所反映的社会环境社会制度作几句说明,或是描写一下自己的情感,分析一下自己的处境等等。这些话的本身可能都是对的,但这是剧作者的口气,却不是人物的口气,而且演电影与说评书有别,也不可能那样时而跳出时而跳进地夹叙夹议。更重要的是这些话不说人也能明白。所以有这样的毛病,就是作者老怕观众不懂,总不相信形象的表现力这才让人物随时随地闪在一旁兼充个讲解员。动机可能是好的,但办法却还值得商量。

在这方面,《回民支队》做的就比较具体,没有把什么都挂在嘴上。它是从人物的行动上,从人与人的关系及矛盾冲突上来体现主题思想,用生动的生活图景和生活真理,从内心里打动观众。因此尽管是浅显的道理,也还能使人留下清晰的印象。举个小例子:有一段戏,警卫员小刘看郭政委身上有伤,营养又不好,就去设法为他弄来一包猪肉,郭政委当时就严肃地指出他的错误和政治影响,叫他把肉退回去向老乡们解释,并且打发他回军区,临行的时候,又把自己的钢笔送给他,嘱咐他以后好好学习,寥寥几笔,就形象地表达出党的民族政策和我们部队里亲密的官兵关系。

可能是由于对手头材料不善于选择和驾驭吧,有些人写东西的时候喜欢东拉西扯,兼收并蓄,产生的结果是内容驳杂,令人看不出中心所在。我自己就有这样的毛病,有时起初想得还好,写着写着就受了枝节的诱惑而离了题。有时又是想写的太多,一部作品容纳不下。记得好几年前我们讨论一个剧本,那里面又写土改,又写妇女翻身,又写反特,又写抗美援朝,此外还有些我现在已经记不清的主题,我就说这位作者的企图过大,当时正好有位首长同志在座,他说不是企图过大,是企图过多,这话给我留下很深的印象,至今都没有忘记。的确,我们喜欢什么都抓一把,似乎只有包罗万象才显得内容丰富,才有气魄,因为生活认识不够,思想不明确,没有紧抓住主题思想作尺度来决定取舍,使必需的枝叶与主干保持一定的比例关系,突出最重要的东西;只是见异思迁,对于稍微吸引自己的东西总不肯放过,笔一滑就走上了岔路,而且可能越走越远。这样写出来的剧本,就不免是事件多,人物乱,拉杂堆砌,所要表达的反而湮没不彰了。用摄影棚的术语来说,这就是焦点不"杀",也就是焦点发虚。我以为,《回民支队》对于主题倒是牢牢抓住狠狠表现的。

暧昧、含混、分歧、枝蔓,这些毛病不仅损伤所要表达的主题与思想,也会损伤剧情进行中所需要的那种戏剧性的紧张。斯坦尼斯拉夫斯基氏晚年坚持戏剧里要有明确的贯串动作与最高任务,我以为这话不仅值得导演、演员们思考,从事剧本工作的人对其中的道理都该好好学习。我们创作的时候,最好能保持清醒,不让主题被细碎的发展引岔了路,要能抵抗住使人迷路的诱惑,无论这个诱惑有多大魅力。假如有必要离开一下大道的活,那也应该记住,这离开是暂时的,而且必须及早回来。

我们在艺术中要知所舍弃,因为有所舍弃才能有所获得。创作的艺术,在某种意义上说来是精简的艺术。古人说写文章不只要在篇中删句,句中删字,而且要会在将作未作时删意删题,也正是这个意思。这倒不是说简了就一定好,而是说对于可有可无的东西要能够割爱。我们也曾见过编剧不愿去掉一场戏或几个警句，导演不愿去掉一些含有得意的构思或拍得很好的场面及镜头，演员不愿去掉一个精彩的细节动作，摄、录、美、作曲也各有其舍不得的地方。宝贵劳动的成果是应该的，但有时这些东西放在总体中不一定调和，对于作品的总效果来说，有时反会是一个障碍。其实部分如果与总体不调和，部分离开了总体的要求，那它就是再出色也要不得，因为在艺术作品中没有任何部分能比总体更重要的。

《回民支队》还有值得一提的地方，是在刻划人物方面。

作品必须能塑造出生动的人物性格，只有这样才能使艺术家深刻地展示生活，也只有从人物性格本身发出的冲突，才是真实的冲突，才能构成真实的有艺术性的情节，这些道理，早已为我们所熟悉。在近年的影片中，也出现了不少的成功的例子，这里不必一一列举。单就《回民支队》来说，有些形象就是很出色的。正面的如正直而勇敢的马母，逐渐成长的马本斋，貌不惊人、平平易易、但是沉着而有分量的、对党无限忠诚的郭政委，一片热诚的小刘等等，反面的如白守仁等等，各有各的风貌。这些人物虽然刻划得还不免有粗略的地方，复杂的心理活动还有表现得不到家的地方，也还说不上高度的个性化，但好处是一个个都象那么回事，使人一闭眼就想得起来。

就我所知，演员怕的是无依无靠地“干表”“硬表”人物的精神品质，要他表现什么，先得给他以必要的情境与动作，他才能使得上劲来。《回民支队》剧本的基础较好，也就为演员提供了用武之地。在塑造人物的方法上，我以为这影片有两点较为突出，一是从人与人的关系和这些关系的演变中来刻划性格，二是从矛盾冲突中来刻划性格，这两者实在是一而二、二而一的，为了方便，下面不妨分开来谈论。

就第一点来说，马本斋这个人和他周围的人有种种不同的关系，他对他母亲的关系怎样，对白守仁哈少福等人的关系怎样，对郭政委的关系怎样，对士兵、农民的关系怎样，对日寇、国民党的关系又是怎样，从这许多方面进行刻划，就象在摄影棚里围着一个人四面布光，这样，这一人物的主体形象就显出来了。但这还只是静止的，在剧情的进展中，人与人的关系时时在变，马本斋对郭政委，从不买账，不调和变为心服口不服，一直发展到非常亲爱；他对白守仁哈少福，从最亲信的自己人关系变得思想渐渐有了分歧，由分歧而疏远，由疏远而破裂，最后成为誓不两立的仇敌；他对农民、对士兵的关系前后也有很大的变化；这样一来，这个人象就不是静止的，而是在运动、发展、变化着的活生生的人象了。这样就不平板，不单调，不是一个调子到底。马本斋如此，其他人物也是一样，在交互映衬错综变化中，彼此的性格都显现了出来。

人物的集中使《回民支队》在性格描写上取得不少的便利。主要人物只有这么几个，每个人都对剧情起推动作用，这就够了。有些戏扯上一大堆人物，可是有些人物是可有可无，或者是观众刚认清楚一个人，到后来这个人又不见了，忽然又跳出一个，又不见了，有的是明明一个人物可以胜任的，偏偏要用上两三个人物，而这两三个人物又大体雷同，没有因为添人而给戏添上新的色彩，有的是戏已经快结束了，还有陌生的重要人物出现。这样，人物就不集中，戏也容易流于散漫。人物集中了，看似简单，实在是有对性格多面勾勒使戏发挥尽致的可能。当然，这也要看题材故事的需要来决定的，有时也不一定要如此，把不该归并的强行归并，那只会使人感到雕琢。

我们都知道，人物间的冲突是社会性矛盾的反映，是戏剧性的基础。冲突越鲜明、深刻、尖锐，越令人信服，则性格越具有多面性、越生动、也越真实。这部片子是从头到尾都充满了冲突的，开始时以马本斋和日寇国民党的冲突介绍出基本矛盾基本形势，而在全剧起很大作用的郭团长恰恰就在回民与日寇冲突得最尖锐时候出现，这样的安排是很有意思的。在马本斋投八路军之前，是马的大队部里意见纷纭的冲突；投八路军后，是由踩庄稼而引起的白守仁与郭政委的冲突，进一步发展为马本斋受了白守仁挑拨而与郭政委产生的冲突，下面是由减租减息引起的白守仁与农民的冲突，再发展而为马本斋与白守仁的冲突；这冲突越来越尖锐、剧烈，终于逼得马本斋亲手把白守仁处死。然而问题尚未解决，下面还有一连串大大小小的冲突。这些冲突不只推动了情节，更重要的是尽了一个美学任务：让人物在矛盾冲突中成长。也就是前面所说的，在矛盾冲突中刻划性格。

应该给人物一些机会，让他们展示自己的性格，也应该给我们一些机会，让我们能够看到人物身上的那些显著的变化。这里所谓机会，实在就是那些动荡性的关节，抓住一个关节，人的本相就能够多露一分，但这些关节应当是由行为的逻辑和事物发展的规律所决定的，而非由主观的编剧法来决定的，因为说到归齐，最感人的还是生活的真实。

这次有的同志说得很对，矛盾冲突不等于打架，我以为还得明确一点，骚扰喧闹的本身并不能创造紧张。我所以这样说，是因为有人至今对这些东西还存在着错觉或迷信，不觉得某些内里激动外表平静的场子反而更能震撼人心。紧张是属于思想的情绪的而非属于官能的。紧张的秘密不只在于目前发生了什么，更重要的在于将要发什么，矛盾冲突的魅力也往往在胜负未决起伏不定的那一瞬间。就拿《回民支队》来举几个例子。一场戏是在投八路军前，马本斋大队部里正在共商大计，这时正是里无粮草，外无救兵，窘住了，非想法子找个出路不可。有的主张投国民党反动部队，有的主张投八路军，意见不一致，马本斋本人也是举棋不定；大家各有各的打算，又各有各的顾虑，谁都想以自己的主张说服对方。戏的外表虽然很缓和，里面却充满了思想上的暗斗，这是个外松内紧的场子。还有，马本斋等投八路军后，白守仁因为踩庄稼事件和郭政委发生了纠纷，回司令部后向马本斋进行挑拨，弄得马本斋也一肚子不高兴，白守仁正骂得起劲的时候，不料郭政委来到，产生了僵局，这时的情势正如箭在弦上，一触即发，然而郭政委忍住了，他冷静而委婉地向他们谈话，直到白守仁越来越猖狂，使郭政委忍无可忍，才向他进行镇压，二人的冲突又引起马本斋的发作。一场戏整个是性格的碰击，思想的斗争，很耐看。还有，白守仁把士兵拉走，马本斋闻讯赶去阻拦，见面之后，两人在马上相持不下，最后是白守仁不听劝告，一意叛变，使马本斋不得不把他打死。以上几场，都是从人物间的矛盾冲突中建立起戏剧情境。戏是摇摆的，可以倒向这一边，也可以倒向那一边。可以从这边发展，也可以从那边发展，这种时候，观众象是在看一场球赛，看那个球忽而到了这边，忽而又到了那边，这就使他有兴趣看下去。我们常说从事戏剧工作要培养“戏剧感”，就该在这种地方多多留意，所该认清的是上面所举的这些情境都是随着事物发展水到渠成的，而且不是架空的戏，那里面有政治，有思想。

影片的风格是朴素，是老老实实，戏的进行很紧凑，场子也干干净净，没有拖泥带水的毛病，这就见出功力。当然，也不能因此就说艺术处理上没有一点问题。有时导演对于镜头和音响的运用还存在着——至少我觉得存在着——一些值得商榷的地方，戏的发展也还存在着一些不够饱满或交代不够清楚的地方，太琐碎了，这里不必一一谈论。随手举个例子，如白守仁打了李老汉，一批士兵气得开了小差了，但同时又有韩福顺被拘禁和白守仁把队伍拉走的场子，这是两批人，两件事，在形式上都是士兵走散，但性质上完全不同，现在放在一超，就容易使观众产生错觉，把两件事混为一谈。我以为，为了理清头绪，这种地方垫些笔墨还是有必要的。

用马母的一支玉镯作为贯串道具，是剧本里有匠心的地方，但既然用了，最好能使用意显明，马母死的时候玉镯落地打碎，有人说这是“宁为玉碎”的象征，但到后来这个碎了的玉镯交到马本斋手里，它似乎又成了代表马母的信物了。如果这是代表马母的信物，怎么马本斋又能把它放在政委的遗体上殉葬？这样的举动是表明马本斋把对母亲的孝心也交给党了呢，还是另有其他的寓意？这一切似乎都难以索解。总之，过于求“针线细密”的结果，往往容易显出牵强的痕迹，把原来很好的用意也损伤了。又，马母垂危时，银幕上出现过两次床前红烛的特写，这是象征精神的光辉呢，还是象征膏焚脂尽蜡炬成灰的死亡？不然，就是插些空镜头来间隔时间？这意思也不清楚。我由此联想到我们影片中常见的那些象征性镜头，如以高山古松象征英雄，以瀑布象征汹涌的情感，以冰河回冻象征解放等等，有的令人一见就能明白，有的要费人猜测，有的就不免艰深难晓了。用具体表抽象，以有形代无形，本来是造型艺术——也包括电影艺术——本身条件所规定的一种重要手段，但银幕上的画面一瞥而逝，观众没有反复思索玩味的余裕可言，如果镜头里象征意味过于曲折隐晦的话，那就等于插进一张和剧情不相干的画，从而使原来象征的或比喻的用意落了空。因此，在使用这一类镜头的时候，最好能多从观众的角度看看，尽可能做到达意的程度。

本片演员的表演也很朴素,几个人物都刻划得真实,有的甚至非常可爱。虽然这样,小毛病还是有一些的,如有的动作上还带有棱角,有的说台词的技术还待讲究,有的喊叫得太响也太多,实在力气要用在节骨眼上,有时不喊反而效果更强。总的说来,都是诚诚恳恳的,演员相信角色,使我们也相信了角色,没有离开角色孤立地欣赏表演。所以能够如此,是由于他们是在做那些已经化为自己的东西,那些从自己需要发出来的东西,而不是用动作来图解什么思想,展览什么精彩的绝活,我以为这就很不容易。

前面说过,这里只是一些杂感,而不是对影片思想性艺术性作总的评价。因此,不全面是当然的,偏颇或误解之处也是在所难免的,这都有待于同志们的指正。总之,一部影片牵连着许多人的心血,这次通过银幕的表现,也可看出这个集体是经过了怎样的努力。他们已经有了贡献,我们希望他们今后贡献得更好更多。

给“反真人真事”论者的有力一击

——彩色故事影片《回民支队》复映有感

艾克恩

史料解读

史料原载《人民电影》1978 第 7 期。该史料是一篇电影评论。“四人帮”被粉碎后，被他们禁锢了十多年的影片《回民支队》重新上映并获得观众的好评，它是以真人真事为依据的，可以说是对“四人帮”反写真人真事论的一个有力回击。文章认为用真人真事作基础，加以集中、概括、提炼，是革命文艺创作不可忽视的创作方式。文中还指出了影片《回民支队》里的主人公马本斋，既是根植于群众中的真实人物，又是艺术创作中的成功典型。虽然并不是所有的真人真事都能构成一部完整的作品，然而像马本斋这样成熟的英雄人物，可以直接构成文艺作品的描写对象。写真人真事也要典型化，也要艺术加工。影片《回民支队》正是在这方面为我们提供了有益的经验。例如，马本斋和马母形象的塑造等。此外，一部电影，必须有许多生动的细节。细节抓得好，处理得好，确能起到画龙点睛的作用，而影片《回民支队》就不乏这种细节的描写。

原文

“四人帮”一倒台，春风又送暖，百花重吐艳，被他们禁锢了十多年的国庆十周年优秀献礼影片《回民支队》，又同广大观众见面了。无论就思想性和艺术性来说，它都是一部有一定成就的好影片。而它又完全是以真人真事为依据的。它的重新上演和获得观众的好评，可以说是再次对“四人帮”反写真人真事论的一个有力回击。

文艺是反映生活的。革命文艺乃是革命斗争生活的反映。从这个意义上讲，任何优秀作品归根到底都是不能离开现实生活中的真人与真事的，不管是直接的还是间接的。用真人真事作基础，加以集中、概括、提炼，当然是革命文艺创作不可忽视的一种创作方式。然而“四人帮”出于篡党夺权的反革命政治需要，竟将“文艺创作不受真人真事的局限”这一正确论点，故意歪曲成为否定写一切真人真事。甚至荒唐到这种地步，提倡写假人，造假事，说假话，从头至尾越假越好。他们的目的，无非是要反对大写大颂无产阶级老一辈的革命家，反对大写大颂工农兵的英雄人物。

可是，无论在炮火连天、弹痕遍地的战争年代，还是在社会主义革命和社会主义建设时期，群众中的英雄层出不穷，可歌可颂的事迹是永远写不尽的。就拿真人真事来说，刘胡兰、董存瑞、黄继光、雷锋等等，既是根植于群众中的真实人物，又是再现于艺术中的成功典型，其影响之大，教育之深，是有目共睹的。影片《回民支队》里的主人公马本斋，同样不愧是这千千万万英雄中的一个。

马本斋作为八路军回民支队的司令员，从一九三八年到一九四四年病逝止，一直同冀中人民生活在一起，战斗在一起，为伟大的抗日战争创建了不朽的业绩。他的英名，威震四方，传颂甚广，人民高兴，敌人丧胆。他的不幸逝世引起了千千万万人民的深深的悲痛。一九四四年三月十一日，噩耗传到革命圣地延安后，延安党政军民立即举行了隆重的追悼大会。毛主席和党中央许多领导同志赠送了挽联。毛主席送的挽联写的是：“马本斋同志不死。”朱总司令送的挽联写的是：“壮志难移汉回各族模范，大节不死母子两代英雄。”周恩来同志送的挽联写的是："民族英雄，吾党战士。"叶剑英参谋长出席追悼大会并讲了话。他在讲话中高度赞扬了马本斋同志的光荣斗争经历和不朽的战绩，指出数年来马本斋同志那种坚持性，那种联系群众、官兵一致的精神是极宝贵的，实不愧为一个模范军人，一个优秀的共产党员。他说，马本斋同志的死讯虽然给我们带来了沉痛，但这时期我们听到敌后无数可歌可泣的事迹，也极令人兴奋，证明马本斋的精神不死。后来在冀鲁根据地举行的盛大安葬仪式上，马本斋同志临终给家属的遗言，更加唤起了人们对他的怀念和敬仰。马本斋同志说："我觉得不能为人民为国家为党作更多的工作是件憾事，教孩子继续我的志向作革命工作。告三弟领导伊斯兰民族抗战、革命到底。"

象这样一位英勇不屈、顶天立地的无产阶级英雄，为什么不应当歌颂？象这样一位受到党和人民如此崇敬和爱戴的群众领袖人物，为什么不值得学习和颂扬？是的，《回民支队》所写的马本斋是真人真事，是无产阶级的真人真事，是为革命而生、为革命而死并有着极大的教育和鼓舞作用的真人真事。通过一定的艺术形式再现这样的真人真事，有什么不好呢？这正是革命斗争的需要，是广大群众的要求，也是所有革命文艺工作者义不容辞的职责。

《回民支队》从实际生活出发，着力表现了马本斋的真实面貌和革命精神。这种表现，又不是照搬生活，而是服从于主题思想和人物性格的需要进行有选择地集中概括。譬如，影片为表现马本斋最主要最本质的东西选取了这几件事：一、投奔八路军。一支从自发地聚集起来的抗日回民义勇队一跃成为八路军的回民支队，势必是有斗争的。复杂的成份、对立的思想以及旧军队的习气，构成了一个主要矛盾：投奔八路军还是投靠国民党，坚持抗战还是半路散伙？出身贫苦、受尽欺凌的马本斋，经过张庄一战的失利和八路军的解围，使他认定：现在只有一条路，投八路军去！二、转变世界观。这是马本斋面临的一个严重问题。这里关键在于加强党的政治思想工作。作为旧军人出身的马本斋自有他的局限性：军训时让战士们大步踏进水塘，自以为训练有方，殊不知八路军主要靠的是自觉遵守革命纪律的教育。叛徒白守仁破坏减租运动，使战士们纷纷离队，是郭政委使马本斋懂得了"只要我们支持人民减租减息，战士会自动归队”的道理。特别是马本斋学习了毛主席的《论持久战》之后,思想更加豁然开朗。三、大义灭亲。马本斋对于混进回民支队里的地主分子白守仁、变节分子哈少福,由亲密无间到思想分歧,由分歧到疏远,由疏远到破裂,最后不得不将白守仁处决,将表弟哈少福正法。四、母子两代成英雄。“大节不死母子两代英雄”,朱总司令这句赠言,非常准确地反映了马本斋同母亲的新型关系和共同为革命的光彩性格。所有这些都是确有其事的。

生活中的真人真事当然是多种多样的,并不是所有的真人真事都能构成一部完整的作品。而更多的情况恰如鲁迅所说的,“杂取种种人,合成一个”,可谓“是一个拼凑起来的脚色”。然而象马本斋这样成熟的影响甚大的英雄人物,应当说是完全可以直接构成文艺作品的描写对象的,他的“原型”、“原话”本身就集中反映了我们伟大时代的精神,凝结了亿万革命群众的高贵品德,富有强大的精神力量。写这样的人物怎么能说是什么“歪门邪道”、“后患无穷”呢?

艺术的真实是有别于生活的真实的。写真人真事也要典型化,也要艺术加工。即在不违背真人与真事的前提下,作者大有广阔的驰骋天地:故事可作巧妙安排,结构可作适当调整,情节可作大胆取舍,性格要突出,语言要生动等等。影片《回民支队》正是在这方面为我们提供了有益的经验。例如,马本斋形象的塑造:从马本斋奋起撕下沾满血迹的日寇布告到只身追赶敌人汽车,从对卖国求荣金副官的怒斥到率部投奔八路军等等,影片的艺术处理都给人留下了深刻的印象,说明他是一个勇敢、坚定和正直的抗日英雄。同时,从他手执皮鞭要求士兵绝对盲从到放任白守仁打骂战士、践踏农田等方面来看,他身上还残存着不少旧思想旧意识。影片又是通过重重的矛盾和矛盾的步步激化,使马本斋的内心世界不断向好的方面转化,最后成为先进的共产主义战士。写英雄的成长过程就一定会有损于英雄的形象吗?正相反,这样塑造的马本斋,给人的印象恰恰更加真实、更加感人。

马母形象的创造,也颇费了一番匠心。影片不完全按照实际生活中的马母来写,事无巨细和盘托出,而是突出重点,如着重写了马母绝食斗争一场戏。表现了马母宁死不屈的性格和伟大母亲的形象。

一部电影，必须要有许多生动的细节。细节抓得好，处理得好，确能起到画龙点睛的作用。影片《回民支队》就不乏这种细节的描写。譬如，马母的一只玉镯：第一次出现，马母的侄儿哈少福口口声声说将来给她换一副金的，但不久这个哈少福却以日本便衣队的身份将马母抓去当人质了。接着，马母绝食至死，玉镯落地打碎。最后，马本斋将破碎的玉镯轻放在郭政委的遗体上。一只玉镯三次出现，不仅象征着马母“宁为玉碎，不为瓦全”的可贵性格，同时也表现了马本斋对郭政委、对党的衷心爱戴和无限信赖。再如手枪的运用：回民抗日义勇队成立时，白守仁慷慨地送给马本斋一只手枪，并申言：“以后谁要不服从命令，你就当点心喂给他！”带有讽刺意味的是，不久当白守仁叛变投敌时，马本斋义无反顾用这支手枪处决了他。手枪本来是一个“死”道具，但在这里用得很“活”，从而说明两条道路是何等难以调和的。

“马本斋同志不死。”伟大领袖毛主席对马本斋同志这一高度评价，通过《回民支队》的再创造，得到了生动的体现。证明真人真事不仅可以写，而且是能够写好的。故然写真人真事并不是文艺创作唯一的方式，但是，为无产阶级领袖人物，为无产阶级革命英雄树碑立传，正是文艺创作的一项重要任务。“四人帮”胡说什么写真人真事的作品“在反映生活上既无广度又无深度”，“缺乏教育意义和战斗作用”，完全是别有用心的。

“四人帮”既反对写“活着”的真人，也反对写“死去”的真人。他们还妄图要把话剧《雷锋》砍杀得没有雷锋的名字，没有雷锋的事迹，没有雷锋的精神。英明领袖华主席则非常热情地观看了话剧《雷锋》，并说：“雷锋的戏，我愿意看，高兴看”，“雷锋这样的典型确实好”。这是对“四人帮”的痛击，使他们的阴谋彻底破产了。在今日亿万人民向着四个现代化的进军中，在工农业各条战线大干快上的热潮中，无数英雄在涌现，多少业绩须赞颂！看了优秀故事影片《回民支队》，不正使我们更加充满信心、干劲十足地去抓好和写好这方面的题材么！

母子英雄

——看影片《回民支队》

马惠平

史料解读

史料原载1959年9月27日《人民日报》，该史料为一篇影评。该文与其他影评不同的是，在肯定影片的基础上，提出了影片的两点不足：第一，从根据地回族人民政治、经济地位的变化方面反映党的民族政策使人觉得十分不够。第二，敌后回族人民武装之所以能够得到发展和壮大，除了党的领导以外，还有一个根本的原因，就是回族武装部队中回、汉指战员的团结和得到了汉族人民的帮助。现在看来，第一个问题，并不是《回民支队》关注的重点。第二个问题虽然也不是影片关注的重点，但恰恰反映了问题的本质。因此，在今天看来，马惠平用“母子英雄”来命名这篇影评，是有喻义的。该文从民族关系的角度评价了电影的不足，值得重视。

原文

八一电影制片厂摄制的彩色故事片《回民支队》是我国第一部反映回族人民在中国共产党领导下走上解放自己的正确道路——与各族人民团结抗日，争取共同解放的影片。影片通过抗日战争中在华北冀中平原上一支回民武装在党的领导下成长为人民革命军队的故事。突出地描写了党的抗日民族统一战线和民族政策的正确和伟大;通过回民支队及其领导人马本斋母子的英雄事迹,生动地表现了回民的爱国主义和英勇战斗的精神。这部电影朴素、多采,是一部思想性和艺术性都比较高的影片。

日本帝国主义对我国发动侵略战争后,一方面在政治上采取"以华制华"的阴谋,破坏我国内部的团结,利用和扩大当时回、汉民族间的矛盾,进行一系列的挑拨回、汉民族关系的活动;回族人民和汉族人民一样,遭受着惨酷的蹂躏和屠杀。在这样严重的历史关头,身受日本帝国主义、国民党大汉族主义和本民族封建势力三重压迫的回族人民面前,摆着两条截然不同的道路:一条是国民党反动派的妥协投降、亡国灭族的道路,这是影片里白守仁、哈少福等回族封建上层投降分子所走的道路;另一条是中国共产党指出的,全国各民族团结抗日、共求解放的道路,这是影片里马本斋母子、李茂才父子和韩福顺等回族劳动人民和爱国上层人士所走的道路。这两条道路的斗争,实际上是阶级斗争在抗日战争问题上的反映。马本斋同志领导回民支队所走的道路,代表着回族人民和中华民族解放的正确道路。因为,他认识了只有信赖共产党才能完成自己民族以及中华民族的彻底解放。回族人民正是遵循着党所指出的这条道路,在党的领导下,和汉族以及其它各民族人民共同战斗,争得祖国的独立、自由和各民族的解放。我认为影片"回民支队"所以能够激动人心,给人留下深刻的印象,最主要的原因,就是影片紧紧地抓住了这个主要矛盾,从两条道路的斗争中来描写回民支队的成长。通过参加八路军还是投降日寇,接受以郭政委为代表的党的领导还是拒绝党的领导,是支持农民的减租减息还是打击农民的要求以及官兵关系等一系列的问题上,展开了部队中马本斋、郭政委、李茂才同白守仁、哈少福之间的两条道路和新旧思想斗争的戏剧性冲突,从而成功地刻划了回民支队的成长过程,深刻地揭露了不同阶级、不同思想、不同性格的人底精神面貌。

影片对马本斋思想发展的刻划是真实动人的。影片从马本斋撕下满是弹痕血迹的日寇布告时的悲愤心情,从他在战场上身先士卒单骑追击敌人汽车的英勇行动,从他对投敌的六路军金副官诱降的愤怒拒绝,在我们面前展现出了一个正直、勇敢、豪爽、坚定的抗日英雄。同时,又从马本斋随时带着一根皮鞭要士兵盲目服从的旧军人带兵的方法，从他对部队原来的领导骨干之一的地主白守仁打骂士兵，践踏农田、擢租要债等行为的迁就和漠不关心，特别是从他起初对共产党、八路军既是感激敬佩又带着民族偏见和个人的刚愎自信的态度等方面，又告诉我们马本斋还是一个缺乏阶级觉悟，对党和党的政策还缺乏真正认识，不懂得人民军队和人民群众的关系，有着一定民族偏见的旧军人。对于马本斋这样一个人物的思想的发展和成长，影片的剧作者、导演和演员不是从枯燥的概念出发，而是从许多细节、从内心矛盾发展中写出了马本斋思想认识的进步和变化。通过八路军解围，部队参加八路军的争论，马本斋同郭政委争论后用怀疑的心情阅读毛主席著作，从同情白守仁到后来当机立断处决白守仁，动员战士归队失败到部队执行党的政策后开小差的战士纷纷归队等一系列的事件，写出了他如何在党的不断帮助下逐渐认识真理，终于成为自觉的共产主义战士。因此，影片中的马本斋是一个有血有肉、使人感到亲切真实的英雄人物。

同时影片塑造了一位舍身忘我的共产主义战士——郭政委的伟大形象。郭政委原来是八路军的一个团长。他在援救马本斋抗日义勇队脱险时英勇负伤，回民支队参加八路军后，他被派担任回民支队的政委。他不顾个人得失忠心耿耿地贯彻执行党的政策，耐心地帮助马本斋和回民支队进步，终于使马本斋逐步认识了真理，回民支队成长为一支坚强的真正的人民军队；影片对郭政委这位模范共产党员的崇高品质的刻划十分动人。他为了执行党的民族政策，严肃处理了他的警卫员小刘违反纪律的行为。他为了维护群众的利益，严肃地和白守仁展开了斗争。他不管马本斋开始对他的不尊重，甚至看不起，而一直以自己的模范行动和耐心的说服教育，帮助马本斋进步。尽管他负伤的胳膊还在发炎，但他一直坚持工作，胳膊被切除后，也仍然信心百倍地为党的事业奋斗，直到在战斗中流尽最后一滴血。他待人谦虚诚恳，从不居功，虽然和马本斋朝夕相处，却没有让他知道自己就是给他们解围的郭团长。直到临牺牲时，马本斋才明白。这时马本斋百感交集，痛苦万分地说："政委，是你！为什么不早告诉我！"郭政委的回答是："共产党员，执行党的任务。有什么值得告诉人的！"

这位伟大的共产主义战士的光辉形象，多么令人敬爱。

马本斋的母亲是一位伟大的母亲，她的舍身成仁，宁死不屈的伟大事迹，在当时深深感动了冀中所有的抗日军民，鼓舞了冀中人民的抗日意志。1944年延安各界追悼马本斋时，朱总司令写的挽联："壮志难移，汉回各族模范；大节不死，母子两代英雄"，总结了他母子光辉的一生。影片虽然对马母没作很多的描写，刻划却很细致，使这位慈祥可亲，宁为玉碎、不为瓦全的伟大母性的形象，给人留下了深深的印象。

影片美中不足的地方，我认为有两点：第一，抗日战争中回族人民英勇抗战的无比热情和决心。虽然是来自对日寇侵略祖国的仇恨，但主要的还是由于各抗日根据地正确地贯彻了党的民族政策，回族人民的政治、经济地位已经发生了巨大的变化，享受了充分的平等权利。影片对党在部队里的民族政策虽有突出的描写，但是从根据地回族人民政治、经济地位的变化方面反映党的民族政策就使人觉得十分不够。第二，敌后回族人民武装所以能够得到发展和壮大，除了党的领导和党的政策正确以外，还有一个根本的原因，就是回族武装部队中回、汉指战员的团结和得到汉族人民的热爱和帮助。日寇在1941年秋搜捕马本斋母亲时，东幸庄的汉族人民像王兆喜等都曾用自己的生命掩护马母的安全，在回民部队和根据地里有许多回、汉人民团结互助的生动事例。可惜影片在这一重要的民族关系方面，缺乏必要的有力的描写。

虽然如此，但总起来说，《回民支队》仍是一部优秀的富有教育意义的影片。对于我们今天已经获得解放并过着幸福生活的回族人民和其它各族人民来说，它会使我们更加热爱我们伟大的党、伟大的祖国，热爱我们今天的生活，鼓舞各民族人民更加团结、更加努力地建设我们的国家。

第四辑

赫哲族电影

本辑概述

本辑收录了13篇关于赫哲族电影的史料，有今卿、侯作卿、谢逢松、杨昭敏、王大启、张伯海、王云缦等人的十篇评论，雅华整理的一篇《冰山上的来客》的评价汇总，张晰的一篇随笔，夏鹏汉的一篇观后感。这些文献分别发表在《电影文学》《人民日报》《西安日报》《大众电影》《光明日报》《天津日报》《哈尔滨文艺》《新疆日报》等报刊上，史料均聚焦于赫哲族电影《冰山上的来客》。本辑对史料进行了汇总，通过这些史料可以了解此时期对赫哲族电影《冰山上的来客》的不同评价，以及该电影的独特艺术魅力和存在的不足之处。

本辑收录的《怎样评介影片〈冰山上的来客〉——报刊发表了各种不同意见的文章》一文，整理了影片《冰山上的来客》从上映到1964年4月以来，全国各地报刊发表的二十多篇文章对影片的评介。大部分文章对影片加以赞扬，也有一些文章对影片提出了比较尖锐的批评。肯定的意见，主要包括人物和情节以及惊险和抒情两个方面；批评的意见，包括情节不可信和人物不鲜明两点。这些意见也存在于本辑收录的其他文献中。

在肯定的意见方面，今卿认为情节的新鲜独创，是剧本最大的优点，剧本的节奏感很强烈。在人物刻画上，剧本富有创造性。侯作卿认为《冰山上的来客》电影剧本的风格特点，是抒情和紧张的密切结合，在情节安排和人物介绍上，也非常自然、洗练而富有表现力。剧本最突出的是对朵丝依莎阿汗和巴里古儿两个人物的塑造，作者把她们写得很有深度，不是脸谱式的简单化的人物。谢逢松认为《冰山上的来客》的创作者们，拍出了一部反映边防战士的生活和斗争的影片，这是值得赞许的。影片中描写的反特斗争的复杂性、尖锐性，体现在创作者所安排的情节、所架构的故事中，并把剧中人物的斗争和日常生活联系起来。杨昭敏同样认为《冰山上的来客》在处理反特题材上，做了一些新的尝试，把反特主题与边防战士爱情生活结合了起来。王大启认为《花儿为什么这样红》这支歌，在影片中反复唱了三次，它与整个剧情发展的关系是不可分割的。创作者不仅用这支歌曲代替了人物语言，而且用它找到了矛盾，解决了矛盾。影片里这样运用歌曲，是一个成功的范例。此外，王大启认为影片中常常使用的一些小道具在剧情发展中起画龙点睛、穿针引线的作用。夏鹏汉的文章同样赞扬了电影情节、人物、音乐上的优点，与上述观点类似。

在批评的意见方面，主要观点也是聚焦于情节和人物的塑造。今卿提出剧本中时代背景交代得不清楚，没有鲜明地反映出帕米尔高原边疆地区的特色，有些人物形象缺乏鲜明、独特的个性，影片没有塑造出典型形象；对话过多，过于冗长，缺乏个性特征。还认为贯串道具没有必要，因为和剧本着重表现的矛盾冲突没有什么关系，只是游离存在着。侯作卿认为朵丝依莎阿汗和巴里古儿两个人物和主要矛盾冲突的关系，显得不够密切，创作者忽视了作品人物情节与生活的广泛联系，孤立地描写事件，作品对边疆人民生活的反映，显得不够丰富和深厚。谢逢松认为有些情节不是紧紧围绕着人物性格来刻画的，给人不真实的感觉。杨昭敏认为影片斧凿的痕迹太重，故事情节的发展缺乏内在的必然逻辑，由于过分追求情节上的曲折和出人意料，使观众在有些情节上有难以看懂的感觉。影片集中描写了杨排长，但是，除了杨排长以外，似乎全排的战士都不太了解案情，没有发挥出应起的作用。张伯海认为影片的某些情节失真，而且情节安排有漏洞，经不住推敲，影片的思想内容以及人物塑造都受到影响。张伯海认为《冰山上的来客》的缺点，有生活不够充实以及艺术技巧上的原因，但主要是作者思想深度不足，追求情节，削弱了原则，是创作思想不够高的反映。王云缦认为影片存在着为情节而情节、片面追求情节的曲折性以致忽视生活的真实性的缺陷。

本辑中1979年发表的两篇文章:吴玉南、王成军的《〈冰山上的来客〉是一部好影片》和阿布来提的《〈冰山上的来客〉是一部好影片》,二者都是以"推倒在'文化大革命'中强加给《冰山上的来客》的一切不实之词,给白辛同志和赵心水同志恢复名誉"为主旨写作的。吴玉南、王成军辩驳了影片"颠覆无产阶级专政""歪曲人民军队的英雄形象"的"罪状"。阿布来提则驳斥了"四人帮"提出的影片是"在爱情纠葛中发展"的言论。

通过本辑中收录的文献可以发现,对赫哲族电影《冰山上的来客》的电影分析、研究相比于此前的电影已经达到了新的高度。不论是从文献数量,抑或是文献中对电影情节、人物形象的优缺点的客观分析,都可以看出学者们对此电影的关注与观点的多样性。正如王云缦所说,因为《冰山上的来客》是一部在观众中较有影响的影片,就有对它的优、缺点进行比较细致的分析的必要。忽视它的长处和艺术特色,固然不好,但是,对它的某些不足之处,如果不进行实事求是的评价,也是不对的,无助于电影创作的进一步提高。对《冰山上的来客》电影不足的分析,体现了对我国少数民族电影发展的更高要求,也有利于中国电影创作发展到更高的水平。

需要指出的是,因学界对少数民族电影的定义不同,有人依题材和生活,将《冰山上的来客》归入塔吉克族电影。本书将之归入赫哲族电影,是因主创者乌·白辛的赫哲族身份,以及他创作了话剧《赫哲族的婚礼》(该剧也拍成了电影)。如果从多民族共同创造的角度,《冰山上的来客》的准确定义,应为赫哲族、塔吉克族等民族共同创作的电影。

评《冰山上的来客》的成就与不足

今 卿

史料解读

史料原载《电影文学》1962年第3期。该史料是一篇评论。文章首先论述了影片《冰山上的来客》的优点：第一，情节的新鲜独创，是剧本最大的优点。第二，在人物刻画上，剧本也是富有创造性的。尤其是剧本作者在塑造正面形象的时候，力图表现他们的英雄主义精神，这一点特别重要。第三，剧本的节奏感强烈。同时，文章也指出了剧本存在的不足。第一，剧本中对时代背景交代得不清楚。第二，《冰山上的来客》反映的是帕米尔高原边疆地区的敌我斗争，对于这个特定的环境，并没有鲜明地反映出它的特色。第三，虽然有几个形象塑造得相当成功，但有些人物形象缺乏鲜明、独特的个性，没有能塑造出典型形象来。第四，在对话的运用上，也存在一些问题：对话过多，过于冗长，缺乏个性特征。第五，贯串道具（如吐塔尔）没有必要，因为它没有与剧本着重表现的矛盾冲突产生关联，只是游离地存在着。

原文

电影艺术的百花齐放，同样体现在形式的多样化上。今天我们又读到惊险样式的《冰山上的来客》，感到由衷的喜悦。它以曲折生动、跌宕多姿的情节，头绪清楚、脉络分明的结构，栩栩如生，跃然纸上的人物形象，紧紧地吸引住了我们的注意力，扣住我们的心弦，左右着我们的思想情绪，使我们随剧情的发展而心潮起伏，从而得到艺术享受的满足。这就是文艺创作的独创性带给我们的。

情节的新鲜独创，是剧本最大的优点。作品的故事很简单：披着宗教外衣的“帕米尔专家”、特务头子赛密尔及其狐群狗党，企图“用真神的名义扎根立脚，在帕米尔的伊斯玛利亚教徒中煽起强烈的风暴，然后席卷天山南北，建立我们的东土耳其斯坦……”为了达到这个目的，利用潜伏下来的特务做引线，千方百计地想混进边卡，由于我边防军战士的高度警惕，掌握了敌人的情报，终于把敌人一网打尽。应该说，这个故事很一般，是惊险样式中常见的，因此，如果没有独特的艺术构思，就会落入一般化的老套子中，然而作者的高明之处在于，把一般的矛盾冲突通过独特的情节来表现，把情节处理得曲折、生动、扑朔迷离，使我们一进入事件，初如堕入云里雾中，而随着事件的发展，逐步云散雾收，豁然开朗，令人恍然大悟。在各条情节线中，最吸引我们的是那个蒙面女人和傻姑娘，她们简直是个谜。蒙面女人跟特务在一起，而又与他们格格不入，我们看到她的只有眼泪和尖刀，而她从来没有揭开过脸上的面纱。这是何许人？颇费猜测。傻姑娘也是个角色，一天到晚疯疯癫癫，妈妈被“熊”拖去她也说不出所以然来，只是哭了又笑，笑了又哭；弟弟阿不力孜娶了新媳妇，她投河，她要出走，因为她失去了爱情的寄托；加上她那痛心的生活经历，使我们十分同情她，谁也不会怀疑这样可怜的人会是敌人的内线。这两个谜一样的女人碰了头，出了真假朵丝依莎阿汗，经过巧妙的试探，才算揭穿了事件的真相，弄了个水落石出，成了全歼敌人的关键。

作者在情节的结构上，也是匠心独运的。应该说，剧本的情节是比较复杂的（其实，事件很简单，只是敌我斗争而已，而事件所呈现出来的现象，则是峰回路转，变化万千），因而斗争显得更紧张、扣人心弦，也就更吸引读者，这可以说是惊险片样式的一个特点，然而处理得不好，就会弄成丈二和尚，摸不着头脑。我认为，作者在处理敌、我、友三者的关系、三条情节线索上，交差错落，繁而不乱，多而不杂，脉落分明，结构也就显得十分完整。以杨排长为首的我边防军战士，是作者要着重表现的，他们是作品的主干，他们的一切行动意志，构成了作品的贯串动作，也就是作者所要表现的思想的依据。群众这一条线索又分两方面：跟敌人纠缠在一起的有血气、有觉悟的少数民族兄弟，象卡尼力、卡拉、蒙面女人；另外则是我边防哨的耳目，象尼亚孜、阿不力孜、阿依仙木，他们都是边防军的有力支持，在破案工作中起着巨大作用，也是作者借以表达思想的一个方面。以赛密尔、热力普、江得拉、傻姑娘等国境线内外的潜藏敌人，构成作品的反贯串动作，它与我边防军、群众交织在一起，发生千丝万缕的关系，形成尖锐的矛盾冲突，构成剧本的情节基础。剧本把三条线索交织在一起，完整地体现了剧本的主题：无论敌人如何狡猾、奸险，在我勇敢、机智的边防军战士和有觉悟的广大群众（这里是少数民族，有更深一层的意义）的监视下，终归是难逃法网的；歌颂了边防军战士的优秀品质、人民群众的觉悟和伟大的民族团结。剧本除脉络分明外，情节交待得清楚也是结构严谨、完整的一个原因。我们读完剧本，解决了所有的谜，特别是傻姑娘与蒙面女人的来龙去脉、尼牙孜老伴的下落，都恰到好处地作了交待，使读者一目了然。就是象战士司马宜带来的装在铁罐里的花，也作了细致的交待。这些，都说明了作者构思的匠心。

情节的曲折、生动，结构的谨严、完整，给剧本表达主题，也给刻划人物性格打好了基础。我认为，作者没有为情节而情节，为了追求惊险效果而特地制造紧张场面，而是让情节自然地、合乎逻辑地——人物性格地发展的逻辑和生活的逻辑——发展也是剧本获得成功的一个关键。象《五十一号兵站》，这是部相当成功的惊险片，然而"智取钢管"那一场戏，却有个漏洞，他们很轻易地瞒过了马福根，敌人严丝密缝的布置没有起一点作用，居然很顺当地提走了钢管，虽然当时的效果很好，很紧张，但细细想想，是违背了马福根这个人的性格发展及生活逻辑的，因而失去了真实感和感人的力量。而《冰山上的来客》处理得是"合乎情理之中"，而又是"出乎意料之外"的，妙就妙在这里。如混入我人民群众中的敌人的内线傻姑娘，我们根本不会怀疑到她身上去，她装疯弄傻的一切，都显得那么真实，然而就是她，这真出乎意料；但是，当我们发现了蛛丝马迹，证实了她确是假朵丝依莎阿汗，是真巴里古儿时，再想想她的一切行径，又是那么令人信服地处处表明她是个敌人的内线，这又完全合乎情理。这就是剧本的艺术魅力所在。同时，场面的紧张、攫住人心，也不在表面的热闹、争吵，或者长枪短刀的你死我活的斗争，而有些外部速度缓慢，内部节奏紧张的场面，也同样可以收到攫住人心的效果。例如：真假朵丝依莎阿汗当面对质的时候，剧本这样写道："傻姑娘嘴里叼块瓜干，望见蒙面女人，惊恐地怔住……""突然傻姑娘面色苍白地喊道：'魔鬼，你蒙着脸我也认得出你是谁！……'""蒙面女人惊叫一声：'怎么？你还活着？便扑过去，紧紧地扞住傻姑娘的脖子，傻姑娘拼命地挣扎喊叫着……"……"排长递给傻姑娘一碗水，傻姑娘抱着水碗颤抖地洒了满身……"真假朵丝依莎阿汗的内心节奏多么紧张，一个惊恐失措，无法掩饰；一个忽遇仇人，分外眼红，真是一场惊心动魄的交锋。

在人物刻划上，剧本也是富有创造性的。正面人物中，我以为班长沙比尔・乌受刻划得较为成功，他的性格是发展着的。但进行着两种斗争：一是跟敌人的你死我活的斗争，他只要知道有敌人存在，那是毫不留情的，象对待傻姑娘的态度，体现了无产阶级战士的气质；还要跟自己的经常发热的脑瓜子斗争，他思想比较简单，也可以说比较麻痹，不大善于分析问题，一看见熊的足迹，又在乌金沟打死了真熊，就以为尼牙孜老伴一定是被熊拖去的，看见司马宜与傻姑娘很要好，就肯定他作风有问题，看到蒙面女人就说她是偷越国境的女特务。头脑简单、性格忠厚老实而惹人欢喜。他的斗争的每一胜利，都促使他性格发展一步，也就更趋成熟一步。沙比尔这个形象是有其个性特征的。蒙面女人的性格也相当鲜明，特别是对她心理的刻划，更是细致入微，体现心理特征的行动，也是有特色的。除此以外，作者在塑造正面形象的时候，都力图表现他们的进攻性，这一点在惊险样式里特别重要。只有写出正面人物时时处于进攻的地位、主动的地位，虽然会遇到种种困难，在千钧一发之时也会变被动为主动，这才能反映出正面人物的本质，反映出敌人必然失败的历史命运。在反面人物中，傻姑娘的形象是很突出的，她的一举一动，都反映了她"傻"的特征，因而不会引起人家的怀疑，而这正反映了她的相反的本质——狡猾，这一点，在我们的头脑中是留下了不可磨灭的印象的。作者在刻划反面形象时，也紧紧抓住了一个关键，没有把反面人物简单化，他们，不是不堪一击的浓包，复杂的敌我斗争也没被写成比小孩做游戏还简单。正因为这样，它反过来把正面形象衬托得更有光彩，性格更鲜明。

剧本在处理群众问题上也是恰到好处的。如果没有群众参加，光依靠边防军战士的孤军奋战，就不能反映我们对敌斗争的本质；如果在这方面着笔过多，又可能造成喧宾夺主，主要人物形象不鲜明的局面。而剧本在着重刻划正面形象的时候，同时注意到了群众的力量，充分发动群众的积极性，撒下了真正的天罗地网。特别是跟敌人厮混的两个少数民族群众卡尼力和卡拉，处理得特别好。卡尼力年老力衰，处处流露出中国人的自豪感，对这几个来路不明的人存有怀疑，但他虔诚地信奉宗教，敌人就利用这一点，以宗教的名义来胁迫他，企图使他屈服，而他的爱国心战胜了宗教，识破了赛密尔等的豺狼本质。卡拉看来什么都不关心，只知道放羊和蹲在墙角打瞌睡，而实则他的眼睛象夜晚明亮的星星，能识别一切正邪善恶，而这一点又掩护着他，使敌人不怀疑他，使他顺利地与卡尼力一起，很出色地收拾了几个特务，当了破案的无名英雄。无疑，作者在这里热情地歌颂了我们党的群众路线，也间接显示了民族政策的伟大力量。

剧本的节奏感是很强烈的，我认为它做到了有紧有弛，波澜起伏，摇泄跌宕。假如剧本全部充塞着惊险场面，不让读者有松一口气的机会，读者是会接受不了的，因为这不是在艺术欣赏，倒成了一场考验了；更何况一味的紧张，就会显得平常，本来该十分紧张、有很好效果的场面，反而削弱了感人的力量，不被人注意。剧本以迎亲开始，展开一个个诗意盎然的生气勃勃的场面，为以后紧张的斗争作了准备。迎亲的欢乐，更衬托了老伴被“熊”拖走的悲哀与严重性。中间又插上战士司马宜与真假姑娘的爱情纠葛，既成了整个戏剧的一方面，又给剧本的节奏增加了韵律的美，给斗争生活增加了情趣。作品的结尾，又是以老牧人一家大团圆收场，这是斗争的结果，由此更显示了这场斗争的必要性，并且与剧本的开头相对照，首尾呼应，浑然一体。节奏上的腾挪起伏，给作品增加了不少韵味。

在肯定、欣赏剧本的艺术独创性的同时，我们也必须指出剧本存在的不足。

首先，剧本中时代背景交待得很不清楚。一般说来，影片一开始就要把时代、时间、地点、主要人物形象都作明确的介绍，给观众以鲜明的印象，以便于立即卷入戏剧冲突的旋涡。当然，介绍时代背景，渲染时代气氛，不仅是开头第一场的任务，它必须贯串在整个剧本的整个情节中。鲜明的时代特色是好剧本必须具备的一个条件，惊险样式也不能例外。《冰山上的来客》在这方面似乎是个疏忽，因此我们可以设想，故事只要是发生在解放以后，随便那一个年代都可以。这显然是不符合典型环境的要求的。作者仅在剧本结尾后写道："故事发生在一九五一年"，这似乎是"马后炮"，不能引起读者的注意，也无补于剧本中缺乏描写的损失。时代的特征，应该通过人物的行动（包括语言、动作）及人物活动的环境的特色介绍出来，这是自然的，高明的手法，剧本却自始至终缺少这个特色。假如实在很难兼顾，倒不如老老实实在剧本开始写上"故事发生在一九五一年"（在影片中即采取片头字幕或话外音的介绍）"当头炮"比"马后炮"要好。

《冰山上的来客》是反映帕米尔高原边疆地区的敌我斗争的，对于这个特定的环境，我以为必须鲜明地反映出它的特色来：一是帕米尔高原的气候变化，一是边疆地区的壮丽山川、戈壁，把一幅幅生动的富有立体感的画面作为人物活动的背景，作为刻划人物性格的手段。气候的变化，如下午四点钟的风景，飞沙走石的奇景，空气稀薄的冰山……剧本都有所描绘，但我觉得还不够。如果写得色彩更鲜明，对高原气氛再多作一些渲染，以不多的笔墨重描一下自然环境给人们的活动带来的困难，就更能衬托出斗争的艰巨性，越显特务分子的狡猾，也越显人民战士精神的崇高。一方面要写出环境的艰苦复杂，同时更要写出祖国的山河的壮丽和神圣不可侵犯，激发起读者的爱国主义感情，这样，就很容易使观众跟作品主人公的思想、活动发生共鸣，这种神来之笔，会自然地增强作品的思想意义的。总之，作者在环境描写上还可以给以更多的重视。

艺术作品总是以人物形象打动人心，从而达到反映现实、教育人民的作用的。惊险样式也同样是这样。其独特的曲折有致的情节，也只有刻划了人物的性格，才能成为剧本的有机组成部分。因此，塑造人物形象仍然是惊险样式的首要任务。上面已经说过，有几个形象是塑造得相当成功的，但我以为，还存在较大的问题，这就是有些人物形象缺乏鲜明、独特的个性，没有能塑造出典型形象来。读完剧本，我边防军战士的机智、勇敢，敌人的狡猾、狠毒，是给我们很深的印象的，但这还不够，一般的惊险片都必须做到这一点，这是它们的共同的特点，还不能成为特定的"这一个"。象我们的杨光海排长，他的智慧与勇敢，可以说是充分集中了的，但作为一个边防军的基层领导，我以为恐怕还达不到象剧本中描写的那样深谋远虑，运筹帷幄的地步，他简直是料事如神，敌人的每一步棋都给他估死了。有这样的战士在，读者可以不必担心，因为一切都是那么有把握！这样，无形中削弱了斗争的紧张性，所以我认为这个形象是可以考虑的。人物形象过多，作者所用笔墨比较分散，这一个写几笔，那一个写几笔，结果都很平淡、不突出。依我看，让沙比尔来领导这一支边防军，他跟杜大兴、阿都拉配合起来，倒是很有戏剧性的。反面形象也过多，把"帕米尔专家"的头衔，热力普的任务都放在江得拉身上，我看他完全可以胜任，这样笔墨就集中了，形象也兴许会更鲜明些。特别是赛密尔这个形象，我认为既不必要，也不大合理。他是特务头子，很有一些本领，吹嘘起来也有一套，所以思想性格应该比其他人更阴险、毒辣。他要叫老牧民卡尼力带路，越过冰山、绕过卡子，潜入国境，而老牧民很怀疑他，他只有以金钱、宗教来诱惑，胁迫老牧民，老牧民也毫不掩饰他的爱国之心，照理，他是无论如何不会相信这些牧民的，而他还居然叫卡尼力带路，把几个特务送进我罗网；他对蒙面女人有怀疑，为什么不自己动手，或者叫手下的任何一个特务干掉她，而偏要叫怀疑他的牧民去结果她的性命，白白留给她一条生路呢？作者在安排这些情节的时候，我想，可能是从情节出发的，而不是从人物性格的发展逻辑出发的。

在对话的运用上，也存在一些问题。第一，对话过多，过于冗长。我们并不笼统地反对对话，对话也是动作的一种，是表达思想的必要手段之一。不过，惊险样式有其自己的特点：动作性特别大，这里是指形体动作。矛盾冲突的解决，不象思想斗争那样，不能通过辩论的形式来解决，而是通过出其不意的神出鬼没的行动来解决。所以对话不是主要手段，因而也就特别要求集中、精炼。而剧本在很多场合是借助于语言的。如沙比尔与阿都拉有几场戏都是辩论，而没有更多地注意刻划他们的行动。第二，对话缺乏个性特征，我想这也可能是形象不够鲜明的原因之一。例如第五章中，杨光海、沙比尔、阿都拉辩论有没有敌人存在时，杨光海说的都是大段大段的，虽然说得都很正确，就是不能给我们留下印象。设想一下，这种场面搬上银幕，观众一定会感到乏味。

最后，有一个细节，或者说是贯串道具，我也认为没有必要，或者说用得不好。新战士司马宜来到杨光海排的时候，作者一再要我们注意到他的那对大罐头盒子。盒子里装的是花。这花，后来好几次出现，尼牙孜跟司马宜打赌时出现，到了杨排长那里又提到它，杨排长还给了他北京捎来的菜子，与真姑娘见面时也提到红花，最后大团圆时，花已经培育成功了，把它献给了幸福的人们。作者的意思，大概是想突出我边防战士的丰富的内心世界，革命的乐观主义精神，这本来是很好的。但我以为，孤立地看，它很有意思；如果放在剧本的有机结构中，它就没有多少意义了，因为它没有跟剧本着重表现的矛盾冲突发生什么关系，只是游离存在着，没有能象《渡江侦察记》中吴老贵的酒壶，《平原游击队》中李向阳击毙松井的那颗子弹那样，起到一箭双雕、一石数鸟的作用。

简评《冰山上的来客》的风格、情节和人物

侯作卿

史料解读

史料原载《电影文学》1962年第3期。该史料是一篇电影评论。文章认为《冰山上的来客》电影剧本的风格特点，是抒情和紧张的密切结合，这种风格特征与作品特定的生活环境、事件和人物相适应。剧本一开始，就充分显示了整个剧本的独特风格。在情节安排和人物形象上，非常自然、洗练而富有表现力。在人物和情节发展关系的处理上，剧本最突出的就是对朵丝依莎阿汗和巴里古儿这两个人物的塑造。她们不单遭遇复杂，情感丰富而富于变化，最主要的是，作者把她们写得很有深度，不是脸谱式的简单化的人物。但是，对这两个人物的描写，也还是有缺点的。这两个人物和主要矛盾冲突的关系，显得不够密切，特别是巴里古儿，好像只是应付了两个爱情纠葛。除此之外，她就没有更主动、更深远、更明确的行动目标了。主要的反面人物，除了巴里古儿，都显得脸谱化。造成剧本这些缺点的原因，也许是作者忽视了作品人物情节与生活的广泛联系，孤立地描写事件，也由此导致作品对边疆人民生活的反映不够丰富和深厚。

原文

一口气读完了《冰山上的来客》使人心情舒畅，精神振奋。作者通过边疆军民捕获一伙偷越国境的敌人的故事，热情地歌颂了边防军的勇敢、机智，表现了各族人民的团结和友爱。把这样的剧本拍成电影是应该热烈欢迎的。

独特的风格

首先要大加肯定的是，剧本写得颇有特色。整个剧本的风格特点，是抒情和紧张的密切结合。特别成功的是，这种风格特征，与作品中特定的生活环境、事件和人物相适应。所以，自然和谐，毫不生硬。

曲折、紧张的情节，惊险，激烈的场面，始终笼罩着诗情画意的背景和浓重抒情的气氛。其抒情的风味，给人的感觉，象是读了碧野的散文，看了黄胄的画展，听了新疆的音乐。其情节结构，又使人联想起苏联影片《山中防哨》和《水银湖上的魔影》。却又不尽相同。

可贵的是，剧本的风格、色彩、音调，全不是在艺术处理时，由艺术家硬加进去的，而是作品所反映的生活本身所固有的。所以，就更加真实，优美、动人。

情节和人物

谁都知道，情节和人物是分不开的。所以，我就混着谈。

(一)精彩的第一本。

剧本一开始，就充分地显示了整个剧本的独特风格。在情节安排和人物介绍上，也非常自然、洗炼而富有表现力。我们完全可以从剧本的描写，看到未来影片的形象：娶亲的行列，衬托在广阔的背景上，对环境极富渲染力。对这娶亲行列的描写，又从直观上，十分迅速地介绍了民族的传统习俗和人的心理变化。事件本身就是欢乐的调子。场面间的联贯是有机的，人物的介绍是随场面的变换而转移。试举第一本为例说明之。司马宜东问西问，与老牧人尼牙孜关于水和花的争论，一下子显示了两个人的身分和性格。司马宜看到金雁落地，拾起来，与老牧人的对话，既有介绍人物的作用，也间接介绍了冰山南面的情况。紧接着镜头随金雁的越过冰山，落地，自然地转到了山南。蒙面女人入镜头，拾起金雁，与卡拉的对话，傍晚，女人见骆驼队和热力普，“呀”了一声；镜头又随女人的张望，照到礼拜堂里：赛密尔威逼衰老的牧人卡尼力做他们偷越国境的向导；赛、卡、热三人喝酒，谈到巴里古儿和江得拉；江得拉在尼牙孜家行凶。这些镜头，不但使观众感到这是另一种世界和人类，而且概略地明确了这些人们之间的关系和他们共同的阴谋。墙外骑兵队一闪而过，满天星火。夜，就和白天的欢乐一样美丽。可是，不但矛盾已经展开，而且已经有了一定程度的发展，并且使你对这块地方，这些人的过去，向上想到很久以前。这种镜头连接的方法当然并不新奇，这里贵在作者的大胆。他这种排笔似地接连使用，不但衔接自然，而且符合观众心理。因为，这些镜头之间关系密切，人物之间有内在的潜流相连通，所以，情节的发生发展就非常连贯而合理。从时间进展与场面变换的关系来看：娶亲的队伍出现是“正快晌午”，是欢乐的场面。蒙面女人二次出场是“余晖渐沉”，是令人奇怪的场面。赛密尔的出现是入夜以后，是阴森的场面。江得拉行凶，是“夜”加“风沙怒吼”，是恐怖的场面。骑兵奔驰在“风沙中”，是紧张的场面。节奏逐渐加快，弓弦一个劲地拉紧。这种气势真是达到了紧弓弩张、一触即发的地步。时间是由正午到夜半，整整一天。在未来的影片里，顶多不过十几分钟。可是把时间、地点、人物、事件，介绍得十分清楚自然，而有深度。就是气氛、色彩、音调的层次，也是清晰分明而富于变化。这一切，剧本都给未来的影片，提供了坚实、雄厚的基础。

一部影片的第一本非常重要。夏衍同志曾说：“一部影片的第一本的好坏，关系很大，它能影响整个影片的质量，并给观众以第一个印象，这个印象也是很重要的。”(《写电影剧本的几个问题》第十二页。)《冰山上的来客》的第一本，很出色地完成了：“1.时间。2.地点。3.社会背景。4.人物。”的任务。(同上。第十三页)并且写得十分精彩。

(二)巴里古儿和朵丝依莎阿汗。

其次，在人物和情节发展的关系的处理上，剧本也取得了不小的成绩。最突出的就是对朵丝依莎阿汗和巴里古儿这两个人物的塑造，从名实颠倒到名符其实的过程。大概第一遍看剧本的人，很少有比剧中人杨光海更早发现她们的真假吧。其实，详读剧本，就会看到她们一直是按自己的本来面目行动的。那么，读者为什么大都被蒙混过去了呢？这就是作家的高明之处了。原来他按着这类影片的特殊要求，巧妙地运用了伏笔、悬念、错觉等手段，瞒过了读者（观众），也紧紧抓住了他们。试看，剧中人原来的行为逻辑吧。

司马宜："我大□戴这顶帽子，也够俏皮了！"

尼牙孜："胡扯！这是朵丝依莎阿汗的！"

战士霍然一惊。

司马宜："什么？朵丝依莎阿汗？"

尼牙孜："我的姑娘。"

司马宜："哦……"

在这儿，有的读者对战士的"霍然一惊"，可能没感到意外，即使感到了，到他认出傻姑娘时，也就跟着释然了（这是一个重要的伏笔）。可是，傻姑娘并不傻。她是按着巴里古儿的心理来对待司马宜的。当司马宜和她相认时，因为她虽然顶替了朵丝依莎阿汗，但并不知道朵丝依莎阿汗还有这么一个儿时的男友，甚至还不知道他的名字。在河边，先是她企图了解新来的司马宜，到司马宜刚要把她当作真朵丝依莎阿汗相认时，她又怕暴露真象马上就装模作样地混过去了：

司马宜惊讶得象个孩子："你叫朵丝依莎阿汗？你是叶城的？"

傻姑娘："你呢？"

司马宜："跟你是一块的，朵丝依莎阿汗，你……"

傻姑娘突然眼珠一翻，象微风里的落叶，摇摇晃晃地，瘫软地扶住战士。

傻姑娘："别说了，别说了，怎么天旋地转哪？……"

她嘻嘻地笑了，笑了又哭。

战士惊异地看着她。

傻姑娘："……都说我是傻子，我委屈……"

突然她狠狠地打了战士一棒。

傻姑娘:“去你的吧,骗子!”

她呼啸着把羊群赶上了草滩,响亮地抽着鞭子。

她可真“傻”,但她又确实不“傻”。你看,她是多么镇静和理智,又是多么主动地反守为攻呀!为了对比,我们再看一下真姑娘是怎样和自己的情人相认的:

司马宜:“朵丝依莎阿汗,你看看我是谁?”

蒙面女人忽地扑到了窗口,一把撕落了面纱,一对明亮、惊讶的大眼睛,眨动了几下,目光便直射在司马宜·阿不都力密提的脸上:“司马宜·阿不都力密提!”

司马宜:“真是你!”

真姑娘:“给我红花,我的红花呢?”

……

司马宜·阿不都力密提冲进去,真姑娘伏在他肩上痛哭……

司马宜·阿不都力密提拉着真姑娘出来,坐在大头羊犄角上。

司马宜:“告诉我,朵丝依莎阿汗,这么些年,你……”

真姑娘:“我一直在仇恨、不幸、苦痛、思念的日子里活着……”她凝视着司马宜的脸。

接着象江河决堤一样,她向自己的亲人倾泻了她心底的“仇恨、不幸、苦痛、思念”。这又是怎样动人肺腑令人回肠荡气的场面啊,可是傻姑娘即使有了相当的准备,又是怎样的呢?

傻姑娘羞答答地垂着头,撩着眼皮偷偷地打量他……

司马宜:“朵丝依莎阿汗,你看看我,好好看看我,我是谁?你不认识了?”

……

傻姑娘默默地赶着羊群,轻轻地说了声:

“司马宜·阿不都力密提?”(多么准确的一个问号啊!)

小心、谨慎、做作。她对这段“姻缘”急需了解,又无从了解,必须应付,又怕露马脚。

这一切说明了,这个狡猾的狐狸,在“傻”的掩饰下,是始终保持高度警惕性的。

到了真姑娘回来,她无法再蒙混下去,就只有杀人,逃跑,被捕——原形毕露了。这是完全合乎她的生活逻辑的。

至于蒙面女人,在对敌人刻骨仇恨和对祖国深切怀念的双重情感的驱使下,使这个自小受尽蹂躏的姑娘,心有专注。于是蒙面、夜游、愤激、不连贯地说话……仿佛游魂似地出现。这也是完全合乎她的生活逻辑的。然而这些,正象观众把巴里古儿真地当作朵丝依莎阿汗一样,也把她当作了真的巴里古儿,而把她的种种激越的行为,认为是敌人内部矛盾中,受到压抑一面的正常表现。作者给观众造成的这些悬念错觉,我们都认为是可信的,高明的。因为,它们没有破坏人物自己的行为逻辑和生活根据。

我觉得,这两个人物,是全剧中写得最成功的人物形象。她们不单是遭遇复杂,情感丰富而富于变化,最主要的是,作者把她们写得很有深度。优秀的女演员,在作者提供的这两个形象基础上,都有充分发挥自己才能的广阔天地。她们都有自己的精神世界。她们是有血有肉的活的形象,不是脸谱式的简单化的人物。

但是,对这两个人物的描写,也还是有缺点的。先说巴里古儿。在全剧中,她最多的活动,恐怕就是她与新娘阿依仙木的爱情冲突了。但是,我看不出她这种突然地扇起嫉妒的火焰(通过她与阿不力孜的接触和表现,可以肯定,这是她“这两天”才开始的新行动),对她和敌人的活动,有什么重大的意义?另外,观众也一直不知道,在这次偷越国境的事件中,她到底干了些什么对敌人有利的勾当?她冒名顶替的深远目的是什么?还有,她装疯卖傻的根据是什么?

这两个人物和主要矛盾冲突的关系,显得也不够密切。特别是巴里古儿,好象只是应付了两个爱情纠葛。除此之外,她就没有更主动、更深远、更明确的行动目标了。

(三)其他人物及其他。

其他人物,如:杨光海、司马宜、沙比尔、尼牙孜等,也都写得不坏,限于篇幅,就不详谈了。只是,司马宜为什么在迎亲队与溜马队相会时,不找首长报到?特别是,做为边卡排长杨光海和其他边防战士,也没当场发现多了一个“全付武装”的青年战士。这对边防军的警觉性,是说不过去的。这也是不可能的。另外,我觉得,司马宜这个人物给观众的错觉,在前半部,还可以加大。

主要的反面人物,除了巴里古儿,都显得脸谱化。比如,对主谋赛密尔出场的描写,镜头老是从门外的卡拉,转到礼拜堂内,然后赛密尔说话。反复三四次,显得十分重复和沉闷。赛密尔的政治背景也十分模糊。他和当地反动势力的联系不甚清楚。他宣布的那段狂妄的野心计划,十分空洞可笑。对他越境的企图和越境后的打算,应该有个更具体的交代。同时,作为一个国际间谍,他的活动,也不可能不带有当时国际形势的特征。这个缺点是和剧本的另一个严重缺点相关联的。那就是,剧本对大的时代背景,缺少必要的交代。剧本结尾处写着:“故事发生在一九五一年”。当时正是抗美援朝战争和镇压反革命运动的年代。国内外反革命力量的猖狂活动,是与这些重大的政治事件,直接或间接相关的。可是剧本从头至尾,都丝毫没有提到过这两件举世关心的事件,当然,就更看不出剧中人的活动与这些重大政治事件的关系了。所以,剧本对赛密尔这伙间谍活动的描写,显得单薄,对边防军政治生活的描写,显得与国内外大事有些游离。因为在那个年代,忽视了抗美援朝和镇反,就好象写五七年忽视了反右斗争一样。我认为剧本不但要注意时代精神,甚至不能忽视年代的特征。否则,就会减弱艺术作品的思想政治意义和影响它的真实性。

剧本造成这些缺点的原因,也许是由于作者忽视了作品人物情节与生活的广泛联系,孤立地描写事件。由于这个原因,我们也觉得作品对边疆人民生活的反映,显得不够丰富和深厚。

边防如铁

——评影片《冰山上的来客》

谢逢松

史料解读

史料原载《人民日报》1963年11月25日第4版。该史料是一篇电影评论。文章认为影片《冰山上的来客》的创作者们,拍出了一部反映边防战士生活和斗争的影片,这是值得赞许的。反映这方面的生活和斗争的文艺作品,应该写得细致而深刻。从这一点上看,《冰山上的来客》取得了较好的成绩。影片中描写的反特斗争的复杂性、尖锐性,体现在创作者所安排的情节、所架构的故事中。影片另外一个长处,便是创作者把剧中人物的斗争和日常生活联系起来写,把主人公从事的斗争和他们丰富多彩的日常生活交织在一起。而这部影片较大的一个缺点,就是有些地方的描写还较粗、较露;有些情节不是紧紧围绕着人物性格来刻画,给人不真实的感觉。影片的故事架构、剧情开展、人物刻画、音乐运用等,都显示了影片导演赵心水的才能和技巧,但是还存在着许多需要进一步探讨的问题。

原文

我们的边防战士不分昼夜，不避寒暑，日复一日，年复一年，守卫在边境线上，他们始终睁开雪亮的眼睛，紧握锋利的武器，监视着敌人，打击着敌人。

是他们保卫了我们的和平生活，保卫了我们的社会主义建设。影片《冰山上的来客》的创作者们，怀着高度的热情，付出艰辛的劳动，拍出了这么一部反映边防战士的生活和斗争的影片，这是值得赞许的。

帝国主义和一切反动派，都逃不脱这样的命运："捣乱，失败，再捣乱，再失败，直至灭亡"。最近，我沿海军民全歼九股美蒋武装特务，这就是他们必然灭亡的命运的新见证；我防空部队再次击落美制蒋匪帮 U-2 飞机一架，这又是他们必然灭亡的命运的新见证。但是，任何敌人都不会自甘灭亡，他们必然会不断地来捣乱。他们失败的次数多了，越接近死亡，就会变得更加阴险，更加毒辣。我们在边境上与敌人的斗争，将是长期的，经常的，又是十分复杂的。因此，反映这方面的生活和斗争的文艺作品，应该写得细致而深刻。从这一点上看，《冰山上的来客》取得了较好的成绩。

影片中描写的反特斗争的复杂性，尖锐性，体现在作者所安排的情节、所结构的故事中。作者根据冰山哨所这样特定的环境，写了敌人施用"美人计"，我军将计就计，歼灭敌人的故事。作者笔下的敌人所施用的"美人计"，不是一般的美人计，而是与我军战士的身世联系起来，以"纯真的爱情"的形式表现出来。这样写，既揭示了敌人的阴险、狡猾，又反衬出我军战士的优秀品质。影片从假古兰丹姆的被揭露到"真神"的被揭露，描写步步深入。阿米尔对假古兰丹姆从相信到怀疑，从感情到理智，这个发展过程，也还是写得自然而清楚的。特别是杨排长对假古兰丹姆的识破，从观察假古兰丹姆的一些反常态度和行动，到叫阿米尔唱歌，阿米尔唱完《花儿为什么这样红》后，杨排长发现假古兰丹姆"顺风不顺耳"。

发现她"顺风不顺耳"，这些描写都有表现力。"真神"阿曼巴依的来历虽然还嫌交代不清，但他不露破绽地装成仆人，狡诈地应付我边防战士，而到最后一刻才现出原形，这些描写也别具匠心。

影片另外一个长处，便是作者把剧中人物的斗争和日常生活联系起来写，把主人公从事的斗争和他们丰富多采的日常生活交织在一起。譬如影片中写到杨排长喜欢吹笛子，阿米尔喜欢种花和唱歌，卡拉喜欢弹琴，这些都有效地为塑造人物性格和推动剧情发展服务。杨排长吹笛子，表现了他那乐观、风趣的性格；他用吹笛子来作为战友间联系的暗号，又表现了他的智慧和警惕性。阿米尔的花几度出现，都牵连着这个人物的命运，他三唱《花儿为什么这样红》这支歌，便三度推进剧情的发展。卡拉的琴，更是和卡拉的斗争，甚至和他的生命联系起来了。

这部影片较重要的一个缺点，就是有些地方的描写还较粗，较露；有些情节还不是紧紧围绕着人物性格的刻划，给人不真实的感觉。就拿第一个镜头来说，作者就考虑得不够周密。在狂风怒号、四周无人的野外，匪首江罕达尔将他的小老婆乔装混在被他们抓来的一群人中间进行假枪毙；然后，这个女人从人尸堆里爬起，推成近景，占满整个银幕，同时出现片名。作者以为这样可造成气氛，使观众产生悬念："她是好人，还是坏人？"其实，这却离开了生活的真实。在当时四周无人的特定环境里，匪首完全没有必要把特务混在人群里去假枪毙，因为他无须掩谁的耳目。

一班长和阿米尔冻僵了还持枪屹立在山洞口那场戏，也有一些缺陷。这场戏从两个战士威严屹立的画面出现和杨排长来以前的描写是有逻辑的，感人的。但是，从杨排长来了，大喊一声"一定要把他们救活"，到向天鸣枪，两座冰峰崩倒，再到杨排长回到营房，两手一伸，把吊灯打得急速摇转，随后开窗高喊："三班长，把她抓来！"为止，从导演的设计和演员的表演、语音来看，缺乏人物内心的依据。杨排长一见他们两人，就突然异乎寻常地喊道："一定要把他们救活！"这里没有一个感情演变的过程；他只看了一眼，根本还不知道战友的死活，哪里会第一个念头就是"把他们救活"？既然要把他们救活，不立刻前去救他们，而随即向空中放了两枪，目的何在？是迸发当时的感情，还是为了痛悼？当然，导演的意图是清楚的，放两枪，倒两峰，说明山峰可以崩倒，而我们的战士却巍然屹立;但是,当时人物的意图却不清楚。杨排长突然决定要去抓假古兰丹姆,也和他一贯细心、谨慎的性格相矛盾。这里为了表现他痛念战友之情,竟未顾及有损他性格的统一和完整。

影片的结尾处,放射三颗红色的照明弹,从形式上看起来也是寓意深长的,为了表彰为斗争而牺牲的三个人。但在这里,也只注意了形式,而未更多地考虑实际,像纳乌茹孜的行为,还很难与红色照明弹联系得起来。

赵心水同志是一位年轻的导演,在这部影片中,从结构故事,开展剧情,刻划人物,运用音乐等方面,都显示了他的才能和技巧。但是毕竟因为经验不多,尤其是反特片这种影片样式还存在着许多需要进一步探讨的问题,因此我们有理由希望赵心水同志今后更进一步,把影片拍得更加完美。

《冰山上的来客》是一部好影片,看了长志气。它使我们更加热爱我们的边防战士,使我们更加坚定了建设社会主义的信心和决心!

边防战士颂歌

——看影片《冰山上的来客》

杨昭敏

史料解读

史料原载《北京日报》1963年11月7日第3版。该史料是一篇电影评论。文章认为影片《冰山上的来客》在处理反特题材上，做了一些新的尝试。影片把反特的主题同边防战士阿米尔爱情生活上的遭遇结合起来，没有过多的、烦琐的侦察过程的叙述，却着重通过一些生活的情节和相当优美的插曲，抒发了人物情感，歌颂了英勇的边防战士。杨排长是影片全部人物中塑造得比较出色的一个，对杨排长内心活动的描写，虽然深度还不够，但给影片带来了特有的抒情色彩和清新热烈的格调，这在其他反特影片中是不多见的。《冰山上的来客》的故事是曲折的，吸引人的。一些细节安排得非常巧妙，起了前后呼应的作用，在故事剪裁上颇见匠心。缺点是斧凿的痕迹太重，故事情节的发展缺乏强烈的内在必然逻辑，由于过分追求情节上的曲折，使观众在有些情节上有难以看懂的感觉。影片集中地描写了杨排长，这一点是好的。但是，除了杨排长以外，似乎全排的战士都不太了解案情，没有发挥出应有的作用。

原文

影片《冰山上的来客》在处理反特题材上，做了一些新的尝试，它给我们带来了新的气息。

影片把反特的主题，同边防战士阿米尔爱情生活上的遭遇结合起来，没有过多的、繁琐的侦察过程的叙述，却着重通过一些生活的情节和相当优美的插曲，抒发了人物情感，歌颂了我们英勇的边防战士。

阿米尔少年时的伴侣古兰丹姆，被匪首热力普做为奴仆掳去，并在解放前夕把她带走。解放后，阿米尔成了边防战士，他带着象征他和古兰丹姆的友情，曾经遭受过热力普践踏的花朵，在萨里尔边卡工作。这时，敌人派来了女特务冒充古兰丹姆，妄想利用阿米尔和古兰丹姆的旧情，侦察边防哨所，进行破坏活动。但是，在边防战士高度警惕下，揭穿了真假古兰丹姆之谜，粉碎了敌人的一切阴谋，最后阿米尔和古兰丹姆却重新得到了团聚。影片里这一对年青人的命运，是和反特斗争的胜利，紧密联系在一起的。那枝象征友情的花儿，在阿米尔的精心护养下，这时也重新开出了火红的花朵。这枝花能在一毛不长的萨里尔生根、长大，不仅象征着坚贞的爱情的胜利，而且也是边防战士们崇高形象的写照。影片对这一细节的处理，使人产生诗意的联想。正如阿米尔和古兰丹姆所歌唱的："花儿为什么这样鲜，为什么这样鲜，哎……鲜得使人，鲜得使人不忍离去，它是用了青春的血液来灌溉。"

影片对杨排长的塑造，是全部人物中比较出色的一个。杨排长的机智、坚定、热情和对生活的幽默感，通过一系列细节描写，使观众感到非常亲切。特别是对杨排长内心感情的刻划，比较富有特色。例如，当杨排长看到一班长和阿米尔全身裹着绵绵白雪，冻僵在冰山上仍然坚守着岗位上的时候，他泪珠滚滚，激动地喊道："一定要把他们救活。"同时，朝天连发三枪，四周冰山崩裂，有力地烘托了杨排长激动的感情，观众看到这里，也悲愤不能自抑。当一班长抢救无效，终于牺牲的时候，杨排长两手扑向空中，打得吊灯急速摇晃，接着，猛的打开窗子，愤怒地命令三班长把假古兰丹姆抓来，经过二班长劝阻，想起总卡一网打尽的指示,才冷静下来,收回了命令,难过地闭上眼睛,转身默默地走去。这些片断,都细致地刻划了杨排长思想感情上的变化,加强了气氛,产生了强烈的艺术感染力。影片的结尾也是有特色的。当匪徒们全部被消灭,剧情发展已经完结的时候,作者笔锋一转,又使杨排长追忆起在斗争中牺牲了的三个战友——一班长、卡拉和纳乌茹兹,并且命令战士"向天空放射三颗照明弹,让他们照亮祖国的山河!"这个结尾,不仅写出了杨排长对战友的深厚感情,使影片在高昂激越的调子中结束,并且让观众再一次对边防战士忠心耿耿坚守岗位和敌人进行斗争的高大形象铭记于心。总之,影片对杨排长内心生活的描写,虽然深度还不够,但给影片带来了特有的抒情色彩和清新热烈的格调,这在其他反特影片中是不多见的。

《冰山上的来客》故事是曲折的,吸引人的,卡拉的琴、阿米尔的花等等细节,安排得比较巧妙,起了前后呼应的作用,在故事剪裁上颇见匠心。缺点是斧凿的痕迹太重,故事情节的发展,缺乏强烈的内在的必然逻辑,由于过份追求情节上的曲折、出人意料之外,使观众在有些情节上有难以看懂的感觉。影片集中地描写了杨排长,这一点是好的。但是,在这场你死我活的反特斗争中,除了杨排长以外,似乎全排的战士都不太了解案情,没有发挥出应起的作用。

简谈影片《冰山上的来客》的表现手法

王大启

史料解读

史料原载《大众电影》1963年第10期。该史料为一篇电影评论，文章对影片《冰山上的来客》的艺术表现手法进行了分析。首先，影片中的一些场景高度概括出解放军战士的英勇伟大，给观众留下深刻印象，让人们感佩于怀。这样新颖的表现手法，不可多得。其次，影片中穿插的歌曲配得好，弃之不得。《花儿为什么这样红》这支歌，在影片中出现了三次，它与整个剧情发展水乳交融，不可分割。创作者不仅用这支歌曲代替了人物语言，而且用它找到了矛盾，解决了矛盾。影片里这样运用歌曲，是一个良好的范例。影片中常常会使用一些小道具，在剧情发展中起了画龙点睛、穿针引线的作用。"红花还得绿叶扶持"，一部思想性强的作品，如果没有较强的艺术手法去表现，就会使得思想光芒黯然失色；相反，则会锦上添花。

原文

看完《冰山上的来客》，走出剧场，余音绕耳，捍卫祖国边疆的边防军的英雄形象，栩栩如生，屹立心头。影片不但热情洋溢地歌颂了英勇机智、坚决保卫祖国的我边防军官兵，而且在艺术处理和演员表演方面都有独自的特色。在这里，我只就影片表现手法的特点，抒发一管之见。

在影片中，当杨排长得到大雪封山的消息连夜赶上冰峰哨所时，呈现在观众面前的是这样一幅画面：一班长冻僵牺牲了，双手还紧握冲锋枪，威严地屹立在自己的岗位上；少数民族战士阿米尔已完全失去知觉，还形容警觉地蹲身守卫在那里。这一幅静的画面，激发起观众对他们的崇敬，同时不能不想到：他们不畏艰险地在彻骨严寒中坚守冰峰哨所；在风雪迷漫中打击窜袭来的匪特；为了完成任务、监视敌人，弃冰屋而不进，坚强地守卫在哨所之外、风雪之中，一无馁意……。人们看着那崇高圣洁的大理石雕象一般的战士雄姿，谁不为我们的解放军战士忠心卫国、临危不惧的大无畏精神而感动？谁不为人民有这样坚如钢铁的子弟兵而骄傲？谁不为祖国失去这样的好战士而热泪盈眶?!

一幅画面，就高度概括地表现出解放军战士的英雄伟大，给观众留下深刻印象，让人们感佩于怀。这样新颖的表现手法，实不可多得。

在表现人们对死者痛悼时，影片则又"易静为动"。杨排长看到亲密的战友已经冻僵牺牲，他恰似迅雷盖顶、冰水浇头，刹时：目眦欲裂，热泪滚下腮边，抢上几步，突然鸣枪，痛声呼出："一定要把他们救活！"随之而出现的是冰峰崩陷，雪块横飞……。这一动的场景，把杨排长失去亲密战友的悲痛欲绝的心情表露得淋漓尽致，观众在此时、睹此景，谁又能抑制住自己，不和杨排长一样哀悼自己敬佩感戴的英雄战士呢？

影片中穿插歌曲，这是目前习用喜见的手法，但是有的用得好，有的用得不好。

《冰山上的来客》的歌曲配得好，弃之不得。《花儿为什么这样红》这支歌，在影片中反复唱了三次。第一次，战士阿米尔回忆过去，唱出他和古兰丹姆青梅竹马的纯真友情，唱出他们在被迫分离时的苦痛心情……歌声代替了语言，倾诉两人心灵深处的感情……。第二、第三次再唱这支歌时，它就更与剧情的发展有了不可分割的关系。第二次是在杨排长和阿米尔牧放羊群，发现新娘子假古兰丹姆朝冰峰走去时，杨排长有意邀请阿米尔唱的。这支歌是阿米尔和古兰丹姆的心声，但这时，阿米尔的歌却丝毫也没有打动眼前的"古兰丹姆"，这位"古兰丹姆"无动于衷，心平如水地走去。这样，就让杨排长分辨出这个假古兰丹姆之“假”。而当第三次歌声再起时，真古兰丹姆却陡然眸子一亮，呼吸急迫，歌声把她带到对过去纯真友情的回忆中去，当她随声而唱，浮想联翩时，猛然看到院中唱歌的正是隔别八年的童年挚友阿米尔时，她万分激动，不顾一切地破门而出……。杨排长从这一情景中，对真古兰丹姆之“真”也就完全了解了。

《花儿为什么这样红》这支歌曲，姑且不说它是如何悦耳、优美、抒情，单就它与整个剧情发展的关系来看，确是水乳交融，不可分割的。作者不仅用这支歌曲代替了人物语言，而且用它找到了矛盾，解决了矛盾。影片里这样运用歌曲，是一个良好的范例。

影片一开始，新战士阿米尔在赴营报到的途中，下马为两支放在罐头筒中的幼花殷勤浇水，乍看起来，实有侧重微末之嫌；一些日子后，幼花长大，根深叶茂，杨排长对阿米尔谆谆讲着：“让你象这花一样，在萨里尔冰山下生根长大吧?”仔细一回味，实有些寓意于物之功；再当阿米尔回忆古兰丹姆被财主买走，阿米尔把一支花送给古兰丹姆，而财主的狗腿子却一把夺过，丢在地上，并狠狠踏上一脚，这时，阿米尔和古兰丹姆四目相向，瞧着那朵叶败花残的弱枝，人们才开始感到这花在剧中的作用。当阿米尔以花为礼物送给新娘子古兰丹姆时，她无动于衷；而当杨排长派人把阿米尔培育的盆花送给古兰丹姆时，她立即激动起来，花与歌一齐作了证人，解开真假古兰丹姆之谜，推进了剧情的发展。

解放军侦察员卡拉，化装上冰山执行任务，拨起热瓦甫，唱起歌时，杨排长语重心长地嘱咐他：“小心在意，不要拨断琴弦……”看来，只是一般送别之语，无足轻重。但当真古兰丹姆把断了弦的热瓦甫交给杨排长时，却深深刺激了他，从断了弦的琴上，他肯定卡拉已遭不幸，从断了弦的琴上，他感到来客行径可疑，从而，发现了深藏冰山中之毒蛇，阴谋暴乱的头目——“真主”阿曼巴依，最后将敌人一网打尽。一只热瓦甫，几根琴弦，在剧中起了穿针引线的作用。

就连一块手帕，用得适时，也是效果不同。阿米尔唱歌，假古兰丹姆扬长远去，杨排长张起手帕，见手帕飘动的方向正是假古兰丹姆走去的方向，使他不禁提出“为什么顺风不顺耳?”的问题，从而揭开了矛盾，洞悉了假古兰丹姆的身份。

在影片中，常常会使用一些小道具，如何让它们在剧情发展中起画龙点睛、穿针引线的作用，《冰山上的来客》确实也为我们作出了新的探索。

“红花还得绿叶扶持”，一部思想性强的作品，如果没有较强的艺术手法去表现，就会使得思想光芒黯然失色；相反，则会锦上添花。

一部有特色的反特影片

——看《冰山上的来客》

黄　沫

史料解读

史料原载《光明日报》1963年10月10日第4版。该史料是一篇电影评论。《冰山上的来客》是一部反特影片，写的是驻守祖国边疆的一支边防部队，消灭一股企图偷越国境的国民党匪特的故事。创作者在影片里埋下了不少的伏线，引起观众的悬念。这部影片的人物很多，其中不少人物都给观众留下了较深的印象。正面人物中，边防军哨所的杨排长是刻画得比较成功的。反面人物中，"地下明珠"这个人物刻画得比较成功。这部影片运用音乐来帮助表达剧情和人物感情的效果很好。留给观众深刻印象的是《花儿为什么这样红》这首经过改编的民歌。这一歌曲在影片中出现了三次，每次的用法都不同。电影中的歌曲和音乐一方面反映出塔吉克族人民的风俗，一方面使影片具有了抒情的色彩，显得这部反特影片更有特色。

原文

《冰山上的来客》是一部反特影片，写的是驻守祖国边疆的一支边防部队，消灭一股企图偷越国境的国民党匪特的故事。

像我们看到过的惊险的反特影片一样，这部影片有曲折的情节。作者在影片里埋下了不少的伏线，引起观众的悬念：谁是好人，谁是坏人？谁是敌人，谁不是敌人？比如，影片一开始，当银幕上那群迎亲的塔吉克人快乐地歌唱着走来的时候，谁会想到，他们迎来的那个美丽动人的新娘子，竟是国民党匪特派到边防军驻地来的坐探“地下明珠”呢？当我们看到那个总是在保护古兰丹姆的穷苦老头子时，谁又会想到，他就是匪首阿曼巴依呢？这些伏线都安排得好；因为在现实生活里，敌人就是十分狡猾的，他们决不会在自己的脸上写着“我是你们的敌人”，而总是把自己装得格外的“美丽”“善良”“动人”。

但是，不管敌人多么狡猾，多么善于伪装，他们仍然逃不出我们时刻保持着高度警惕的边防军的眼睛。就拿阿米尔这个年轻的新战士来说，虽然由于对童年侣伴的深挚的感情，使他一时受了蒙蔽，把假古兰丹姆当成了真古兰丹姆，但是当他发现这个女人不论是哭或笑都和一般人不同，好像“在她的眼睛后面另外有一只眼睛”时，他就开始怀疑她了。而善于察言观色、足智多谋的杨排长，在了解阿米尔童年生活的故事以后，就想了个办法来试这个假古兰丹姆，他命阿米尔唱起他和古兰丹姆在童年时候都十分喜爱的一首歌曲，而发现这个女人完全无动于衷，就肯定她是假的了，于是给匪徒们布下了罗网。

跟匪徒们的斗争是很尖锐的。在斗争中，坚守岗位的一班长、深入虎穴打听消息的卡拉和善良的牧民纳乌茹孜都牺牲了，他们为保卫祖国的安全献出了生命。他们的牺牲告诉我们，阶级敌人的本性根本不会改变，即使在面临灭亡的时候，也还是要作垂死挣扎的。对于这一帮在我们的国土上为非作恶、妄图恢复他们一去不返的“美好日子”的“自由世界的英雄们”，只有一个办法，那就是毫不留情地消灭他们！

这部影片的人物很多，其中不少人物都给观众留下了较深的印象。在正面人物中，边防军哨所的杨排长是刻划得比较成功的。他沉着老练、多谋善断，表现出一个边防军人的优秀品质。阿米尔是一个质朴可爱的边防军战士，演员把这个角色扮演得很自然。此外，三个班长、卡拉、古兰丹姆，老牧人尼亚孜和他的儿子纳乌茹孜，也都演得各有自己的性格特点。

至于反面人物，我觉得“地下明珠”这个人物比较成功。在这类故事中，常常写到敌人使用美人计，而这部影片把美人计写得很出色、不落套。这个美人，既不妖娆，也不算风骚，她把自己装成一个执着于爱情的单纯的少女，纠住边防战士阿米尔不放，利用这个巧妙的伪装，满山去找阿米尔，借以侦察边防军哨所所在的位置和巡逻的规律。她是心机灵巧、很痴迷惑人的，在婚礼的晚上，她假意向阿米尔说，好像在什么地方见过他，老实的阿尔米就向她提示："我就是阿米尔呀！"这时，她怕话多了露出破绽，就歇斯底里地笑起来，并且假装晕倒，等到人们都围上来，她又睁开眼睛，说了声"晚哪！"俨然是个由于爱情上的不幸而痛苦万状的女子。这些都表现出这是一个相当阴险的敌人。扮演这个角色的演员很有分寸，她把这个角色的虚假演得很真，而又让我们隐隐看出其中的假，这样一步一步在观众眼前把这个角色的伪装揭去，露出其真实面目来。

这部影片在运用音乐来帮助表达剧情和人物感情方面，效果很好。留给我们的印象特别深的，是《花儿为什么这样红》这首经过改编的民歌。这一歌曲在影片中出现了三次，而每次的用法都不同。第一次，是在阿米尔回忆童年生活中的古兰丹姆的时候，这时银幕上出现的是站在市场上的小古兰丹姆，她的叔父正要卖掉她，小阿米尔双手捧着一捧铜钱急急忙忙地跑来，想从这个可恶的叔父手中把他亲爱的朋友救出来，但是他的铜钱被轻蔑地扔掉了……这个场面本身就是令人感动的，而在场外出现的这只歌唱友谊和爱情的歌曲，促使这个场面更为感人。第二次，是杨排长命阿米尔唱这只歌，用以试"地下明珠"是不是真的古兰丹姆，从剧情上看，这是用得很巧妙的。第三次，是当真的古兰丹姆来了，杨排长又命阿米尔唱这只歌，它触动了古兰丹姆的心弦，不由自主地也跟着唱起来，这时这只歌表现了这一对亲爱的朋友分别八年重逢时难以抑制的感情。此外，影片开始时那首歌唱解放后牧民新生活的歌曲、卡拉和古兰丹姆的对唱、一个塔吉克族战士在悼念一班长时所唱的歌，都紧密地结合着剧情，并丰富了剧情。这些歌曲和音乐一方面反映出塔吉克族的风习，一方面使影片具有了抒情的色彩，显得这部反特影片更有特色。

怎样认识《冰山上的来客》的缺点

张伯海

史料解读

史料原载《光明日报》1964 年 5 月 17 日第 2 版。该史料是一篇评论。文章对影片《冰山上的来客》的意见与同时期其他文章的观点基本相同：这部影片，在歌颂我边防战士的英勇、反映边疆地区尖锐复杂的敌我斗争方面，取得了一定的成功。但影片也存在着较严重的缺点，主要是情节问题。影片的某些情节失真，而且情节安排有漏洞，经不住推敲，使影片的思想内容以及人物塑造都受到影响。文章认为《冰山上的来客》的缺点，有生活不够充实以及艺术技巧上的原因，但主要是创作者思想深度不足。电影中众多形象的塑造依旧存在着明显的不足。追求情节，削弱了原则，是创作思想不够高的反映。当创作者构思紧张曲折的情节时，切记要时刻站在更高的思想水平上，对情节进行深刻的观察，在情节中渗透强烈的爱憎，然后才能创作出既有艺术性又有高度思想教育作用的作品来。

原文

我同意许多同志对影片《冰山上的来客》的意见：这部影片，在歌颂我边防战士的英勇，反映边疆地区尖锐复杂的阶级斗争方面，取得了一定的成功。但影片也存在着较严重的缺点，主要是情节问题。影片的某些情节失真，而且情节安排有漏洞，经不住推敲，使影片的思想内容以及人物塑造都受到影响。

《冰山上的来客》的缺点，有生活不够充实以及艺术技巧上的原因，但作者思想深度不足，也是不可忽略的。

在赞扬《冰山上的来客》的评论中，几乎都肯定了影片中所创造的杨排长这一形象。的确，杨排长这个人物是创造得颇有特色的，在影片的某些片段里，他那强烈的革命感情，机智、幽默的语言，憨厚的风度以及巧妙的笛声，都给观众留下了比较鲜明的印象，看得出编剧、导演、演员等对这个人物所作的精心设计。但是，如果我们结合着影片的情节发展来看，这个人物却存在着明显的不足。做为这一场惊险复杂的阶级斗争中的重要正面形象，更主要的，必须表现出他在这一场斗争中的深思熟虑。他和群众的密切联系以及他在矛盾斗争中所处的主动地位。这样要求，不是给作品硬套框子，而是思想原则问题，不如此，便难以揭示我们革命力量能够战胜任何奸猾狡诈的阶级敌人的必然规律，使得我们的惊险作品失掉应有的教育作用。影片中的杨排长，在这方面自然有一些表现，薄弱之处却也不少。如：当假古兰丹姆的可疑身份已经越来越被证实的时候，杨排长不是明确地教育战士，而对阿米尔提出了“爱小时候的古兰丹姆呢，还是爱现在的大古兰丹姆”这样原则含混的问题；在这以后，既没有表现他深入到群众中进一步摸清敌人的底细，也没有看出他对假古兰丹姆作出应有的戒备；纠集在边境线上的一群匪徒，蠢蠢欲动，但除了侦察员卡拉只身深入虎穴以外，杨排长又对敌人采取了哪些积极的行动呢，真假古兰丹姆的疑案已破，对于假古兰丹姆这个关系重要的女特务，杨排长却不曾采取措施，让敌人轻易杀死假古兰丹姆，消迹灭口……。这些描写，虽然给剧情带来了曲折，却损伤了人物，使杨排长在这场斗争中显得机智不足、谋略不深；尽管影片结尾时安排了杨排长智擒“真神”及“自由世界英雄”匪帮的一场戏，但是，由于在前面的戏里正面力量的表现不够，这最后一场十分重要的戏，便显得缺乏气势，看这场戏时，总觉得不那么自然，达不到斗争胜利应有的激动和喜悦。

影片塑造杨排长的缺点，表面上看，是人物屈就于情节的结果，实质上，应当说是作者在创作中放松了思想刻划的表现。作者追求情节而不知不觉地降低了像杨排长这样的正面人物，也正是作者思想上忽略了革命惊险作品的高度教育作用的反映。情节问题，往往不单纯是技巧问题，它和作者思想的强弱高低总是密切联系着的。

为了追求曲折离奇的情节，因而放松了革命文艺创作的思想原创，也表现在影片中反面形象的创造上。当然，能够一层又一层地剥下敌人的伪装，不简单化，而是深入细致地暴露出敌人的反动本质，不仅能给观众深刻的教育，也是艺术创作所需要的。但这里有个最重要的问题——创作的倾向性。尤其是描绘装扮成人相的豺狼时，更应严格掌握分寸。影片中的"真神"阿曼巴依，是一头披着人皮的狼。从情节上看，作者对这个人物的构思，是颇为巧妙的；但问题也在这里，在前面很长的一段戏里，作者使这个人物不露一点破绽，观众不论直接、间接地都接触不到这个人物的本质，毫无戒备地对这个人物付出了过多的好感，他是狼穴里面唯一"关怀"和"保护"真古兰丹姆的"好人"，到了最后，这个国民党专员、亲手杀害了卡拉的特务分子，突然暴露面目，便使得观众对这个凶险的阶级敌人，在认识上缺乏应有的准备，在感情上转不过来。这样描绘反面人物，曲折有余，但思想原则受到损伤，这是作者追求情节，放松了政治原则的表现，而不像有些人所说的是什么艺术上的"柳暗花明"的问题了。

至于另一个重要的反面形象——假古兰丹姆，作者也着重地描绘了她对战士阿米尔的纠缠，在她所施展的"美人计"上使用了较多的笔墨，这样自然使得情节曲折复杂起来，但相对来说，在更深刻地揭示这个特务政治上的反动本质方面，不仅写得不够，而且有所冲淡。这也说明了上面的问题：追求情节，削弱了原则，是创作思想不够高的反映。

在影片中做为情节纽带的另外两个重要人物，战士阿米尔和真古兰丹姆，他们悲欢离合的遭遇，是描绘得颇为真切动人的。但是，如果作者能把他们过去不幸遭遇的社会根源挖掘得更深广一些，把他们内心的阶级感情表达得更鲜明一些，而不是像现在影片中这样，比较偏重在他们个人的悲欢离合上，那么，通过这一情节，原是可以展示出更为深刻丰富的革命教育意义来的。这一情节所以没能更深入下去,恐怕还是跟作者主观思想深度不足有关系。

从以上对于《冰山上的来客》中几个主要人物的简略分析,可以看出作者思想深度不足,给作品带来的损害。尤其是从事惊险作品的创作,当作者被紧张曲折的情节所吸引时,切切不要忘记时刻站在更高的思想水平上,对情节进行深刻的观察,在情节中渗透强烈的爱憎,然后才能创作出既有艺术性又有高度思想教育作用的作品来。

试谈电影情节的丰富性和生活的真实性

——从《冰山上的来客》谈起

王云缦

史料解读

史料原载《光明日报》1964年4月15日第3版。该史料是一篇电影评论。反特故事片《冰山上的来客》上映后,影片情节的曲折、复杂引起了观众很大兴趣。文章认为作为一部抒情样式的惊险片,影片在情节丰富性方面取得了一些成就,在情节处理上既曲折又富有变化,从而使它的思想现实意义和娱乐作用得到了一定的结合。但是,影片也存在着为情节而情节、片面追求情节的曲折性而忽视生活的真实性的缺陷。影片中有些细节,在情节的丰富性和生活的真实性两者的关系上处理得比较好,不仅曲折动人,同时也是真实可信和富有说服力的。但是,一些主要的人物和情节还是经不起生活的检验。《冰山上的来客》是一部在观众中较有影响的影片,有对它的优缺点进行比较细致的分析的必要。忽视它的长处和艺术特色固然不好,但是,对于它的某些不足之处,如果不进行实事求是的评价,无助于电影创作水平的进一步提高。

原文

反特故事片《冰山上的来客》上映后，从观众反映来看，影片情节的曲折、复杂，引起很大的兴趣。一般来说，广大观众比较喜欢情节丰富，而不喜欢情节简单平淡的影片。应该说，《冰山上的来客》——尤其作为一部抒情样式的惊险片来看——在这方面取得了一些成就，在情节处理上是既曲折又富有变化，从而使它的思想现实意义和引人入胜的娱乐作用得到了一定的结合；但是，影片也存在着为情节而情节、片面追求情节的曲折以致忽视生活的真实性的缺陷。

毫无疑问，影片作者所表现的政治热情，是首先值得肯定的。它第一次在我国银幕上，将观众带到了边疆冰山地区，作者正是在这一特定的环境之下，用以揭露敌特分子的阴谋手段，表现我边防军战士的机智勇敢。影片中的有些描写，由于在情节的丰富性和生活的真实性这两者的关系上处理得比较好，不仅看来曲折动人，同时也是真实可信和富有说服力的。例如少年阿米尔和古兰丹姆在旧社会里的悲惨命运，就很能激起人们的关注和同情。十多年后，在新社会里，阿米尔参了军，成为一个边防军战士，而真古兰丹姆却一直流落异乡，受到敌特分子的威胁和控制，生活十分痛苦……后来又描写到他们的重逢。这一系列描写，看来也有许多巧合。但是，可以看到，这一系列情节都是紧紧结合着人物命运的变化的，是有现实生活作为依据的。通过他们这种很不寻常的生活境遇，影片对新旧社会的本质作了生动的对比，对敌我两种不同生活世界有着鲜明的写照，可以说，这样一些丰富的情节确实比普通的实际生活更集中，更典型，也是为抒情的惊险样式的影片所需要的。再如对于阿曼巴依这一特务头目的刻划，也有独到之处，影片描写他如何一贯伪装好人，博取了真古兰丹姆以至侦察员卡拉的信任，然后在最后揭开了他的真面目，使人看了十分吃惊，从而加深了人们对敌特分子的憎恨和警惕。在影片结尾时的那场戏里，作者更将阿曼巴依和杨排长同时置于矛盾斗争的尖端，表面上，这是一场热闹的、隆重的婚礼，他们同是前来庆贺的宾客；实际上，这却是一场你死我活的阶级斗争，他们是各有算盘的对手。因此，这场戏明松暗紧，戏中有戏，而且步步深入，有变化、有起伏,揭露了敌人,也歌颂了边防军战士。以上这些方面,较好地体现了影片的主题思想。这又一次说明:我们从来不应该忽视情节在电影中的重要作用,当丰富的情节被运用来表现生活的真实面貌、表现正确的思想内容时,那就易于为广大观众所喜爱、所接受,这里有一个群众欣赏习惯的问题,在今后依然值得重视。

但是,当我们对影片的其他方面——还是一些主要的人物和情节——加以考察时,所得到的印象就大为不同了。例如影片的序幕,作者为了要交代假古兰丹姆的来历,有意安排了一场敌人在撤退时枪杀群众的戏,并点出了唯有对她作了“假枪杀”……这场短短的戏,看起来是有“曲折的情节”、“埋下了伏线”,企图引起“观众的悬念”。可是,按照生活的逻辑和现实情况认真思索一下,就会发现作者是在故弄玄虚,很不合情理,因为在这样一片四野无人的荒郊,敌人却来表演这一套“假枪杀”的把戏,能够发生一些什么作用?它的目的又是什么?事实上,在整个影片里我们也丝毫没有看到敌人这样做的必要,结果就成为“演戏”给观众看。这自然还只是一个小节。

我们还可以进一步看一看影片情节的核心所在:真、假古兰丹姆这一条线索是贯串全局的关键,敌、我双方的斗争也是从这里引发开去的。但是影片中的情节是不是经得起生活的检验呢?依我看,问题却不少。例如假古兰丹姆所以敢于借“爱情”为名,一再向边防军战士阿米尔来作“纠缠”,那是因为他们(阿米尔和真古兰丹姆)在少年时代有过一段“爱情”,这一构思就很虚假。第一,当时他们都不过十二、三岁,童年的阶级友情有之,“爱情”就很难说。《花儿为什么这样红》这支歌曲,在这方面又作了过分渲染,更容易引起一些不良的副作用(尤其对青、少年观众来说)。二、即使依照影片所描写的,他们在少年时代就有过一段“爱情”,但事隔近十年之久,音讯不通,那么,身为边防军战士的阿米尔,又怎么可能一见之下,就不辨一切地只想到他俩的“爱情”呢?何况,古兰丹姆已经结了婚,这种情况他更不是不知道。当然,作者在处理这种“爱情”关系时,是描写得较为含蓄的,隐晦的,但是,阿米尔那种不可自制的爱慕古兰丹姆的心情,影片还是清晰地予以描画出来的,像他在一见古兰丹姆后引起的那段痛苦的回忆里，就包含着那种往日的爱情重又燃烧起来的复杂心理。这终于使敌特分子钻了空子，引起了一场不小的风波。这个“爱情”关系实在是够复杂、够曲折的了，能够引起一些观众的好奇心理，但是，它恰恰就很不符合剧中人物的年龄、身份、环境、性格等等，也因而缺乏典型意义。作者将这种人为的复杂的“爱情”关系，硬按在一个边防军战士的身上，对我们的英雄人物的形象实在是有所“损伤”的。

正因为影片艺术构思的出发点，不是建立在生活的真实的基础上的，由此而展开的一系列情节，就难于“合情合理”“出乎意料之外，入乎情理之中”。影片的环境明明是在边防军岗哨所在地，但是，由于假古兰丹姆和阿米尔有着这样复杂的“爱情”关系，她竟被允许满山疯跑地来找他，借以刺探军事情报；影片明明在一开始就说明假古兰丹姆已经结了婚，作为边防军的基层领导者——杨排长，对于一个有夫之妇一再来找自己的战士“纠缠”，按照自己的职责和情理来说，本来就没有必要在这种情况下让他们再“接近”，可以等待弄清情况以后再说；而他现在一开始就这样启发，让阿米尔去说服古兰丹姆，这就正好中了敌人的“美人计”，造成了敌人的可乘之机。最使人难以理解和接受的是，当杨排长已经判定这个古兰丹姆来路不明时，他也不是开门见山地提醒阿米尔，相反，却是转弯抹角，不伦不类地提出了这样一系列的假设：“咱们现在就当她没有结婚，没有丈夫，你是爱大的小的，还是都爱?”……事实上，这个古兰丹姆明明有丈夫，已经结了婚，因而这样提出问题就很不严肃，这种假设和影片所要表现的我们解放军的严格的组织纪律，也是不符合的。从这一切可以看出，影片的情节安排、人物关系等等，复杂到是够复杂的了，甚至使人看起来这部影片不像是描写边防部队生活的，不像是反映一场尖锐的敌我斗争的。其结果，杨排长这一正面人物不仅不能在这里树立起来，同时给人一种极不真实、思想性格都受到了歪曲的感觉。此外，影片还有一些其他缺点，有的评论文章已有所涉及，在这里就不一一列举了。

因为《冰山上的来客》是一部在观众中较有影响的影片，我们就有对它的优、缺点进行比较细致的分析的必要。忽视它的长处和艺术特色，固然不好，但是，对于它的某些不足之处，如果不进行实事求是的评价，那也是不对的，无助于电影创作的进一步提高。

情节的丰富性——这是我国传统文艺的重要特色之一，这方面有许多宝贵的经验值得学习；同时，十几年来，新中国电影在这一点上也取得了不少成果，应该予以总结、发扬和提高。我只是觉得这确实是一个需要注意的题目，所以抛砖引玉，希望得到批评和指正。

怎样评介影片《冰山上的来客》

——报刊发表了各种不同意见的文章

雅华整理

史料解读

史料原载《光明日报》1964年4月15日第3版。该史料是对《冰山上的来客》的不同评价的整理汇总。从影片《冰山上的来客》上映到这篇文章写作以来，全国各地报刊已发表了二十多篇评介影片的文章，大部分对影片加以赞扬，并适当地指出影片所存在的一些缺点；也有一些文章，对影片提出了比较尖锐的批评，认为影片过分追求离奇曲折的故事情节，不够真实可靠。该文摘取了有关这部影片的评介文章的主要观点。肯定的观点，主要包括人物和情节以及惊险和抒情两个方面；批评的观点，包括情节不可信和人物不鲜明两点。

原文

影片《冰山上的来客》从去年年底开始上映以来，全国各地报刊发表了二十多篇评介文章，大部分对影片加以赞扬，同时，也适当地指出影片所存在的一些缺点；也有一些文章，对影片提出了比较尖锐的批评，认为影片过分追求离奇曲折的故事情节，不够真实可靠。现在，将有关这部影片的评介文章的主要意见，简要综述于下。

肯定的意见

一、人物和情节

在评介影片《冰山上的来客》的文章中，不少人认为影片描写了一场惊险而激烈的反特斗争，塑造了边防战士的英雄形象，揭露了隐藏敌人的丑恶面目；歌颂了边防战士英勇顽强的革命意志和机智灵活的斗争精神，使我们受了一课深刻的阶级斗争教育。1963 年 11 月 3 日《吉林日报》云梦莲的文中指出："影片作者没有离开影片的思想主题去追求离奇玄虚的情节。看完影片，我们对匪特的阴险狡猾，对边防战士的英勇机智，有着比较深刻的印象。这是随着故事的一步一步展开，疑团的一个一个消失逐渐形成的。"同时，他认为"影片中一些人物，如杨排长和假古兰丹姆，虽然性格不很丰满，但是很有特色。杨排长的机警老练和幽默憨厚的性格色彩，使我们感到亲切。"

1963 年 11 月 13 日《北京晚报》方格的文中说："这部影片却比较注意刻划了人物。……采用了许多手法，如三个班长的出场：一个班长把叼羊的战士扶过马来；一个班长批评阿米尔和杜大兴不爱护马匹；一个班长'代表排长'欢迎阿米尔。这不仅交代了人物身份，而且透露了三个人物不同性格特点的气息：一个勇猛而粗鲁；一个严肃认真、一丝不苟；一个深思熟虑。从这几笔，也可以看出影片的编导是着力刻划人物性格的。"又说："这部影片是一首边防战士的颂歌。不同于有些惊险影片仅止于以曲折情节吸引观众，而且使观众的感情升华到一个更高的境界，唤起他们对边防战士的崇敬心情，从而激发观众的革命斗志。"

1963 年 10 月 10 日《光明日报》黄沫的文章中指出："在正面人物中，边防军哨所的杨排长是刻划得比较成功的。他沉着老练、多谋善断，表现出一个边防军人的优秀品质。阿米尔是一个质朴可爱的边防军战士，演员把这个角色扮演得很自然。此外，三个班长、卡拉、古兰丹姆、老牧人尼亚孜和他的儿子纳乌茹孜,也都演得各有自己的性格特点。”

另外,在不少的评介文章中,认为影片对反面人物的塑造没有脸谱化,没有简单地把敌人描写成张牙舞爪的无力对手,才有力地揭露了阶级敌人阴险、狡猾的实质。如 1963 年 11 月 25 日《人民日报》谢逢松的文章中指出:“作者笔下的敌人所施用的‘美人计’,不是一般的美人计,而是与我军战士的身世联系起来,以‘纯真的爱情’的形式表现出来。这样写,既揭示了敌人的阴险、狡猾,又反衬出我军战士的优秀品质。……‘真神’阿曼巴依的来历虽然还嫌交代不清,但他不露破绽地装成仆人,狡诈地应付我边防战士,而到最后一刻才现出原形,这些描写也别具匠心。”

1963 年 12 月 3 日《福建日报》黄后楼文中说:“情节的曲折惊险,出乎意料之外,但又在情理之中,这是影片一个显著的特色。”

二、惊险和抒情

在不少评介文章中,认为《冰山上的来客》是一部抒情而又惊险的反特影片,是具有抒情色彩和民族风味的新颖别致的影片。1963 年 11 月 21 日《广西日报》集文的文中指出:“这部影片不仅惊险,而且十分抒情。许多地方运用音乐来帮助表达剧情和人物感情。《花儿为什么这样红》这首动人的民歌,在影片里前后出现了三次,而每次用法不同,巧妙地衬托出了不同环境下人物复杂的心情。影片开始时那首歌唱解放后牧民新生活的歌曲,一个塔吉克族战士在悼念一班长时所唱的歌,都紧紧地结合着剧情,并丰富了剧情。”

黄沫的文中提到:“这部影片在运用音乐来帮助表达剧情和人物感情方面,效果很好。……这些歌曲和音乐一方面反映出塔吉克族的风习,一方面使影片具有了抒情的色彩,显得这部反特影片更有特色。”

其他,如《人民日报》《宁夏日报》《甘肃日报》《安徽日报》《大众日报》《河南日报》和《新民晚报》等的评介文章中,都提到了《花儿为什么这样红》这首歌的处理是相当出色的,对推进剧情的发展,或是对人物性格的刻划,或是对抒情彩色的渲染都是有帮助的。

批评的意见

一、情节不可信

在许多评介的文章中，对影片《冰山上的来客》予以应有肯定的同时，对影片指出了所存在的缺点，主要的是在人物和情节方面的缺点；而在1963年第6期《电影艺术》陈刚的《从反特新片所想到的一些问题》的文章中，却提出了相反的意见，对影片《冰山上的来客》作了尖锐的批评，他认为“由于创作者过分追求离奇曲折的故事情节，现实生活的斗争内容、正面人物的形象，在一定程度上遭到损害，因而整个影片被涂上虚假的色彩，使人们感到不够真实可信。”陈刚文中指出：“影片在情节的若干大关节之处，都是经不起推敲的，而且由于突出情节，把阿米尔和假古兰丹姆这两个举足轻重的人物，都描写得过于简单化了，实在有些削足适履，为了情节的幌子去安排人物，这就令人难以信服了。”

“影片创作者布下疑阵，故作玄虚，让观众猜不到谁是敌人，而两个特务分子假古兰丹姆和阿曼巴依，在影片中一直伪装成好人，这种写法自然也是可以的。可是，创作者却没有利用一个机会，正面地描绘特务分子卑鄙、丑恶的精神世界。这里的笔墨虽然不一定要多，但是应当是比较深刻的、入木三分的。可惜现在一点也没有。……《冰山上的来客》写的是敌特分子企图偷越国境、进行破坏活动的故事，可是在大量的篇幅里，一点也没有尖锐地揭露敌人反动的本质面貌，只是像猜哑谜那样让观众觉得好玩，这又怎么能够激起观众对反动分子憎恶和痛恨的感情呢？这个缺点就不只是影片艺术上的问题，实际上已经影响到了影片思想的深刻性。”同时认为：“它过分热衷于追求传奇性的故事和惊险情节。”

1963年第10期《大众电影》亦兵的文中说：“某些情节还存在着漏洞，也有不够真实可信之嫌。如片头的女特务从被害人的尸体堆中爬出，也无甚必要。因为影片并没有表现出解放前当地群众革命斗争的情况，这样安排伏笔，反而给人故弄玄虚之感。另外，深入虎穴的卡拉是怎么掌握阿曼巴依的底细，匪徒们为什么不注意卡拉的行动？这些细节问题，都没有作适当的交代，因而一定程度的影响了影片的真实和合理。”

二、人物不鲜明

在各地报刊对影片的评介文章中,也指出影片在人物塑造方面的缺点。陈刚的文章对影片的主人公杨排长这个人物塑造也提出了批评:“作为影片正面主人公的杨排长,也有一些可以议论的地方。他是较早发现假古兰丹姆有嫌疑的,借着放羊的机会,他让阿米尔唱歌试探假古兰丹姆,进一步作了肯定:‘顺风不顺耳’。由此可知,这时杨排长已经知道假古兰丹姆是个来历不明的人物,政治上是值得怀疑的。可是,请看这时他向阿米尔提出的问题:‘你是爱小时候的古兰丹姆呢?还是爱现在的大古兰丹姆?’‘还是大的小的都爱?’‘咱们现在就当她没有结婚,没有丈夫,你是爱大的小的,还是都爱?’”一个解放军的排长,这样执着地向自己的战士提出问题,又是为了什么呢?实在是令人费解的。……这里并不是什么‘大小’问题,而是‘真假’问题,‘敌我’问题。这样一连串地询问一个战士,又能够说明什么呢?而且,明明是已经‘结了婚’‘有丈夫’,又去作这样、那样的‘假定’,实在有些不伦不类。影片在这里也许是为了想把杨排长写得生动一点,俏皮一点,可是,其效果却适得其反,这个人物形象受到比较严重的损害。”

1964 年 1 月 1 日《南方日报》丁伟的文章指出:“杨排长冲到雪山上的岗哨去抢救自己的战士,远远看到一班长和阿米尔的身体被冻僵了还持枪站在山洞口时,大喊一声‘一定要把他们救活’,随即向天鸣枪,两座冰峰崩倒……。杨排长还没有上前检查战士们的生死,而处在情况复杂,敌情不明的边境线上,随意向空中开枪,这就不应该,而且跟杨排长一贯细心、谨慎的性格,也不够统一、和谐。此外,影片中有一些人物还交代得不够清楚,如‘真神’阿曼巴依,一直是不露破绽地装成仆人,后来又假善心的救出真古兰丹姆,企图欺骗边防战士,直到最后一刻才现出形象,这些描写是别具匠心的,可是由于对这个人物前后交代不够清楚,就不易为观众所领会。”

一部抒情、惊险的好影片

——《冰山上的来客》观后

夏鹏汉

史料解读

史料原载《天津日报》1978年5月7日第4版。该史料是一篇观后感。影片《冰山上的来客》在题材、情节和人物刻画以及音乐效果上，都给人留下了深刻的印象，作者夏鹏汉在这部影片重新放映之际，对其做出评论。文章认为这部影片像一些比较优秀的影片一样，情节曲折，但又不落俗套。比较注意人物个性的刻画，影片里对杨排长的刻画是非常成功的，古兰丹姆的反应等情节，都成功地刻画了杨排长机智沉着、谨慎细密和幽默风趣的形象。影片对反面人物"地下明珠"的刻画，也是比较成功的。这部影片充满了浓郁的抒情气氛，有景色宜人的帕米尔风光，有悦耳动听的塔吉克族歌声，但这些又不是一般的陪衬，而是人物内心剖白的语言，成为戏剧冲突的必要因素。

原文

影片《冰山上的来客》，无论在题材、情节和人物刻画以及音乐效果上，都给人留下了深刻的印象。就是这部影片，却被"四人帮"一棍子打入冷宫。今天，这部影片重新放映，受到观众欢迎。

这部影片象一些比较优秀的影片一样，情节曲折，但又不落俗套。影片一开始，当银幕上那个迎亲的塔吉克人快乐地骑着马走来的时候，谁会想到，他迎来的那个美丽的新娘子，竟会是国民党匪特派到边防军驻地来的特务。特别是当多谋善断的杨排长看出假古兰丹姆的破绽以后，真古兰丹姆又从山里逃回来了，而且还有一位“恩人”伴送着，人们怎能想到恰恰就是这位“恩人”，却是一个更大的特务、匪徒们的“真神”呢？尽管匪特第一次用假古兰丹姆冒充真古兰丹姆，第二次又用真古兰丹姆掩盖假“恩人”，手段可谓够狡诈的了，但这些都没有逃脱机智果断、善于观察事物的边防军杨排长的眼睛。由于我军指挥机关掌握了充分的材料，并根据侦察员卡拉的汇报，终于识破了敌人以假代真、以假乱真的阴谋诡计，并将计就计，把敌人全部诱出山来，一网打尽。

这部影片比较注意人物个性的刻画。影片里对杨排长的刻画是非常成功的。他聪慧机智，沉着老练，多谋善断，对敌狠，对己亲。当他看到两位战友在暴风雪袭击下，冻僵在冰山上的壮烈情景时，他抑制不住感情上的冲动，面对群山，连放几枪，大声疾唤着要把战友救活。此刻，山倒冰崩，表达了杨排长心痛欲裂的沉重心情和深厚的阶级情谊。又如杨排长果断地认定卡拉介绍来的少女就是真古兰丹姆时，他却不动声色，故意布下疑团，借以稳住敌人。又如杨排长叫战士捧上一盆鲜花，并叫阿米尔唱《花儿为什么这样红》的歌曲，再一次观察古兰丹姆的反应等情节，都成功地刻画了杨排长的机智沉着、谨慎细密和幽默风趣。影片对三个班长性格的刻画，一个粗犷勇猛，一个机智老练，一个办事认真，一丝不苟，各有特点，给观众留下深刻印象。影片对反面人物“地下明珠”的描写，也是比较成功的。这个“美人”，她把自己装扮成一个忠于少年友情和爱情的单纯妇女，纠缠着边防军战士阿米尔不放，借以刺探军情。在举行婚礼的晚上，当阿米尔老实地向她提示我就是阿米尔时，她怕话多了露出破绽，就歇斯底里地大笑起来，都有力地说明这是一个十分阴险的敌人。

这部影片充满了浓郁的抒情气氛，有景色宜人的帕米尔风光，有悦耳动听的塔吉克歌声，但这些又不是一般的陪衬，而是人物内心剖白的语言，成为戏剧冲突的必要因素。如《花儿为什么这样红》主题歌，在影片中先后出现过三次，而每次的用法都不同。影片中的音乐具有浓厚的民族色采，曲调抒情健康，是我国塔吉克民族很有特色的民歌曲调。

漫谈《花儿为什么这样红?》

——看电影《冰山上的来客》随笔

张 晰

史料解读

史料原载《西安日报》1978年5月27日第3版。该史料是一篇随笔。作者对电影中的插曲《花儿为什么这样红?》的含义阐述了自己的理解。通过对这首插曲在影片中的三次出现的分析,文章作者表达了自己对电影情节结构艺术的理解。

原文

“花儿为什么这样红?为什么这样红?”朋友,当你唱着这首歌的时候,你是怎么理解它的?也许你会说:“哦,它么,是一首爱情的歌曲。”呵,你回答得多么肤浅呀,难怪你唱得那么轻松!你应当认真回忆一下电影内容,再去细心体会体会歌的含义……。

当影片里第一次出现这首插曲的时候,随着边防战士阿米尔的回忆,镜头把我们带到了一个苦难深重的年代。这是一个富人主宰天下的社会,在这个吃人的世界里,贫穷的少数民族如同牲畜一般任人阉割、任人贩卖。当古兰丹姆被人转卖出去的时候,和古兰丹姆有着深厚友情、同命相连的阿米尔心疼如碎,他把一束鲜红的花送到古兰丹姆的手里,但这象征着纯洁的友谊的鲜花却被暴徒踩踏在地……。他只能眼睁睁地望着古兰丹姆被匪徒拉走，这个年幼纯洁的少年，把自己心中最大的悲哀寄托给“真主”。可是，“真主”给他的是什么呢？——只能是痛苦的眼泪和一束失去了生命的花朵！

当影片第二次出现这首插曲的时候，随着阿米尔的歌声，镜头里出现了一个披着画皮的女人，她和古兰丹姆十分相象，右腮下也长着颗黑痣，然而歌声剥去了她的画皮，暴露出了她那赤裸裸的狰狞面目：她这个匪首的小老婆，不甘心他们已面临的末日，他们利用种种阴谋手法，负隅顽抗，企图恢复旧日的统治，继续扼杀那千万朵美丽的花……。

影片第三次出现这首插曲的时候，随着歌声，镜头里出现了一幅感人画面，分离七八年之久的阿米尔和古兰丹姆在歌声中相遇了。“花儿为什么这样红？为什么这样红？”“它是用了青春的血液来浇灌”。当你听到这优美的歌声，看到阿米尔和古兰丹姆幸福的相遇，难道你能忘却那牺牲了的一班长和侦察员卡拉吗？能忘记那些夜以继日守卫哨卡的杨排长、二班长、三班长、战士们和为保卫胜利果实而斗争的边疆人民吗？正是他们用生命和鲜血灌溉了这花朵，使它能开得那样红、那样鲜、那样美……。

《冰山上的来客》是一部好影片

吴玉南 王成军

史料解读

史料原载《哈尔滨文艺》1979年第1期。该史料是一篇电影评论。在“文化大革命”中，电影《冰山上的来客》和创作者乌·白辛惨遭迫害，影评文章作者从几方面为其进行驳论。主要“罪状”是“颠覆无产阶级专政”。这一条纯属颠倒黑白。影片通过对我国西北边境的一场反特斗争的描述，歌颂了边防革命战士的高度革命警惕性和机智勇敢的斗争精神，以新颖别致的手法处理情节，使观众鲜明地体会到对敌斗争的艰巨性，加强了阶级斗争观念，是一部捍卫无产阶级专政的好影片。另一条主要“罪状”，是所谓“歪曲人民军队的英雄形象”。影片描写我军的一个排，在祖国边境十分艰苦的条件下，忠诚勇敢地同敌人战斗，团结边疆兄弟民族共同保卫社会主义祖国。他们纪律严明，坚持党的民族政策，正是我军英雄本色和革命传统的具体体现。文章作者认为一大批电影、戏剧、小说等文艺作品恢复上映、上演和出版，被林彪、“四人帮”严重迫害甚而致死的乌·白辛同志等一大批作家、艺术家得到平反昭雪，显示着社会主义文艺园地百花争艳的盛春季节已经到来。

原文

在“文化大革命”中，林彪、“四人帮”出于篡党夺权的目的，挥舞“文艺黑线专政”论的大棒，全盘否定建国后十七年来的文艺工作，把一大批深受广大工农兵群众欢迎的文艺作品打成毒草，许多作者也因此惨遭迫害，甚而致死。电影《冰山上的来客》和作者白辛同志的遭遇，就是一个例证。

一九六六年五月，反党野心家、阴谋家江青，窜到全军创作会议上大放厥词，对会议期间所看的与军队有关题材的六十八部电影，点名否定了五十四部，电影《冰山上的来客》就是其中之一。她信口雌黄，胡说什么：“《冰山上的来客》作者是伪满人员。没有党的领导，夸大个人作用，整个影片没有政治工作，排长凭笛子指挥战斗，凭歌子辨别特务。音乐从头至尾靡靡之音，情歌都是伪满歌曲的翻版。”给这部电影和剧作者白辛同志强加了种种莫须有的罪名。我省推行假左真右反革命修正主义路线的那个人，闻风而动，立即秉承“四人帮”的旨意，对《冰山上的来客》组织了反革命围剿。在他的指挥下，于一九六九年十月，在《黑龙江日报》和《哈尔滨日报》上，连篇累牍地发表了所谓的批判文章，把白辛同志打成“反动作者”、“反革命分子”，给影片罗织了许多“罪状”，大加挞伐。

主要“罪状”之一，是“颠覆无产阶级专政”。这一条纯属颠倒黑白。

影片通过对我国西北边境的一场反特斗争的描述，歌颂了我边防革命战士高度革命警惕性和机智勇敢的斗争精神，揭露了阶级敌人阴险狡猾的反动面目。作者以新颖别致的手法处理情节，使观众鲜明地感觉到对敌斗争的艰巨性、复杂性，提高了革命人民对阶级敌人破坏社会主义阴谋活动的警惕，加强了阶级斗争观念，是一部捍卫无产阶级专政的好影片。这样一部好影片怎么会被定上“颠覆无产阶级专政”的罪名呢？谁也想不到“冰山”二字竟成了获罪的根据。我省那个人的御用舆论工具在省报上抛出的那篇文章中，就是以“冰山”为口实，兴师问罪的。文章开宗名义就抓住了所谓的要害，说什么“反动作者明目张胆地把伟大的无产阶级专政的社会主义国家，污蔑为‘冰山’”，接着抓住冰山上的“风暴”大作文章。由于影片描写了雪崩，描写了在暴风雪中坚持战斗而壮烈牺牲的一班长和牧民的儿子乌茹兹,同时又描写了几个残匪顶着狂风向冰山冲来。于是就无限上纲为“无产阶级专政就要倒塌了,牛鬼蛇神就要变天了”,作者也就成了“妄想一口把无产阶级的新中国吞掉”的“反革命分子”。这是何等的武断粗暴啊!“冰山”和“无产阶级专政”怎么能够联系到一起呢?西北边境的冰山,是自然现象,是客观存在。阶级敌人利用暴风雪和雪崩的恶劣气候进行偷袭,这本来是连孩童也可以理解的常识,这样描写何罪之有?难道写阶级敌人在边境上搞偷袭,一定要选择天山脚下百花开,风和日暖羊满坡的自然环境,才合乎情理吗?才是歌颂无产阶级专政吗?如果描写两万五千里长征艰苦卓越的斗争生活,也要把长征路上的雪山写成花果山,把草地写成美丽的草原,才是歌颂长征的英雄好汉,否则,就是污蔑长征和丑化英雄形象吗?沧海横流方显英雄本色。我中国人民解放军在暴风雪和雪崩的困难条件下,抗击残匪的颠覆活动,不惜牺牲宝贵的生命,全部彻底地消灭了武装匪徒,这不正说明我国无产阶级专政的巩固,不正表明我人民军队这个无产阶级专政的柱石的坚强吗?硬是把冰山和无产阶级专政混为一谈,究竟是一种什么逻辑呢?这种为了扣帽子,打棍子,硬是生搬硬套,无限上纲的恶劣文风,说明四害横行时,形而上学猖獗到了何等可悲的程度!

强加于《冰山上的来客》的另一条主要“罪状”,是所谓“歪曲人民军队的英雄形象”。这一条也纯属混淆是非。

影片描写我军的一个排,在祖国边境十分艰苦的条件下,忠诚勇敢地同敌人战斗,团结边疆兄弟民族共同保卫社会主义祖国。他们顽强机智,坚守战斗岗位,他们纪律严明,坚持党的民族政策,正是我军英雄本色和革命传统的具体体现。但是那篇定罪文章却按照叛徒江青所定的影片中“没有党的领导”,“没有政治工作”的口径,指责影片“不突出无产阶级政治”,“没有一点无产阶级战士的样子”。什么叫突出无产阶级政治?什么是无产阶级战士的样子?按照林彪、“四人帮”的模式,作品中的党的领导和政治工作,必须是未卜先知,一贯正确,而且大抵都要有一名上级领导人物出场,打打官腔,作作姿态,发发指示。政治工作只能写成句句讲路线,处处发议论,而且事事离不了语录,桩桩离不了忆苦。无产阶级战士形象也只能是满嘴豪言壮语，一付尊神架势；而且生活玩笑开不得，恋爱婚姻谈不得，个人爱好讲不得，板板正正，千人一面，无血无肉。这些，在影片《冰山上的来客》中是根本找不到的。但是，我们却从“用笛子指挥战斗”的杨排长身上，从他那朴实无华，平易近人的作风上，从他那依靠战斗集体，依靠人民群众，切切实实研究问题，解决问题的工作作风上，从他那善于引导战士，善于区别真伪的政治工作素养上，看到了我党培养教育出来的普通指挥员的领导才干，实事求是的政治工作传统和作风，既形象地体现了党的领导，又生动地表现了我军的政治工作。在一班长等边防战士身上，我们看到了活生生的无产阶级战士形象。虽然暴风雪把坚持战斗的一班长冻僵而牺牲了，但他依然紧握钢枪，巍然屹立在自己的岗位上。当我们看着那如同玉雕像一般矗立着的英雄战士，谁能不对这崇高的英雄形象肃然起敬呢？谁能说这不是无产阶级战士的样子呢？正是因为有千千万万个这样无产阶级的优秀战士，我国的无产阶级专政才得到巩固。《冰山上的来客》以生动的笔触，描绘了这样的人民战士，这怎么是“歪曲人民军队的英雄形象”呢？

至于把以新疆民歌为基调谱写的插曲说成是东北“伪满歌曲的翻版”，把至今仍受群众欢迎，并且竞相传唱的《花儿为什么这样红》等电影歌曲，污蔑“靡靡之音”，更是无端邪说。这正表明，江青和我省那个人，站在与人民群众相对立的反动立场上，人民所欢迎的，正是他们所反对的，人民所喜爱的，也正是他们所仇视的。

实践是检验真理的唯一标准。检验文艺作品，也要靠实践。粉碎“四人帮”以后，这部影片恢复上映后，仍然受到广大工农兵观众的热评欢迎和好评，证明它是经得起检验的好影片。它不仅政治上好，艺术上也是好的。剧作家白辛同志，在艺术创作上一贯勇于创新，大胆探索，他的作品大都不落俗套，别具一格。这是我们当前打破“四人帮”在文艺创作上编造的帮模式所需要的精神，也是冲破“四人帮”在文艺领域里设置的层层禁区所需要的精神。

在以华主席为首的党中央领导下，被林彪、“四人帮”禁锢了十余年的《冰山上的来客》等一大批电影、戏剧、小说等文艺作品恢复上映、上演和出版。被林彪、"四人帮"严重迫害甚而致死的白辛同志等一大批作家、艺术家得到平反昭雪,显示着社会主义文艺园地百花争艳的盛春季节已经到来。面对这喜人的形势,让我们更好地学习那种思想解放,有胆有识、敢于探索,勇于创新的精神,把文艺创作搞上去,为繁荣社会主义文艺事业共同努力吧。

《冰山上的来客》是一部好影片

阿布来提

史料解读

史料原载《新疆日报》1979年1月9日第3版。该史料是一篇电影评论。文章作者旨在推倒强加给《冰山上的来客》的一切不实之词,给白辛同志和赵心水同志恢复名誉。作者认为《冰山上的来客》在题材、情节、人物刻画以及音乐效果上,都深受人们认可。影片通过边境地区一场复杂的反特斗争,塑造了英勇机智、真实可信的边防军战士形象。影片在刻画反面人物方面也比较成功,不是脸谱化,而是重在揭露敌人的阴险毒辣。影片的故事情节曲折紧张,扣人心弦。主题歌《花儿为什么这样红》在影片中先后出现了三次,每一次都加强了影片的戏剧冲突,有时直接代替了人物的语言,提示了人物内心的活动。影片充满了浓郁的抒情气氛和生活气息,有风光明丽的帕米尔风光,有悦耳动听的塔吉克族歌声,深化了影片的主题。

原文

"四人帮"大搞法西斯文化专制主义,严重摧残了我们党的文艺事业。他们炮制"文艺黑线专政"论,全盘否定了十七年来文艺战线在毛主席革命路线指引下取得的成果,在文艺界造成了极大的混乱。一九六六年五月,叛徒江青在一次讲话中,信口雌黄,一下子就宣判了八十多部解放后拍摄的故事影片和纪录影片的死刑,《冰山上的来客》便是这次遭到戮杀的其中一部。在"四人帮"的反革命修正主义路线影响下,一九七〇年二月二十二日,《新疆日报》发表编者按,组织了对这部影片的批判,使这部影片的编剧、赫哲族作家白辛同志和导演赵心水同志蒙受了不白之冤,这是一起触目惊心的严重事件。今天我们在揭发批判"四人帮"捕风捉影,无限上纲,形而上学猖獗的反革命罪行时,应当推倒强加给《冰山上的来客》的一切不实之词,给白辛同志和赵心水同志恢复名誉。

《冰山上的来客》是一部深受各族人民喜爱的影片,无论在题材、情节、人物刻画以及音乐效果上,都给人们留下了深刻的印象。影片通过我国边境地区的一场曲折、尖锐、复杂的反特斗争,热情歌颂了保卫祖国的人民解放军,塑造了英勇机智的边防军战士的形象。当人们在银幕上看到在迷漫的风雪中,边防战士坚守冰峰哨所,警惕的双眼监视着敌人时,怎能不由衷地敬佩和热爱人民子弟兵。影片的故事情节曲折紧张,扣人心弦。国民党匪特派到边防军驻地的女特务装扮成美丽的新娘,冒充新战士阿米尔的女友古兰丹姆。而以真古兰丹姆的"恩人"出现的阿曼巴依,却是个老奸巨滑的特务头子。他第一次用假古兰丹姆冒充真古兰丹姆,第二次又用真古兰丹姆掩盖假"恩人",手段可谓狡诈阴险。但是,都没有逃脱我边防军民设下的罗网。我边防军民及时识破了敌人以假代真,以假乱真的阴谋诡计,并将计就计,把敌人一网打尽。影片告诉我们,敌人依然存在,他们总是千方百计地进行颠覆和破坏,我们一定要提高警惕,保卫祖国。

《冰山上的来客》塑造的人物形象真实可信,可敬可爱。影片里的杨排长爱憎分明,他既多谋善断,又热情幽默。当他看到两位战友在暴风雪的袭击下,冻僵在冰山上的壮烈情景时,他抑制不住感情上的冲动,面对群山,连放几枪,大声疾唤着要救活战友,观众的心也被牵动。而当他认定卡拉介绍来的少女就是真古兰丹姆时,他却不动声色,故意布下疑团,借以稳住敌人。影片里的三个班长,一个粗犷勇猛,一个机智老练,一个办事认真,各有特征,叫人们怎能不热爱。

"四人帮"胡说什么这部影片的剧情"在爱情纠葛中发展",这真是一派胡言。《冰山上的来客》正是以抒情、惊险、别致而受到人民的喜爱。影片的主题歌《花儿为什么这样红》在影片中先后出现了三次，而每一次都加强了影片的戏剧冲突，有时直接代替了人物的语言，提示了人物内心的活动。这首歌的曲调抒情健康，是塔吉克族很有特色的民歌曲调。

《冰山上的来客》在刻画反面人物方面也是比较成功的，不是脸谱化，而重在揭露敌人的阴险毒辣，比如假古兰丹姆，这个被称为“地下明珠”的女特务，在影片中出现时并不是外表丑陋凶狠，她是个“美人”，她把自己装扮成忠于友情的纯洁少女，纠缠着边防战士阿米尔，刺探军情，在举行婚礼的晚上，当阿米尔老实地向她提示自己就是阿米尔时，她怕露出破绽，就假装晕倒。这些情节有力地说明了这是一个十分阴险狡猾的敌人。

《冰山上的来客》充满了浓郁的抒情气氛和生活气息，有风光明丽的帕米尔风光，有悦耳动听的塔吉克歌声，这些就加深了影片的主题。所以在重新放映时，人们仍然喜爱，争相观看。

第五辑

壮族电影

本辑概述

1959年12月，彩调剧《刘三姐》在广西引发了“刘三姐热”。1960年4月11日至27日举行了全区“刘三姐”会演。据统计，全区共有1209个专业、业余文艺团体5.8万多人参与演出《刘三姐》，观众约1200万人次，约占当时广西人口的60%。集中会演共有1769人参加，28个演出单位共演出45场彩调剧、歌舞剧等11个剧种的《刘三姐》。1960年4月28日，全区“刘三姐”会演总结大会上，区党委书记伍晋南同志做了《再接再厉 争取更大成就》的讲话。

会演结束后，根据彩调剧《刘三姐》改编的歌舞剧《刘三姐》于1960年7月11日在南宁成功首演。歌舞剧《刘三姐》以思想性艺术性更高、更精彩的“又新又美”的艺术精品赢得了广大观众的喜爱。歌舞剧《刘三姐》于1960年7月18日进京汇报演出76场，8月1日开始对外公演。8月16日、9月20日、10月4日、10月7日4次在中南海怀仁堂汇报演出，毛泽东、朱德等党和国家领导人观看了演出。10月1日，刘三姐彩车参加了国庆11周年的庆典活动。1960年10月10日，歌舞剧《刘三姐》离京在全国巡演。1961年歌舞剧电影《刘三姐》拍摄完成公开上演。1978年，彩调剧《刘三姐》被拍成电影。

电影《刘三姐》和不同剧本的彩调剧《刘三姐》虽然在改编上存在一些争论，并且具有那个时代鲜明的特点，但是，也堪称民间文学搜集、整理以及向其他艺术门类转换的经典之作，在由八桂大地席卷全国的过程中，留下了大量史料。

本辑从关于电影《刘三姐》、彩调剧《刘三姐》、歌舞剧《刘三姐》的百余篇史料中精选24篇，有关于彩调剧的讨论，有关于歌舞剧的评论，也有关于电影的争鸣。本辑将这些史料整合在一起，目的是还原《刘三姐》从传说到彩调剧，再到歌舞剧，最后到电影的完整的文学流动、转换、传播、再生产的历史过程。

其一，《刘三姐》是一个现象级的文学事件，在社会各界产生了广泛影响。在文学艺术领域，李健吾、欧阳予倩、蔡仪、贾芝等著名文学史家、戏剧家、美学家、民间文艺学家及评论者，与广西当地文学艺术界陆地、郑天健、萧甘牛等人共同构建了较大的评论场域，《人民日报》《光明日报》《文汇报》《广西日报》《民间文学》《文学评论》《大众电影》《民族团结》《戏剧报》《诗刊》《上海文学》《剧本》《人民音乐》《四川文学》《广西文艺》《湖北日报》《辽宁日报》等报刊对各种艺术类型的《刘三姐》给予了充分关注，这在少数民族文学研究领域并不多见。

其二，这些史料全面反映了《刘三姐》搜集、改编、演出发展的情况，展示了《刘三姐》从传说到彩调剧，再到歌舞剧，最后到电影的全过程。

民间传说《刘三姐》在广西已经流行一千多年，甚至广西邻省的一些汉族地区也流传有她的故事甚至踪迹。浔州（今广西壮族自治区东南部桂平市）、宜山（今广西壮族自治区河池市）、苍梧县、贵县（今广西壮族自治区贵港市）等地的府、州、县志也有关于刘三姐的记载。新中国成立后，大量刘三姐传说（包括异文）被搜集整理出来。柳州组织专业队伍用几个月的时间，走遍了近半个广西，拜访300多名民间民歌手，收集了1300多首优秀民歌和数十种民歌唱腔，为《刘三姐》戏剧改编打下了坚实的基础。

1959年下半年，柳州彩调团演出了彩调剧《刘三姐》，此后，数以百计的职业剧团和业余文工团竞相改编演出了《刘三姐》。据不完全统计，从1959年下半年到1960年3月中旬，观众已超过了一千万人。《刘三姐》的剧本一版再版，发行量达27万册。其间，广西壮族自治区组织了多次座谈会，对《刘三姐》的修改和提高起到了积极的推动作用。1960年4月“刘三姐”文艺会演大会在南宁市开幕。1960年7月，广西壮族自治区民间歌舞剧演出团到北京汇报演出《刘三姐》，而后分别在天津、呼和浩特、哈尔滨、长春、上海、广州、武汉等25个城市进行了362场演出，接待了58.2万多名观众。中国音乐家协会于1960年9月召集首都音乐工作者，就进京演出的《刘三姐》举行了座谈会。1961年，根据歌舞剧改编的电影《刘三姐》拍摄完毕并在全国上演。《刘三姐》还在日本、新加坡进行了演出并受到广泛好评。1978年歌舞剧《刘三姐》重新上演，彩调剧被拍成电影。

其三，从史料中可以看到广西各地在《刘三姐》戏剧改编上付出了巨大努力。南宁、柳州、宜山等地党委直接负责，征用了全部文艺资源，各地的“刘三姐”方案最多有五种可选。各地在改编过程中秉持基本相同的原则：必须深刻地表现阶级斗争；必须表现劳动生活；必须面向群众，深入群众，向民歌学习，从人民生活中吸取创作源泉；贯彻“古为今用”的方针，取其精华，去其糟粕。

其四，围绕彩调剧《刘三姐》、歌舞剧《刘三姐》进行了广泛讨论，涉及主题思想、内容和艺术形式、题材选择、情节处理、人物塑造、戏剧处理、爱情与阶级斗争等方方面面。在肯定对民间传说《刘三姐》改编的合理性的同时，有人提出作者要以无产阶级立场、观点、方法去处理问题，坚持文艺为政治服务的原则，不论选择什么样的题材——历史故事或现实生活，神话传说或真人真事，都可以从不同的角度，以不同的艺术形式，通过独特的艺术表现手法，给人们以丰富而深刻的共产主义教育。有人认为应该尊重民间传说，要集中表现作为普通农民的刘三姐：“历代是农民”，“茅草盖树来安身”，打柴，纺纱，插田，样样是能手。她美丽，聪明，勇敢，爱憎分明，斗争性强烈。在爱情方面，有人提出把恋爱这条副线改掉，否则会削弱阶级斗争，有人认为刘三姐和小牛的爱情是有共同的思想基础的，它客观上反映了封建社会的青年男女对婚姻自由的要求。在剧作中爱情是和人物的反剥削反压迫的革命活动联系在一起的。爱情的描写大大地深化了这个戏的主题，增强了戏剧效果。在表现方式上，人们一致认同《刘三姐》中山歌的运用，特别是歌舞剧中山歌与彩调的结合。例如，柳州彩调团率先把山歌搬上舞台，把彩调和山歌结合起来，是一种创新。此后，歌舞剧演出中一直延续了山歌的形式。《刘三姐》这一剧目之所以为群众所热爱，是因为刘三姐这一艺术形象反映了一定历史时期广大劳动人民的思想感情和愿望，而刘三姐擅长的山歌也正是群众所深切喜爱的文艺形式。

1961年《刘三姐》改编而成的同名电影上映后，关于该片的讨论一直十分激烈，其中“现代化”与“非现代化”是焦点问题。《大众电影》1961年第10期发表了阿颐的《“真实”和“现实”——与朋友谈影片〈刘三姐〉》一文，认为影片存在向现实倾斜的“现代化”问题。《大众电影》于1962年第1期开辟专栏就此问题进行了集中讨论。

徐敬国在《大众电影》上发文《并没有把〈刘三姐〉现代化》，认为影片没有“现代化”；颖涛的《现代化了的〈刘三姐〉》认为《刘三姐》是“现代化”了，讨论由此展开。西高《失去光泽的明珠》一文提出歌剧因受舞台表演的限制，已经舍去了许多好的情节，十分可惜。而电影《刘三姐》就更不能令人满意了，不仅将原传说中富于神话色彩的故事情节全部删去，此外还增添了一些与人物、时代格格不入的东西。根据民间故事改编创作新的作品是允许加工丰富的，但不能违背传说的基本精神，特别是将原传说中最生动、最富有幻想色彩的情节任意舍去，再加上一些主观臆造、生拉活扯的情节就更有损民间文学的精华了。这不是正确的加工整理方法，也不是创新的正确道路。持“非现代化”观点者认为影片是成功的，方自然发文《思想性与时代性——影片〈刘三姐〉之我见》反驳了杨干忠在《贵在现代化——也谈影片〈刘三姐〉》一文中提出的影片的成功正在于把刘三姐“现代化”了的观点，认为评价一部艺术作品的思想意义，如果生硬地将其与它所产生、所表现的历史时代割离开来，孤立地拿我们20世纪的“思想准则”去给它作鉴定，这是不对的。一部影片能不能得到群众喜爱，并不在于它保留了怎样的故事，或改编成了怎样的故事(历史事件自然例外)，而在于是否保留了原故事的革命精神。电影《刘三姐》所缺乏的恰恰是真实深刻地概括那一时代的社会斗争现实。贾霁《关于影片〈刘三姐〉讨论的杂感》一文也指出“贵在现代化”的观点是不对的，这不是对待历史传说和神话传说的正确态度，不是在这类题材的改编或者创作中进行推陈出新的正确途径，等等。这场讨论，涉及艺术真实与生活真实、历史事实与现实生活的关系问题，有人主张电影不应为现实政治服务，有人认为古代农民起义也是现代化，等等。

“现代化”与“非现代化”的问题是一直困扰民间文学整理、改编的普遍性问题，这一问题，在今天是在“创造性转化”“创新性”发展范畴讨论的问题。我们认为，尊重民间文学的原生形态及文本本义，是唯物主义历史观的体现，但这必然与“一切历史都是当代史”相龃龉。而如何才能做到“创新性发展”更是一个难题，《刘三姐》改编过程中坚持的向人民学习、向山歌学习的观念和做法是值得肯定的。

总之，《刘三姐》留存的大量史料，具有丰富的时代信息以及历史文化和文学艺术信息，对我们重温那个时代“刘三姐旋风”何以生成，何以席卷全国，都大有裨益。对《刘三姐》而言，无论是初始的民间传说，或是彩调剧，抑或是改编而成的歌舞剧、电影，都使刘三姐这个角色在不同的时代背景下散发着艺术光辉，广受人们的喜爱。由其衍生而来的文艺作品收获的广泛关注，也使“刘三姐”成为具有代表性的壮族文化符号。

我们是这样改编《刘三姐》的

百色专区代表团覃建真执笔

史料解读

史料原载于《广西日报》1960 年 4 月 16 日，是由覃建真执笔介绍百色专区创编彩调剧《刘三姐》的过程和体会。此次改编依据突出阶级斗争的主题并通过歌来完成的总体要求，参照广西各地流传的刘三姐传说和壮族生活习俗，对邓凡平等人创编的第三稿《刘三姐》进行了全面改编。改编后的《刘三姐》强化了歌在全剧中的作用，提高了作品的思想性，剧情交代得比较清楚、紧凑，全剧的情调更加统一和完善。该文还介绍称，这次改编百色地委宣传部主要领导全程参与，同时也征求了广大群众的意见。百色专区彩调剧《刘三姐》的生产过程，是那个年代艺术生产的特有模式。值得注意的是，该文认为原剧主题思想鲜明，具有相当高的思想性，具有浓郁的民族民间色彩，剧中的歌词、曲调有强烈的艺术魅力。但也觉得原作还有不足之处：故事结构有些庞杂，不够集中和洗练；剧情的发展还不够自然、合理、协调和统一；对刘三姐的刻画也不够完整。由此可见，此次改编是在相当高的起点上进行的，这是“刘三姐”经典化的一个缩影。

原文

我们现在演出的《刘三姐》是根据邓凡平等同志创编的彩调《刘三姐》第三方案,参照流传在广西各地关于刘三姐的传说故事和百色僮族①人民的生活习惯改编而成的。

为了便于说明我们的改编意图,先谈谈我们对《刘三姐》原作的看法:一、主题思想鲜明,具有相当高的思想性;二、具有浓郁的民族民间色彩;三、剧中的歌词、曲调有强烈的艺术魅力。但我们也觉得原作还有不足的地方:故事结构有些庞杂,不够集中和洗练。剧情的发展和全剧的情况还不够自然、合理、协调和统一;对刘三姐的刻划也不够完整。

因此,我们改编时,总的要求是突出阶级斗争的主题,而阶级斗争又主要是通过歌来体现的。我们的改编本,全剧共六场:歌墟、说媒、逼婚、对歌、禁歌、成仙。第一、四两场是在原作的基础上进行加工的。其他几场则改动很大,原剧的定计、出走、结婚等情节都删掉了。

第一场是全剧的开头,写得好坏对全剧有很大影响。原作的第一场基础很好,一则刘三姐是个"歌仙",歌墟又是僮族地区特有的,在这个特定的环境中介绍这个特定的人物和为全剧埋下伏线,对这个"歌仙"的塑造和故事的开展都有好处。二则有自己的特色,很能抓住观众。但这场戏还有一些缺点,主要的是:一、写爱情和一般的盘歌多了一些,舞台上有些拖沓,没有尽快地展开戏剧冲突;二、事件的安排和人物的安排不够集中。原作覃天福在这场戏中是个重要的角色,但后面就没有戏了;三、小牛和三姐的关系以及三姐为什么爱小牛……等写得不够深。因此,我们删去冬妹和天福的对唱盘歌中不关重要的歌词和覃天福被逼的情节,添补几首体现当时的阶级对立及表现刘三姐和小牛的阶级觉悟而又比一般歌伴高的歌词。如在三姐出场的时候添了一首:

唱歌好　　　　唱到人间无苦愁

① 编者注:史料中"僮"应为"壮",后同。

山歌好比刀和剑　　财主听见心胆寒

在三姐与众盘歌中添了一首：

何人开山种五谷　　何人砍树盖楼房

盖屋为何没房住　　种田为何饿肚肠

众答不出，后来小牛答上了。这样就体现出刘三姐不但能唱歌而且有鲜明的立场，而后面莫怀仁恨三姐，要消灭三姐的歌声，以及三姐爱小牛的思想基础也就点出来了。覃天福被逼一节改为莫进财到歌墟上抓人逼债(因为刘三姐曾唱歌来教育大家抗租躲债)，对整个戏的发展也有好处，免得人物繁杂给后面的戏增加负担，更便于集中去刻划三姐和小牛。同时主要的戏剧冲突——三姐因唱山歌反抗地主而和莫怀仁引起的矛盾也展开得比较快。此外，我们还把原作第二场莫怀仁定计，集中到第一场来。因为如果不这样做，专设一场，来给莫怀仁定计，一则这场戏份少，拖得很长，观众情绪起不来；二则与我们改编本的第三场重复。

第二和第三场是：王媒婆说媒不成以后，莫进财即按他的主子安排下的诡计把刘二连骗带强迫的拉到莫怀仁家里去，企图把刘三姐引到莫家，加以迫害，刘三姐知道这是莫怀仁定下的诡计，在群众的支持下，她奋然身入虎穴，救出刘二。这样处理不但剧情发展比原作合理，加强了戏剧冲突，而且把莫怀仁写成不仅是放租放债、贪图暴利的地主，而且有一套剥削和统治的手段。这样更显出刘三姐的机智、才华和与劳动群众的血肉关系。

第四场“对歌”是面对面的斗争高潮。为了把这场搞得更好，我们删掉了一些一般化的、作用不大的和不符合人物性格的歌词，如秀才唱“什么上圆下四方”等以劳动工具寓意的歌就不切合秀才四体不勤、轻视劳动的身份。删掉了这些歌词后，我们新增加了或者修改了一些歌词，使歌更加有个性，更体现人物性格，更加强阶级斗争的主题。比如陶先生唱的：“听说三姐要对歌，特地前来比强弱，我等读书破万卷，吟起诗来飞雁落。”以及陶、李、罗三个秀才报姓时唱的几句歌——“争春花开我最先，兄红吾白两相连，报信敲来震天响，三人歌才赛歌仙”，这些都更形象地刻划出了秀才的狂妄自大和一股酸气，显得不一般化，同时也就有可能更好地展示三姐的才华。以后在揭露秀才、刻划三姐方面，我们也添了一些关于劳动、耕种、天文、地理的歌词，使秀才的面貌进一步暴露，也进一步告诉观众：一切知识来源于劳动，唯有劳动人民才是最聪明、最有知识的。最后，秀才输了，我们加了一首歌："衰了衰，来对山歌不知回，马骝灶里打筋斗，满头满脸都是灰。"这首歌也是比较生动的。

这一场，在对唱的层次上我们也作了一些调整，使戏更紧凑，更连贯，也更有目的性。比如开始不是三姐而是兰芬同秀才对歌，以后对歌内容的安排，从通名报姓，到讲地主家财、耕田种地、天文地理、远近古今等等，都是从这方面考虑的。总之，我们是在想办法突出对歌的目的：揭露地主及其帮凶——秀才，表现三姐的斗争精神和聪明、主动以及她的山歌的巨大威力，一方面反托出前面地主要娶三姐是害怕她的歌声，另一方面又为下一场禁歌埋下根源。

第五、第六两场，改动很大。第五场上半场写三姐和兰芬等在村边编花篮，小牛等打猎回来，他们聚在一起歌颂劳动，歌颂三姐和小牛的智慧和勤劳。下半场是写莫怀仁勾结官府前来禁歌，三姐不是计谋不多，犹疑不定，而是主动定计，布歌阵把莫怀仁引到山里，用歌进一步的揭露莫怀仁——地主阶级的罪行和血腥统治。莫怀仁气疯了，一定要刘三姐的头。第六场，三姐和群众为了避开莫怀仁的残害，搬到凤凰山去住。上半场写刘三姐在艰苦的环境中向往美好的将来。如：

四海是一家　　人间无殃祸
男耕女又织　　衣食日益丰
黎民掌天地　　世间四时春
人闻即仙境　　仙境在人间

后半场写三姐被围成仙。

这样处理有几个好处：一、加强了刘三姐的歌在当时社会的作用，使观众更清楚的看出莫怀仁要讨刘三姐做小婆是为封住刘三姐的嘴，婚姻是手段，是为了巩固自己的剥削统治，使前面几场中阶级斗争的主线更好地贯穿下来了。二、对歌以后出现更高的高潮，三姐的斗争性和热爱劳动、向往幸福、心情豪放等性格有了进一步的表现，有助于提高作品的思想性。三、剧情交代得比较清楚，紧凑，使全剧的情调更加统一和完善。

我们的改编工作是在中共百色地委的直接领导下进行的。在改编过程中，地委宣传部部长朱守刚同志自始至终的掌握和具体指导，书记处曾召开了几次地委常委会来讨论和研究。在改编过程中举行了一次全专区性的“刘三姐”会演，大搞群众运动，广泛集中群众的意见。如果说我们现在的这个《刘三姐》有某些成功的话，应该归功于党，归功于百色专区的全体人民。

《刘三姐》在广西

本报记者

史料解读

史料原载《民族团结》1960年第4期。该史料为一篇新闻报道。自从柳州彩调团演出《刘三姐》后，数以百计的职业剧团和业余文工团竞相演出了这部戏。据不完全统计，从1959年下半年到1960年3月中旬，观众已超过了一千万人，《刘三姐》的剧本一版再版，共印了27万册，依然供不应求。“刘三姐”的故事在广西已经流传很久，经过加工整理后的剧本比较完整和深刻地塑造了刘三姐这个人物，充分显示了刘三姐的革命性和人民性。同时这一切又是通过群众喜闻乐见的民间形式来表现的，因此彩调《刘三姐》演出后，就产生了极其广泛深刻的影响。广西壮族自治区委员会对出现的群众性的“刘三姐”演出活动非常重视，并决定举行全区性的“刘三姐”文艺会演。《刘三姐》取得的成就，是毛泽东思想指导下群众文艺创作结出的丰硕果实。

原文

“一夜东风遍地发”，自从柳州彩调团演出《刘三姐》后，在广西僮族自治区已出现了“人人争看，处处传颂”的群众性文艺活动高潮。数以百计的职业剧团和业余文工团竞相演出了这个戏，据不完全统计，从去年下半年到今年三月中旬，观众已超过了一千万人。《刘三姐》的剧本一版再版，共印了二十七万册，依然供不应求。

"刘三姐"的故事在广西流传很久。千百年来众口相传，三姐是僮族人民的歌仙，聪明美丽，富有反抗精神，她以山歌作为武器反抗了封建统治阶级的压迫，为广大人民所热爱。彩调《刘三姐》就是根据这一美丽传说创作的。因为经过加工整理后的剧本，比较完整和深刻地塑造了刘三姐这个人物，充分显示了刘三姐的革命性和人民性，同时这一切又是通过群众喜闻乐见的民间形式来表现，因此这个戏演出后，就发生了极其广泛深刻的影响。广西各界纷纷举行座谈，一致盛赞这是一出百看不厌的好戏。

《刘三姐》取得的成就，是毛泽东思想指导下群众文艺创作结出的丰硕果实，是政治挂帅，大搞群众运动的结果。柳州市《刘三姐》的创作和演出，是在当地党委密切关怀和直接指导下进行的。他们专门成立了"刘三姐"的业余创作小组，深入民间搜集了许多关于刘三姐的资料和大量山歌，由文艺工作者、民间艺人、山歌手、教师等共同参加剧本的创作和讨论，党委许多负责同志亲自参与了编改剧本等工作。许多地区还运用本地各民族喜闻乐见的形式改编《刘三姐》，用粤剧、僮剧、师公戏、邕剧、桂剧、山歌剧等形式演出。通过《刘三姐》的演出，几乎全区每个县都成立了县文工团，各地公社的创作组、俱乐部、业余剧团也有了巨大发展，并从群众中涌现出了大批的优秀演员。

中共广西僮族自治区委员会对目前已经出现的群众性的"刘三姐"演出活动，非常重视，已决定举行一次全区性的"刘三姐"文艺会演，准备通过这次会演，进一步提高剧本创作和演出质量，使这一群众喜爱的剧目更为完美，从而大大促进 1960 年广西文艺事业的全面大跃进。

从传说的刘三姐到舞台的“刘三姐”

平 涛

史料解读

史料原载《光明日报》1960年7月30日。该史料为一篇评论。首先以民歌为主要内容,把“刘三姐”搬上舞台的是柳州彩调团,他们的创编和演出受到广西壮族自治区观众的热烈欢迎和各级党委的充分重视。1960年4月举行的“刘三姐”文艺会演中,有20多个不同剧本、不同艺术形式的《刘三姐》出现在南宁的舞台上。广西民间歌舞剧演出团向首都人民汇报的歌舞剧《刘三姐》,就是在吸收会演中各个剧本的优点的基础上创作出来的。再创作中首先碰到的问题是如何识别传说的精华与糟粕,探索刘三姐到底是怎样一个人物,进而解决主题思想的问题。其次,是如何使故事完整、情节合理的问题。在主题、思想、人物、环境、情节等问题解决之后,随之而来的是形式问题。《刘三姐》的演出盛况,使我们深刻地体会到,文艺的形式一定要民族化,群众化,要为老百姓所喜闻乐见。

原文

一

刘三姐是广西僮族民间传说中一位以歌为命、才智洋溢、勤劳勇敢而又年轻美丽的歌手。她的许多动人的故事和若干脍炙人口的山歌，在广西流传已经一千多年，并且遍及东西南北各地。刘三姐的其人其事其歌，都是僮族劳动人民千百年来经过千锤百炼的集体创作。在僮族中产生这样一个富有反封建精神、并以特种武器——山歌来进行斗争的歌手形象，是很自然的。广西七百万僮族人民，不仅有革命的传统和勤劳勇敢的传统，而且在民族文化生活中，有热爱唱歌的传统。习俗中所谓的“歌墟”，就是僮族人民一年一度群集唱和的歌节。

僮族人民一代一代地依照自己的优良性格和美好愿望来塑造刘三姐的形象，把自己民族中千千万万优秀歌手的聪明智慧集中到她的身上，因而祖祖辈辈十分热爱她，崇拜她，奉她为山歌的鼻祖，誉她为歌仙。恭城、富川、贺县、苍梧、贵县等地人民还为她立庙纪念。

对于这样一个深为群众喜闻乐道的传说，我们文艺工作者有责任根据党的文艺方针和毛主席的文艺思想，把它集中起来，加工提炼，使之更完整、更典型、更理想，再交给人民，以丰富人民的精神食粮，更好地教育广大人民。

过去是有过一些剧本把刘三姐搬上舞台的，但首先以民歌为主要内容，把“刘三姐”搬上舞台的，却是柳州彩调团。他们的创编和演出，受到自治区各地观众的热烈欢迎和各级党委的充分重视。今年 2 月，自治区党委发出举行全区“刘三姐”会演的决定后，“刘三姐”的编演就形成了规模宏大的群众运动。4 月会演中，有二十多个不同剧本、不同艺术形式的《刘三姐》出现在南宁的舞台上。现在来京的广西民间歌舞剧演出团，就是在全区“刘三姐”会演基础上组成的，有很大一部分是业余演员，他们带来向首都人民汇报的这个歌舞剧，就是在吸收会演中各个本子的优点的基础上整理出来的。

二

回想《刘三姐》的创编过程，大家曾经走过了一段艰辛的道路。

首先碰到的是：如何识别传说的精华与糟粕，探索刘三姐到底是怎样一个人物，进而解决主题思想的问题。原来，刘三姐在文人记载中与在民间传说中，是两个迥然不同的人物。张尔翮说她“甫七岁即好笔墨”,屈大均说她“年十二淹通经史”,显然不是劳动人民。民间传说也有不同。有的说她是“唱歌得耍又得玩”的风流女郎;有的说她是“茅草盖棚来安身”、“插尽南山九垌田”的贫家女子。她的山歌,王士祯记录的,尽是谈情说爱,没有一首提到劳动生活和人民疾苦;但民间传说中,她的歌却是歌颂劳动的,巧骂秀才的,还有丑化和揭露财主的。她的结局,文人记载说是与一秀才缔结仙侣,升天而去;民间传说中,有的说是被她自己的哥哥刘二所害;有的则说是被财主杀害。

传说纷纭,莫衷一是。怎么办?党教导我们,必须贯彻批判地继承传统和“古为今用”的原则,运用马克思列宁主义的阶级观点和历史观点去辨别传说中的精华与糟粕。在这方面,作为《刘三姐》的首创者,柳州《刘三姐》创编组作出了可贵的贡献。他们根据贫农出身的歌手们所提供的关于刘三姐倾诉苦情的、热爱生活的、讥讽秀才的、咒骂财主的山歌,相信传说的刘三姐是被财主砍藤杀害的情节,而且认为这一情节集中地表现了刘三姐的反抗精神,暴露了封建统治者扼杀民主文化的目的和手段。根据这样的观点和一些地方传说,他们否定了刘三姐与秀才对唱,二人同声同心、缔结仙侣的情节;而把秀才处理成为刘三姐的冤家对头;他们还否定了刘三姐的哥哥刘二持斧砍藤害妹的情节,为刘二雪了千年不白之冤。他们根据传说中的精华(那怕它在传说中只占很小部分)做出这样的论断:刘三姐是古时僮族最热爱生活、富有反抗精神的天才的民间歌手和诗人;她是广大劳动人民反抗封建统治和阶级剥削的理想的化身。她的一生是因为“唱出穷人一片心”而到处受迫害。她那漂泊一生的历程,是黑暗时代无数民间歌手的命运的典型。她和敌人作斗争,不是用刀枪剑戟,她的武器是特种炸弹——山歌。由于这种炸弹能攻破敌人的心灵堡垒,因而,反动统治阶级恨之入骨,动员他的文化三军(三个秀才)来围剿她,最后,打出政权这张王牌,使用暴力,杀害了她。这样,他们就确定了这个戏以阶级斗争为主线,通过两种文化斗争的形式来表现戏的主题思想。

柳州地区同志们根据这种看法整理出的彩调《刘三姐》第三方案一经演出,即得到领导、群众和文艺界绝大部分同志的好评。大家认为,他们做到了把历史传说题材与现代革命要求结合起来,使《刘三姐》这样一个反映古代生活的戏,在今天仍有比较深刻的教育意义。从今年4月会演的绝大多数本子看,尽管许多本子在情节和表现形式上各有不同,在主题思想、社会环境和人物性格的基本特征方面,也有许多发展和优点,但仍然可以看出,柳州第三方案是许多本子的基础。这说明柳州创编组同志的处理是成功的,他们正确的运用了"去芜存精""古为今用"的原则。他们的具体做法,对后来各地的编写也起了很大的启发作用。

三

其次,如何使故事完整、情节合理的问题。所有参加创编、整理工作的同志都体会到,要把传说的刘三姐变为舞台的"刘三姐",绝不是一件简单的改编工作,而是巨大的创造。因为刘三姐的传说虽广,故事却比较零星,单靠原传说编不成好戏,必须创作新的情节,才能使人物形象更鲜明和主题思想突出。而这些情节又必须来自僮族人民的生活和这个题材的范畴,这就只有从民歌里边和民歌手的生活中吸取丰富的养料。柳州创编组的同志正是这样创作出彩调《刘三姐》第三方案的歌墟、定计、说媒、对歌、禁歌、成仙等具体情节的。"歌墟"是僮族人民的风俗习尚,把刘三姐置于"歌墟"中,才有助于展示她作为天才歌手的性格。"对歌"是高潮,这个情节在原传说中比较简单,于是他们就搜集和整理、加工许多符合剧情、人物需要的民歌,用以增加刘三姐与三个秀才交锋的回合,使秀才一败再败,刘三姐步步紧追,形成一个既紧张尖锐又痛快淋漓的战斗场面,充分显示了歌的威力,被公认是最精彩的一场戏。又如"禁歌"这场戏,原传说没有,他们下乡采风时,在宜山听到歌手们谈起在旧社会因唱歌骂伪县长而被拘禁的事,于是就决定增加这场戏。这些情节,由于它来自生活,能在一定的程度上反映了僮族人民的生活特色,因而受到了观众的欢迎。

在柳州创编组创作的这些情节的基础上,各地的文艺表演团体都作了许多锦上添花的工作,或者创造性地加以更恰当的处理。例如南宁专区的歌舞剧《刘三姐》和玉林专区的地方歌剧《刘三姐》,在情节上就有重大的发展和创造。

他们新编了“霸山”一场戏，提出了封建社会阶级矛盾的根本问题——土地问题，以此来开展戏剧冲突，就使刘三姐的斗争具有更鲜明的目的性。他们还新编了“传歌”一场戏，把刘三姐的结局处理成不死，而是到五湖四海去传歌。大家认为，这样既符合刘三姐被地主阶级迫害而漂泊一生到处撒下歌种的传说情况，又能够更好地满足群众对刘三姐的期望，使群众的斗志更加坚强。此外，南宁歌舞剧还把“说媒”这场戏改为戏媒，百色彩调在“禁歌”这场戏中增加了遍布歌阵，气杀地主的情节，都有助于表现刘三姐灵机应变的智慧和作为她的斗争武器——山歌的威力。类似这些能够表现典型环境中的典型性格的情节，自治区民间歌舞剧团现在演出的新整理本，都一一作了吸收，经过分析，重新编缀，不足之处，加以补充，繁琐之处，加以精炼，这样才使《刘三姐》这个戏，在原来的基础上得到进一步的提高。从这里，我们深深地体会到，正如原来刘三姐的传说，经过无数无名作者的长期锤炼，才能成为僮族民间文学的一件珍品一样，《刘三姐》这个戏，也是在群策群力、集体创作的群众运动中，才能把一个比较零碎的传说故事，编成一个有序幕、有开端、有发展、有高潮、有结局的优秀剧目来。

四

在主题、思想、人物、环境、情节等问题解决之后，随之而来的是形式问题。作品的内容要通过一定的形式表现出来。用什么艺术形式来表现《刘三姐》的主题思想和塑造刘三姐的形象呢？这是我们碰到的第三个问题。

刘三姐是人民的天才歌手。要塑造她的形象，必须充分运用民歌。这实质上不仅是形式问题，同时也是内容问题。但刘三姐的遗作不多，怎么办？柳州《刘三姐》创编组在解决这个问题上，作出了很好的榜样。他们全组同志立志要闯过这一难关，决定从学习刘三姐山歌特有的艺术风格和学习旧民歌的手法做起。他们分两步走：第一步，首先学习刘三姐的山歌和旧民歌的传统的反抗精神。弄清这点，对于描写刘三姐这个人物大有用处，因为刘三姐每一活动的手段都离不了歌，而她的遗作不多，必须运用和加工其他的民歌来表现主题和人物性格。这就必须学习刘三姐的山歌的战斗传统,从精神、内容上,先掌握其基调。只有如此,剧本中选用和加工出来的民歌,才不仅“形”似刘三姐的歌,而且能传刘三姐之“神”。第二步,学刘三姐山歌的表现手法和艺术结构。经过深入民间,采风掘宝和创作实践的反复学习,他们体会到刘三姐的山歌有几个特点:

思想尖锐,妙语双关。如《姓陶不见桃结果》这首歌可为代表。由于她具有鄙视反动文人的思想作指导,同时又有熟悉生活的基础,从姓字的谐音,马上联想到桃李锣的性状,唱出双关妙语,一针见血地点出“三个蠢才哪里来”的思想来。这是刘三姐艺术手法的“比”(托物取喻)的范例。

借物发端,淋漓尽致。如秀才叫她猜油筒时,她马上唱出“你娘养你这样乖,拿个空筒给我猜,分明肚中无料子,装腔作势也跑来”(后两句经创编组改写过)。秀才的歌是为猜油筒而猜油筒,而刘三姐不仅能猜破谜底,且能借油筒来讽刺、挖苦秀才,令人痛快。这是刘三姐艺术手法的“兴”(借物发端)的范例。

明朗乐观,直陈题意。如“哥哥说话理不通,那有唱歌家会穷,家越贫穷越要唱,只愁志短那愁穷”这首歌,是哲理式的铺述,情绪饱满,有说服力,有思想性格,也有艺术特色。这是刘三姐艺术手法的“赋”(直叙)的范例。

通过学习,给他们运用山歌手法描写刘三姐打下了基础。于是他们根据情节的需要,搜集加工了大量的民歌,自己也创作了一些。如“对歌”一场,除使用刘三姐遗作的四首民歌外,其余三十多首都是他们改编、整理、加工的,其他各场的情况也如此。没有认真的学习,就谈不到继承并发展刘三姐山歌以及各种民歌的风格,对于描写这个歌仙、诗人,就很难得心应手。这个剧本中的大量民歌之所以具有一定的表现力,为群众喜闻乐道,是由于承受刘三姐的歌风,并给以发展的结果;是由于深入采风掘宝,认真向民歌学习的结果。

柳州《刘三姐》创编组把大量民歌搬上舞台,是广西僮族自治区艺术上一个革新创造。由于绝大部分民歌具有丰富的思想内容,语言形象、刚健、清新,生活气息浓厚,因而富有强烈的感染力。把这样多优美、精辟而又符合剧情需要的民歌,通过刘三姐用各种优美的民歌曲调唱出来,对塑造这个歌仙的形象可以说有决定性的作用。至于对观众说来则是一次优美的民间文学和民间音乐的欣赏。《刘三姐》演出后，普遍出现这样的情况：工人、农民看了，叫好！机关干部看了，叫好！小学生看了，叫好！大学教授看了，叫好！文学艺术家看了，也叫好！许多人三番五次地看，不但不厌烦，反而越来越兴致勃勃。许多人看了，很快就能把许多民歌的歌词和曲调背下来，时时吟唱，形成广西各地不分民族，不分老少，处处竞唱"刘三姐"的盛况。这一切现象，使我们更深刻地体会到毛主席一再指示我们的一条真理：革命的文艺要能帮助群众推动历史前进。文艺的形式一定要民族化，群众化，要为老百姓所喜闻乐见。《刘三姐》证明，只有民族民间色彩浓厚、群众喜闻乐见的东西，才是最受欢迎、最有生命力、最美的东西。

《刘三姐》的出现，是党的领导的胜利，是群众运动的胜利！是毛泽东文艺思想的胜利！

《刘三姐》中的民歌

江 楫

史料解读

史料原载《光明日报》1960年8月10日。该史料是一篇评论。在广西，从漓江之边到邕江两岸，从桂东平原到桂西的崇山峻岭，不论是城市，还是乡村，都可以听到“刘三姐”的歌声。“刘三姐”的歌，处处都在传颂，人人都会吟唱。不仅仅是剧中那激动人心的斗争和那美妙的歌声深深地吸引和感动着广大人民群众，就连单看剧本中那些歌词，也是一种极大的美的艺术享受。《刘三姐》的剧本，从政治斗争到爱情生活，都运用了众多民歌来表现，有的如怒雷震响，有的婉约缠绵，有的幽默风趣，异常丰富多彩。这些民歌来自民间，它们是经过千百年来不断的加工、锤炼和润色的，这是真正的劳动人民的创作。这些民歌，雄辩地证明了劳动人民伟大的创作才能。

原文

如今广西成歌海，
都是三姐亲口传。

自《刘三姐》在舞台上出现之后，在广西，从漓江之边到邕江两岸，从桂东平原到桂西的崇山峻岭，不论是城市，不论是乡村，在大街，在小巷，在田野，在旅途，你都可以听到“刘三姐”的歌声。《刘三姐》的歌，处处都在传颂，人人都会吟唱,甚至连鬓发斑白的老妇和牙牙学语的小孩。

人们是怎样喜爱唱《刘三姐》的歌呵!

这,诚然,是由于广西各族人民能歌善唱,唱歌从来就是他们生活中不可缺少的一部分;

这,诚然,由于有关刘三姐的动人的传说和故事,千百年来在广西各族人民中间广泛地流传着,人们对这位天才歌手一直是无限崇敬,无限爱戴;

这,诚然,也因为《刘三姐》反映了过去劳动人民的思想感情,意志愿望,人们从中受到教育,引起共鸣。

但,这也和那许多优美动人的民歌本身对于人们具有那种巨大的魅力是分不开的。

在剧场里,在舞台下看演出,剧中那激动人心的斗争和那美妙的歌声,固然深深地吸引和感动着我们。但就是翻开剧本,单看那些歌词,又何尝不是一种极大的美的艺术享受!

山顶有花山脚香,
桥底有水桥面凉;
心中有了不平事,
山歌如火出胸膛。

州官出门打大锣,
和尚出门念弥陀;
皇帝早朝要唱礼,
种田辛苦要唱歌。

劳动人民之所以唱歌,不是象无聊的骚人墨客,闲的无事,雕文琢字以打发日子,而是借歌声表达他们的思想感情,抒发他们内心的爱和恨。在过去黑暗的年代中,劳动人民遭受着残酷的压迫和剥削,他们用歌来揭露统治剥削阶级的罪恶,讽刺和打击他们的敌人,同时教育自己,鼓舞自己的斗志。

莫夸财主家豪富,

财主心肠比蛇毒，

塘边洗手鱼也死，

路过青山树也枯。

封建统治和剥削阶级，那些吸血虫，长期骑在人民身上，吸干了劳动人民的血汗，养肥了自己，享受着不尽的“荣华富贵”。而在劳动人民看来，他们是毒蛇，比毒蛇更毒，更凶残。

把财主比作毒蛇，已说明了财主的恶毒，这还不够，他们“塘边洗手鱼也死，路过青山树也枯”。这就更深刻、更具体、更形象地显露了财主的恶毒。世界上还有什么比这些剥削者恶毒呢？这充分表现了劳动人民对统治和剥削阶级的刻骨仇恨和对他们的蔑视。

面对着财主，人们愤怒地唱道：

穷人血汗供你吃，

穷人血汗供你穿。

挖开你家祖坟看，

几多血汗在里边。

过去的封建统治剥削阶级总是说他们的“荣华富贵”是因为坟山风水好，祖先的“功高德重”。可是，“挖开你家祖坟看，几多血汗在里边”。剥削者的罪恶被一竿到底，淋漓尽致地揭露了。这对启发劳动人民的阶级觉悟，无疑地会起着极大的作用。

这些正义的指责，无情的揭露，使得统治者和剥削者无有容身之地。这愤怒的歌声，象洪水、象烈火，冲击着焚烧着他们的统治基础，使他们胆战心惊。在这里，我们就不难理解，为什么在过去，在广西，历代的封建统治者那样不遗余力地禁止人民歌唱了。

正是由于对统治者深刻的仇恨和对自己力量和胜利的信心，劳动人民在斗争中永远是勇往直前，表现了他们大无畏的精神。

我们看，财主勾结州官千方百计地阴谋禁歌，而刘三姐在这些所谓老爷的面前凛然不可侵犯地傲然唱道：

天上大星管小星，

地上狮子管麒麟；

皇帝管得大官动，

那个敢管唱歌人。

甚至敌人兴兵动戈，处于万分危急之时，她仍然慷慨激昂地高歌：

山崩地裂我不怕，

水泡九州我不惊，

遍地都有歌声响，

那怕财主与官兵！

正义和真理在她这一边，人民群众也是在她这一边，因而，那怕山崩地裂，那怕水泡九州，也动摇不了她的斗志。那管你皇帝、大官，那管你财主、官兵，也阻止不了她的歌声。正如刘三姐对财主莫海仁唱的："只有嘴巴抢不去，留着还要唱山歌。"在这里，劳动人民的乐观主义和战斗精神得到了充分的体现，也表现了劳动人民对统治者最大的轻蔑。在这里，那些统治者显得多么渺小，多么卑微！

劳动人民长期和大自然作斗争，他们对于劳动充满着自豪感；劳动人民虽长期生活在贫困中，但他们向往着美好的生活。因而在他们的创作中，热情地歌唱他们的劳动生活，歌唱他们对于美好幸福生活的憧憬和追求，歌唱他们纯洁坚贞的爱情。

《刘三姐》中的许多民歌，正是这样。如刘三姐对媒婆唱的"天生我们有双手，那愁吃来那愁穿"就充满着对于劳动的自豪感。又如当秀才们无耻地说什么"种田那比读书郎"，刘三姐狠狠地回敬他们："我们不把五谷种，要你饿得硬条条！"这对那些寄生虫固然是一个响亮的耳光，但也不是使人感到劳动是崇高的，值得骄傲的吗！又如：

春天茶叶香又香，

茶山一片好风光，

自己种来自己采，

甜满心头香满筐。

读着，我们感受到了劳动的愉快和收获的喜悦。这是劳动的颂歌，对劳动人民勤苦耐劳品格的赞美。

古往今来，人们在歌唱爱情时，写过多少动人的诗篇，而我们读着剧中那些情歌，内心仍然得到新的喜悦。如“山中只有藤缠树，世上那有树缠藤，青藤若是不缠树，枉过一春又一春”。借着事物的比喻和暗示，把少女难于启口的一切完全表达出来了。再看：

连就连，

我俩结交订百年，

那个九十七岁死，

奈何桥上等三年。

水深滩头哗哗响，

妹不见哥心就忧；

喝茶连杯吞下肚，

千年不烂记心头。

劳动人民的爱情多么纯洁真挚，坚贞忠诚。“那个九十七岁死，奈何桥上等三年”；“喝茶连杯吞下肚，千年不烂记心头”。把坚贞的爱情表现得多美妙。超拔的想象，意境的新颖，这里完全突破了一切歌唱爱情的俗套。令人叫绝，耐人寻味。

劳动人民在长期的实际斗争中，积累了极其广博的知识，具有无比丰富的智慧。当我们看着《刘三姐》中的民歌时，就更深刻地感到这一点。

就是在一些盘歌里，虽是猜谜，但也不仅是精确地把握了事物的特征，而且写得使人感到情趣盎然，诗意横生。如“柚子结果包梳子，菠萝结果披鱼鳞”；“荷叶水面撑雨伞，鸳鸯水面共白头”。这生动的比喻，巧妙的联想，要不是有丰富的生活和实际知识，是不可能的。这些歌，不但给人们以实际知识，也能引起人们对这些事物和生活的喜悦和热爱。它把人们生活中时常遇到的一些看上去很平常的东西加以诗化了。

《刘三姐》剧本，从政治斗争以至爱情生活，都融汇了和运用了众多的民歌来表现，有的如怒雷震响，有的婉约缠绵，有的幽默风趣，异常丰富多采。如果把这些歌比作星星，那么，我们翻开剧本，犹如昂头看秋夜的晴空，一片繁星，每一颗都闪烁着迷人的光采。如果把这些歌比作花朵，那么，翻开剧本，我们就象走进百花盛开的花园，每一朵都有自己的色彩，每一朵都发散着清香。真是琳琅满目，撩人眼光。

这些民歌来自民间，无疑地，它们是经过千百年来不断的加工、锤炼和润色了的，这是真正的劳动人民的创作。这些民歌，雄辩地证明了劳动人民伟大的创作才能。读过这些歌，我们又一次深刻地感到，必须向民歌学习。

先要弄清人物性格和主题思想

——《刘三姐》创作和评论中的一个重要问题

韦望园

史料解读

史料原载《广西日报》1960年3月5日。该史料为一篇对刘三姐创作与演出的思考和评论。该文对怎样才能把"刘三姐"的创作提高到"全国先进水平",提出了三个方面的建议。首先要了解刘三姐的性格,明确创作的主题思想,突出其鲜明的阶级性、人民性、斗争性,从而做到既符合人物的形象又表达劳动人民的强烈愿望,使剧目达到较高的思想水平,更好地发挥文艺作品团结人民、教育人民、推动历史前进的作用。其次,该文作者极力主张"百花齐放",用各种文艺形式来表现"刘三姐"。最后,该文作者认为,要达到较高的思想艺术水平,既要鼓励参与创作和改编的人们解放思想,敢于标新立异,不束手束脚,害怕有缺点,害怕失败,同时又要正确地认识和理解刘三姐这个人物。该文反对"刘三姐这个戏不要什么政治斗争,应该以爱情为主""只要表现刘三姐的聪明善歌就行了"两种观点。在今天看来,过度强调阶级斗争与过度强调爱情生活,都脱离了刘三姐传说的客观文本。

原文

《刘三姐》的创作和演出高潮已经在全区范围内形成了。

怎样才能实现区党委的号召，把“刘三姐”提高到全国先进水平呢？这是一个复杂的问题，不是三言两语就能解决的，但是，也决不象有些人说的那样神秘。我觉得，不管包含的问题如何繁复，归根到底，首要的还是如何了解刘三姐的性格，如何明确这个戏的主题思想。只有这个问题解决了，其他问题才有可能完美地解决。

刘三姐是一个什么人呢？根据已有的文字记载，她大约生于公元八世纪即唐中宗神龙年前后，究竟是哪里人，说法不一。有的说是宜山人，也有的说是桂南人；有的说是僮人，也有的说是汉人；有的称刘三姐，也有的叫刘三妹。反正广西各地以至广东、湘西和贵州南部、云南西部都有她的传说。贺县瑶族甚至还奉她为“始祖”。虽然关于她的传说不一，但许多基本的东西是近似的。从各地流传的故事中，我们可以一致地看出刘三姐是我国历史上无数反抗封建统治阶级的英雄人物中的一个，同时又有着她自己的鲜明的特点。她出身于劳动人民，主要不是用刀枪而是用同样能致敌人于死命的山歌为武器，和封建统治阶级作坚决的斗争。在她的身上集中表现了劳动人民创造世界、反抗反动统治的伟大气魄和勤劳、勇敢、聪明、朴素、豪放、乐观的性格。千百年来，统治阶级害怕她，仇视她，歪曲她，尽量贬低和抹煞她的事迹，而劳动人民却一直热爱她，把自己的理想寄托在她身上，刘三姐实质上已经成为劳动人民不断讴歌、膜拜的理想的化身了。

既然如此，我们在塑造刘三姐这个人物，进行“刘三姐”这一剧目的创作时，就不能不用历史唯物主义的观点，首先考虑到如何突出她的鲜明的阶级性、人民性、斗争性，从而符合人物的历史的真实和劳动人民的强烈的愿望，使剧目具有高度的思想水平，更好地起团结人民、教育人民、推动历史前进的作用。同样，我们在评价“刘三姐”时，不论它是以什么形式出现，也应该首先从这方面去考虑。大家可以想一想,为什么柳州彩调“刘三姐”能受到那么热烈的欢迎,为什么几个月之内观众数以十万计呢?难道不首先是由于这个剧本在很大程度上反映了刘三姐的精神面貌,具有强烈的思想性和深刻的教育意义吗!自然,现在的剧本并不是完美无缺,也不是说不能有其他形式的演出;恰恰相反,我们是并不满足于已有的成就的,也是极力主张百花齐放,用各种形式来演出“刘三姐”的。现在我们的“刘三姐”剧本的确不是太多而是太少,所以很需要鼓励大家解放思想,标新立异,问题是不能为标新立异而标新立异,标新立异的目的不是仅仅为了要弄出一个剧本和柳州彩调团的剧本不同,而是要把“刘三姐”提高一步。因此,我们在标新立异的时候,一方面固然不应该束手束脚,害怕失败,害怕缺点,同时又应该首先考虑到如何正确地理解刘三姐这个人物,如何明确主题思想。只有这个前提解决了,才能开出各色新异的香花来,不然,即令形式上新了,异了,如果主题削弱了,人物性格冲淡了,歪曲了,也还是不足取的,甚至是有害的。

现在有些人不是主张“刘三姐这个戏不要什么政治斗争,应该以爱情为主”吗?如果按这种意见做去,舞台上就不会有人民心目中的刘三姐了。因为刘三姐是那样一个代表劳动人民和统治阶级作斗争的立场鲜明的英雄人物,怎么能设想撇开这个主要的一面不写而却以个人的爱情为主呢?当然,爱情并不是不可以写,现在的剧本对这一点还不是表现得很好,应该适当地加强,可是,写爱情也必须明确为什么而写。毛主席说过:“爱是观念的东西,是客观实践的产物。……世上决没有无缘无故的爱,也没有无缘无故的恨。”刘三姐为什么爱小牛呢?不是因为两人同是劳动者,而且在和敌对阶级的斗争中结成了友谊吗?再说,妨碍他们之间的爱情的是什么呢?不正是地主阶级的压迫剥削吗?既然如此,我们怎么可以设想只写他们的爱情而不反映社会斗争呢?如果这样,不正是为爱情而爱情又是什么呢?我们看一看,古往今来又有哪一出名戏比如《白蛇传》、《茶花女》是为写爱情而写爱情呢?没有的,古往今来,一切成功的写爱情的作品总是通过主人公爱情的遭遇反映一定的社会生活,宣扬一定的进步思想的。即使那些反动的黄色的文艺作品也不是什么为写爱情而写爱情，而是为了麻醉人民的思想，瓦解人民的斗志，这中间就是有政治目的的。那些主张创作“刘三姐”可以不写政治斗争的人实质上是上了资产阶级的为艺术而艺术的圈套了！抱这样一种观点是绝对写不好刘三姐的。

“只要表现刘三姐的聪明善歌就行了！”这也是抽掉政治内容的一种说法。我们并不否认，刘三姐的聪明善歌，是应该得到很好的表现的，不然就不能体现歌仙的特点了。现在的问题不是要不要表现这一点，而是为什么要表现，如何去表现。是为写歌而写歌，还是要通过歌写出思想内容和政治斗争呢？这要先看看群众为什么喜爱刘三姐。难道仅仅因为她聪明、会唱歌吗？显然不是，刘三姐并不是为歌而歌的，她的歌是劳动人民感情的抒发，是对幸福生活的向往和追求，是对劳动和爱情的赞美，是对统治阶级的讽刺和反抗，群众其所以热爱刘三姐，正是因为从她的歌声中受到了教育和鼓舞，而她其所以聪明善歌也主要是因为代表了真理，代表了劳动人民的智慧，决不是因为有什么脱离人民的超人的本领。如果仅仅因为聪明、善歌就获得群众热爱，那就不能理解为什么历史上许多才子、诗人在劳动人民中没有获得象刘三姐那样深刻的同情了。可见，写唱歌并不是目的，而应该通过歌表现出思想内容，表现出刘三姐如何运用歌的武器向敌人作斗争，而敌人又如何害怕歌声，企图压制人民的反抗。同样，写刘三姐的聪明也应该把她作为劳动人民的智慧的化身来处理，表现她的聪明是来自劳动，来自生活，来自群众，是代表了真理，所以，才有可能使那些地主、秀才望尘莫及；如果把刘三姐写成不可理解的玄妙的神人，就不是真正的刘三姐了。

和上面说到的忽视政治内容相类似的另一种表现是为形式而形式，只求形式上美，而不问思想内容究竟如何。最近，看过一个剧团创作的《刘三姐》，剧本结构、情节安排是与柳州彩调团的剧本有很大的不同，服装、布景等等，也“美”多了，可是，看后印象很淡，更谈不到深刻的教育，原因在哪里呢？就是剧作者和导演只是从形式上去考虑，比如人物出场如何美、布景如何华丽等等，而没有首先考虑内容，考虑刘三姐究竟是个什么人物，要通过她宣扬什么，然后根据内容的需要来决定形式，结果思想内容空虚，而形式也并不能给人以美的感觉，甚至感到和内容矛盾，破坏了戏的主题思想。这也并不奇怪，因为资产阶级的形式主义的美并不是人民群众所需要的。

忽视人物性格和主题思想的倾向在关于表演问题的探讨中也表现出来。当自治区文艺界讨论"刘三姐"的时候，就有过一些"专家"提出这样的意见：刘三姐不应该昂首挺胸，不应该扬手，不然就是刘胡兰式的表演，显得太不真实了。也有人说：第一场，兰芬不应该哭，哭就破坏情绪，不协调了。如此等等，都表明对刘三姐这个人物和戏的主题没有明确的认识，甚至是以资产阶级小姐的标准去要求刘三姐和其他人物。前面说过，刘三姐是一个劳动人民，是一个勇敢的反抗性顽强的英雄人物，为什么在地主面前不能昂首挺胸呢？难道要她低声下气，哈腰下跪吗？当然，我们并不是说刘三姐的表演应该生硬，不论什么场合都要用一种表情，也不是要把刘三姐完全演成刘胡兰一样，因为时代不同，人物也不相同。可是，什么叫生硬、什么叫不生硬，需要弄个清楚。我想，生硬与否应该看是不是符合人物的内心感情和周围环境。其实，有些人认为生硬的，实际上并不生硬，不过是他们站在另一种立场，不理解或者歪曲了人物的精神面貌罢了。

同样，所谓协调不协调的问题也应该从人物的性格、环境来观察。"刘三姐"第一场，大家正在欢度歌墟的时候，地主派狗腿子来逼债抢兰芬，兰芬突然感到祸从天降，悲愤得向朋友们痛哭起来，这正好鲜明地烘托出了地主和农民的势不两立，告诉人们地主就是幸福生活的破坏者，这究竟有什么不协调呢？难道要一帆风顺没有斗争才协调吗？要兰芬连哭也不敢哭或者忍气吞声乖乖地被抢走才协调吗？显然，不协调的不是戏的本身，而是评论者的思想感情和剧中人物的思想感情太不协调了。我这样说，自然也不是主张非象现在这样处理不可，问题是不能随便给现在的处理加上"不协调"的帽子。

总之，解放思想，大胆创造是绝对必要的，但是在对刘三姐这个人物和戏的主题、思想内容的理解上，还存在着一些错误思想。其中，有一些人是由于认识模糊，有一些人则是抱着资产阶级的眼光来看问题。不管是属于哪一种情况，都必须首先解决，才有可能把“刘三姐”的创作提高到全国先进水平，也才有可能在对“刘三姐”以至其他戏剧的评价上有共同的语言。应该说，上面谈到的那种单纯从形式从技巧出发，忽视人物性格和主题思想的表现，在其他一些戏剧创作和评论中也是存在的，现在是好好批判这些错误观点的时候了。

英雄的形象 智慧的结晶

——评歌舞剧《刘三姐》

汪毓和 伍雍谊

史料解读

史料为一篇歌舞剧《刘三姐》的评论，原载《人民音乐》1960 年 Z2 期。该文作者以来京演出的歌舞剧《刘三姐》为对象，论及如何刻画“刘三姐”这一英雄人物的问题。指出该剧主要运用音乐表现手段，在斗争中塑造英雄性格。但作者认为，“刘三姐”形象的刻画还不够集中，主要表现为两个方面：一是人民群众和地主阶级之间的斗争表现得还不够集中，矛盾冲突分散，缺乏一贯的、集中的表现；二是运用音乐手段表现刘三姐的英雄性格还不够集中，该剧大部分采用山歌风的歌谣体裁，表现力存在局限，矛盾冲突和人物思想情感受到拘束，缺乏强烈的戏剧性。但这并不代表歌剧创作要排斥使用山歌、民歌型的音乐，而是要根据是否特定的情节内容所必需的、是否按照戏剧形式的表现要求进行了必要的创造性发展两个因素来决定。虽然该文对歌舞剧《刘三姐》表现阶级矛盾冲突不集中的观点值得商榷，但该评论因为融入了与歌舞剧《刘三姐》座谈会较为一致的观点，所以其史料价值值得重视，特别是所涉及的问题也是当前倡导的优秀传统文化如何创造性转换和创新性发展的关键问题。

原文

一

广西僮族自治区歌舞团来京演出的歌舞剧《刘三姐》获得了巨大的成功。他们以自己优美的民间艺术的结晶以及充满诗意的演出深深地吸引着首都的观众。

《刘三姐》的戏剧情节取材于广泛流传在我国西南一带的关于刘三姐的民间传说。它生动地记录了在封建社会里我国的劳动人民如何向压在自己头上的剥削者——地主阶级——进行着面对面的斗争。随着戏剧情节的展开，作者以尖刻辛辣的笔调讽刺和抨击了封建统治阶级及其奴才文人的阴险、无耻和愚蠢；同时，作者以无比的热情，歌颂了劳动人民的智慧以及人民群众的不可摧毁的力量。从我国过去的历史，特别是少数民族的生活来看，唱歌、演戏一直是人民群众自我教育和团结一致向封建阶级作斗争的一种有力工具；另一方面统治阶级也常常以禁歌、禁演的手段来进行压制。这个作品正是生动地反映了这种主要表现为意识形态的尖锐矛盾的阶级斗争，并且也很有说服力地证明了正是劳动人民才是社会物质的创造者和人类精神财富的创造者。特别有意义的是作者利用“对歌”这一场，无情地嘲笑了、丑化了那些自恃有满腹诗书而实际上连起码生活知识都没有的封建统治阶级的奴才文人。因此，剧中“对歌”一场不但表现了两个对立阶级之间的尖锐斗争，而且实际上成为封建社会毁灭的丧钟，成为人民斗争的凯歌。

此外，作者在改编过程中删除了原来传统中所包含的一些糟粕部分，并且大胆地改变了原来传统的悲剧性的结束，而代之以刘三姐到各地去“传歌”，到处去传播革命种子的尾声。显然，这些处理大大提高了民间传说的思想性、战斗性，把刘三姐这个英雄人物在民间传说的基础上表现得更高，并且使全剧自始至终洋溢着革命浪漫主义的精神。

此外，许多观众被这个作品的强烈的民间色彩以及丰富多彩的生活情景所迷，仿佛自己也进入了广西秀丽的山歌之海的山区。我们的许多创作在民族风格或地方色彩上进行了成功的探索，但是，不可否认，《刘三姐》在这方面却显出它独特的光彩。

首先，作者根据故事情节的需要：充分运用了最带地方色彩的民间传统文艺形式和山歌音调，有意识地引进了某些富于典型的民间风俗场面来进一步突出渲染作品的地方色彩。例如“霸山”这一场开始时采茶的歌舞场面以及“抗禁”这场开始时描写群众在歌墟中的对歌，这些群众的场面都取得了很成功的效果，给人以彩色斑烂的印象。

其次，在脚本的语言上充分吸取人民自己生活中的语汇，是整个作品具有强烈的民间气息而又生动感人的重大原因。我们有些新歌剧的脚本，常常存在着语言干瘪、平淡的缺陷，《刘三姐》具体地给我们看到了人民的语言是多么简练、风趣、生动、锐利、富于生活气息和形象性。有许多地方简直叫人禁不住要拍案叫绝。尤其在“对歌”这场里给我们看到人民群众语言的生动与秀才们语言的笨拙，这二者之间的对比是多么的鲜明！

二

在歌剧中如何运用音乐表现手段来刻划英雄人物？这是我们的歌剧创作正在不断地探索、研究的问题。在歌剧《刘三姐》中，刘三姐这个人物的英雄性格是在不断的斗争中展开、完成的；而在剧中的每一个尖锐的斗争场面，音乐成为它的主要的表现手段。从歌剧的一开始，刘三姐和地主阶级最初发生冲突的时候——即她谴责地主的狗腿子强抢猎获物的场面起，她的纯朴的、悠扬的歌声就给人以很深的印象，她的歌声和她的斗争精神的表现，这时就已经在观众的心目中融为一体。而在全剧中占重要地位的几场，也主要是通过刘三姐的歌唱表现出来的。“拒婚”一场，一方面是地主阶级阴谋用物质享受来引诱刘三姐进入他们的牢笼，一方面是刘三姐识破他们的诡计，给地主派来的说客王媒婆以有力的回击。在这里，尖锐的阶级斗争以一种曲折的比较缓和的方式表现出来。刘三姐和王媒婆的对唱，一方面表现出媒婆的油嘴滑舌、一肚子鬼胎的丑恶面貌，一方面表现出刘三姐对利诱毫不动心的坚定立场，表现出她在阶级斗争中的机智和对阶级敌人及其帮凶的严厉的态度。“对歌”一场，是剧中最富于吸引力的一场。以刘三姐为代表的人民群众和地主阶级的剧烈的冲突，在这里以对歌的形式表现出来。对歌也正是彼此力量的公开的较量，而且是智慧、才能的较量。掌握着文化的统治阶级，看来处于优势，而对歌的胜负，又关系着茶山的所有权，关系着群众中自己涌现出来的领袖刘三姐的命运，对群众的命运有决定性意义。这一紧紧地抓住观众注意力的情节，终于在刘三姐的从容不迫的、充满自信的答歌问歌声中取得了胜利。地主阶级的奴才，陶、李、罗三个秀才丢尽了丑，一败涂地。这一特定场合的斗争的过程正是通过歌唱展开的，刘三姐的机智、勇敢、坚定的性格，在这里得到很大的发展。

通过不断斗争来表现刘三姐的英雄性格，同时运用音乐手段来表现斗争、表现矛盾冲突，从而使音乐成为发展英雄人物的性格的主要手段，这就是歌剧《刘三姐》艺术方法的最鲜明的特点。

对于剧中的其他人物，作者也塑造了真实、自然而生动的形象。例如，机智、幽默、善良的老艄翁，就是农民中具有丰富斗争经验的老一辈的形象概括；老实、胆小的刘二，又正是代表了在封建社会下一部分深受封建统治压迫而暂时不敢向统治阶级作斗争的农民——这种形象在旧社会里也是有典型意义的，它既表现了农民的朴实的一面，又表现了农民受到封建统治思想影响的一面。作者随着剧情的展开对刘二这个形象作了质的发展，虽然，对刘二的刻划还不够细致，他的转变过程看来还不够明显，但刘二最后的转变，仍然暗示了广大农民群众在斗争中的觉悟和成长。作者通过小牛、春姐、冬妹等人物又概括了农民中年青一代的形象。他们不怕压迫，敢于斗争；他们充满了朝气和对斗争胜利的信心。这些人物是作为支持刘三姐的群众中的核心人物而出现的，他们和刘三姐的关系，体现了刘三姐和群众的密不可分的联系。剧中的许多群众场面，对于群众的形象也有着有力的表现。从全剧看来，作者没有孤立地突出刘三姐这个英雄人物，而体现了她和群众的血肉般的联系。第一场中老艄翁和刘三姐的对唱，是群众支持刘三姐，而刘三姐又从群众的支持中吸取力量的最初的体现。在“霸山”、“对歌”、“抗禁”各场中，通过合唱、对唱刻划出群众的生气勃勃的、勇敢坚强的形象，以及他们对刘三姐的斗争所给予的有力的支持。因此，在这个作品中可以说真正的英雄形象就是人民群众，而刘三姐正是群众的代表，人民的典型化身。

对于反面形象的刻划，如莫海仁、莫进财、王媒婆和三个秀才也都是非常逼真和具有典型性的。特别是王媒婆和三个秀才的形象，还带有一定漫画式夸张的特点（显然，这些是作者从戏曲中学习到的），给人以更为深刻的印象。

三

歌剧《刘三姐》生动地表现了古代农民群众和地主阶级之间的斗争，成功地塑造了这两个阶级中的一些有代表性的人物的形象，特别是创造了给人以难忘的印象的"刘三姐"这样一个英雄人物。

这样一部获得可喜的成就的歌剧作品，还可不可以作进一步的提高呢？特别是对于刘三姐这一英雄人物的表现，还能不能比现在的更完美呢？这是许多关心、热爱这一作品的同志所提出的问题。

看来，歌剧《刘三姐》在表现"刘三姐"这个英雄人物时还不够集中，因此，这个人物虽然已经有着鲜明的形象，但总觉得还缺少一点有力地撼动观众的内心的力量。

所谓不够集中，主要从这两个方面来看：一是以刘三姐为代表的人民群众和以莫海仁为代表的地主阶级之间的斗争表现得还不够集中；一是运用音乐手段表现刘三姐的英雄性格还不够集中。

为什么说刘三姐和莫海仁两方面的斗争表现得不够集中呢？从全剧来看，矛盾冲突的高峰出现了三次，第一次是"对歌"，第二次是"抗禁"，第三次是"脱险"一场中莫海仁企图谋杀刘三姐和小牛射死莫海仁，其中"对歌"一场可以说是全剧中艺术感染力最强烈的一个高峰。因为这一高峰的出现是"霸山"、"定计"、"拒婚"等场的戏剧发展的结果，是这几场中所出现的矛盾冲突的积累的总解决。因此，这一高峰实际上已成为剧中矛盾冲突的顶峰。在这一顶峰过去以后，又重新出现地主的再次定计，重新酝酿新的矛盾冲突，这就使整个戏剧的发展显明地分割开来。而且，除了在第一次高峰和第二次高峰之间，插入了重新定计的“阴谋”一场外，在第二个高峰和第三个高峰之间又插入了刘三姐和小牛定情的抒情性情节，这样，就使后半部的剧情显得松懈，令人觉得似乎是生硬地附加上去的，和前半部的戏剧发展之间的关系并不密切相联的。由于这些原因，第二、第三次高峰无论如何也达不到第一次高峰那样的强烈的艺术感染力量。矛盾冲突的分散，缺乏一贯的、集中的表现，这一戏剧表现方面的缺点也就影响了音乐表现力量的发挥。虽然在“对歌”之后出现了“抗禁”那样的群众性的优美的歌唱舞蹈场面和群众抗禁的合唱，出现了刘三姐和小牛定情的抒情性对唱场面，但它们已不能再度产生如“对歌”一场那样的动人力量。

为着克服这一缺点，我们认为对歌和抗禁的情节可以紧接在一起，将“对歌”和“抗禁”两场合并为一场，而“定计”只出现一次就可以了。在定计一场中，可以表现莫海仁一方面为着不敢引起群众的公愤，准备以求亲为手段来收买刘三姐，一方面又同时派人报告官府，准备在求亲的阴谋不成之后依靠官府的力量来禁歌。这样，地主阶级对付人民的和平的和暴力的两手同时表现出来，他们的阴险、毒辣的狰狞面目也就更好的揭露了，而且也同时揭示出刘三姐这一方面的斗争的艰巨性和严重性。从求亲发展为对歌，发展为地主阶级在对歌惨败之后立即采取暴力行动，矛盾冲突的发展沿着一条贯串一气的线索，并以刘三姐和统治阶级的面对面的剧烈冲突而形成全剧的高潮。这就会集中突出得多，此外，射死莫海仁的情节可以安排为刘三姐出走而莫海仁企图追捕谋杀的结果，这些情节和“传歌”一起作为尾声性质的部分来处理；小牛和刘三姐的恋爱情节可以安排在“定计”以前，譬如在“霸山”一场中就可顺带解决。只有矛盾冲突有了一贯的、集中的表现，音乐创作才有可能相应地进行集中的表现，一个音乐高潮以后接着又来一个更大的高潮，将这一斗争事件表现得更动人，使音乐发挥紧扣观众心弦的力量。

刘三姐的英雄性格的音乐表现所以令人感到不够集中，有如下的一些原因。第一，音乐创作大部采取山歌风的歌谣体裁，一方面它的四句或八句的方整性结构把音乐的表现力量局限在很小的范围中，另一方面它的徐缓、悠长的抒情风格使得表现剧烈的戏剧冲突和人物的激动的思想感情活动受到拘束。第二,在一些戏剧性强烈的场面缺乏充分表现这种戏剧性的足够的音乐段落。譬如,在拒婚一场,地主莫海仁最后出面来进行威迫利诱,并且和刘三姐当面订约赛歌的时候,刘三姐唱的“他要的田由他收,三姐饿死不低头”以及“说的什么媒,提的什么亲?”两曲,都没有突破山歌格调的局限,缺乏激情。又如在“对歌”一场,刘三姐取得最后胜利的时候,刘三姐所唱的“知道你家钱财多,见着什么抢什么”一方面有着上面所提到两曲的同样的缺点,一方面这样来收场不能很好地表现出经过斗争而获得胜利的刘三姐的心情,似乎收得太匆忙、潦草。总之,通过歌唱来表现刘三姐的地方很多,但并不是在每一个特定的戏剧段落内都能表现出相应的戏剧特点来,因而也就不能使刘三姐的性格的各个方面表现得更突出,也就是对于她的整个的性格表现没有达到更完美的地步。

这样说来,是否在歌剧创作中不能采用山歌、民歌型的音乐?我们认为,歌剧音乐的创作不应该排斥以山歌、民歌作为素材的做法,运用山歌、民歌也可以表现矛盾冲突,可以表现斗争。但是,可或不可,要看这样两个因素而定:第一,是否是特定的戏剧情节(作品内容)所必需的?第二,是否按照戏剧表现的要求进行了必要的创造发展?

从歌剧《刘三姐》的内容来看,由于作品的主人翁就是一个天才的民间歌手,而且对歌是剧中的一个重要斗争场面,因此,为着要真实地表现出她的斗争生活,采用山歌完全是必要的,而且剧中大部分都运用得很好。尤其是对歌一场,矛盾冲突只能通过山歌来表现,除此以外,不可能有更好的表现方式。

另一方面,我们不能不看到,山歌在民间,一向是作为抒情的手段而出现的,即便是表现农民对地主阶级的仇恨,它也没有脱离原有的抒情特点。因此,在表现复杂的矛盾冲突,表现两个阶级的面对面的剧烈的斗争,表现一个英雄人物的多方面的性格时,只依靠它的抒情性就显得不够了。这样,不经过改造,不作戏剧性的发展就不可能很好地完成它需要完成的任务的。刘三姐这个人物,在很多看来是应该令人激动的场面,应该作慷慨激昂的戏剧性演唱的场面,我们听到的依然是悠扬的平稳的山歌般的歌唱,这就是令人感到不够满足的另一个原因。自然，这也正是刘三姐的英雄性格的表现上的缺点。

总的说来，《刘三姐》整个作品本身以及它的创作过程，都包含了许多有价值的因素值得我们充分重视和向它学习。《刘三姐》这部作品的成功标志了在党的“百花齐放，百家争鸣，推陈出新”的文艺方针下，全国各地的文艺事业正在进入了一个新的发展的高度。同时也证明了党所提出的革命浪漫主义与革命现实主义相结合的艺术方法的重大意义，以及在文艺创作中走群众路线的方针的胜利。我们热切地希望广西的同志们在已经获得胜利的基础上，把这个作品修改得更完美、更深刻；并且预祝他们在创造社会主义时代的新型的《刘三姐》的工作中获得成功！以更新更辉煌的战果来庆贺我们党的四十周年！

注：这篇文章是根据中国音乐家协会所举行的“刘三姐”座谈会上一些同志的发言并融汇作者本人的意见写成的。

关于《刘三姐》的创作

郑天健

史料解读

史料原载《剧本》1960年第8期。该史料为《刘三姐》改编和创作过程的回顾性文章。作者首先介绍了“刘三姐”这一传说。其次简述了《刘三姐》的创作过程，介绍了柳州第三稿的重要意义。最后，作者讨论了编写中遇见的难题——如何再创造“刘三姐”的艺术形象。在此，首先介绍史书与民间传说对“刘三姐”的两种不同说法。接着，介绍柳州市文艺工作者创造的勤劳、勇敢、热爱生活的富有反抗精神的民间歌手和诗人形象。然后作者介绍了《刘三姐》搬上舞台过程中的集体合作，分析《刘三姐》中的民歌的特点和分类。作者认为《刘三姐》是集体创作的成果，阐明了改编和创作意图，肯定了党的领导和集体创作的重要性，认为《刘三姐》的成功是党的文艺方针和毛主席文艺思想的胜利。从内容上看，史料具有鲜明的时代特征。从传说到彩调剧，文本的转换过程也是传说的跨文本改写过程，其价值在于这个过程中的诸多细节，而不是结果。

原文

回想我们创编《刘三姐》的前前后后，愈来愈感到在这一段创作历程中，确实获得了一些有益的经验和体会，虽然这些经验和体会很粗浅、很不成熟、或许还有不够恰当和错误之处，但我还是想把它如实地记录下来，望文艺界先辈和同志们教正，帮助我们参加《刘三姐》创作的同志提高认识。

千百年来传颂不绝，家喻户晓的传说

广西民间，特别在僮族中，有很多美丽的传说，“刘三姐”是其中流传最广泛，影响也最深远的一个。相传一千多年前，唐中宗时代有一个能歌善唱的、年轻美丽才智过人的僮族姑娘刘三姐。她一生一世最爱唱歌，她的许多山歌中，有赞颂劳动的，有表达劳动人民心愿的，有反抗封建统治者的压迫和剥削的……等等。因而深受劳动人民的爱戴。他们把刘三姐当作自己的智慧和理想的化身。祖祖辈辈讴歌她，敬仰她，尊称她为“歌仙”。

“歌仙刘三姐”的故事，在广西各地、各族人民中间，世代相传。很多地方留有她的遗址、遗迹和人民为她立下的庙宇。很多州府县志里，列有她的事绩。明清以来屈大均、张尔翻、王士桢等文人写下有关她的记载(见《古今图书集成》、《池北偶谈》)。据闻，广东、湖南、贵州几省，也盛传“刘三姐”出自他们地方，其流传之广泛，影响之深远由此可见。将这样一个长久以来深受群众爱戴的传说人物编成戏剧，塑造更加完整、鲜明的艺术形象，正是多年来广大群众的愿望，特别是把大量劳动人民深切喜爱的民歌搬上舞台，融合到舞台艺术中，更是一件很有意义的尝试。

创作过程简述

僮族人民一代一代地，按照自己的优良品格和美好愿望来塑造刘三姐的形象，把自己民族千千万万优良歌手的智慧集中到她的身上。刘三姐的许多动人的故事和脍炙人口的山歌，都是僮族人民千百年来经过千锤百炼的集体智慧的结晶。

《刘三姐》剧本的最初创编者——柳州市创编组的同志们，他们在着手写作之前，先深入民间采风掘宝，足迹遍及半个广西，收集了一万三千多首民歌、二百多本传说和几十种民歌曲调(后来其他专区又曾进行过新的收集)。这些民间珍品,给这个剧本奠定了深厚的根基。

要谈《刘三姐》的创作,必须先说一说柳州剧本的第三稿(我们都称它为柳州第三方案),它是柳州市创编组的同志们经历了一段艰辛的道路,出色地解决了剧本的主题、人物、以及情节结构几个戏剧创作中的主要问题,并战胜了各种各样资产阶级文艺思想的阻难,一次又一次地加工修改而成。柳州市创编组的第三次稿本,一经演出,即得到领导、群众和文艺界绝大部分同志的肯定,大家认为这个本子做到了把历史传说和现代革命的要求相结合,因而增强了“刘三姐”这一题材的现实教育意义,同时还认为剧本里成功地采用了百首以上经过编选、加工和再创造的优美的又富有战斗性的民歌,为广大群众喜闻乐见,并且因此形成了这个戏的民族民间的独特风格。从今年四月《刘三姐》会演中的绝大多数本子看,尽管许多本子在情节和表现形式上各有不同,在剧本的主题思想,民歌的运用,或人物性格的基本特征方面有许多发展和丰富。但是,大家都看得很清楚,柳州第三方案是所有这些本子的基础。特别是他们在创作过程中所坚持的方向,以及某些具体作法,对后来各地的编写起了很大的启发作用。

柳州第三方案受到广西各地,各界人民的欢迎,不少剧团纷纷上演。今年四月,自治区举行全区《刘三姐》会演。在南宁参加会演的专区剧团、文工团的二十几场的演出,真是各有千秋,皆有独到之处。如象南宁、百色、玉林等地文工团的演出,不仅丰富和发展了柳州第三方案,而且在民歌,曲调,情节,以及人物塑造各方面,都有不少新的创造。现在发表的剧本,就是吸收了会演中各剧本的长处,再经整理改编而成的。

去芜存菁,再创造刘三姐的艺术形象

“刘三姐”和一切古代文化遗产一样,也是蜜糖和毒药渗在一起。如何剔除其封建性的糟粕,吸取其民主性精华,使它既附合古代的传说,又能满足今人的需要,丰富发展原有的传说,再创造刘三姐的艺术形象,是在编写《刘三姐》之初，最先遇到的第一个课题。

“什么树开什么花，什么阶级说什么话”。几十种传说资料，和有关“刘三姐”的很多口头传说和遗迹，有着各种各样不同的说法，特别是史书记载和民间传说，竟是两种截然不同的调子。毫无疑问，不同的说法是出自不同阶级之口，代表着不同阶级的利益。史书记载中，刘三姐被描绘成为一个七岁“读诗书”，十二岁“通经史”与劳动人民毫不相干的女才子。宣扬她的主要作品是《相思曲》“妹相思，不作相思到几时，只见风吹花落地，不见风吹花落枝。”《藤树曲》“入山看见藤缠树，出山看见树缠藤，树死藤生缠到死，藤死树生死也缠”……等等；有所谓“艳事说三姐，风流万代香。”……令人看来刘三姐只不过是一个有超人的歌才，善于表达爱情的歌仙而已。他们说，刘三姐和秀才白鹤对歌，对唱了七天七夜，同心同声，后来缔结仙侣升天而去。某些传说用一些陈词滥调，把刘三姐形容成一个不事劳动的女二流子。如“唱歌得耍又得玩，唱歌得坐鲤鱼岩。”……诸如此类之说，分明是旧时代的统治者，对于这个出自人民的想象、被广大人民尊敬的歌仙的歪曲和侮蔑，他们千方百计地，企图改变民间传说的本来面目，意在消灭或贬低刘三姐的山歌在人民群众中的影响。尽管封建地主阶级编造出许多形形色色的、若有其事的谎言，但是深深地活在劳动人民心坎中的刘三姐的英雄形象，和她的充满了乐观和战斗精神的山歌，并没有被封建统治者的谎言所掩没，千年万代流传至今。民间传说说刘家世代是农民，刘三姐原是“茅草盖棚来安身”，“搜尽南山九垌田”，“鼎锡无米煮……砍柴上山坡”的一个劳动能手，贫农家的姑娘。她的山歌有歌颂劳动的，有巧骂秀才的，还有讽刺和揭露财主的。她曾和秀才对过歌，其歌词大体上和史书记载相同，但不象记载中所说，称秀才为“先生”、“阿哥”，而是骂他们“蠢材”、“盲驴”。她嘲笑过姓陶姓李的两个秀才为“盲驴”，“姓陶不见桃结果，姓李不见李花开，洗纱便是刘三姐，两只盲驴那里来？”她骂财主为猴子、斑鸠。有一次地主骑马来收租，三姐口唱“猴子出路骑绵羊，锣鼓一响出收账，我好丑不用你来看，斑鸠妄想配凤凰”，“不爱坏人不爱财，你瞎眼睛乱跑来。”……各地农民的口述中和贡献出的手抄本中,还有表现刘三姐智慧的,为劳动人民解决难题的,等等。

过去还有一种传说,说刘三姐是被人杀害的,杀人罪犯不是别人,就是她的亲哥哥刘二。因为他哥哥恨她惹事生非。这种耸人听闻之说,虽然也曾蒙蔽过不少人的耳目,可是劳动人民并没有完全相信这些鬼话,事过千年,还有一些农民牢牢记着,刘三姐被财主迫害到处流浪的经过,和她最后在上山砍柴时,被财主推下山崖,她攀藤未死,又砍藤杀害了她的情景。

今天,劳动人民当家作了主人,在共产党的领导下,在党的文艺方针和毛主席文艺思想的光辉照耀下,"刘三姐"这颗广西人民的明珠,终于恢复了本来面目,回到劳动人民的手中,使它再现光芒。

刘三姐的传说流传虽广,但故事零星,单靠原传说,就缺乏足够的戏剧情节,很难塑造一个鲜明完整的艺术形象。柳州市创编组从收集来的大量民歌里,从历代山歌手的斗争生活和他们的遭遇中,吸取了不少养料。依据以上的历史材料,通过艺术的想象,构成"歌圩"、"定计"、"说媒"、"对歌"、"禁歌"、"成仙"等戏剧情节。这些情节在刘三姐的传说中,并不都有,如"禁歌"在原传说中就没有过。柳州的同志们根据在宜山听到歌手们谈起在旧社会,因唱歌骂伪县长,而被拘禁的故事,使他们联想到"禁歌"这个情节,这是完成刘三姐性格的关键,于是便决定增加了这场戏。

柳州市文艺工作者,在传说和其他材料的基础上,大胆地发挥想象,创造出一个勤劳、勇敢、热爱生活、富有反抗精神的天才的民间歌手和诗人,劳动人民的智慧和美好愿望的代言人。

《刘三姐》上演以来我们从剧场的反映中,得到不少启发,从各界的意见中,逐渐明确地认识到,人们不愿意这一勇敢机智、立场鲜明的英雄形象受到损害。例如:过去的演出中,对歌一场,当秀才问"什么外圆内四方",处理三姐突然答不出来,险些失败,所谓增强戏的矛盾冲突。有人说三姐对歌一直占上风就没戏了,还说三姐就那么聪明,什么都对答如流,这不合理,并且还美言之曰:三姐答不上铜钱,因为她是劳动人民不爱财等等。可是观众却对这种处理是反感的，不满意的。所以后来改为三姐故意停顿，戏弄秀才。另有一个剧本，其中有这样一段情节，地主的儿子向三姐调情，三姐不是对少爷正色以斥之，而是反过来轻松地戏弄了少爷一番。这就使三姐的态度不明朗，观众一致反对这种描绘……。

根据柳州本子的路子，按照广大群众的愿望，全区的文艺工作者，继续不断地丰富发展、创造了刘三姐的艺术形象。通过这个形象，给人以很大精神鼓舞，起了长劳动人民志气，灭地主阶级威风的作用。同时令人明确的感到，知识源于劳动，源于斗争，唯有劳动者最聪明、最高尚。

民歌搬上舞台

《刘三姐》上演以来，许多同志说这个戏雅俗共赏，人人爱看；说看这个戏是美的享受，新鲜，动人……，当然这些话给予我们凡是参加过这一创作的同志极大的鼓舞。但是，我们需要认清，也必须认清，这个戏所以获得了一定的成功，受到各地观众的赞赏，其主要因素并不在于人物塑造如何，情节安排怎么样，或者表演技巧等等。而是由于戏里有百多首生动，优美，富有战斗性和生活气息的民歌，吸引了成千上万的观众。

当然，民歌搬上舞台，也曾经过一番辛勤的劳动，进行收集，选择，加工，整理（其中也有一部分是新的创作）。前面讲过柳州创编组同志收集了一万三千多首。后来各地同志又陆续收集了一些。然后通过认真地学习，他们基本上掌握了刘三姐山歌的传统中的反抗精神，及其艺术风格，表现手法。他们认为刘三姐的歌有几个特点：

一、思想尖锐，妙语双关。如“姓陶不见桃结果”这首歌可为代表。由于她具有鄙视封建文人的思想作指导，同时又有熟悉生活的基础，从姓字的谐音，马上联想到桃李锣的形状，唱出双关妙语，一针见血地点出“三个蠢才那里来”的思想来。这是刘三姐艺术手法的“比”（托物取喻）的范例。

二、借物发端，淋漓尽致。如秀才叫她猜油筒时，她马上唱出“你娘养你这样乖，拿个空筒给我猜，分明肚中无料子，装腔作势也跑来。”(后两句经创编者改写过)秀才的歌是为猜油筒而猜油筒，而刘三姐不仅能猜破迷底，且能借油筒来讽刺、挖苦秀才，令人痛快。这是刘三姐艺术手法的“兴”(借物发端)的范例。

三、明朗乐观、直陈题意。如“哥哥说话理不通，那有唱歌家会穷，家越贫穷越要唱，只愁志短那愁穷”。这首歌，是哲理式的铺述，情绪饱满，有说服力，有思想情感，也有艺术的特色，这是刘三姐艺术手法中“赋”(直叙)的范例。

掌握了刘三姐山歌的这些特点，就来着手对大量的民歌进行选择、加工的工作。由于《刘三姐》的编演在广西是采取群众运动的方式进行的，因而民歌的选择、加工，都是最大范围的集体创作，集中了集体智慧。

以现在的这个本子为例，它的歌，都是在全自治区会演的基础上，择其优秀者集中起来的。这些歌，大体可以分为以下几类：

一类是反抗地主阶级的统治剥削，揭露封建统治阶级的阴谋诡计，具有斗争性的歌。如：

莫夸财主家豪富，
财主心肠比蛇毒；
塘边洗手鱼也死，
路过青山树也枯。

这首歌的后两句，在原歌中原是讽刺那些忘恩负义、狠毒刁蛮的女人用的，柳州创编组改去了原歌的前两句，加上现在的这两句，就成为一首讽刺剥削阶级的歌了。又如：

别处财主要我死，
这里财主要我活；
往日只见锅煮饭，
今天看见饭煮锅。

这首歌的后两句，在原歌中也是一般地形容某种古怪的事情而用的。这里加了前面两句，专指财主而言，就成为一首适合情节需要，揭露地主阶级假慈悲面目的歌。又如：

刀砍松树不死根，

火烧芭蕉不死心；

刀砍人头滚下地，

滚上几滚唱几声。

这首歌，是旧社会黑暗时代，劳动人民的歌手们用以反对反动政权禁唱山歌，和反对捕押唱歌人的歌。刘三姐是僮族劳动人民无数歌手的化身，我们认为把这些歌用在这个戏里比较合适。

另一类是讽刺秀才，对一切封建帮闲文人进行无情嘲笑的歌。这类歌，除了“姓陶不见桃结果，姓李不见李花开，姓罗不见锣鼓响，三个蠢才那里来”，和“风吹桃树桃花谢，雨打李花李花落，棒打烂锣锣更破，花谢锣破怎唱歌？”等四五首是刘三姐的遗作之外，其余的都是选用和加工别的民歌而成的。在僮族唱歌的习传中，有一种是属于斗智的歌。例如：

问：你聪明，一个大船几多钉，一箩谷子几多颗，问你石山有几斤？

答：是聪明，大船数个不数钉，谷子论斤不数颗，你抬石山我来称。

问：莫逞能，三百条狗四下分，一少三多要单数，看你怎样分得清。

答：九十九条打猎去，九十九条看羊来，九十九条守门口，还剩三条狗奴才。

象这种针锋相对的歌，在表现刘三姐的智慧，和打击封建文人的刁难嚣张上很适合，所以大量的采用了。为了使歌词更符合剧情和人物的需要，我们作了些改动，例如“还剩三条狗奴才”就是为了讽刺秀才而改的。

和讽刺秀才这一类歌有些相似的，如刻划媒婆、嘲笑媒婆的歌也是来自民间的。象“好篮从来不装灰，好人从来不做媒，今日遇着刘三姐，红茹落灶你该煨。”“刘家丫头谁不晓，人又刁蛮嘴又嚣，不是路边闲花草，她是高山红辣椒。”就是横县一位农民歌手写出来的。

另一类是歌颂劳动，热爱生活，富有强烈的乐观主义精神和生活气息的歌。例如第二场的一组“盘歌”：

问:什么结子高又高?什么结子半中腰?什么结子成双对?什么结子棒棒敲?

答:高粱结子高又高,玉米结子半中腰,豆角结子成双对,收了芝麻棒棒敲。

这些都是流传在广西各地的民歌。这种盘歌与上面那种与秀才作斗智的歌,在气氛上很不同,它比较柔和,适合劳动之余,相互对唱所用。它表现了刘三姐和劳动人民对劳动成果的热爱和对生活的赞美,它把生活和自然界中一些日常现象加以诗化了。又如:

三姐砍柴不用刀,

只用脚踩手来摇;

扯根古藤捆柴火,

高山滚柴不散开;

人多心齐同声唱,

气死财主用歌埋。

这首歌的前二句是刘三姐山歌的原句。后面几句都是我们改写的,目的在于借物发端,使之立意更高。

再一类是情歌。情歌在民歌中数量非常多,但要选用在刘三姐身上就必须优美而又健康,否则就有可能损害歌仙刘三姐的形象,选用的如:

连就连,

我俩结交订百年,

那个九十七岁死,

奈何桥上等三年。

这些歌在含蓄中有爽朗,生活气息十分浓厚,意境也很清新。我们认为,比较符合刘三姐的性格。

除了选择加工的以外,还有一些是根据刘三姐山歌的特点,根据人物性格,和剧情发展的需要,新创作的。如:

知道你家钱财多,

见着什么抢什么,

抢米粮、抢田地，
抢房屋，抢马骡，
假借风水霸茶山，
强抢民女做小婆。
只有嘴巴抢不去，
留着还要唱山歌。

＊ ＊ ＊

不是命，不是天，
莫家有把铁算盘，
莫家算盘一声响，
穷人逼进鬼门关。

把民歌搬上舞台，并不是一帆风顺的。最初的时候，柳州第一稿演出前后，直到第三稿演出前后，刘三姐的许多民歌，已经受到了广大群众的欢迎，但是有些人却不以为然，他们说，《刘三姐》只能欣赏其文，不宜编排为戏。光看歌词比看剧本好，看剧本又比看戏好。并说民歌虽美，但不是戏剧语言，既不能表现人物性格，又缺乏动作性，民歌只不过抒抒情而已。并说“对歌”、“盘歌”是歌表演，不是戏。总之，他们不赞成，或者怀疑这一新的尝试。

事情并不象某些人所估计的。在《刘三姐》演出过程中，得到了观众的欢迎。对这些人是一个有力地驳斥，同时证明了民歌完全可以搬上舞台。

集体创作的成果

今年四月十一日，自治区《刘三姐》会演在花繁春浓的南宁市开幕。会演前，曾有一些人怀疑举行这次会演的意义，主要是他们不相信群众的智慧，不相信在这次会演中能够获得什么新的成果。然而，出乎他们意料之外，不但每个剧本都有它独到之处，而且有很多新的创造，大大地丰富了发展了这个创作。

会演以后，又经过群众性的讨论和研究，把各个剧本的长处和特点反复考虑之后，我们才开始着手整理和改编的工作。在区党委领导同志，不断地在原则问题上给予指示和引导下，在广大的关心这创作的同志们的热情支持和帮助下，完成了这一工作。

现在发表的剧本共分八场，我们想取刘三姐生活中的一段时间，构成一个有头有尾，情节逐步发展，既能吸收所有的《刘三姐》剧本的长处，和优秀的民歌，同时还尽量求其完整，企图把刘三姐这一形象，推上更高一层楼。下面把我们的创作意图简单的叙述一下：

第一场《投亲》是想一开始就把主要人物作个扼要的交代，引出以后的情节。这场戏的一些情节着墨不多，仅仅是为了衬托刘三姐山歌的威力，为了揭开斗争的序幕，埋下和地主莫海仁矛盾的伏线，预示观众：三姐来了，一场大的风暴，一场以山歌为武器的激战又要在这里进行了。同时，通过这些情节，把刘二的胆小怕事、渔翁的幽默善良、小牛的勤劳善射、财主的贪得无厌和他们的狗腿子作威作福交代出来。这一场戏是取材于南宁市粤剧团的剧本并吸取乔羽同志的电影剧本加以编排的。

第二场，“霸山”。柳州的本子是在歌圩上，莫海仁来逼债抢兰芬；玉林、南宁的歌舞剧是在茶山劳动，地主来霸山。我们考虑，后一种处理更好一些。因为在封建社会，土地问题是最根本最尖锐的问题，走马圈地是地主阶级进行野蛮剥削的典型现象，农民被地主逼得走投无路，连自己开荒种出来的茶山、柴山都被地主霸占去了。这一场的具体情节原传说中没有，但刘三姐揭露财主的山歌不少，我们是根据这一点而吸收玉林、南宁歌舞剧中《霸山》这场戏稍加修改的。

第三场，莫海仁定计。这一场柳州的本子有一段写莫进财在地主面前叙说刘三姐如何漂亮，我们删去了。增添了彩调中常有的鸟笼，表现地主害怕刘三姐的歌声，害怕刘三姐和群众的血肉关系，既恼恨三姐而又不敢杀三姐，便想出收她为妾的办法，企图把三姐变成笼中之鸟。显然，他要娶三姐主要不是因为想多讨一个小老婆。我们认为这样可以提高斗争的意义。

第四场，王媒婆奉令说媒。柳州的本子写三姐轰走媒婆相当生动，但南宁歌舞剧的本子更高一筹：三姐不是立即拒绝，而是先把媒婆狠狠地嘲笑、讽刺了一顿，使她好好领会了一番“高山红辣椒”的滋味。现在的本子采用了南宁歌舞歌本的这一段。

媒婆说媒失败了，地主亲自上门，逼租逼婚，三姐知道地主要娶她是因为害怕她的歌声，因此，急中生智，提出对歌。她相信自己的本领，决计以歌击败对方，不仅为了不准再提婚事，而且是为了保护西山茶林，保护那为敌人害怕的武器——山歌。因此，下一场对歌的胜败如何就成为广大群众所关心的了。

本来在传说中，是有对歌的故事的，有的是和秀才对，有的是和广东来的水客对，目的都是为了显示刘三姐的才华。柳州本根据这些故事，大大地丰富了对歌的内容，而且提高了它的境界——发展为地主请秀才来和刘三姐对歌，打败了秀才也就打击了地主。在斗智斗理的激战中，刘三姐不仅从容不迫地对出秀才的歌，而且掌握主动，一方面抓住秀才的歌，对秀才进行反击，一方面提出了一连串的问题、把秀才问得瞠目结舌。现在的本子的这一场，基本上是采用柳州本的，只是在内容上稍有增删，另外，在结构上作了一些调整，分几个回合，使斗争层次更鲜明，更集中。

“灯草架桥枉费工，竹篮打水一场空”，这一场对歌地主输了，声名狼籍，更加害怕刘三姐的山歌了。第七场便写地主勾结官府禁歌。这一场，冲突进入了又一个高潮。在刘三姐面前的敌人不仅是地主，而且有地主阶级的官僚机构，斗争更激烈，政治色彩也更鲜明了。如前所述，这一场的具体情节在刘三姐的传说中并不存在，但是刘三姐到处受到迫害，漂泊各地却是事实，至于解放前民间歌手被官府禁唱山歌的例子就更多了。柳州的同志们就是根据这些情况写出了“抗禁”这场戏，以后百色专区的彩调本又作了很大的发展，用浪漫主义的手法设一歌阵，气死了地主。我们的本子是吸取了这些本子优点来安排的，柳州本原来的第一场《歌圩》移到了这一场，以更好地表现唱歌与禁歌的矛盾。

对歌输了，禁歌不成，地主使出最后一着——暗杀刘三姐。可是在小牛和群众的救护下，三姐脱险了，地主被射死了。当然，地主官府还不会甘休的，第八场之后，刘三姐又在四面八方的群众要求下到别处传歌去了。这个结尾是采用玉林和南宁的歌舞剧本子，而舍弃了柳州本三姐"跳崖成仙"的方案，因为一则观众普遍不愿意刘三姐死，一则符合刘三姐四处传歌的传说。这样处理，企图使刘三姐的形象更完整，和前面的气氛也更协调。

整个戏的情节的安排是围绕着"歌"字来做文章的。刘三姐用富有革命性、战斗性的歌来鼓舞群众，教育群众，反抗地主。地主则千方百计地迫害她，用种种软硬的手段来压迫她，企图消灭她的山歌。这是我们安排故事情节时主要考虑的一点，其他一些次要内容都是围绕着这条主线，服从这条主线的。

党的文艺方针的胜利　毛主席文艺思想的胜利

《刘三姐》的创编，从头到尾得到了各级党委的亲切关怀和重视，各级党委不仅对于原则问题进行指导，而且不少领导同志亲自动手修改，或参加座谈会提出很具体的意见。而且，我们深深地体会到，领导同志的意见常常是代表了各个方面广大群众对于这一剧本内容的要求和希望。

《刘三姐》的创编，始终贯彻了在党的领导下，走群众路线集体创作的方法。事实证明了群众运动对于文艺创作，同样起到巨大的作用，集体创作成为在文艺创作中贯彻群众路线的重要方法，运用这种方法完全可能产生优秀的作品。

需要在这里补充几句，剧本创编过程中，除了对民歌搬上舞台有所分歧以外，还曾经有过一些不同的主张和不同的处理，有人主张以刘三姐的爱情作为故事的主线，展示出阶级矛盾，表现反封建、争自由的主题。有的剧本把刘三姐写成地地道道的仙子，她本是一个天仙下凡人间，她神通广大，当地主来抓她时，摇身一变，无数三姐出现舞台上，等等；有的剧本着重描绘三姐的智慧；还有的剧本，单纯从美的形式出发，缺乏思想内容。我们认为从三姐的爱情写起，或神化刘三姐或突出其智慧都是可以的。特别是关于爱情生活的描写和加强剧本的浪漫主义色彩，使刘三姐的性格更加丰满。这两点，我们觉得现在的剧本很不够。但是有的作者的思想不明确，其中有的存在着比较浓厚资产阶级文艺观点，因而或是削弱了刘三姐的思想性，降低了人物形象对于人民群众的鼓舞、教育意义；或是在脱离劳动、生活、斗争中抽象地表现其智慧，用旧文艺作品的某些俗套，把一位代表群众的理想的传奇人物庸俗化。以上种种主张和处理都在这一次群众创作中，在百家争鸣的过程中，在广大观众的鉴定中，有的被否定了，有的得到启发作了修改，同时也就更加肯定了一条大家认为比较完善的路子，和一些正确的作法。通过这样一些争鸣过程，大大地提高了我们的认识能力。

我们深切地体会到，《刘三姐》之所以受欢迎，获得一定的成功，这一切，都是党的文艺方针政策的胜利，毛主席文艺思想的胜利。

目前的剧本里，还存在着不少的缺点和问题，无论是结构、情节、人物、以及主题思想。歌词的编排和加工也还很不细致。我们希望得到更多同志的帮助，使这个剧本再丰富，再提高。

民间文艺发出了新的思想光辉

——《刘三姐》观后

张 庚

史料解读

史料原载《光明日报》1960年8月2日。该史料是一篇观后感。该文作者在北京观看了广西民间歌舞剧团的歌舞剧《刘三姐》，觉得思想性和艺术性都比在南宁看到的柳州彩调剧团演出的《刘三姐》大大提高了，已经成为一个很成功的剧目。剧本在主题上更加鲜明，在人物塑造方面更加突出，在故事结构方面也更加完整了。在艺术形式上，这一次也很富于大胆创造的精神。在音乐上把山歌和彩调结合起来，这是合乎内容需要的。为了使戏在思想上和艺术上进一步提高，作者提出几点意见：小牛的形象还可以进一步鲜明突出；今后如果继续进行加工，要注意表演方面的形象塑造；戏的剧情结构要更精练一些。值得注意的是，该文注意到了歌舞剧《刘三姐》音乐中壮族山歌与彩调融合的创新点，这是该文最大的价值。

原文

我在南宁看过一次柳州彩调剧团演出的《刘三姐》，觉得很好，至今没有忘记；这回在北京又看到了广西民间歌舞剧团的歌舞剧《刘三姐》，觉得无论思想性和艺术性都比在南宁看到的大大提高了，已经成为一个很成功的剧目。

这次《刘三姐》的成功，是党的群众路线在文艺方面的成功，是毛泽东文艺思想的胜利。

广西的劳动人民是爱唱山歌的，而山歌据说是由歌仙刘三姐传下来的，刘三姐这个人在广西是家喻户晓的传说中的人物，有关于她的各种各样的故事流传在人民中间。可以说，刘三姐这个人物本身就是广西人民创造出来的一个勤劳、勇敢、智慧、美丽的劳动妇女的典型形象。决定采用刘三姐的传说来编成剧本，搬上舞台，这件事本身就是体现了群众路线的精神，何况在表现这个题材时又充分运用了山歌这种广西群众所喜闻乐见的民间艺术呢？

刘三姐的传说也好，广西的山歌也好，它们虽然是由广大的劳动人民所创造出来的，但究竟是封建社会的人民所创造出来的，这里头固然有许多人民性的精华，但也有若干封建性的糟粕。这次广西创作《刘三姐》这个剧本时是从若干不同的传说中采取了那最富于革命性的、阶级观点最鲜明的材料，加以高度的集中和提炼，并且予以提高和发展的，因此可以说这是刘三姐故事在新的社会条件下的一个大发展，是这故事发展的一个新阶段。而这个新的发展是在党的亲切领导之下发动了广大群众来进行的。这就是这次新创造的成功的决定性原因。我看到的材料中表现出来各级领导的关怀，群众的热切关心，一次又一次的鼓励，一次又一次的座谈，广大的群众帮助收集民歌和传说。无数的观众提供了各种建议，还有那么多的业余演员参加了演出，然后，根据这些加以一次又一次的集中，一次又一次的修改，这样才成了目前上演的样子。这样多人热情地参加了这个创造性的劳动，是不可能不得出优秀的成绩的。

从我两次看戏的印象对比，这回的剧本在主题上更加鲜明，在人物方面更加突出，在故事结构方面也更加完整了。刘三姐这个人物的勇敢、智慧的斗争精神给人的印象更深，她的爱人李小牛也塑造得更成型，比方二人初次相遇的场面，不仅仅突出了刘三姐，也突出了李小牛，让观众认识到这个小伙子也是劳动人民中间一个好样儿的。老渔翁的形象也是塑造得成功的。结构上，过去在“对歌”之后就显得有些松了，这回增加了“阴谋”、“抗禁”等场，使得斗争一步紧一步，到了矛盾的最尖端，来一个急转直下。但是三姐、小牛虽然离开了当地，却不是消极的逃避,而是积极地到处去传歌,从主题思想、从艺术结构来说,这些都是很好的。整个戏给了观众一个鲜明的印象,劳动人民把山歌当作一种武器来和地主阶级作斗争,而地主们却十分害怕这个武器,因为它有鼓舞群众反抗封建压迫和剥削的巨大作用。因此地主们就想方设计要禁歌,而山歌却是禁不绝,禁不了的,因为它是被压迫人民的心声。只要封建压迫一天不消灭,"反歌"总是要唱下去的。

这样的主题思想无疑地是把"刘三姐"原来的传说在思想上提高了许多,虽然如此,却一点也没有违反历史的真实,只是把封建时代人民群众的斗争性和他们的智慧、热情更加集中起来,使之更典型、更理想而已。

这次的演出,也是集中了广西职业和业余"刘三姐"演员的一部分精粹混合组成的,因此,也显得阵容整齐,特别象傅锦华、罗亮、林瑞仙几位饰演的三姐、老渔翁、莫海仁的比较出色。

在艺术形式上,这一次也很富于大胆创造的精神。在音乐上把山歌和彩调结合起来的做法是很好的,是合乎内容的需要的。在表演形式上大胆地综合运用大戏、彩调和歌舞的方法也是好的,这使得各种不同的场面,人物能用更多样的手法去表现。当然,这还只是初步,还应当不断改进,但这条路子无疑是行得通的。

为了使戏在思想上和艺术上进一步提高,提出几点意见供参考。

一是小牛的形象还可以进一步写得、特别是演得鲜明突出。现在剧本提供了一定的良好基础,演员在形象的塑造上可以据此多作加工。但剧本也未尝不可作些加工。比方最后一场二人的定情,搁的地方就不大好,斗争发展得越来越尖锐,但两人却闲情逸致地在唱"隔水难得近花前","绣球当捡你不捡,捡得忧来捡得愁","奈何桥上等三年"一类的单纯的情歌,不止感到故事的发展不太合理,而且也有损于两人的形象。假使把情节变动一下,把地主杀三姐的阴谋放在前面,小牛救了三姐之后,两人再来互道爱慕之情,是不是这样的爱情中间就不只是表现了柔情,同时还表现了他们在斗争中所培养出来的感情,而这也就更有利于二人的形象塑造一些,而且在故事结构上也更顺一些呢?

其次是今后如果继续进行加工，特别值得多注意的还是表演方面形象的塑造。除了小牛之外，三姐也还可以更演得鲜明突出。其余象兰芬、冬妹、亚木等正面人物都可以赋予更鲜明一些的个性，这就会使这些人物给人更深的印象。

第三是整个看来，戏还可以更精炼一些。如“对歌”一场的歌，和“抗禁”一场的歌墟场面。“好戏不在多”，如能适当精简，一定会更精采。

看了戏，十分兴奋，感到《刘三姐》这戏由于政治挂帅、大搞群众运动，得到了优异的成绩，这在搜集、整理、改编创造民族歌舞剧上又一次取得了新的经验；这又一次证明，只要认真地遵循毛主席的文艺方向前进，我们更大的成绩一定会不断地创造出来。这次的成功鼓舞了我们大家。在此祝贺广西戏剧工作者，并希望他们继续创造出更多更好的作品来。

民间传说刘三姐的新形象

贾 芝

史料解读

史料原载《文学评论》1960年第5期。该史料为一篇评论。文章赞扬了《刘三姐》在创作和演出上所获得的成功，指出之所以能获得这样的成就，首先在于成功塑造了刘三姐的新形象和新性格；其次在于把民歌当作创作素材。在人物塑造方面，该文对比了民间传说中的刘三姐和劳动人民口中的刘三姐，认为部分文人对刘三姐的记载歪曲了民间传说的真面目，而刘三姐则以让人同情和赞美的动人形象活在劳动人民的心里。创作时剧作者没有直接采用现成的民间传说，而是颇具革新精神，把刘三姐塑造成了劳动人民的喉舌，让她和封建统治者进行斗争，使这个人物具有了浓厚的革命浪漫主义精神，加强了她性格中的反抗性。在创作素材方面，剧作者对精彩民歌或略加修改，或直接采用，不仅增强了作品语言的文学价值，也体现了劳动人民的生活经验和智慧。最后，文章指出《刘三姐》剧作中存在的一些问题，提醒创作者们在大胆运用革新精神的同时也要注意历史真实性的问题，这一观点与贾芝对民间文学整理过程中存在的问题的看法是一致的。他提出的作家艺术家要向民间文学学习的观点，在今天也值得倡导。

原文

民间传说里说刘三姐同一位白鹤秀才在七星岩山上对歌时，连唱七日，声出金石，听众上几千人，她的歌声竟是那样动人，以至“西山男女不思归”，“西山男女不思工”，“四处山头都踩低”了，最后两个人亭亭对立，化为石头。看了广西歌剧《刘三姐》的演出以后，让人还很想再看，我不禁联想起刘三姐的传说中所描写的群众听歌的那种动人情景。虽然今天看《刘三姐》演出的人，决不会像传说中的那些听歌的人一样，看得既不想回家，也不想工作，但可以断言：《刘三姐》的确属于富有艺术魅力的剧作之一。具有艺术魅力，并不是衡量一个艺术作品的第一个和最可靠的标准，但它确实也足以考验出作品在思想艺术上达到的成熟的程度。听不厌，看不厌，决不是评价作品和评价演出的一个很低的标准。《刘三姐》能够博得广大人民群众的喜爱赞扬，单是这一点，已可以说明它在创作和演出上所获得的成功了。

我们在舞台上看到的刘三姐与在民间传说中看到的刘三姐并不很相同，甚至差别很大，但相比之下，我更爱剧作中的这个新的刘三姐，并且相信她仍然是民间传说中的人物。剧作者根据民间传说把刘三姐写成了一个以民歌当武器、敢于向反动统治阶级正面挑战的叛逆的女性。新的刘三姐具有一种勇敏、聪明、乐观和倔强的性格。她以自己的诗歌无情地揭露、嘲笑封建统治阶级和几个酸秀才，粉碎了恶霸地主迫害她的种种阴谋，击退了他们的凶恶进攻。地主莫海仁雇用三个秀才找她对歌，都被她对答得目瞪口呆，企图逼她为妾把她关在笼中的阴谋，不能得逞。下令禁歌也终归无效。她忽而在这儿，忽而在那儿，到处大唱“反歌”，在群众中点燃反抗剥削者的火焰，反动统治者对她无可如何。莫海仁怕听刘三姐的歌声，甚至要把窗户关闭起来。在被誉为“歌仙”刘三姐的身上，我们看到了封建时代僮族人民反抗封建反动统治解放自己的强烈要求；劳动人民的确就是如此勤劳勇敢，淳朴机智。他们的智慧和才华，永不枯竭。

刘三姐简直是自由、智慧和勇敢的化身，她体现了古代劳动人民的希望和力量。在她的眼下，以骄横残暴的莫海仁为代表的封建统治阶级和三个酸秀才，都是十分愚蠢可笑的。出现在舞台上的刘三姐，她的反叛行为，锋利的言辞，飘忽悠扬的战斗的歌声，这一切都给我们留下了深刻难忘的印象。为什么《刘三姐》是这样富有魅惑力，吸引住了它的观众呢？首要原因是在这里：剧作者成功地塑造了刘三姐的新的形象和性格，让我们看到了一个勇于斗争、敢同整个封建统治阶级挑战的劳动人民的优秀代表。虽然是重温历史，但充分地表现出劳动人民的本色，表现出劳动人民的优秀品质的刘三姐，她的叛逆行径和压倒反动统治者的气概，使我们看了感到扬眉吐气。

在民间传说里，关于刘三姐有着各种不同的说法。清初王士祯、屈大均、张尔翮等人，都有关于刘三姐的传说的记述，他们谈的也大都是上面所说的刘三姐与白鹤秀才对歌的这个传说，并且说到刘三姐是唐朝人，又是两粤苗、瑶、僮等各少数民族的歌祖。这些记述对于我们了解民间形成刘三姐的传说的来历是有益的。但文人们的记载把刘三姐描绘成一个“七岁即好笔墨”，“十二能通经史”，而“慵事缄指”的闺秀或所谓女神童；还说什么刘三姐与白鹤秀才的对歌，是一唱阳春，一唱白雪，非下里巴人可比；有的人说刘三姐是一个村姑，但又说她的歌属于两粤的“淫佚之风”，不过是“男女相谑之辞”；甚至还有把刘三姐善歌神秘化，说她很会唱歌是因“游戏得道”的。在地方志里也有这类的记载。这些说法显然歪曲了民间传说的真面目。这也许因为文人们知道刘三姐其人是来自道听途说或按照自己的观点来记述，而没有到劳动人民中去了解过的缘故吧？

但是，在劳动人民的口头传说里，刘三姐却完全是另外一副模样：她是一个地道的农民女儿，一个出色的民间歌手。虽然劳动人民也称她为“歌仙”或“仙姑”，把她当歌祖来祭祀，但他们所讲说的刘三姐，原来却是他们自己的人。刘三姐决不是一个知书识字连针线活也不想干的剥削阶级的少女，而是热爱劳动，打柴下地样样都会的贫苦家庭的女儿。她喜欢在劳动时唱歌，甚至传说她插秧只要在田地四周插一圈秧苗,一边唱歌,霎时间一块田就长满秧苗了,她的歌声就是这样产生出神奇的力量,这正说明她的歌是劳动者的歌,恰恰是下里巴人而不是什么阳春白雪。刘三姐是一个最会唱歌而终被封建势力惨杀的被害者,或者像有的传说中所说的,她逃命以后因为劳动好,后来日子过得比她哥哥的还好。群众对于刘三姐很会唱歌的本领以及她的悲惨结局(大部分传说是悲惨结局),渲染了浓厚的浪漫主义色彩,说明她在比歌上能够战胜任何对手,在婚姻不自由上她要反抗到底,她的性格是非常倔强的,同时劳动人民都以惋惜的心情希望她并没有死,而是最后成了仙人。上面说刘三姐与白鹤秀才对歌,最后在山上化为石头,也有一说是:三个秀才来与刘三姐对歌,他们唱输了,两个跳了河,一个陶姓秀才走进了鲤鱼岩,刘三姐对陶秀才发生了好感,也跟进鲤鱼岩,两人继续对歌,也是听众忘返,两个人也终没有走出鲤鱼岩来,刘三姐从此成了歌仙。有的传说中又说刘三姐为反抗婚姻不自由被哥哥杀害后,群众对她很表同情,用两条大鲤鱼祭她,她忽然又活了,骑了一条大鲤鱼升了天,另一条鲤鱼便变成了今天的立鱼峰。这些传说都是不外说刘三姐歌无敌手,又是以爱情悲剧为结局的。此外还有这样一则比较少见的传说,赞美她在唱歌上从不让人的好强性格:刘三姐走遍两粤,没遇到一个唱歌的对手,到了立鱼峰,碰见一个农夫,两个人唱了三年零三个月,刘三姐觉得体力支不住了,心中一急,呆然化为石像。农夫瞧了瞧,叹了口气,悠然化逝。这是一幅极有诗意的图画。这是说:刘三姐虽然半途体力不支,可是她已经唱了三年零三个月了,她非要战胜对方不可的心是多么地倔强呵!农夫的叹息不过是对她表示赞佩而已。刘三姐就是这样以各种引人同情和赞美的动人形象活在劳动人民的心里。

在民间口头传说中,流传最广的是描绘刘三姐的爱情悲剧。这种以爱情为主线的描写显然也有两种情况:一种是与一个或几个秀才对歌,最后钟情而死,这当然也含有一些反封建的意义,因为在那个时代,虽然僮族有唱歌谈爱的风俗,但同一个秀才在山上去对歌,除了歌唱的好,毕竟还需要有极大的勇气;有的传说中说刘三姐的哥哥不许妹妹唱歌，是认为唱歌败坏门风，也正如文人们的记载所说，那些歌是“男女相谑之辞”，就可证明这一点。另一种是比较更鲜明更强烈地反映了封建社会婚姻不自由以致造成惨剧的，是流传很广的哥哥竟杀死妹妹的传说。故事大体是这样：哥哥和母亲要刘三姐嫁给城里的绅士，而刘三姐坚不从命，哥哥竟因此把她推下山崖，刘三姐攀挂在悬崖的野藤上三天三夜，哥哥最后问她是否答应，但她到底不说这句话，于是哥哥一刀把藤子砍断，刘三姐被水冲走了，她的歌声渐渐消失在远流的水声中。哥哥亲手杀死妹妹，似不近情理，然而也反映了封建制度的残酷程度。刘三姐抱恨终身，不自由毋宁死的精神，是很感动人的。民间广泛地流传这样一个传说，也反映了劳动人民有反对封建残暴统治的强烈要求。这是一个更富有现实主义色彩的结尾。

但是，关于刘三姐的这些传说，剧作者都没有原封采用。剧作者描写刘三姐这样一个民间传说中的杰出歌手是着眼于写阶级斗争，但没有采取民间某一个现成的传说，以反封建婚姻制度为主线来侧面地反映阶级斗争，而是采取晚近产生的一些关于刘三姐的传说的片段，把刘三姐塑造为一个劳动人民的喉舌，让她和封建统治者面对面地进行斗争。不消说，这样的写法是需要以大胆的革新精神进行艺术创作的。

剧作者的这种大胆的革新精神，应当是被允许的，而且他们也是有充分根据的。他们对于刘三姐的传说、历史文献、以及可能采用的地方民歌及其它民间创作进行了全面搜集和认真的研究。这一点对于《刘三姐》的创作的成功同样具有决定性的意义，非常值得注意。

从上述关于刘三姐的各种传说看来，刘三姐是一个封建秩序的叛逆者，也是一个封建制度迫害下的牺牲者。刘三姐最后得到悲剧的结局，这是合乎历史发展的一般规律的。我们在民间文学中看到过不少这类描写爱情悲剧的反封建的作品。在封建制度的统治下，既然婚姻不能自主，人身备受摧残，劳动人民的文学创作中描写婚姻不自由这样一个社会问题以悲剧结束，对于封建统治很能起揭露的作用，但这只是历史的真实情况的一个方面。还有一个更重要的方面，就是劳动人民在同封建统治势力的对抗中，虽然反抗、起义往往都不免暂时遭到失败，以悲剧终结，但从长远看，从历史发展过程的总趋势来看，劳动人民反对剥削阶级统治的斗争从无畏缩，从无间断，也一定是要胜利的。历史上劳动人民和反动统治者面对面的冲突是屡屡发生的，劳动人民在英勇反抗前仆后继的斗争中，相信自己有力量战胜反动统治者，他们也足智多谋，终归要找到途径和办法使自己赢得胜利。他们总是以乐观主义的精神不屈不挠地进行着斗争。所以，即使是以悲剧结局的传说，最后往往也使人从美好的幻想中获得鼓舞和信心，与悲观主义是绝缘的。值得注意的是，在民间传说里，并不总是悲剧的结局，相反的，圆满的胜利的结局也是很多的。这种胜利的结局往往也是浪漫主义幻想的虚构，事实上不会是那样的，但这也正表现出劳动人民的反抗斗争终必获胜的强烈信念，他们相信：正义一定战胜邪恶，被剥削被压迫者一定能够战胜残暴的统治者。胜利的结局同悲剧的结局一样，同样是为了唤醒人们，鼓舞人们继续斗争。

在民间口头传说里，刘三姐始终是性格倔强，歌无敌手，并且有很多地方和封建统治者处于对立的地位。从民间传说中看（相传是刘三姐的歌并不多），刘三姐是把唱歌当作鼓舞劳动的力量和反抗剥削阶级的武器的；即使是优美的情歌，它们也被统治阶级认为有伤风化。虽然刘三姐有与秀才倾慕钟情的故事，但她的歌里却又尖锐地讽刺了不事生产的书呆子。在一般民歌里，揭露封建统治阶级，嘲笑剥削阶级知识分子和表现人民的力量的作品，是大量存在着的，这就说明了从刘三姐的传说中撷取精华，选取最能反映被剥削被压迫的人民的阶级意识的宝贵因素，增补一些适合剧情的同时代的民歌及其它民间创作，把刘三姐的性格加以发展，不写悲剧的结局而写成胜利的结局，这也是合乎历史真实的。解放前后的刘三姐的传说中，有地主莫海仁企图娶刘三姐而不得的情节，较早的传说里也有一个大官为了娶刘三姐而雇了四个秀才装上书船来与刘三姐对歌而遭到失败的说法，剧作者根据刘三姐是歌仙——民间歌手和这类反映与统治阶级的斗争比较更鲜明的情节作为剧作的基本内容，加上僮族人民的生活风习，重新塑造了刘三姐的形象。刘三姐的性格不再是那种歌无敌手、而含冤不屈的性格，而是一种乐观的、爽朗的、聪明的，使反动统治者无法招架的进攻的性格了。刘三姐传歌一节，在民间传说中原也是有的，那也是一个很有趣的传说：刘三姐坐上船到各处去游，船经过的地方都留下了她的优美的歌声，那些地方的男女从此都会唱歌；有几次刘三姐在船上睡着了，没有唱歌，经过的地方也就没有留下歌来，因此那些地方的人也都不会唱歌。这当然是颂扬刘三姐是民歌创始人的一个美妙的虚构。另外还有一个比较现实的说法，说刘三姐因受地主迫害，从广东逃到广西，辗转迁移过好几个地方，这样，她便把她的歌传遍了走过的地方。剧作者结合这两种说法，特别是以后一说为核心，以革命现实主义与革命浪漫主义的艺术写法构成剧本中的《传歌》一场，让刘三姐到处去传“反歌”，点燃反抗统治者的火种，这就使刘三姐这个人物具有浓厚的革命的浪漫主义精神，大大加强了她的进攻的性格。

剧作者敢于推陈出新，使刘三姐的性格得到新的发展，让我们看到民间传说刘三姐以一幅崭新完美的新图象出现在观众面前，这样作是令人信服的。让这位“歌仙”回到大地上，用她的歌声集中地表达被剥削被压迫的人民的反抗意志，表现正义战胜邪恶的威力，比把刘三姐写成悲剧角色更能鼓舞人心。当然，按照现成的民间传说加以丰富，把刘三姐写成爱情悲剧中的人物，写得好也未尝不可，但为了避免落入俗套，是可以别开生面的。剧作者和演员们的集体努力，丝毫也没有白费，而是获得了成功。

然而《刘三姐》所以能够那样吸引住观众，富有艺术魅力，还不仅因为刘三姐有了新的性格、新的形象，而且也仍然在于她的歌声。剧中的那些激动人心的民歌，没有一个观众走出剧院以后不绝口称赞的，有的歌观众能够背诵，或者变成了流行歌曲。而有意识地获取民歌，把民歌当作创作素材，也正是《刘三姐》在创作上获得成功的显著特色之一。

不难设想，若是离开这些动人的民歌，《刘三姐》一剧就会暗然失色。

有人说民歌不是戏剧语言，这种看法自然是错误的，对于歌剧《刘三姐》说来，尤其错误。

对于歌剧创作、向民歌学习，吸取民歌的长处，我以为是解决戏剧语言问题的一个重要途径。民间戏曲中有很多传统的优秀剧目，显然是由于吸取了民歌的语言而增强了作品的文学价值，有些诗一般的民间小戏，像二人台《走西口》、花鼓戏《打鸟》之类，根本就是从民歌发展起来的；相反的，也有一些很好的戏，主题、人物、剧情都很好；演出效果也好，可惜唱词大半是陈词滥调，使作品的文学价值大为逊色。这对剧本只好看演出，而不好让人当作文学作品阅读；即使看演出，语言不好也是一个很大的缺陷。就《刘三姐》本身来说，看看最精采的《对歌》一场，其所以那么吸引观众，不主要是在于刘三姐向三个秀才展开进攻的那些歌句句振动人心吗？这些民歌都是劳动人民的生活经验和智慧的结晶，优美明快，一语道破真理，刘三姐用它们还击三个蠢秀才，只能使他们理穷词拙，丑态百出。确如毛主席所说，劳动人民是最有知识的，有生产的知识，又有斗争的知识，从刘三姐和三个秀才的对歌充分地证实了这条真理；相反的，最没有知识的是靠翻歌本作战的秀才们以及腐朽透顶的莫海仁之类。在这里，刘三姐就凭这些民歌出色地充当了封建时代劳动人民的优秀代表。从天地万物讲起的一些盘歌，长期为群众喜闻乐见，现在从刘三姐嘴里唱出来，就分明地显示出地主阶级及其知识分子的无能，只有劳动人民才是创造历史的阶级。劳动人民不但对我们生活的世界最有知识，他们也很懂得知识分子往往反倒不懂得的文学创作的根本原则，像刘三姐教训秀才们所说的："唱歌从来心中出，那有船装水运来。"

剧中的民歌，是表现刘三姐的性格的最恰当的手段。大家都会记得这首歌：

上山有棍打得蛇，
下水有网捉得鳖，
有理敢把皇帝骂，

管你老爷不老爷。

你看，刘三姐当作被剥削被压迫的劳动人民的代表，她和反动统治阶级的对立就是如此鲜明，她反对剥削者的立场就是如此坚定，而且她的诗歌措词就是如此朴素明快，决不之乎也者，拐弯抹角。

天上大星管小星，

地上狮子管麒麟，

皇帝管得大官动，

那个敢管唱歌人？

这首传统民歌是很能描写刘三姐以民歌当武器的叛逆性格的。“那个敢管唱歌人”本来是为了反对反动官府禁歌的荒谬行径而提出的抗议。是劳动人民对自己爱唱民歌的流行看法，反映了劳动人民和民歌的血缘关系，现在刘三姐唱出来，正可以表现剧本中所要反映的刘三姐的基本思想。这首歌可以说是剧作中刘三姐反对官府禁歌的宣言。她到处传歌，播下诗歌的种子，反动统治阶级确实也是管不了的。

剧作者挑选了一些精采的民歌，按照剧情的需要，或者略加修改，或者原样利用，把它们镶嵌到作品中去，立即使作品增加了光彩。歌剧创作，歌词最好全部都由作者自己创作。对于剧作家当然应当提出这样的要求，但从民间创作的基础加工创作，从来也是文艺创作的一个重要方面。对于描写歌仙刘三姐的剧作，应用一些民歌尤其是理所当然的。如果不是吸取民歌而都由自己创作，短时间内是很难写出这么多这么美妙的歌词的。剧作中也有一些民歌是新创作的，像用“不是路边闲花草，她是高山红辣椒”两句诗来形容刘三姐绝不向反动家伙们让步的倔强性格，就非常确切。这首歌是由一位参加创作《刘三姐》的农民作的，不熟悉劳动人民的生活和民间艺术传说的知识分子很难作得出来，这一点也很值得我们思索。

近年来随着民间文学的广泛发掘，以民间创作为素材再创作的各种文艺作品越来越多了，《刘三姐》是这类创作中的一个成功的例子。从《刘三姐》的创作过程我们可以吸取许多新的宝贵经验。例如在党的领导下广西僮族自治区全区掀起一个《刘三姐》创作运动，运用各种当地的戏剧形式创作《刘三姐》，而且又以《刘三姐》的创作为中心推进了全区的采风运动；例如成功地运用了革命现实主义与革命浪漫主义相结合的创作方法，等等；这些都是过去少有或不可能有的。但在《刘三姐》的创作上，特别值得注意的一个问题，是如何在民间创作的基础上推陈出新的问题，剧作者在努力运用大胆的革新精神与历史的真实性相结合的原则上作了可贵的尝试。处理刘三姐这样一个历史题材，没有大胆的革新精神，我们根本就不会看到刘三姐的新形象，而只能抱残守阙，鉴赏历史上遗留下来的各种刘三姐的传说。既然关于刘三姐的民间传说本身就不断地在那里演变着，为什么不可以在马克思主义思想的照耀下根据民间传说和历史文献创作出一个新的刘三姐来呢？在这个意义上说，歌剧中的刘三姐可以说是刘三姐在新时代的一个新发展。但是另一方面，如果不是在历史唯物主义的原则的指导下使大胆的革新精神与历史的真实性相结合，同时严格地注意历史的真实性，而超出了历史条件所允许的范围，例如说把古代的刘三姐描绘得像共产党员刘胡兰，那也是绝对不能被同意的。那样就会陷入反历史主义的错误。要知道，离开历史条件，离开民间创作的基础而任意加工改作，我们同样不会有今天的这样一个刘三姐。《刘三姐》是否有明显的现代化的问题呢？我觉得还不能这样说。我们不能把《刘三姐》反映了与我们的时代精神相吻合的一些思想情感和反历史主义的做法混同起来。当然，既然《刘三姐》的形象的新塑造还是一个新的大胆的尝试，剧作中还有一些不够妥善的地方是难免的，例如某些歌句似乎是土改后的农民才会唱的，例如写莫海仁威逼刘三姐成亲的原因似乎偏重在要把刘关在笼中，使她不能唱歌，而揭露地主阶级的腐朽堕落不很明显，又如以逼还欠租威逼刘三姐成亲也插得很突然，等等，但任何缺点也无论如何掩盖不了《刘三姐》在创作上所获得的新的成就。

还应当强调指出，《刘三姐》创作的成功，在很大程度上是借助于民间文学，这不仅表现在剧本取材于民间传说，而且特别还因为剧作者严肃不苟地向民间文学学习，吸取了民间文学的成果，那些成果都是经过了群众的千锤百炼和时间的考验的。因此，《刘三姐》的问世和成功，无论对于民间文学工作，无论对于作家艺术家向民间文学学习，也都是一个极有力的鼓舞。

一九六〇，十，三，稿；十，二十九，校改。

《刘三姐》创作中的几个问题

师　群

史料解读

史料原载《民间文学》1960年第8期。该史料是一篇论文。文章着重从民间文学再创作的角度，对剧本《刘三姐》创作过程中的问题进行了分析讨论。首先，作者提出要用历史唯物主义的观点和阶级观点对所收集到的多种资料进行深入比较分析，正确认识刘三姐的形象。其次，在主题思想方面，要突出表现刘三姐传说中富有民主性、革命性的部分，将主题确定为具有鲜明战斗性、革命性的阶级斗争主题。要否定抽象的超阶级的爱情内容，将爱情内容处理为在斗争中产生和发展的，使其服从于反封建的主线。再次，在情节、结构、人物塑造方面，要以所收集到的资料为基础，创编出能表现主题的完整内容。创编要以历史唯物主义观点为指导，既要表现主题，又不违背历史真实。在具体操作层面包括丰富发展原有资料，增添原作情节内容。最后，在形式方面，要以山歌来表现，以体现刘三姐的歌手特征。面对现有材料不足的问题，要搜集整理其他民歌材料，选择合适的内容进行加工整理，要学习刘三姐山歌特有的风格，满足既符合刘三姐人物性格，又能表达主题思想，在形式上又合宜的要求。该文表现了历史唯物主义与现实政治要求的内在张力。历史唯物主义要求尊重历史，民间传说文本很难满足战斗性、革命性、阶级斗争的主题要求，二者的调适方法是“创编”中的“虚构”与“拔高”，无论是对歌舞剧《刘三姐》还是电影《刘三姐》的批评，均源于此。

原文

关于刘三姐的传说，在广西已经流行一千多年了。在少数民族地区和汉族地区都有她的传说和各种遗迹，甚至和广西接界的邻省的一些地区也流传有她的故事。明清以来屈大均、王士禛等人的作品以及浔州、宜山、苍梧、贵县等地的府、州、县志也有关于刘三姐的记载。

相传刘三姐是唐中宗时候一位年青、美丽的姑娘，她勤劳、勇敢、聪明、乐观，而所有这一切又集中表现在歌唱上。她以山歌狠狠地鞭鞑封建统治阶级，热情地赞美劳动，赞美爱情，因而赢得了劳动人民的爱戴。她的故事不仅流传下来，而且在劳动人民口中得到丰富和发展，人们敬爱她，称颂她，把各种美好的以至幻想的东西都加到她的身上。但是，刘三姐的故事也如同其他许多古老的民间故事一样，比较零散，而且由于时代的限制，难免有一些糟粕掺杂在里面。为了把它整理得更好，为了把刘三姐的形象更完善地塑造出来，广西僮族自治区除了在诗歌等方面进行了刘三姐的再创作外，今年春季在全区范围内开展了一个以编演《刘三姐》为中心的群众文艺运动，有一千二百多个剧团（绝大部分是业余的）五万八千多人演出了十多个剧种和几十种不同剧本的《刘三姐》，观众达一千二百万人次。4 月又举行了全自治区《刘三姐》会演。通过这样一个民间文学的再创作的群众性运动，推动了广西文艺事业的大发展，改变了广西文艺工作落后于生产和人民对文艺的迫切要求的局面。同时，刘三姐的故事经过集体整理、集体加工之后，精华发扬了，糟粕去掉了，刘三姐的形象比较完整地、鲜明地出现在舞台上。最近来京的广西僮族自治区民间歌舞剧演出团演出的歌舞剧《刘三姐》就是这次群众创作运动的结晶。这个剧本是集中全区会演中各个剧本的优点改编而成的，演员也是在会演中挑选出来的。这里，我们想着重从民间文学的再创作的角度，谈谈剧本《刘三姐》的创作过程。请同志们批评指正。

（一）

关于刘三姐，在文字记载和民间传说里有两种截然不同的说法。一种说她七岁“好笔墨”，十二岁“通经史”，显然不是劳动人民。她唱山歌只是因为“得要又得玩”，作品都是谈情说爱，象“妹相思，不作风流到几时，只见风吹花落地，那有风吹花上枝”，（《相思曲》）；又如“入山看见藤缠树，出山看见树缠藤，树死藤生缠到死，藤死树生死也缠”（《藤树曲》）等等。王士禛纪录的她的作品就没有一首提到劳动生活和人民疾苦。甚至有人以“艳事说三姐，风流万代香”来形容刘三姐。至于她和秀才的关系，则是同声同心，共同唱和，最后结为伴侣，升天而去。当然，也有人说她是被杀害的，但凶手不是地主而是他哥哥刘二，因为刘二讨厌她唱歌，不劳动。总之，按这种说法，刘三姐并不是什么英雄人物，她的故事也没有什么革命性，战斗性。

可是，在人民心目中的还有另一个刘三姐。这个刘三姐“历代是农民”，“茅草盖树来安身”。打柴，纺纱，插田，样样都是能手。她年青，美丽，聪明，勇敢，爱憎分明，斗争性强烈。她很爱唱歌，到处传歌，是山歌的鼻祖，劳动人民的歌仙，僮族歌圩的创始人。她走到那里就在那里播下山歌的种子，甚至说她夜里坐船经过的地方，正好睡着了，那里的人就至今不会唱山歌。她唱的山歌有许多是歌颂劳动、巧骂秀才、揭发和讽刺财主的，她嘲笑过姓张、姓李的两个秀才：“姓张不见张天口，姓李不见李花开，洗纱就是刘三姐，两只盲驴那里来。”她骂过骑马收租的地主：“猴子出山骑绵羊，锣鼓一响出收帐，我好歹不到你来看，斑鸠妄想配凤凰。”有的财主想娶她，她愤怒地表示：“不爱坏人不爱财，你瞎眼睛乱跑来！”她还骂过轻视劳动的商人：“贫穷卖柴是本分，汗湿裤头为谋生，不象你们做买卖，七两平平喊半斤。”显然，这样的刘三姐才是人民心目中的刘三姐，才配称为智慧和理想的化身。

在创作剧本《刘三姐》的过程中，曾对有关的资料进行了广泛的收集，特别是从贫雇农歌手的口中得到大量资料，然后用历史唯物主义的观点和阶级观点进行了深入的比较、分析、研究、摒弃了前一种说法，肯定刘三姐是劳动人民最典型、最理想的人物，是劳动人民的歌手和诗人，是反抗封建统治和封建剥削的广大劳动人民的代言人，她到处遭到迫害，那漂泊一生的历程正是黑暗时代无数民间歌手的命运的典型。她和敌人作斗争的武器不是刀枪剑戟，而是象匕首那样锐利的山歌，使统治阶级千方百计地要迫害她、陷害她。所以我们必需根据毛主席对待古代文化遗产的指示，取其精华，去其糟粕，把封建统治阶级涂在她脸上的白灰抹去。

（二）

对刘三姐有了正确的认识，把关于她的传说搬上舞台，要突出什么主题思想也就容易明确了。

毛主席教导我们，整理古代的东西要贯彻“古为今用”的方针，处理“刘三姐”这一题材也不例外。虽然我们今天的时代完全不同于刘三姐所处的时代，在我们国家，封建地主阶级早就被推翻了，劳动人民早就当家作主了。可是阶级斗争并没有结束，国内不甘心死亡的反动阶级残余还在垂死挣扎，帝国主义还在包围着我们。因此，刘三姐那种反抗性，那种不畏权势、和阶级敌人势不两立的斗争精神以及热爱劳动，热爱生活，对胜利充满着信心的乐观主义情绪，在今天仍然是有教育和鼓舞作用的。这些正是刘三姐传说中富有民主性、革命性的精华。我们把刘三姐搬上舞台主要是突出了这一方面，将戏的主题确定为刘三姐以山歌为武器团结群众，教育群众，跟以莫海仁为代表的封建地主阶级作斗争，力求全剧的战斗性、革命性鲜明。

那么，爱情如何处理呢？刘三姐的传说中是有许多这方面的故事的。我们考虑，这些材料不是完全不要，而是如何分析，如何运用。毛主席说过：在阶级社会里没有什么抽象的、超阶级的爱。刘三姐的爱情应该是打有阶级烙印，服从于斗争需要的。因此，我们在创作剧本时，不仅否定了刘三姐是专门谈情说爱的风流女郎的说法，而且不相信她和秀才共唱共和的爱情关系。我们选用的是她和农民李小牛结为情侣的传说，并把他们的爱情处理为在斗争中产生和发展，爱情这条线服从于反封建的主线。这样做是得到了群众的批准的，因为在各地演出时群众最喜欢看那些痛骂财主和秀才的痛快淋漓的场面，而对以爱情为主线的写法不感兴趣。当然更不用说那种抽象的超阶级的爱情受到群众的正当批评了。

（三）

主题思想明确了，随着而来的是情节、结构、人物塑造。

刘三姐的传说虽然流传很广，但比较零散，有些故事又不能引用，怎么编出一出完整的、足以表现主题思想的戏呢？唯一的办法是在广泛收集的基础上进行丰富和发展。事实上，刘三姐的故事流传到今天也是经过劳动人民不断加工的，现在我们要用刘三姐来教育今天的人民，当然不应该局限于原来的传说。为了使刘三姐的英雄形象更丰满，各地都深入地研究了已有的资料，根据人们心目中的刘三姐形象，大胆而又慎重地对故事情节作了丰富和发展。而这种丰富和发展又是以历史唯物主义观点为指导，取材于僮族人民和民间歌手的生活，既要求更好地表现主题，又要求不违背历史的真实，使人感到可信。这样做的结果，柳州朱调本编出了歌圩、定计、说媒、对歌、禁歌、成仙等六场戏。以后各地在这个基础上对故事情节作了进一步的发展和更合理的安排，现在吸收各地的优点整理出来的歌舞剧剧本共有八场戏：投亲，坝山，定计，拒婚，对歌，阴谋，抗禁，脱险，还有一个尾声：传歌。从这个本子的情节来看，对民间传说的丰富和发展主要有两种情况：

一种是原传说中有的，现在丰富和发展了。象对歌，在传说中是有这个故事的，有的是和秀才对，有的是和广东来的水客对，目的都是为了显示刘三姐的才华。柳州本根据这些故事大大地丰富了对歌的内容，而且提高了它的境界——发展成为地主请秀才来和三姐对歌，打败了秀才也就打击了地主。在斗智斗理的激战中刘三姐不仅从容不迫地对出秀才的歌，而且掌握主动，一方面抓住秀才的歌对秀才进行反击，一方面提出了一连串的问题，把秀才问得瞠目结舌。从那许多涉及到天文地理、社会矛盾、生活现象的歌词里，充分显示了劳动人民的伟大气概，无穷智慧，把秀才轻视劳动、狂妄自大、酸臭不堪、装腔作势的本质作了比较充分的揭露。现在的本子就是采用柳州本，只是在内容上稍有增删，使几个秀才的不同个性更加鲜明，也更加“高明”了一些，以反衬出刘三姐的智慧，显得“魔高一尺，道高一丈”。另外，在结构上作了一些调整，分几个回合，使斗争层次更鲜明，更集中。

一种是原传说中没有，现在增添进去的。象刘三姐反对地主坝山，这个具体情节传说中是不存在的，但是刘三姐揭露财主的山歌不少，我们想，要表现刘三姐的斗争性，不能一般地写她揭露财主，需要有一个重大的事件，来表现两个阶级的对立和斗争，观众才会鲜明地感到刘三姐的可敬可爱，才能懂得刘三姐的聪明和力量是来源于斗争，来源于关心群众利益，得到群众的支持，她的山歌的威力也正是在这里得到了形象化的表现，不然就不可能理解刘三姐为什么那样聪明，那样天不怕地不怕，她的山歌为什么那样为群众爱唱而为封建统治阶级所畏惧了。同时从戏剧的要求来说，也需要有这么一个尖锐的冲突才能展开情节，引出以后的矛盾。比如“抗禁”这一场，虽然在原传说中没有地主勾结州官禁歌的具体情节，但刘三姐到处受到迫害，漂落各地却是事实，至于解放前民间歌手被官府禁唱山歌的例子就更多了，所以增添“抗禁”的情节是完全符合历史的真实的，通过抗禁，把斗争推向了更高的阶段，即刘三姐不仅反对莫海仁，而且反对和地主一鼻孔出气的官僚机构，刘三姐站得更高了，刘三姐歌声的威力也进一步显示出来了：学歌的人越来越多，州官越禁，歌声越多。

另外，传统中关于一件事有几种说法，我们在创作时也作了反复的分析和比较，选用一个最适当的情节用在剧本里。比如刘三姐的结局，传说中是有三姐被财主害死，骑鱼上天成仙的说法的，这种说法有一定的道理，寄托了旧社会群众的理想,有些本子采用了这样的结尾,但是许多群众不满意,不愿意刘三姐死,认为死了有损三姐形象的完整。于是我们改用了另一种传说:刘三姐不死,到五湖四海传歌去了。这样更加显示出歌的威力,预示新的斗争又要在别处展开,给人们留下愉快的想象,观众看了感到心情舒畅,整个戏的气氛也前后比较协调,不使人在结尾时感到突然,感到情绪上有些受压抑。从这里也可以看出,群众的心理状态是跟随着时代而变化的。在旧社会里群众不能掌握自己的命运,只能把希望寄托在成仙的幻想里,今天就不同了,他们希望看到更积极、更乐观的刘三姐的结局。我们整理古代的传说,要做到古为今用,是不能不考虑这一点的。

(四)

主题思想、情节、结构等等问题解决了,通过什么形式来表现呢?刘三姐是天才的人民歌手,她的一生的活动武器就是山歌,没有大量优美的山歌来刻划刘三姐是不行的。这实质上不仅是一个形式问题,同时也是内容问题。可是,真正出自刘三姐口中的山歌今天留传下来的很少,怎么办?只有从民歌中去挑选,根据剧情和人物的需要加以整理。广西僮族自治区各地创编《刘三姐》的同志在这方面都下了很大的功夫。例如柳州创编组曾经进行了几个月的调查研究,走遍了近半个广西,先后拜访三百多个民歌手,收集了一万三千多首优秀民歌和几十种民歌唱腔,自从自治区党委发出举行全区《刘三姐》会演的决定之后,编演《刘三姐》形成了规模宏大的群众运动,于是,收集民歌的工作,也就在更大的范围内,以更大的声势开展起来,其规模之大,不亚于一九五八年的采风运动。只柳州专区十多个县的统计,为编演《刘三姐》而搜集的民歌,就达十九万二千五百首。宜山县庆远镇一位六十多岁的女山歌手吴矮姐,一个人就口述了三千首。其他地区,特别是南宁、百色、玉林等地也莫不如此。

大量的民歌搜集上来后,必须选择优美的和适合剧情需要的供创作剧本用。很多民歌还有这种情况:只有两三句、或一二句,适合需要,另一两句必须改写;有些歌虽然四句都能用,但其中某些词汇,语法,必须加工整理,才更为精美。因此,加工整理的任务,是比较繁重的。

为了使所有选择的、加工整理的民歌,都符合刘三姐这一人物的性格,准确而又生动地表达主题思想,并具有较高的文学价值,就必须学习刘三姐山歌特有的风格和旧民歌的手法。只有如此,所选择、加工整理的山歌才不仅“形”似刘三姐的山歌,而且能传刘三姐的“神”。

柳州《刘三姐》创编组的同志在这方面做出了很好的榜样。他们全组同志立志要闯过这一难关。第一步,首先学习刘三姐山歌和旧民歌的传统的反抗精神,学习它们敏锐而又有力的战斗性,从精神、内容上,先掌握其基调。第二步,学习刘三姐山歌的表现手法和艺术结构。经过深入民间、采风掘宝和不断的创作实践,掌握了刘三姐山歌的特点之后,再来着手对大量民歌进行选择、加工的工作。由于《刘三姐》的编演在广西是采取群众运动的方式进行的,因而民歌的选择、加工,都是最大范围的集体创作,集中了集体智慧。在这一工作中,我们每选用一首民歌,或者每改动一首民歌,都严格遵守服从主题需要,服从人物需要,服从情节需要的原则。在歌的思想性方面,我们要求有鲜明的阶级立场和高度的战斗作用;在歌的艺术性方面我们要求必须是从生活中来为群众喜闻乐道的语言词汇,要求能具备刘三姐山歌的特点。

以现在歌舞剧本子为例,其中的歌词,大体上可以分为以下几类:

一类是反抗地主阶级的统治剥削,揭露封建统治阶级的阴谋诡计,具有强热的斗争性的歌。如:

莫夸财主家豪富,财主心肠比蛇毒;

塘边洗手鱼也死,路过青山树也枯。

这首歌的后两句,在原歌中原是讽刺那些忘恩负义,狠毒刁磨的女人用的,剧作者改去原歌的前两句,加上现在的这两句,就成为一首讽刺剥削阶级的歌了。

又如:

天上大星管小星，地上狮子管麒麟，

刀砍杉树不死根，火烧芭蕉不死心。

皇帝管得大官动，刀砍人头滚下地，

那个敢管唱歌人，滚上几滚唱几声。

这两首歌，都是旧社会黑暗时代，劳动人民的歌手们用以反对反动政权禁唱山歌，捕押唱歌人的歌。我们觉得，刘三姐是僮族劳动人民的无数歌手的化身，把这些歌用在这个戏里非常合适，于是就一字不改地用了。

另一类是讽刺秀才，对一切封建帮闲文人进行无情嘲笑的歌。这类歌除了"姓陶不见桃结果，姓李不见李花开，姓罗不见锣鼓响，三个蠢才哪里来"，和"风吹桃树桃花谢，雨打李花李花落，棒打烂锣锣更破，花谢锣破怎唱歌?"等四五首是刘三姐的遗作外，其余的都是选用或加工别的民歌而成的。比如在僮族唱歌的习俗中有一种是属于斗智的歌：

问：莫逞能，一少三多要单数，

　　三百条狗四下分，看你怎样分得清。

答：九十九条打猎去，九十九条守门口；

　　九十九条看羊来，还剩三条狗奴才。

象这种针锋相对的歌，我们觉得在表现刘三姐的超人智慧和打击封建文人的刁难嚣张上，都非常适合，所以大量的采用了。为了使歌词更符合剧情和人物的需要，我们作了些改动，如后一句"还剩三条狗奴才"就是为了讽刺秀才而改的。

和讽刺秀才这一类歌有些相似的，嘲笑媒婆的歌也是来自民间的。象"刘家丫头谁不晓，人又刁来嘴又嚣，不是路边闲花草，她是高山红辣椒。"就是横县一位农民歌手写出来的。

另一类是歌颂劳动，热爱生活，富有强烈的乐观主义精神和生活气息的歌。

例如第二场的一组盘歌：

问：什么结子高又高？什么结子成双对？

什么结子半中腰？什么结子棒棒敲？

答：高粱结子高又高，豆角结子成双对，

玉米结子半中腰，收了芝麻棒棒敲。

这一类都是流传在广西各地的民歌。这种盘歌与上面那种和地主，秀才作斗争的歌，在气氛上很不同，它比较柔和，适合于劳动人民劳动之余，互相唱和所用，它表现了“刘三姐”和劳动人民对劳动成果的热爱和对生活的赞美，它把生活和自然界中一些日常现象加以诗化了。又如：

三姐砍柴不用刀，高山滚柴不散开；

只用脚踩手来摇，人多心齐同声唱；

扯根古藤捆柴火，气死财主用歌埋。

这首歌的前二句是刘三姐山歌的原句。后面几句都是我们改写的，目的在于借物发端，使之立意更高。

再一类是情歌。情歌在民歌中数量非常多，但要选用在刘三姐身上，必须是最优美、最健康的，否则就很难把这个才智过人、勤劳勇敢、风格极高的“歌仙”塑造起来。比如：

连就连，我俩结交订百年，

那个九十七岁死，奈何桥上等三年。

竹子当收你不收，绣球当捡你不捡，

笋子当留你不留，捡得忧来捡得愁。

等等。这样的民歌在含蓄中有爽朗，生活气息十分浓厚，意境也很清新。我们认为比较符合刘三姐的性格。

在一个戏里，运用一百几十首民歌，对我们广西的文艺工作者来说，是一个新的尝试。这个戏演出后，曾得到观众的好评，如果说有什么成功之处的话，那是由于向民间学习的结果，是群众运动，集体创作的结果，是承受刘三姐的歌风并给以发展的结果，是紧紧遵循毛主席的指示，努力使文艺民族化、群众化，为群众喜闻乐见的结果。

（本文有删节）

论《刘三姐》

蔡　仪

史料解读

史料原载《文学评论》1960年第5期。该史料为歌剧《刘三姐》的评论。该文深入剖析了歌剧《刘三姐》中主人公的形象及其艺术价值，指出《刘三姐》受欢迎的原因，在于其成功塑造了刘三姐这一具有典型性的女主人公形象，并通过民歌的形式生动展现了劳动人民的高贵品质。作者详细分析了刘三姐的性格特点，包括她的勤劳、聪明、勇敢和乐观，这些特质不仅使她成为歌剧中的英雄人物，更成为激励观众的精神力量。此外，作者还探讨了歌剧《刘三姐》的艺术特点，指出其戏剧性与抒情性的完美结合，特别是民歌在推动剧情发展中的关键作用。通过对刘三姐性格特点和历史背景的考察，作者进一步论证了刘三姐这一艺术形象的真实性和深远影响。该文为读者深入理解《刘三姐》的艺术魅力及其文化价值提供了重要视角，代表了那个年代《刘三姐》评价的水平。

原文

一

《刘三姐》的演出，受到观众热烈的欢迎，也受到文艺界惊喜的重视，大家都感到它有强烈的感动人、鼓舞人的力量，认为它是一出又新又美的好戏。

为什么它能够获得大家这样的欢迎和重视呢？原因当然是不简单的，但是根本在于女主人公刘三姐性格的塑造和民歌的运用上。也可以说，它的感动人、鼓舞人的地方，它的又新又美之点，根本在于用优美的民歌来塑造了一个劳动人民高贵品质的典型形象。

劳动人民的一个最根本最普遍的优秀品质是勤劳，刘三姐也和一般劳动人民一样是勤劳的。种田、割禾、砍柴、编箩、纺棉花、织布，似乎无论什么劳苦活计都是能干、肯干而且爱干的。虽然剧中并没有着重描写她的勤劳，她的性格特点主要也不是在于勤劳；然而正是由于勤劳，形成了她的性格特点是聪明、勇敢、乐观。聪明、勇敢、乐观，原是一般劳动人民在本质上有的，可是由于过去社会的历史条件的限制，不仅不能充分地发挥他们这种本质的特点，而且有时在有些人身上表现为相反的东西：悲观、怯懦、甚至于笨拙。过去的文学作品中就有这种劳动人民的形象。其中固然有不少作品，是由于统治阶级文人对于劳动人民的歪曲，但也有些作品所描写的并不是没有现实根据的。然而《刘三姐》这个戏却不是如此。它所描写的刘三姐的性格，充分地发挥了劳动人民的本质的特点，使她成为聪明、勇敢、乐观的典型形象，使这个戏成为突出地描写了劳动人民高贵品质的能感动人鼓舞人的又新又美的好戏。

刘三姐的聪明在剧中是描写得非常突出的，无论《霸山》、《拒媒》、《抗禁》哪一幕里都可以看得很清楚；特别是在《对歌》一幕里和那三个秀才一对比，就表现得更为显然。人们说她是智慧的化身，这是看了戏后自然要引起的想法，也是合乎实际的想法。而且剧中对于她的聪明的描写，还很正确地表现了这聪明的社会根源，一点也没有什么神秘的地方。“拿起镰刀就割禾，拿起竹篾就编箩，棉里纺出千条线，口中唱出万首歌。”由于参加生产劳动，熟悉生活实际，理解事物（无论自然事物和社会事物）的情状和规律，这样的人自然就是聪明的。在《对歌》一幕里刘三姐的出口成歌，歌词的又优美而又有力，就是由于她熟悉社会生活各方面的知识，这正好说明她的聪明是和勤劳分不开的，也正好说明劳动人民在本质上是聪明的。这就是说，从剧中所描写的看来，她的突出的聪明是很自然的，没有什么神秘的。

刘三姐的性格特点更重要的还在于她的勇敢。她的聪明，不是在于生活打算上，也不是在于恋爱心思上，而是集中地表现在对地主阶级的斗争上，对封建统治的反抗上。一般的青年女子总要花些心思在恋爱问题上，刘三姐也不例外。但是刘三姐的聪明，自始至终是和对敌斗争分不开的，是使她斗争非常勇敢的一个主要条件。“大路不平众人踩，情理不合众人抬，横梁不正斧头砍，管你是斜还是歪”，这可以说是她的基本观念；“心中有了不平事，山歌如火出胸膛”，这可以说是她的基本作风。既有明是辨非的智慧，又有扶正除邪的勇气。

剧中对于刘三姐的勇敢的描写，自反对地主的霸山以至抗拒官府的禁歌、抵抗地主的谋杀暴行，随着斗争的愈来愈激烈，她表现得愈来愈勇敢坚强。“山崩地裂我不怕，水泡九州我不惊，三姐生来不怕死，那怕财主谋害人。”实际表现的英勇气概也是如此。由于勤劳、聪明，不怕吃苦而有能力，所以“上山有棍打得蛇，下水有网捉得鳖，有理敢把皇帝骂，管你老爷不老爷”。特别是她相信：“一根木柴难起火，柴多火苗高过天，只要穷人同心意，不怕莫家来霸山。”这样写来，她的勇敢不是很合情合理、毫不足以奇怪的吗？

而且她的勇敢，又不是出于一种被压迫者常有的悲愤的心情，而是出于一种乐观的精神。这也是她的性格的另一个更重要的特点。她在对地主阶级的斗争中始终是采取主动的积极的态度，始终是斗志昂扬、精神饱满的。在她的思想中，不仅是仇视他们，而且是鄙视他们，蔑视他们。在她的眼中，有财、有权、有势的地主阶级根本不算什么回事，因斗争而遭到的困难危险也根本不算什么回事。因此更显得她的性格特点是非常可贵的，她的精神境界是很高的。

也就是由于她的勤劳、聪明、勇敢,“天大幸福不希罕,三姐偏偏爱种田”;“从小生来一双手,那愁吃来那愁穿?”所以当莫海仁强婚不遂要收刘二的佃耕田时,她的答复是:“他要收田由他收,三姐饿死不低头,多少人家无田地,砍柴一样度春秋。”地主的财力权势不是一点也难不倒她吗?尤其是她认为穷人的“力不穷来智不尽,敢和龙王动干戈”,那么在她和地主阶级的斗争中,依然心情振奋,意气风发,不也正是很有道理吗?

自然,《刘三姐》究竟是一个歌剧,是以民歌作为主要表现手段的新歌剧,多少拘束了人物的行动,也就限制了矛盾斗争的充分开展。这是一方面。另一方面,这种歌剧的特点,不仅有戏剧性,而且也有抒情性;它的人物性格的塑造,不仅依赖于戏剧性的行动,也依赖于抒情性的歌唱。《刘三姐》这个戏,从整个结构来看它是不缺乏戏剧性的,而从各个部分来看它又是富于抒情性的。它就是善于运用民歌发挥了抒情性的特点。刘三姐的山歌是戏剧的有机构成部分,又是她的性格的直接表现手段,换句话说,它是些抒情诗。如果不从这种歌剧的特点,不从它的山歌的特殊意义来看,就难理解刘三姐的性格塑造。

刘三姐的山歌,作为抒情诗来看,它本身就是优美动人的作品;作为戏剧的构成部分来看,又大大地增强了这个戏的优美动人的力量。而刘三姐的山歌的所以这样优美动人,根本在于恰好表现了刘三姐的聪明、勇敢、乐观的性格特点。我们很难设想用什么其他表现形式能使刘三姐的性格塑造得这样优美。而且应该说,刘三姐的山歌不仅是用来描写她的性格特点的表现手段,实质上还是她的性格特点得以充分发挥的实际生活条件。我们也难设想有什么其他实际生活条件使刘三姐的性格特点能够这样充分发挥。就她的具体情况看,如果不是山歌,究竟还有什么可以使她能够用来这样地教育群众、鼓舞群众?还有什么可以使她能够用来这样地斗争敌人、打击敌人?还有什么可以使她能充分发挥她的聪明、勇敢和乐观的精神呢?因此我们谈到刘三姐的性格特点时,不仅不能抛开她的山歌,而且必须把她的山歌作为她的性格特点形成的一个条件来看。

我们说刘三姐的山歌的所以优美动人根本在于表现了她的聪明、勇敢和乐观的性格特点，这从山歌本身说，首先就是、也主要是它富于生活气息，尤其是富于斗争气息。很显然的，这个戏一开始就强调地表现出刘三姐的山歌的力量。“山歌好比春江水，不怕滩险湾又多”；“急水滩头唱一句，风平浪静乐逍遥”。这种力量的实际社会意义，用别的歌词的更恰当的表现就是：“唱得穷人哈哈笑，唱得财主打哆嗦”；“唱得天旋地又转，财主官家莫奈何”，以至于“唱到皇帝倒龙位，唱到穷人掌乾坤”。

山歌原是抒情诗，山歌所唱的只是表示主人公突有此想，并不是生活中已有此事。而且就作品的具体情景看，生活中虽未必实有此事，主人公却不可无此想。因此可以说山歌的力量，根本就是主人公刘三姐的精神力量。自然，刘三姐的精神力量，又如山歌所表示的一样，是和群众的力量分不开的。因为她的山歌是“唱尽人间不平事，唱出穷人一片心”的。所以她的唱山歌，就能够“这边唱来那边和”，“一人唱来万人和”。所谓“唱到皇帝倒龙位，唱到穷人掌乾坤”，这是夸张的，却又不是没有原因的。

二

然而《刘三姐》这个戏究竟是由民间传说改编的，刘三姐这个人物究竟原是民间传说中的英雄，就这点说，她似乎未必果然有多少历史事实的根据，不过是劳动人民的希望和理想的化身；现在改编者又给了它很大的创造性的加工，使她更好地体现了自己的思想感情，这从一定的意义上说，又使她进一步理想化了。因此刘三姐这个英雄人物，容易使人注意她的理想性，还不免使人怀疑她的社会生活的真实性，甚至担心她是否太现代化而不像一个旧时代的人物了。譬如有些人设想这个戏最好有一个传奇式的结局，这就是要加强她的传说的气氛；也有人指出“唱到皇帝倒龙位”这样的话，在封建时代的农民来说未免太进步了。这些意见的提出，就是由于这个原因。

一般的说，在旧时代的封建社会里，一个青年妇女，主要用山歌作为武器，团结了农民群众，对地主阶级进行了一系列的斗争，也取得了不断的胜利；而地主以及统治机构的官府一时对她也没有办法，终于让她逃到别处传歌去了。这样的人物、这样的故事，要说像真人真事一样叫人相信它的真实性，似乎是困难的。可是如上所说，在我们看这个戏时却又觉得她的性格特点和其表现是自然的、合情合理的。

而且这个戏的如此强烈的感动人、鼓舞人的力量，固然是由于她体现了劳动人民的希望和理想；然而同时也应该是由于她有一定历史条件下的现实生活的真实性，是反映了历史的具体性和真实性的典型形象。

自然，刘三姐是根据传说加工创造的，要了解她的现实生活的真实性，要了解她的历史背景是不容易的。可是既然过去在严酷的封建统治下一般农民由于社会历史条件的限制，不能充分发挥他们的性格的本质特点，而刘三姐能充分发挥这种性格的本质特点，也总是由于她有特殊的历史条件。这种特殊的历史条件既然形成她的性格，也就要在她的性格上有所反映，因此她的历史背景就是可以考察、也应该加以考察的。

我们从作品本身来看，可以发现有些情节似乎是矛盾的；或者说，有些关系似乎交代不清楚。正是这种情节矛盾的地方，就有可以看出她的历史背景的线索。如莫海仁叫媒婆到刘三姐那里去说亲，而刘三姐提出："按我们僮家的规矩，要想结亲就对歌"；"谁能唱歌唱赢我，不用花轿走路来。"这就是一点矛盾。这个矛盾的表现不是由于作品的情节交代不清楚，而是由于两种婚姻制度的不同。后者作为"规矩"来看，至少可以说是和封建的婚姻制度不同，是和封建的礼教思想不合的。由此可以看出坚持僮家规矩"要想结亲就对歌"的刘三姐，在婚姻事件上还没有完全接受封建思想。

刘三姐不仅在婚姻制度上没有完全接受封建思想，甚至就是在根本的财产所有制上也保持着特殊的观念。如最初碰见莫进财抢小牛的野兔时，刘三姐唱歌道："天地山川盘古开，飞禽走兽众人财，想吃鲜鱼就撒网，要吃野兔带箭来。"在她看来，谁要夺取别人打的野兔给老爷下酒是不行的。在莫海仁要霸茶山时，刘三姐又唱道："众人天，众人地，众人河川众人山，众人茶山众人管，与他莫家不相干。"这就是认为谁要霸占众人的茶山、众人开的茶山是不行的。刘三姐这种财产观念，是不是可以看作只是由于改编者把社会主义思想灌输给她的呢？如果这样，就说不上有什么历史的真实性，那简直是反历史主义的了。然而我们不仅从作品本身所给予我们的印象来看，而且从刘三姐的具体生活环境来看，都不能否认她的真实性，也不能否认这个作品的强烈的感动人、鼓舞人的力量是和她的真实性分不开的。

原来我国西南边境地区少数民族社会生活的封建化，是远远落后于汉族的封建化的，他们的封建化的途径和在一定历史时期封建化的程度也和汉族是显然有不同的。因此我们不能以汉族的封建史的观念去看僮族的历史。自然我们不用去猜测刘三姐是什么历史时期的人。但是我以为从剧中能够看出她的历史背景是没有经过严重的封建农奴制的历史阶段，而且封建的超经济的剥削也还没有成为公认的社会法则，甚至封建地主的权力和封建国家的暴力也还不容易在这地区顺利施行，与之相适应的是封建思想的毒害也还不是那么深入人心。这种社会生活的情景，在僮族地区可能占了一个很长的历史时期。因为到解放前夕还留下有某些生活现象的痕迹，可以想像他们所经历的封建历史阶段的特点。譬如山歌的流行和它的成为农民精神生活中的重要现象，不仅春天的歌墟依然是青年男女歌唱爱情的大好场所，就是一般的对歌也是农民喜好的斗智说理的常用手段。山歌在社会生活中的这种地位和作用，可以看作是他们的社会生活特点的一个标志。

恩格斯在论到易卜生时会说，挪威的农民从没有作过农奴，它的小资产者是自由农民的儿子，因此他们比起德国的小市民来要高出不知多少。这主要是说他们有自己的性格，有开创的能力，能够独立地行动。我们现在所谈的自然完全不同，但是作为《刘三姐》的历史背景，僮族社会封建化过程的这种历史特点，有可能比较充分发挥劳动人民在本质上应有的性格特点。虽然就整个中国历史来说，即使封建制度早已是烂熟时期，而远在边境地区的僮族社会的封建化显然是要不同些；即使封建国家的中央政权早已非常强大，而对于这种地区也显然有鞭长莫及之势。所以刘三姐敢于对地主阶级及其统治机构的官府进行斗争，并且在斗争和困难中始终是坚强而乐观的。所谓“有理敢把皇帝骂，管你老爷不老爷”，这在经历过严酷的封建统治的一般农民平时是不容易的，但是在刘三姐唱来却是很自然的。这种个人性格表现的特点，根本还是由于社会生活发展的历史特点形成的。

对于这些地区的山歌，在历史上封建统治者确是曾经屡次明令严禁过，又确是如刘三姐所唱的：“皇帝管得大官动，那个敢管唱歌人。”山歌是一直没有能够禁止。僮族人民的山歌，确是唱到清朝皇帝倒了龙位，也确是唱到现在人民掌了乾坤，而且是要唱到花开满天下，人间万年春的。由刘三姐的山歌的真实性这点也可以证明刘三姐的性格是有历史的真实性的。

因此剧中的刘三姐是以传说中的英雄人物为根据，又是有一定历史条件下现实生活的真实基础的。这样创造的劳动人民的高尚品质的典型人物，有崇高的理想性，又有充分的真实性。否则她这个人物不能有这样特殊感动人、鼓舞人的力量，也就是这个戏不能有这样特别感动人、鼓舞人的力量。

三

我们也知道，剧中刘三姐的性格并不完全是传说中的她的性格，剧中刘三姐的山歌也不完全是传说中的她的山歌。正如她的许多山歌里现在的改编者所加的一样，她的性格的许多表现也是改编者塑造完成的。本来传说中的刘三姐的性格是不统一的，甚至是有矛盾的。因此虽说她有传说的根据，也有历史上的现实生活的基础，但是她究竟是出现在我们现在的作品中的典型人物，她的性格特点和精神面貌，应该说是和现在的时代要求和艺术要求有关系的。

从歌剧的发展上来看，《白毛女》是我们新歌剧的第一部获得很大成功的作品。它的成功，不用说是在于体现了毛主席在延安文艺座谈会上的讲话的基本精神。无论从作品所描写的对象来说，从它所表现的作者的思想感情来说，或从它的表现形式来说，都是根本上实践了工农兵的方向，是革命的政治内容和优美的艺术形式相结合的作品。因此可以说它是新歌剧发展中第一个里程碑。但是《刘三姐》在主要之点上表现了我们新歌剧发展的又一个新的阶段，也可以说是发展过程中的第二个里程碑。

从《白毛女》的发表到现在虽然时间并不算久，不过十五年左右，而我们的革命却经历了两个大的阶段，现实的社会生活和人民的精神面貌都起了根本的变化。人民的关心和要求、或者说时代精神的要求，已和十五年前不同了，这就必然表现为艺术要求上的不同，必然影响着、制约着作品的内容、形式以至整个风格的不同。

如果说《白毛女》是适应历史条件、表现时代精神的好作品；而《刘三姐》是好作品，也就是要适应新的历史条件和时代精神而有它作为艺术的新的特点和优点的。且从所描写的对象来说，虽然它和《白毛女》一样都是描写地主对农民的剥削压迫和农民对地主的反抗斗争的。但是《白毛女》的重点是在于揭露地主剥削压迫的残酷、凶狠和卑鄙阴险，因此同时也就着重写到了农民被剥削压迫的悲惨景象，甚至不得不写到他们一时思想上的弱点。虽然最后是八路军来打倒地主、救出了白毛女，景象完全转变了。但是前面大部分是描写“旧社会把人逼成鬼”的悲剧场面，所描写的也是符合于现实的真实的，也是适应着时代精神的要求的。事实上《白毛女》一剧在新民主主义革命运动中，在土地改革运动中，是起了莫大的宣传鼓动作用，有很强的政治意义和艺术效果的。可是《刘三姐》的重点却在于歌颂农民对地主斗争的英勇、坚强而乐观的精神，同时也就要写到地主的愚昧无知和腐朽无力，因此剧中主要是表现农民在斗争中的积极性、主动性，从一个胜利到一个胜利，整个剧中荡漾着紧张、兴奋、乐观的气氛。虽然斗争的展开不那么激烈，而基本情节是合乎实际的。演出的效果证明，它是很能振奋人心、激励斗志的。

《刘三姐》为什么和《白毛女》有这样的不同？这原因可能是多方面的，但根本是由于产生它的历史条件和时代精神的不同。因历史条件和时代精神的不同，受其制约的文学作品也必然随之而有不同。我们试一设想，在反封建的土地改革运动是严重的革命斗争的时期，不是产生了《白毛女》，而是产生了《刘三姐》这样的作品，即使说这是有可能的，但那个《刘三姐》的面目也会跟现在的《刘三姐》是完全不同的。地主莫海仁、狗腿子莫进财不会是现在的这样只会装腔作势，实际昏庸无能；而女主人公刘三姐也不会是现在一样的勇敢乐观，在不断的斗争中取得不断的胜利。因为当时打倒地主阶级既是严重的革命斗争，要求全国人民、尤其是农民，切实而深刻地认识地主阶级的剥削压迫的残酷、凶狠、阴险而卑鄙；并且认识打倒地主阶级不是轻而易举、而是非常严酷的斗争，以引起他们的义愤、勇气、斗争的决心和毅力。这是历史任务和时代精神的要求，因此不是产生了《刘三姐》，而是产生了《白毛女》。

可是在今天，经过种种客观事实和实践经验证明，我们明白了：从本质上看，一切反动派都是纸老虎，而革命人民是真正有才能有力量的。寄生的反动地主阶级，他们四体不勤，五谷不分，实际上是愚昧无知，腐败无能的。如果不凭借别的手段，单凭他们个人的体力和脑力，是不能和劳动人民较量的。我们也明白了：劳动人民中的某些人在旧社会有时显得怯懦，也是由于他们受了统治阶级思想的毒害，束缚了自己独立的思想，以致不能发挥自己的聪明才智、勇气和毅力。现在为了充分发扬劳动人民的这些本质的优点，必须使他们破除迷信，解放思想，认识而且相信自己的聪明才智，有敢想敢干的精神，也就要长自己的志气，灭敌人的威风。这是在现在的历史条件下时代精神的一种主要要求。所以《刘三姐》的重点在于塑造了刘三姐这个非常突出地具有劳动人民高尚品质的、聪明、勇敢、乐观的英雄人物形象。作为艺术形象来说，既是理想性和真实性完满地统一的、也是很好地体现了新的时代精神的典型形象，所以她是又新又美的艺术形象，这个戏也就是又新又美的好戏，为我们无数观众感到特别欣喜而非常欢迎的。

我们这样说，自然不是认为我们现在就不欢迎别样的作品，不是的。我们欢迎各种不同题材、不同风格的好作品，也照样欢迎深刻而生动地揭露敌人的丑恶面目的作品，不用说，就是过去这种作品如《白毛女》也还能给予我们思想教育和美感享受的。也不是认为《刘三姐》就是毫无缺点的作品，不是的。应该看到它还是有不少缺点的，有的还可能并不是很小的缺点，如结构的不够严谨，多数次要人物不够生动、缺乏个性，就是刘三姐也还有行动不够丰富之处。然而不管怎样，这只是它的不够之处，只是它尚有可以改进得更好之处。而且我相信在改编者的进一步努力之下，是会克服这些缺点，获得更完美的结果的。

一九六〇，十，二十三。

谈歌剧《刘三姐》

李慧中

史料解读

该史料为一篇评论，原载《剧本》1960 年第 10 期。这篇评论针对歌剧《刘三姐》成功的原因做出了以下分析：一是思想鲜明犀利，并通过艺术形象使思想性与艺术性和谐统一；二是在革命现实主义和革命浪漫主义相结合的创作方法下，通过艺术形象表现了人物特质；三是现实因素与理想因素结合，刻画人物生活和斗争的社会环境，创造出典型环境；四是把专业文艺工作者所掌握的艺术技巧和民间戏剧与民歌中的艺术技巧结合，在人物、冲突、情节、语言等方面都显示出了崭新的艺术技巧的力量。最后还指出《刘三姐》一剧向歌剧民族化、群众化迈出了一大步。但有一些地方还有待加工：比如次要人物的描写、爱情与生活的穿插等。

原文

歌剧《刘三姐》出现在北京舞台上以来，受到了广大观众的欢迎。早在两年前，柳州彩调剧团演出的《刘三姐》已经为广西观众所喜爱，《剧本》月刊选发了"对歌"一场，引起了不少读者的注意。如果说彩调《刘三姐》是棵茁壮的幼苗的话，那么，现在它已经在广西区党委的直接领导下，在全区人民的群众性的创作活动中开出光彩夺目的鲜花来了。

《刘三姐》是由民间传说搬上舞台的成功范例。作者们深入民间，研究了这个千百年来传颂不绝的传说的魅力所在，并且进行了艰苦的再创造，使流传民间的刘三姐在戏剧领域里获得了新的生命。这是近年来歌剧创作中最值得注意的作品之一。《刘三姐》的剧本和演出，以它的充实的革命内容和饱满的战斗情绪、以它的新鲜活泼的艺术风格和浓厚的民间色彩，使人容易联想到作为延安文艺整风的珍贵成果之一的秧歌剧——新歌剧出现时的情景。广大群众热烈欢迎了《刘三姐》这样的表现革命的思想内容、又具有中国作风和中国气派、因之也就能为广大群众喜闻乐见的歌剧作品，欢迎这样的思想性和艺术性都较高的作品。我们从歌剧《刘三姐》中，看到了党对文艺创作的领导和文艺的群众路线的光芒，看到了文艺工作者思想改造的收获，看到了坚持向人民群众学习、在普及基础上提高的成果，看到了歌剧艺术民族化、群众化的成就，以及掌握革命现实主义和革命浪漫主义相结合的艺术方法的努力，等等。我们不难看出，正是这样一些根本方面，决定了这个作品的成功。当我们谈论《刘三姐》文学剧本的时候，当我们估计到这个剧本的创作对当前戏剧创作提出的一些十分有益的启发的时候，不能不首先提到以上所说的，它的整个创作演出对歌剧艺术发展所提出的一些十分有益的启发。

《刘三姐》剧本的成就，首先是它的思想的鲜明和犀利，并且通过具有光彩的艺术形象表现出来。思想性和艺术性在这部作品里得到了和谐的统一。我们高兴地看到，《刘三姐》这部歌剧为我们创造了刘三姐这样一个光彩夺目的劳动人民的正面形象，一个成功的英雄人物。刘三姐这个典型完全可以和那些许多年来活在我们舞台上的典型人物并列，而发出她异样的光彩。在这个典型人物的身上，概括了我国劳动妇女所共有的勤劳勇敢的素质，集中地表现了在封建制度统治和压迫下的广大妇女的斗争精神，她们内心的智慧、光明和美。同时，这些本质的方面并不是抽象的一般化的表现，而是通过刘三姐的鲜明突出的个性表现出来的。在旧社会里和封建地主阶级作斗争的女孩子是很多的，而刘三姐既不同于秦娘美，又有别于喜儿，她的斗争方式是“刘三姐式”的。她是以山歌作为斗争武器来鼓舞群众和封建地主作不懈斗争的刘三姐，是和地主及其豢养的蠢秀才们对歌并通过对歌揭露敌人的刘三姐，是大摆歌阵反抗地主的迫害的刘三姐。她有强烈的阶级感情，爱憎分明，对人民多情，对地主无情。她在人民群众中引吭高歌时是那么谦逊热情、委婉动听，唱出了人民的心愿；在和地主及秀才、媒婆之类战斗的时候却是那样尖刻锋利、冷嘲热讽，狠狠地打击了敌人。刘三姐热爱生活并且积极创造着生活，她敢于斗争而且善于斗争，她对阶级斗争抱着乐观主义的态度，对胜利满怀信心。这是作者们创造出来的一个理想人物。能够创造出这样的人物来，一方面是由于原来的传说本身就有现实主义和浪漫主义相结合的因素，更重要的是在重新塑造这个形象的时候，革命的作家、艺术家们以他们的革命的无产阶级的世界观并按照今天人民群众对这一形象的要求，进行了创造性的改编，这就使刘三姐的形象更加完美了。

创造无产阶级、劳动人民的完美的典型的理想人物是革命现实主义和革命浪漫主义相结合的创作方法所要求的，作家们要实践这一创作方法就一定要创造出典型人物来。创造典型人物不仅是革命现实主义的要求，同时也是革命浪漫主义的要求。革命浪漫主义虽然常常运用许多特殊的表现手法，特别突出表现热情，但从本质上说来，它的根本目的仍然是对生活作典型化的表现。革命的作家在共产主义世界观的指导下，掌握了革命现实主义和革命浪漫主义相结合的创作方法创作典型人物的时候，他的出发点只能是马克思主义的阶级论，而不能是资产阶级的人性论。正因为这样，在我们的艺术典型的创造中总是能够体现出人物的阶级特性。修正主义者力图使我们离开阶级论，仿佛只有离开它才能创造出典型人物似的。我们已经有许多优秀的作品能够证明他们这一套是荒谬的，《刘三姐》又一次生动地说明了这个问题。我们看到，刘三姐的身上凝聚着多么鲜明的劳动人民的特性，她概括了中国劳动人民的阶级本质，这和地主阶级是针锋相对、黑白分明的。

从另一方面看，刘三姐身上所具有的阶级特质并不是赤裸裸地、象社会科学那样叙述出来的，而是通过活生生的艺术形象表现出来的，因而刘三姐同时具有鲜明的个性。刘三姐体现出了她那个时代劳动人民的许多重要的品质，也就是这同一个刘三姐，却又是具体的广西的、僮族的、聪明美丽的、爱唱歌的、并且用山歌作斗争武器和地主阶级战斗的……刘三姐，这个人物和同类型的任何其他典型人物是不相重复的。在这里，阶级的共性和个性是统一的，共性是通过个性表现出来的。我们坚持阶级论，反对资产阶级人性论，并不是把典型仅仅看作阶级本质的抽象表现，不是只注意共性而不要个性，不是主张一个阶级只有一个典型。修正主义者们说我们从阶级论出发一定写不出鲜明的个性来，而只能是“一般化的”、“干巴巴的”，刘三姐这个人物生动地表明了她并不是一般化的、干巴巴的、色彩黯淡的，恰恰相反，她是这样的具有个性特点，这样丰满，而又这样光彩焕发。这是给修正主义者们又一个响亮的耳光。

革命现实主义和革命浪漫主义相结合的创作方法在典型的创造方面另一基本点，就是要表现理想。阶级性和人物个性不可能象配药方一样地配起来，革命现实主义和革命浪漫主义要求并且允许革命作家对他们所描写的正面人物采取把现实因素和理想因素水乳交融般的结合起来的方法，作者有权力在他的正面人物身上倾注最大的热情，寄托他们政治的、道德的、美学的理想。我们看，刘三姐这个人物是个千真万确的现实的人物，但是我们同时又可以说她是个理想人物。修正主义者们说我们强调表现理想就是不注重现实，随意地破坏真实，仿佛我们根本不要真实。他们认为只有用他们所主张的那种所谓“写真实”的方法才能创造出性格来，好象只要一提到创造理想人物，这人物就一定会成为作者的“传声筒”，根本不可能创造出生动的、性格化的人物来似的。我们看，刘三姐的作者们——原来传说的作者和现在剧本的作者——在创造刘三姐这个人物的时候倾注了多么大的热情，这个人物是多么理想，又是多么现实！

现实因素和理想因素的结合不仅表现在人物创造方面，同时也表现在对人物生活并斗争在其中的社会环境的描写方面。恩格斯所说的“典型环境中的典型性格”这一句对现实主义所作的经典性的解释，对于我们今天所说的革命现实主义和革命浪漫主义相结合的这一创作方法说来仍然是适用的。革命浪漫主义体现在作品中并不是要和现实环境割断联系，只在九霄云外飞翔永不落地。问题的关键在于，一部艺术作品如果充分地描写了典型环境的话，它就不能不描写出整个环境的发展趋势。换句话说，只有作者紧紧抓住了社会发展的趋势——它的昨天、今天和明天，即在矛盾冲突中发展着的现实生活，才可能真正写出我们可以称之谓典型的环境。典型环境中的典型性格在戏剧作品中就是要在典型的戏剧冲突中表现典型的性格，因此，人物性格必然是活在戏剧冲突里的。革命的理想主义要求我们的作者并且给他们以权力在处理冲突时特别强调正面力量的强大，即使是在反面力量——按照具体的现实情况来说——占压倒优势的时候，正面力量经过一定的曲折，最终一定是通过各种各样的方式表现出他们对胜利的信心。对于一个真正的具有马克思主义世界观的革命作家来说，在他们的笔下，希腊式的悲剧或欧洲戏剧中某些旧型的悲剧的公式是不可能再出现的，作者所倾心的代表社会发展的新生力量的正面人物完全失败并且毫无希望，简直是不可想像的事。如果他们也写悲剧，也必然只能是我们通常所说的“悲壮剧”或“乐观的悲剧”——作者所歌颂的英雄人物虽然暂时失败了，但是他给人们留下了希望和胜利的信心，鼓舞人们继续前进。我们看到，在《刘三姐》这出戏里，作者们把刘三姐和她周围被压迫的劳动群众的思想上、精神上、行动上的力量表现的多么强大，他们在一次又一次的斗争中总是站在主动的、胜利的方面；相反地，反面力量——地主阶级则总是节节败北。那么，观众和读者是不是会觉得这种描写在根本上是不现实的呢？会不会觉得这是一种廉价的“乐观主义”呢？当然，在这剧本的上一遍稿子里有些处理（例如在歌墟上气昏地主后和后来一箭把地主射死后，剧情的发展脱离了当时具体的环境，正面人物的斗争失掉了对立面。）是有点离开了典型环境，但是就整个戏看来，这种斗争的形势、冲突的安排还是合乎现实的，没有破坏了典型环境。我们看到，刘三姐和当地的农民群众与地主阶级展开的这一场尖锐的阶级斗争——这种别出心裁的斗争方式，这种斗争的精神、对于胜利的信心和他们对未来的响往，能说不是真实的吗？在我们看来，《刘三姐》这出戏恰恰是把这样一些方面作了准确的描写。修正主义者们说我们强调要以艺术作品教育人民、鼓舞人民，坚持革命现实主义和革命浪漫主义相结合的创作方法，就会回避描写冲突，而只写正面力量这一个方面。这种谬论已经被我们的许多作家的创作实践所粉碎，这一次，《刘三姐》在这个方面又给了修正主义以有力的打击。

革命浪漫主义精神和革命浪漫主义手法往往是互相联系着的，艺术作品中的浪漫主义精神常常要求通过很多浪漫主义手法表现出来。《刘三姐》这剧本所依据的原来的民歌和民间传说是带有很大的传奇性和神话色彩的，如化石、成仙等情节就是很好的浪漫主义手法。在经过再创造的剧本里也有不少好的浪漫主义手法，如歌墟上的传伞摆歌阵，鹩哥学唱刘三姐的"反歌"……等。但是，革命浪漫主义精神并不一定在任何情况下只能通过传奇式的或夸张的浪漫主义手法才能表现出来。剧中"传歌"这一情节的革命浪漫主义精神是十足充分的，劳动群众在阶级斗争面前的乐观主义精神和必胜的信念在这里得到了充分的表现，但是，在这一场里却没有采用浪漫主义手法。作者们把这场戏由最初柳州彩调本里的跳崖成仙改为传歌是极有胆识的。关于刘三姐的传说虽然众说纷纭，成仙这一结局却是大同小异。柳州彩调《刘三姐》选取的跳崖成仙这个情节和整出戏的喜剧风格是不协调的。在"对歌"一场里，有的是欢乐和胜利的气氛，却没有让刘三姐跳崖成仙的伏笔。在那场戏之后，要想改变这场戏的乐观的基调是十分困难的。歌剧的作者们舍弃了成仙这个乍一接触很容易吸引人的情节，而代之以传歌，让刘三姐千里传歌而来，又被迫传歌而去，这一完整的构思使这整出戏保持了主题的统一和风格的统一。成仙这个情节是象征性的寄托，而传歌则是在现实发展中描写斗争的前途和胜利的信心。两者相比，传歌所给人的鼓舞作用是更大一些的。从这个情节的处理上，我们也可以看到作者的世界观对题材的提炼所起的决定性的作用。

由于《刘三姐》这一传说产生于封建社会，必然受到了封建统治阶级的篡改，而沾染了一些杂质，剧作者们本着去其糟粕、取其精华的精神下了一番艰苦的再创造的功夫。在再创造的过程中,剧作者们充分发挥了他们的才能。“对歌”这场戏是《刘三姐》一剧的“戏核”,如果抽掉这场戏,刘三姐也就不是现在的刘三姐了。就在这场戏里,刘三姐的性格比较充分地展示出来了,喜剧风格树立起来了,这是一场充满智慧、充满欢乐、充满战斗激情的戏,它奠定了整出戏乐观的基调。在我们的舞台上,写农民和地主作斗争的戏为数不少,但以“对歌”这种形式进行斗争,还是刘三姐的创造。艺术贵有独创性,这场戏的独创性使观众为之叹服。而对歌这个情节正是出于剧作者们的再创造。在原传说里,是有刘三姐和秀才对歌这件事的。但是,传说中的刘三姐是和白鹤乡一少年秀才对歌,他们俩“一唱阳春,一唱白雪,流风激楚,不分高下,非下里巴人比也!”(见张尔翮:《刘三妹歌仙传》)歌七日夜而化石成仙。今天舞台上的刘三姐仍然是和秀才对唱,但,这不是那慕歌仙之名而来的白鹤少年,而是被地主雇佣来的三个蠢才;舞台上的刘三姐不是登七星岩顶和秀才对唱情歌,而是以山歌作斗争武器来反抗地主的迫害;舞台上的刘三姐不是和秀才“不分高下”,而是以她的聪明才智击败了秀才,恰恰显示了刘三姐这个“下里巴人”非地主阶级豢养的秀才所能比拟。从这里,我们可以看出原传说里对歌这个情节给作者的有益的启发,也可以看到剧作者们在再创造中所付出的巨大劳动。所有这些创造性的改动,都表明作者们对革命现实主义和革命浪漫主义相结合的创作方法是有深刻理解的。

对于我们的剧作家说来,不仅需要掌握革命现实主义和革命浪漫主义相结合的创作方法,还必须掌握熟练的艺术技巧,艺术技巧是为了更完美地表现内容所必需的。我们的剧作者不拒绝古今中外一切可以借鉴和学习的艺术技巧,但同时我们也应该看到表现我们人民的生活和无产阶级新思想的新的艺术技巧。在这个创造的过程中,向我们的劳动群众学习技巧是特别重要的。《刘三姐》又一方面的成就就在于它把专业文艺工作者所掌握的艺术技巧和民间戏剧与民歌中高度的艺术技巧结合起来了,把戏剧的因素和诗的因素结合起来了。它在刻画人物、冲突的处理、情节的安排、语言的提炼等方面都显示出了崭新的艺术技巧的力量。

我们首先来看它刻画人物的技巧,《刘三姐》这出戏写的是"歌仙"刘三姐,整出戏的情节都环绕着一个"歌"字发展着。一面是刘三姐以富有革命性、战斗性的歌来鼓舞群众、教育群众、反抗地主;一面是地主阶级千方百计、软硬兼施地迫害刘三姐,妄图消灭她的"反歌"。在唱歌这一基本情节上,民间传说给剧本提供了很好的基础。但是,传说的故事比较零散,情节比较简单,而戏剧艺术要求比较完整而又集中的故事情节;在戏剧艺术里,人物必须在冲突中、在戏剧动作的发展中显示性格,精确的、富有艺术魅力的情节是表现冲突、塑造人物所必需的。而细节描写是情节的基础,戏剧情节的发展往往要靠某些重要细节在关键的地方予以推动,如何选取最能够突出表现人物的思想和性格特征的细节,对于歌剧来说,是要求更为严格的。因为歌剧往往既要通过唱歌来更充分地(有时需要大段地)抒发感情,又要通过唱歌来表现人物之间的关系,交待情节的发展,这就要求作者们更加精心地选择一以当十,一箭数雕的细节。但是,无论在歌剧或是话剧里,细节描写的最终目的都是为人物典型化服务的。

虽然,歌剧这一形式和话剧相比容纳不了过多的细节;虽然,前边谈到的"戏核"——"对歌"一场并不以细节描写见长,(对歌这个情节本身就足以使人感到满足了。)但是,这并不是说《刘三姐》这出戏缺少精彩的细节,不,这出戏有不少细节描写是极为精彩的。

刘三姐摆歌阵是精彩的细节之一。"禁歌"这场戏写的是禁歌与抗禁的斗争,封建统治阶级害怕人民的力量,下令禁唱山歌,而刘三姐及其歌伴们则以唱歌来反抗。作者们把这场斗争安排在一年一度的"歌墟"场面里,并且让刘三姐大摆歌阵,这一细节给人物增添了不少光彩。这场戏既谈情,又战斗;诗意既浓,戏剧性又强;既是抒情的,又是讽刺的。抒情和讽刺仿佛是两种互相排斥的风格,而在这里,两者却得到了统一。以唱歌来反抗禁歌,这里边包含着多少带有讽刺意味的戏剧性的冲突;而以"传伞"之"术"幻化出无数"刘三姐",又是多么富有诗情画意!但见刘三姐忽而出现在榕树下,高歌一曲;忽而隐没在花伞中，歌声犹在；而花伞启处，却变幻出另一个“刘三姐”，每个“三姐”都是那么美，又都是那么能歌善唱。花伞闪闪，使人眼花缭乱，仿佛到处都是刘三姐。一会儿，三姐撑伞从群众中闪出来，唱道：“好笑多，好笑州官禁山歌，锣鼓越打声越响，山歌越禁歌越多。”一会儿，群众将三姐“掩护”起来，齐声唱着：“大雨濛濛不见天，大河涨水不见船，四处歌声不见姐，引得狐狸四处钻。”直到小牛一箭射落地主的帽子，迫使他狼狈逃去（见修改本）。这一段戏篇幅不大，而内容却是十分丰富的：一、歌墟是酷爱唱歌的广西僮族人民多少年流传下来的传统，在歌墟这个场面里写刘三姐，有助于表现这个具体的广西的刘三姐的地方色彩；二、给这位爱唱歌的刘三姐安排一个能够容她大大发挥一番的场合，在歌墟中创造“歌仙”的形象是十分聪明的设计；三、反抗禁歌是一场严肃的政治斗争，把这场斗争安排在歌墟上，更便于表现刘三姐和她的伙伴们的那种斗争的气势，并且使这场斗争有调节、有起伏，不显得单调，保持了剧本的既抒情又讽刺的喜剧风格；四、传伞这一细节是作者们运用浪漫主义手法的成果，它使人们从这许多“刘三姐”时隐时现的动作里，感觉到刘三姐是人民群众当中的一个，而人民群众中又仿佛有很多“刘三姐”，对三姐和群众之间的血肉联系作了生动的描绘。这一细节思想性既高，艺术性又强，一箭数雕，颇具匠心。

刘三姐戏媒婆这个细节从另一个角度丰富了刘三姐的性格。自夸能够“哄得狐狸团团转，哄得孔雀配斑鸠”的媒婆在这里着实领受了一下她称之谓“高山红辣椒”的刘三姐的辛辣滋味，刘三姐不是一口拒绝婚事，而是逗引着媒婆一步步落入迷魂阵，然后转守为攻，狠狠地嘲弄了愚蠢的媒婆。过去我们在舞台上曾经见过川剧里祝英台骂媒的场面，刘三姐戏媒恰切地表现了“刘三姐式”的斗争。

《刘三姐》的作者们非常善于充分运用歌剧这种形式的长处，剧中的不少情节从构思到处理手法都是“歌剧的”，它常常用唱歌来推动戏剧情节的发展。有时候，乍一看来，某些歌词仿佛离开了戏剧情节，只要略一思索就会发觉这些歌词正是戏剧情节发展所必需的。“霸山”一场中刘三姐挑柴下山，青年人邀请三姐对歌一段就是一个例子。这一段戏共十来首山歌，几乎全是一问一答的斗智诗，近似猜谜式的游戏，如：

问：什么结果抱娘颈？什么结果一条心？
　　什么结果包梳子？什么结果披鱼鳞？
答：木瓜结果抱娘颈，芭蕉结果一条心。
　　柚子结果包梳子，菠萝结果披鱼鳞。

就这些歌词本身说来，它既不是性格化的，又不曾表现什么戏剧冲突，很容易使人误解为"民歌联唱"。但是，试设想一下，要塑造聪颖而爱唱歌的刘三姐的形象，怎么可以没有这种即兴答歌的情节呢，尽管这些歌词不是性格化的语言，但它却很好地突现了刘三姐出口成歌的才华和爱唱山歌的性格，并且通过这场对歌使观众对她的能歌善唱有了初步的了解，给后面和秀才对歌的胜利作了伏笔。这样的情节不仅未曾离开戏，恰恰是戏剧情节发展中不可缺少的一部分。

刘三姐在场上固然是写刘三姐，刘三姐暂时退居幕后又何尝不是在写刘三姐。在"定计"和"阴谋"这两场里，刘三姐并未露面，但却无处不让人感觉到刘三姐的存在。"定计"中地主想把这空中雄鹰变为笼中鸟的毒计，表现了他们对刘三姐的恼恨；"阴谋"一场里地主在此起彼伏的山歌声的包围中惶惶不安而设下"暗箭"之计，更生动地表现了刘三姐如何成了地主阶级的眼中之钉、心腹之患。敌人的恼怒、恐惧显示了刘三姐的富有煽动性的山歌起到了鼓舞群众起来斗争的作用，鹩哥学唱这一细节形象地反映了刘三姐的山歌声势之浩大和影响之深远，当初只会给他唱喜歌——"黄金万两，妻妾满堂"——的鹩哥，今天居然学会唱"反歌"了！这一个细节落笔在地主身上，台上呈现出来的却是刘三姐的精神力量，起到了烘云托月的作用。

这出戏艺术技巧方面最突出的是语言的成功。

要塑造一个活灵活现的"歌仙"的形象，没有上百首精彩的民歌是难以使人满足的。这出戏的歌词堪称字字珠玑，尤其难能可贵的是剧作者们突破了原有的传说、山歌的限制，创造了性格化的戏剧语言，既保持了山歌的抒情风味，又显示了戏剧冲突中的人物性格。既是诗的，又是戏剧的。我们说它是诗的，是指它感情饱满而深厚，语言凝练而表现力强，善于运用夸张、比喻等手法抒发感情，并且具有音乐美；我们说它是戏剧的，是由于它是性格化的、动作性强的，并且是在具体冲突中刻画人物的。

刘三姐的歌有反抗地主阶级的剥削、压迫，揭发封建统治者阴谋诡计的；有讽刺封建统治阶级豢养的帮闲文人或媒婆的；有歌颂劳动、赞美大自然的；也有优美而健康的情歌。这些歌从多方面刻画了刘三姐的性格，在揭露地主阶级的山歌中，无一不充满了深深的阶级仇恨和强烈的反抗情绪。下面一首脍炙人口的歌，就是其中一例：

莫夸财主家豪富，财主心肠比蛇毒，

塘边洗手鱼也死，路过青山树也枯。

据说这首歌的后两句原是讽刺忘恩负义、狠毒刁蛮的妇女的，经过剧作者的改编，已经不复能辨认原形，而成为“刘三姐的”了，这可以说是揭露地主阶级罪恶本质的最好的民歌之一。在“抗禁”一场里，刘三姐摆下歌阵捉弄前来禁歌的地主的时候，唱出了这样的歌：

我唱山歌你抓人，再唱一首给你呀，

穷人嘴巴封不住，要想禁歌万不能。

这是完全性格化了的语言，从这里看到了刘三姐的面貌，听到了刘三姐的口气，真是闻其声如见其人！多么会奚落人的刘三姐！这种斗争形式是多么别致，又是多么有力量！“刀砍杉树不死根，火烧芭蕉不死心，刀砍人头滚下地，滚上几滚唱几声。”这山歌也是不可多得的绝妙好词，这种坚决劲感人至深！

在刘三姐讽刺秀才及媒婆的歌词中，妙语连篇，不胜枚举。其中最足以表现刘三姐的锋利、泼辣的，如当秀才自夸“腹内藏书千万卷”的时候，刘三姐有这样的诗句：

书读万卷也白费，你会腾云我会飞，

黄蜂歇在乌龟背，你敢伸头我敢锥。

很难设想，如果没有这些诗歌，怎么可能这么生动地创造刘三姐的性格。在“对歌”一场里，刘三姐和三个烂秀才斗智、斗理的歌几乎首首精彩，令人接应不暇。以双关妙语嬉笑怒骂几乎是这一场斗争的主要手法之一，下面的一问一答可算一例：

罗秀才：莫逞能，三百条狗四下分，

一少三多要单数，看你怎样分得清？

刘三姐：九十九条打猎去，九十九条看羊来，

九十九条守门口，还剩三条……

狗奴才。

蠢秀才的蠢问题自然难不住刘三姐，但三姐在回答问题时机智地联系到眼前的三个奴才，而作了巧妙的嘲弄，真叫人听了痛快！这一场里还有一些秀才们貌似自夸而实则自嘲的小诗，从反面衬托了刘三姐，下面一首就很有趣味：

你发狂，开口敢骂读书郎，

惹得圣人生了气，从此天下无文章。

真是可笑之至！从刘三姐和秀才们的这场斗争中，我们看到天下多才多智的并非读书郎，劳动人民的才华岂是这些蠢秀才所能比拟，这样的歌词也可谓别具一格了。

刘三姐的情歌可以列入最好的情歌之中而毫无愧色，它不仅是一般地表达爱情而且强有力地表现了刘三姐的爱情的坚决、强烈，坚决和强烈是她性格中很重要的一个方面。

歌曰：连就连，我俩结交订百年，

哪个九十七岁死，奈何桥上等三年。

又曰：风吹云动天不动，水推船移岸不移，

刀切莲藕丝不断，斧砍江水水不离。

前一首是直接地、坦率地倾诉，后一首则以形象化的比喻表达了她对爱情

的坚贞。这些优美的情歌对于刻画刘三姐的性格起了很好的作用。

此外，还有一些生活素描式的小诗也很惹人喜爱，如：

姐砍柴，挑起柴火把口开，

柴火压弯竹扁担，山歌伴姐飞回来，

* * *

莫夸我，画眉取笑小阳雀，

黄嘴嫩鸟才学唱，绒毛鸭仔初下河。

前一首表现了刘三姐热爱劳动并且从艰苦的劳动中寻找乐趣；后一首表现了三姐谦虚可爱的性格。这位在秀才们面前自负地唱出“一把芝麻撒上天，我有山歌万万千，唱到京城打回转，回来还唱十把年”的刘三姐，在老渔翁面前却自称为“黄嘴嫩鸟”“绒毛鸭仔”，这不仅不会妨碍这一性格的完整，恰恰使她更加丰满了。

《刘三姐》一剧的成就是令人欢欣鼓舞的，人物形象的鲜明、生动、语言的朴素、优美、结构的紧凑、精炼，风格样式的新鲜活泼以及整出戏洋溢着的革命的战斗的炽热感情……，都给人留下了深刻的印象。这出戏向歌剧民族化、群众化迈出了一大步。民族化和群众化是互相联系着的；只有群众化才是我们所要求的民族化，只有能够充分反映劳动人民的思想感情和精神面貌，并且在艺术的风格样式上能为千百万群众所喜闻乐见的作品，才是我们所珍视的民族化的艺术。《刘三姐》的成功再次向我们证明，只要作家们坚决遵循着党的正确的文艺方向前进，努力掌握革命现实主义和革命浪漫主义相结合的创作方法，是可以创作出好作品来的。

正如许多艺术品都经过千锤百炼一样，这出戏也还有一些有待继续加工的地方。例如：剧本对次要人物——如小牛、刘二等的描写还比较简单；地主及其秀才们写得也还弱了一些；刘三姐和小牛的爱情生活的穿插还不是那么尽善尽美，以及个别词句中将山歌这一斗争武器的作用强调的过大了一些，等等。相信经过不断的修改，会使这一剧本日臻完善。最近的演出本所作的若干修改，就是值得欢迎的。

好的作品就是力量。《刘三姐》这朵香花受到广大观众欢迎是很自然的事。全国第三次文代大会以后，作家、艺术家们都满怀信心地投入了新的创作热潮中，我们翘首期待着更多又新又美的作品出现。

谈刘三姐的性格塑造

凤　子

史料解读

史料原载《剧本》1960年第10期。该史料为舞剧《刘三姐》的戏剧评论。该文认为刘三姐的形象源于人民的斗争生活，是现实主义和浪漫主义相结合的产物。在党的领导和关怀下，成功塑造了刘三姐这一具有反抗性的人物形象，成为整理、创造民间传说的成功例子。《刘三姐》在矛盾冲突、情节发展、对歌等方面具有巨大的艺术魅力，剧中刘三姐将歌声作为阶级斗争的武器，揭露地主老财的剥削本质，唱出了劳动人民的理想和愿望。《刘三姐》将山歌融入戏剧，塑造了斗争性格鲜明的刘三姐形象，其斗争性格激发了人们的阶级感情，增长了观众志气和阶级斗争知识，是党的文艺政策成功的体现。其中，“山歌成为戏，这是创举”揭示了《刘三姐》重要的艺术特征。此外，不难看出，该文秉持的现实主义与浪漫结合的艺术观以及阶级斗争的批评视角，真实地反映了当时艺术批评特有的话语范式。

原文

刘三姐是一个在人民口头上流传了一千多年的人物，传说来自人民的斗争生活，一代传一代，人民的斗争生活当然会丰富了传说中的人物形象。传说中的刘三姐就是现实主义和浪漫主义结合的产物。可是,在剥削阶级统治的旧社会,除了劳动人民对刘三姐的赞誉传颂以外,还有各种各样的歪曲的传说和记载。因此,刘三姐象一颗埋在泥土里的珠宝,不免沾上许多尘土,今天这块珠宝不但从泥土里挖掘出来了,不但洗净了尘土,恢复了它本身独具的色泽,而且,在社会主义文学艺术园地里,由于广西僮族自治区整理和编写这个剧本的同志们在党的领导和关怀下,正确执行了党的“百花齐放”的方针,较好地运用了革命现实主义和革命浪漫主义相结合的艺术方法,使得这块久埋地下的珠宝光芒四射,成为整理、创造民间传说这一方面的一个成功的例子。在恢复劳动人民智慧和理想的化身——刘三姐的本来面目的基础上,予以加工和提高,创造了这样一个富于反抗性的人物形象——刘三姐。在封建社会里一个僮族农家姑娘,竟敢对地主嘻笑怒骂,竟敢用歌声作为阶级斗争的武器,揭露地主老财的剥削劳动人民的反动本质,竟敢用歌声唱出了被剥削的劳动人民对统治阶级的仇恨;她的歌声成为宣传、鼓动劳动人民组织起来反抗的力量,她的歌声唱出了劳动人民的理想和愿望,那就是要:“唱到皇帝倒龙位,唱到穷人掌乾坤,唱到花开满天下,唱到人间万年春。”这是多么昂奋、豪迈的气派!这是多么丰富、雄伟的想象呵!如此气派、如此想象只有在劳动人民当家做主的今天才能充分地加以发扬;也只有在人民当家做主的今天,刘三姐的精神世界才能提的这样高,刘三姐的性格才能塑造的这样生动,这样美;刘三姐的演出才能具有如此深远的艺术魅力,才能如此地激动人心。

许多人不止一遍地看《刘三姐》的演出,许多人是那样激动地爱上了刘三姐。《刘三姐》为什么竟具有如此激动人心的力量呢?

就戏论戏,结构上、情节安排上、次要人物的形象塑造上……等等方面需要斟酌的地方是有的,作为歌舞剧,音乐上、演唱技术上当然还未达到尽善尽美。这些问题,演出者正在集中意见,着手修改,相信集中更多的群众的智慧,将会做得更好,这不是我想要说的一方面;说真的,几次读剧本,看演出,上面所提到的问题在万千观众眼底下竟被忽略了,人们在艺术欣赏中得到的东西显然远远超过其不足,我想《刘三姐》具有的艺术魅力是值得嚼味、思索的。

这里我只想谈一谈看了演出、读了剧本后的那一点所得。

许多人在看戏的时候禁不住赞叹道："刘三姐真长劳动人民的志气！"我说不但长志气，也长知识，增长阶级斗争的知识。我听过有关刘三姐的传说，也读过几个不同的刘三姐的剧本，这次广西僮族自治区民间歌舞剧演出团来京演出的刘三姐不止是不同于一般的传说，也比某些有关刘三姐的创作高，高就高在长劳动人民的志气，增长阶级斗争的知识，贯串在《刘三姐》全剧的是尖锐的阶级斗争，贯串在刘三姐这个人物身上的是鲜明的反抗压迫的劳动人民的阶级感情，创作者和改编者紧紧地掌握了阶级分析观点，不但突破了历代传说的框框，跳出了一般化的圈子，更大的成功是突出地刻划了刘三姐的性格。人物性格是在尖锐的矛盾冲突中展示开来的。戏一开场就同地主狗腿子来了一个遭遇战，开门见山地一笔就点出刘三姐的脾性，地主、土司强取豪夺在封建社会是合法的事情，谁敢违抗，谁敢打抱不平，谁就得准备吃更多的苦头，可是具有"大路不平众人踩……横梁不正刀斧砍"天生为穷人打抱不平的脾性的刘三姐就敢为穷人说话，就敢同地主老财争是非："天地山川盘古开，飞禽走兽众人财；想吃鲜鱼就撒网，想吃野兔带箭来"。这种"天不怕、地不怕、敢为穷人打天下"的反抗压迫的劳动人民的阶级性格，可说是贯串在全剧、贯串在同地主、土司的反复斗争中。性格推动了矛盾的发展，矛盾的展开也就更深地丰富了人物的性格。如霸山一场，同地主的斗争就更直接了。我们已经知道三姐是一个遭受剥削阶级迫害的，不得不离乡背井投靠亲友的劳动妇女，她在斗争中的遭遇更磨练了她的感情、磨练了她的脾性，形成了她那富于反抗的性格。她已经成长为具有"上山有棍打得蛇，下水有网捉得鳖""有胆敢把皇帝骂，管你老爷不老爷"这种无视一切的人。她在长期的生活经验中和斗争中认识到农民痛苦生活的原因，她用歌声大胆地揭露了地主对农民的剥削关系，那就是："不是命，不是天，莫家有把铁算盘，莫家算盘一声响，把穷人逼进鬼门关"。也正是这种敢于揭露、敢于反抗的性格，深化了劳动人民和地主、土司之间这一场的斗争。地主不会自动放弃他的利益的，那怕是计划中的利益，要达到霸山目的，就得使穷人就范。穷人是一堆干柴，三姐是一粒火种，眼看劳动人民的怒火被三姐这粒火种一点就要燃烧起来了，怎么办？阶级社会里地主要害一个农民女孩子那是易如反掌的事，为什么对刘三姐就不能一杀了之？因为刘三姐是火种，因为刘三姐有群众，非到万不得已，不会轻易出此下策。情节发展到说媒，看来似乎一般，实则很不一般。地主不是看中了这棵“高山红辣椒”，而是要锁住这个“心中有了不平事”就要“山歌如火出胸膛”刘三姐这个人，要锁住人才能封住刘三姐的嘴，才能消灭煽动人心的歌声。要达到霸山目的，就必须灭掉这棵火种。

戏剧情节发展到定计、说媒，自然而然推进到一个新的高潮，那就是脍炙人口的对歌。对歌真是一场绝妙的好戏。地主妄想要娶刘三姐，就不得不答应刘三姐提出的，按僮家风习求婚必须对歌的条件。三姐提出对歌是为了迫使地主放弃霸占西山茶林。立场不同，目的不同，冲突尖锐，矛盾挖掘的也就深刻了。整个这一场戏响彻着劳动人民的豪迈的、昂扬的歌声。一开头群众就唱着：“山对山，崖对崖，河边搭起斗歌台；一声歌起山河应，不怕虎狼打队来；”这是多么自豪的英雄气概！这一场对歌对封建社会帮闲文人作了有力的嘲笑和批判，这三个秀才的形象塑造，对于今天尚未彻底改造的知识分子说来，也可以起到镜子的作用，“读死书还自命才高，五谷不分还不以为耻”，诸如此类的人照照这面镜子可以认识知识分子劳动化的必要性。对歌更借刘三姐的歌声发挥了劳动人民对地主阶级及其知识分子的鄙视和蔑视。如：“书读万卷也白费，你会腾云我会飞，黄蜂歇在乌龟背，你敢伸头我敢锥”。

对歌这一场戏里的警句是引不完的，许多歌子又是那样的幽默、风趣，使得这一场戏的色彩更为灿烂夺目；可说是“百看不厌，百听不倦”。

在对歌这一场戏里，更多方面地表现了刘三姐的斗争性格，除了前面论述到的机智勇敢之外，这一场更深刻的展示了刘三姐同地主斗争到底的阶级感情。地主是恶毒的，可是恶毒到什么地步？请看刘三姐的生动而又形象的描写吧？“塘边洗手鱼也死，路过青山树也枯”。认识了地主阶级的本质，你能说这样的描写是夸张么？仅管她用的是夸张的手法，只有运用这样的手法才能正确地反映出三姐对地主阶级水火不容的仇恨。

三姐对地主的认识是有丰富的生活基础的，对待生活她有她自己的看法。

看她怎样考问秀才吧:“高高山上低低坡,三姐爱唱不平歌,再向秀才问一句,为何富少穷人多?”这一句正问在根上。她知道莫海仁怀着不可告人的目的,她提出对歌,就为的是更进一步揭露地主的阴谋,为的是不准地主再霸占西山茶林。现实生活也在教育着刘三姐,她知道她的命运同群众的命运紧密地结合在一起,她知道她投入的这一场斗争不是孤立的,通过一次又一次斗争她更认识了群众的力量,这是她提出对歌时具有必胜的信心的思想基础,因而对歌的结果也就有力地打击了阶级敌人。三姐在痛击了敌人后并胜利地宣告:“只有嘴巴抢不去,留着还要唱山歌。”这场戏在刘三姐的歌声中体现了阶级斗争的内容。唱歌是刘三姐反抗地主阶级的斗争方式,她用歌声打击了三个烂秀才,用歌声打击了鬼计多端的地主,用歌声唱倒了地主阶级的气焰;歌声大大发挥了劳动人民的威风,歌声大大增长了劳动人民的志气,歌声有力地唱出了人民的理想和响往。刘三姐的歌声深刻而生动地发挥了这一武器的战斗作用。

地主在对歌中失败了,但不甘心失败,只有扯破假面具,为地主阶级服务的政权机构只好听命出示禁歌。抗禁和结尾的传歌这两场戏的情节发展有不可辨驳的必然性,抗禁和传歌本身又有它有机的联系。抗禁显示了刘三姐的山歌在人民群众中的深远影响,无论老少男女开口一唱必然就是刘三姐的山歌,也就是统治阶级所谓的反歌。抗禁这一场群众的歌声响遍山野,山歌已经造成了群众性的声势,听吧:“刀砍人头滚下地,滚上几滚唱几声。”就是这种反歌形成的群众性的声势,气得地主老财晕头转向,气得统治阶级莫可奈何。

有了抗禁这一场戏,结束在传歌,这设计有极高的思想意义。这样的设计我认为是现实主义的也是浪漫主义的,为什么刘三姐这个人物千年来还活在人民的心里,为什么广西几个县,甚至西南广大地区的群众都说刘三姐是本地的历史传说中的人物?为什么柳州有鲤鱼峰,桂林七星岩也有个歌仙台?显然关于刘三姐这个人物的传说不是一时的也不是一地的,事实上刘三姐的歌声(有关她的民歌)是传遍了广西几县、西南几省的。结束在传歌是符合人民的想象,也符合于人民传统中的“史”实。这一设计是现实主义和浪漫主义的结合。两者的结合也就更好地烘托了刘三姐的性格,同第一场投亲中人物的遭遇对照来看，刘三姐斗倒了地主，也知道罗城事件定会重演，要继续斗争，必然要继续传歌。而且舞台上需要的是戏剧性的动作，传歌的设计也可以较好地完成丰富人物浪漫主义精神这一任务。目前传歌这一场还写的不够充分，抗禁到传歌之间的转折还有不合理的地方，使得应有的效果未能表现出来，这是美中不足的。

看了刘三姐，爱上了刘三姐。我爱刘三姐不屈于剥削阶级的反抗精神，这反抗精神是借山歌来抒发，山歌成为阶级斗争的一个有力的武器，使人们对山歌有了新的认识。山歌是抒情的，但山歌不单是抒发儿女之情而已，山歌需要抒发人民对统治阶级的愤慨、憎恨和反抗之情，山歌不单是使劳动人民解忧解愁解乏而已，山歌更要抒发人民对未来的理想和希望之情。基于人民创造了这些抒发对当时现实生活的不满，发自内心的感情的山歌，人民才创造了刘三姐这样一个崇高、美丽的传说中的人物。刘三姐是劳动人民对反动统治阶级仇恨和反抗的感情和斗争智慧的结晶，刘三姐更是劳动人民的理想的、聪明才智的化身。

山歌成为戏，这是创举。《刘三姐》的出现是新事，不单是民歌本身吸引人，而是塑造了刘三姐这样一个具有鲜明的斗争性格的人物。山歌和三姐的性格是溶成一体的。刘三姐的斗争性格激发了人们的阶级感情，人们从美的欣赏中也可以丰富封建社会中阶级斗争的知识，这是《刘三姐》具有的教育意义和作用。北京广大观众受到激动，欢迎《刘三姐》不是偶然的。《刘三姐》的成功是党的文艺政策的胜利。

群众运动的胜利　毛泽东文艺思想的胜利

——创作和演出民间歌舞剧《刘三姐》的体会

伍晋南

史料解读

史料原载《人民日报》1960年7月26日,1962年3月修改。在此之前,《广西日报》1960年4月28日发表了《再接再厉争取更大的成绩——区党委书记伍晋南同志在全区"刘三姐"会演总结大会上的讲话》,对"刘三姐"会演进行了全面总结。史料认为,以创编《刘三姐》为中心的群众文艺运动,不仅大大提高了《刘三姐》剧本的质量,而且大大推动了群众业余文艺活动,使广西文艺工作跨进了一个新的阶段。《刘三姐》的创作和演出,从始至终得到了各级党委的高度重视。以《刘三姐》编演活动为中心的群众文艺运动,是紧紧遵循着党的文艺方针开展起来的。编演过程坚持了"古为今用"和"政治标准第一,艺术标准第二"的原则,贯彻了"百花齐放,推陈出新"的方针。通过这次大编大演《刘三姐》,该史料作者认识到繁荣文艺创作也必须大搞群众运动。从今天的角度看,政府主导的群众文艺运动无疑会大大丰富人民大众的文艺生活,只是尺度如何把握是个问题。另外,该史料也借助数据,呈现了广西民间文学搜集整理的成果,呈现了《刘三姐》编演的巨大规模和取得的丰硕成果,史料价值不言而喻。

原文

刘三姐的传说在广西已经流行一千多年了。相传她是唐中宗时候的人，是一个年轻的劳动妇女，勤劳勇敢，聪明美丽，很会唱歌，富于斗争精神。她的歌声，“唱出穷人一片心”，象犀利的匕首，刺进地主阶级的心窝。因而统治者总是极力诬蔑、歪曲她，而劳动人民则把她看作自己的智慧和理想的化身，看作反抗地主阶级的压迫和剥削的代言人，千年万代地讴歌她、敬仰她，尊她为“歌仙”。广西各地不论少数民族地区，汉族地区都有她的传说以至各种遗迹。从“如今广西成歌海，都是三姐亲口传”这首民歌里，就可以知道她的歌声有多么大的影响了。

对于这样一个英雄人物，劳动人民多年来就想把她搬上舞台，也作过不少尝试，可是这一愿望只有在劳动人民当家作主的时代才有可能胜利实现。1959年初，柳州市文艺工作者在向建国十周年献礼口号鼓舞下，带头创造了彩调《刘三姐》第一次稿本，并随即参加全专区会演，得到了好评，以后经过多次修改，又创作出了比较完善、成熟的第三次稿本，受到各地的热烈欢迎。今年2月，区党委作出了关于举行全区《刘三姐》会演的决定后，各地掀起了以创编《刘三姐》为中心的文艺运动，这个运动的规模之广、影响之深，是前所未有的。到4月初举行全自治区《刘三姐》会演时的统计，全区已经有一千二百零九个文艺单位共五万八千多人演出了包括十一个剧种的《刘三姐》，观众达一千二百多万人次，占广西人口的60%。在演出单位中业余性质的占92%。在各专区会演基础上，4月举行了全自治区《刘三姐》会演。这次会演共有一千四百多人参加，用十一种剧种演出。

通过这次以创编《刘三姐》为中心的群众文艺运动，不仅大大提高了《刘三姐》剧本的质量，而且推动了群众业余文艺活动，使广西文艺工作跨进了一个新的阶段。各种业余的文艺组织普遍建立，新生力量大量涌现，政治思想水平和艺术水平得到提高，专业队伍和群众也更紧密地结合起来了。在运动中，我们深深体会到党委必须加强对文艺工作的领导；必须高举毛泽东文艺思想红旗，反对资产阶级文艺思想，发扬敢想敢做的革命精神；文艺工作必须坚持群众路线，并成为群众性的文艺运动。

一

《刘三姐》的创作和演出，从头到尾得到了各级党委的关怀和重视。这个戏的最大的特点是把许多民歌搬上舞台，和传统的戏曲艺术结合起来，以表现作为"歌仙"的刘三姐的性格。当开始这样做的时候，有些人存在着保守思想，或者采取怀疑的态度。有的认为《刘三姐》"彩调不象彩调，歌剧不象歌剧"；有的认为"民歌不是戏剧语言，动作性不强"；……总之，挑它毛病的人是不少的。但是，我们批评了这种错误思想，一开始就指出这个戏有广泛的群众基础，把民歌搬上舞台是一项革新创举，应该发扬成绩，克服缺点，不断改进。

党不仅支持这一创作，而且从创作思想以至人力、物力等方面，都作了具体的指导。党委的负责同志都多次亲自观看《刘三姐》演出，看后提出改进的意见。有的党委还专门组织讨论剧本和演出。演出中的许多问题都是由党委挂帅解决的。在党委的统一领导下，各地区、各部门、各文艺团体之间，实行了互相协作，从而保证了运动的顺利开展和演出质量的不断提高。正是党的关怀和栽培，《刘三姐》这朵蓓蕾才能不断地获取养料，开得一天比一天鲜艳，一天比一天美丽。

二

以《刘三姐》编演活动为中心的群众文艺运动，是紧紧遵循着党的文艺方针开展起来的。各地党委运用毛泽东文艺思想的武器，战胜了形形色色的资产阶级思想，胜利地解决了运动中的各个重要问题。

首先，坚持了"古为今用"和"政治标准第一，艺术标准第二"的原则。在创作过程中有些人曾经单纯追求形式上的"美"，只考虑布景漂亮、服装华丽、歌词动听，而不问主题思想，甚至过分强调艺术性和戏剧冲突，而降低了主题思想，冲淡了阶级斗争，损害了刘三姐的人物性格，减弱了它应有的教育作用。党及时批判了这种倾向，指出艺术必须从属于政治，处理历史题材必须和现代革命要求结合起来，搞好《刘三姐》这个戏必须贯彻“古为今用”的方针，首先弄清人物性格，明确主题思想，提高它的战斗性，从而更好地教育人民，为今天的社会主义建设服务。为了做到这一点，就需要以历史唯物主义的观点对各种资料进行科学的分析研究。由于历史上统治阶级的诬蔑、歪曲，不仅关于刘三姐的文字记载有许多糟粕，就是民间口头传说也有一些是不符合人物精神面貌的。比如把刘三姐说成才子佳人式的女秀才，把她的死归罪于哥哥刘二，而转移了对地主阶级的斗争，就是明证。各地在创作过程中对于这些情况都反复地作了研究，发扬了传说中的精华，摒弃了其中的糟粕。并且在不违背历史真实的原则下，对传说进行了必要的发展，以更好地塑造人物性格，使阶级斗争的主线鲜明、突出，使刘三姐和群众血肉相关，坚决反抗地主阶级，以及热爱劳动，热爱生活等等机智、勇敢、聪慧、乐观的性格得到集中的完整的表现。那种拘泥于民间传说的落后保守思想受到了批判，同时也防止了反历史主义的简单化的做法。

其次，坚持贯彻了“百花齐放，推陈出新”的方针。要求形式服从内容，解放思想，敢想敢做，大胆革新创造。在这个精神的鼓舞下，大量的民歌登上了舞台，这对塑造歌仙刘三姐的形象起了很大作用。有许多歌词是十分精彩的。比如讽刺地主时唱的：

“莫夸财主家豪富，财主心肠比蛇毒；
塘边洗手鱼也死，路过青山树也枯。”

在讽刺秀才时唱的：

“你讲唱歌我也会，你会腾云我会飞；
黄蜂歇在乌龟背，你敢伸头我敢锥。”

在描写爱情时唱的：

“妹相思，妹有真心哥也知，
蜘蛛结网三江口，水冲不断是真丝。”
“哥相思，哥有真心妹也知，
十字街头卖莲藕，节节空心都是丝。”

“连就连，我俩结交订百年，

那个九十七岁死，奈何桥上等三年。”

象这样一些经过劳动人民千锤百炼的民歌，是多么优美的文学语言！许多观众以至诗人看了都一致反映，不看演出，只看剧本中的歌词也是很大的艺术享受。

可是，民歌刚一搬上舞台和彩调结合起来的时候，文艺界有些人并不是热情欢迎的，他们说：民歌不是戏剧语言，动作性差；戏剧吸取民歌，风格不协调，不统一，……其实这不过是借口或对事实的歪曲。他们看不起民歌，认为民歌登不了大雅之堂；正如毛泽东同志《在延安文艺座谈会上的讲话》中批评那些小资产阶级作家对待工农兵群众那样，不爱工农兵的感情，不爱他们的姿态，不爱他们的萌芽状态的文艺。有时就公开地鄙弃它们，而偏爱小资产阶级知识分子的乃至资产阶级的东西。他们或者因循守旧，不愿意革新创造，要内容服从形式，而不是形式服从内容，看到传统的艺术形式有一些发展就大喊大叫，这实际上是一种保守思想。同时在这种对待群众创作的态度中，也表现了某些文艺工作者缺乏群众观点，不听群众反映，只凭自己的偏见去看问题。他们不懂得《刘三姐》这个戏之所以受群众欢迎，就是因为刘三姐这个人物形象，是广大劳动人民反抗封建统治阶级的压迫和剥削的理想的化身，是劳动人民的代言人；就是因为刘三姐的山歌为群众所喜闻乐见。当然，这些思想受到了党和群众的批评。刘三姐是伟大的民间歌手，没有大量极为精美的民歌就无法刻划好这个人物，要运用民歌就得运用民歌的曲调，这就产生传统的舞台艺术形式如何和民歌结合的问题。在解决这个问题时，我们始终强调了形式要服从内容，根据内容的需要，进行大胆的革新创造。因为是革新创造，就不应该用旧眼光来观察；因为是革新创造，是前人没有做过的，就难免有一些缺点和不成熟之处。所以，应该肯定成绩，相信它方向正确，前途远大，同时又满腔热情地扶植它，帮助它更好地前进，而不应该大惊小怪，甚至抓住暂时存在的一些缺点否定一切。这实质上是一个如何对待新生事物、如何对待群众运动中的革新创造的问题，也是文艺工作要不要为群众服务的问题。事实证明，执行了毛泽东同志在这些问题上的指示后,不仅民歌本身受到了群众的极大欢迎,而且在形式上也显得协调、和谐,传统的舞台艺术的表现能力不是降低了、破坏了,而是大大地加强了。最明显的是彩调,这虽然不算是一个年青的剧种,但以前发掘出来的曲牌较少,只演过一些小型剧目,自从创编《刘三姐》后,吸取了大量民歌曲调,大大提高了表现能力。过去有些人认为彩调不宜于演现代大型剧目的说法已经被事实所否定了。

三

《刘三姐》的创作也是走群众路线和群众运动的胜利。运动的过程就是“从群众中来,到群众中去”的过程。

我们知道,人民群众的生活和斗争是文化艺术的源泉。这不仅说群众的生活和斗争是文化艺术取之不尽、用之不竭的丰富题材,而且群众中有优美的足以表达他们生活和斗争的文艺形式。通过这次编演《刘三姐》,我们进一步认识到,繁荣文艺创作,也必须搞群众运动。而且使我们进一步认识到,演一出戏,唱一首歌,都必须和群众的思想感情融合起来,采用通俗的为广大群众所喜闻乐见的内容和形式。这样,群众才易于接受而收到良好的教育作用。《刘三姐》这个戏就是本着这样一个精神去创作才取得现有的成就的。不论哪一个地区,哪一个剧团,在创作《刘三姐》时都通过访问、座谈等等方式,从民间吸取了大量的养料,包括故事、民歌、曲调等等。例如柳州市彩调团直接访问过的民间老歌手就有一百多人,召开的座谈会达三十多次,收集了大量的民歌。南宁专区文工团在音乐创作中,把广西各地的民歌曲调都收集起来了。不仅材料的收集依靠群众,而且群众直接参加了创作。《刘三姐》的整理本中“拒婚”那一场一些精美、幽默的民歌就是横县一位老歌手写的。

戏写出来以后,立即拿到群众中去,广泛征求意见,集中群众的智慧来反复修改。柳州彩调本前后修改达五十多次之多。南宁的歌舞剧剧本草稿达三十多万字。其中有些是大改,有些虽只改动一两个字、一两句话,却给整场戏带来了新的光彩。

由于走群众路线，各个剧种、各个专业、业余剧团都演《刘三姐》，然后各专区和自治区都举行会演，从会演中集中剧本、演出方面的优点，集中优秀的人材，进一步整理提高。这样就使得整个戏在群众中深深地扎下了根子，并使它逐步改进，逐步提高起来。

《刘三姐》反复地进行整理、修改和加工的过程，也是普及和提高相结合的过程。群众性的普及为提高提供坚实的基础，所以戏越改越好，而提高了的《刘三姐》拿到群众中去，又推动了文艺运动的更大的普及。在这个问题上，又一次证明了毛主席关于普及和提高的指示是十分正确的。

坚持群众路线，大搞群众运动的结果，不仅贯彻了总路线要求的多快好省的精神，使《刘三姐》这出戏在短短几个月内达到了较高的水平，而且迅速地带来了群众文艺运动的繁荣，开创了广西文艺工作的新局面。工人、农民纷纷登上艺术舞台，使文艺突破少数人的圈子，真正成了人民群众的事业。许多从来没有演过戏甚至很少看戏的人也参加了演出，许多偏僻山区从《刘三姐》开始第一次自己排演了大型剧目。

这批年青的队伍经过《刘三姐》的创作和排练，大大提高了思想水平和艺术水平。另一方面，专业文艺工作者也在这次运动中受到了深刻的教育，他们更加信服党的领导了，更加信服群众运动和群众路线的伟大力量了，也更加信服毛泽东文艺思想的无比正确了。他们之中许多人已经积极地、自觉地投入到群众运动中去和群众结合，向群众学习，同时给群众以指导，做出了可贵的成绩。

文艺工作形成群众性的运动，是反映了广大群众的要求。在我们社会主义国家里，劳动人民是政治上的主人，是自然的主人，也是文化的主人。社会主义的文化艺术，是属于劳动人民的，人民群众把文化艺术作为自己的事业，人民群众对文化生活的要求日益增长，只要加强党的领导，加上文艺工作者的努力，群众运动就可以搞起来，而且会结出丰硕的果实。

广西僮族自治区以编演《刘三姐》为中心的群众文艺运动的胜利，是党的领导的胜利，是群众运动的胜利，是毛泽东文艺思想的胜利。当然，我们的工作还做得很不够，《刘三姐》的质量还需要进一步提高，广西各族人民的无数英雄业迹还有待我们去努力反映。我们一定要高举毛泽东文艺思想的红旗,向先进地区学习,争取创作出更多更好的社会主义革命和社会主义建设时期的《刘三姐》来,争取广西文艺事业更大的跃进,争取加速赶上全国先进地区的水平!

(原载1960年7月26日《人民日报》,1962年3月修改)

(编者附记:广西壮族自治区民间歌舞剧演出团已经来京,即将公演《刘三姐》)

(本文有删节)

“山歌之歌”的《刘三姐》

邝　松

史料解读

史料原载《上海电影》1962 年第 2 期。该史料为一篇电影评论。文章认为影片《刘三姐》比舞台剧《刘三姐》在思想性和艺术性上都有很大提高，影片新颖的题材和样式，一定程度上满足了广大群众的需要，影片在艺术构思、摄影技巧等方面也取得了一定成就。影片能给予人们美的感受，画面很美，音乐性很浓郁，特别是运用了很多千锤百炼、“掷地能作金石声”的民间优秀山歌，而这些山歌又反映了劳动人民丰富多彩的劳动、爱情和斗争生活。该文同时指出，影片《刘三姐》在艺术处理上，没有十分重视民间传说《刘三姐》的题材特点，而是从现实生活观念出发进行了改编，过度的写实手法降低了影片的艺术感染力。该文的批评是有一定道理的，这一点在整理和改编《刘三姐》的其他史料中也能得到印证。

原文

刘三姐的故事，多少年来盛传于湖、广、粤、赣之间。尽管人们很难确凿地说出她是何许人，可是，人们喜爱她，流传着她的名字和她的山歌。广西僮族地区称她为刘三姐，广东有些地方则呼之为刘三妹，有的地方为她立庙宇，不少名胜古迹因她而得名。

刘三姐与山歌是很难分开的,劳动人民爱山歌,他们创造了山歌,也就需要,而且已经创造出刘三姐这个理想的人物了。刘三姐不仅是现实生活中出色的歌手,而且更重要的是作为山歌的化身的最理想的歌仙。应该说,把刘三姐的故事,把这一首"山歌之歌"搬上舞台和银幕,是广大群众长久以来的愿望,既有意义,亦是盛事。

我喜爱舞台的《刘三姐》,也喜爱电影的《刘三姐》,两者各有成就,也各有局限与不足。舞台与电影虽同出一源,在改编为电影和已拍电影而又修改舞台演出的过程中,却可以互相取长补短,也可以不同的表现形式取得不同的成就。我以为,摄成的影片《刘三姐》,比之拍摄前演出的舞台《如三姐》显然在思想性和艺术性方面都有不少的进展;同样,在电影拍成之后,舞台演出再精益求精,比之影片更上一层楼,也是合乎事物发展规律的。如果仅仅据此而机械地断定影片不如舞台,或者舞台不及影片,恐怕都不见得是公平的。

给予影片《刘三姐》以充分的评价是必要的。影片新颖的题材、样式,一定程度上满足了广大群众的需要,影片在艺术构思、摄影技巧等方面也取得一定成就。能给予人们以美的感受,好些画面很美,音乐性很浓郁,特别是运用了这么多千锤百炼、"掷地能作金石声"的民间优秀山歌,而这些山歌又反映了劳动人民丰富多采的劳动、爱情和斗争的生活。

影片中的对歌,是精彩动人的。影片写了两场对歌:一场是三姐和小牛这一批青年小伙的对歌,反映了劳动人民之间融洽、欢乐、爱歌唱的纯朴生活和情致;另一场是三姐和莫财主以及他的帮闲者(秀才等)之间的对歌,这是两个阶级壁垒森严针锋相对的对歌,它富于战斗性,极尽对统治阶级的讽刺能事。这一场对歌,在影片中是戏剧矛盾发展的一个高峰:它奠定了刘三姐这一人物形象的高大和鲜明的基础;它充分体现了影片所要表现的刘三姐和山歌的斗争性主题。在封建统治年代里,劳动人民常常以山歌为武器向他们的统治者展开斗争,但一般还是明讽暗议,像影片这样的两个阶级、高搭歌台进行对垒,却是少见的。题材的新颖就在于此。当人们听到三姐抒发出那种聪明智慧的、辛辣犀利的歌声："没后悔，你会腾云我会飞，黄蜂歇在乌龟背，你敢伸头我敢锥！""不会唱歌你莫来，看你也是一蠢才，山歌只有心中出，那有船装水载来？""莫夸财主家豪富，财主心肠比蛇毒，塘边洗手鱼也死，路过青山树也枯"，真是痛快极了，使人们不禁拍手叫好！这一段戏，编导是花了功夫的，人物和情节的处理基本上也是好的，如影片以投亲作开端，人未出场，山歌先响，闻其声如见其人，这就是说，刘三姐到新的环境之前，已经是一个最爱唱山歌，最会唱山歌，并且又是用山歌向恶势力斗争的理想人物了。随着人到了，山歌也带来了，山歌使她和劳动群众结成不解之缘，山歌也使这里的统治者（莫财主）感到不安和威胁，于是编导者抓住了山歌的斗争性主题，很快就从唱歌与反唱歌的戏剧矛盾，通过霸山来展示这个矛盾和性格冲突，从而构成了一场精彩动人的对歌。编导者对莫财主这个反面人物，赋予他阴险狠毒的统治者的阶级共性，也赋予他爱好古董、以"风雅"自居的个性，这就使这个统治阶级的人物有可能破天荒的接受刘三姐"对歌"的挑战。影片对这一反面形象没有作简单的处理，可惜的是，编导者在围绕刘三组这一特定人物和山歌的特定主题来充分展示主人公的性格的描写上，却有简单化之病。就以"对歌"为例，我以为，在三姐提出对歌之后，同样应该从刘三姐这个人物出发来展示三姐在这场战斗之前的内心活动，因为对歌的胜负，不仅攸关三姐个人的命运，也攸关小牛、老渔翁等劳动群众的命运，攸关山歌的命运。特别是当三姐知道莫财主聘请四方"能人"和饱读诗书的秀才时，不可能不引起一点反应，如果编导者在对歌前夕三姐和舟妹的谈话（仍是以唱歌形式来谈话）中恰当地点到这一点，并抓住这一点情绪来展示三姐的聪明而有深谋远虑的性格，也许更能使人感动。现在，仅仅在提出对歌之后，轻描一笔刘二的怕事，老渔翁和小牛等的商量，以一句"有谁听过会唱山歌的财主"来作交代，就嫌简单了。我们写理想人物，不能忘记在现实的基础上写，否则，就不是那么真实了。

对歌之后，财主不甘心失败，进而竟想霸占三姐，灭绝唱歌人之口。于是有了财主偷偷地劫夺三姐和小牛抢救三姐的情节发展。在这段戏中，群众为救三姐星夜往财主家擂门大闹的处理似乎太近代化、太现实了一些，因而不能使观众信服，削弱了艺术感染力。当然，在三姐被囚，小牛星夜抢救时，编导者处理以山歌通消息，山歌传达小牛和三姐的友情，山歌也使三姐飞出了财主的牢笼，这一点还是能有新意的。

影片的处理上也还有疏忽的地方，例如小牛抱了一条又圆又大的鱼在竹篱外惊惶地失落了，但是在请三姐吃鱼时，却变成另一条短而扁的鱼了……。然而，我认为最值得商榷的问题却是对这一具体题材的处理。刘三姐的故事和她的山歌人们把她看作是经过劳动人民长年累月、广泛流传的理想化的民间传说。影片《刘三姐》在处理上，似乎还没有十分重视这一民间传说题材的特点，而是按照现实生活的逻辑过分地采用写实的手法，这也许是不够恰当的，从而也就影响了艺术的感染力。

失去光泽的明珠

西　高

史料解读

史料原载《新观察》1956年总第136期。该史料为一篇评论。文中认为《刘三姐》影片改编中的主要问题是创作者对民间故事的艺术特点认识不足，对“古为今用”的理解片面。歌剧因受舞台表演的限制，舍去了许多好的情节，但是电影《刘三姐》更不能令人满意：不仅将原传说中富于神话色彩的故事情节全部删去，此外还增添了一些与人物、时代格格不入的东西。像一粒光彩夺目的珍珠，硬要涂上一些红红绿绿的颜色，反而失去了光彩。根据民间故事改编创作新的作品是允许加工和丰富的，但不能违背原传说的基本精神，特别是将原传说中最生动、最富有幻想色彩的情节任意舍去，加上一些主观臆造、生拉活扯的情节就更有损民间文学的精华了。该文明确指出，这不是正确的民间文学的加工整理方法，也不是创新的正确道路。影片的创作者对“古为今用”的理解也是片面的，我们不能忘记了故事发生的时代背景、历史条件、古人思想局限性等等因素。该文对电影《刘三姐》的改编全面否定的观点固然偏颇，但所谈问题也的确存在，这也涉及民间文学作品改编的方法和原则等根本性问题。

原文

有人说《刘三姐》影片改编中的问题主要是样式问题。我看主要还是创作者对待民间故事的艺术特点认识不足；对“古为今用”的理解有些片面。在原民间传说的刘三姐故事中，是有许多富有幻想和浪漫主义色彩的情节的，像三姐坐船游歌、财主砍藤三姐落水被鱼虾救起、唱歌化石像、骑着鲤鱼成仙、死后歌声不断等等。我读过长诗《刘三妹》(侬易天作)，它基本保留了原传说中的神话色彩，读来令人神思幻想、倍增艺术魅力。特别是结尾一章更是变幻奇异、美妙动人。三妹和情人特江在山上高歌，土官带领大帮人马想用乱箭射死他俩，但是“特江和刘三妹呵，高高坐在藤网上，任凭敌人射了多少箭，箭箭不落他俩身边。”气得土官脸青发狂，又命令手下人拿锯和斧来砍葡萄藤根，可是“锯坏了三百把锯子，砍坏了三百把斧头，砍到第三天早上，才把葡萄藤根砍断。”特江、三妹和藤网才一起掉下江河。但是鱼虾爱听三妹唱歌，抬着他俩到处去游歌。三妹唱歌唱到鲤鱼岩，人们把她留下的身影雕成石像，最后还让她骑着鲤鱼成为歌仙到处去传歌。这是多么富于幻想、充满劳动人民美丽理想的情节呵！三妹是劳动人民反抗封建统治的化身，人们把三妹神化，把鱼虾也拟人化，来表现人民的意志和力量，一点也没有失去她真实可信的基础。三妹是歌仙，但也是生活在劳动人民中间的歌手。

歌剧因受舞台表演的限制，已经舍去了许多好的情节，十分可惜。但是电影《刘三姐》就更不能令人满意了。不仅将原传说中富于神话色彩的故事情节全部删去，此外还增添了一些与人物、时代格格不入的东西。像一粒光彩夺目的珍珠，硬要涂上一些红红绿绿的颜色，反而失去了光彩。

刘三姐是歌仙，是劳动人民创造的理想人物，不是农民革命领袖。她和敌人斗争不是用刀枪硬拼，而是用特种的武器——山歌。但是影片的创作者却硬要她以群众首领的姿态出现。从歌迷对刘二的谈话中就有刘三姐“她领导穷人唱歌反抗财主”的字句，这就显而易见导演构思中的刘三姐是以领导身份出现的。因此，影片中出现她带领群众与财主进行抗霸茶山的斗争，摔禁牌，最后被监禁，还大砸古董，这简直不是千百年在人民口头流传的歌仙刘三姐，一点“仙”气也没有了。为了突出影片中刘三姐的反抗封建统治的斗争精神，把说亲改为反抗霸占茶山的斗争也未尝不可，但是不改动也不见得就削弱了三姐的反抗斗争精神。问题是斗争的方式现代化了，太直、太简单了。为什么不可以从歌仙这个特定的形象运用一些富有幻想的情节——神话传奇特点——来描写她与财主进行的斗争呢：三姐一呼百应，组织群众向财主斗争，群众救三姐出狱等情节就像是影片《春雷》、《洪湖赤卫队》的生硬搬套，这是塑造现代革命斗争中的先进妇女形象的手法，不是古代的歌仙刘三姐；就是塑造现代先进妇女的形象采用以上的手法也是流于俗套了。三姐被财主监禁，好像一筹莫展，无法可想，愁眉苦险，只好大摔古董以示反抗，这是最煞风景的笔。使人对三姐的聪明才智产生了怀疑，真太不明智了。

根据民间故事改编创作新的作品是允许加工丰富的，但不能违背传说的基本精神，特别是将原传说中最生动、最富有幻想色彩的情节任意舍去，加上一些主观臆造，生拉活扯的情节就更有损民间文学的精华了。这不是正确的加工整理方法，也不是创新的正确道路。

民间传说中不可否认有精华，也有糟粕。何为精华，何为糟粕，必须用马列主义的观点和方法来经过一番深入的分析研究。我不认为刘三姐原传说中的一些神奇幻想情节，都应该保留，但是像改编拍摄的影片《刘三姐》，几乎统统丢掉原传说中的神话特点，这也是不恰当的。记得影片中有一场戏：刘三姐被群众从财主家救出来与阿牛一起坐船逃走，财主听到处处是三姐的歌声，就是找不到刘三姐。这段情节就保留得好，很有浪漫主义、神奇幻想的特色，可惜这些精华影片中保留得太少了。

电影《天仙配》、《梁山伯与祝英台》、《孙悟空三打白骨精》等戏曲片之所以受到观众欢迎，百看不厌，也都是保存了原传说故事中的浪漫主义色彩与现实主义的精神，再加上电影表现手法的运用越发增添了神话传奇色彩。假如梁山伯与祝英台为了反抗封建礼教与父母来一个面对面的斗争，结尾舍掉化蝶一场，改为斗争胜利，最后公开举行结婚典礼，我看观众是不愿看的。假如孙悟空不会七十二变，没有像神仙一样的本领，那孙悟空这个形象就不存在了。观众哪会像现在这样喜爱《孙悟空三打白骨精》呢！

影片的创作者对“古为今用”的理解也是片面的。写刘三姐与地主阶级的矛盾，写农民暴动，我认为是可以的，但是不能忘记了故事发生的时代背景、历史条件、古人思想局限性等等因素。古人的理想就是古人的，斗争的内容与形式也应该是古代的，不能把古人写成具有今人的思想行为。古人的斗争、思想行为、理想对今人是有现实教育意义的，但只能通过欣赏者的思维活动来联系现实生活，吸取有教益的东西。这种联系是间接的，但天地是十分广阔的。不能用古人的思想、行为直接来影射现实，不能把古人写成既有古人的理想，又有今人现实斗争的行动。因此，刘三姐像土改运动中的先进妇女我看是不无缘由的。

并没有把《刘三姐》现代化

徐敬国

史料解读

史料为电影《刘三姐》讨论文章之一，原载《大众电影》1962年第1期。该文反对阿颐的《刘三姐》中刘三姐太“现代化”，像“土地改革运动中的先进妇女”的观点，认为影片艺术真实与生活真实、“理想”与“现实”处理得很好，成功塑造了刘三姐这个人民喜欢的“英雄人物”，同时也指出了影片在情节和结尾处存在的问题，认为编导者完全应该以革命的浪漫主义精神把故事的思想意义提得更高，使它更具有典型的教育意义。

该文是原刊开设的“影片《刘三姐》讨论”专栏发表的三篇文章之首，该刊还配发了“编者按”说明开设专栏的原由。“编者按”内容如下：

影片《刘三姐》上映以来，得到了广大观众的欢迎，但同时也还存在着一些不同的看法，目前大家谈得较多的问题是：在把民间传说改编成影片时，到底应采取什么样式。像《刘三姐》这样一个富有浓厚浪漫主义色彩的民间传说，在影片的艺术处理上，如何把“虚”与“实”，“理想”和“现实”结合得更好。本刊在1961年10月号上曾经发表了阿颐同志的《理想与现实》，对于影片的这些问题提出了一些意见，本期又发表了徐敬国、韦纯武、颖涛同志的三篇文章，反映了两种不同的看法。我们认为这是一个对创作和鉴赏都是很有意义的问题，因此，从本期起我们准备对这个问题展开讨论，希望大家提出自己的意见。

原文

长春电影制片厂的影片《刘三姐》是一部好影片，它塑造出一个具有典型教育意义的人物形象。刘三姐这一人物的塑造和刻划也是成功的。

影片所表现的一条主线，是广大的劳动人民以山歌为武器与封建统治阶级所展开的一场针锋相对的斗争。在这场战斗中，以刘三姐为代表的广大劳动人民以自己智慧的语言，匕首一般的山歌，狠狠地刺穿了封建统治者的胸膛，深刻地揭露了他们残暴、欺诈、贪婪的阶级本性，鞭笞和讽刺了他们愚蠢、无知和虚伪。同时也用优美清脆的山歌，热忱地歌颂了人民纯美的心灵和火一样炽热鲜明的爱憎感情。

刘三姐之所以能大刀阔斧地向封建统治者猛冲猛杀，是因为她有广大的人民群众为强大的后盾。刘三姐虽然是传说中的人物，但她是有现实基础的。她和每一个乡亲们一样，有自己的一部血泪交融的辛酸史。她受过财主的压迫和剥削，财主为了不让她唱"反歌"，暗害她，使她有家难归，饱受漂流之苦，当莫怀仁"对歌"完全失败之后，又举起了杀人刀，在刘三姐砍柴的归途中绑架了她。应该说，刘三姐与广大人民有着血肉相连的亲密感情，他们有共同的语言，共同的命运。也正是因为这样，刘三姐的每一首山歌都唱出了劳动人民的心里话，唱出了他们的苦难和愿望；也正是因为刘三姐敢于破皇朝的王法，敢于违官府的禁令，敢于揭财主的疮疤，所以刘三姐的形象在人民的心目中发放着不灭的光彩。

有人说影片对刘三姐、老爹、阿牛等人的思想觉悟，斗争方式处理得过于"现代化"；甚至于说刘三姐象"土地改革运动中的先进妇女"。我觉得这种批评不免有些偏颇。

刘三姐是千百年来劳动人民理想的化身,是传说中的英雄人物,因此她的言行必然是劳动人民的愿望和意志的体现者。我们在对这一个传说中的英雄人物进行艺术处理的时候,除了符合历史的真实之外,还必须体现出艺术的真实,而在今天来把这个优美的传说故事拍成电影,又不能不考虑到对于今天的现实教育意义。现在银幕上出现的刘三姐是符合历史真实和艺术真实的。更应该指出的是,作为一部由传说故事改编拍成的影片来说,还应该具有浓厚的浪漫主义色彩,以不失掉它原有的风格和特色。刘三姐对封建财主本质的深刻揭露,绝不是编导者强加在她身上的标签,而是千百年来劳动人民在自己苦难的生活中得出的结论,通过自己理想的人物口中唱出来,这正是作者对传说故事中的"理想"和"现实"处理得好的结果。怎么只根据这一点就说刘三姐不是传说中的刘三姐而是现实生活中的刘三姐呢?又怎么能把刘三姐和"土地改革运动中的先进妇女"相提并论呢?显然,这种提法不是对艺术创作具体分析的慎重态度。

当然,影片《刘三姐》并不是尽善尽美的艺术作品,正如有的同志指出的那样,在艺术处理上还不免有粗糙的地方,甚至过于简单草率。例如莫怀仁沿江追赶刘三姐这一场戏就处理得比较平淡,缺少强烈的渲染,气氛不够,致使戏剧性大大减色。看到这儿,使我联想到《水浒传》第十九回阮氏三雄大闹石碣村的一节,作者对阮氏三雄的机智、顽强、勇敢、制胜官兵的本领作了精心细致的描绘,使故事情节独出心裁,引人入胜。《刘三姐》里这一场戏与阮氏三雄大闹石碣村虽然是两回事,但在风格气魄上应该是一致的。

影片最后是以刘三姐到各地去传歌结尾的。应该说,这是一个含意深刻的结尾。我们可以想象到,刘三姐传歌的结果,会在广大劳动人民中间点起更猛烈的反抗的怒火,这怒火能把封建统治势力最后焚毁。但遗憾的是从影片中我们感受不到这一点。结尾的场面处理得不开朗,气氛不明快,色调比较低沉,给人一种压抑的感觉。前面已经说过,刘三姐的故事是民间传说,我们对于传说部分作一定的夸张和想象是完全可以的,更何况作为一部完整的艺术作品,编导者完全应该以革命的浪漫主义精神把故事的思想意义提得更高,使它更具有典型的教育意义。显然,影片现在的结尾的艺术处理是不能令人满足的。

现代化了的《刘三姐》

颖　涛

史料解读

史料为电影《刘三姐》讨论文章之一，原载《大众电影》1962 年第 1 期。该文赞同阿颐的观点，认为影片中的情节、矛盾冲突的处理，以及人物的动作不可信，直率地讲，太理想化了，太现代化了。出现这种情况的原因，是创作者没有从这个特定的题材出发，找到最能表现这个题材的艺术样式，而过多、过火地强调为今天的现实服务，超越了刘三姐所处时代的典型环境。该文虽短，却能够超越现实，从纯艺术的角度进行分析，观点不无道理。

原文

走过了崎岖曲折的山路，群众怀着无可奈何的惜别之情，默默地送刘三姐和阿牛到河边。呈现在眼前的是静静的流水、广阔的河面，绕过巍峨葱翠的群山。站在铺满山石不平的河岸上，挥手向刚刚结合的一对年青恋人告别，直到那小舟划出很远，很远……

多么含蓄的意境啊！观众立刻体味到人们对美好幸福生活的响往，很自然地与留在岸上的人们一样，祝愿她们无限美好的前途。

这是故事片《刘三姐》的最后几个镜头画面。影片富有优美的抒情色彩。可惜这样一些发人深思的镜头实在太少。遗憾的是，看过这部影片后，稍加思索，就发现影片中的情节、矛盾冲突的处理，以及人物的动作，不可信，直率地讲，太理想化了，太现代化了。

刘三姐的传说在广西已有一千多年了，后来人们渐渐把她神话化了。传说中的刘三姐，是一个年轻、貌美、勇敢，并且聪明过人的劳动妇女。她非常善歌，有斗争性。例如像这样一些歌词："莫夸财主家富豪，财主心肠比蛇毒；走过池塘鱼也死，路过青山树也枯。""你讲唱歌我也会，你会腾云我会飞；黄蜂歇在乌龟背，你敢伸头我敢锥。"……人们就是这样把自己的愿望和理想寄托在刘三姐身上，把她看作是自己的智慧和理想的化身。然而，刘三姐毕竟是古代民间传说中的刘三姐，而绝非是现实生活中的刘三姐。老爹、阿牛等人也同样如此。可是，从影片中看到的却完全相反。

作为影片冲突的焦点，是刘三姐和群众向财主展开的斗争，集中表现在"反禁歌""对歌"和"脱逃"的几场戏中，银幕上出现的古代人，个个是理直气壮、慷慨激昂。演员创造出的刘三姐形象，好像是土改斗争中，面对着阶级敌人，具有坚定的无产阶级立场和高度思想觉悟的人一样。尤其是群众举起火把拿着武器冲到财主庄园的镜头，真是气势浩大、迅猛异常。这样大快人心的镜头，观众开始还觉得很舒服，可是随之却产生怀疑：古代人的思想觉悟能达到这般地步吗？这与现代革命斗争中的人民有啥区别，只不过是服装不同而已。刘三姐随众姐妹们在山坡采茶时的镜头，简直与影片《达吉和她的父亲》开始时，达吉和公社姑娘在歌声中采花的镜头相类似。我个人认为，存在这些问题的原因，在于影片《刘三姐》的创作者没有从这个特定的题材出发，找到最能表现这个题材的艺术样式，而过多、过火地强调为今天的现实服务，超越了刘三姐所处时代的典型环境。

以上是我看了影片后的一点肤浅的看法，如有不当之处希望大家指正。

影片《刘三姐》的美中不足

韦纯武

史料解读

史料为电影《刘三姐》讨论文章之一，原载《大众电影》1962年第1期。该文作者认为刘三姐的美中不足有两个：一是太现代化，刘三姐的故事像发生在现代社会，她与莫怀仁的斗争像农民与现代地主的斗争；二是影片没有把刘三姐当作民间传说去处理，没有加入民间传说中的神话元素。此外，个别情节不真实，如刘三姐与阿牛的对歌。由于该文作者本人就是广西宜山人，因此，以民间传说作为参照系进行的批评，切中问题要害。

原文

我是刘三姐故乡广西宜山人，从小就听到过关于刘三姐的种种传说，感到有声有色，津津有味。自1959年“刘三姐”的故事搬上舞台后，我又看了各种不同的剧本和剧种，觉得各有千秋。近来又看了电影《刘三姐》，也觉得有它独特之处。从影片中我们看到了一个聪明、勇敢、勤劳而美丽的刘三姐，加上以甲天下著称的桂林山水作背景，使观众好像在如画的风景中度过两个钟头，可说是一次艺术享受。另外，影片中还大量的运用了广西美丽动人的民歌，配上和谐悦耳的民间乐曲，听后使人心胸舒畅。应该说，电影《刘三姐》的确吸引了不少观众，但我认为它不是一部十全十美的片子，还存在一些缺点。

首先,我觉得它太现代化了。请看,刘三姐上山砍柴,被地主狗腿子抢走,这就很像现代剧中地主强抢民女。刘三姐的故事并不是发生在现实生活中,而是古代民间传说。但刘三姐被关禁在地主的楼房里,大发脾气,打烂各种古玩,又用言语行动去感化莫家丫环,这就好像现代剧中某个英雄人物在监狱里的所作所为。再就是群众为了营救刘三姐而以阿牛为首组织了声势浩大的群众暴动,实在像农民和现代地主斗争一样。我想从刘三姐被劫走到逃脱,是可以穿插许多神话色彩的东西,而不该用这些现代化了的生活情节。

其次,刘三姐是山歌的鼻祖,誉为僮家歌仙。她用山歌作武器和地主斗争,但也用山歌来歌唱大自然的美。这一点,影片中表现的不够。

影片中有的场面也使人摸不着头尾,阿牛划船去找刘三姐时在静静的江河中一个人唱起歌来,而在莫家楼房里的刘三姐也对唱了起来,一个在滔滔的江河中,一个在关得死死的房间里,是怎样使得他们一唱一答的呢?

总的讲,影片的缺点在于没有把刘三姐当作民间传说去处理,我认为电影《刘三姐》应当像《天仙配》那样,以神话的形式用种种夸张的、浪漫的手法来处理各种情节,可以运用一些腾云驾雾、飘飘游游的镜头,加上彩云朵朵、百鸟飞翔、青山重重,绿水弯弯的背景,就更容易传达出传说中的境界了。

要从特定的题材和人物出发

——兼与徐敬国同志商榷

高振河

史料解读

史料原载《大众电影》1962 年第 3 期。该史料是就徐敬国评价电影《刘三姐》的观点进行商榷的文章。徐敬国认为影片并没有把《刘三姐》现代化，而高振河认为，徐敬国的“我们可以想象到，刘三姐传歌的结果，会在广大劳动人民中间点起更猛烈的反抗的怒火，这怒火能把封建统治势力最后焚毁”，本身就说明电影《刘三姐》已经被现代化了。电影《刘三姐》没有了神话传说的味道，成了一部反映现实斗争的歌剧。现实的斗争色彩代替了浓厚的神话色彩，“革命气”代替了“歌仙气”。刘三姐被描写成一个具有先进思想，懂得斗争策略，宣传阶级斗争，团结群众，向地主决战的“女革命”，已不是传说中的刘三姐。其根本原因在于影片的创作者在处理民间传说题材时，有意或无意地把古代生活现代化了，把传说中的理想人物革命化了。刘三姐的故事，不是实际生活中发生的具体事件，而是一个具有浓厚神话色彩的民间传说。因此，不能把它作为现实的具体的矛盾变化来处理。此外，影片中的人物性格、语言、情节细节以及人物活动的环境使人看了都觉得太现实，缺乏浪漫主义的传奇色彩。该文的观点非常直接，所提的问题也十分尖锐。

原文

读了本刊关于影片《刘三姐》的讨论文章，使我想起这样一件事来：记得在一次讨论历史剧的座谈会上，有个同志忽然问道："你们说刘三姐够不够团员标准，选她当个团支部书记行不？"由于当时讨论的不是刘三姐，大家谁也没有回答，只是哈哈一笑。现在想来，这话问得不只是俏皮，而且颇有些道理，它比较委婉地表示了一部分观众对这部影片的看法。可以看出影片的创作者在处理这个传说题材时，有意或无意地把古代生活现代化了，把传说中的理想人物革命化了。

肯定地说，影片《刘三姐》所反映的思想是正确的，谁能说描写农民阶级与地主阶级的斗争，歌颂斗争中的英雄人物是错误的呢！但问题并不在这里，而在于作者如何理解和处理这个特定的题材，怎样去描写和歌颂这个特定的人物，从这个角度来看，这部影片存在的问题却是不可忽视的。

刘三姐的故事，不是实际生活中产生的具体事件，而是一个具有浓厚神话色彩的民间传说。因此，不能把它做为现实的具体的矛盾变化来处理，因为神话与现实在反映的方式上是有所区别的。关于这一点，毛主席在《矛盾论》里曾经论及："……这种神话中所说的矛盾的互相变化，乃是无数复杂的现实矛盾的互相变化对于人们所引起的一种幼稚的、想象的、主观幻想的变化，并不是具体的矛盾所表现出来的具体的变化。"又说，"但神话并不是根据具体的矛盾之一定的条件而构成的，所以它们并不是现实之科学的反映。这就是说，神话或童话中矛盾构成的诸方面，并不是具体的同一性，只是幻想的同一性。"

从这段话里，我们起码可以明确这样两个问题：

第一，神话是客观现实在人们头脑里的反映产物，但是，是一种想象的主观幻想的反映，而不是现实的科学的反映。

第二，神话中矛盾构成的诸方面并不是根据具体的矛盾之一定的条件而构成的，而是一个幻想的同一性。

在我看来，刘三姐的故事就是近于这种神话性质的传说，就应该这样地去理解和进行艺术处理。在长期的封建社会里，农民饱受地主阶级的压迫和剥削，他们对此表示愤怒，希望消灭这种人间的不平，但是他们没有明确的阶级意识，找不到解放自己的出路，他们只能幻想有个与众不同的人（被神化了的人），能够说出他们心里的痛苦、愤怒和希望，只能借助想象，在幻想的世界里去征服他们在现实世界中所不能解决的社会现实，于是就产生类似刘三姐这样的传说。长期以来，劳动人民根据自己的生活经验，自己的认识水平，不断地创造和丰富着这个故事，在刘三姐身上，熔铸进自己的思想感情，寄托了自己的美好理想和愿望。但是，不管刘三姐身上体现的理想多么光辉，愿望多么美好，毕竟是人们用想象征服现实世界的一种主观的幻想，而不是从现实矛盾斗争当中产生出来的具体的英雄人物。因此，在艺术处理上，神话题材和现实题材应该有所区别，采用不同的艺术方法。而影片的创作者，却恰恰忽视了这一点，把一个具有强烈神话色彩的传说，当作具体的矛盾变化处理了。由于方法上的不对头，从而出现了把想象的、主观幻想的传说现实化，把具有浪漫色彩的人物革命化的不良后果。所以，我不同意《大众电影》第一期《并没有把〈刘三姐〉现代化》一文的意见。表面看来，徐敬国同志的结论是从对影片的具体分析中得出来的，其实却是从概念出发，脱离影片实际的。

为什么要这样说呢？因为本来是个民间传说，现在变成现实故事了；本来是个幻想的同一性，现在变成具体的同一性了。这就是影片《刘三姐》的实际。如果从这点出发，怎么会得出“现在银幕上出现的刘三姐是符合历史真实和艺术真实的”结论来呢！又怎么能说“它塑造出一个具有典型教育意义的人物形象”呢！这岂不是无的放矢吗？

如果真象徐敬国同志所分析的那样，那么，刘三姐可以说是成功的人物形象了。可不是吗，“她有广大的人民群众为强大的后盾”，“有自己的一部血泪交融的辛酸历史。”但是创作者和评论者在这里却忘掉这样一个事实：刘三姐是劳动人民借助想象征服现实社会而神话化了的歌仙，而不是现实斗争中的先进妇女。可是银幕上的《刘三姐》，那里还有神话传说的味道呢！简直成了一部反映现实斗争的歌剧。这里，现实的斗争色彩代替了浓厚的神话色彩；“革命气”代替了“歌仙气”。刘三姐被描写成一个宣传阶级斗争,团结群众,向地主决战的“女革命”了。(请回忆一下三姐对她二哥讲的那段话)试想,脱离产生这个传说的那一时代的历史具体性,还哪里有“具有典型教育意义的人物形象”呢!其实,银幕上的刘三姐早已不是传说中的刘三姐了,而变成另外一个具有先进思想,懂得斗争策略的人物了。难怪徐敬国同志会得出这样的结论来:“我们可以想象到,刘三姐传歌的结果,会在广大劳动人民中间点起更猛烈的反抗的怒火,这怒火能把封建统治势力最后焚毁”。请看,徐敬国同志认为影片并没有把《刘三姐》现代化,可是分析的结果,却得出这样一个结论来,这不正好作为《刘三姐》已被现代化了的注脚吗!

求之于“真”,反而失之于“真”。作为一个观众,看了这部影片后,有理由这样问:刘三姐唱歌就能唱倒地主吗?地主那么无能,难道还不如一块老豆腐?刘三姐神不神,古不古,今不今,到底是那朝那代的人呢?通过她到各处传歌,就能把封建势力最后焚毁吗?

总之,影片《刘三姐》的创作者混淆了传说和实际生活故事的差别,把人们想象的、主观幻想的矛盾变化,当做现实的具体的矛盾变化处理了。因此,影片中的人物性格、语言、情节细节以及人物活动的环境使人看了都觉得太实,缺乏浪漫主义的传奇色彩,所以人们提出:“刘三姐够不够团员标准,选她做个团支部书记行不?”的这个问题,是值得我们深思一番的。

贵在现代化

——也谈影片《刘三姐》

杨干忠

史料解读

史料为影片《刘三姐》讨论文章之一，原载《大众电影》1962 年第 3 期。该文作者不赞同韦纯武等人的观点，认为《刘三姐》最大的优点就是它的现代化。在作者看来，历史上农民起义本身就是现代化。因此，混淆了历史与传说之区别，没有看到传说故事的思想性正在于它的现代化。该文对现代化的理解在今天看来是正确的。

原文

最近，在《大众电影》上看到一些同志批评影片《刘三姐》的故事现代化，说许多斗争的场面简直就像土改时农民与地主斗争一样……。这些同志把这一点当作这部影片的缺点，这是不能同意的。我觉得这个问题是涉及到关于民间传说故事的思想性问题。《刘三姐》是一个流传了一千多年的民间传说。民间传说与历史事件二者虽有某些类似之处，但它们是根本不同的，不能把传说故事和历史混淆起来。历史事件、历史人物的活动，是有根有据可以考证的。历史是客观存在的过去的现实，通过艺术形式来反映历史必须严格的忠于史实，不能有任何臆造虚构；民间传说则不同，一般说来它无法得到事情原来面目的考证，或者是根本就无根据的，传说故事是发展变化的，它是没有什么标准的。一个传说故事，随着人类历史的发展，它就会增添新的时代要求在里面，会加入新的内容或者去掉某些不符合时代要求的旧内容。同时，同一个传说在不同阶级中都会变成为各种各样的传说，不同阶级褒贬着传说中的不同方面，以适合其阶级利益的要求。听一些同志讲，在搜集《刘三姐》传说的过程中，就有十多种不同的说法。民间传说，它传流一代又一代，人们总是把自己的爱与憎渗进故事里面去，这就是传说故事不断加工的过程。《刘三姐》的现代化、故事情节中的斗争场面，正是《刘三姐》故事在漫长的封建社会中由劳动人民加工的必然结果，是劳动人民与封建地主斗争的反映，是劳动人民的要求和愿望的表现。按照那些同志的意见去塑造一个“符合”当时事实的刘三姐，那是永远找不到的，是完全不必要的，如果照他们的意见用一些神话来替代故事情节中那些所谓现代化的场面，那么《刘三姐》这个故事的思想性就会大大削弱。

至于说到在一千多年以前，农民与地主的斗争不可能出现如此剧烈的场面，那只能怪这些同志对我们祖先的斗争历史懂得还不够。远在公元前二千多年的秦代，不是就出现了陈胜吴广领导的农民武装起义吗！这可不是民间传说，而是历史的见证。既然在那时已经出现这种农民斗争的最高形式——武装起义，那么为什么在《刘三姐》故事内不能出现那种农民集合起来向地主进行说理斗争的局面呢？如果说《刘三姐》中的农民团结一致向地主斗争的情节是编导者加添上去的话，我认为加的是极恰当的。传说故事，尤其是反映社会生活的传说故事，它必然随社会的发展而发展，具有时代的特征，这就是传说故事的思想性。那些认为刘三姐现代化是缺点的同志，正是在于混淆了历史与传说之区别，没有看到传说故事的思想性正在于它的现代化。《刘三姐》受到广大观众欢迎，很重要一点在于它的思想性强烈鲜明，合乎人民群众的愿望，而它的思想性正是通过《刘三姐》的现代化表现出来。

民间传说，贵在它的内容上增添了与人民生活接近的东西，也就是它的现代化。

关于影片《刘三姐》讨论的杂感

贾　霁

史料解读

史料原载《大众电影》1962年第8期。该史料是对电影《刘三姐》"现代化"与"非现代化"讨论的再讨论。文章认为,把古人古事现代化,是影片《刘三姐》创作中最主要的问题,是这部影片引起不同评价和争论的主要原因。刘三姐的传说"发展"到今天,就应该具有今天时代的特征,就应该"现代化";"传说故事的思想性正在于它的现代化";"贵在现代化",这些观点都不是对待历史传说和神话传说的正确态度,不是"推陈出新"的正确途径。把古代民间传说搬上银幕,是为了今天的观众。但是,要做到古为今用,不能简单粗暴地对待文学遗产,而是应该尊重传统,以历史唯物主义观点和方法去处理历史传说和神话传说,取其精华,弃其糟粕。而影片《刘三姐》"现代化"的结果,混淆和颠倒了古今,使古人古事看起来犹如今人今事了。所以,该文认为"影片《刘三姐》就'贵在现代化'"的观点是错误的。由于该文是"讨论的讨论",观点建立在综合了讨论者的观点基础之上,所以对电影《刘三姐》"现代化"与"非现代化"的再讨论较有力度,特别是作者还以《梁山伯与祝英台》《十五贯》《杨门女将》《孙悟空三打白骨精》等作品为例,说明如何才能做到正确继承古代优秀文化遗产,推陈出新,很有说服力。这些史料对今天中华优秀传统文化的创造性继承与创新性发展具有重要的参考价值。

原文

读了《大众电影》上关于影片《刘三姐》的讨论文章，获益颇多。这个讨论很好，既抓住了创作中的主要问题，也体现了学术上的争鸣精神。正由于这样，看来关于影片中的虚与实相结合，特别是“现代化”问题，经过反复讨论，已经谈得相当清楚了。虽然目前还存在着不同的意见，这就是：有人认为现在影片的处理是正确的，并没有“现代化”；或者相反，认为是“现代化”了，而影片恰恰就“贵在现代化”。这两种说法及其种种理由，在讨论中已有一些文章提出过很好的意见。但是，这两种说法还是有一定的影响的，因此，提出来再商讨，也仍然是必要的。

影片是否有“现代化”问题？又应该怎样看待这个问题？我想谈一点个人的看法。

一

刘三姐的传说是美的。利用这传说的某些材料来创作的影片，也是有特色的。比如：它所拍摄的桂林山水，十分秀丽多姿，确是“江作青罗带，山如碧玉簪”；它所选用的一些山歌和民间曲调，富于地方色彩，有助于渲染气氛，烘托剧情；而这些里面的诗情画意，都很引人入胜，能给人美的享受。整个影片的倾向鲜明，情绪饱满，总的格调是愉快的，健康的。凡此种种，无疑都是影片的成就，都是为广大观众所喜爱和欢迎的。

但是，影片在创作上的情况究竟怎样？却值得研究。比如：即以它那一幅幅桂林山水来说，多半就只是风景画，很像是现实中自然景物的照相，而缺乏一种古老传说的意境和神话的色彩，因此和传说中的人物故事显得很不协调。再就整个影片来说,它实际是脱离了原来的传说,既把神话传说当作现实题材来处理,又用现代的一些“标准”去对待古人古事,因此,的确是有“现代化”问题。比如:在采茶到反禁歌那段戏里,那种集体的自由劳动的欢腾景象,就跟今天的农村生活图景很相类似;其后的群众诉苦斗争等等场面,又仿佛是土改反霸斗争中的某些情景……

把古人古事现代化,是影片《刘三姐》创作中最主要的一个问题。这正是这部影片引起不同评价和争论的一个主要原因。

二

有人说影片《刘三姐》并没有“现代化”,其理由何在呢?看来主要的是:从所谓影片的实际出发,刘三姐之成为群众斗争领袖,是有“现实基础”的,即她跟所有劳苦群众一样是受压迫的;而在封建社会里既然不止一次发生过农民暴动,因此影片所写的刘三姐领导群众跟财主斗争,不是“现代化”。在这里,有人还以陈胜、吴广、阮氏三雄等人为例,反问道:这些人的斗争更激烈,那不更是“现代化”了么[①]?

这里有个问题先要弄清楚,即《刘三姐》的“现代化”,乃是指它以今代古,指它超越了传说中人物可能有的历史条件,把今天人们的意识形态和现代生活中的行为强加到古人身上去,使刘三姐等人的“思想觉悟和斗争方式”具有了现代的面貌;而不是不加分析地指它写了激烈的斗争内容,以为批评影片的“现代化”,就因为它写了激烈的斗争,那是不对的,那只能是一种误解。因为,不仅历史故事,就是神话故事,也都可以写激烈的斗争的,如孙悟空大闹天宫等等就是。这里的问题只在于:需要从原来传说的实际出发,看传说中的刘三姐究竟是怎样的一个人?她又经过一些什么斗争?

---

① 见《大众电影》1962年1期《并没有把〈刘三姐〉现代化》一文及1962年2期《电影〈刘三姐〉的处理是正确的》一文。

简括说来，刘三姐是个歌仙，是个爱情忠贞、聪明、善良，而又富于反抗性的人物。许多有关的传说都突出地写她为了争取爱情的自由和自主，跟她的兄嫂，特别是跟那向她逼婚的土司或者财主作了斗争。对土司或者财主进行反抗的斗争，固然也属于阶级斗争的一种特殊的表现，并且也可以是很激烈的，但是这跟农民暴动远不是一回事。在传说中，既没有材料证明刘三姐是农民暴动的发难者、组织者；就这人物性格和处境和具体的遭遇来考察，她也没有进行这类斗争的条件。不用说，仅仅因为她跟劳苦群众一样受压迫，就认为她是群众斗争领袖，那也是一种"想当然"而已。实际上，传说中的刘三姐跟敌人斗争，并不是用刀枪硬拼，而是用山歌这一特殊的武器去斗智；她不是靠群众斗争和群众声势取胜，而是靠自己的聪明机智和幽默来取胜。原来传说的实际，原来刘三姐其人及其斗争，主要是如此。

现在影片却把刘三姐写成一个群众斗争领袖，并且加以"现代化"了。这怎样能认为是正确的呢？为了辨明这个问题，我们不妨也拿陈胜、吴广以至阮氏三雄的故事为例，来比较一下：看看影片究竟是怎样的"现代化"？

在《史记》"陈涉世家"中，可以看出：雇农出身的陈胜和吴广起义的动机，原来是为求富贵；而他们能以领导农民起义的当时的条件，乃是他们在押解壮丁途中遇雨误了期，怕因此杀头而促成起义的，并且是用"鬼神""先威众"才把群众发动起来的。他们当了"王"，不久就失败了。至于阮氏三雄，在《水浒》中写得明白：他们先是渴望着能"成瓮吃酒，大块吃肉"；"过个快活"；后来才有了当时了不起的理想："替天行道"。他们是受"赵官家"压迫而逼上梁山的，然而却要"忠心报答赵官家"！正是这样，梁山英雄最后受了招安，铸成悲剧。我们看，无论前秦后宋的这些风云人物，他们的"思想觉悟和斗争方式"都赋有多么显著的历史特征，他们都表现出怎样也不可超越的封建时代社会的历史局限性。而这，正符合于人物所处的一定历史时代的生活发展规律，符合于这些人物的性格和发展的规律。这是历史的真实。

然而，在影片《刘三姐》中，人物和环境有些什么古代的历史的特点呢？其发展又有什么样的规律呢？可以说，从刘三姐身上看不出有什么封建时代社会历史条件所给予的局限和影响，她大大超越了那些前秦后宋的英雄人物，她的志向是为劳苦群众、为集体而斗争。她在银幕上一开始就是以群众斗争领袖，甚至“职业革命家”的姿态出现的。莫家财主既表示害怕这“抗交租税”出了名的刘三姐来“兴风作浪”，歌迷还对刘二介绍她是“领导穷人唱歌反抗财主”的。尽管影片说明当时当地是“莫家的天下”，也写了莫家财主带着一伙人马，拿“禁山牌”来压制穷人，不让采茶；可是，就在这种规定情景中，刘三姐以及许多群众却既能在“莫家的天下”里自由劳动，又都能不把官府的“禁山牌”看在眼里。刘三姐一方面是唱出了这样的“现代”的思想：“众人天，众人水来众人山，群开荒山造茶林，哪有莫家一滴汗！”一方面是领导着群众很有秩序地去跟财主进行了“现代方式”的诉苦斗争，然后又一起动手把官府的“禁山牌”轻而易举地砸了。在这里，“莫家天下”的统治者，仿佛是像在土改反霸斗争中被斗倒了的地主似的，在群众斗争面前，已经毫无作为了。奇怪的还有：这个财主还主动接受了刘三姐的这种挑战：用“对歌”的胜负来决定茶山属于谁！这——到底是历史上哪朝哪代的“斗争”？这且不提。再看，在“对歌”中，刘三姐表现得更成熟了：一开口唱歌就把那三个秀才打击得节节败退、狼狈不堪；群众也表现得更有组织更有力量了：那人山人海、如火如荼的气势，逼使得财主无法招架，无处藏身。而在刘三姐“逃脱”这场戏中，影片则描写着：群众队伍“明火执仗”冲向财主大门，那行动有如暴风骤雨，迅猛异常，以至于莫家财主竟像韩老六[①]似的：只有惊慌失措，满院子团团转……

总之，原是在古老落后的土司制度统治着的封建时代社会里产生于劳动人民幻想中的歌仙刘三姐，在影片中却表现得那么先进！那么革命化！她的思想认识和觉悟水平，她的组织领导群众进行对敌斗争的方式和成熟程度，不用说陈胜、吴广、阮氏三雄等人根本无法与她相比，就是近代的、比如义和团的英雄

① 影片《暴风骤雨》中的一个恶霸地主人物的名字。

们也比她远远落后。实际上，影片所设计和描写的刘三姐以及其周围的群众，连财主家的两个丫头，都多多少少像现代的劳动人民；他们的斗争则颇类似土改反霸的斗争。试想：影片的这类表现，是怎样的“现代化”吧！

三

有人说影片《刘三姐》就“贵在现代化”，其理由又在哪里呢？看来是在于：首先，传说不是历史，因此，传说故事在历史上是无根据的，并且是发展变化的。其次，这个发展变化是无标准的，是随着社会发展而具有不同时代的特征。于是，认为“传说故事的思想性正在于它的现代化”，而影片《刘三姐》就“贵在现代化”云云[①]。

在这里，姑不论所谓“贵在现代化”这提法是多么不妥：把古人古事现代化，既然混淆和颠倒了今古，根本不合于历史的规律，怎么反而会是可贵的呢？且说，传说的确不是实在历史的反映，因而可以不必追问它在历史上有无根据，是否真有其人其事，这是说得通的。不仅神话如此。就在《杨家将》这类故事中，也只有杨业、杨延昭、杨文广这些人物在历史上可以查考，而畲太君和她的百岁挂帅、穆桂英和她的大破天门阵，等等，也莫不如此：是产生于一定历史时期的人们幻想中的人物和故事。但是，不论历史传说或者神话传说，总不能不是在一定的时代背景和历史条件下产生的，总不能不代表着一定历史时期的人民的理想和愿望，因此，一个传说故事会表现什么内容和思想，却又不可能是毫无根据的，相反，总之有一定的历史和生活的依据的。刘三姐的传说之所以产生于古代，而不应该加以“现代化”，正也说明了这个道理。刘三姐之所以是歌仙，而不是群众斗争领袖；之所以为争爱情自由和婚姻自主而靠自己的聪明智慧和用山歌去跟敌人斗智，而不是为抗交租税或者争江山而领着广大农民一起用刀枪去“造反”，都说明了这个道理。

① 见《大众电影》1962年3期《贵在现代化》一文。

诚然,传说故事在长期流传中是会有所发展和变化的。一般说来,这就是:各个时代的人民和作者们,对于过去时代的传说故事,往往是要进行加工和继续创造的,其结果,就使原来传说的内容越来越丰富,艺术上也越来越完整,而得以更加流传。如从宋话本的《三国志平说》到罗贯中的《三国志演义》,从《大宋宣和遗事》到施耐庵的《水浒》都充分地说明了这一点。但是,传说故事的演变,是不是无标准的?同时又要在不同时代里具有不同时代的特征呢?姑不论这种说法是不是自相矛盾,因为:要具有时代的特征,不就是一种"标准"么?其实,"标准"是有的。这就是:像《三国志演义》、《水浒》这些古典名著,尽管比它们从前时代的传说是大大地丰富了、深刻了、完美了;然而,它们所创造的英雄的典型,所反映的社会和历史内容,所表达的思想和理想,都没有也不可能会超越了封建社会发展阶段的历史范围,而是都表现了封建社会发展阶段中一定历史时期的特征。说传说故事的演变和发展是无标准的,是不对的。

刘三姐的传说也是一样,它的比较完整的故事,是经过长久年代里许多人们加工提炼而丰富发展起来的。但是,在长期发展中的它的内容,它所描写的歌仙刘三姐的"思想觉悟和斗争方式",它所表达的人民的理想和愿望,以及道德和美学的标准,都没有超越古往封建社会历史的范围,而有着古往封建社会历史时代的特征。说传说故事是随着社会发展而具有不同时代的特征,因而,仿佛是:刘三姐的传说"发展"到今天,就应该具有今天时代的特征,于是就应该"现代化";以至于说"传说故事的思想性正在于它的现代化",因而,仿佛是:影片《刘三姐》反倒是"贵在现代化"了,这都是不对的。这不是对待历史传说和神话传说的正确态度,不是在这类题材的改编或者创作中进行推陈出新的正确途径。

我们利用遗产,是为了今天,把古代民间传说搬上银幕,是为了今天的观众。但是,要做到古为今用,却决不能简单地粗暴地对待遗产,一厢情愿地给它来个"现代化"。而是应该以今天的无产阶级的思想立场对待遗产,尊重传统,应该以历史唯物主义观点和方法去处理历史传说和神话传说,取其精华,弃其糟粕，并且努力使其原有的精华更加发扬光大。解放以来，我们在这方面是有很大的成绩的。像戏曲和戏曲片《梁山伯与祝英台》、《十五贯》、《杨门女将》、《孙悟空三打白骨精》等等，就都是戏曲改革和影片制作中正确地继承古典戏曲遗产，达到推陈出新的成功的范例。这些作品所表现的内容和思想性，是“历史的”，正因为这样，对于我们今天的观众，都有着很好的认识作用，有着有益的借鉴和教育意义。

而影片《刘三姐》，由于“现代化”的结果，却混淆和颠倒了今古，使古人古事看起来犹如今人今事了。由此看来，说影片《刘三姐》就“贵在现代化”，实在是没有什么根据，也没有什么道理的。

思想性与时代性

——影片《刘三姐》之我见

方自然

史料解读

史料原载《大众电影》1962年第1期。该史料为一篇电影评论。该文认为,评价一部艺术作品的思想意义,不能将之与其产生的历史时代割离开来,不能孤立地用20世纪的"思想准则"作鉴定。任何作品无论在思想上、艺术上,都不可能没有历史的、时代的局限,对历史局限应给予历史的、客观的评价。一部影片能不能得到群众喜爱,并不在于它保留了怎样的故事或改编成了怎样的故事,而在于是否保留了原故事的精神。影片《刘三姐》给观众的突出印象是:编导们除了处处强调影片表面的形式美以外,又似乎总是不顾历史事实地去夸大现实化了的刘三姐的个人作用。我们的群众,我们的人民,希望看到符合作品所要表现的时代,符合生活和行为逻辑的典型艺术形象,不希望看到生活在古代却具有现代人思想的艺术形象。该文同样提及电影《刘三姐》改编中存在的脱离历史语境造成的"失真"问题。

原文

评价一部艺术作品的思想意义,如果生硬地与它所产生、所表现的历史时代割离开来,孤立地拿我们二十世纪的"思想准则"去给它作鉴定,这是不对的。

问题很简单，作为观念形态的艺术，都是一定历史时期一定社会生活的反映，创作它的作家又是每个时代具体的人，因此它无论在思想上艺术上，都不可能不受到历史的、时代的局限。看到它的局限方面，给予它历史的、客观的评价，这是历史唯物主义的态度。

本来是一个传奇性很强的民间故事，编导们根据它的故事梗概，大刀阔斧地把它砍削得面目全非，赋予它以现实斗争的具体主题，这本身可说是一个大胆的尝试，亦无可厚非。有些同志指责编导们的这种作法，认为还是“还它的本来面目”为好，并举出《孙悟空三打白骨精》、《白蛇传》、《天仙配》等影片作例，认为只有这样才能博得群众的喜爱。其实，一部影片能不能得到群众喜爱，并不在于它保留了怎样的故事，或改编成了怎样的故事（历史事件自然例外），而在于是否保留了原故事的革命精神，大家熟知的优秀影片《白毛女》，它原来就是根据一个在农民中流传很久的“白毛仙姑”的传说重新创作的，影片中的喜儿的悲惨而曲折的遭遇，她的反抗和斗争，她的顽强求生的力量，为什么表现得那么真实而动人？为什么能产生那样巨大的教育力量？我想，这不外是编导们改编得成功。我觉得，影片《白毛女》成功的原因，概括地说，也不外是它真实深刻地概括了那一时代的社会斗争现实，影片所表现出的思想性和艺术性，是根植于那一历史时代的深厚生活肥沃的土壤的。如果允许我把《白毛女》和《刘三姐》作个比较，那末，后者所缺乏的恰恰正是这些。

在影片《刘三姐》的构思过程中，编导们大概就是企图突破原有传统的圈子，因而才把人民理想中的歌仙刘三姐故意推到现实斗争的旋涡里去的吧？也许编导们认为去掉“歌仙”刘三姐身上的传奇浪漫彩色，给她穿上一套现代人的服装，让她以一个具体人的姿态去投入现实的剧烈的阶级斗争中，去组织与启发人民的阶级觉悟，那教育意义不就更大了一些吗？思想性不就更高了一些吗？是的，如果影片《刘三姐》编导们能充分地注意到了刘三姐所处的历史时代，把她的命运、反抗才能紧紧地和她所处的时代环境结合在一起，从她所处时代的现实性和可能性中，去塑造她的性格，从她性格的逻辑发展中，去安排情节，那末，刘三姐这个形象，可能会真实动人的，不消说，影片的教育意义和思想意义也就会更大了。遗憾的是，编导们在这方面的工作并不能令人满意。在影片的放映过程中，给观众的突出印象是：编导们除了处处强调影片表面的形式美以外，又似乎总是不顾历史事实地去夸大现实化了的刘三姐的个人作用，安排了一些不可信的情节去渲染她的“个人威信”。不是吗？

你看，人们只要一听到刘三姐的歌声，就会马上断定这是刘三姐唱的；刘三姐每到一处，人们便四面八方地朝她蜂拥而来，争抢着要她到他们那里去“传歌”；而刘三姐被地主谋害幸得脱逃后却居然衣着整洁地乘着蒲藤悠然地唱起歌来！在那样一个鬼哭神号、虎狼横行的世道里，“砍柴人，只因爱山歌”的刘三姐却能履险如夷，“保驾”的如影随身。那里的劳动人民，团结得如铜墙铁壁，众志成城，丝毫没有封建社会的因袭重担，丝毫没有受到封建道德、封建礼教、社会风习的熏染，生活在封建社会里的个体农民，他们单纯得简直如一块晶莹透明的水晶，在我国古典名著《水浒传》里的宋江，被人们誉称为“及时雨”，他的“威信”可谓大矣！作为那一时代特定环境中的人物，作为作品中的一个艺术形象，他是真实而动人的。他好义侠为，但在他的思想中也混杂着一些封建正统观念，迷信君主思想。作者在创造这个人物，并没有忘记他所赖以生存的时代和他所生活的环境。

杨干忠同志在《贵在现代化》一文中，认为影片的成功、影片的思想性正在于把刘三姐“现代化”了。这实在令人莫名其妙。他说：“故事传说的思想性，正在于它的现代化。《刘三姐》受到广大群众的欢迎，很重要一点在于它的思想性强烈鲜明，合乎人民群众的愿望，而它的思想性正是通过《刘三姐》的现代化表现出来的。”

“《刘三姐》受到广大群众的欢迎”，“合乎人民群众的愿望”，杨干忠同志在这里无疑是指我们现在的群众，现在的人民。那么，我们现在的群众，现在的人民，是否希望刘三姐离开她的时代土壤，而陡然地具有了我们现在的刘胡兰、丁佑君式的革命女英雄的崇高品质呢？恐怕未必。的确，在影片《刘三姐》的放映过程中，是博得了一部分观众的欢迎和喜爱，但他们欢迎和喜爱的原因，却不是“贵在现代化”，而是编导们在这里所故意强调和追求的形式美起了作用。试想，有谁不愿意欣赏那秀丽的桂林山水和那美丽动听的山歌呢？

我们的群众我们的人民，希望看到符合作品所要表现的时代、符合行为逻辑的典型的艺术形象，却不希望看到生活在古代，而偏要具有现代人思想的艺术形象。《红楼梦》受到广大群众的欢迎和喜爱，这是有目共睹的事实。但是又有哪个因为贾宝玉、林黛玉没有被“现代化”，没有具备我们现代人的理想和愿望、思想和品格而大大为之捶胸遗憾的呢？反之，如果贾宝玉、林黛玉在《红楼梦》里被描写成“现代化”、亦具备了我们现代人的某些性格特点、思想和行为，那恐怕倒是为我们现在的群众所不能理解的了。

《刘三姐》是出好戏

陈 肃

史料解读

史料原载《广西文艺》1979年第1期。该史料是一篇评论。《刘三姐》是根据民间传说和史书的相关记载创作的,有关刘三姐的传说在广西已有一千多年的历史了。评价这样的历史人物,应该坚持历史唯物主义的原则,必须在某一特定历史条件下,考察人物在当时社会的阶级矛盾中处于怎样的地位,然后做出恰如其分的分析。不能将他们所反映的古代生活和今天的现实生活进行简单的类比。戏中刘三姐主要是以山歌作为斗争武器来和地主阶级作斗争的,作为文艺样式之一的诗歌,在一定条件下也是阶级斗争的一种武器。刘三姐的故事传说,是伴随着种种富于爱情色彩的内容辗转相传下来的。婚姻、爱情这一类社会问题,文艺作品本来也不必回避,应以阶级分析的方法,看文艺作品是怎样描写爱情的,这种描写有无社会意义,揭示了什么样的主题。经过十多年激烈的路线斗争洗礼的《刘三姐》,重现在舞台、银幕上,更显出作品多姿的光彩。

原文

《刘三姐》是出受到群众公认的好戏。每当我们从广播中听到她那优美动人的歌声的时候，想起这样优秀的作品，竟然受到林彪、“四人帮”炮制的“文艺黑线专政”论的打击、扼杀，心里就很不平静。

《刘三姐》是根据民间传说和史书的有关记载创作的。相传刘三姐是唐中宗时代的人，有关她的传说在广西已有一千多年的历史了，评价这样的历史人物，应该从何入手？“四人帮”对历史人物的褒贬，完全以是否合乎他们“古为帮用”的标准来定是非的，而我们坚持的是历史唯物主义的原则。革命导师列宁指出：“在分析任何一个社会问题时，马克思主义理论的绝对要求，就是要把问题提到一定的历史范围之内。”列宁这一论断，无疑也包括对历史人物的评价问题。这就告诉我们，评价某一历史人物时，必须在某一特定历史条件下，考察他们在当时社会的阶级矛盾、冲突中，处于怎样的地位和采取什么态度，然后作出恰如其分的分析。

据许多史籍记载和传说，刘三姐是个年轻美丽、能歌善舞的农村姑娘。她用唱山歌的方法来揭露封建地主阶级对劳动人民的剥削和压迫。由于她表达了广大劳动人民的理想和愿望，所以赢得劳动人民的深切同情和爱戴，把她当作自己的理想和化身。但她也由此遭到封建统治阶级的种种迫害，逼得走投无路，受尽飘零落地之苦。很显然，刘三姐的一生，与封建统治阶级是处于完全对立的地位的。以刘三姐传说为基础而创作的《刘三姐》，从大量的关于封建社会农民与地主阶级的种种矛盾冲突的史料中，选取素材，经过艺术加工，巧妙地安排了探亲、霸山、拒婚、对歌、抗禁、传歌等一系列富有戏剧性的斗争场面，很好地表现了封建社会中广大农民与封建地主阶级的对立和反抗其残酷剥削、压迫的历史真实，从而受到了广大观众的肯定和赞扬。

但是，在林彪、“四人帮”横行的日子里，《刘三姐》却被诬陷成“大毒草”，其罪名之一是说这个戏“鼓吹了阶级斗争熄灭”论。的确，在这个戏里看不到梭镖长矛，更看不到炮火连天式的惊心动魄的阶级斗争场面。特别是没有“四人帮”

宣扬的刀刀枪枪、冲冲杀杀的那种阶级斗争。但是不是就没有描写阶级斗争，鼓吹了“阶级斗争熄灭”论呢？

《刘三姐》是一出历史题材的剧目，不能将它所反映的古代生活拿来和今天的现实生活进行简单的类比。阶级斗争有明火执仗的，也有不是明火执仗的；既有看得见的战线，也有看不见的战线。我们不能把今天无产阶级的先进思想强加在历史人物身上。我们说这个戏还是忠实地反映了当时社会的阶级斗争的。列宁说：“什么是阶级斗争？这就是一部分人反对另一部分人的斗争，无权的、被压迫的和劳动的群众反对特权的压迫者和寄生虫的斗争。”从《刘三姐》这个戏中，我们切切实实地看到的，正是这样的一种活生生的阶级斗争。而且这种斗争从“探亲”、“霸山”至“传歌”，贯穿《刘三姐》全剧始终。说《刘三姐》鼓吹“阶级斗争熄灭”论，未知从何说起？！

根据刘三姐传说这一题材的特点，戏中刘三姐主要是以山歌作为斗争武器，来和地主阶级作斗争的。但由此却被加上了宣扬“山歌万能”论的罪名，说什么唱山歌有这么灵，一唱财主就倒，还用搞武装斗争吗？等等。作为文艺样式之一的诗歌，在一定条件下也是阶级斗争的一种武器，这本来是常识范围内之事，在历史上也不是没有先例的。唐朝末年农民起义领袖黄巢的《冲天诗》，《太平天国歌谣》中的许多歌谣，如《打仗不怕清将猛》等就是明显的例子。这种阶级斗争武器，与动刀动枪的武装斗争紧密联系，相辅相成，互相促进。武装斗争，虽然是摧毁统治阶级的国家机器、武装夺取政权的革命的中心任务和最高形式，但这种最高形式的革命斗争并不否定其他形式的革命斗争；相反的，要完成革命的中心任务，更需要其他各种形式的革命斗争的密切配合，为它服务，以促进武装斗争的发展，加速这种中心任务的完成。各种形式斗争之间的关系是辩证的统一，不能互相割裂，或互相对立。否定刘三姐以山歌作斗争武器不是搞阶级斗争，这是否认事物之间联系，攻其一点，不及其余的一种卑劣手法。至于说《刘三姐》中鼓吹了“山歌万能”，只要实事求是地加以考察，就不难看出，《刘三姐》并没有宣扬“山歌万能”，因为莫海仁一伙并没有被山歌唱倒，刘三姐最后仍只能出走传歌，这不正说明用山歌作斗争的局限性吗？怎么能说这是宣扬“山歌万能”呢?

刘三姐,从历史记载到民间传说,她都是以著名的民间歌手的身份出现的,而且有“歌仙”之称。因此,《刘三姐》这个戏的整个故事情节和斗争场面的安排,都紧紧围绕着一个“歌”字来展开。在戏中,我们看到她用富有思想意义的山歌来鼓舞群众的斗志,更以战斗性很强的山歌来反抗地主的剥削和压迫,而地主千方百计要陷害她,也是企图消灭她的“反歌”。《刘三姐》的创作,正是由于抓住了题材的这一特点,才使得戏中对刘三姐这个典型形象的塑造,不同于陈胜、吴广的揭竿起义,也不同于太平天国起义领袖们的长枪土炮,使之刘三姐化,具有刘三姐的“单个人”的特征。这正是《刘三姐》与其它反封建压迫的戏不同的独特之处和取得成功的一个重要方面。

刘三姐的故事传说,又是伴随着种种富于爱情色彩的内容辗转相传下来的。在《刘三姐》的创作中,选取了这一内容,加以生发,描写了她与小牛的爱情。但这一来却又触犯了林彪、“四人帮”不许写爱情的帮禁帮规,《刘三姐》又被冠以宣扬“爱情至上”的帽子。本来婚姻、爱情这一类社会问题,由来已久,文艺作品也不必回避。问题是,对待爱情同样应以阶级分析的方法,看它是怎样描写爱情的,这种描写有无社会意义,揭示了什么样的主题。刘三姐受到封建势力的压迫,奔走异乡,终无宁日,这一点她是获得广大劳动人民的同情和支持的。小牛同样出身于劳动人民家庭,也身受封建势力的剥削和压迫。这一对青年男女,虽然是萍水相逢,但由于两人对封建势力的抗争精神,使他们的思想感情很快融会到一块来了,日子一久,他俩产生了互相爱慕之情。这种爱情是有共同的思想基础的,它客观上反映了封建社会的青年男女对婚姻自由的要求。而这方面,在剧作中又是把它和人物的反剥削反压迫的革命活动联系在一起的。在斗争中,他们互相鼓励,互相支持,直至最后,当刘三姐陷于困境一时难于解脱的时候,也是小牛等相救脱险,一起出走传歌的。这些爱情的描写,都大大地深化了这个戏的主题,增强了戏剧效果。同时,从全剧来看,关于爱情的描写并没有过分渲染,沉湎于男女之间那种缠绵悱恻之情。这怎么能说《刘三姐》宣扬了“爱情至上”呢?

多年来，“四人帮”打着反对封、资、修，反对封建“才子佳人”的“革命”旗号，以掩盖其大搞法西斯文化专制主义，反对党的“双百”方针的反动本质。文艺作品只要一接触爱情，就一律扣上“黄色”、“毒草”等等帽子。对于林彪、“四人帮”设置的诸如此类的禁区，我们必须予以冲破！

具有讽刺意味的是，尽管林彪、“四人帮”的“文艺黑线专政”论诬蔑《刘三姐》是“反毛泽东思想”的“大毒草”，而毛主席却说：“‘刘三姐’反压迫，是革命的。”一爱一憎，何等鲜明！毛主席对《刘三姐》的肯定、赞扬，表达了广大人民群众的心愿。从对待《刘三姐》这个戏的态度上，谁是革命谁是反革命，也就如葱花拌豆腐——一清二白了！经过十多年激烈的路线斗争洗礼的《刘三姐》，今天重现在舞台、银幕上，更显出她革命的多姿的光彩。我们爱它，欢迎它，因为它的确是一出好戏！

第六辑

其他少数民族电影

本辑概述

本辑收录了11篇其他少数民族电影史料，有旺曲、何宗荣、启墨多吉、魏晓、郭静民、赵景深、王逸等人的九篇电影评论，华谋的一篇观后感，陈荒煤的一篇随笔。这些文献分别发表在《人民日报》《电影创作》《贵州日报》《上海电影》《新民晚报》《大众电影》《电影文学》等报刊上，涉及四部少数民族的电影，其中包括藏族电影《五彩路》的文献三篇，侗族电影《秦娘美》的文献六篇，景颇族电影《景颇姑娘》的文献一篇，撒尼电影《阿诗玛》的文献一篇。通过这些史料可以了解此时期藏族、侗族、景颇族电影的独特艺术特色。

本辑首先收录了三篇藏族电影《五彩路》的评论。《五彩路》是我国第一部反映西藏儿童生活的电影，讲述了一个具有浪漫主义色彩的故事。中央民族大学的旺曲、何宗荣、启墨多吉认为该影片真实地反映了藏族劳动人民追求幸福生活的愿望和劳动人民之间真挚的友爱以及自我牺牲的高贵品质。魏晓则从电影剧本的角度，认为《五彩路》除了风格新颖、主题思想深刻、人物性格真实生动以外，在语言的运用上，尤其优美而意味深长。郭静民分析了电影的优缺点，优点有：第一，在主题思想方面，剧本具有极大的现实意义和社会意义；第二，艺术特色方面显露了作者想象丰富、热情和独到的创作才能。缺点有：第一，剧本的想象力应进一步发挥和丰富，浪漫手法还没有得到充分运用；第二，剧本对西藏农奴制度的揭露还不够深；第三，主要人物没有出现在阶级斗争的锋芒上；第四，剧本没有有力地概括出西藏下层人民的斗争风貌。虽然收录的关于《五彩路》的文献只有三篇，但也充分地论述了该电影从剧本到影片的优点与不足。

本辑收录关于侗族民间戏剧及改编为电影的《秦娘美》的文献较多，有六篇。其中有三篇是关于黔剧《秦娘美》的评论。导演孙瑜在《说唱—舞台—银幕　略谈黔剧〈秦娘美〉的改编》一文中讲述了他改编的经过，指出电影剧本重要的改动是增强了群众的力量，以减弱秦娘美个人复仇的色调；添加了老佃农大库的戏和他的反抗性格，添加了青年农民纠缪等人物。赵景深在阅读了《说唱—舞台—银幕　略谈黔剧〈秦娘美〉的改编》一文后表示了对导演改编的认同，但也同时提出了电影中的两个可以改进的问题。简慧从剧情的角度对舞台艺术片《秦娘美》进行了评价，肯定了秦娘美整个人物的美。同时，也指出这部影片的缺点，包括戏剧前半部戏松，缺少悬念，戏里的群众有些现代化等。华谋在他的观后感中提出秦娘美之所以能获得人民的喜爱，主要是因为影片的故事情节赋予秦娘美以强烈的生命力，塑造出了一个坚强、勇敢、机智、多谋的生动形象。为了真实地表现侗族人民的思想情感和生活斗争，影片的导演、演员及工作人员，不远千里地来到了故事发生的地方——贵州省榕江县车寨及贯洞寨进行访问、调查和体验生活。古淮在文章中从主题思想、原剧精神、人物塑造等方面论述了《秦娘美》的成功之处。林钟美认为影片《秦娘美》承继了舞台演出本的优点：矛盾更集中、情节更精练、人物更丰满、结构更严整，以及剧的主题思想更鲜明，在影片中更着力地描绘和歌颂了群众的力量和智慧。同时指出影片《秦娘美》的缺点，比如说演员表演比较平淡、导演处理手法和剧本也不完全完美。

本辑收录的唯一一篇关于景颇族电影的文献是《别说他们一无所有，他们会做生活的主人——〈景颇姑娘〉漫评》一文，作者王逸在文中分析了电影剧本《景颇姑娘》的优缺点，认为作品所表现的内容和思想很有意义；它所提供的生活基础深厚、有特色；相当成功地刻画了众多性格鲜明的人物；提供了不少适宜电影表现的生活场景。

本辑收录的唯一一篇关于撒尼人电影的文献是《新的尝试、新的创造——谈谈拍摄〈阿诗玛〉影片的一点感想》一文，作者陈荒煤表达了由拍摄电影《阿诗玛》所引发的，关于如何用电影的表达方式，对民间文学经典进行创造性改编的一些问题的思考。作者的观点对民间文学作品电影改编具有很大参考价值。

对少数民族优秀电影的研究,拓宽了我们对少数民族文学的研究视野,提示我们不应仅仅聚焦蒙古族、维吾尔族、哈萨克族等民间文学、作家文学,还要关注更多少数民族丰富多彩的电影作品。这些作品,无论是对少数民族生活的反映和表现,还是所承担的社会、政治功能,都值得我们深入研究。

《五彩路》对我们的教育

旺曲　何宗荣　启墨多吉

史料解读

史料原载《人民日报》1960年6月14日第8版。该史料是一篇电影评论。影片一开始就以鲜明的无产阶级的立场，揭露了藏族的反动上层统治阶级和广大劳动人民之间的深刻矛盾，以及对待共产党解放军的两种不同态度。并从儿童视角，真实地反映了藏族劳动人民追求幸福生活的愿望和劳动人民之间的真挚友爱和自我牺牲的高贵品质。

原文

我们看了《五彩路》这部影片，心情都很激动。因为它把我们藏族人民世世代代生活在封建农奴制度下黑暗痛苦悲惨的生活和劳动人民的勤劳勇敢、追求幸福生活的强烈愿望和反抗精神，真实地反映出来了。影片中的聂新爷爷、浦巴叔叔、扎西父子、曲拉、丹珠、桑顿、娜木、小卓玛、老奶奶等人物，都是我们藏族广大劳动人民形象的真实写照。

影片一开始就以鲜明的无产阶级的立场，揭露了藏族的反动上层统治阶级和广大劳动人民之间的深刻矛盾，和对待共产党解放军的两种不同的态度。反动上层统治阶级把共产党解放军看作洪水猛兽，恨之入骨；而广大的劳动人民则把共产党毛主席看作恩人，把解放军看作穷苦人自己的队伍。当他们知道解放军就是当年的红军的时候，他们就把一切的希望都寄托在共产党和解放军的身上。影片通过生动的艺术形象具体地表现了这一点。三个藏族儿童不避艰险翻越大雪山去找解放军、去寻找五彩放光的路。途中他们还冒着生命的危险在农奴主的地牢中救出了受折磨的小扎西，农奴主家的另一个小农奴小卓玛，为了给关在土牢里的扎西父子送东西吃，不避危险去偷农奴主的牛奶，结果自己也被关进土牢。……这些情节都真实地反映了藏族劳动人民追求幸福生活的愿望和劳动人民之间的真挚的友爱和自我牺牲的高贵品质。

过去，我们藏族人民长期在封建农奴制的压榨奴役下，过着极端痛苦悲惨的生活。人们最爱唱这样一首歌：

"泉水滴流的石头上，积满了万年青苔；我脸上淌流着泪水，仇恨深似大海。"

我们藏族人民过去曾不断地反抗过农奴主的统治，但由于没有无产阶级和共产党的领导，很多次的斗争都失败了。但是失败和残酷的刑罚，并不能摧毁我们斗争的意志和追求幸福生活的强烈愿望。在共产党和毛主席的领导下，我们藏族人民才彻底得到了解放。解放军同志们克服了重重困难，在终年积雪飞鸟也难飞过的大雪山上给我们修筑公路，但这不是一般的公路，这正如影片里的曲拉他们所说的，这是引导我们藏族人民通向幸福的五彩放光的路。

《五彩路》是一部很好的影片，看后使我们受到一次深刻的阶级教育。从新旧生活的对比中，使我们更加热爱党和毛主席，更加热爱祖国、热爱我们优越的社会主义制度。

喜读《五彩路》

魏 晓

史料解读

史料原载《电影创作》1960年第6期。该史料为一篇电影评论。《五彩路》是我国第一部反映西藏儿童生活的电影文学剧本，描写了一个具有浪漫主义色彩的故事。剧本通过三个孩子向往和追求五彩路的故事，寓意深长地表达了广大西藏人民仇恨农奴制度、反抗压迫和热爱解放军、渴望过社会主义美好生活的迫切心情。剧本中具有崇高灵魂的人物，散文诗似的语言，优美的歌曲和绚丽的大自然景色，融为一体，从而突出了生动的人物形象，深化了剧本的主题思想。剧本塑造了三个天真可爱的小主人公的形象，故事情节紧紧地围绕着小主人公的性格特征展开。细节中渗透着儿童的特征和智慧，因而给人以真实生动的感受。《五彩路》除了风格新颖、主题思想深刻、人物性格真实生动以外，在语言的运用上，也优美而意味深长。

原文

《五彩路》是我国第一部反映西藏儿童生活的电影文学剧本。作者以抒情的笔调，描写了一个具有革命浪漫主义色彩的故事：生活在西藏一个偏僻地区——雪村的曲拉、丹珠和桑顿，把解放军修筑的一条公路，想象为是用天下最好的绸子铺成的五彩放光的路。孩子们怀着向往的心情，毅然地离开了家，去寻找那象征着通向幸福的社会主义生活的道路。

剧本通过这三个孩子向往和追求五彩路的故事情节，寓意深长地表达了广大西藏人民仇恨农奴制度、反抗压迫和热爱解放军、渴望过社会主义生活的迫切心情。剧本中人物的崇高灵魂，散文诗似的语言，优美的民间歌曲和绚丽的大自然景色，揉为一体，从而突出了生动的人物形象，深化了剧本的主题思想。尤其剧本通过农奴扎西父子，无法忍受农奴主错仁的压迫而逃跑，又被抓回地牢，直到最后小扎西被三个孩子搭救的一条情节线索，强烈地反映了西藏劳动人民对农奴制度的反抗，感人地描绘了劳动人民之间的深厚的阶级感情，以及他们对党的信念。

在党的坚强领导下，在党的民族政策的光辉照耀下，西藏人民不但平息了反动分子发动的叛乱，而且正在美丽富饶的土地上开辟着社会主义的光明大道。在现实的今昔对比之下，读了这个剧本，更能激发人们对党的热爱，鼓舞人们建设社会主义的热情。

剧本塑造了三个天真可爱的小主人公的形象，他们虽然年纪幼小，但残酷的农奴制生活，把他们纯真的感情磨炼得善于分辨爱与憎。在迎接浦巴叔叔归来的那个欢乐的夜晚，当他们听到恩情的父亲毛主席派来了解放军，并修筑了一条公路的故事，他们对毛主席、解放军就产生了热爱。在暗淡的生活中，解放军修筑的公路，在他们的脑子里变成了五彩放光的路，他们要到这条路上去寻找幸福的新生活。

剧本故事情节的展开，紧紧地掌握着小主人公的性格特征。他们开始秘密研究行程计划，偷偷地积存粮食和向浦巴叔叔探路。这些细节的描写，都渗透着儿童的特征和智慧，因而给人以真实生动的感受。

一天早晨，金黄色的阳光，照射着重重的雪山，三个孩子背着行囊出现在草坝上，他们的行程开始了。随着宽广美丽的大自然景色在眼前的展现，孩子们放开了歌喉，尽情抒发内心的欢乐。在这富有诗情画意的气氛中，剧情缓缓地展开了，把读者引入了孩子们的世界。

接着剧本进一步刻划了三个孩子单纯和稚气的性格。他们一心追求那美好的理想,早把通过森林和雪山的艰险和困难抛到九霄云外去了。他们在绮丽的湖畔升起了篝火,架起了吊锅,悠然自得地烤食着捕捉来的小动物。桑顿一边吃,还一边耀武扬威地说,走这路一点儿也不可怕。丹珠接着表示遗憾地说,如果把娜木带来,让她看看这个美丽的世界就好了。曲拉更想起了那可怜的小扎西,如果小扎西也能和他们一同去找五彩路该多好啊!他从此就可以摆脱奴隶的命运。他们在大自然的怀抱里渐渐地酣睡了。

这一节充满了革命浪漫主义色彩的描写,不但生动地揭示了孩子们第一次远行的欢乐心情,并从孩子们的心目中,表现出了伟大祖国的美丽与可爱。

但是,他们毕竟还是生活在奴隶主残酷压迫的环境,他们寻找五彩路所经过的道路是不平坦的,这里蕴藏着曲折尖锐的斗争。剧本从开始就在明朗轻快、抒情诗似的情调中,引出了阶级斗争的主题和小主人公思想认识的进一步成长。

在酣睡中的孩子们,被追缉扎西父子的错仁家的马队发现了。小管事的皮鞭,狠狠地抽打在他们身上,孩子们惊醒了。小管事凶恶地阻止他们去找解放军,找五彩路。年纪最小的桑顿有些害怕,他恐惧地问曲拉,不让去找解放军怎么办?曲拉不但没有被皮鞭吓退,反而增强了他的仇恨,增强了要去找解放军,找五彩路的决心。通过这个细节描写,也反映了孩子们不同的性格。

接着剧本又描写了三个孩子在黑帐篷里过夜,正碰上错仁的大管家在拷打老扎西。这里大管家残忍凶恶的形象与老扎西英勇不屈的行为,形成了鲜明的对比。老扎西不顾大管家皮鞭的毒打,他愤愤地说:"……是个好地方,谁要能走到那里,谁就能得到幸福,因为那里有一条公路,有解放军。"

扎西父子的遭遇,似乎使孩子们明白了越来越多的事情。他们寻找五彩路,不象当时出走时那样更多地是出于好奇心理,而有了更深的意义。他们对于扎西父子,也不仅仅是抱有同情心,而是越来越感到息息相关,因此,产生了他们从地牢中搭救扎西父子的行动。在救出小扎西之后,虽然敌人的马队紧随追踪,情况万分紧急,但他们毫不动摇,连性格比较懦弱的桑顿,也变得坚强起来了。他不但不再退缩,而且急智地打发他心爱的小狗阿黑去诱开敌人。最后通过竹索桥,在剧情达到了高潮的时候,作者巧妙地安排了一个强烈的对比:竹索桥的这边,是一群形象凶恶的、企图杀害几个无辜的小生命的狗腿子;而竹索桥的那边,是英雄的解放军战士,他们奋勇地保护了可爱的祖国的花朵。这里,深刻地体现出了剧本的最高任务:在共产党的光辉照耀下,统治西藏的反动势力走投无路,而西藏人民找到了追求幸福生活的社会主义道路。

《五彩路》除了风格新颖,主题思想深刻,人物性格真实生动以外,在语言的运用上,尤其显得优美而意味深长。比如:当曲拉去找浦巴叔叔探路时,浦巴说:“向着出太阳的东方走,一定能见到恩情的父亲。”寓意地表达出毛主席的光辉,普照大地,给人们带来了幸福与温暖。剧中类似这样的语言,是不胜枚举的。

作为《五彩路》的一个读者,除对剧本谈一些零碎的感想之外,并预祝作家们今后创作出更多、更优秀的儿童电影剧本来。

《五彩路》的成就和不足

郭静民

史料解读

史料原载《电影创作》1960年第6期。该史料是一篇评论。《五彩路》是一部优秀的儿童电影文学作品。首先,在主题思想方面,剧本具有极大的现实意义和社会意义。其次,就艺术特色而言,巧妙的构思,抒情的笔调,显露了作者想象的丰富、热情和独到的创作才能。但剧本也还存在一些缺点,表现在:第一,剧本的想象力还不够丰富、热情,童话魅力还嫌不足,浪漫手法还没有得到充分运用,虽然整个剧本是一曲社会主义颂歌,但这首颂歌还不高亢、饱满。第二,剧本对西藏农奴制度的揭露还不够深。第三,主要人物没有展现出阶级斗争的锋芒。第四,剧本没有有力地表现出西藏下层人民的斗争风貌。这部剧本以独创的风格,体现了一定的思想水平和艺术水平,然而,它的缺陷也淡化了作品震撼人心的艺术魅力。

原文

《五彩路》是一部优秀的电影文学作品。

首先,在主题思想方面,剧本具有极大的现实意义和社会意义。作者巧妙地通过三个孩子寻找"五彩放光的路"及农奴主追缉农奴扎西父子两条线交错发展的曲折情节，生动而形象地揭露与控诉了西藏的封建农奴制度的罪恶和黑暗，写出了西藏人民追求光明，向往社会主义新生活的纯美理想和信念；同时，作品利用极具悬念的对比手法，和孩子们富有诗意的童话般的幻想，比较深刻而独到地写出了进步与落后、光明与黑暗、生气勃勃与垂死没落的两种社会制度的对比，满怀激情地肯定了新的制度一定要战胜旧的制度，民主自由的人民新西藏一定要诞生的光明前景。剧本中的人物和事件也具有相当的典型性。所有这些，都是西藏社会现实生活中的重大事件。作者积极地抓住了这个有重大政治意义和社会意义的主题，因而使剧本在主题思想方面具有一定的深度和广度。可以说，这是一部有分量的剧本。

其次，就艺术特色而言，巧妙的构思，抒情的笔调，显露了作者想象的丰富、热情和独到的创作才能。如果说，这部剧本是近来文学艺术创作方面革命现实主义和革命浪漫主义相结合的一部优秀的作品，是毫不夸张的。更为可贵的是，这部剧本以新的手法为电影艺术表现新的题材提供了可喜的尝试。我以为它在艺术方面的主要成就表现在：

第一，剧作者对剧本的构思是经过一番琢磨的。人物出场很快，露面就有色彩；笔法简洁，画面经济，事件与场景都有一定选择；过场戏不多，可谓节节有戏，着着感人，而这些都能为刻划人物服务。最显著的是作者在动作中写出了戏，在动作中写出了人，形象性强，潜台词丰富，很多动作具有鲜明的儿童性格特征，含意深刻，只三五笔就勾露了人物性格，很少空洞冗长的废话，且对话大都具有性格特征。更由于作者采用浪漫和抒情的手法，使对话具有诗意，给整个剧本平添不少色彩。还有，剧中两条线的交错发展，和蒙太奇处理的适当，获得了矛盾贯穿始终，悬念维系人心的效果。剧本色彩浓淡清楚，画面爱憎分明，结构单纯，情节曲折而易于为人们所接受，并引起感情和理智上的共鸣。整个剧本写得紧凑、饱满，读来不觉精神怡然，宛若一幅幅油画在眼前闪过一般。

第二，小主人公形象写得丰满、逼真、可爱：曲拉的机智和坚定，丹珠的勇敢和放肆，桑顿的胆小和心直，娜木的忠实和善良，扎西的抗暴和不屈，多么丰满而可爱的一群儿童性格啊！加上他们想象的天真和热情，语言的亲切和优美，十分令人可爱。很多细节刻划闪烁着人物形象的光辉。当读到孩子们痴情的幻想，娜木娓婉深情的歌声，能不引人神往？当读到胖商人蓄意谋财害命，孩子们和大管家等毗邻相居，孩子们深入农奴主庄院重地营救扎西，农奴主的马队追缉，险渡竹索桥等情节，能不为之担心和焦急？当读到曲拉在大管家面前的幽默而多智，丹珠火烧农奴主寺院中的草垛，桑顿放狗智引马队脱险境，和孩子们对扎西父子的深切同情，扎西的不可屈服的斗争意志，能不为孩子的聪明、纯美、善良、爱憎分明所感动？仿佛他们的整个心灵是一支颠扑不灭的自由的火炬。

不仅在主要人物上刻划的丰满，就是作为次要人物的娜木和扎西，也跃然纸上，光彩逼人。特别是对于扎西的刻划，可以说剧作者花的笔墨不多，给予他前后出场的机会也很有限；但简要的几笔却勾出了在西藏农奴制度的残酷压迫下，一种渴望解放，寻求自由的不可屈服的、具有极大代表性和社会意义的可贵的斗争性格，在整个剧本中，读者不能不对他寄予深切的注意和同情，而当他最后打破旧制度所给予他的枷锁，展开自由的羽翼飞翔的时候，不能不为他感到高兴。看得出来，剧作者在这个人物身上，凝结了极大的同情和希望。而他们所百折不挠地向往和寻求的路，正是千百万西藏农奴的自由解放之路。

无可非议，所有这些使剧本获得了相当的成就。据我看来，剧本也还存在一些缺点，这表现在：

第一，剧本的想象还不够丰满、热情，童话魅力还嫌不足，浪漫手法还没有得到充分运用，虽然整个剧本是一曲社会主义的颂歌，但这首颂歌还不够高亢、饱满。读完剧本，试想想，引起小主人公们百折不挠地向往的是什么呢：是“五彩放光的路”，究竟这条路能使主人公们获得什么呢？剧中回答这个问题是：在那里有恩情的父亲派人送来的红酒；一块黑貂皮能换十块茶砖的公平交易。而且他们明知雪山险峻，已有曲拉的父亲丧命在前，却不畏艰险。读来总觉得这两点是不足以如此强烈地引起孩子们的向往的。

第二，剧本对西藏农奴制度的揭露还不够深，在剧本里，通过扎西父子的命运对西藏农奴制度进行了揭发与控诉,然而,稍为了解西藏社会生活的人都可以知道,剧本还远没有揭露出这种腐朽、黑暗社会的全部罪恶;对西藏农奴主的阴险、毒辣、凶恶、残酷的阶级本性远没有淋漓尽致地予以抨击;对于西藏社会阶级矛盾和社会矛盾的深刻、复杂,和残酷性远没有锋芒毕现。使人觉得作者的笔触还不够辛辣,有某种简单化的倾向。

第三,主要人物没有出现在阶级斗争的锋芒上:扎西父子的遭遇,固然在一定程度上写出了西藏人民渴求脱离苦海,寻求社会主义新生活,但是,在剧本中这只是作为一条次要线索来写的,和主要人物的命运并没有紧紧结合。虽然作者较熟练地采用了若干蒙太奇手法,使之和小主人公们寻找"五彩放光的路"的主线交错发展,获得了强烈的戏剧性,然而,作者并没有写出小主人公们和小扎西父子之间的命运一致。从剧本看来,小主人公们的家庭是较为"独立"的小牧主,而扎西父子则全然是附庸的乃至人身依附的农奴,显然,经济地位不同,这是一方面;在另一方面,他们的向往和感情也迥然有别,小主人公们是为了给妈妈寻求治病的仙丹,和给爷爷公平地换回十块茶砖,而扎西父子却由于难于忍受压迫去寻求解放。两条线索在剧本中仅仅是由于"路遇"交错起来的,很难找到它们之间必然的逻辑联系,因此不能有机地构成戏剧的整体,从而更深刻地打动人心。

第四,剧本没有有力地概括出西藏下层人民的斗争风貌。扎西父子的命运本来不够十分典型,他们的逃跑固然意味着对农奴制度的反抗,但给人的感觉还只是一种消极的反抗,只是出于人的本能意志对于暴虐的一种自然的抵抗,从他们身上看不出劳苦人民的代表分子所具有的那种觉醒。

不嫌浅薄的写了这些,不知对不对?

从西藏事件爆发以来,全国人民都热切地希望了解西藏社会封建农奴制度的残酷和黑暗,故事片极需要在这方面做一些工作,这部剧本以具有独创性的风格,获得了一定的思想水平和艺术水平,然而,在我看来,它的缺陷也阻碍着作品更具震撼人心的艺术魅力,我们热切地希望作者能进一步下一番功夫加工润色，使之更臻完满。可以预期，如能拍成彩色片，而在制作过程中，导演与演员能够匠心地创造形象，影片定会深得观众好评，在一定程度上满足人民渴望了解西藏社会生活面貌的要求。不仅是一部优秀的儿童教育片，获得儿童的喜爱，而且也能获得成人们的喜爱，给人们以深刻的阶级教育。

说唱—舞台—银幕

略谈黔剧《秦娘美》的改编

孙　瑜

史料解读

史料原载《新民晚报》1961年4月3日第2版。该史料是一篇评论。黔剧《秦娘美》是流传在贵州侗族人民中的一个优秀侗戏传统剧目，从1956年起就开始在贵州省委领导下开始多次改编。这一剧本的发掘、整理、改编和上演，直到电影剧本，经历了长久的创作过程。首先是历代说书艺人和歌师的口头创作。1958年贵州省文化局、贵阳市音协和剧协组织了侗戏工作组，在1959年5月编印了《珠郎娘美》的剧本。1960年黔剧团在京沪各地演出的本子又根据上述的本子压缩为十一场，在两个多小时的演出时间里对本子做了丰富和改进。海燕电影制片厂在筹备拍摄《秦娘美》之前，拟出了《秦娘美修改方案》，并完成了《秦娘美》的电影文学剧本第一稿。电影剧本重要的改动是增强了群众的力量，以减弱娘美个人复仇的色调；添加了老佃农大库的戏和他的反抗性格，添加了青年农民纠缪等人物。这样，娘美的私仇和群众的公仇就结合得更紧密了。该文的史料价值集中在题目上：说唱（传统）—舞台（改编）—银幕（跨文类创新性继承），呈现了民间文学精品的“创造性继承”和“创新性发展”的典型路径，与《刘三姐》《阿诗玛》一样，为当今各民族优秀文化的“创造性继承”和“创新性发展”提供了成功的、可借鉴的范例。

原文

黔剧《秦娘美》这一流传在贵州侗族人民中的一个优秀侗戏传统剧目，从一九五六年起就开始在贵州省委领导下经过多次改编，并于去年出省演出。现在已由海燕厂拍成戏曲艺术片，最近公映了。这一剧本的发掘、整理、修改和上演，直到拍电影的电影剧本，经历了长久的创作过程。

首先是历代说书艺人和歌师的口头创作。这些大多数无名可稽的民间艺人，都在说唱时作过改编、补充和按着各人的愿望和才能加工，赋予了娘美这一瑰丽的女性形象以永不磨灭的艺术生命。一九五八年贵州省文化局、贵阳市音协和剧协组织了侗戏工作组，在侗族各地区搜集和整理各种原始材料，改正了反动统治阶级的篡改歪曲的部分，摒弃了封建的糟粕和某些不健康的成份，保留了它的人民性的精华，在一九五九年五月编印了《珠郎娘美》的剧本。

这一集体整理的剧本共有十七场，把本来侗族老戏师、老歌师如梁少华、梁耀庭、杨文瑞、萨鲜花等人可以连演七天七夜的连台长戏的本子大大地删减了；事实上只采用了原始侗戏的开头一部分，即从珠郎和娘美“行歌、坐月”，“逼嫁、约逃”，在贯洞寨地主银宜“诬杀珠郎”，娘美上山“寻尸辨骨”，“击鼓定计”到“埋骨、复仇”为止。在老艺人梁少华的口述本子里，娘美计诱地主上山，把他击毙在他自掘的坟墓中之后，还有逃走他乡，出嫁，二十年后母子重逢，处死了大仇人蛮松等曲折动人等情节。我认为，作为一个单纯朴实、美丽动人的爱情悲剧，这样式的改编取舍是十分正确的。

一九六〇年黔剧团在京沪各地演出的本子又根据上述的本子压缩为十一场，在两个多小时的演出时间里对本子作了丰富和改进。

海燕厂在筹备拍摄《秦娘美》之前，让我在京、沪等地随黔剧团观摩演出，并在我赴贵阳前，由我根据各方意见，拟出了《秦娘美修改方案》。这一方案在贵阳经省委和省文化局的审阅和通过座谈指正后，就作为创作的依据，由罗军同志、俞伯巍同志（执笔）和我三个人在市郊花溪的一个叫碧云窠的幽美执行所里，以六天时间完成了《秦娘美》的电影文学本第一稿。

电影剧本重要的改动是增强了群众的力量，以减弱娘美个人复仇的色调；添加了老佃农大库的戏和他的反抗性格，添加了青年农民纠缪等人物。这样，娘美的私仇和群众的公仇就结合得更紧密了。

第一场“行歌、坐月”中间，增加了娘美家的八九个镜头，更突出地介绍了娘美对母亲和舅舅作主的不合理婚约的反抗。第二场“行路、宿洞”，去年在出省演出时删去了，现在又把它恢复了，因为这场戏描写了娘美和珠郎跳出封建枷锁后在想情坡上对唱时的欢快心情，也为以后的悲剧发展作了反衬。在这一小场戏里，丰富了一些小动作，如淋雨后几次推让干衣，避雨奔跑时娘美的裙子被桃枝挂着了，珠郎笑着为她取开；以此作为珠郎死后，娘美悲赶上山“寻尸辨骨”在乱刺蓬中裙子又为刺蓬所挂的对比。第七场“生别、遇害”，充分利用电影的特性，把珠郎在江箭坡“款会”上被刺的戏和娘美在家中欣待他回来共餐的戏交叉穿插起来；在第十一场“埋骨、复仇”中，把款首蛮松也加以处死，以大快人心。

剧中奶花是依附地主的一个小人物，原剧中她的戏过多过重；现在适当地减弱了她的戏，以便观众更集中仇恨于地主身上。

这些改动，就改编工作讲，还是很不够的，希望得到观众的指正。

谈《秦娘美》

赵景深

史料解读

史料原载《上海电影》1961年第5期。该史料是一篇评论。作者看了导演孙瑜在4月3日《新民晚报》发表的《说唱—舞台—银幕　略谈黔剧〈秦娘美〉的改编》一文，了解了他改编的经过，并认为这部影片改编得很好。首先，在剪裁上删去后来娘美别嫁，生子后到贯洞杀蛮松、报前仇这个情节是恰当的。其次，“重要的改动是增强了群众的力量”，也觉得改得好。这部影片无论在思想性或艺术性方面都是相当好的。文中指出电影的两个不足：一般都说珠郎是银宜的雇工，电影却说银宜引荐珠郎入了房族，因此娘美常称银宜为“银宜哥”。从阶级关系来看，珠郎和娘美不应该与银宜攀这个亲。其次，这部电影不是舞台纪录片，娘美上山寻珠郎尸首时攀藤的模拟动作，没必要保留。

原文

渴望已久的黔剧戏曲艺术片《秦娘美》终于在最近看到了，我是多么的快慰呵！

黔剧《秦娘美》是根据一个广泛流传在侗族中的悲剧性的民间故事改编而成的。故事说侗族少女秦娘美和珠郎（或助郎）因恋爱受阻，逃离家乡，来到贯洞。地主银宜，图谋霸占美丽的秦娘美而设毒计杀害了珠郎。秦娘美强忍悲痛，击鼓声言愿嫁给帮她挖夫坟的人，以此将银宜骗上山去。最后乘他挖坟的机会砍死他，为丈夫报了仇。这故事本身就很悲壮美丽，现在改编为黔剧，又拍成影片，自然就更令人心向往之，先睹为快。

影片一开始，侗族"行歌坐月"的风俗就引导观众进入了优美的、诗意的境界，男女分坐在两边，在富于装饰美的大月亮下面欢快地歌唱着。我仿佛听到了民间艺人，弹着琵琶或牛腿琴，唱着侗族民间叙事诗常用的开端："请大家听着，我唱一首歌。"这首长歌抨击了封建统治阶级，反映了侗族人民追求自由幸福生活的强烈愿望。

看了导演孙瑜在四月三日《新民晚报》发表的《说唱—舞台—银幕》一文，了解了他改编的经过。我认为这影片是改编得好的，不过娘美裙子在宿洞时被桃枝挂住，以此来与后来寻尸时裙子又被刺蓬所挂，作为对比，粗心的我却看不出来。因为没有回忆的话或镜头，导演的这点苦心我就忽略过去了。

在剪裁上删去后来娘美别嫁，生子后到贯洞杀蛮松、报前仇这个情节是恰当的。我看侗族叙事诗《助郎与娘美》和侗族传说《娘梅与助郎》（均见贵州《民间文学资料》第十三集）也都只叙到娘美打死银宜为止。

至于"重要的改动是增强了群众的力量"，我也觉得改得好。尽管一百多年前这种自发的暴动不可能成功，但真实地反映了侗族人民反抗暴虐统治的强烈意志。至于后果究竟怎样，统治阶级是否会来镇压或杀人，那已是这本戏以后的事了，正不妨留给观众去想。妙在蛮松和银宜不许大家把真实消息透露给娘美，人民就偏偏要把这消息告诉娘美。嘴巴是掩盖不住的，大库计遣采蕨的两个孩子唱民歌透露珠郎惨死的消息。这对立的斗争是何等明显！侗族传说也明言恶霸银宜，"村子里无人不痛恨他，有无数良善的侗族人民被他杀害"。珠郎被害，"到会群众感到惊惶失措，不知何故要将助（珠）郎杀死。……会后，众人回家暗里议论纷纷。"（均见上引书，面一一六——一一八）可见原来的传说也已经说明了群众是非常恨银宜的；那末群众起来反抗，也就很自然了。

刘玉珍演娘美，很能表达角色对于银宜的憎恶和反抗以及对于珠郎的深情。娘美摆碗筷等待珠郎回来的那场戏，由于导演利用了电影镜头可以穿插表现的便利，就更加使人感动。观众明白，珠郎已死，但娘美还不知道，还在痴心地等待珠郎回家。

这戏无论在思想性或艺术性方面都是相当好的。要说有什么缺点，我只能指出这样两点：一般都说珠郎是银宜的雇工，电影却说银宜引荐珠郎入了房族，因此娘美常称银宜为“银宜哥”。从阶级关系来看，珠郎和娘美不应该与银宜攀这个亲，既然连这个地主的上房都不肯住，怎么倒肯认他为兄呢？其次，这电影既不是舞台纪录片，娘美上山寻珠郎尸首时那种攀藤的模拟动作，就可以不必要了。分明刺蓬之类就在旁边，娘美却抓那空气中的看不见的藤枝，看来是不调和的。

侗族叙事诗有一些比喻：娘美得知珠郎已死，自喻为深山孤单的画眉鸟；打死银宜前，骂银宜为小鱼花或小泥鳅，自比为鱼钩卡死鱼，这些比喻都是优美的。侗族传说叙娘美要冲出封建家庭时，自喻为“清亮的急流呀要冲破堰坝”。这些比喻也正跟电影的唱词同样地清新刚健！

《秦娘美》的美

简　慧

史料解读

史料原载《大众电影》1961年第9期。该史料是一篇电影评论。该文首先从剧情的角度对舞台艺术片《秦娘美》进行了评价,认为爱情戏里不乏曲折的情节,《秦娘美》的故事也相当曲折,但贵在不是以曲折、悲戚诱人,而是从坎坷中突出娘美常胜。这个戏当然是悲剧,可是仍然写出了魔高一尺道高一丈,并肯定了秦娘美整个人物的美,塑造了秦娘美这样一个民间色彩很浓、很有创造性的艺术形象。同时,这部影片也有些缺点。文中指出戏剧前半部戏松,缺少悬念,精彩的几场在后半部。戏里的群众有些现代化,好像抗战时期根据地的老乡。文中还提出了表演、音乐、布景等方面的修改建议。

原文

最近我看了根据贵州侗戏改编的舞台艺术片《秦娘美》感到很独到,很新鲜。主人公秦娘美在行歌坐月中爱上了一个罗汉(侗族称小伙子为罗汉)名叫珠郎。"行歌坐月"(又名"坐妹"),是侗族青年男女合法的社交活动,它是祖祖辈辈留下来的风俗,是自由恋爱的天地。但是,侗族统治者同时又设下另一种风俗来制约它,那就是"养女还舅"——即姑娘必须嫁给舅舅的儿子。因此,在行歌坐月中产生的爱情，十有八九以悲剧告终。

戏一开始就给娘美提出了尖锐的矛盾：是屈服于传统的舅权呢？还是与爱人永远相随？她娘说："鸡生蛋蛋抱崽该嫁表亲"，逃婚的路又非常艰险：要走九十九脑，再翻过想情坡。九十九脑，可想其崎岖曲折，想情坡，荆棘丛生、高入云霄，在侗戏里经过浪漫主义的处理，说是要看见雷母娘娘喝茶才算到了山巅（这样的坡，大概只有多情人才能翻过，所以命名为想情坡）。娘美毅然决然地选择了这条险途。在陡坡上艰难攀登时，她不反悔，不埋怨，坚信"二人同心路就平"。这就是女主人公给观众留下的第一个印象！

逃婚总算胜利了，但是悲剧并没有结束。他们千辛万苦逃出去后，不过是从家乡换到另一个寨子罢了。逃脱了舅权，逃不脱地主手掌。不要以为他们在七百贯洞寨遇到一个地主银宜，是一件偶然的不幸。在那个时代，纵然翻过再高的岭，也寻不到一块没有头人的地方。摆在这一对贫穷的、非法结合的夫妻他们面前的路，注定是坎坷的。

爱情戏里不乏曲折的情节。《秦娘美》的故事也相当曲折，但贵在不是以曲折、悲戚诱人，而是从坎坷中突出娘美常胜。这个戏当然是悲剧，可是仍然写出了魔高一尺道高一丈。

譬如银宜一开始以好客的姿态邀他们到深宅大院去住，娘美却坚持住在沿街的柴棚浅屋里；银宜拨远地给珠郎种，娘美随后挑着行李也搬上坡，情愿与珠郎在牛棚里安家；银宜利用房族关系，想拉近她，娘美像多刺的玫瑰，使他欲近不得。

最后，银宜急不可待，利用开款会（全寨男人聚会商议大事的形式）人人表忠心吃枪头肉的侗规，卑鄙地刺杀了珠郎，然后给他安上一个足以处死的罪名，把消息封锁起来。娘美久等珠郎不回，感到蹊跷，因此她就采取了比较迂回的对策。当银宜遣人来逼嫁时，她暗示媒婆，改嫁未尝不可，只是寨中人多语杂，爱议长论短，要从长计议。当她完全得悉真情以后，没有一头碰死在尸骨之前以求同穴，或像其他的复仇女神一样，手持利刃闯进银宜家中。……她强敛悲恸，收拾了白骨，急奔鼓楼（全寨集会中心），大擂法鼓。等阖寨群众到齐以后，宣布自己新寡,无依无靠,谁肯帮助挖坑埋尸,愿陪他同吃共住六十年。银宜自作聪明,以为娘美这样做是为改嫁找一个名正言顺的台阶下,于是喜孜孜地当众自投罗网。

不过,银宜对娘美也还不无提防,所以出得寨来,就想临近埋尸。娘美告诉他鬼魂靠寨,要闹得你家大小不安。走了一段,银宜又想埋尸,娘美着急地说:这儿听得见寨上的鸡叫狗咬,将来生娃娃不是聋子就是哑吧!娘美的口气,俨然已经成为银宜妻室,他简直受宠若惊,就兴高采烈地走得很远,在前不靠寨、后不着店的江箭坡上自掘坟墓。

秦娘美是美的。不过我指的不单是外形,而是整个人物,首先她是个具体的侗族姑娘,不是想像的佳人;她的经历不同,所以斗争方式也不同,没有向别的故事借用流行的情节;她是个智妻,但是不像一般的那样施用美人计;她是个烈女,不过并不是只有刚烈;她还足智多谋,从从容容地置恶人于死地。这是一个民间色彩很浓,很有创造性的艺术形象。

这个剧目在没有整理前,也有一些糟粕,如穿插银宜大老婆吃醋等无聊场面。贵州文化局、剧协、音协为整理这个戏投入过很多力量。电影也作了不少加工。如原剧里秦娘美得悉珠郎之死是千方百计探听出来的,现在改为有一对女娃娃把珠郎之死编成民谣,含蓄地唱给娘美听。这一改,写出了群众,人们同情娘美,一定会主动想方法子让娘美知道真实情况,没有不透风的墙,人民的嘴是封不住的。再说用唱歌传递消息,也富有民族特点。

这部影片也有些缺点。首先我觉得前半部戏松,缺少悬念,精彩的几场在后半部。戏里的群众有些现代化,好像抗战时期根据地的老乡。行歌坐月一场,缺乏侗戏的浓厚生活气息;原来对唱的词很俏皮,如姑娘说:“粑粑要慢慢烤才烤得软,肉要慢慢烧才烧得香,头晚二晚只能随便讲讲,三晚四晚才好讲成双。”罗汉说:“粑粑要放水才煮得软,肉要靠近火才烧得香,头晚二晚不要空口讲,就在今天晚上讲成双。”现在的行歌坐月就比较一般化。兰笃、美耶这一对原来很有趣的年轻人,是珠郎娘美的陪衬,现在姓名虽保留着,实际上已经成了没有性格的群众。剧本里银宜这个地主很有心机,影片在表演上,似乎把好色过分形于表面。如果把他刻划得深一些,更有助于突出娘美。娘美的唱,该激越高亢的地方,调子老是起不来,不知是黔剧的音乐问题?还是演员的嗓子问题?还有布景,这是舞台艺术片的共同问题,的确有些实际困难,用实景吧,与戏曲的虚拟动作相矛盾;目前的布景又往往缺乏意境。想像中的侗族山水、风雨桥、鼓楼,真是令人神往,影片给人的感觉有一定距离。

坚贞的爱情,血的控诉

——侗族民间故事片《秦娘美》观后

华 谋

史料解读

史料原载《人民日报》1961年6月19日第4版。该史料为一篇观后感。近百年来,优美动人的秦娘美的故事,流传在侗族人民中。如今,《秦娘美》已拍成了电影,侗族人民的生活被搬上了银幕。秦娘美之所以获得人民的喜爱,不仅是因为她坚决反抗不合理的婚姻制度,给予封建统治者以沉重的打击,更主要的是因为影片的故事情节赋予娘美以强烈的生命力,塑造出了一位坚强、勇敢、机智、多谋的劳动人民形象。为了真实表现侗族人民的思想情感和生活斗争,影片的导演、演员及工作人员,不远千里来到了故事发生的地方——贵州省榕江县车寨及贯洞寨进行访问、调查和体验生活。影片《秦娘美》情节生动、紧凑,以强有力的艺术力量吸引着观众,它使娘美的坚贞的爱情和血的控诉,栩栩如生地重现在我们眼前。秦娘美的时代虽已过去了,但影片仍然具有现实教育作用及鼓舞力量。过去的悲惨,更加衬托出今天的幸福。

原文

在湘、黔、桂三省交界处的侗族地区，那里山明水秀，绿柳婆娑，百鸟齐鸣，万紫千红，笙箫轻荡，景色迷人。那里山岭重叠，河流纵横，大大小小的河流，就像几条碧绿的玉带，镶嵌在苍翠的山谷里。就在都柳江岸上，流传着一篇动人的诗章——侗族民间叙事诗《秦娘美》。

近百年来，优美动人的秦娘美的故事，在侗族人民的民间文艺中，口头流传的有叙事诗、故事、长歌、说唱等，出现在舞台上的有侗戏、舞蹈、弹唱等。在过去反动统治的年代里，她简直变成一把火炬，真实、生动、鲜明地反映了侗族人民的生活与斗争、理想与愿望。因此，秦娘美直到今天，侗族人民仍喜爱她、敬仰她、传颂她，从而使她在人民中获得了光辉的生命。今天，秦娘美已拍成了电影，侗族人民的生活搬上了银幕。

影片《秦娘美》的故事发生在三保古州（今贵州省榕江县境内）。它歌颂了一对侗族青年男女珠郎和娘美的坚贞不渝的爱情，反映了侗族人民在封建制度统治下英勇顽强的斗争。

银幕上出现了一幅巨大的侗族锦绣“丹凤朝阳”。接着就是侗族地区特有的建筑——花桥曲水、鼓楼耸立……接着，影片出现一位白发老人弹着心爱的古老琵琶，唱着序歌，青年们围着静听：

笙箫鼓乐伴侗歌，
围坐听唱古州河，
当年娘美逃婚去，
遗事流传江箭坡。

在旧社会里，古州河水日夜滚滚地向东流入大海，也不知道流走了多少侗族人民的血和泪，流走了多少悲欢离合的故事，卷走了多少幸福，葬送了多少青春。

秦娘美所处的时代，正是清朝末期，当时，劳动人民身受土司、屯军（二者是清朝统治者派去镇压少数民族的官僚和军队）、款首、寨老（二者是本地为统治者服务的头人），以及财主等反动统治者的层层压迫剥削。侗族人民的处境是十分悲惨的。至于妇女所受的迫害，更是万言难尽，她们是微贱的奴婢，随时都有被土司、屯军夺走的可能，此外，款首、寨老、财主等将妇女当牛马，任其使唤和糟蹋。

在侗族地区，每当夕阳西下，夜幕降临，只要你走进侗族村寨，就可听到琵琶轻响，歌声婉转荡漾，这就是常说的“行歌坐月”。在行歌坐月中，青年们寻找自己心爱的情人。但是，万恶的封建制度，像一条绞在妇女脖子上的毒蛇，条款上还明文规定：女必嫁舅家为媳，舅家无男孩者，才能另嫁他人。娘美因而早就被许配给舅家了。娘美为了反抗这种不合理的婚姻，同珠郎一起双双逃出了三保，日夜奔波，到了外乡客地贯洞寨。娘美和珠郎为了生活，在财主银宜家当长工，财主为了霸占这位美貌贤惠的姑娘，利用侗族习俗开款会，吃刀尖肉表心时杀害了珠郎。娘美得知丈夫被害的消息，抑制内心的悲愤，私自到鼓楼去击鼓，召来了全寨老少。她假意答应在财主银宜同她去埋葬了珠郎的骨骸后成亲。愚蠢、凶狠、贪色的财主银宜信以为真，同娘美一齐去挖坟坑，当他挖下齐目的深坑的时候，英勇、果断的秦娘美乘机把他砍死在深坑里。秦娘美之所以获得人民的喜爱，不仅由于她坚决反抗不合理的婚姻制度，给予封建统治者以沉重的打击，更主要的是后来的故事情节，赋予娘美以强烈的生命力和感人的艺术形象。在她与财主银宜面对面的斗争中，她对封建势力及反动统治者，采取了“以牙还牙”的针锋相对的斗争，从而塑造出了这样一位坚强、勇敢、机智、多谋的生动形象。

为了真实地表现侗族人民的思想情感和生活斗争，影片的导演、演员及工作人员，爬山涉水、不远千里地来到了故事发生的地方——贵州省榕江县车寨及贯洞寨进行访问、调查和体验生活。

影片《秦娘美》，情节生动，紧凑，它以强有力的艺术力量，吸引着观众，它使娘美的坚贞的爱情和血的控诉，栩栩如生地重现在我们眼前。秦娘美的时代虽已过去了，但影片仍然具有现实的教育作用及鼓舞力量。过去的悲惨，更加衬托出今天的幸福。

如今啊！滔滔的古州河，灌溉着侗族人民的幸福和理想。江上白帆飘动，汽轮在鼓浪前进，两岸歌声四起，一片稻田望不到边。侗族人民在党的领导下，用自己的双手，创造着自己的幸福生活。

《秦娘美》的可喜成就

古 淮

史料解读

史料原载《贵州日报》1961年8月13日第3版。该史料是一篇评论，文中论述了黔剧《秦娘美》的成功之处。首先，无论在主题思想上还是艺术上，该剧都有相当高的成就，经过改编搬上银幕，很好地保留了其中的优点，对缺点也努力做了弥补，使其能以更完整的面貌出现。其次，凝结着当时劳动人民的理想和愿望的娘美，具有最坚决最彻底的反抗性。影片本着原剧精神，充分地阐明了这样的主题思想。最后，无论在剧中或影片中，娘美这个人物都塑造得很鲜明，感人至深。她的勇敢、机智和对封建势力的不屈不挠、反抗到底这些特征，围绕主要的戏剧冲突，从多方面形象地表现出来。除此之外，珠郎的塑造基本上也是成功的。剧情的设计也生动地展示了古代侗族人民的生活风貌。

原文

黔剧《秦娘美》，无论在主题思想上或艺术上，都有相当高的成就，经过改编搬上银幕，很好地保留了其中的优点，对缺点也努力作了弥补，使其能以更完整的面貌出现，实在是可喜的。

在已经过去的黑暗世纪，娘美和珠郎这一对普通的侗族男女青年，所追求的仅是劳动人民最起码的生活权利:“千年夫妻不离分”,“耕田织布过一生”。可是,旧社会封建的乡规侗礼和统治阶级,粗暴地剥夺了这种权利,始而破坏他们的结合,继而欲使他们拆开,最后乃至杀夫夺妻。凝结着当时劳动人民的理想和愿望的娘美,具有最坚决最彻底的反抗性。结果,阴险毒辣的统治阶级代表人物银宜自掘坟墓,娘美和支持她的人们(受地主压迫的大库等农民)获得了胜利。影片本着原剧精神,充分地阐明了这样的主题思想。

无论在剧中或影片中,娘美这个人物塑造得很鲜明,感人至深。她美丽、聪明、善良、勤劳、对爱情忠贞不渝,但最重要的,却是她的勇敢、机智和对封建势力的不屈不挠,反抗到底。这些特征,围绕主要的戏剧冲突,从多方面形象地表现出来,逼嫁、破线约逃等场,使娘美一开始就闪耀出耀眼的性格光辉:她蔑视姑表开亲的封建陋俗,在逼嫁的风雨中,主动地提出破开防线,和彼此真心相爱的珠郎定情;并主动地提出和珠郎比翼齐飞,冲出封建礼教的藩篱。入贯洞、夺佃、拒诱等场,在预示大风暴来临的同时,也深化了娘美的性格:她拒绝了地主银宜阴谋安排的安闲生活,坚持和珠郎在一起劳动;她鄙弃统治阶级的荣华富贵,在媒婆奶花和地主银宜的利诱威胁前面义正词严,凛然不可侵犯。花桥等夫、寻尸辨骨、击鼓设计、复仇等场,把全剧推向了高潮,娘美的性格也发展到了顶峰:珠郎被谋害了,敌人的残暴没有吓倒她,巨大的悲痛也没有压垮她,硬骨头的娘美,胸中燃起了更为强旺的阶级仇恨的烈火,在同阶级兄弟姊妹的支持下,勇敢地擂起了象征封建统治权威的法鼓,用机智同封建势力进行了决战,使阶级敌人在自己挖掘的墓坑中埋葬了自己。

珠郎的塑造基本上也是成功的。他的戏虽不很多,然而通过夺佃、款会两场,一个善良、淳朴、憨厚的农民形象也跳动而出:他拒绝了银宜从大库那里夺来“照顾”自己的土地,认为接受了就“对不住乡邻对不住天”;他从远处归来,既乏且饿,本来可不参加“款会”,但却因“这是众人的事耽误了不好”,中了银宜的圈套。他不象娘美那样,在和封建势力的冲突中锋芒毕露,但由这些细节所体现出来的性格特征,也具有代表性。同时,珠郎和银宜还起着鲜明的对比作用,相比之下,银宜的伪善、阴险、狡诈、残暴更显得突出了。

大库的出现，揭示了当时阶级矛盾的主要方面，对典型环境起了重要的渲染作用，同时，也使娘美、珠郎与统治者之间的斗争有了群众基础。虽然这个人物的形象还不如娘美、珠郎那样鲜明生动，两种表现形式不同的阶级矛盾也还未揉合得天衣无缝，但就目前影片上的处理来看，也可以说是差强人意了。

还值得一提的是，随着剧情的发展，生动地展示了古代侗族人民的生活风貌；尤其影片不受舞台的限制，在这上面表现得就更为鲜明、逼真。

漫谈第一部黔剧艺术片《秦娘美》

林钟美

史料解读

史料原载《贵州日报》1961年8月13日第3版。该史料是一篇电影评论。黔剧《秦娘美》剧本和原来的侗戏本比较起来,成功之处除了矛盾更集中、情节更精练、人物更丰满、结构更严整之外,主要是剧的主题思想更鲜明、更积极了。影片《秦娘美》承继了舞台演出本的优点,在影片中更着力地描绘和歌颂了群众的力量和智慧。影片《秦娘美》和黔剧《秦娘美》(事实上两者不可分)受人赞扬,主要还在于它给人们成功地塑造了一个可爱又可贵的、封建叛逆者的典型的妇女形象——秦娘美。当然,影片《秦娘美》不是没有缺点的,比如说演员表演比较平淡,不能通过优秀的演技表现某些人物复杂的内心活动,拨动观众的心弦。另外,导演在处理手法和剧本创作上,也不是尽善尽美的。

原文

我省第一部戏曲艺术片《秦娘美》上映了。戏曲《秦娘美》搬上银幕,是党的关怀和我省文艺工作者努力的结果,是我省人民文化生活中的一件喜事。它标志着我省黔剧艺术发展的新水平、新起点。

秦娘美的故事,据说发生在清代古州厅的三保(今榕江县车江乡)和永从县的贯洞寨（今榕江县的贯洞乡）。由于这个故事浓厚的反封建色彩和强烈地反映了人民的愿望，一百多年来，它以大歌、叙事歌、侗戏、口头传说等群众喜闻乐见的文艺形式，广泛地在南部侗族地区（包括我省的榕江、从江、黎平和湖南的通道及广西的三江等县）流传着。黔剧《秦娘美》，就是根据侗族老戏师梁少华和梁耀庭所著的侗戏改编的。而戏曲艺术片《秦娘美》，则基本上是按黔剧的舞台演出搬上银幕。

《秦娘美》搬上黔剧舞台后，经过多次锤炼，在拍摄电影前已基本定型，成为省黔剧团的主要保留剧目之一。黔剧《秦娘美》剧本和原来的侗戏本比较起来，其成功的地方，除了矛盾更集中、情节更精炼、人物更丰满、结构更严整之外，主要是剧的主题思想更鲜明、更积极了。侗戏本写秦娘美的个人复仇；黔剧本已将秦娘美的个人复仇，很好地溶合在当地农民反封建的阶级斗争的洪涛中。这样，剧本就更完美地、更深刻地反映了当时的社会本质，并增强了剧的现实教育意义。影片《秦娘美》承继了舞台演出本的优点，在影片中更着力地描绘和歌颂了群众的力量和智慧。影片这样处理，给秦娘美的故事增添了新色彩，赋予了新生命。虽然影片中对某些群众斗争场面（如群众推蛮松及狗腿子等下岩）处理得还不够自然，没有充分揭示在特定环境中事物发展的必然性，不过，方向还是正确的。

据我所知，在我国传统戏曲舞台上，演男女青年农民自由恋爱、反抗封建的大戏（这里指能演三小时左右的戏），最起码是极少、极少见的。锡剧《双推磨》，演寡妇苏小娥（佃户）和何宜度（长工）的自由恋爱，两人虽是农民，但戏是短独幕剧。湖南花鼓戏《刘海砍樵》和广西彩调《龙女和汉朋》，两个都是反封建的“大戏”，男主角又都是贫苦农民，但女主角则一个是狐仙，一个是龙王的女儿，都不是“凡”人。大家熟知的描写自由婚姻、反封建的《西厢记》、《梁山伯和祝英台》等等，其中主角，就不是什么社会下层了。《秦娘美》这个剧目，由于演的是一对朴质的男女青年农民反封建婚姻的“大戏”，就给戏曲舞台来了个“别开生面”。这个有价值的戏曲剧目搬上银幕，无疑是广大观众所热烈欢迎的。

影片《秦娘美》和黔剧《秦娘美》（事实上两者不可分）之受人赞扬，主要还在于它给人们成功地塑造了一个可爱又可贵的、封建叛逆者的典型的妇女形象——秦娘美。这个反封建的女性形象,与卓文君、祝英台、白素贞、崔莺莺、林黛玉等等不同,她有自己的生活、自己的行动、自己的个性、自己的血肉。对这个形象的塑造在我国文艺创作中的估价,用句文艺界的口头语来说,是完全站得住脚的。

美丽、聪明,是每个好姑娘都具备的;善良和对爱情的忠贞,是我国妇女的传统美德。这些,秦娘美都具备。然而,在她的性格中最突出的,最有个性化的,则是她在对恶势力的斗争中,所表现出来的机智、勇敢和坚强。按照侗族旧习中的姑表婚制度,姑娘长大后,一定要嫁给表哥。纯洁而富有理想的秦娘美,她不爱好吃懒做的表哥,却爱上了行歌坐月中认识的诚实勤劳的珠郎。这种"叛逆"行为,当然是封建旧势力所绝对不允许的。她的舅舅决定在后天就迎亲,在这种情况下,"我若把舅家门来进,架上黄瓜刀断藤"的秦娘美,终于和珠郎约逃了。约逃行动的本身,虽然就显示了主人公大胆、勇敢的反抗性格,但是,如能在约逃时通过更好的细节来展现主人公的性格,给人的印象就更深了。影片充分地展现秦娘美的性格,是在"智拒"一场之后。在"智拒"一场,奶花来给娘美报信,说珠郎已被下河的人擒去,性命一定难保,劝她改嫁银宜。这时,依照娘美本性,是要痛骂奶花一通的。然而,她为了留在贯洞打听珠郎的真情,便忍住性子强装笑脸,用"怎奈珠郎被擒我心不爽,过些日子再商量。"智拒了她。奶花走后,她凝视着珠郎留下的包袱悲痛地说:"……珠郎呵!珠郎!你若还在世上,我走遍天下,也要把你找到。要是有人把你害死,我,我,我娘美一定要替你申冤报仇!"一天一天地过去,珠郎仍然没有消息,她想:"今天等明天等总不见人,我本想与银宜拼上一命,又恐怕珠郎回来孤孤零零。"仅仅三句唱词,把娘美当时既懂得恨又懂得爱的优良性格,真是表达得淋漓尽致。接着,群众告诉她珠郎已死,杀死珠郎的仇人就是银宜时,她愤恨地唱出了:"生同生死同死恩情不变,找银宜报冤仇就在今天"、"头换头来命换命,银宜杀人我们杀他"。最后,在群众的帮助下,凭着她的机智和勇敢,终于设下巧计处死了银宜,报了私仇,也为地方除了大害。通过这些,影片也终于胜利地完成了娘美性格的塑造。

影片中值得提到的第二个人物是珠郎。珠郎的戏，在全剧中所占的分量虽然不多，但就通过看锄头、拒绝夺佃，说办货不会算账等几个情节，一个勤劳、善良、朴实的侗族青年农民的鲜明形象，已活跃在我们眼前了。另外，影片中大库和反角银宜的形象也塑造得较好，这里就不一一细谈了。

我省黔剧由坐唱形式的文琴搬上舞台，才几年功夫；它的演员，也同样年青。然而，就现在他们演出的水平看，提高的速度是相当快的。这是他们勤学苦练的结果。尤其是在《秦娘美》中饰演娘美的刘玉珍和饰演银宜的余重骏，更值得赞扬。

当然，影片《秦娘美》不是没有缺点的，比如说演员表演比较平淡，某些人物复杂的内心活动，演员还不能通过优秀的演技生动地表现出来，以深深地打动观众的心弦。这大概和演员们第一次在水银灯下生活有关。另外，导演处理手法和剧本上，也不是完全完美的。但是，影片的成绩，还是应该首先肯定。这是我省第一部戏曲艺术片，今后还有第二部、第三部……，我们希望一部比一部更出色！

别说他们一无所有,他们会做生活的主人

——《景颇姑娘》漫评

王 逸

史料解读

史料原载《电影文学》1963 年第 12 期。该史料是一篇评论。电影剧本《景颇姑娘》描写了景颇族的新生活,写了一个保留着原始共耕制的民族,迈步走向社会主义所经历的各种斗争,写出了一批新人的成长。首先,作者抓住了以人物为中心这根线,概括所要反映的生活,揭示作品的主题。其次,全国解放了,解放军进入景颇族山区,但是,在少数民族地区,严重的迷信思想,落后的风俗习惯,经常妨碍着他们创造新生活,这部作品用相当多的篇幅恰到好处地反映了这方面的问题。再次,《景颇姑娘》中的主要人物都有着鲜明的性格,刻画人物也采取了三种不同的手法:一是精雕细刻;二是浓墨泼笔;三是轻描淡写。该文作者认为这是个好剧本:第一,作品所表现的内容、思想很有意义。第二,它所提供的生活基础深厚,有特色。第三,相当成功地刻画了一众性格鲜明的人物。第四,提供了不少适宜电影表现的生活场景。

原文

发表在《电影文学》十一月号上的电影剧本《景颇姑娘》，以人物为中心，展示出了变化多端的生活场景。它象一首抒情的长歌，不仅以娓娓动听的诗句，唱叙了一个被用九条牛卖出的女奴如何摆脱了她不幸的命运，而且作者以更大的激情歌颂了新人的成长。

《景颇姑娘》写了景颇族的新生活，写了一个还保留着原始共耕制的民族，迈步走向社会主义所经历的各种斗争。我们可以看到他们渴望新生活的热情，看到他们为改变一无所有的贫困生活所付出的艰巨劳动，也看到他们为摆脱落后意识解除精神重压所做的激烈斗争。更可喜的是剧本写出了一批新人的成长。

黛诺这个逃婚的女奴，经过了各种斗争的锻炼和考验，成长起来，成熟起来，成为邦独寨的社长，成为景颇人建设社会主义的顶梁柱。勒丁，这只勇猛的岩鹰，他认清了方向，就会展翅高飞。文帅老爷爷摆脱了精神重压，睁开了迷朦的老眼，挺直了腰背。终日酒醉的勒弄，他看中了“合作社”，振奋起来。爱打豹子的腊汤，为合作社的生产忘我的劳动。……

剧本同时也写出了剥削阶级的挣扎和破坏，写了在阶级斗争中被剥削阶级力量的壮大。

我想，正是由于新人的成长，阶级力量的壮大，使我们深信景颇人的日子会象“三月椿树一样的兴旺”。刚砸碎镣铐的奴隶们，现在虽然是一无所有，相信他们会做新生活的主人。

我以为，《景颇姑娘》在反映少数民族的生活的作品中，是可喜的新收获。

透过一个人物的成长，展示一个民族的新生

生活，五光十色地展现在眼前，生活中的感受激荡在作家心间，当他产生了

创作冲动,想表现它的时候,真可以说是千头万绪。抓住哪一根线来串连他占有的生活素材,选择是否得当,可以说是决定一个作品成败的关键。作者抓住了以人物为中心的这根线,抓住以逃婚女奴发展成为邦独寨合作社社长这根线,来概括所要反映的生活,来揭示作品的主题。我认为这根线抓得好。

剧本从黛诺逃婚开始,到黛诺解除了买卖婚姻,获得了人身自由为终结。看来是写个人的命运,可是作者是把个人命运的问题,放置在广泛的社会生活中来处理,把个人的命运与一个民族的命运结合在一起了。剧本以黛诺为解决自己不幸的命运为起点,由于党的教育,使她进一步认识到她的命运也就是景颇族千万被压迫的兄弟姊妹们共同的命运,因此,她的奋斗目标扩大了,她肩负起为求自己民族的彻底解放,改变落后,发展生产的重责,因之,这个斗争所反映的生活面就宽广了,它的意义也随之升华了,它向我们揭示出这一深刻的含义:"唯有解决民族命运,才能解决个人不幸的命运。"

剧本的成就,不只是写了黛诺做了这样那样的斗争,重要的是,写了在这样那样的斗争中逐渐发展着的黛诺,写了一个新人的成长。黛诺为了摆脱不幸的命运,逃下了山,在医院里,人们待她象亲姐妹一样的亲热,使她体会到新的家庭的温暖,她知道了"毛主席心上有景颇人",她想到她们的民族将会"象傣家一样吃白米饭","有衣裳穿","有买盐巴和辣子的钱","也不准象打牲口一样打人,卖人"。她展望到她们民族的新生,这个速数都不识的姑娘,思想中起了变化,燃起了对生活的理想。工作组要上山,她不敢回去,可是父亲长刀晃过的地方,母亲裙子摆过的地方,水是甜的,土是香的啊!她怎能忘记她的故乡!她想文帅爷爷,她想勒丁,她的心象长刀劈过一样痛。随后她又回到山上,可是不幸的命运又来擒攫她,她被篌绳捆住,山官的鞭子象打牲口一样抽打着她。当李医生把她救了回来,人刚清醒过来,鞭疮还在作痛,她就想下山了。王达向她提出了问题:"你下山去了,勒丁呀,文帅老爷爷呀,山上这么多穷苦的景颇人,他们怎么办?要是木兰呀,木果呀又被几条牛换给人家,她们怎么办?"这个关系到被压迫阶级共同命运的问题，黛诺要思考，她终于明白了“豹子肉是打来的，好日子是挣来的，自己不起来，苦日子是不会改变的”的道理。这个倔强的姑娘喊出了“黛诺也不是鸡胆子!”她决定留下来，这是黛诺生活的重要转折点。她从逃避走向了斗争。

黛诺走上了斗争的道路，可是在这条路上，更大的艰难，更复杂的斗争又接踵而来。景颇人多少代人向往着吃白米饭，可是当政府给了他们牛和农具，可以下坝子去开水田了，但他们还不敢下山去，这是因为多少年来为争夺生活资源所引起的流血惨剧还深印在人们心中。另一方面是由于千百年来的迷信思想还根深蒂固的统治着人们的精神。“不祭鬼不能开田”。“过生日出外要给鬼咬”，长期存在他们心中的天鬼、地鬼、家堂鬼还紧紧地拉住他们不让他们向新生活迈步。艰难啊！真是艰难啊！景颇人为开拓新生活，既要顽强地学会他们不熟悉的生产知识和技术，又得敢于破除旧规矩，还得向旧的自我做斗争。黛诺这个穿统裙的头行人，领着大伙前进一步，需要多么大的毅力，要做多少艰苦的工作。水田开出来后，人们反而懈怠了，长期的散漫的生活习惯一下改变不了，有组织的集体劳动制度建立不起来，为了“百说不如一做”，黛诺领着姐妹上山采药材，换来了货物，组织了一次预分。这个为使大家懂得按劳分配的新规矩的好事，却引起了一场大纠纷。景颇族还遗留着原始伙种的习惯，还是采用有东西就见人一份的平均分配方式，他们一时不能接受按劳分配的新规矩。当时没有入社的人也要分一份，分得少的人也不同意，许多人骂她是弯心婆。正在闹得不可开交的时候，山官来了，趁机打击黛诺，破坏合作社，命令黛诺按照老规矩来分配，在这严重的时刻，黛诺顶住了山官。山官走了，分到东西的合作社员也放下东西走了，平时最敬爱黛诺的董木娜也劈头劈脸地向她扔过来盐巴。在这场激烈复杂的冲突中，她愤怒，她委屈，她痛苦。在李医生的帮助下她想通了，她宣誓似的说：“你挡不住，挡不住！……毛主席架的金桥，长刀架在我的脖子上我也要走。”黛诺经过这场斗争又跨进了一步。

正当合作社的情况有好转的时候，在山官的阴谋策动下，黛诺被勒乱偷着抢走了，她处在危急之中，但她没有哭，她临危不乱地思考对策，她先打听工作组，又向群众宣传办合作社的好处。正在要新娘“过桥”的时候，她找来了山官，进行了谈判……从这最后一段戏中，我们看到孤军作战的黛诺，已经会运用非常巧妙的战术来作斗争，这就显得她更加成熟了。

当黛诺被抢走的消息传到寨里，帮独寨成了爆发的火山，现在抢走的不再是个女奴隶，抢走的是合作社的命根子，抢走的是景颇人的好日子。小伙子都拔出了长刀，一场打冤家的旧剧又将重演，李医生、文帅爷爷劝阻了激动的人群，他们相信在共产党领导的时代“道理总会说清楚”，文帅老爷爷走上了斗争的最前线，向黛诺扔过盐巴的董木娜也率领着娘子军出动了。在最后这场风暴中既写出了黛诺的成熟，又写出了群众的觉醒；既写出了黛诺的智慧，又写出了群众的威力。

从《景颇姑娘》中，我们得到的经验是：以一个人物的斗争、发展作为一个剧作的贯穿红线，通过这条线的发展，来展示丰富的生活场景。以一个事件为主，通过它的演变、发展、解决，来揭示社会生活的重大意义。

黛诺的遭遇是千万个奴隶曾经有过的遭遇，在过去的年代里，也有过许多象黛诺一样倔强的姑娘，她们为摆脱不幸的命运，也曾进行过反抗，可终究不免象《蔓萝花》那样以悲剧为结束。可是，黛诺生活的年代不同了，她的反抗不但获得了圆满的结果而且她也在斗争中成长了。

黛诺逃婚下山以后，向哪里去？这时她只有一个朦胧的认识“带红星的大军良心最好，这是因为党的队伍已到过这个山区，红星的光芒在吸引着这个渴望自由的姑娘。在医院里，黛诺亲身体会到革命家庭的温暖，是李医生唤起了她对生活的憧憬，给予她以生活的理想，党在她单纯的心田里播下了革命的种子。这个穿统裙的姑娘，领着大家成立了爱国生产小组，领着大家开水田，办合作社，做着景颇人历史上从未有过的事情，这是因为有了党。

黛诺是个苦大仇深的奴隶，她有倔强的性格，有强烈的反抗性，她继承了景颇族人民善良的美德，“她的心象清水一样亮，骨头象柚木一样硬，”她是块好材料。老话说：“玉石不琢不成器。”黛诺这块好材料如果没有党的培养，也不可能成为景颇人的宝刀。党给予她以生活的理想，是党启发了她的阶级觉悟，是党教会了她做许多事，在最困难的时候党给了她信心，在每一次斗争中都是党给了她力量。在这部作品中，党的作用，党的力量形象地体现在黛诺的成长上。

砸碎镣铐只不过是开始

全国解放了，解放军已进入景颇族山区，肃清了国民党残匪，通过与山官的协商，工作队进入了山寨，开始了民主改革，从政治方面说，被压迫的劳动人民获得了解放，奴隶们脚上的镣铐被砸开了。但是，对一个长期停滞在原始生活状态里的落后民族来说，求得彻底的解放，这只不过是开始。

首先，这个民族的统治阶级决不会轻易的放弃原有的统治和剥削。在剧本里，我们看到早昆山官和工作队王队长刚刚喝过酒，赠过刀，乐哈哈地把工作队送出家门，转身就向寨子里的老人们说：“这是政府派来帮我做事的汉人，以后他们有什么不合山上的规矩，就来告诉我。”他把工作队说成是来帮他做事的人，用来增加他的威信，企图巩固他的统治。并且立刻利用多少年来民族间的隔阂，进行了挑拨和破坏。

当黛诺领着景颇人成立了爱国生产小组，山官心里就燃烧起仇火。当合作社的社员们由于不理解按劳分配的原则，闹纠纷的时候，他就趁机站出来，打击黛诺，破坏合作社。山官鼓动勒乱把黛诺抬走，这已不是景颇人的老风俗——抢亲，这是个政治阴谋，这是抢走合作社，抢走景颇人的好日子。从这一切可以看到旧统治的镣铐虽然砸开了，但是，激烈的阶级斗争，仍在继续着。

王达说：“一切都要落脚到发展生产，改善生活上面。”这是党对少数民族的根本政策。象景颇族还停滞在半原始的生活里，如果不从经济基础上加以改变,那就很难使景颇人从穷困落后里解放出来。剧本通过黛诺领导发展生产而展开一系列的斗争,这样处理是很有意义的。

剧本最有意义的一个方面,我以为是着重写了人们为挣脱精神上的桎梏所做的艰苦斗争。

马克思和恩格斯在《德意志意识形态》中说:"支配着物质生产资料的阶级,同时也支配着精神资料。因此,那些没有精神生产资料的人的思想,一般地是受统治阶级支配的。"

生活在发生急剧的变化,深印在人们意识中的旧信仰、旧思想还继续起着支配作用,它与新生活,新思想发生着激烈的冲突。剧本里成功地写了文帅与勒丁祖孙二人为摆脱精神桎梏所做的斗争。

文帅老爷爷是寨子里最老的老人,按照景颇人的风俗,他是最被尊敬的人,寨子里许多事,表面上都得由他来主持,因此他是阿公阿祖留下来的老规矩的执行人。一方面他有着严重的迷信思想,另一方面他是个穷苦的劳动人民,他虽然受着压迫阶级的许多道德观念所支配,但常常又与他自己的生活经验相矛盾。比如说,他认为百姓应该敬重山官,可是,他亲手抚育长大的,可能成为他孙媳妇的黛诺又被山官卖掉。因而,在他的意识中,经常有两种不相容的东西在斗争。

现在工作组上山了,一切发生了变化,他心爱的黛诺被工作组救下了,他相信这些汉人是好人,他衷心地感谢这些人,可是这些人所兴的许多新规矩他想不通。景颇人下坝开水田了,这是他多少年来的梦想。可是,这是由一个穿统裙的姑娘领着干的,这不要得罪天神地鬼吗?他看到合作社分东西,没有劳动的人不分,劳动少的就少分,他觉得这是合理的,可是这与景颇人的老规矩又不相符。青年人要学新规矩,他不去阻拦,但是,他日日夜夜担心天神地鬼会降下灾难。他默默地祈祷着,让一切灾难都降到他身上吧。在新生活来到的日子里,这位善良的老人,内心存在着多么剧烈的冲突啊!

马克思和恩格斯在《共产党宣言》里说“人们的观念、观点、概念,简言之,人们的意识,是随着人们的生活条件,人们的社会关系,人们的社会生活改变而改变的——这点难道还需要什么深思才可以了解么?”

工作队进了寨子,生活条件在改变,人与人的关系在改变。每时每刻的改变都在冲击着老人意识里的旧思想,终于把它冲垮了,最后他敢于代表景颇族的劳动人民和山官谈判,要山官听毛主席的话,再也不要阻拦景颇人的路了。

勒丁这个剽悍的小伙子,打豹子的英雄,平日象岩鹰一样的勇敢,可是,他也是那样的怕鬼。景颇人开水田了,而且是黛诺领着干,他非常想去,可是今天是他的生日,据说出去就会给鬼咬。爷爷把他锁在竹楼里,他想溜出去,他走到家堂鬼面前,愣愣地望着那个插野菊花的竹筒子,神情是多么的紧张,他溜出去后,还是怕。他先去找李医生,李医生向他保证什么鬼都可以治,他才敢去下田,睡了一觉还是不放心,直到背起了大柜子,证明确实没得病他才安心。从这里可以看出千百年的迷信思想,对青年一代还有着多么大的压力。

我们知道,在少数民族地区,严重的迷信思想,落后的风俗习惯,经常妨碍着他们创造新生活。破除迷信思想,改变某些落后的风俗习惯,也是一场严重的斗争。过去我们在反映这方面的问题时,存在着很多顾虑,甚至是极力回避接触这方面的问题。现在这部作品用相当多的篇幅恰到好处的反映了这方面的问题,这是很有意义的。同时,我认为,通过文帅、勒丁老少两代人摆脱束缚人的精神镣铐这一斗争的艰苦性和胜利,加强了这一作品的思想深度。

刻划人物方面的突出成就

在阅读电影剧本时,通过作者的文字描述,我们对剧中的人物性格是会留下某些印象的。但是在银幕上,他们会不会成为鲜明的生动形象,这是电影剧作家在进行创作时必须考虑的问题,同时,这也是检验电影剧作在人物刻划上的成败的重要标尺。因为,在未来的银幕上作者的文字描述是不存在了,剧场中的观众不是读者，他们没有时间去想象。电影中人物的性格，主要是依靠直接可见的动作，形象地体现出来。观众累积了这人物的各种具有特征的印象，于是这个人物的鲜明性格，方能活生生的留在观众心中。剧本对人物的刻划，掌握了这一特点，那些人物特征鲜明的行为吸引了我们，它提供了导演和演员在银幕上充分体现的可能。

一部电影将出现众多的人物，有名有姓的一般总得有十几个人，作者对这些人物不可能，也没有必要全都刻划得那么细致鲜明，总得分清主次，区别对待。在刻划人物的方法上，也需要采取多种多样的手法。《景颇姑娘》中的主要人物都有着鲜明的性格，刻划人物的方法也采取了三种不同的手法：一是精雕细刻；二是浓墨泼笔；三是轻描淡写。

精雕细刻的人物是黛诺和文帅老爷爷。

黛诺是全剧的主角，这个人物刻划得丰满充实，这是因为作者经常把她放置在冲突的中心，放在丰富多采的情境中，从多方面来显露她的性格。这个倔强的姑娘，在她憎恶的人面前，横眉怒目，满身是刺，在被暴力迫害时，她硬得象砍不动的柚木。在她所信赖的人的身边，她温柔得象个鸽子。在劳动时她粗犷有力，在瞑思遐想中，感情又显得那么纤细；在极度痛苦时，她没有眼泪，没有啜泣，能刚强地控制内心的激动。在欣喜害羞时她常常捂住脸，又显得那么天真稚气。

戏一开始，人物的形象和动作就吸引了我们。大橡树下，背立着一个躯体结实的景颇族姑娘，她头发散乱，衣裙褴褛，从衣服破处露出条条鞭痕，她的肩膀激动地颤抖着，她的手使劲地搓揉着“通帕”，忽的，她转过脸来向山下探视。

随后，她神情紧张的经过傣族的村寨。在渡河时，她象个受气的小媳妇，木然地蹲在竹筏上，与那一群又叫又笑的傣族姑娘们形成了鲜明的对比。

过了河，她扯下银扣付给船钱。在街上，她见到了司机小于，要求参加大军，遭到了拒绝，当她看到小于和傣家小孩那么亲热，敌意地盯了小于一眼，愤然转身走了，却想不到她藏进汽车里。……

在医院里，她精神焕发，愉快地劳动着，但她一见到山官，又恐惧地藏了起来，任别人怎么叫喊，她都不出来。夜晚，她拿起"通帕"要走了，她是那么愤慨地质问着李医生。

第一章中，作者运用了一系列鲜明、强烈的动作，通过有性格特征的行为，把这倔强的姑娘活生生地树立到我们的眼前。

黛诺回山以后，戏就围绕着她展开了，作者从各种各样的情境中多方面来刻划她，人物也就逐渐丰满起来。同时作者又善于组织重场戏，把黛诺放置在复杂的矛盾冲突的尖端，集中的来刻划她。例如，在分配出现纠纷这场戏中，黛诺一开始满心欢喜，希望通过预分，让大家了解合作社的好处。可是，没加入合作社的人也要分东西，董木娜因为东西分得少，吵了起来，山官又乘机拉拢群众，打击黛诺……所有的矛头都指向黛诺，她仍极力控制着自己，理直气壮地回答了山官："寨子里是你当官，合作社选我当社长，我听毛主席的话！"……

眼看一场冲突就要解决了，却异军突起的又来了个冲突的反潮：平时最支持黛诺的董木娜，却把烟叶盐巴劈头向她掷来。刚才山官并没有能动她一根毫毛，现在却被自己人打了，她满身盐霜木然地站立着，久久地站立着。……作者就是这样把黛诺放置在冲突的尖端，突出地刻划了她刚毅的性格，同时也把这个忍辱负重的形象树立在我们眼前。正是通过这样一场场的斗争，人物性格也在不断地发展着。最后作者还为黛诺安排了一场好戏：她被抢到弄岗寨做新娘，她沉着应付，终于化险为夷。从这里表现了她的智慧和临危不惧的气概。又以另一种色调来描绘了她的性格。

作者还长于选择恰切的动作来体现人物的心境和性格。比如：在合作社许多人不出工的时候，她着急，她气恨，无处发泄，她便使劲打牛，这种动作正符合黛诺性格，很形象的体现出她内心的焦急、气愤。再如黛诺解决了董木娜的家庭冲突，独自走回家的路上，她嘴角上浮着微笑，步伐轻快，走两步不自觉地纵跳一下，走着走着竟轻声地哼起山歌来了。通过这些动作，不但充分的体现出这位社长顺利地解决了问题后的愉快心情，而且还使人想到她是个天真活泼的姑娘。作者也善于运用细节来刻划人物。比如：小不点送给黛诺一双鞋，她劈柴的时候由于不习惯，索性把鞋脱掉，可是却整整齐齐放在一边，当她听到喊“黛诺，接病员啦！”她扔下长刀迈步就跑，忽然又转回身来，拿起鞋子往腋下一夹，然后向前跑去。

通过以上两个细节动作，既表现了她粗犷的性格，又表现了女性的细心和对这双新鞋的珍惜。当她在接病员的车旁见到了山官，一转眼她就走了时，车旁留下了那双新鞋，从这里就表现出她走得匆忙，又预示着她对这儿人们的友谊的不信任。

另一个精雕细刻的人物是文帅老爷爷，这位饱经忧患的老人有颗善良的心，千百年来的旧思想，迷信观念，根深蒂固地埋在心间，可是生活发生了剧烈的变化，他最心爱的黛诺和勒丁正领着景颇人来打破他早已习惯了的旧生活秩序。村寨里发生的每一场纠纷都与他有关，所发生的每一件事都在他心中产生了剧烈的冲突。作者刻划这个人物并没有给他很多、很大的动作，我们看到他多半是呆呆地看着，默默地嚼着槟榔，或是凝神沉思。作者也常把他放置在暴风骤雨般的场景中来刻划这个凝重的老人，作者很成功地用工细笔触描绘了这位老人的精神状态和心理斗争。

浓墨泼笔描画的是勒丁和董木娜。

剧本中并没有用很多篇幅专门来写勒丁，他差不多总是跟着别人一起出场，可是，这个人物却给我们留下了很深的印象。这是作者每写到他的时候，总是用浓笔来描画，和作者为这个人物安排了许多强烈的动作的缘故。

工作组刚进山，一个象雄狮样的青年，恶狠狠地盯住工作组住的竹楼。当李医生要送董木娜回家的时候，这个魁伟的青年一掌推开了李医生，扛起烂醉的董木娜的丈夫就走了。这时我们还不知道他是谁，可是这两个强烈的动作，就让我们记住他了。黛诺回山后的当晚,把他带来见李医生,我们才知道他是黛诺的爱人勒丁。他进来后,悔恨自己听了坏人的话,李医生要他以后要分清好人和坏人,他"唰"地抽出了长刀,"哨"地一下在石头上把长刀砍了个缺口。李医生在山官手下救出了黛诺,他不会说感谢的话,他扛着一只打来的豹子,一下扔在李医生面前。在过生日那天他外出了,为检查自己有没有给鬼咬(生病),第二天大清早背柜子。他听到黛诺被弄岗寨抢走了,他一刀砍断了身边的树。……作者就是选用这些强烈的动作,把他粗犷,憨厚,勇猛的性格刻划得非常突出。

董木娜在很多戏中都出场,她一出场戏就热闹起来,她的所作所为,一举一动,都有着她自己性格的特征。作者也是用浓墨泼笔把她的善良、耿直、泼辣的性格刻划得很鲜明、很生动。

轻描淡写的人物是小不点和勒弄。

小不点这个年轻的工作组员,她热情、天真、稚气。作者只是轻描淡写的几笔,就把她刻划得栩栩如生,活跃纸上。例如:小不点听到黛诺不知道自己是多少岁数,也不知道自己是哪年哪月生的,她泄气了。"咳,你们呀……"接着又改口说:"没什么,没有年份、月份一样能长大。"看,这些话说得多有意思。

小不点看到黛诺力大无穷,她把手一拍,"哎呀,这个姑娘真好,我要有九条牛,一定把她换来!"一个护士打了小不点一掌:"咦,你换她干什么?""当……当同志还不行?"小不点的回答把大家逗笑了,她自己也笑倒在护士怀里。

从以上这两小段戏里,这个人物的神采是多么的活泼可爱。在前半部戏里,她经常活跃在许多场所,对李医生、黛诺起了很好的拱云托月的作用,可惜在后半部戏里就不大见到她了,我希望导演也不要忘记这个可爱的人物,在分镜头时也用轻描淡写的手法给她几个镜头。

董木娜的丈夫勒弄,作者着墨不多,可这个人物写得好。一开始我们看到他喝酒,怕老婆,好象是个没出息的男人,其实他心里有痛苦,儿女一大群,生活重担压得他喘不过气来，他自愧不能做个好丈夫，好父亲，他看不到改变生活的希望，他只好喝酒混世。他所以怕老婆，这是理亏心虚。后来他突然打老婆了，这真出人意料，可也在情理之中。他气愤董木娜得罪了黛诺，闹着退了社，刚可以得到的好日子给闹掉了，他怎么不气愤，他敢打老婆，因为这时他是理真胆也壮了。作者并没有正面写这个人物的变化，可是在夫妻两人随着文帅爷爷出官工种地的那场戏中，略略几笔，已把他夫妻间的矛盾，和勒弄的思想情感的变化透露出来了。

王达和李医生在戏中的作用写得相当明显，两个人也有各自的神采、风度，但如果与上面的那些人物相比，他们就不够鲜明了。但是我认为这两个人物写得还不是苍白无力，他们在许多场所出现，总还是有戏可演。希望导演和演员在再创造中，努力为人物增加光彩，也为我们塑出生动的形象来。

剧作上尚存在的缺点

这个剧本有着不少优点，有的戏写得很洗练。比如黛诺回山就写得很洗练，戏中没有正面写她怎么回来，也没写她回来后怎么向文帅爷爷和勒丁说明自己下山后的经历，和如何消除了勒丁对工作组的误解。戏就写她突然来到工作组的住处，在和李医生、小不点相见的欢欣气氛中，用几句话就把许多幕后戏交代清楚了。有的戏也写得集中饱满，冲突强烈而又层次分明，例如分配出现纠纷的那场戏。

但是也还存在着一些明显可见的缺点。

现在先从黛诺为解放军带路这一问题谈起吧。

剧本写黛诺曾给追剿国民党残匪的解放军带过路，追回过被抢去的牛还把木兰、木果两个女孩子救了回来。我认为这是有问题的。如果黛诺给解放军带过路，还有过那么多英勇行为，那么她初下山时的精神状态就不会是那样了，而且她见到小于要求参军，也不会是这样的神态：“抿着嘴，一步一步往战士跟前挪，她紧张得连呼吸都有些急促了。”她向小于说她给解放军带过路，小于还是那样简单的对待她，显然也不够合适。到了医院见到许多穿军衣的女同志为什么又那么怯生生的呢？假如她以前和解放军有过接触，再加上医院一段生活，当她见到山官来到医院以后，便对大军产生了那么强烈的愤恨和不信任，这种行为也是不够合理的。

再说，黛诺是山官家里的女奴，山官能让她自由外出，让她给大军去带路，这恐怕不可能吧？而且在剿匪的军事行动中，在少数民族地区，解放军找一个年青姑娘来带路也不够合适吧？

我想，作者可能觉得黛诺下山找大军的根据不足，交代不清。于是就尽可能的为她找根据，一再交代她还有过一段光荣的历史。

其实，我认为略微补充两句，交代一下就足够了，比如说“前年剿匪的时候，寨子里有人给大军带过路，好多人都说带阳光的花朵颜色最好，戴红星的大军良心最好。”我以为这样处理，可以说明大军在景颇山寨里已留下很大影响，黛诺仅有一点朦胧的认识，当她渴望自由的时候，就奔下山来找大军了。我想这正符合黛诺的性格，而且会更真实，更动人。

其次，谈一谈重复的问题，还是拿黛诺为解放军带路的事做例吧。

黛诺初次见到司机小于，提出要参加大军，自己说：“前年你们进山撵土匪的时候，我给你们带过路。”到了医院，意外发现黛诺藏在车上，小于向李医生介绍说她给解放军带过路。下一场，黛诺自己向李医生详细的说了带路，追回牛，救了木兰木果的事。紧接着，小不点质问小于为什么不让黛诺参军再提这些事，一连四场，四次交代同一件事。第二章中黛诺被救到工作组住处，群众要求李医生为黛诺治伤又提这件事，紧接着王达和李医生谈话，李医生又第六次谈这件事。想不到还有第七次，到第五章 24 场，李医生向群众宣传办合作社的好处那场戏中，又通过一位白发老爷爷的嘴又再说了一次，作者不论场所，不论谁对谁，不论有无必要，不厌其烦地交代了再交代，岂不太重复？也许作者担心这位姑娘做领导人，群众威望不够吧，于是给她加上一段光荣的历史，依我看，这是画蛇添足了。

剧本还有一些重复的地方，常常把表现过的事再来交代一遍。例如合作社有许多人不出工，画面上已经表现过有的织统裙，有的串亲戚，有的晒太阳，有的去打猎。可是黛诺召开地头会，又把观众已经看到的，当时剧中群众共知共见的现象，一桩不漏地再说一遍。

这个戏里有不少精彩的语言，可是常常三翻两次地说，殊不知，精彩的话，重复多了就没有味了。

最后，在《景颇姑娘》里，我看，话也说得多了些，长段的说话，为交代而交代的说话，不符合当时人物心情，不符合人物性格的说话多了。例如：第二章黛诺被山官捆打以后，文帅老爷爷劝她往亮处飞，黛诺说：

“爷爷，乡亲们，我很快就会好的，你们不要惦记我，要听工作同志的话，我在山下学过好多新道理，没有比毛主席共产党再好的人了，我们景颇人要跟着毛主席才会过上好日子。”

黛诺这时的心情很痛苦，很复杂，怎会说这些冷静的话？她这时刚负过重伤，为什么要让她说这样长段的话？这时她的觉悟程度还不高，而且这些话是不大符合她的身份，不大符合她的性格的。

又比如，12 场黛诺回来以前，李医生向小不点说了很多话，从景颇人为什么落后，说到景颇族的社会性质，再分析现在群众为什么不敢接近工作组。其实，这些道理，小不点早就懂了。当时，小不点并没有什么思想问题(真是有思想问题，那些话也不解决问题)，这不过是作者借用人物的嘴来说道理罢了。其实景颇族是怎样的社会，观众已从刀耕火种等场面里见到了。如果要分析景颇族的社会性质，我看再加三倍的话也不一定能清楚，而且主要是没有必要，它与前后的戏也不接，又没有使剧情推进一步。依我看，这些话，是可有可无的。

再如：第四章社员不出工，黛诺很生气，使劲的在打牛，李医生要她把自己懂得的道理去和乡亲们说一说，下面接着是24场，这场分了三个景，一景是木兰召集大家开会，二景是黛诺在群众会上讲话，三景是李医生用家庭访问的形式，宣传、讲话。整个一大场戏都是说话的戏，如果要如实照拍，一本片子都不够，要知道一部影片，一般地只有十本。依我看这种向群众宣传的过程，完全可以处理成幕后戏，因为25场戏已经交代听过宣传以后，很多人都来出工了，官地做工的人也减少了。我猜想，可能作者感到某些戏交代不够清楚，李医生的作用还不够突出。于是，想用说话来解决一切。交代不清的用话来交代，为了让李医生多起作用让她多说话……。

我认为这是个好剧本。1.作品所表现的内容，思想，很有意义。2.它所提供的生活基础深厚，有特色。3.相当成功地刻划了好些性格鲜明的人物。4.提供了不少适宜电影表现的生活场景。我相信经过导演和摄制组许多艺术家们共同的再创作，依据现有剧本，大有可能拍成一部好影片。

新的尝试、新的创造

——谈谈拍摄《阿诗玛》影片的一点感想

陈荒煤

史料解读

史料原载《边疆文艺》1957 年第 1—2 期合刊。该史料是由拍摄电影《阿诗玛》所引发的，关于如何用电影的表达方式对民间文学经典进行创造性改编的一些问题的思考。作者认为将民间文学经典改编为电影，应该是简洁、鲜明的，在不影响、不损害原作的情况下，按照一部影片的有限容量，选择情节、事件和人物。它应该是富于场面性的，要善于运用电影的特性展开人物活动场景、生活背景（民族生活的自然环境）的介绍与描写。它应该是富于动作性的，要充分运用电影的特性把民族生活中劳动、生活的习惯动作、表达思想感情的豪放的歌舞等表现出来。它应该是富于民族色彩的，呈现出眼睛所能感受到的自然风光、人物形象的特征、生活与风俗习惯的特征、服装的特征与色彩；耳朵能听到的声音、歌舞、自然声音之特色、音乐等等。它应该是富有创造性的，在不损伤原作的前提下力求更适合于电影的特殊手段而进行一定加工与丰富。这些观点对民间文学作品电影改编具有积极的可操性参考价值。

原文

撒尼族[①]的优美的民间传说长诗《阿诗玛》已经决定拍成影片了，这是我们大家都感到十分兴奋的一件事情。不但是为了期待这一颗兄弟民族的文学珍宝将通过电影艺术而获得更大的光彩，更重要的问题：是电影这一最富有表现力、最富于色彩的综合艺术，将如何和云南文学工作者共同来挖掘边疆各民族的无限丰富的文学宝藏，开辟电影正确的、有创造性的、反映各兄弟民族文学遗产的道路。

中国影片已经把一些汉族的民间传说，通过各种地方戏曲的整理，运用电影特性表现出来，获得了全国广大群众的欢迎；如《梁山伯祝英台》、《天仙配》、《秦香莲》、《花木兰》等。但是把兄弟民族的民间传说搬上影幕，是从《阿诗玛》开始。我们相信这部影片也一定会获得全国广大人民的欢迎。

可是，拍摄《阿诗玛》这部影片的工作，涉及到许多新的问题，工作任务的繁重将远远超过那些民间传说的影片。例如，《梁山伯祝英台》等，这些传说首先已经由地方戏曲打下了很好的基础，电影只是运用电影的特性，自己独特的表现方法更加简洁、更加丰富地去表现它。而且，各个地方戏曲本身就具备了优良的演员表演、歌舞。可以说，这些条件对于《阿诗玛》的摄制来讲，是很不够的。《阿诗玛》的拍摄，只是有了优美的文学的基础，电影的再创造、体现在影幕上的工作过程，就有待于这一个摄制组的电影艺术工作者全体人员的刻苦钻研、努力探讨；也必须依靠云南民族文学工作研究者的许多具体帮助。但是我想，最重要的问题还是这样的：新的尝试——将民族民间传说改编为电影剧本时，究竟有些什么要求，怎么要求它才更恰当呢？

首先要说明，要改编民族民间文学作品成为电影剧本（电影文学剧本——影片创作的思想与艺术基础）不应该和文学工作者整理、研究、创作民族民间文学的工作有什么根本的不同。在主要的工作方面：对原作的无限丰富、所有素

① 编者注："撒尼族"应为"撒尼人"，后同。

材的占有、整理和研究，对于传说中各种分歧的表现的辨别与选择，对于原作的主题的深刻理解，对于艺术形象的分析，特别是对于作品中所反映的民族的愿望与感情、民族的心理、性格、风俗习惯，以及富有民族特色的艺术语言这些方面，必须有最深刻的认识与体会。这些工作和民族文学研究工作者没有任何不同的地方，而这些工作是基础的工作，只有在这个基础上，才能够很好的进行电影创作的第二步工作。除此之外，别无捷径。前一步工作作得愈好，后一步工作就愈顺利。凡是听到一个民族民间传说很优美、故事很好就想撇开第一步工作立即动手写电影剧本的，恐怕很难获得成功。

电影的工作只是在这一方面有所不同，就是当我们充分掌握、领会了原作的精神和一切材料之后，要考虑到究竟怎样运用电影的一切非凡的感人的力量、它的那种特殊的表现方法来更加丰富、深刻、生动、有力的创作成为“电影的”作品的时候。它就是真正的影片。

它应该是简洁、鲜明的，在不影响、不损害原作的情况下，按照一部影片的有限的容量，选择一些有趣的、引人入胜的情节，而删去一些琐碎的、枝节的、不必要的情节、事件和人物。

它应该是富于场面性的，要善于运用电影的特性展开人物活动场景、生活背景(民族生活的自然环境)的介绍与描写。也就是民族生活的典型环境的表现，因为许多风俗习惯、劳动条件都是和特定的自然条件、地理条件分不开的。充分地描绘这些方面，有利于对民族风俗习惯、心理、劳动、生活和人物性格的特征的表现。尤其是拍彩色片，更要注意民族地区的优美秀丽的自然风光。

它应该是富于动作性的，要充分运用电影的特性把民族生活中劳动、生活的习惯动作、表达思想感情的豪放的热情歌舞等等表现出来，更多地考虑到哪些是可以通过眼睛能看到的东西，是通过动作和造型来表现的，而不是依靠冗长的对话。各民族中有一共同特点是都有丰富的歌舞，用歌舞来表达一种情感。所以在反映民族生活影片中要善于运用(不要是琐碎、过于重复或单调的)歌舞的动作。不过，所有各种动作应该是按照民族生活的风俗习惯、富于自己民族特征的，而不是随意搬用其他民俗的。

它应该是富于民族色彩的，眼睛所能感受到的自然风光、人物形象的特征、生活与风俗习惯的特征、服装的特征与色彩；耳朵能听到的声音、歌舞、自然声音之特色、音乐等等。总之，一切眼睛与耳朵所感受到的东西是富于民族特色的。

最后，应该说它也是富有创造性的。因为，各种艺术的特殊表现形式都要力求找到自己和内容相适应的表达手段，而不可能不对某些内容有所选择、取舍和变动。流传口头的《梁山伯祝英台》的山歌变成戏曲，就有了舍弃和增加，情节也有些变动。而基本上根据戏曲拍为影片，又有所不同。所以说，电影在不损伤原作的情况下力求更适合于自己特殊手段而进行的一定加工与丰富，有所增删，确是一个复杂的细致的工作，但是也需要有一定创造性。如果抹杀这种创造是不对的。简单的要求电影一切都要'忠实'原作，不准作任何改动也是不可能的。莎士比亚的戏曲在各国演出中也有过变动，拍成电影时更加有变动。关键在于这种改变、增删是否符合电影特性的需要，是否忠实于原作并且发扬原作的精神，是否真正符合于广大群众的愿望与要求。

我想，某些口头传说当它形成较完整的文学作品——长诗、戏剧的时候，都是经过了一定加工与提炼的。民族民间文学，只要还不成为文字的完整的记载，定形为完整的艺术品时，它本身也还是经常在变动的，因为口头的流传的作品，随着历史的发展，随着无数人民智慧的创造，它总是处在逐渐提炼的过程。而文字的记载无论如何是一个进步和加工。《水浒传》、《三国演义》在没有这两个文学定稿之前，有多少口头的传说啊！没有这些劳动人民的智慧的创造，不会有这两部伟大的作品的产生；但这两部伟大的作品究竟是这些口头传说的艺术的提炼的结果。当然，这种加工、提高要得到群众的批准。同时，尽管群众批准了，也并不妨碍民间口头传说的继续存在。不是各地说评书的人也还是在用不同的本子（大都是根据师傅口传的本子）在说《三国》、《水浒》，依然受到广大群众的欢迎么？

我这样说，主张当电影要把民族民间文学搬上影幕时，为求得与电影特殊的艺术表现方法相适应而获得更大的效果，而对民族民间传说作必要的变动，丝毫不是提倡对民族民间文学遗产的收集、整理工作的粗暴与乱动。

今天，我们首先要坚决地反对民族民间文学工作中的粗暴、乱动及其他一切不正确的观点，要很好地区别搜集、翻译、整理、创作各个工作的界限及其不同的工作方法和要求，但是也不要反对适应各种艺术形式的需要而进行的加工与创作。《阿诗玛》既可以整理、加工成为长诗，也改编了京戏，也准备拍电影，我想，都可以各有特色，也应该各有特色，只要不是违反民族的愿望与要求、民族心理与风俗习惯，不是歪曲民族生活的。这也是一种“百花齐放”。

苏联的《美丽的华西里莎》（又名《三头凶龙》）神话故事与《青蛙公主》的美术动画片，来自一个传说，一个题材；但是两部影片都各有特色。有多么不同的风格啊！中国的《白蛇传》、《天仙配》等在中国各地戏曲中我们看到多少很不相同，各有特色的演出啊！

我们要重视、热爱、严谨、慎重地来发掘民族民间文学的宝库，但是也要充满热情地从宝藏中取其精华予以提炼，成为我们民族大家庭中共同宝贵的、有民族风格的新文化，这无论对于那个民族来讲都是可宝贵的很大的大贡献。

《阿诗玛》的影片就准备以这种精神来制作，它走在前面，是新的尝试，又是新的创造；一定有不少困难，也难免有很多缺点，但它在为电影创造各兄弟民族民间文学传说的工作中还是会取得很多经验，得到很大收获的。

这是我个人对拍摄《阿诗玛》影片所想到的一些不成熟的意见，我希望正在写作民族民间传说的剧本的同志们，也来探讨一下这些问题。

12 月 13 日晚 · 昆明

附　录
1949—1979年少数民族电影

故事片

《内蒙人民的胜利》蒙古族题材故事影片。东北电影制片厂1951年摄制。1952年获第七届卡罗维·发利国际电影节编剧奖。

《草原上的人们》蒙古族题材故事影片。东北电影制片厂1953年摄制。

《金银滩》藏族题材故事影片。上海电影制片厂1953年摄制。

《太阳照亮了红石沟》回族题材故事影片。文华影业公司1953年摄制。

《山间铃响马帮来》苗族题材故事影片。上海电影制片厂1954年摄制。

《猛河的黎明》藏族题材故事影片。长春电影制片厂1955年摄制。

《神秘的旅伴》彝族、苗族等民族题材故事影片。长春电影制片厂1955年摄制。

《哈森与加米拉》哈萨克族题材故事影片。上海电影制片厂1955年摄制。

《暴风雨中的雄鹰》藏族题材故事影片。长春电影制片厂1957年摄制。

《芦笙恋歌》拉祜族题材故事影片。长春电影制片厂1957年摄制。

《边寨烽火》景颇族题材故事影片。长春电影制片厂1957年摄制。获第十一届卡罗维发利国际电影节青年演员奖。

《牧人之子》蒙古族题材故事影片。长春电影制片厂1957年摄制。

《水》回族题材故事影片。八一电影制片厂1957年摄制。

《患难之交》朝鲜族题材故事影片。长春电影制片厂1958年摄制。

《苗家儿女》苗族题材故事影片。江南电影制片厂1958年摄制。

《绿洲凯歌》维吾尔族题材故事影片。海燕电影制片厂、新疆电影制片厂1958

年联合摄制。

《锡城的故事》彝族题材故事影片。长春电影制片厂1959年摄制。

《五朵金花》白族题材故事影片。长春电影制片厂1959年摄制。获1960年第二届亚非国际电影节最佳女演员银鹰奖、最佳导演银鹰奖。

《草原晨曲》蒙古族题材故事影片。长春电影制片厂、内蒙古电影制片厂1959年联合摄制。

《金玉姬》朝鲜族题材故事影片。长春电影制片厂1959年摄制。

《回民支队》回族题材故事影片。八一电影制片厂1959年摄制。

《鸿雁》朝鲜族题材故事影片。长春电影制片厂1960年摄制。

《刘三姐》壮族题材歌剧影片。长春电影制片厂1960年摄制。获1963年第二届大众电影百花奖最佳摄影片奖、最佳音乐奖、最佳美术奖、最佳女演员第三名。

《羌笛颂》羌族题材故事影片。长春电影制片厂1960年摄制。

《五彩路》藏族题材故事影片。北京电影制片厂1960年摄制。

《摩雅傣》傣族题材故事影片。上海海燕电影制片厂1960年摄制。

《柯山红日》藏族题材歌剧影片。八一电影制片厂1960年摄制。

《红鹰》藏族题材故事影片。八一电影制片厂1960年摄制。

《草原风暴》藏族题材故事影片。西安电影制片厂、青海电影制片厂1960年联合摄制。

《两代人》维吾尔族题材故事影片。新疆电影制片厂1960年摄制。

《蔓萝花》苗族题材舞剧影片。上海电影制片厂1961年摄制。获第十六届洛加诺国际电影节荣誉奖。

《达吉和她的父亲》彝族题材故事影片。峨眉电影制片厂、长春电影制片厂1961年联合摄制。

《远方星火》维吾尔族题材故事影片。新疆电影制片厂1961年摄制。

《阿娜尔罕》维吾尔族题材故事影片。北京电影制片厂、新疆电影制片厂1961年联合摄制。

《鄂尔多斯风暴》蒙古族题材故事影片。八一电影制片厂1962年摄制。

《冰山上的来客》塔吉克族题材故事影片。长春电影制片厂1963年摄制。

《金沙江畔》藏族题材故事影片。上海电影制片厂1963年摄制。

《农奴》藏族题材故事影片。八一电影制片厂1963年摄制。

《草原雄鹰》维吾尔族题材故事影片。北京电影制片厂1964年摄制。

《阿诗玛》彝族题材故事影片。海燕电影制片厂1964年摄制。

《天山的红花》哈萨克族题材故事影片。北京电影制片厂、西安电影制片厂1964年联合摄制。

《景颇姑娘》景颇族题材故事影片。长春电影制片厂1965年摄制。

《黄沙绿浪》维吾尔族题材故事影片。上海电影制片厂1965年摄制。

《一串项链》藏族题材故事影片。西安电影制片厂1966年摄制。

《沙漠的春天》蒙古族题材故事影片。长春电影制片厂1975年摄制。

《草原儿女》蒙古族题材舞剧影片。北京电影制片厂1975年摄制。

《阿夏河的秘密》藏族、回族等民族题材故事影片。上海电影制片厂1976年摄制。

《祖国啊,母亲!》蒙古族题材故事影片。上海电影制片厂1977年摄制。

《连心坝》土家族、苗族题材故事片。上海电影制片厂1977年摄制。

《苗岭风雷》苗族题材京剧影片。峨眉电影制片厂1977年摄制。

《奥金玛》藏族题材故事影片。西安电影制片厂1977年摄制。

《山寨火种》布依族题材故事影片。长春电影制片厂1978年摄制。

《瑶山春》瑶族题材故事影片。长春电影制片厂1978年摄制。

《萨里玛珂》哈萨克族题材故事影片。北京电影制片厂1978年摄制。

《火娃》苗族题材故事影片。北京电影制片厂、北京电影学院1978年联合摄制。

《拔哥的故事》壮族题材故事影片。北京电影制片厂1978年摄制上集,1979年摄制下集。

《六盘山》回族题材故事影片。西安电影制片厂1978年摄制。

《奴隶的女儿》彝族题材故事影片。峨眉电影制片厂1978年摄制。

《冰山雪莲》藏族题材故事影片。峨眉电影制片厂1978年摄制。

《孔雀飞来阿佤山》佤族题材故事影片。峨眉电影制片厂1978年摄制。

《蒙根花》蒙古族题材故事影片。八一电影制片厂1978年摄制。

《丫丫》藏族题材故事影片。长春电影制片厂1979年摄制。

《雪青马》维吾尔族题材故事影片。上海电影制片厂1979年摄制。

《傲蕾·一兰》达斡尔族题材故事影片。上海电影制片厂1979年摄制。

《从奴隶到将军》彝族题材故事影片。上海电影制片厂1979年摄制。获1979年中国文化部优秀影片奖及首届中国人民解放军文艺奖。

《雪山泪》藏族题材故事影片。八一电影制片厂1978年摄制。

《向导》维吾尔族题材故事影片。天山电影制片厂1979年摄制。获1979年文化部优秀故事片奖。

美术片

《金耳环与铁锄头》瑶族题材木偶艺术片。上海美术电影制片厂1956年摄制。

《一幅僮锦》壮族题材动画影片。上海美术电影制片厂1959年摄制。获第十二届卡罗维发利国际电影节荣誉奖。

《雕龙记》白族题材木偶艺术片。上海美术电影制片厂1959年摄制。获第二届布加勒斯特国际木偶片电影节二等银质奖。

《牧童与公主》白族题材木偶艺术片。上海美术电影制片厂1960年摄制。

《长发妹》侗族题材木偶艺术片。上海美术电影制片厂1963年摄制。

《孔雀公主》傣族题材木偶艺术片。上海美术电影制片厂1963年摄制。

《草原英雄小姐妹》蒙古族题材动画片。上海美术电影制片厂1965年摄制。获第二届全国少年儿童文艺创作三等奖。

《金色的大雁》藏族题材剪纸影片。上海美术电影制片厂1976年摄制。

《两只小孔雀》傣族题材动画影片。上海美术电影制片厂1978年摄制。

《歌声飞出五指山》黎族题材木偶艺术片。上海美术电影制片厂1978年摄制。

《阿凡提的故事》维吾尔族题材木偶艺术片。上海美术电影制片厂1979年摄制。获第三届百花奖最佳美术片奖、1979年文化部优秀美术片奖。

纪录片

《大西南凯歌》多民族题材纪录影片。中央新闻纪录电影制片厂1950年摄制。获第五届卡罗维发利国际电影节纪录片荣誉奖。

《中国民族大团结》各民族题材大型纪录片。北京电影制片厂1951年摄制。获第六届卡罗维发利国际电影节报道奖及纪录片特别荣誉奖。

《西南高原的春天》西南各民族题材大型纪录片。中央新闻纪录电影制片厂1952年摄制。

《光明照耀着西藏》藏族题材纪录影片。北京电影制片厂1953年摄制。

《天山牧歌》哈萨克族题材纪录影片。北京电影制片厂1955年摄制。

《前进中的内蒙古》蒙古族题材纪录片。中央新闻纪录电影制片厂1954年摄制。

《十年大庆——内蒙古自治区成立十周年》蒙古族题材纪录影片。中央新闻纪录电影制片厂1957年摄制。

《珠穆朗玛之歌》藏族题材纪录影片。中央新闻纪录电影制片厂1958年摄制。

《百万农奴站起来》藏族题材大型纪录影片。中央新闻纪录电影制片厂1959年摄制。

《甘孜人民的控诉》藏族题材纪录影片。1959年摄制。

《康巴的新生》藏族题材纪录影片。中央新闻纪录电影制片厂1959年摄制。

《鄂伦春人》鄂伦春族题材纪录影片。内蒙古电影制片厂1959年摄制。

《阳光照耀着新疆》维吾尔族等民族题材纪录影片。天山电影制片厂1959年摄制。

《征服世界最高峰》藏族题材大型纪录影片。中央新闻纪录电影制片厂1960年摄制。获第一届百花奖最佳纪录片摄影奖。

《山高水长》藏族题材纪录影片。八一电影制片厂1962年摄制。

《美丽的西双版纳》傣族、哈尼族、布朗族、拉祜族等民族题材纪录影片。中央新闻纪录电影制片厂 1963 年摄制。

《欢乐的新疆》维吾尔族等民族题材纪录片。北京电视台 1964 年摄制。

《彩蝶纷飞》多民族民间歌舞纪录影片。北京电影制片厂 1964 年摄制。

《朵朵红花向太阳》多民族题材大型纪录影片。长春电影制片厂 1965 年摄制。

《今日西藏》藏族题材纪录影片。中央新闻纪录电影制片厂 1965 年摄制。

后　记

从国家社科基金重大项目“新中国少数民族文学研究史（1949—2009）”获准立项至今，正好是岁星绕太阳一周的时间，也是生肖轮回的一个完整周期。这12年，少数民族文学史料的阅读和整理，成为我生活的一部分。本书是这些史料重新整理和研究的成果，也是国家社科基金重大项目“新中国少数民族文字文学史料整理与研究”的阶段性成果。

本书的史料搜集整理涉及1949—1979年间少数民族文学各学科领域，史料形态多样，分布空间广阔，留存情况复杂，涉及搜集、整理、转换、校勘、导读撰写诸多方面，难度之大，可以想见。因此，在本书即将付梓之际，特向为此付出了大量心血和努力的学界师长、同仁以及团队成员致以谢意。

感谢朝戈金、汤晓青、丁帆、张福贵、王宪昭、罗宗宇、汪立珍、钟进文、阿地力·居玛吐尔地、李瑛、邹赞、刘大先、吴刚、周翔、包和平、贾瑞光等学界师长和同仁的悉心指导和鼎力支持。

感谢宛文红、王学艳、陈新颜、杨春宇以及各边疆省（自治区）图书馆的大力支持。特别要感谢大连民族大学图书馆宛文红12年来持续、有力的支持和帮助。

感谢团队各位成员的参与和付出。参加史料解读撰写和修改的有：王莉（33篇）、丁颖（29篇）、韩争艳（39篇）、苏珊（35篇）、邱志武（43篇）、李思言（38篇）、邹赞（42篇）、王妍（25篇），王微修改了古代作家（书面）文学卷的史料解读和概述初稿。撰写史料解读和部分概述初稿的有：王潇（71篇）、包国栋（58篇）、王丹（89篇）、张慧（65篇）、龚金鑫（16篇）、雷丝雨（85篇）、卢艳华（58篇）、王雨栞（39篇）、冯扬（35篇）、杨永勤（15篇）、方思瑶（15篇）。王剑波、王思莹、井蕊校对了部分史料原文。

李晓峰撰写了全书总论、各卷导论，审阅、修改了全书本辑概述和史料解读，并重写了各卷部分本辑概述和史料解读。

由于种种原因，许多整理出来并已经撰写了解读的史料（图片）未能收入书中，所以，团队成员撰写的篇目数量与本书实际的篇目数量存在出入。史料学是遗憾之学，相信，未收入的史料定会以其他方式面世。

再次对多年来关心、支持我和本课题研究的各位师长、同仁、家人表示衷心感谢。

李晓峰

2024 年 11 月 12 日于大连